Visiones

NORA ROBERTS

Visiones

Traducción de
María del Mar López Gil

DEBOLS!LLO

Papel certificado por el Forest Stewardship Council®

Título original: *Mind Games*

Primera edición en Debolsillo: febrero de 2026

Printed in Spain – Impreso en España

ISBN: 978-84-663-8987-7
Depósito legal: B-21.577-2025

Impreso en Black Print CPI Ibérica
Sant Andreu de la Barca (Barcelona)

P 389877

En memoria de mi abuela,
que era una fuerza de la naturaleza y que sabía cosas

PRIMERA PARTE

La tragedia

Cruel es la furia y arrolladora la ira,
pero ¿quién puede enfrentarse a la envidia?

PROVERBIOS, 27,4

Dad palabras al dolor;
el dolor que no habla gime en el corazón
hasta que lo quiebra.

WILLIAM SHAKESPEARE

1

Para Thea, lo mejor del verano comenzaba la segunda semana de junio. El último día de colegio merecía un gran corazón rojo: significaba que podía empezar a nadar y retozar en la piscina del jardín trasero, lo cual le encantaba. Que podía montar en bicicleta y jugar con sus amigas todos los días, aunque ya no lo llamaran «jugar»; ahora pasaban el rato.

Al fin y al cabo, tenía doce años.

Le gustaban las barbacoas, los largos días de verano y especialmente que no hubiera deberes.

Cada año, más o menos una semana después de ese día digno de un gran corazón rojo, se apretujaba en el coche con sus padres; su hermano pequeño, Rem; y la perrita, Cocoa, para emprender el largo trayecto desde Fredericksburg, en Virginia, hasta Redbud Hollow, en Kentucky.

Su madre, criada allí, se marchó en su momento a la Universidad de Virginia, donde conoció a John Fox justo en la primera clase del primer día de curso.

Y el resto, como decían ellos —o más bien su padre—, era historia.

Se casaron en el verano del segundo año de universidad, y, diez meses, dos semanas y tres días después, ella vino al mundo. Apenas dos años después nació Rem.

Ahora su padre diseñaba casas y su madre las decoraba. La empresa, Fox & Fox Homes, iba viento en popa.

Thea sabía cosas. Los adultos pensaban que los niños desconocían las cuestiones importantes, pero ese no era su caso. Ella sabía que sus abuelos paternos eran ricos y altivos, y que miraban por encima del hombro a su madre, a la chica del este de Kentucky.

No obstante, como sus abuelos paternos vivían en San Diego, no tenían que verlos demasiado, lo cual Thea agradecía. De ese modo evitaba leerle el pensamiento a su «abuela» —así es como debían dirigirse a ella, sin diminutivos afectuosos— sobre la risa desapacible de su madre o que esta nunca se sacudiría de los zapatos el polvo de los Apalaches.

Era capaz de adivinar esos pensamientos si ponía empeño en ello y, cuando tenía que ir de visita a su casa, le resultaba imposible evitarlo.

Porque su abuela pensaba en voz alta.

A sus abuelos paternos no parecía importarles que John y Cora Fox fueran felices, ni siquiera que hubieran prosperado. Que vivieran en una bonita casa en un barrio agradable. Que Thea y Rem —o, como insistían en llamarlos, Althea y Remington— fueran alumnos aventajados en el colegio.

Pero a la «nana» sí que le importaba. Todos hablaban con ella por teléfono cada domingo y, en Navidad, la nana ponía rumbo al norte en su camioneta llena de regalos confeccionados por ella misma. La mayoría de las veces también venían sus tíos Waylon y Caleb, de manera que organizaban una gran fiesta familiar, y la casa rebosaba de música, luces y aromas del horno.

Esa era su segunda época del año favorita.

Pero la mejor, aun cuando fuera necesario realizar un trayecto de siete horas en coche como mínimo, a veces más, llegaba en junio.

Siempre salían temprano, de buen ánimo, y mataban el tiempo jugando al bingo portátil para el viaje por carretera. Normalmente Rem se quedaba dormido y, a veces, ella también, pero siempre había gritos de alegría cuando cruzaban el límite de Kentucky. Paraban a disfrutar de una barbacoa y buñuelos de maíz: era una tradición. Para entonces ella estaba hambrienta, pero siempre ansiaba continuar el trayecto para llegar cuanto antes, proseguir por carreteras que empezaban a serpentear y ascender, cruzar puentes que atravesaban ríos caudalosos.

Le encantaba contemplar la estampa de las montañas, aquellas laderas onduladas y cumbres de un verde intenso que presentaban también una cierta tonalidad azulada, las mesetas y crestas, los bosques y ríos.

Y cuando se internaba en las profundidades de aquel paisaje montañoso donde la carretera zigzagueaba sin cesar, le constaba que su bonita casa y su encantador barrio en Virginia no tenían ni punto de comparación.

Se preguntaba cómo su madre pudo dejar atrás todo aquello, y, siempre que le formulaba esa pregunta, ella respondía indefectiblemente: «Tenía que conocer a tu padre, ¿no? De lo contrario no estarías aquí, preguntándomelo».

Thea sabía que había algo más. Sabía que su madre anhelaba esa bonita casa en ese agradable barrio. En el fondo, sabía que en su época su madre quiso sacudirse de los zapatos el polvo de los Apalaches.

Se lo callaba, pues, de lo contrario, la regañaría con la mirada. Su madre no veía con buenos ojos que Thea adivinara cosas, como cuando su padre preguntó: «¿Dónde diablos habré dejado las llaves esta vez?». Y ella, pese a que se hallaba fuera en aquel momento, sabía que las había soltado en la encimera de la cocina, debajo de unos documentos.

Así pues, era consciente de que, a pesar de lo mucho que su madre quería a la nana, aspiraba a algo más que a la casa en el valle y lo que había dejado atrás.

Ahora, mientras rodeaban la localidad montañosa de Redbud Hollow, sus empinadas calles con tiendas como la de artesanía de los Apalaches, donde su abuela tenía a la venta sus jabones, velas y cosas por el estilo, no pensaba en ello.

Porque, por fin, por fin, casi habían llegado. Aún brillaba el sol. Vio, a través del techo solar, un halcón que planeaba en círculos. En los bosques de la zona se avistaban ciervos. A veces los atisbaba por los jardines traseros de su barrio, pero ¡no era lo mismo!

Su madre siempre se ponía al volante para realizar el último trecho del viaje, por carreteras que en su niñez recorrió a pie. Y, cuando doblaron la última curva, Thea divisó la granja.

Pintada de azul como el cielo, con los postigos —auténticos— y los postes del largo porche delantero verdes como las colinas, se hallaba apartada de la estrecha y sinuosa calzada. A lo largo de la fachada había una profusión de azaleas y laureles de montaña. Docenas de llamativas botellas colgaban de las ramas de un ciclamor.

Thea nunca lo había visto en flor, salvo en fotografías en los libros escolares, pero se lo imaginaba.

En la parte trasera se extendía el jardín —con flores, verduras y hierbas aromáticas—, junto con el gallinero donde las gallinas de su abuela cacareaban y picoteaban. La cabra, que se llamaba Molly, tenía un redil; la vaca, Aster, pacía en dos pequeños prados y nana la conducía del uno al otro cada pocos meses.

Había un pequeño granero y un cobertizo, además de un sinuoso arroyo que discurría hasta el bosque.

Y, alrededor de la finca, se alzaban las colinas.

Duck y Goose, los perros de caza de su abuela, salieron a la carrera desde la parte trasera de la casa en dirección al vehículo.

En el coche, Cocoa se levantó y se puso a mover la cola y gimotear. En cuanto Thea abrió la puerta, la perrita bajó de un salto. Los tres perros iniciaron el olisqueo de traseros para familiarizarse entre ellos.

La puerta de la casa se abrió, y Lucy Lannigan salió al amplio porche.

Su pelo, de un negro natural que había transmitido a su hija y su nieta, tenía un grueso mechón blanco, como una onda, desde el centro de la cabeza hasta las puntas del lado derecho. Su hija y su nieta también habían heredado las largas pestañas y el tono lapislázuli de sus ojos.

Cora, sin embargo, no había heredado su complexión, con una altura que rozaba el metro ochenta y unas largas extremidades, pero, a juzgar por la longitud de las piernas de Thea y Rem, sus nietos la heredarían.

Vestida con unos tejanos descoloridos y una sencilla camiseta blanca, abrió los brazos de par en par.

—¿A cuántos puedo abrazar a la vez? Vamos a averiguarlo.

Al igual que Cocoa, Thea y Rem saltaron del coche y se arrojaron a los brazos de la mujer que olía a pan recién horneado.

—¡Mmm! —exclamó Lucy mientras los abrazaba y achuchaba, incluidos Cora y John—. Ahora mi corazón está a rebosar. Tengo absolutamente todo el amor del mundo aquí mismo, en mi porche… Espero que tengáis hambre, porque he frito pollo para dar de comer a un regimiento después de una dura batalla.

—Yo estoy muerto de hambre —le dijo Rem, y le provocó a Lucy su risa contagiosa.

—Para estas cosas siempre puedo contar contigo. Hay limonada fresca para unos, y, para otros, un vino de manzana que está de miedo. Vuestras habitaciones están listas, por si queréis sacar el equipaje.

—Hagamos eso. —John besó a su suegra en las mejillas—. Y después iré de cabeza a por ese vino de manzana.

La casa siempre olía de maravilla. A Thea le parecía que olía a montaña y buena cocina, a hierbas y flores.

Como solo iba a la granja de su abuela en verano, nunca había visto el fuego crepitar en la sala de estar, con su antiguo y voluminoso sofá azul y sillones tapizados en lo que su abuela llamaba rosas repollo.

Y había flores del jardín y silvestres de las colinas, velas artesanales de su nana, y siempre, las fotografías más recientes de ella y de Rem enmarcadas.

Su padre la ayudó a subir su equipaje a la planta de arriba mientras su madre se quedaba en la cocina con Lucy. Porque, según decía siempre su padre, les gustaba pasar un ratito a solas madre e hija.

A Thea no le importaba, pues tenía por delante dos semanas enteras.

Le chiflaba su cuarto, con vistas a las montañas. Aunque era más pequeño que el de su casa en Virginia, tampoco le importaba.

Le gustaba la antigua cama de hierro, pintada de un blanco níveo, y la colcha de violetas que su tatarabuela había tejido. Sobre la cómoda había una jarrita de cristal con esplendorosas margaritas blancas. Aunque la habitación albergaba un pequeño ropero, también disponía de un clásico armario con cajonera.

A Thea le gustaba más que ningún otro. Y le hacía ilusión que su madre hubiera dormido en ese cuarto en su infancia.

El dormitorio de Rem —el que ocupara su tío Waylon de pequeño— se ubicaba justo enfrente; sus padres pasarían la noche en la antigua habitación de su tío Caleb. Había otro cuarto que su abuela destinaba a la costura y otras labores, y el dormitorio principal, el de su abuela, cuya cama con dosel había heredado. Una cama en la que su abuela vino al mundo. A Thea le costaba imaginarlo.

Como deseaba experimentar la sensación de sentirse realmente allí, deshizo el equipaje a pesar de que oyó a Rem bajar de nuevo a toda prisa.

Tras colocar su ropa, se sintió a sus anchas en la habitación.

Abajo se tomó su tiempo: recorrió la sala de estar, y a continuación, el salón, con su antiguo televisor y su voluminosa radio, antiquísima. La butaca y el diván, los libros en las estanterías, la cesta de ovillos, el reloj de cuco colgado en la pared.

A continuación, la estancia con el piano vertical, el banyo, la guitarra, la mandolina, el salterio.

Cuando a su abuela le apetecía, elegía cualquiera de ellos y se ponía a tocar. Thea sabía que Waylon poseía ese mismo don, no solo porque su abuela lo dijera, sino porque él siempre aparecía con un banyo o una guitarra para tocar en Navidad.

Además, se ganaba la vida como músico en Nashville, donde vivía. Caleb también sabía tocar instrumentos, pero él se fue a la universidad a estudiar teatro, interpretación y esas cosas, y es a lo que se dedicaba.

Su madre tocaba a veces, pero, según su abuela, el instrumento de Cora era su voz. Y Thea lo sabía de buena tinta, pues su madre cantaba como los ángeles, en especial cuando estaba contenta.

No obstante, de toda la casa, la cocina era su lugar predilecto.

Era descomunal —una de sus palabras favoritas del momento—, lo bastante grande para dar cabida a la recia mesa de roble tallada por su tatarabuelo. Tenía una cocina con seis quemadores que su abuela compró cuando la reformó, pero bajo ningún concepto se desprendió de la mesa.

Lucy la consideraba la pieza central de la cocina, y, a esta, la pieza central de su hogar. Había una gran cantidad de armarios y larguísimas encimeras, una pared entera cubierta de estantes con ollas, libros de recetas familiares y tarros de vidrio con arroz, avena, pasta, sémola de maíz y judías, además de coloridos botes de remolacha, surtido de verduras y pimientos en vinagre, compota de manzana, etcétera.

Junto a la misma había una zona de trabajo con un gran horno, recias encimeras y estantes con botellas, tarros y utensilios. Su abuela tenía macetas con hierbas en las soleadas ventanas y otras colgadas para secar.

Allí elaboraba sus velas, jabones, lociones y bálsamos para su negocio.

Donde antaño se ubicaba la despensa guardaba existencias, por si quería hacer un regalo, o para intercambiarlas por productos de vecinos que vivían en las colinas.

Su nieta, con su característica curiosidad, abrió la puerta y aspiró todas las fragancias mientras contemplaba los estantes. Para ella, olía como un jardín celestial: a rosa y lavanda, romero y salvia, heliotropo y pino, limón y naranja, hierba recién cortada.

A Thea se le antojaba magia de la montaña, y ese era el nombre comercial de los productos de su abuela: Mountain Magic.

Vio la tarta de capas de bizcocho y manzana envuelta sobre la encimera, de modo que dejaría hueco para el postre después del pollo frito.

Fuera, su hermano ya estaba correteando con los perros, mientras sus padres y su abuela se tomaban el vino de manzana sentados en el porche trasero.

Por las ventanas, abiertas, oía los ladridos de los perros, el cacareo de las gallinas, la risa de su abuela.

Recreó la imagen en su cabeza, con el fin de evocarla en algún momento que se sintiera sola o triste por algún motivo.

—Aquí está mi niña —dijo Lucy cuando Thea salió—. Sírvete limonada antes de que Rem deje la jarra seca. Ser un niño de diez años da mucha sed.

—Necesita desfogar después de estar encerrado en el coche.

—Con gesto risueño, Cora alargó la mano y le acarició el brazo a su hija—. ¿Te has instalado?

—Sí. ¿Puedo ir a ver los animales?

—Claro que sí.

—Un poco más tarde, Rem y tú podéis darles de cenar. Anda, vete a estirar esas largas piernas. —Lucy le dio una palmadita en el trasero—. Os avisaremos a la hora de la cena.

Cuando Thea salió corriendo como una exhalación, Lucy susurró:

—Están creciendo como la espuma. Los dos. Cuánto agradezco que los dejéis a mi cargo durante este tiempo todos los veranos.

—Te adoran. —John alargó la mano hacia la jarra de vino y rellenó las copas—. Les encanta esto. Y, no te voy a engañar, pasar dos semanas a solas con mi novia —le guiñó el ojo a Cora— es un regalo.

—Y regresarán a casa con un montón de historias. —Cora se reclinó en la mecedora, relajándose mientras el cansancio del viaje y el leve dolor de cabeza que acarreaba se disipaban—. Que si el zorro al que los perros ahuyentaron del gallinero, lo que pescaron o estuvieron a punto de pescar, que ordeñaron la vaca y la cabra, el anciano con el bastón que vino en busca de alguna pomada para la artritis…

—Y —añadió John— se llevarán a casa jabón que los ayudaste a hacer, y preguntarán por qué nunca desayunamos tortitas de trigo sarraceno.

—Los quiero con locura. El día menos pensado, Waylon y Caleb sentarán la cabeza y me darán más nietos…, dado que por lo visto vosotros habéis cubierto el cupo.

—Con dos ganamos el premio gordo. —John brindó con ella.

—Bueno, desde mi punto de vista, desde luego que sí. Espero que mis hijos y sus futuras esposas sean tan generosos como vosotros y me permitan pasar tiempo con esos bebés y verlos crecer. Significa muchísimo para mí.

—Jamás te convenceremos para que te mudes a Virginia, ¿verdad, mamá?

Lucy se limitó a sonreír en dirección a las montañas.

—Querida, yo soy una apalache. Me marchitaría si me plantaras en otro lugar. Bueno, me voy a hacer galletas de suero de mantequilla. No, quedaos aquí sentados —ordenó—. Habéis realizado un largo viaje, y yo no. Esta noche voy a mimar a mis bebés mayores también.

—Nos mimas a todos, Lucy, y agradecemos que lo hagas, que lo sigas haciendo.

Cuando Lucy entró en la casa, John alargó el brazo para apretar la mano de Cora.

—Anda, mientras los niños están entretenidos, ve y ponla al corriente de nuestros planes a ver qué opina.

Cora asintió con la cabeza, se levantó y entró.

Se sentó junto a la isla mientras Lucy rallaba en un bol con harina la mantequilla que había congelado.

—Tienes la típica expresión de «Tenemos que hablar».

—Sí, y en nuestra opinión es algo bueno. Espero que estés de acuerdo.

—Soy toda oídos, mi amor.

—Te echo de menos, mamá.

Lucy dejó de trajinar un momento y el amor que la conmovió le empañó los ojos.

—Oh, mi niña querida.

—Sé que tu hogar está aquí, y yo construí el mío en Virginia, aunque en realidad no está tan lejos. También echo de menos a mis hermanos. ¡Jamás pensé que pudiera echarlos de menos! —añadió.

A Lucy le hizo gracia.

—Por mucho que chincharan a su hermana mayor, te querían, lo mismo que se quieren ese par de ahí fuera. Los hermanos no tienen más remedio que pelearse. Es ley de vida.

—Bueno, eso seguro. Caleb va a mudarse a Nueva York.

—Me lo dijo. —Tras remover la mantequilla y la harina, Lucy metió el bol en la nevera para que se enfriara durante unos minutos—. Igual que me dijo que existía un invento ultramoderno llamado avión, y que podía usarlo para venir a verme. Y que yo podía hacer lo mismo para ir allí y así él podría llevarme a un espectáculo de Broadway.

—Es una oportunidad para que se dedique a lo que le apasiona, a lo que desea hacer, aunque no lo veremos tan a menudo como cuando vivía en Washington D. C. Y Waylon casi siempre está en Nashville o de viaje.

—Mi juglar.

—Mamá, ya conoces a la familia de John... —Dejó la frase a medias y echó un vistazo al porche trasero—. No nos tienen mucho aprecio, al menos a mí. Y les traen sin cuidado los niños.

—Pues no saben lo mucho que se pierden. —Lucy se mordió la lengua para evitar decir algo que no debía—. Me compadezco de ellos y de que se cierren al amor. —O lo intentó—. Ese hombre de ahí fuera, el que está correteando con sus hijos después de tantas horas al volante... De haber podido imaginar cómo sería el marido ideal para mi hija, el padre ideal para mis nietos, no podría haber imaginado a nadie mejor que John Fox. Es un hijo tan querido para mí como los que traje al mundo.

—Me consta. Es más, a John también. Y tú para él significas más que su propia madre.

—Otra bendición para mí. Otra razón para compadecerme de la que es incapaz de apreciar los regalos que tiene delante.

Cora se levantó para cerciorarse de que John no las escuchara.

—¿Sabes qué hicieron cuando Thea cumplió doce años? Enviarle un sobre con una tarjeta y doce dólares dentro. Uno por cada año. Para colmo, la recibió con una semana de retraso. El dinero es lo de menos, mamá —puntualizó enseguida—. Nos trae sin cuidado que estén forrados. A nosotros nos va estupendamente. Fue porque... el mensaje decía: «Feliz cumpleaños, Althea. Tus abuelos». Eso es todo.

Lucy cogió su copa de vino y bebió un sorbito.

—¿Hiciste que Thea les escribiera una nota de agradecimiento?

—No fue necesario. Se sentó y escribió: «Queridos abuelos: muchas gracias por la felicitación y los doce dólares. Espero que estéis bien. Vuestra nieta, Thea».

Lucy asintió con la cabeza a modo de aprobación.

—La estás educando como Dios manda.

—Lo mismo que me educaste tú. Me quemó la sangre, mamá, y a John le dolió. Él procura hacer la vista gorda, pero le afecta. Yo no quiero que nuestra familia llegue a distanciarse y desentenderse de esa manera jamás.

—Eso sería imposible, cariño.

—Pero cada cual tiene sus ocupaciones. Tú estás ocupada con la granja y el negocio. Caleb y Waylon también, y, como has dicho, es probable que cuando formen sus propias familias tengan aún más ajetreo. John y yo estamos ocupados con la crianza de los niños, con nuestra empresa. Y, mamá, vernos dos veces al año no es suficiente.

Mientras hablaba, al tiempo que caminaba de aquí para allá, Lucy la observaba y pensaba: «Mi lista e inquieta hija».

—Has hecho una tarta de manzana —dijo Cora en voz baja.

—Por supuesto. Es la favorita de John.

—No sé por qué cosas como una tarta de manzana y un ramo de flores sobre la mesa significan más para mí ahora que cuando era pequeña, o por qué esta casa es más especial para mí ahora que cuando vivía aquí.

—Pusiste las miras en el futuro, en ampliar horizontes fuera de aquí, Cora.

—Y me diste alas. Algún día Thea ampliará horizontes, de modo que ahora entiendo lo que no entendí: lo mucho que cuesta dejar que un hijo viva su propia vida.

—Sí que cuesta —convino Lucy, al tiempo que sacaba el bol con la mezcla de la nevera—. Pero compensa con creces por el orgullo de ver en qué se ha convertido tu hija. Y yo me siento muy orgullosa, Cora, de la vida que te has forjado, de la persona que eres. Muy orgullosa.

—No te valoré lo suficiente en aquel entonces.

—Ay, para.

—Es verdad —insistió Cora mientras observaba, como en infinidad de ocasiones anteriores, a su madre hacer un hueco en la harina con la mantequilla rallada antes de verter el suero de la leche.

Le arrancó una sonrisa, de modo que preguntó lo que le había preguntado en infinidad de ocasiones anteriores:

—¿Por qué lo remueves quince veces exactamente con esa cuchara de madera?

Se miraron a los ojos cuando Lucy le correspondió a la sonrisa, y respondió lo mismo que en infinidad de ocasiones anteriores:

—Porque catorce no son suficientes y dieciséis son demasiadas.

—No valoré lo duro que fue para ti, mamá, sobre todo a raíz de que papá falleciera. Lo mucho que trabajaste para salir adelante, para no perder el techo que nos habíais proporcionado, para mantener nuestros estómagos llenos, para impulsar tu negocio y que te permitiera hacerlo. Lo subestimé porque tú hacías que pareciera...

Cora negó con la cabeza mientras deambulaba por la cocina de nuevo.

—No fue tarea fácil ni mucho menos, pero sí algo natural. Tan natural como querernos, inculcarnos el gusto por la música, asegurarte de que hiciéramos los deberes, de que nos cepilláramos los dichosos dientes... Todo con la mayor naturalidad, como la vida misma. Ahorrando, como antaño con papá, para que pudiéramos ir a la universidad, entre otras muchas cosas.

—Tu padre quería evitar que sus hijos trabajaran en las minas. Se sacrificó con tal de que jamás sucediera. Quería..., queríamos que nuestros hijos recibieran una buena educación para que tuvieran oportunidades. —Lucy espolvoreó harina sobre la encimera, volteó la masa sobre ella, le echó un poco más por encima y siguió amasando con su antiguo rodillo de madera—. Tus oportunidades, las vidas que estás construyendo con ellas, honran a tu padre y sus sacrificios.

—Y los tuyos, porque está claro que tú también te sacrificaste. Ahora me doy cuenta. Así que dos veces al año no es suficiente, no para una familia.

Tras darle forma rectangular a la masa, Lucy la dobló por los bordes, los unió y le pasó el rodillo otra vez. Miró fugazmente a su hija y repitió el proceso.

—Algo estás tramando.

—Pues sí, John y yo. Nos gustaría venir con más frecuencia. En las vacaciones de Semana Santa y en Acción de Gracias.

De nuevo, Lucy dejó de trajinar.

—Cora, me pondría loca de contenta. Y, en fin, cuánto lo agradecería.

—Pero eso no es todo. Sabemos que a ti te resulta más difícil viajar: necesitas contar con alguien que se ocupe de los animales, pero, si pudieras hacer un hueco para venir a vernos, aunque solo fuera unos días, o a Caleb en Nueva York, igual podríamos juntarnos todos allí, o en Nashville con Waylon. En cuanto a los niños, les chifla esto y pasar dos semanas contigo les hace muchísima ilusión porque es el comienzo del verano. Nos gusta llevarlos una semana a la playa antes de la vuelta al colegio.

—Disfrutan mucho esa semana. Me mandan muchas fotos y me cuentan un sinfín de anécdotas.

Tras doblar y amasar por última vez, Lucy enharinó un molde cilíndrico y se puso a separar la masa en círculos.

—Queremos que vengas, igual que los demás, si les es posible. Hemos alquilado una casa inmensa junto a la playa en Carolina del Norte, una semana en agosto. Vamos a colocarte en ese avión ultramoderno para que te reúnas con nosotros.

—¿En avión? Pero…

—Por favor, no me digas que no. Waylon dijo que convencería a la bisabuela, y ya lo conoces, es capaz de vender arena en el desierto. Apenas la vemos desde que se casó con Stretch y se mudó a Atlanta. Sería un encuentro familiar Riley-Lannigan-Fox en toda regla. Y si al tío Buck, a la tía Mae y a los primos les apetece venir, bueno, alquilaremos otra casa para que haya sitio para todos.

Lucy no se había subido a un avión en su vida, aunque, con uno de sus hijos afincado en Nueva York, vislumbraba esa posibilidad en un futuro.

Y también, con toda claridad, lo mucho que ello significaba para su hija. La chica que antaño había puesto las miras en un futuro lejos de allí de alguna manera estaba mirando atrás, hacia la familia.

—Bueno, supongo que será mejor que meta las galletas en el horno y ponga la comida en la mesa para poder empezar a pensar en comprarme un bañador.

—¡Mamá! —En un arrebato de euforia, Cora se abalanzó a sus brazos—. ¡Oh, los niños se van a volver locos cuando se lo diga! Quiero que tengan lo mismo que yo cuando era pequeña y, maldita sea, quiero que John tenga lo que no tuvo.

—Pues vamos a poner la mesa, a avisarlos para que se aseen y a soltarles el notición.

Se dieron un festín de pollo frito y ensalada de patatas, judías verdes y galletas de mantequilla. Y Cora tenía razón: los críos se volvieron locos.

A Lucy la emocionaba profundamente el tenerlos allí y que colmaran su hogar de toda la felicidad que reportaban.

Su inquieta hija había alcanzado la estabilidad y llegado a un punto de su vida en el que deseaba abrirla a las personas y los lugares de sus raíces.

Lucy había disfrutado de parte de eso, y ahora se la invitaba a disfrutar de más, pensó.

En los años venideros rememoraría esa sencilla cena familiar de comienzos del verano y recordaría el sonido alto y alegre de las voces de sus nietos. Recordaría la mirada risueña de su hija y la alegría patente en los ojos del hombre que era como un hijo para ella.

Evocaría la brisa que soplaba por las ventanas y a los perros tumbados justo al otro lado de la puerta mosquitera con la esperanza de conseguir unas migas.

Recordaría cómo el sol vespertino proyectaba su reflejo sobre las montañas y el azul del cielo que se extendía sobre ellas.

Lo recordaría todo, y se aferraría al recuerdo.

2

Por la mañana, Lucy preparó la mezcla de harina de trigo sarraceno para hacer tortitas, otro de los platos favoritos de su yerno. Cuando John entró en la cocina, el beicon y las salchichas ya estaban en el horno, para que conservaran el calor, y el café preparado.

—Me ha parecido oír trajinar por aquí.

Se pasó los dedos por su mata de pelo castaño rizado.

—Ni siquiera me ha dado tiempo a afeitarme y tú ya has dado de comer a las gallinas y recogido los huevos, has ordeñado la vaca y la cabra, y has puesto la comida a los perros.

—¿Qué necesidad tiene un hombre de afeitarse cuando se toma un corto día de descanso?

—Seguro que tú no te has tomado un descanso, sea corto, de un día o lo que sea, desde Navidad. —Negó con la cabeza al aproximarse a la cafetera—. Trabajas demasiado, Lucy.

—Me apasiona lo que hago.

Lucy se había recogido el pelo en una trenza ese día; él, en uno de sus espontáneos gestos de afecto, deslizó la mano por ella.

—Se nota. ¿Sabes? Cuando te miro, veo que Cora será aún más bella con el paso del tiempo. Me recuerda la suerte que tuve cuando nos sentamos casualmente al lado en aquella sala en nuestro primer día en la universidad.

—Ya te digo yo que la suerte no tuvo nada que ver con eso. Si alguna vez he visto a dos personas destinadas a estar juntas, sois Cora y tú. Venga, siéntate y cuéntame qué te ronda por la cabeza. No me hace falta mirarte para saberlo.

—Quería decirte lo mucho que valoramos que estés dispuesta a viajar y a tenernos por aquí cuando me consta que vas a hacer justo lo que estás haciendo ahora y más, preparando estas comilonas increíbles. Cora está alicaída desde hace un par de meses. —Al sentarse, dejó escapar un tenue suspiro—. El detonante fue esa estúpida tarjeta de felicitación con los doce dólares dentro del sobre. A Thea no la molestó, porque ella no espera nada de mis padres. Yo tampoco esperaba nada, pero Cora… Ella tenía la esperanza de que dieran muestras de afecto.

—Algunas personas no sienten el afecto.

—Y que lo digas. —Sus palabras destilaban pura resignación—. Sin embargo, son bastante cariñosos, generosos y medianamente atentos con sus otros nietos. Ellos querían que me casara…

—Como correspondía a tu posición, o a la suya.

Él se encogió de hombros.

—Les trae sin cuidado lo mucho que nos queramos, que Cora sea una madre maravillosa, que sea una socia de peso en la empresa. Ella lo ha intentado por todos los medios, Lucy, y a ellos les da igual. Me casé demasiado joven y con alguien a quien menosprecian, así que siempre seré una decepción para ellos. No me importa.

—A ella sí le importaba.

—Demasiado, desde mi punto de vista. La hija de mi hermana es de la edad de Rem. Por su cumpleaños, le regalaron un caballo.

—¡Un caballo! ¿Un caballo de verdad?

—Efectivamente. Llevaba yendo a clases de equitación más o menos un año, así que le compraron uno. Se olvidaron por completo del cumpleaños de Rem, pero lo curioso es que no fue ese el detonante, sino la tarjeta de felicitación, los doce dólares. Al final, la desproporción que supuso ese gesto la hizo darse cuenta de que nuestros hijos jamás les importarían.

—Todo esto me hace preguntarme, John —se giró para poner a calentar su gran sartén de hierro fundido—, cómo lograron criar a alguien como tú.

—Y yo a veces me pregunto si sería la persona que soy de no haberse sentado Cora Lannigan a mi lado y haberme sonreído.

—Fue el destino —le recordó Lucy.

—El destino. —Él levantó la taza de café a modo de brindis y bebió un sorbo—. Desde ese incidente dejó de darle importancia a lo que opinaran o sintieran, lo cual es un alivio para mí. Y empezó a añorarte, a ti y a sus hermanos, esa relación existente entre todos vosotros y que con tanto empeño había tratado de crear con ellos: tiempo en familia, lazos más estrechos.

—Necesitaba labrarse su propio camino antes de anhelar realmente lo que siempre estuvo ahí. Yo diría que estamos haciéndonos un regalo mutuo. Uy, oigo jaleo arriba. Avísalos para que bajen mientras me pongo con las tortitas.

Primero, rodeó la isla para abrazarla.

—Te quiero, Lucy.

—John —le plantó un beso en la mejilla—, eres una de las alegrías de mi vida.

Desayunaron en la mesa de la cocina, donde habían cenado la noche anterior. Los niños ayudaron a recoger, pues esa sería una de sus tareas diarias durante la estancia, lo mismo que hacer la cama por la mañana, echar una mano con la colada y ocuparse de los animales. Colaborarían, al igual que sus tíos y su madre de pequeños, arrancando las malas hierbas del jardín, cortando el césped, manteniendo la casa limpia y aprendiendo a cocinar platos sencillos.

Lucy le tendió a su John un recipiente con una generosa porción de tarta de manzana.

—Llévate un poquito de Kentucky contigo.

—Sabes que lo haré. Vale, mis Foxy Loxis, un abrazo y fingid que nos echaréis de menos.

—Te echaré de menos, papá. —Con una risita, Thea se acurrucó contra él—. Un pelín.

Él se rio, la levantó en volandas para darle un beso y a continuación hizo lo mismo con Rem.

—Sobra decir que obedezcáis a la nana. —Cora les dio un

achuchón tan fuerte que chillaron—. Sé que lo haréis. Bueno, pasadlo bien.

—Llamad cuando lleguéis a casa —dijo Lucy— para quedarnos tranquilos.

Cuando ella los abrazó, sintió un nudo en el estómago. Al notar que tenía el corazón en un puño, los abrazó con más ganas.

—Os echaré de menos, más que un pelín. Conducid con cuidado, y cuidaos mutuamente.

Muy a su pesar, los soltó.

—Tengo controlados a este par de gamberros, no os preocupéis.

Diciendo adiós con la mano y lanzando besos al aire, subieron al coche. Tras volver la vista atrás conforme se alejaban, Cora se giró y miró al frente.

—Tú y yo solos, cariño. —John echó un vistazo por el espejo retrovisor y después le sonrió—. ¿Qué podríamos hacer al llegar a casa, en silencio y sin un alma?

—Creo que deberíamos abrir una botella de vino y darnos un revolcón a grito pelado.

La sonrisa dio paso a un pícaro mohín.

—Las grandes mentes piensan igual.

Con un crío a cada lado y tres perros jadeando, Lucy se quedó mirando el coche hasta que se perdió de vista. Hizo un esfuerzo por relajar el nudo que le oprimía el pecho, y, a continuación, miró a los niños.

—¡Que empiece la juerga monstruo! —exclamó, una cita de uno de los libros favoritos de los tres.

Con un «¡hurra!», Thea dio una voltereta lateral. Rem prefirió imitar a un mono.

Dado que escribiría en su diario por la noche, Thea prestó atención a todo lo que hicieron a lo largo del día.

Lo primero fue arrancar las malas hierbas del jardín porque el aire de las montañas era más fresco a esas horas que a partir del mediodía. Si no se acordaban del nombre de alguna planta, Lucy los ayudaba a recordarlo con algo que rimara.

—Tengo un vestido de alpaca.

Eso, por ejemplo, era «albahaca».

—Abracadabra.

Y eso era «falsa barba de cabra».

Le imprimía un cariz divertido a todo; los tres iban con sombreros de ala ancha.

Luego elaboraron mantequilla, mejor que cualquier otra de la tienda, con la crema extraída de la leche de Aster. Y Thea coló el suero para guardarlo.

Entre los dos, la lavaron con agua muy muy fría, y después la amasaron mientras Rem no paraba de decir: «¡Aj, qué pegajosa!».

Su abuela apartó un poco y le añadió miel para lo que ella llamaba «confitura».

Para el almuerzo tenían las sobras del pollo, además de galletas con la confitura que ellos mismos elaboraron.

Se fueron de paseo con los perros por el bosque y las colinas. Lucy había cogido el espray para ahuyentar a los osos, pero no lo necesitaron.

Se detuvieron junto a una casa, en realidad una especie de cabaña, que incluso a Thea le pareció que había vivido tiempos mejores. Un escuálido gato gris se encaramó raudo a la rama de un árbol y bufó a los perros, que no se inmutaron.

En el ruinoso porche había un niño más pequeño que Rem con un coche de juguete. Era lo que su abuela llamaba un peliblanco, porque tenía el pelo de un rubio muy muy claro.

—Hola, Sammy. ¿Está tu mamá en casa?

—Sí, señora Lannigan. ¡Mami! Ha venido la señora Lannigan —gritó a voz en cuello.

Salió a la puerta una mujer cargada con un bebé en el costado y una niña de corta edad enganchada a su pernera. La cría tenía unos anillos rojizos escamosos en ambos brazos.

—Buenas tardes, señora Lannigan. —La mujer se apartó el pelo, de un tono menos claro que el del niño, de la cara—. ¿Son estos sus nietos? ¡Señor! La niña es su vivo retrato.

—De lo cual me alegro y enorgullezco. Thea, Rem, decid buenas tardes a la señora Katie.

—Buenas tardes —dijeron al unísono, al tiempo que Thea procuró no quedarse mirando esos extraños círculos rojos.

—Me he enterado de que Sharona tiene un problema.

—Es tiña. He intentado mantenerla aseada. También le han salido costras en el cuero cabelludo.

—Te he traído un jabón especial que debes usar. —Lucy sacó una pastilla envuelta de su mochila—. Lávale los brazos y el cuero cabelludo con esto, y sécala bien. Es la humedad lo que provoca que se extienda, así que sécala a conciencia con una toalla limpia. Toma esto también. —Le tendió un bote pequeño—. Hay que mezclarlo con un chorrito de agua para hacer una pasta y extenderla sobre la zona hasta que se seque. Es cúrcuma —añadió—, y no le causará ningún daño. Seguramente la aliviará.

—Que no le quepa duda de que lo haré. Gracias, señora Lannigan. No tengo…

—No te preocupes por el dinero. La próxima vez que Billy elabore otra tanda de su especialidad, mándame un poco. Y si esta niña tan guapa no se cura con mis remedios, avísame.

—Lo haré. Seguiré todas sus indicaciones. Si le apetece pasar a tomar té de nébeda, está reposando al sol en la parte trasera.

—Oh, me gustaría, pero tenemos otras visitas previstas. Anda, ve a lavar a esta muñeca. Ya me contarás cómo se encuentra.

—Que Dios la bendiga, señora Lannigan.

Cuando se marcharon, Lucy dijo:

—Katie perdió a su padre hace unos años a causa de la enfermedad del minero, y a su madre el invierno pasado cuando contrajo una neumonía. Es duro no contar con personas en las que apoyarte.

—¿Cuál es la especialidad? —A Thea le había picado la curiosidad.

—Ah, es aguardiente casero, cielo. Billy elabora un magnífico aguardiente. Se desloma trabajando, aunque de vez en cuando bebe un pelín de más de su propia especialidad, pero es muy trabajador. Es un buen marido y un buen padre.

Continuaron con las visitas: una pastilla de jabón por aquí, una vela por allí… Cobró en dinero contante y sonante en los casos en los que se trataba de encargos, o en especie si el pago no estaba disponible.

Para cuando regresaron, los perros tenían ganas de echar una cabezada. Thea se sentó con su hermano y su abuela en el porche trasero a tomar limonada fría y galletas de azúcar.

—¿Conoces a todo el mundo en las montañas, nana?

—A la mayoría de la gente de la zona. Hay quienes son más retraídos, de modo que no me entrometo, a menos que bajen en busca de algo. Si alguien necesita ayuda como Katie, o Carl con su bursitis, los ayudo en la medida de lo posible. En el caso de que yo necesitara ayuda, la recibiría. Dispongo de más de mil quinientos kilos de leña para el invierno. Y alguien me traerá más cuando haga falta. Así funciona, como tiene que ser.

Cada día traía consigo una aventura. Las tareas de la granja eran, al fin y al cabo, tareas, pero se divertían. En la granja era el único lugar donde a Thea se le brindaba la posibilidad de ordeñar una vaca o ver a Rem ordeñar una cabra. Daban de comer a las gallinas y recogían los huevos. Lucy les enseñó a hacer salsa sureña aderezada con café para acompañar el jamón cocido, los huevos y las gachas de salvado de maíz.

Todas las noches tenían permiso para sentarse en el porche y acostarse incluso más tarde de su hora habitual en vacaciones. Lucy conocía todas las constelaciones; Rem le cogió el tranquillo a identificarlas por su nombre.

Una noche incluso vieron una estrella fugaz, y Rem decidió que de mayor sería astronauta. Y cada noche se turnaban para leer en voz alta el libro que elegían al comienzo del verano.

Cualquier título que quisieran, y Lucy jamás decía: «No, ese no».

Las historias, les decía, daban cohesión al mundo. Lo mejor era la puesta en escena, el uso de las diferentes voces. Thea tenía que reconocer el talento de Rem en eso, la manera en que modulaba el tono de voz, de gutural a alto, trémulo o sumamente engolado, dependiendo del caso. Y era capaz de acompañarlo con gestos, con los ojos muy abiertos o entrecerrados, haciendo un mohín con los labios o esbozando una sonrisa de oreja a oreja. Rara vez se le trababa la lengua, ni siquiera al pronunciar palabras complicadas.

Según su nana, era un actor nato, como su tío Caleb, y, en vista de que quería ser astronauta, a lo mejor rodaría películas en Marte.

Lucy acostumbraba a arropar primero a Rem; Thea los escuchaba desde su cuarto, tumbada en la cama. Rem siempre la bombardeaba a preguntas, sobre todo a la hora de acostarse.

Después Lucy entraba al cuarto de su nieta y se sentaba en el borde de la cama.

—¿Cuál es el sueño de esta noche?

—Un bosque mágico.

—Parece prometedor. —Le acarició el pelo hacia atrás—. ¿Abundan las hadas y los elfos?

—Tiene que ser así, y hay una bruja muy mala que ha conjurado perros malvados con alas afiladas y dientes más afilados todavía. Quiere mandar en el bosque y en todo el reino, así que habrá una gran batalla. Y hay una joven hechicera, un elfo y un hada que van a…, ah, aliarse y usar sus poderes y su ingenio para vencer a la bruja. Y una búsqueda, creo. Necesito soñarlo.

—Seguro que lo harás. —Su abuela se inclinó y la besó en la mejilla—. A lo mejor algún día escribes los sueños y Rem puede escenificarlos. Ahora, a soñar, tesoro. Mañana tendrás un nuevo día entero por delante.

Tal y como hacía cada noche, Thea cerró los ojos y empezó a crear el sueño.

En las mañanas en las que se despertaba temprano, como fue el caso en esta última mañana de inocencia, ponía por escrito el sueño: el bosque con sus gruesos árboles, las hojas azuladas, las manzanas doradas y las peras púrpura… Mog, la bruja odiosa, ataviada con una larga túnica negra con capucha y extraños símbolos.

A pesar de que el dibujo no se le daba tan bien como deseaba, continuó bosquejando a sus héroes —Gwyn, la hechicera; Twink, el hada; y Zed, el elfo—, así como a los malvados perros alados a los que llamó Wens.

Retomaría el relato más tarde, ya que sus historias soñadas se mantendrían nítidas en su cabeza.

Cumpliendo las reglas de su abuela, tras hacer la cama se cepilló los dientes. Antes de vestirse, comprobó si le habían salido los pechos durante la noche.

No hubo suerte, a pesar de que tenía el periodo desde abril, dos días después de su decimosegundo cumpleaños.

Tenía un sujetador de deporte, por si acaso, pero le parecía absurdo ponérselo en vista de que no era necesario sujetar nada. «Además, qué nombre más estúpido», pensó mientras se recogía el pelo en una trenza como su abuela.

¡De haber podido hacer deporte para que le salieran los pechos, lo habría hecho!

Examinó su rostro atentamente en el espejo y se preguntó qué aspecto tendría con un mechón de cabello blanco como el de la nana. Eso siempre le pareció que tenía como un toque mágico.

Aunque, según se contaba en la familia, en realidad ese mechón blanco había aparecido de la noche a la mañana, cuando el abuelo al que Thea no llegó a conocer —salvo por fotografías y relatos— murió en la mina.

Cuando se casara, ella no quería que su marido falleciera. Deseaba un final feliz, el mismo desenlace que se aseguraba para sus sueños.

Como estaba pensando en Zachariah Lannigan, se dirigió a la habitación de Lucy. La cama estaba hecha porque su abuela siempre era la primera en levantarse; las flores, que desprendían el aroma de las colinas, sobre la cómoda; las ventanas, abiertas a la brisa que acariciaba las cortinas; y, en un marco de piel marrón, la fotografía de un hombre de cabello rubio y ojos del color que su madre llamaba «verde espuma de mar» en la jerga de la decoración.

Era apuesto, aunque no como el chico con el que soñaba en ese momento, Nick Jonas, pero destilaba atractivo a pesar de ser mucho más mayor.

Según Lucy, ella misma lo había retratado cuando él cumplió treinta años.

Apenas un año después murió sepultado en un derrumbe.

—Siento lo que te pasó —dijo, contemplando la foto al tiempo que acariciaba el marco—. La nana aún te añora. Lo noto. Mi madre, Cora, se acuerda de ti en el día del Padre, en Navidad, en tu cumpleaños, en el aniversario de tu fallecimiento, y, a veces, entre estas fechas. Ella opina que Rem, mi hermano, tiene tu barbilla y tu boca; supongo que un poco sí. Bueno…

Como no se le ocurría nada más que decir a una foto enmarcada, se dirigió a la planta baja.

Lucy estaba sentada en el porche trasero, tomando café.

—Buenos días, cielo. ¿Ha sido prolífico tu sueño?

—Sí. Mog es la bruja malvada. Tiene pelos negros y puntiagudos en la barbilla, como un chivo, y los ojos muy oscuros también.

—¡Dios bendito, pues sí que parece malvada!

—Si encuentra la reliquia de los antepasados antes que Gwyn, Twink y Zed, esclavizará a todo el mundo y reinará en el bosque, las colinas, los valles y las riberas que se extienden más allá.

—¡Más vale que se pongan manos a la obra! Cómo admiro tu imaginación, mi niña, y me gusta fantasear sobre lo que harás con ella. ¿Rem aún está dormido?

Thea asintió con la cabeza y se agachó para acariciar en la cabeza a los dos sabuesos, repantigados a los pies de su abuela.

—Cocoa está en la cama con él.

—Están rendidos, así que los dejaremos tranquilos. Anoche trasnochamos, ¿a que sí? ¿Por qué no llevas a Aster al granero para ordeñarla? Daremos de comer a las gallinas y veremos qué nos deparan hoy. Vamos a poner la leche de Molly en los jabones que haremos luego.

—Se supone que Rem tiene que colaborar en las tareas.

Con una elocuente mirada, Lucy se levantó.

—Si tú estuvieras cansada, le pediría que hiciera lo mismo por ti.

—Vale.

—Y le haremos limpiar la caca de los huevos.

—La verdad es que le gusta.

—El hecho de que una tarea se realice con gusto no le resta mérito. Cuando ordeñemos a Aster, la dejaremos en el otro prado para que pase el día y, después de cenar, la meteremos en el granero. Se avecina tormenta. Una tormenta eléctrica.

Thea levantó la vista hacia el cielo azul, salpicado por unas cuantas nubes algodonosas. Sin embargo, no cuestionó el pronóstico meteorológico de su abuela.

—Vale.

—Se avecina tormenta —repitió Lucy, y se frotó el pecho.

Thea condujo a Aster al granero. En realidad disfrutaba con ello, pero, como decía la nana, eso no restaba mérito a la tarea.

También le gustaba ordeñarla apuntando a la lechera; a algunos de sus amigos les parecía repugnante, pero ella estaba encantada.

Mientras Aster rumiaba el grano ruidosamente, le lavó la ubre y los pezones y a continuación los secó. Se lavó las manos antes de untar la ubre con la crema de Lucy.

Lo siguiente era extraer los grumos, asegurarse de que la leche no contuviera ningún resto de suciedad antes de colocar la lechera.

Luego empezaba la parte divertida: el sonido metálico que al principio hacía la leche al caer en el recipiente vacío y, después, a medida que este comenzaba a llenarse, cambiaba a una especie de sonido sordo.

Disfrutaba cantando al compás del repiqueteo, y pensaba que a Aster también le agradaba. Cuando el primer pezón se puso blando y flácido, pasó al siguiente, firme al tacto.

Se imaginó que más allá de su bosque mágico, en un valle verde, otra niña ordeñaba una vaca, ajena a las adversidades que se vivían en la espesura, a la búsqueda, a las batallas en las que podrían tomarla como esclava hasta que el bien se impusiera sobre el mal.

Mientras ordeñaba, Thea incorporó a la niña al sueño. Para entonces había terminado la tarea. O al menos esa parte.

Cuando cargó con la lechera, ahora tapada, hasta la casa para verterla con un colador en una jarra de cristal, Rem se hallaba junto al fregadero, lavando los huevos del día.

Tenía el pelo de punta, y la marca de un pliegue de la almohada en una mejilla.

—¿Has dado de comer a Cocoa?

—Sí, sí. Estaba muerta de hambre. Como yo.

—Para variar.

—La nana dijo que podíamos desayunar huevos revueltos con jamón, gachas de maíz con queso y tostadas con mermelada. Quedan huevos de ayer, pero tengo que quitarles la caca a estos. ¡Están llenos de cacotas! ¡De cagarrutas de gallinas!

Thea se limitó a poner los ojos en blanco.

Cuando se sentaron a desayunar —y ahora sí que ella estaba hambrienta también—, los animales ya estaban atendidos, la lechera metida en el lavaplatos y los perros ahuyentando con sus ladridos a las ardillas, que intentaban aproximarse al comedero de pájaros.

El resto de la mañana lo dedicarían a la elaboración del jabón.

Lucy tenía un pedido de la tienda del pueblo, además de algunos encargos especiales, de modo que eso era lo primero.

Aunque ella lo denominara «proceso en frío», ¡se sudaba tinta!

Disponía de ollas especiales para tal fin, de todo tipo de aceites y colorantes, leche de Molly y sosa cáustica, hierbas aromáticas y flores secas. Todos debían ponerse ropa de manga larga, guantes y gafas de protección. Y, a pesar de que Thea rozaba la adolescencia, en opinión de Lucy era preciso esperar otro año para que pudiera manipular la sosa cáustica o verter el jabón en crudo, que escaldaba, en los moldes.

Pero la dejó pesar los aceites y mezclarlos; cuando Lucy añadió la sosa cáustica, el jabón se espesó. Rem se ocupó de añadir los colorantes, y Thea, la leche de Molly.

Hicieron una tanda de jabón de lavanda, otra de romero, más de avena y —el favorito de Thea— uno con un popurrí de pétalos de flores.

Su abuela colocó los moldes de jabón sobre la encimera, los golpeó suavemente para eliminar las burbujas y los dejó a un lado para que se endurecieran; era necesario que pasara un día hasta poder cortarlos en pastillas. Y ella siempre esperaba dos semanas antes de ponerles el cordel y la etiqueta.

Parecía mucho tiempo y trabajo para un jabón, pero a Thea

le constaba que la gente compraba el jabón Mountain Magic, además de velas, lociones, sales de baño y cosas por el estilo. Gente de todas partes que se iba a Redbud Hollow a hacer rutas por las montañas o que simplemente paraba en la tienda de Artesanía de los Apalaches de camino a otro destino y compraba productos artesanales de su abuela.

El saber que alguien adquiriría y usaría algo en cuya elaboración ella había colaborado la hacía sentirse bien.

—Bueno, una cosa menos. —Lucy se quitó los guantes y se pasó la mano por la frente—. Me parece que vamos a comer algo, y después empaquetaremos parte del género, lo llevaremos al pueblo, y ya tendremos otra cosa hecha.

—¿Podemos tomarnos un polo? —preguntó Rem.

—Bueno, me parece una idea estupenda, porque está apretando el calor. Y, en vista de que cuento con dos ayudantes tan eficientes, se me ha ocurrido otra idea estupenda. ¿Qué os parece si preparo una pizza para cenar y, de postre, helado de vainilla casero con sirope de chocolate caliente?

A modo de respuesta, Rem profirió un grito de euforia al tiempo que se lanzaba a los brazos de su abuela.

—¿Con una cereza encima?

—¿Cómo si no?

Fueron sorteando baches hasta el pueblo con las ventanillas bajadas y música folk tradicional en la radio. Qué mejor manera de desplazarse a la localidad montañosa, cuya calle principal estaba flanqueada de tiendas y restaurantes con nombres como Taste of Appalachia y Down Home Eats, todos los cuales abrigaban la esperanza de agenciarse unos dólares de los turistas.

Mientras ayudaban a cargar con las cajas hasta la parte trasera, una mujer salió al porche y aplaudió. Thea, que la recordaba de anteriores visitas, sabía que la mujer, con una melena rubia de tirabuzones y unas gafas enganchadas a una cadena de oro, era la dueña.

—Lucy, te juro que justo ahora estábamos diciendo que ojalá nos trajeras género de Mountain Magic. Mira por dónde tu jabón de lavanda se nos agotó esta mañana. Vendimos la última pastilla, junto con la vela aromática y la loción de lavanda, a una señora de Chicago. Y solo nos queda una vela de las últimas que hiciste con cáscara de naranja, y la que llamas Paseo por el Bosque.

—Pues justo a tiempo. Os acordáis de la señora Abby, ¿verdad?

—¡No me digas que estos son tus nietos! —Se dio una palmada sobre el pecho fingiendo sorpresa y, aunque Thea se dio cuenta, le hizo gracia igualmente—. ¡Madre mía! Juraría que han crecido dos palmos desde el verano pasado.

—Mis adorados bichitos. Thea, tú ve a llevar el jabón ahí dentro, a la trastienda. Rem, tú puedes cargar con esa caja de jabón líquido. Es obvio que hoy en día a la gente le gusta mucho.

Lucy cogió la primera caja de velas.

—Te sujeto la puerta. Tengo palitos de caramelo para vosotros, chicos, si a vuestra abuela le parece bien.

—Hoy se los han ganado.

—Id a decirle a la señora Louisa que la señora Abby ha dicho que os dé dos palitos a cada uno, uno para ahora y otro para después.

—Gracias, señora Abby.

Lo cierto es que a Thea no le gustaban los palitos de caramelo, pero podría usarlos para sobornar a su hermano más tarde. Además, así tendría la oportunidad de curiosear en la tienda. Lucy y la señora Abby tardarían un rato en ajustar cuentas, cotillear un poco y preguntar por sus respectivas familias.

Según su madre, se imponía el estilo sureño: en todo se tardaba como mínimo el doble de tiempo de lo habitual porque se acostumbraba a alternar y conversar.

A ella no le importaba esperar, puesto que aprovechaba para echar un vistazo a la artesanía, a los objetos de madera, cristal, metal o los tres materiales combinados. Podía ver las pinturas, y enorgullecerse al contemplar los estantes con los productos de su abuela.

Y cuando Lucy apareciera, se entretendría un momento con la señora Louisa y con un tal Jimmy, con los ojos grandes y desorbitados y el cuello largo, que trabajaba allí desde antes de

Navidad. Thea se lo imaginó con las orejas puntiagudas y decidió que podía encajar con uno de los elfos de su sueño.

El hecho de que Rem devorara el palito de caramelo no impidió que devorara un polo de uva. Ella saboreó el suyo más despacio, mientras paseaban por la calle principal.

Como Lucy conocía a todo el mundo y casi todo el mundo la conocía, se demoró un poco más. Fueron directos al banco y, como la sucursal cerraba a las dos, hizo un «ingreso nocturno».

—¿Cómo saben que es tu dinero?

Lucy bajó la vista hacia Rem mientras caminaban colina arriba.

—Bueno, el cheque está extendido a mi nombre, soy la beneficiaria y mi nombre y número de cuenta figuran en el recibo del depósito.

—¿Cómo sabes que no lo robarán y que simplemente dirán que no lo recibieron?

—Qué desconfianza tienes en esa cabecita, hijo. Una buena razón es que conozco al señor que dirige el banco desde que era pequeño. Solía corretear por ahí con mi hermano, Buck. Hasta fui a bailar con él en una ocasión porque tu abuelo tardó en pedírmelo. Fue la última vez que se quedó rezagado.

—¿Le diste un beso en la boca?

—No, porque yo le había echado el ojo a Zachariah Lannigan.

—A lo mejor te roba el dinero por no haberle dado un beso en la boca.

Lucy soltó una carcajada y le alborotó el pelo.

—No creo que me la tenga guardada desde hace tanto tiempo, sobre todo teniendo en cuenta que se casó con mi buena amiga Abigail Barns…, la señora Abby. Tuvieron tres hijos, y ahora tienen cinco nietos.

—Los hombres pueden enamorarse sin ser correspondidos —dijo Rem en tono sabio.

—Remington Fox, qué gracia me haces siempre.

—¿Tengo la lengua morada? —La sacó para que la examinara.

—Pues claro.

—Qué divertido sería tenerla siempre así.

—¿Ves? —Su nana le pasó un brazo alrededor del hombro y enganchó el otro al de Thea—. Absolutamente siempre.

A Thea le pareció el mejor día con diferencia, e incluso lo puso por escrito en el diario. ¡Había ordeñado a Aster ella sola! Y, en una nota adicional, escribió que intentaría preparar el desayuno de jamón cocido y salsa —con la colaboración de Rem y quizá de su padre— el día del cumpleaños de su madre. Había ayudado a hacer jabón y, aunque no estaría allí para guardarlos en sus bonitos envoltorios, su abuela le enviaría fotos.

Habían pasado un agradable rato en su incursión en el pueblo. A su regreso, les dieron chucherías a los perros por haber vigilado la casa. Tras hacer helado, lo metieron en el congelador para que se endureciera y tomarlo más tarde.

Los dos hermanos prepararon pizzas con la masa y la salsa casera de su abuela mientras esta rallaba queso. A Thea le salió casi perfecta; Rem prefirió amasar la suya en forma de hexágono. Cuando Lucy le añadió champiñones y aceitunas a la suya, Rem puso cara de asco a espaldas de ella.

Después de los quehaceres nocturnos, cuando salieron las estrellas, saborearon los helados en el porche trasero.

La gran cantidad de estrellas hizo pensar a Thea que tal vez su abuela se equivocara esta vez en su pronóstico sobre la tormenta que se avecinaba.

Cuando Lucy entró en el cuarto de Thea para arroparla antes de dormir, esta dejó el diario sobre la mesilla de noche.

—Mañana ya habrá pasado una semana entera.

Lucy se sentó en un lado de la cama.

—Eso significa que te queda otra semana por delante. Además, en un par de meses iremos todos juntos a la playa. ¡Voy a alojarme con mi familia en una casa en la playa por primera vez en mi vida! Es un detalle precioso por parte de tus padres. Y más adelante, apenas unos meses después, nos reuniremos aquí con la familia al completo. Voy a preparar una comida de Acción de Gracias que ni te imaginas. —Le dio una palmadita en la cabeza—. Ya verás. Todo estará diferente entonces. Quiero que todo tenga un aspecto diferente; yo seguro que sí. También vendréis en Navidad y en Semana Santa.

—Veré los ciclamores en flor.

—Claro, y los cornejos. Son dignos de fotografiar. ¿Vas a continuar con el sueño esta noche o a soñar con algo nuevo?

—Todavía no he terminado el otro, el del bosque mágico de *Endon*.

—*Endon*.

—Así es como se llama el mundo. Y se me han ocurrido un par de personajes nuevos. Tengo que ver lo que sucede.

—Pues que tengas dulces sueños. —Lucy se inclinó para darle un beso—. Yo también tengo ganas de saber qué sucede.

Contenta, Thea se acurrucó y cerró los ojos. Se sumió en el sueño, rebosante de color, aventuras y magia. Mientras soñaba, las nubes empezaron a ocultar las estrellas y el clamor de los truenos se oyó a lo lejos.

Cuando estalló la tormenta, tal como Lucy predijo, el embrujo del sueño se convirtió en una pesadilla.

3

Más o menos cuando Lucy metió el helado en el congelador, Cora salió de una reunión. Una reunión muy fructífera, de modo que se dio una palmadita en la espalda mentalmente.

A falta de compromisos para el resto del día, decidió hacer unos recados y organizar una pequeña celebración para John y para ella.

Podía ir a recoger la ropa a la tintorería, pasar por la imprenta a por los nuevos folletos, ir a su tienda de vinos favorita, comprar en el supermercado un par de filetes que John podía preparar a la barbacoa, y, por último, por el mercado agrícola a por aderezos para ensalada y un par de patatas.

A su marido le encantaban las patatas asadas rellenas que preparaba.

Nunca llegaría a ser tan buena cocinera como su madre, pero, en su opinión, John y ella se las apañaban de maravilla en ese sentido.

Iba vestida con lo que consideraba el look de «mujer profesional», puesto que había salido de una exitosa reunión con un cliente muy exclusivo y puntilloso.

Llevaba el pelo en un recogido flojo y un vestido de tubo sin mangas rosa oscuro a juego con unas sandalias de tacón.

En vez de su reloj de «madre trabajadora», se había puesto el de Bulgari que John le había regalado en su décimo aniversario de bodas. Un capricho excesivo, en su opinión.

Él encargó que grabaran en la parte posterior la inscripción «Para siempre» dentro de un corazón.

A ella le encantó.

Fue haciendo un recado tras otro con la radio puesta y una sonrisa en el rostro.

En el supermercado se acordó de los niños, de cómo cada vez que ella o John cometían el error de permitir que los acompañaran, absolutamente siempre salían con dos variedades de patatas fritas, dos sabores de helado, dos tipos de cereales para el desayuno, y Dios sabe qué más.

Los añoraba muchísimo.

No es que ese tiempo en pareja no le resultara agradable. Y revitalizador. Y, oh, Dios, sensual. Pero añoraba sus caritas, su energía, incluso sus riñas.

No obstante, conversaban con ellos como mínimo en días alternos, y, en esas llamadas, la desbordante alegría y emoción de Thea y Rem la colmaban plenamente.

A ellos les chiflaba la pequeña granja, y ella se aseguraba de que pasaran allí dos maravillosas semanas todos los veranos. Se desvivía por ellos; les mostraba su amor en infinidad de formas.

A partir de ahora disfrutarían de más amor y atención, con la playa, Acción de Gracias y Semana Santa incluidas en el lote.

Para todos ellos, esas pequeñas escapadas en familia valdrían la pena.

Con la elección de los filetes adecuados en mente y sus hijos en el corazón, no reparó en el hombre que llevaba un paquete de seis latas de Coca-Cola, una bolsa de Cheetos y un paquete de galletas Chips Ahoy! en la cesta.

Pero Ray Riggs sí reparó en ella.

Él reconocía a las zorras ricas a primera vista, y acababa de cruzarse con una: el peinado esnob, la alianza con el diamante de corte princesa, y ese carísimo reloj de pulsera.

A su modo de ver, el reloj proclamaba a gritos: «Soy mejor que tú, Ray».

La odió por eso.

¿Ir al supermercado con ese atuendo? Es probable que fuera la mujer de algún cabrón rico a la que exhibía como un trofeo. De las que miraban por encima del hombro a la gente como él.

Y eso lo enardeció.

De las que tenían muchos coches de alta gama y una lujosa casa con un montón de cosas carísimas, como ese reloj, dentro. Y seguro que dinero en metálico en la caja fuerte.

Y eso despertó su interés.

Le despertó tanto interés como para dejar la cesta en su sitio y salir tranquilamente del supermercado en dirección a su coche.

El que ahora le pertenecía, pensó, puesto que había encargado que lo pintaran. Al llamativo rojo cereza que había elegido el propietario anterior, un cabrón rico, ahora lo cubría un reluciente y discreto color negro. Se había desprendido de la matrícula de Maryland enseguida y la había sustituido por una de Pensilvania.

Siempre cabía la posibilidad de encontrar una matrícula de fuera del estado en uno de esos moteles de mala muerte situados a lo largo de la carretera interestatal.

A los dieciocho, con dos años en la carretera a su espalda, Ray sabía de moteles de mala muerte y cómo camuflar un vehículo robado.

Se sentó en el sedán negro, un Mercedes registrado a nombre de un tal Phillip Allen Clarke, que, junto con la bruja de su mujer, Barbara Ann Clarke, se estaba pudriendo en alguna tumba de algún cementerio para ricachones en Potomac, en el estado de Maryland.

Se había agenciado cuatro lujosos relojes de pulsera de los Clarke, entre ellos el Rolex que el marido había adquirido dos semanas antes, el cual él empeñó en Washington D. C. La vieja bruja poseía algunas joyas valiosas, pero Ray esperaría, dejaría pasar un tiempo antes de venderlas junto con los otros relojes.

Ray Riggs no tenía un pelo de tonto.

Y le había sonsacado la combinación de la caja fuerte a la vieja zorra antes de asesinarla; se había agenciado siete mil dólares en efectivo, más los dos mil trescientos de sus carteras y el pequeño nido de efectivo guardado en el cajón de la ropa interior de la vieja arpía.

De manera que, forrado, había alquilado una casa junto a la playa en Myrtle Beach. Para broncearse mientras seguía de cerca a los turistas ricos.

Había parado en ese supermercado a comprar comida para el viaje porque en las gasolineras de la zona te clavaban. Algún día igual haría que una saltara por los aires con el fin de demostrar que tenía razón.

Pero ahora tocaba hacer un alto en el camino. Lo tuvo clarísimo cuando esa cerda ricachona salió con una sola bolsa y la metió en un BMW. Joder, ¿es que nadie compraba marcas de coches estadounidenses?

De todas formas, era hora de cambiar de vehículo, y ¿acaso no había robado algunas matrículas de Virginia de repuesto?

Tocaba hacer un alto en el camino.

La siguió desde el aparcamiento hasta un mercado agrícola. Como si a la gente como ella le importaran una mierda los agricultores.

Ella regresó al coche con una sola bolsa pequeña.

«No tiene hijos —concluyó—. Es poca comida».

Tal vez tuviera un perro gruñón; sería necesario ocuparse de eso.

Por su pinta debía de tener un perro faldero gruñón, con un nombre como Muffin o Coco.

Bueno, le aplastaría la cabeza al chucho.

La mujer se dirigió a un barrio residencial con casas grandes, imponentes. «PC», las llamaba él: putos casoplones.

Ray se detuvo, sabiendo que el Mercedes le cubriría las espaldas, al menos durante unos minutos. La gente que vivía en casas de lujo no desconfiaba de la gente que conducía vehículos de alta gama.

Un error por su parte.

La puerta del garaje se abrió, ella entró, y se cerró.

Ray permaneció en el vehículo unos minutos más, pensando, maquinando, y, mira por dónde, la susodicha salió por la puerta principal.

Se puso a regar las macetas de flores del porche, las que colgaban de los postes. Puesto que no la siguió ningún perro gruñón, tal vez no lo hubiera.

Al dejar la regadera en el suelo, un SUV aparcó en el camino de entrada. Otro BMW.

No fue un cabrón entrado en años quien bajó del vehículo, sino uno más joven de lo que se figuraba. Alto, con aspecto de estar en buena forma, de modo que eso cambiaba un pelín las cosas.

Ella fue a su encuentro; él se aproximó.

Se abrazaron, se besaron.

No oyó a ningún perro ladrar, no vio a ningún niño exclamar: «¡Papá está en casa!».

Lo más probable es que vivieran los dos solos en ese pedazo de casa. Una casa que debería ser la suya. Todo debería ser suyo.

A partir de esa noche, parte de ella lo sería.

Cuando se disponían a entrar, arrancó, recorrió la calle —al límite de velocidad establecido— y rodeó la vivienda para comprobar qué alcanzaba a ver desde la parte trasera.

«Maldita sea», pensó, al fijarse en el amplio jardín trasero con una puñetera piscina.

En su opinión había demasiada gente forrada. Le parecía razonable y justo conseguir parte de eso, conseguir lo que anhelaba y merecía.

Al fin y al cabo, donde los iba a mandar era imposible llevarse nada.

Dentro, Cora le tendió la regadera a John.

—¿Te importa llenarla y dejarla en el porche? Voy a subir a cambiarme.

—Estás guapísima.

—¿A que sí? Adele elogió mis sandalias y, como cada vez que lo llevo puesto delante de ella, noté que envidiaba mi maravilloso reloj. Ahora te pongo al corriente de la reunión (todo buenas noticias), cuando me quite estas sandalias fabulosas que están empezando a molestarme.

—Vale. Yo tengo noticias bastante buenas sobre el proyecto de Barnaby. ¿Y si te quedas así, te llevo a cenar y, si te apetece, vamos al cine después?

Ella se detuvo en la escalera y le lanzó una pícara mirada de soslayo.

—Vaya, John Fox, ¿estás pidiéndome una cita?

—De lo contrario estaría loco.

—Por supuesto que acepto la invitación, pero te tomo la palabra para mañana. Tengo planes para esta noche.

Él inclinó ligeramente la cabeza hacia un lado y la miró con aire de tipo duro.

—¿Qué planes?

—Bueno, te cuento. —Sin dejar de sonreír con coquetería, se descalzó—. Los planes incluyen los filetes que he comprado de camino a casa para que los prepares a la barbacoa. Y yo cocinaré mis famosas patatas asadas rellenas.

—Famosas en todo el mundo.

—Y una rica ensalada con aderezos del mercado agrícola. Además, tenemos la botella de cabernet sauvignon que compré en uno de mis viajes y que tanto te gusta.

—Me parece un magnífico plan. ¿Qué hay de postre?

—Me ha dado por pensar en los niños, en lo bien que lo están pasando. Y nosotros aquí, los dos solos en la casa vacía. —Movió las sandalias en vaivén sujetando las cintas—. Así que he pensado que debería disfrutar de sexo desenfrenado con mi marido.

—Mejor postre, imposible.

—¿Supera la tarta de manzana de mi madre?

—Incluso eso.

—Una respuesta inteligente. ¿Por qué no abres esa botella y cuando baje pongo al horno las patatas? Podemos pasar un rato agradable en el porche trasero antes de que enciendas la barbacoa.

—Te quiero, Cora.

Ella siguió escaleras arriba, pero miró hacia atrás de nuevo y le dio unos toquecitos a su reloj de pulsera.

—Para siempre.

Mientras cruzaba la sala, totalmente diáfana, en dirección a la cocina, John se detuvo junto a la pared de fotografías. La galería de recuerdos familiares, como la consideraba él. Imágenes de los dos, luego de los tres, luego de los cuatro. De los niños juntos.

De su suegra, de sus cuñados. El paño estaba cubierto de instantáneas en grupo y retratos individuales.

Lo convertían en el cabrón más afortunado del mundo.

Para siempre.

Se fue para abrir el vino y llenar la regadera.

Ray llevó el Mercedes al lavadero de coches y pagó el servicio de limpieza por dentro y por fuera para que lo dejaran como una patena.

Encontró un sitio para tomarse un sándwich de carne de cerdo desmenuzada con una ensalada de col, que estaba de muerte, y patatas fritas. Se sentó fuera, a disfrutar del calor, y mientras comía se puso a dibujar la casa.

Pensó que, de haber querido, podría haber sido arquitecto, aunque ¿para qué diablos querría diseñar casas para otros?

Suponía que los dormitorios se ubicarían en la primera planta, muy posiblemente con uno principal de lo más pijo. Si disponían de caja fuerte, también estaría arriba, en una habitación destinada a despacho o en una de esas bibliotecas de «mira lo cultos que somos».

¿Su botín? Dinero en metálico, joyas y uno de los coches.

Después pondría rumbo a Carolina del Norte y pasaría una noche en un motel de mala muerte. Tiraría millas por la mañana y, para cuando alguien descubriera que la zorra y el cabrón ricos estaban muertos, él ya estaría de camino a Myrtle Beach.

«Un plan sólido», concluyó, y bebió un buen trago de Coca-Cola. Ahora solo faltaba encontrar algo en lo que matar el tiempo durante unas horas.

Se dirigió al centro comercial, vagó sin rumbo, entró al salón de juegos y después vio una película, *Transformers: la venganza de los caídos*.

No estuvo nada mal.

Alrededor de las once, condujo sin prisa por aquella tranquila y exclusiva calle del barrio residencial.

Como aún había demasiadas luces encendidas, se dio una vuelta para hacer tiempo y se fijó en las mejores salidas con el fin de tomar la 95 en dirección sur al terminar la faena.

Para la una, en la calle reinaba el silencio. Había algunas luces encendidas en los porches, algunos focos de seguridad, alguna que otra luz que los residentes dejaban encendida en las casas pensando que eso ahuyentaría a los ladrones.

Había urdido su plan de aproximación, de modo que rodeó la casa, apagó los faros, aparcó en un camino de entrada y apagó el motor.

Aguardó, pendiente de que se encendiera una luz, de que ladrara un perro, pero todo continuó en silencio. Tras ponerse los guantes, le dio otra buena pasada con un paño al asiento delantero, al volante y al salpicadero. A continuación sacó la pistola 9 mm Smith & Wesson de debajo del asiento.

La había birlado en su tercer asesinato: el del abogado remilgado y su zorra con enormes tetas de silicona.

Los había degollado como a la pareja anterior y ¡joder, menuda escabechina! No es que le desagradara ver un reguero de sangre, pero le molestaba ponerse perdido.

Además del dinero en metálico y las joyas, se agenció la pistola. Junto con una gran cantidad de munición. Ya compraría más cuando fuera necesario.

No alardeaba de ser un gran tirador, pero, a corta distancia, eso era lo de menos.

Lo demostraría en su próxima incursión.

Tras guardar la pistola en la funda de piel prendida a la cintura que le había robado al abogado, sacó las bolsas del maletero.

Puesto que viajaba ligero de equipaje, se enganchó la mochila a la espalda y el macuto al hombro.

Cerró el maletero —sin hacer ruido—, le pasó un paño y se marchó.

Según la ruta trazada, salvó sin dificultad la valla del patio de otro ricachón y enfiló hacia su objetivo, la casa con su resplandeciente piscina y su amplio jardín. ¿Y esa terraza en la primera planta? Ah, sí, al otro lado de esas puertas, ahí es donde la zorra rica con su reloj de lujo dormía.

Rodeó la piscina y, al cruzar el jardín, se fijó en la barbacoa, tan grande y brillante que probablemente costaría dos o tres de los grandes.

El mero hecho de verla ahí, reluciente, hizo que su resentimiento aumentara. Ojalá tuviera un bate o un tubo de acero. De haber traído uno, la habría reventado a palos.

En vez de eso, contuvo su ira. Tenía un trabajo por delante, para el que necesitaba la mente despejada.

Respiró lenta y profundamente, posó las manos enguantadas sobre las puertas correderas y se teletransportó con esa mente despejada al interior de la casa.

Poseía ese don, desde siempre.

Su madre había intentado disuadirlo de usarlo a base de súplicas; su padre, a base de razonamiento.

Fue en vano.

Algún día, el día menos pensado, se vengaría, les daría un escarmiento por no haberle proporcionado un casoplón como ese donde criarse, una piscina en la que zambullirse.

Se las pagarían por preparar hamburguesas en una cutre barbacoa de carbón en vez de filetes en una grande y brillante.

Pero hasta entonces, le bastaba con vivir a su aire, con usar ese talento para disfrutar con lo que robaba a los ricos.

No había ningún perro en la casa en ese momento, pero sí antes. Y niños, uno, tal vez dos, pero no en ese momento.

Los únicos ocupantes estaban durmiendo, tal y como se figuraba, en la planta de arriba.

Y, sin embargo, sintió como un aliento sobre su nuca, como si alguien observara, observara tan de cerca que estuviera dentro de él.

Al pensarlo, una gota de sudor le resbaló por la sien y lo obligó a volver la vista.

«A la mierda», pensó.

Fuera no había ningún aviso de un posible sistema de seguridad, ni en el interior indicios de que hubiera alguno.

Como trabajó con el rata de su viejo un verano, instalando alarmas en putos casoplones como ese, sabía qué buscar. Qué hacer en el caso de encontrar algo.

Pero lo único que había en esas grandes puertas correderas de cristal era una cerradura.

En vez de forzarla —su destreza era excepcional en ese sentido—, sacó el cortador de cristal de la mochila.

No tardó mucho en introducir la mano con cuidado por el agujero que había perforado y girar el pestillo.

Una vez dentro, echó un vistazo a la amplia cocina, a la gigantesca pantalla de televisión colgada en la pared, al ancho sofá en forma de L al que llamaban «modular».

Se veía directamente la zona de estar, la chimenea, otro sofá, sillas, mesas, lámparas… Todo bonito y con lustre.

Debería haber vivido en una casa así. Esa gente no era mejor que él, sino que la suerte les sonrió, y les gustaba restregárselo en la cara.

En el fondo le entraron ganas de destrozarlo todo, pero debía mantener la mente despejada.

Ahí estaba el típico cuarto zapatero —como si esa clase de gente se ensuciara los zapatos de barro— con una puerta que conducía al garaje.

Y un despacho, como si de verdad se ganaran la vida trabajando.

Una pared abarrotada de fotos. ¡Míralos, sonriendo a la cámara! Retozando en la playa o…

Se detuvo delante del retrato de la niña. La niña que tanto se parecía a la zorra rica, salvo por…

Algo en sus ojos, algo que le hizo contener la respiración, le nubló la mente. Como si lo traspasara con la mirada.

Como si viera su interior.

Se le heló la sangre; le provocó un escalofrío que le recorrió la espalda.

Apretó los puños y, por un momento, perdió la percepción de la casa, de las personas que dormían arriba.

Tuvo que relajar las manos, secarse el sudor que le cubría las palmas sobre el pantalón vaquero.

Tuvo que relajar la mente para percibir.

—Es una lástima que no estés aquí. Una maldita lástima —dijo entre dientes—. Te daría tu merecido a ti también.

Se imaginaba que serían beneficiarios de un fideicomiso, ella y el niño, probablemente el «hermanito». Uy, les habría dado su merecido, pero lo más seguro es que estuvieran en algún campamento para niños ricos.

De nuevo se quedó absorto unos instantes, con la vista clavada en aquella foto, en aquellos ojos azules. Le temblaron las manos, sintió el impulso de estampar el puño contra esa cara, de cerrar esos ojos azules.

No tuvo más remedio que girarse para recobrar el aliento y despejar la cabeza.

«A trabajar —se recordó a sí mismo—. A hacer justicia».

Desenfundó la pistola y comenzó a subir las escaleras.

No se despertó con el estruendo de los truenos ni con el sonido amortiguado del disparo. Atrapada en el sueño, Thea gritó sin cesar, pero, al igual que el resto, los gritos sonaban solo en su cabeza. Chilló y sollozó con impotencia mientras lo presenciaba hasta que por fin se liberó del sueño.

Con el destello de un relámpago, se incorporó temblando, incapaz de tomar aliento para gritar. Olvidando que ya era casi una adolescente, salió a gatas de la cama. Dado que las piernas le fallaban, se desplomó en el suelo, mareada, con el estómago revuelto.

Tenía tanto frío que los dientes empezaron a castañetearle; se levantó con dificultad.

El suelo parecía oscilar en vaivén como la cubierta de un barco atrapado en la tormenta desatada fuera.

Tuvo que apoyar una mano contra la pared de camino a la habitación de su abuela.

Quería que la estrechara entre sus brazos, sentir su mano acariciándole el pelo, escuchar su voz diciéndole que solo se trataba de un mal sueño.

Pero al llegar al umbral del dormitorio, vio a Lucy sentada en un lado de la cama. La oyó llorar. La vio temblar.

—¡Nana! ¡Nana!

Durante el resto de su vida recordaría ese momento, el instante preciso en el que se miraron a los ojos. Unos ojos del mismo color y la misma forma, unos ojos anegados en lágrimas, el estupor y la aflicción patentes en ellos.

Y la chispa fugaz al mantenerse la mirada, tan nítida y brillante como un rayo.

Y el instante posterior a esa chispa, cuando supo que sus padres estaban muertos.

Cayó desmadejada al suelo como un fardo.

De inmediato, Lucy la abrazó y le acarició el pelo.

Sin embargo, no dijo una palabra, pues mentiría.

—He visto... He visto...

—Oh, Dios, Thea. —Lucy la meció, se mecieron juntas sobre el suelo bajo el umbral—. Cariño, mi niña...

Oía la respiración entrecortada de Lucy, sentía el desenfrenado galope de su corazón.

—He de llamar al sheriff. Agárrate a mí. Agárrate fuerte. Él avisará a la policía de Virginia para que vaya a... comprobarlo.

—Tú también lo has visto. Tú también lo has visto. Pero...

—Deja que avise. Agárrate a mí.

—Tengo ganas de vomitar.

—Lo sé, lo sé.

Como Thea no mantenía la cabeza erguida y todo le daba vueltas, Lucy prácticamente cargó con ella hasta la cama.

—Intenta respirar despacio. Si no puedes contener las náuseas, no te preocupes. Sujétate, muy bien, respira despacio. El mareo pasará.

Una vez en la cama, su abuela le cubrió los hombros con una manta.

—Pon la cabeza entre las rodillas y respira despacio. Se te pasará.

Obedeció, mientras la habitación daba vueltas. Y la oyó descolgar el teléfono de la mesilla de noche.

La voz de su abuela se le antojó extraña, como si hablara en una gran habitación vacía donde todo sonaba hueco y retumbaba.

—Tate, soy Lucy Lannigan. Necesito que me hagas un favor.

Thea dejó que las palabras calaran en ella mientras, tal y como Lucy predijo, el mareo comenzaba a remitir. Y con él su sensación de frío se mitigó con un sofoco que impregnó hasta el último centímetro de su piel.

—Vamos, cariño, túmbate. Voy a prepararte un té.

—No me dejes sola. Por favor, no me dejes sola.

—El té te sentará bien. Confía en mí, Thea. ¿Quieres bajar conmigo? ¿Te ves con fuerzas?

Ella asintió con la cabeza y se apoyó en su abuela.

—No voy a vomitar.

—Será mejor que no despertemos a Rem, ¿de acuerdo? —Lucy la rodeó con el brazo, aún tembloroso—. Aquí están los escalones. Bajaremos despacio.

—Ya no estoy mareada. No voy a vomitar. —Sintió calor en el ambiente mientras en su interior todo quedó inerte—. Lo he visto. Lo he visto, lo mismo que tú. No ha sido un mal sueño.

—Rezo por que lo haya sido. Siéntate a la mesa, que voy a preparar el té. Cariño, no hemos hablado sobre el don que poseemos, tú y yo. Tu madre...

—A ella no le gusta.

—Le preocupa, eso es todo. Le preocupa. Anda, siéntate. El sheriff McKinnon va a avisar a la policía de Virginia e irán a echar un vistazo. Y... ya verás qué ridículas nos sentiremos cuando llamen para comunicarnos que todo está en orden.

—Nana...

—A veces, muchas veces, cariño, nuestro don vaticina lo que está por suceder.

—Pero no es el caso. —Las palabras le salieron entrecortadas entre un nuevo torrente de lágrimas—. Se han ido, nana. Lo sé. Igual que tú.

Con el pelo suelto y alborotado alrededor de los hombros, lívida a causa de la conmoción, Lucy se tapó la boca con ambas manos como para reprimir un grito.

—Yo no lo he visto con claridad.

—Yo sí, lo he presenciado. Estaba allí con ellos. Podía ver, y oír, y oler, y sentir. Me puse a chillar, pero ellos no me oían. Creo que él quizá sí.

Súbitamente agotada, Thea apoyó la cabeza sobre la mesa.

—Él los mató, y yo estaba allí.

—Vamos a rezar por que fuera algo que está por suceder y que, al presenciarlo, hemos cambiado el curso de los acontecimientos, hemos evitado que pasara. Eso es todo cuanto podemos hacer ahora mismo.

Podían ponerse a rezar, pensó la nieta, podían rezar eternamente, pero la situación no cambiaría. A pesar de su conmoción, Thea sintió la pena de su abuela —un sentimiento sobrecogedor y aterrador— sin decir una palabra.

Lucy hizo acopio de hasta la última gota de sus fuerzas y calculó la cantidad de té de majuelo. Ahora tenía que pensar en la niña, atenderla, nada más.

«En esta niña», dijo para sus adentros, la niña sentada a la mesa, abrumada por la conmoción y la pena, y no en la criatura que llevó en su vientre, la que trajo al mundo. No en la chiquilla a la que había querido con toda su alma, no en el hombre de buen corazón con el que se había casado de mayor, al que ella quería como a un hijo.

Esa niña necesitaba que se mantuviera fuerte, de modo que lo haría.

Esa niña con la que debería haber hablado sobre el don mucho antes de que ocurriera esto. Para ayudarla a estar preparada, porque le constaba que también poseía ese don; lo había percibido con toda su luz, con toda su fuerza.

«Por desgracia, no es posible cambiar lo que ha sucedido», se recordó en su fuero interno. En ese preciso instante, su nieta necesitaba de su entereza para ayudarla a sobrellevar lo que ambas sabían.

Debía postergar su propio duelo.

Puso las tazas de té sobre la mesa y le acarició el pelo a Thea.

—Bebe un poco, cielo. Te prometo que te caerá bien.

—No siento nada dentro de mí. Es como si estuviera vacía.

—Es una manera de protegernos. —Pero se desahogaría de nuevo, pensó Lucy, se desahogaría a gritos de nuevo—. Venga, bebe un poco, y necesito que me escuches, ¿de acuerdo?

La niña se incorporó, cogió la taza de té y asintió con la cabeza.

—Van a preguntarme por qué avisé a la policía. Thea, necesito abrigar la esperanza de que sea tu madre quien llame y me lo pregunte. Necesito aferrarme a esa esperanza.

Thea bebió un sorbo de té y asintió con la cabeza de nuevo.

—Pero, sea quien sea quien lo pregunte, lo mejor será que dejes que yo responda.

—¿Por qué?

—Algunas personas se vuelven codiciosas cuando saben que tienes un don, y seguro que les da por acosarte. Otras no se lo creen, y pueden llegar a decir cosas muy feas.

—Ya lo sé.

Lucy soltó un suspiro de puro arrepentimiento.

—No lo he hecho bien contigo en lo tocante a esto, cariño. Lo lamento.

—A mamá la preocupaba. La asustaba.

—Cierto.

A Lucy le dio la impresión de que esas mejillas lozanas y suaves habían recuperado algo de color; no mucho, pero al menos un poco. Sin embargo, su mirada había perdido esa lozanía, y el vacío que reflejaba le decía que esa sensación interior aún la embargaba.

—¿Qué hacemos, nana?

—Pues…

Cuando tocaron a la puerta, a Lucy se le encogió el corazón, como un papel estrujado en un puño. Procuraría soltar ese nudo, sin más remedio, por el bien de esa criatura y por la que dormía arriba.

Pero nada volvería a ser lo mismo nunca más.

Hizo amago de decirle a Thea que volviera a la planta de arriba y esperara, pero no le pareció conveniente, así que se levantó y le tendió la mano.

—Dame la mano.

Dejaron el té encima de la mesa y, con las manos entrelazadas, se dirigieron a la puerta.

4

Aunque lo peor de la tormenta había pasado, el viento aún azotaba y balanceaba los árboles. La lluvia, ahora menuda, volvió el ambiente húmedo y brumoso. El ruido de los truenos sobre las colinas se fue apagando hasta convertirse en un molesto repiqueteo.

Tate McKinnon, un hombre de complexión fornida y tez oscura con arrugas prácticamente inapreciables a pesar de haber cumplido los cincuenta, se presentó en el porche vestido con el uniforme. Sus ojos, de color marrón oscuro, reflejaban pesadumbre.

Lo acompañaba una joven ayudante, también de uniforme. Lucy, aunque conocía a Tate de toda la vida y lo consideraba casi como de la familia, entendía que fuera acompañado de una mujer porque posiblemente la situación lo requiriese.

Todo cambió en ese instante, sin necesidad de pronunciar una palabra. Ella lo sabía, tal y como Thea afirmaba, pero ese brusco y doloroso cambio aguardaba ese momento.

Siempre habría un antes y un después. Y ese instante marcó la separación para siempre.

—Tate —dijo, al tiempo que Thea le estrechaba la mano—. Ah, tú eres la ayudante del sheriff. Driscoll, ¿verdad? Conozco a tu madre.

—Sí, señora.

—Lucy.

Con los labios apretados, Lucy asintió con la cabeza en dirección a Tate.

—Pasad. Deberíamos sentarnos.

Tate miró de forma fugaz a Thea, y de nuevo a Lucy.

Ella se limitó a asentir con la cabeza de nuevo.

—Deberíamos sentarnos. —Cuando entraron, cerró la puerta y se armó de valor—. En el salón.

Tras conducirlos allí, se acomodó en el sofá y pasó el brazo alrededor de los hombros de la niña.

Tate tomó asiento en una silla y la ayudante lo imitó. «Alice», recordó Lucy. Alice, la llamaron así por su abuela.

Lucy no se despegó de su nieta mientras miraba a Tate a los ojos. Para ella sobraban las palabras, pero la obligación del sheriff era comunicárselo.

—Lo siento, Lucy —dijo con voz ronca, como el sonido de los truenos sobre las colinas—. Lamento decirte que Cora y John han muerto.

—¡Él los mató! —prorrumpió Thea, a pesar de que su abuela le apretó la mano a modo de advertencia.

—¿Quién? —inquirió Alice, e ignoró la mirada fría que le lanzó Tate.

—No lo sé. No sé quién es, pero hizo un agujero en el cristal de la puerta trasera, la corredera, metió la mano y abrió el pestillo. Odiaba la casa y la quería para él. Los odiaba a ellos y quería matarlos.

—¿Cómo lo sabes?

—Driscoll. —El tono de advertencia de Tate fue lo bastante contundente para enmudecerla.

—Lucy, la policía de Fredericksburg está investigando. Querrán hablar contigo, y es probable que con los niños también. Me hago cargo de que no puede haber un momento más duro que este, pero tal vez seas capaz de responderme a unas preguntas ahora. De primeras podría resultarte más fácil hablar conmigo.

—De acuerdo. Está bien, Tate.

—Quiero preguntarte si Cora o John te comentaron si algo los inquietaba, si recibían alguna amenaza.

—No, qué va, y anoche mismo charlamos con ellos. Lo que pasa es que de madrugada sentí un pálpito, así que...

—Ellos no lo conocían —terció Thea—. Él tampoco a ellos, pero los odiaba de todas formas.

—Thea... —A Lucy se le apagó la voz y, al notar el temblor de la pobrecita de su nieta bajo el brazo, hizo de tripas corazón para asumir el después; no solo el de ella misma, sino el de Thea—. Continúa, cariño. Continúa contándoles lo que presenciaste y lo que sabes.

—Estaba muy furioso con ellos, nana, aunque fueran unos desconocidos. Le daba muchísima rabia que tuvieran una casa lujosa, un «casoplón». Eso es lo que él pensó..., y en el reloj de pulsera, el que papá le regaló a mamá en su aniversario. Ella solo se lo ponía en ocasiones especiales. No sé bien cómo se enteró él de que lo tenía, pero... —Se vino abajo y se acurrucó más contra Lucy—. En realidad, no vi nada hasta que se puso a agujerear el cristal de la puerta de la cocina que da al jardín, a la piscina. También se enfureció por la piscina, y por la... barbacoa.

—¿Cómo lo sabes? —preguntó Alice y, esta vez, Tate lo dejó pasar.

—Porque lo vi y lo sentí. —Se secó bruscamente con el puño las lágrimas calientes que le resbalaban por las mejillas—. En mi sueño, yo estaba allí, justo detrás de él, y no le gustó. Respirando junto a su nuca... Él lo notó... No me veía como yo a él, pero sintió algo.

—Deja que siga, Driscoll. —Tate miró a Thea con gesto amable—. Continúa, Thea. Cuéntanos lo que puedas.

—Cada vez se ponía más furioso mientras caminaba por la casa. Todo lo sacaba de quicio porque, según él, aquello tendría que haber sido suyo. Como si esta gente trabajara para ganarse la vida, joder. —Hizo una pausa y se sonrojó un poco—. Perdón, pero eso es lo que pensó.

—Tranquila, cariño. —Lucy la besó en la frente—. Tú no te preocupes por eso.

—Cuando fue hacia las escaleras, al ver las fotos en la pared, se puso como loco. Papá lo llama la «galería familiar». Pero después, al ver la mía, no le gustó, no le gustó notar que yo podía mirarlo directamente. Como si supiera que yo era capaz de verlo. Como si sintiera mi presencia.

—¿La sintió, Thea?

—No sé, nana. Te juro que no estoy segura. Pero… se asustó, y sé que quería hacerme daño. Él deseaba que yo estuviera allí para poder hacerme daño. Iba armado. Camino de la planta de arriba, se puso más furioso y… ¿más contento? Furioso y contento, mientras subía por las escaleras con la pistola. Ellos estaban durmiendo.

En ese instante lo distinguió con tanta claridad como en el sueño, y lo relató con todo lujo de detalles.

Él entró al dormitorio, fresco con el aire acondicionado. Su padre estaba tumbado boca arriba, y su madre, de costado, mirando hacia él. Los cojines estaban apilados en el suelo. A su madre le gustaba que pusieran un montón de bonitos cojines cuando le hacían la cama por la mañana.

Él cogió uno y Thea notó que sonreía al colocarlo sobre la cara de su padre y apretar el gatillo.

Se le cortó la respiración y Lucy la abrazó con más fuerza.

—Me puse a gritar y gritar, pero nadie podía oírme.

—Si presenciaste todo esto…

—Silencio, Alice —ordenó Tate—. Sigue cuando estés preparada, cielo.

Thea inhaló hondo, exhaló y continuó. Lo revivió mientras lo relataba.

La pistola emitió un ruido sordo y desagradable. Las plumas del cojín salieron despedidas por los aires, su padre dio una sacudida, como en un mal sueño y, acto seguido, se quedó inerte.

Su madre se rebulló y, cuando hizo amago de alargar el brazo, él rodeó la cama a toda prisa y la encañonó.

«Como grites, zorra, te pego un tiro en la cara como acabo de hacer con él. ¿Dónde está el peluco? ¿Dónde está la caja fuerte? ¿Cuál es la combinación?».

Ella llamó a su marido a gritos, y el hombre le asestó un golpe en la cara con la pistola. Ella rompió a llorar e intentó girarse hacia él, pero el hombre la golpeó de nuevo.

«Dímelo y no volveré a hacerte daño».

Pero era mentira.

Thea oyó, con toda claridad, la voz de su madre en su cabeza. Percibió su miedo, su estupor, su pena.

«Está encima de la cómoda, ahí, encima de la cómoda. Oh, Dios, John. John».

Alargó la mano hacia la de su marido y se la estrujó con fuerza, con mucha fuerza.

«La caja fuerte está ahí, en el vestidor. La combinación es dos, nueve, nueve, cuatro».

Ese fue el día en que se conocieron, el 2 de septiembre de 1994. «Llévate todo lo que quieras».

«A eso voy», dijo él.

Y, acto seguido, le plantó un cojín sobre la cara y le pegó un tiro, lo mismo que a él.

Thea apoyó la cabeza contra el costado de Lucy.

—Yo gritaba sin parar, pero los gritos no se oían fuera de mi cabeza. Él fue al vestidor, sacó el dinero y pensó: «Cinco de los grandes, no está mal». Se llevó el reloj de mi padre y los pendientes de botón con diamantes rosas que le regaló a mi madre cuando yo nací, por ser niña, y los de diamantes azules cuando nació Rem, por ser niño. Y también los aretes de brillantes que le regaló una Navidad, junto con la pulsera de oro que ella se compró.

Cuando hizo una pausa y pegó la cara contra el brazo de Lucy, Tate le preguntó con delicadeza:

—¿Le viste la cara, cielo? ¿Puedes decirnos qué aspecto tenía?

—Yo estaba detrás de él, todo el rato, y en algunos momentos fue como…, casi como si yo mirara a través de sus ojos. Se llevó el dinero del bolso de mi madre y de la cartera de mi padre, junto con las llaves que había dejado encima de su cómoda. Después fue a por el reloj a la cómoda de mi madre. Se sintió bien al cogerlo. Contento. Sonrió cuando levantó la vista hacia el espejo.

Thea prosiguió:

—Entonces vi su cara, algo en él lo supo y se asustó, se puso como loco. Se giró deprisa, y el corazón le latía muy rápido también. Yo aún lo veía. Lo veía. Echó a correr. Salió pitando y los dejó allí, en la cama, con los cojines sobre la cara.

Aunque las lágrimas no habían dejado de caer a mares sobre su rostro mientras relataba el episodio de nuevo, en ese momento Thea se aferró a Lucy y rompió a llorar.

—Tranquila, cariño, tranquila. Driscoll... Alice —rectificó Lucy—, ¿me harías el favor de ir a la cocina a por un vaso de agua para mi nieta?

—Por supuesto.

Lucy reconoció esa expresión, lo percibió en sus ojos antes de que Alice saliera de la sala. Esa mirada recelosa, temerosa, y la necesidad de no dar crédito.

—Lo siento mucho, Thea —dijo Tate—. Lo siento muchísimo.

—No pude impedírselo.

—Ahora nuestro cometido es atraparlo. Si pudieras describir su aspecto, eso nos ayudará a realizar nuestro trabajo. Si te parece bien, voy a avisar para que envíen a un artista forense, a ver si podemos conseguir que nos haga un retrato robot aproximado de él.

Alice regresó con el agua y, a pesar de sus sospechas y temores, le dijo con amabilidad:

—No bebas demasiado rápido, ¿vale? Tómate tu tiempo. Bebe a pequeños sorbos.

—Gracias. —Thea se limpió una lágrima con el nudillo antes de beber. Acto seguido apoyó la cabeza sobre el hombro de Lucy.

—Era mayor que yo, pero no mucho más. De unos veinte años, puede que incluso menos. Tenía el pelo tirando a rubio, despeinado, como enredado, y los ojos azules, pero no oscuros; eran de un azul muy muy claro, como ¿descoloridos?

—De acuerdo. —Tate asintió con la cabeza—. Entonces ¿era un chico blanco, Thea?

—Sí, señor. Blanco como la leche, como si no tomara el sol. No muy alto... No sé cómo describirlo, más alto que yo, pero no tanto como mi abuela, y... con la nariz muy fina, larga y muy fina. Cuando sonrió, vi que tenía las paletas torcidas, como un poco montadas la una sobre la otra, y el labio un pelín saltón.

Se dio unos toquecitos con el dedo en el labio superior.

A continuación se llevó la mano a la frente, se la frotó y cerró los ojos con fuerza como si le doliera.

—Él se puso a pensar…, a pensar cómo ir a la playa. Según él, se había apuntado un buen tanto y tenía un carro para ir a Myrtle Beach.

—Lucy, sería conveniente que supiéramos las marcas y los modelos de los coches de Cora y John.

—BMW. El de Cora es un sedán, azul oscuro, se lo compró hace alrededor de un año. El de John es un SUV y tiene unos tres años, creo. Más o menos. No me sé las matrículas.

—No pasa nada.

Le hizo una seña a Alice, que se levantó y se dispuso a sacar su teléfono del bolsillo.

—Aquí no hay muy buena cobertura para móviles. Puedes usar el teléfono de la cocina.

—Sí, señora.

—Oye, Thea, ¿hay algo más que recuerdes o que puedas contarme? ¿Hasta ahora nunca habías visto a ese hombre?

—No, señor. Bueno, sus manos… Las tenía aún más blancas que el resto del cuerpo. Llevaba puestos esos guantes que utilizan los médicos y, cuando entró, dejó un macuto y una mochila en el suelo de la cocina. Antes de ir a la planta de arriba, guardó en la mochila el chisme que usó para cortar el cristal. —Continuó—: Fue el reloj lo que lo provocó. No sé por qué o cómo exactamente, pero fue el reloj.

—Tranquila. Lucy, ¿puedes… corroborar algo de esto?

—Yo no lo vi con tanta nitidez, ni mucho menos, Tate, y en ningún momento vi su rostro. Pero sí lo que le hizo a John y Cora. También la pistola que empuñaba… con esos guantes blancos. Era una 9 mm.

Tate se levantó cuando Alice regresó.

—¿Hay algo que podamos hacer por ti, Lucy? ¿Quieres que me encargue de llamar a tus chicos?

—No, es preciso que se enteren por mí. Asegúrate de que lo encuentren, Tate. Asegúrate de que atrapen a quien me ha arrebatado a mis hijos.

—Cualquier cosa que podamos hacer, sea lo que sea, lo haremos. Si se te ocurre algo, si te surge cualquier cosa, llama. No, no es necesario que nos acompañes a la puerta.

Cuando se marcharon, había escampado.

—Ya habían emitido una orden de búsqueda y captura del SUV —informó la ayudante al sheriff—. El BMW registrado a nombre de John Fox no estaba en la casa. ¿Cómo diablos sabía todo eso esa niña?

—Tú no naciste aquí, Alice, pero llevas viviendo en la zona el tiempo suficiente para haber oído hablar de Lucy Lannigan.

—Algo sé, y no creo en esas cosas.

—Tú misma. —Tate se puso al volante—. Pero ella se encontraba aquí, ella y su nieta, cuando sucedió. A nosotros ya nos había informado de que los había asesinado en la cama, con cojines sobre las caras, de un único disparo. El muy hijo de puta. —Dio un puñetazo contra el volante—. Según la niña, el tipo se llevó las llaves de su padre, y es el SUV, el de John Fox, el que están buscando. Maldita sea.

—Me siento mal por esa cría, por la manera en que ha perdido a sus padres, pero escuchar su relato según lo ha contado me ha dado repelús.

Él le lanzó una mirada elocuente y serena mientras conducía.

—Más te vale que lo superes. Esta investigación no es nuestra, pero esas personas son nuestra gente. Si vas a trabajar conmigo en la parte que nos corresponde, será mejor que superes eso ya.

En la casa, Lucy no se separó de Thea.

—Puedo darte algo que te ayude a dormir un rato.

—No quiero dormir.

—¿Qué te parece si subes conmigo y te echas en mi cama? Cariño, debo llamar a tus tíos. —La voz le tembló ligeramente—. No tengo más remedio que hacerlo.

—¿Puedo dormir en tu cama esta noche?

—Por supuesto que sí. Vamos.

—Tenemos que decírselo a Rem.

—Esperemos a mañana. Eso puede esperar a mañana. Va a necesitar tu ayuda, Thea. Yo también. Todos vamos a necesitarnos los unos a los otros. Todos hemos de apoyarnos mutuamente.

—Ellos jamás le hicieron daño a nadie, nana. —Levantó la vista hacia su abuela con los ojos hinchados debido al llanto—. Jamás me dieron siquiera un cachete, ni a Rem. Ni siquiera cuando, supongo, nos lo merecíamos.

—Lo sé, lo sé. A veces hay cosas que se escapan a nuestro entendimiento. A veces algo es tan cruel que resulta inconcebible. Túmbate, cielo, cierra los ojos. No hace falta que te duermas. Descansa y ya está.

—Quiero estar con mis padres. Quiero a mi mamá y a mi papá.

—Ay, yo también. —Lucy se sentó y le acarició el pelo—. Busca un recuerdo de ellos, un recuerdo feliz. Recréate en él un rato y descansa.

Permaneció sentada acariciándole el pelo. A continuación estiró el cable del teléfono lo más lejos posible de la cama para telefonear a sus hijos. Mientras se lo comunicaba, mientras lloraban con ella, observó cómo su nieta por fin se quedaba dormida y se sumía en un sueño, uno dulce.

—Vuelvo en un momento, cariño —musitó, y la besó suavemente en la mejilla—. Solo será un momento.

Descalza, bajó las escaleras a toda prisa y salió por la puerta principal, que dejó abierta. Los bajos del pantalón del pijama se le empaparon con la hierba mojada mientras corría por el camino hasta internarse entre los árboles.

Donde gritó sin cesar hasta que las montañas se estremecieron con su desolación.

Lucy no esperaba dormir, de modo que agradeció la única hora de semiinconsciencia. Necesitaría fuerzas para sobrellevar el día, y ese rato fue un alivio.

Se levantó al alba y agradeció más si cabe que Thea estuviera dormida y Rem siguiera durmiendo. Al pensar en él y en lo que no tenía más remedio que decirle se le hizo un nudo de congoja en la garganta.

Se tragó las lágrimas mientras se vestía. Los animales necesitaban que los atendiera. Y, cuando se despertaran, también los niños.

Después de recogerse el pelo de cualquier manera en una cola, escribió una nota a Thea: «Estoy fuera, cariño, con los animales».

De camino a la planta baja, se asomó al cuarto de Rem. Dormía boca abajo, con los brazos y las piernas extendidos como una estrella de mar. Cocoa bostezó, se estiró y fue al encuentro de Duck y Goose; los perros movieron la cola.

Era un crío de apenas diez años. Pensó que era un niño que aún olía a bosque y a toda la naturaleza salvaje y maravillosa que albergaba en él.

Lo dejó dormir.

Dejaría salir a los perros, haría café —lo necesitaba— y después se ocuparía de los animales.

En la cocina encendió la luz y puso la cafetera como un día normal y corriente. Exactamente igual que si Cora y John siguieran en este mundo con ella.

Conteniendo las lágrimas de nuevo, fue hacia la puerta mosquitera para dejar salir a los perros, para respirar el aire de la mañana en la montaña.

Sabía que el sol estaría despuntando sobre las colinas del este, pero, en esa orientación oeste, la luz conservaba un tenue gris perla.

En esa tonalidad gris perla atisbó movimiento junto al granero, algo que caminaba con dos piernas. Lo primero que le vino a la cabeza fue la escopeta que guardaba bajo llave en el armario del cuarto zapatero. Podía sacarla y cargarla en menos de un minuto.

Tenía niños a los que proteger.

Entonces reconoció la larguirucha silueta y salió al porche.

—Will McKinnon.

—Sí, señora Lannigan. No ha sido mi intención asustarla.

A los diecisiete, Will no tenía la robusta complexión de su padre. Un palo andante con la cabeza llena de pelo crespo, llevaba en la mano una lechera.

—He ordeñado a Aster. Voy a llevarla a ese prado de ahí. Y me ocuparé de Molly y de las gallinas.

No había heredado la complexión de Tate, pero sí sus ojos: grandes, de mirada penetrante y, ahora, con manifiesta empatía.

—Oh, señora Lannigan, lo siento mucho. —Se detuvo en el porche—. Siento mucho lo ocurrido. Voy a atender la granja. No quiero que se preocupe por eso.

Ella consiguió, a duras penas, mantener la compostura mientras la luz grisácea se apagaba con el sol naciente.

—¿Te ha mandado tu padre?

—No, señora. Pero le pareció bien que viniera a encargarme de realizar las tareas. Como no quería despertarla, no he tocado a la puerta.

Lucy bajó hasta donde él estaba, cogió la lechera y la puso en el porche. Acto seguido, lo estrechó entre sus brazos.

Tras unos instantes de vacilación, él hizo lo mismo.

—Lo siento muchísimo. Me ocuparé del ordeño y esas cosas, señora Lannigan. Así podrá despreocuparse hoy.

—Gracias, Will. Has hecho que este día tan duro para mí resulte un pelín más llevadero.

—Puedo hacerme cargo de ello, y de cualquier otra cosa que haya que hacer, durante el tiempo que sea necesario. No tiene más que decírmelo.

—De momento basta con lo que has hecho esta mañana. Me has ayudado cuando más lo necesito. Yo me ocuparé del ordeño. —Se apartó y le dio unas palmaditas en la mejilla—. Puedo prepararte un desayuno caliente. Ya he puesto la cafetera.

—No, mmm…, no se preocupe por eso tampoco. Sé que tiene ahí a sus nietos. Dejo la leche de Molly y los huevos aquí en el porche y ya está.

—Qué buen corazón tienes, Will. Te llevará a buen puerto. —Subió al porche a por la lechera—. Hoy has traído un poquito de luz a mi oscuridad.

Cuando entró en la casa, se paró en seco al ver a Thea, con los ojos cansados por falta de sueño, en pie junto a la mesa de la cocina.

—¿Quién era ese?

Lucy dejó la lechera sobre la encimera.

—Era Will, el hijo del sheriff McKinnon. Nos ha hecho el favor de ocuparse de los animales esta mañana.

—¿Se lo pediste?

—No hizo falta. Es un buen muchacho, un chico amable. Se ocupa de las tareas aquí cuando yo me voy…

Thea terminó la frase.

—A pasar la Navidad con nosotros. Pero ya no vendrás más en Navidad.

—Thea…

—Al despertarme, no recordé lo que había pasado hasta después de unos segundos. No me acordé… de lo que les había sucedido a mamá y papá hasta poco después. Como no estabas allí, por un momento tuve miedo de que tú también te hubieras ido.

—Oh, cariño, lo siento.

—No, nana. Como dejaste una nota allí mismo, sobre la almohada, se me pasó enseguida.

Para mantener las manos ocupadas, para que no le temblaran, Lucy se puso a colar la leche.

—No os dejaré solos, ni a ti ni a Rem. Lo prometo. Siéntate, cielo. Voy a preparar el desayuno en un momento.

—No tengo apetito, nana.

—Lo sé, yo tampoco, pero tenemos que comer algo sin más remedio. Debemos comer y dormir para poder superar esto.

—He soñado con un recuerdo, como me dijiste. He soñado con el día de nuestra llegada, cuando comimos pollo frito y galletas de mantequilla. Los perros estaban moviendo la cola, y todos charlábamos y reíamos. Todos éramos felices.

—Ese es bonito. —Lucy sintió el impulso de desahogarse a gritos de nuevo, pero no le era posible.

Tenía niños a los que proteger.

—Puedes elegir uno bonito siempre que lo necesites.

Puso la jarra de leche fresca en el enfriador antes de coger una taza para el café.

—¿Puedo tomar café yo también?

Lucy volvió la vista hacia esos ojos apagados y cansados por falta de sueño.

—¿Qué te parece si te doy lo que mi madre siempre llamaba leche de café?

—Vale.

Thea no dijo una palabra mientras Lucy le preparaba una taza con mucha leche y azúcar y la cantidad de café suficiente para darle sabor. Permaneció sentada sin más, con las manos entrelazadas bajo la mesa, observando cada movimiento de su abuela.

En vez de ponerse a preparar el desayuno, Lucy se sentó a la mesa y le dio el primer sorbo a su café matutino.

Thea probó el suyo.

—Está rico.

—Y seguramente te esté iniciando en una adicción de por vida. Thea, te noto preocupada. Dime qué te inquieta.

Tras beber otro sorbo, Thea soltó un largo suspiro.

—Es que… necesito saber…

Oyeron que Rem bajaba las escaleras como una jauría de dingos.

Lucy cerró los ojos. Destrozaría su infancia, le robaría la inocencia y la alegría de su corazón, pero no le quedaba otra.

Entró como una exhalación, deshaciéndose en sonrisas y rebosante de energía, con el pelo de punta, como si parte de esa energía procediera de un enchufe.

—Hay alguien fuera y está dando de comer a las gallinas. Lo he visto por la ventana. ¿Has contratado a alguien, nana?

—No, es Will; está haciéndome un favor.

—Yo puedo echarle una mano, y después podemos tomar tortitas de trigo sarraceno, porque me muero de hambre.

—Will va a ocuparse de eso esta mañana. Necesito que te sientes con nosotras.

Al fijarse en sus caras, la sonrisa se borró de la suya.

—¿Qué pasa? ¿He hecho algo malo? No he hecho nada malo.

—No, tesoro, no has hecho nada malo. Siéntate con nosotras. —Cuando Rem tomó asiento, Lucy puso sus manos entre las suyas—. Tengo que decirte una cosa, y es muy dura.

—¿Estás enferma o algo? Tienes mala cara.

—No estoy enferma, no en ese sentido. —Y ahora, igual

que en el caso de ella misma y de Thea, habría un antes y un después para Rem—. Cariño, a tu mamá y tu papá les ha ocurrido algo.

—¿Han tenido un accidente? ¿Están bien? Están bien, ¿verdad?

Sus ojos le suplicaban que respondiera: «Sí, claro que sí». Y Lucy no encontraba las palabras.

—No fue un accidente. Es mejor decirlo rápido, nana. Alguien entró en la casa y los mató. Él los mató.

—¡No digas eso! —La súplica enseguida se transformó en furia, al tiempo que intentaba zafarse de su abuela—. Eso es horrible. Es mentira. Eres…, ¡eres una zorra mentirosa!

Thea no parpadeó; se quedó mirándolo sin más.

—No es mentira —repuso Lucy, con la mayor delicadeza posible—. Odio decirte que es cierto. Thea está sufriendo, yo estoy sufriendo, y siento que ahora sufras tú.

—¡No es verdad! —clamó, mientras las lágrimas caían a borbotones de sus ojos—. Vendrán a recogernos dentro de una semana. Y más adelante iremos a la playa todos juntos.

Sin mediar palabra, Lucy se levantó. Lo cogió en brazos y, aunque en un primer momento Rem se resistió, lo sentó en su regazo y se puso a mecerlo como si fuera un bebé.

—No es verdad, nana.

Cuando Rem empezó a sollozar, Thea se levantó, los rodeó con sus brazos y dio rienda suelta a sus propias lágrimas.

—Voy a llamarlos. Voy a llamarlos por teléfono.

—No están allí, cariño. Se han ido.

—¿Cómo estás tan segura? ¿Los has llamado? ¿Los has llamado?

—Yo lo vi. Y a él. —Thea se secó las lágrimas con el antebrazo—. Lo vi todo.

—¡Se supone que no debes hacerlo! —Desesperado y fuera de sí, Rem le dio un empujón—. A mamá no le gusta.

—Lo hice sin querer. No pude evitarlo.

—Eso no significa que sea verdad.

—Rem. Rem. —Lucy se ladeó y le sujetó la cara con fuerza. Una cara de indignación, bañada en lágrimas, aterrorizada—.

Yo también lo vi. Llamamos a la policía, y lo que vimos es cierto. Te juro que daría mi vida con tal de que no lo fuera.

—Pero ¿por qué? ¡Ellos no han hecho nada malo a nadie!

—Él los odiaba. —Thea volvió a sentarse y entrelazó las manos con fuerza—. No los conocía, pero aun así los odiaba. Quería el reloj que papá le regaló a mamá en su aniversario de bodas, el dinero y sus pendientes, y el coche de papá. Simplemente quería cosas, pero, más que las cosas en sí, quería hacerles daño. Solo porque ellos las tenían.

—¿La policía lo ha pillado y lo ha metido en la cárcel?

—El sheriff McKinnon nos avisará en cuanto lo hagan.

A través de las lágrimas miró fijamente a su hermana.

—¿Lo harán? ¿Lo harán?

—Yo no...

—¡No me digas que no lo sabes! —Su furia la golpeó como un puño—. Si eres capaz de adivinar cosas como una friki, ¿cómo es que no puedes adivinar eso?

Cuando Thea apoyó la cabeza sobre la mesa y rompió a llorar a lágrima viva de nuevo, Lucy clavó la mirada en su nieto. Solo pronunció su nombre.

—Lo siento. —Rem se escabulló del regazo de su abuela—. Lo siento, lo siento, ha sido sin querer. —Sin dejar de llorar, se sentó en el suelo y se aferró a las piernas de Thea—. Ha sido sin querer, te lo juro. Perdona, perdona.

Cuando su hermana se dejó caer al suelo junto a él, cuando se abrazaron y lloraron el uno sobre el hombro del otro, Lucy se levantó y fue en busca de la leche y los huevos que Will había tenido la bondad de dejar en el porche trasero.

Se dio cuenta de que también había puesto comida y agua fresca a los perros. Bendito fuera.

Dejó que los niños se consolaran el uno al otro en su duelo compartido mientras ella trajinaba.

Cuando volvió a la mesa, ellos se acercaron a su abuela, que los abrazó y besó.

—Ahora sentaos. Voy a hacer huevos revueltos con tostadas. Creo que es lo que mejor vais a digerir.

—No tengo hambre, nana.

—Lo sé. —Volvió a besar a Rem—. Pero hay que comer un poco.

—Nana, necesito saber..., necesitamos saber —rectificó Thea— qué va a pasar. ¿Qué va a pasar ahora?

—Sí, claro. Voy a preparar algo para desayunar, y después hablamos de eso.

5

Thea comió lo que pudo. Aunque la comida no quitaba las penas, los esponjosos huevos revueltos sobre la tostada de pan de masa madre contribuyó a mitigar sus temores.

Por un lado, consideraba inapropiado y egoísta el mero hecho de pararse a pensar en sí misma, y, por otro, sabía que su miedo y su preocupación no se disiparían hasta que lo supiera.

Y Rem era dos años menor que ella, por lo que también tenía que mirar por él.

En cuanto a su abuela… Parecía muy cansada, muy abatida. «Todos tenemos que ayudarnos los unos a los otros», recordó.

—Muy bien. —Lucy estiró los brazos hacia ambos lados para darles palmaditas en las manos—. Os agradezco que hayáis comido un poco. Sé que tenéis preguntas, de modo que, ¿y si intentáis comer un poco más mientras trato de responder? Queréis saber qué pasará a partir de ahora, y os puedo dar algunas respuestas.

El temor de Thea la hizo soltar a bocajarro:

—¿Nos obligarán a regresar? Y nos adoptarán, incluso nos separarán porque…

—Rotundamente, no. En ese sentido no hay por qué preocuparse, así que quédate tranquila. Poco después de que nacieras, Thea, tus padres hicieron testamento. Por ti. Y me preguntaron (como cada vez que lo modificaron para actualizarlo desde entonces) si me haría cargo de ti, y de Rem, cuando nació, en el caso de que algo les sucediera. Si podríais vivir conmigo. Así que eso es lo que va a pasar si ambos estáis de acuerdo.

—¿Podemos vivir aquí, contigo? —preguntó Rem.

Lucy asintió con la cabeza.

—Soy vuestra nana y seré vuestra tutora legal, así que podéis vivir aquí conmigo durante el tiempo que queráis.

A Thea, con la vista clavada en el plato, le temblaron los hombros.

—Nadie os va a adoptar, mis niños. Nadie va a separaros. Os lo prometo. Es la promesa más solemne que he hecho en mi vida.

—Pensaba que a lo mejor nos obligarían a irnos con los abuelos, porque son ricos. Y que, como ni siquiera les gustamos, a lo mejor nos darían en adopción.

—Sois míos, y siempre seréis míos, así que no te preocupes por eso.

—¿Cocoa también?

—Sí, Rem, Cocoa también. Una pregunta: ¿queréis ir a Virginia, a por vuestras cosas? ¿Y a por cualquier otra cosa que queráis tener aquí?

Thea levantó la cabeza de nuevo y, con la mirada enardecida, espetó:

—No quiero volver allí nunca más. No quiero volver a pisar esa casa en mi vida. Él los mató allí.

—Entonces no será necesario que vayáis. Vuestros tíos se encargarán de recoger vuestras cosas y todo cuanto queráis. Ahora todo os pertenece. Vuestros padres siempre velaron por vosotros. La casa, y todo su contenido, es vuestro a través de un fideicomiso.

—¿Puedo quedarme con la mesa de dibujo de papá?

Lucy se derritió al mirar a Rem.

—Claro que sí. Creo que eso le gustaría, muchísimo. Tomaos todo el tiempo que necesitéis, los dos, para pensar qué os gustaría tener.

—Entonces ¿la casa se quedará vacía y ya está?

—A lo mejor, Thea, si eso es lo que decidís. Podríamos guardar todo en un guardamuebles, y, si queréis, alquilarla. Si lo preferís, podríamos venderla.

—Yo no quiero volver jamás. ¿Y tú?

Rem negó con la cabeza.

—Queremos venderla.

—De acuerdo. Pensadlo con detenimiento durante unos días y hablaremos con los abogados.

—¿Pueden traer aquí a mamá y papá también? —al preguntarlo, a Rem se le empañaron los ojos de lágrimas. También a Thea, que estiró el brazo y le apretó la mano con fuerza—. Si no vamos a regresar, ¿pueden estar aquí? No deberían...

—No deberían enterrarlos en Virginia. —Sin soltarle la mano, Thea terminó la frase—. Deberían estar aquí, con nosotros.

Lucy apretó los dedos contra sus labios y se limitó a asentir con la cabeza hasta que le fue posible volver a hablar.

—Yo también pienso que eso es lo que habrían querido. Me encargaré de ello. Quisiera pediros que no os preocupéis y que, si en algún momento algo os inquieta, me lo digáis para solucionarlo. Ahora hemos de apoyarnos mutuamente, hacer lo posible los unos por los otros.

Rem jugueteó con los huevos revueltos.

—Perdón por haberte llamado friki y la palabra que empieza por «z». No volveré a hacerlo nunca más.

—Esa es una magnífica disculpa, Rem, y una buena promesa que debes procurar cumplir. Reñiréis de vez en cuando, alguna que otra vez. Es normal entre hermanos. Y no pasa nada porque, en el fondo, siempre os querréis.

Respiró hondo antes de juguetear con su propia comida.

—Es preciso que telefonee a vuestra abuela, para darle el pésame. Tengo que pediros a los dos que habléis con vuestros abuelos, que seáis amables.

—Ella no nos quiere, ni a mamá —afirmó Thea en tono rotundo. Sin rencor, sin acaloramiento, como un hecho sin más.

—Mira, Thea...

—Es así. De lo contrario, yo lo habría notado, igual que noto que quieres a papá, y siempre lo has querido. Y a nosotros, y a mamá.

—Las personas sienten el amor de diferentes maneras, pero sigue siendo su madre. Ella y su marido se merecen ese respeto por nuestra parte.

—Ella no te respetará a ti.

Esa frase y su tono frío y categórico eran tan propios de un adulto que Lucy enarcó las cejas.

—Bueno, si no lo hace es su problema, ¿no? El que alguien actúe mal no significa que nosotros lo hagamos.

Cuando sonó el teléfono, se levantó para responder.

—Tate, ¿han...? —Miró a los niños—. De acuerdo, sí. La tengo aquí mismo, espera que le pregunte. Thea, cielo, han mandado a un artista forense de Virginia, y el sheriff McKinnon quiere traerlo para que hable contigo. ¿Te parece bien?

—Vale. Puedo intentarlo.

—Estupendo, Tate. —Se mantuvo a la escucha unos minutos, al tiempo que se frotaba el brazo con la mano libre—. Es bueno saberlo. Sí. Tate, le estoy muy agradecida a Will. Lo sé, lo sé, es un sol. En ese caso, lo haré. Nos vemos pronto.

Tras colgar, dijo:

—Subid a vestiros.

—¿Te quedarás conmigo cuando vengan?

—Sí, claro.

—¿Qué es bueno saberlo? A nosotros también nos interesa.

—La policía ha localizado el coche que usaba antes, en el camino de entrada de una vivienda que hay en la calle a espaldas de la vuestra. También lo había robado.

—¿Mató a alguien más?

—En efecto, Rem. Me temo que sí.

—Puedo verlo, nana. Puedo describírselo a la policía.

—Confío en ello y en que lo harás, Thea. Venga, subid a vestiros.

Thea optó por unos vaqueros porque le parecía inapropiado ponerse un pantalón corto. Después se recogió el pelo en unas trenzas para estar más presentable. No quería que el artista forense la tratara como a una cría, o una friki.

Para mantenerse ocupada, hizo su cama y a continuación la de su abuela, puesto que había dormido en ambas.

Justo cuando terminó, Rem apareció en el umbral.

—Tienes que decirme qué pasó. Qué viste.

—Ahora no, Rem. —Sin darle tiempo a protestar, apostilló—:

Lo haré. Lo juro. —Para sellar el pacto, se llevó la mano al corazón—. Es que ahora mismo no puedo volver a contarlo todo. No quiero estar hecha un flan cuando hable con el artista.

—¿Seguro? —Sus ojos, tan parecidos a los de su padre, se clavaron en ella—. Lo has prometido, has dado tu palabra de honor.

—Te hago un doble juramento. —Se llevó la mano al pecho de nuevo—. Luego podemos dar un paseo y te lo cuento, para que la nana no tenga que escucharlo otra vez.

—Hay que cerrar el trato con un apretón de manos.

Eso sí que la hizo poner los ojos en blanco, pero le estrechó la mano. Acto seguido oyeron que tocaban a la puerta.

—Ay, Dios, ya están aquí.

—No tengas miedo. Yo también me quedaré contigo.

No tenía miedo, aunque no lo dijo. La ponía nerviosa la idea de equivocarse en algo importante, y que él quedara impune. Por tanto, no podía equivocarse en nada. No lo haría.

El sheriff se presentó con una mujer, lo cual sorprendió a Thea.

Su madre le habría lanzado una mirada reprobatoria por eso.

La artista forense, casi tan alta como Thea, era una mujer con el pelo oscuro y liso, que le enmarcaba la barbilla, y los ojos oscuros.

—Thea, Rem, esta es la detective Wu —dijo Lucy.

—Pueden llamarme Mai. —Le tendió una mano, fina y delicada—. Lamento conoceros en estas circunstancias. Siento mucho vuestra pérdida.

—Puedo verlo.

—Lo sé.

No solo es que le extrañara encontrarse a una mujer, sino su falta de prejuicios.

—He pensado que podrían acomodarse en la cocina. —Lucy posó la mano sobre el hombro de su nieta—. Hay una buena mesa.

—Donde Thea se encuentre más a gusto.

—La cocina está bien.

—Por aquí. ¿Puedo ofrecerle un té o un café?

—Para mí solo agua, si no le importa. Esto es perfecto. —Mai puso el maletín encima de la mesa—. Nunca había estado en esta zona del país. Es preciosa.

Tomó asiento y se las apañó para hacer carantoñas a los tres perros a la vez.

—Rem, deja salir a los perros.

—Oh, por mí no se moleste. Son encantadores. ¿Quieres que salgan, Thea?

—No, no pasa nada.

—Sé que esto es duro. —Mai abrió el maletín y sacó un cuaderno de dibujo, unos lápices y gomas de borrar—. Quiero que intentes relajarte. Simplemente respira. ¿Oigo gallinas? ¿Los perros no las molestan?

—Las protegen de zorros y halcones, hasta de osos.

—Qué buenos, qué listos y qué valientes. Cuando estés preparada, Thea, ¿por qué no me dices lo primero que recuerdes de su cara?

—Sus ojos.

—¿Cómo eran?

—Eran muy claros. De un azul muy muy claro, pero con una expresión muy oscura.

—¿Qué me dices de la forma? —Con aire distraído, o al menos esa era la impresión que daba, Mai dibujó ojos de diferentes formas en el cuaderno.

Thea señaló uno de ellos.

—Pero un poco más grandes. Así —añadió, sosteniendo el dedo índice sobre el pulgar en alto para indicarle el tamaño.

Mai dibujó otra forma y Thea asintió con la cabeza. A continuación pasó la página y bosquejó los ojos.

—¿Qué te viene a la mente ahora?

—¿Puedo cerrar los ojos? Creo que lo distingo mejor con los ojos cerrados.

—Por supuesto.

Con los ojos cerrados, Thea visualizó su rostro.

—Tiene las paletas un poco montadas entre sí. —Se dio unos toquecitos sobre los incisivos—. Así que el labio de arriba le sobresale un pelín.

Manteniendo los ojos cerrados, con Duck tendido debajo de la mesa con la cabeza apoyada en su pie, continuó entrando en detalles.

Oía el soplo de la brisa estival, el cacareo de las gallinas, el canto de los pájaros. Sin embargo, se aferró a la imagen del rostro que había delante de ella, justo delante, al otro lado de sus párpados.

—¿Podrías echar un vistazo, Thea? ¿Y ver si este retrato se aproxima?

Al abrir los ojos, se le cortó la respiración.

—Sí, la verdad es que sí, pero… Tiene la cara más fina y el mentón un poco más puntiagudo.

—De acuerdo, lo arreglaré. Lo estás haciendo fenomenal. Me estás ayudando muchísimo a hacer mi trabajo.

—Es que… dibujar caras no se me da muy bien.

—Menos mal que a mí sí. ¿Mejor así?

—Las cejas más rectas. Antes se me olvidó decirlo.

—¿Más bien así?

Thea, con los ojos muy abiertos y la respiración entrecortada, asintió con la cabeza.

—Es él. Es él. ¡Lo juro!

Lucy posó las manos sobre los hombros de Thea y se los acarició.

—Respira hondo de nuevo. Él no puede hacerte daño.

—Pero quiere. Además tiene mi foto. La ha mirado muchas veces. Está durmiendo. —Levantó la mano para aferrarse a la de su abuela—. Hizo un trayecto muy largo en coche, pero estaba demasiado cansado para ir directo a la playa. Como no quería que lo obligaran a parar en el arcén, prefirió pasar la noche en algún motel de mala muerte.

—¿Lo ves ahora? —le preguntó Mai.

—La verdad es que no, no exactamente, pero sé que duerme. La habitación está a oscuras. Corrió esas cortinas de saldo con su ridículo estampado de flores. La habitación está detrás, en la parte trasera del motel, porque hay menos jaleo y quiere dormir. Se retrasó un poco por el accidente que hubo en la 95, pero aun así estuvo a punto de llegar a… Fayetteville. De todas formas, no puede aparecer por la casa de la playa antes de las tres. Dormirá un poco, luego conducirá durante un par de horas más, y listo. —Soltó una bocanada de aire—. Ahora está durmiendo —repitió.

—Lucy, ¿tu ordenador tiene escáner? —preguntó Tate.

—Nunca lo he usado.

—¿Te importa si lo hago yo? —Tate cogió el dibujo que Mai le tendió y salió de la cocina detrás de Lucy.

—Qué encantadora, qué lista y qué valiente —dijo Mai—. Así eres tú también, Thea.

Ella no se sentía encantadora, lista y valiente, sino cansada, triste y confusa. Cuando Mai se marchó, antes de que su abuela regresara a la cocina, Rem se inclinó hacia ella.

—¿Podemos ir a dar un paseo ahora?

A Thea le dieron ganas de gritarle que la dejara en paz, que la dejara en paz porque le dolía la cabeza, pero como la miró con aquellos ojos tan parecidos a los de su padre y tan implorantes…

—Vale, supongo que sí.

Salieron por la puerta trasera con los perros, felices de unirse a ellos. Como deseaba contárselo y quedarse tranquila de nuevo, Thea dijo sin preámbulos:

—Hizo un agujero en las puertas correderas del jardín.

Mientras lo relataba, Rem rompió a llorar otra vez, pero en esta ocasión fueron lágrimas de rabia.

—Cuando lo pillen, a lo mejor lo matan. —Rem se secó las lágrimas con los nudillos—. Es un…, un hijo de puta.

Demasiado cansada como para escandalizarse, no solo de que Rem estuviera familiarizado con esa palabra, sino de que la pronunciara en voz alta, se quedó mirándolo sin más.

—Más te vale que la nana no te oiga decir esa palabra. Es la palabrota prohibida. O palabrotas —dudó.

—Seguro que opina lo mismo que yo, y tú también. —Cerró los puños y gritó al cielo—: ¡Hijo de puta! ¡Hijo de puta! ¡Hijo de puta!

Ahora sí que se escandalizó, pero de que la risa borboteara en su garganta.

—¡Cállate! —Le dio un codazo—. Nos vas a meter en un lío a los dos.

El rubor de la indignación se desvaneció de las mejillas de Rem.

—Me da igual. Ahora me siento mejor.

—Supongo que a mí también me ha hecho sentir mejor. Rem, estoy cansada. Ahora mismo no tengo más ganas de hablar.

—¿Qué te apetece hacer?

—No sé. Ni idea.

Se sentó en el suelo al lado del gallinero, dobló las piernas y apoyó la cabeza sobre las rodillas.

Instantes después, Rem se sentó a su lado y le pasó el brazo alrededor de los hombros.

Desde el otro lado de la puerta mosquitera, Lucy los observó. No le hacía falta mirar para saber que Thea le había relatado a Rem lo que presenció. Y, dado que su capacidad auditiva estaba intacta, había oído el clamor de su nieto, y el dolor que destilaba.

«Míralo, haciendo lo posible por consolar a su hermana», pensó.

Lo superarían; de algún modo, los tres lo superarían.

Echó un vistazo al reloj de la cocina. ¿No eran ni las once? ¿Cómo podía el día transcurrir tan despacio con la cantidad de cosas que habían sucedido?

No eran ni las ocho en California. Supuso que convendría esperar hasta el mediodía, es decir, a las nueve en California, para llamar por teléfono.

Marcó el número del médico forense que Tate le había dado para saber cuándo podían enviarles los cuerpos de su hija y su yerno. Después se puso manos a la obra con la terrible lista de trámites, que incluía comprar las sepulturas, fijar una fecha para el funeral y demás.

Había acordado con sus hijos que se encargaran de comunicárselo al resto de la familia; telefoneó a Waylon para ponerlo al corriente de las gestiones que había realizado.

Cuando los niños entraron, los recibió con los brazos abiertos para abrazarlos.

—Estoy a punto de llamar a vuestros abuelos a San Diego.

Thea se acobardó.

—Estoy muy cansada, nana. No me apetece hablar con ellos. Por favor, ¿puedo ir a tumbarme al sofá?

—Yo tampoco tengo ganas de hablar con ellos.

—Está bien. —Thea ya había tenido bastante. Ambos habían tenido bastante—. Diré que estáis durmiendo. Ve a tumbarte, y tú, Rem, ve a sentarte, cierra los ojos y estate callado un rato para no hacerme quedar como una embustera.

Lucy se armó de valor y se quedó mirando el teléfono durante un minuto entero antes de decidirse a descolgar el auricular. Marcó el número y, acto seguido, se sentó a la mesa de la cocina.

—Residencia Fox.

—Sí, hola. Me gustaría hablar con la señora Fox.

—Ni el señor ni la señora Fox están atendiendo llamadas esta mañana. Si quiere dejar su nombre y su número, le devolverán la llamada cuando sea conveniente.

—Soy Lucy Lannigan, la madre de Cora. Quiero que sepan que los niños, Thea y Rem, están conmigo, y transmitirles mis condolencias por nuestra mutua pérdida.

—Un momento, por favor.

Sonó música durante la llamada en espera, como si la casa fuese una empresa. No salía de su asombro, al tiempo que se masajeaba la sien por el molesto dolor de cabeza.

—Al habla Christine Fox. —La voz reflejaba la imagen de la mujer: alta, solemne y tan fría como una tormenta de enero—. Quiero hablar con Althea y Remington.

—Están durmiendo. Si no le importa, haré que la llamen un poco más tarde.

—¿Durmiendo? ¿No son más de las doce en su zona?

—Han tenido una mañana muy difícil. Todos la hemos tenido. No encuentro palabras para decirle lo mucho que apreciaba a John. Christine, hemos perdido a nuestros hijos, y no puedo...

—¿Por qué están Althea y Remington con usted en...? Es Kentucky, ¿no?

—Sí. Pasan un tiempo aquí en verano. No tengo más remedio que dar gracias a Dios de que no se encontraran en la casa cuando...

—Haremos las gestiones necesarias para que vengan en avión a San Diego, junto con los restos de su padre. Estoy segura de que se hace cargo. —Christine apostilló en tono escueto y terminante—: El funeral se celebrará en la más estricta intimidad.

Sin una sola palabra de condolencia. Sin una mención de Cora.

«Pues va a tomar una cucharada de su propia medicina», pensó Lucy.

—No va a hacer nada de eso.

—¿Perdón?

—Se ponga como se ponga, no se saldrá con la suya. No separará a John y Cora en la muerte, del mismo modo que no logró separarlos en vida. El amor que se profesaban el uno al otro y a sus hijos les hizo designarme como su tutora legal. Los niños se quedarán conmigo y, ateniéndome a sus deseos, John y Cora serán enterrados aquí, juntos.

Se hizo un silencio que Lucy aprovechó para evitar montar en cólera como Rem había hecho junto al gallinero.

—¿Espera criar a Althea y Remington sola, en un sitio de pueblerinos en una granja remota?

—Sí, por supuesto. Ese era el deseo de John y Cora. Es lo que los niños quieren.

—No lo permitiré, y no me cabe la menor duda de que los tribunales me darán la razón. Nosotros estamos en disposición de proporcionarles una excelente educación en un internado de prestigio, mientras que usted los meterá en alguno de esos colegios públicos destartalados. Nos encargaremos de que se críen como es debido.

—¿De qué color tiene los ojos Rem? ¿Qué hace Thea todas las noches antes de irse a dormir?

—Eso es irrelevante.

—Claro que es relevante. —Se había acelerado sin ser consciente de ello—. ¿Quiere hacer pasar a estos niños por una batalla legal después de que a sus padres los asesinaran en su propia cama? ¿Quiere contravenir los deseos de sus difuntos padres para meterlos en un maldito internado?

»¿Quiere iniciar una disputa legal conmigo? Que Dios la pille confesada. Adelante, porque por ellos jugaré sucio. Empezaré llamando a la prensa y a las cadenas de televisión de California y les contaré que esa gente que se lo tiene tan creído envió a su nieta doce dólares por su cumpleaños, mientras que a otra de sus nietas le regaló un caballo.

—No es asunto suyo lo que…

—¡Pamplinas! ¿Cómo que no es asunto mío? Ahora es mi único asunto. Me aseguraré de que todo el mundo sepa que tenía previsto separar a su difunto hijo de mi difunta hija. Y de que su intención es meter a sus nietos huérfanos en un internado.

—Nuestra reputación…

—Será una mierda antes de que me quede satisfecha. Juro por mi vida que acabará cubierta de la mierda que salpicará su preciada reputación. Usted, que no los ha acunado ni arropado jamás en su vida, ni cocinado para ellos, ni los ha querido ni escuchado. Trató a mi hija, a su madre, a la esposa de su hijo durante trece años, como un cero a la izquierda. Y bien sabe Dios que tampoco trató mucho mejor a su propio hijo.

—¡Cómo se atreve!

Haciendo una mueca, Lucy se rio con retintín.

—Ay, ni se imagina hasta qué punto soy capaz de atreverme. Soy una mujer nacida y criada en los Apalaches. Como intente arrebatarme a estos niños, a los que no conoce ni quiere y que le importan dos pepinos, le arruinaré la vida, se lo juro. Uy, cuando termine de airear sus trapos sucios, organizará fiestas a las que nadie irá. En la próxima gala a la que asista, la gente se pondrá a cuchichear sobre usted a sus espaldas.

—Eso ya lo veremos.

—Como involucre a los niños en esto, llorará por las esquinas. John la conocía mejor de lo que yo suponía. Y por eso blindó la custodia, por eso los mencionó a ustedes y a sus hijos en el testamento, y cito textualmente: «Bajo ninguna circunstancia se asignará la custodia legal de los menores a las personas citadas a continuación, dado que carecen de cualificación para hacerse cargo de los menores». Adelante, vaya en busca de sus abogados de clase alta, porque esto se sostendrá ante un tribunal y se le caerá la cara de vergüenza.

—Como se atreva a hacer público eso en los medios de comunicación, la demandaré por difamación.

—Juro por Dios que me encantaría. Me encantaría que lo intentara.

El corazón le latía con fuerza, pero no de miedo, sino de indignación.

—Se vería obligada a demostrar que miento, ¿no? Dado que no es el caso, adelante. Tengo las palabras textuales de John en un documento legal. Tengo a los niños, que con decir la verdad demostrarán la clase de personas que son ustedes. Además del hecho de que ni una sola vez, ni una sola vez desde que Thea nació, ha movido su culo gordo para ir a verla. Doce años, y no se ha tomado la molestia. Y a eso súmele un par más tratando a mi hija, a la mujer a la que John amaba, con la que se casó y tuvo hijos, con la punta del pie.

A medida que se exasperaba, Lucy se puso a buscar en las páginas de su manoseada guía telefónica.

—Tengo el nombre y el número del abogado de John y Cora delante. ¿Por qué no lo telefonea, y le dirá dónde llegará con esto? Y, mientras tanto, yo buscaré el periódico, la cadena de televisión y la emisora de radio más importantes de San Diego y hundiré su preciada reputación.

—Si tanto los quiere, quédeselos. Y que sepa que no recibirán nada más por nuestra parte.

—Oh, seguro que Thea se las apañará de maravilla sin trece dólares más para su próximo cumpleaños.

Cuando Christine colgó, Lucy masculló mirando el teléfono:

—Maldita zorra ruin y despiadada.

Cuando se giró para colgar, Thea y Rem entraron con sigilo en la cocina.

—¡Virgen Santa! Se supone que estabais descansando.

—Es que estabas dando voces. —Rem, con los ojos muy abiertos, la miró fijamente.

—Ha sido sin querer. —Con un violento movimiento de cabeza, Lucy resopló—. No, caray, lo he hecho con toda la intención.

—Estabas hecha una furia. No sabía que pudieras ponerte así.

—Pues sí que puedo. Cuando es necesario. —Apuntó hacia Rem con un ademán—. Así que tenlo presente y no me hagas perder los estribos.

—La verdad es que me ha hecho gracia. Parecías un super-héroe.

Thea alargó la mano y la entrelazó con la de Rem.

—¿Pueden llevarnos con ellos?

—No, mis niños, ni pueden ni lo harán. Es una promesa que puedo hacer y mantener. Mientras estabais fuera me he puesto en contacto con el abogado de Virginia. Sois míos. Somos una piña, y nada va a cambiar en adelante.

—¿Vas a llamar a los periódicos?

—Ya no es necesario. —Se aproximó a ellos, le acarició el pelo a Thea y revolvió el de Rem.

—Porque la has asustado.

—Efectivamente, Rem. Se ha cagado de miedo.

Cuando Rem soltó una risita, Lucy sintió un gran alivio.

—Le has dicho que tenía el culo gordo.

—Sí, y no sé si es verdad, pero es lo que me ha salido en ese momento. He dicho cosas muy duras y, que Dios me perdone, pero no me arrepiento en lo más mínimo.

Thea le apretó la mano a Rem y dijo:

—Nana, ¿aun así tenemos que llamarla y hablar con ella?

—No. Habrá ocasiones en las que os obligaré a hacer cosas que no os apetezca hacer, pero esa no va a ser una de ellas.

—Te queremos, nana.

—Oh, Rem, y yo no podría quereros más ni aunque estuvie-ras cubierto de chocolate.

Los abrazó allí, en la cocina, donde en su época había sido una esposa joven, una madre joven, una viuda joven. Ahora, no tan joven y sin más remedio, debía ejercer de madre, padre y abuela de dos preciosos niños.

—¿Qué os parece si vais a coger unos tomates verdes y pre-paro un rebozado para freírlos? Y después, si tenéis claro qué cosas queréis, nos pondremos con la lista.

—La mesa de dibujo de papá.

—Eso lo primero.

—Cuando los recuperen, ¿puedo quedarme con los pendien-tes que papá le regaló a mamá cuando nací? El año pasado me perforaron las orejas y podría ponérmelos en ocasiones especiales.

—Muy buenas elecciones.

—Puedes quedarte con los que le regaló cuando yo nací, nana. Yo no pienso hacerme agujeros en las orejas.

—A mí me enorgullecería lucirlos en ocasiones especiales. Venga, id a por un par de buenos tomates.

Cuando se disponían a salir, Thea se detuvo en la puerta.

—En realidad no nos querían.

—No, tesoro, cierto. Pero yo sí.

Tras sacar la harina de maíz y la fiambrera de manteca de panceta que tenía guardada, Lucy se tomó unos instantes antes de sacar el resto de ingredientes.

Su cólera enardecida se había templado hasta dar paso a una calma serena.

«Lo superaremos —pensó—. Hoy, mañana y los días que están por llegar».

6

Ray durmió hasta casi las dos de la tarde. Y, a su modo de ver, ¿por qué no? Se había registrado alrededor de las cuatro de la madrugada, por tanto, había pagado por ese puñetero cuchitril.

Tenía un pedazo coche y dinero de sobra. Se daría una ducha caliente para ponerse en marcha. Después pasaría por un McDonald's a por una Big Mac, patatas fritas y una Coca-Cola gigante. Solo le quedaban un par de horas más de trayecto, y aunque se demoraría, remoloneó en la cama unos minutos más.

Le disgustó haber soñado que alguien lo observaba mientras dormía. Le dio mal rollo, y eso hizo que se cabreara.

Se ladeó para coger la fotografía que había robado en el puto casoplón de Virginia, la de la niña.

—No sé por qué me la llevé, cosa que también me cabrea. Tú me cabreas, mocosa de ojos azules. Lástima que no estuvieras allí cuando les di su merecido a tus papis. Igual pruebo a ver si te encuentro uno de estos días para darte un escarmiento.

Le propinó un puñetazo al cristal sobre la mesilla de noche. Se sintió mejor al hacerlo añicos. Se sintió bien.

A continuación cogió el reloj que había desencadenado todo y leyó de nuevo la inscripción.

—Para siempre. Vaya, pues se te ha agotado el tiempo, capullo.

Ahora le pertenecía, hasta que lo vendiera. Luego se embolsaría el dinero. Ese era el procedimiento.

Si ponía empeño, sosteniéndolo en la mano, alcanzaba a visualizarlo en su lujoso estuche y cómo ella lo abría. Incluso a oír su exclamación de asombro, su voz, aunque sonaba como en un túnel bajo un río.

«¡Oh! ¡Dios mío, John! Es precioso. ¡Estás loco!».

«Hemos cumplido nuestra primera década juntos —dijo él—. Es por eso, y por las venideras. Mira la inscripción que hay detrás».

«Oh, John. Me vas a hacer llorar. Yo también te quiero. Para siempre», dijo ella con voz lacrimógena, lo cual le hizo gracia.

El esfuerzo le provocó dolor de cabeza, justo detrás de los ojos; no era de los fuertes, pero sí lo bastante como para que tirara el reloj sobre la cama y se levantara a por el ibuprofeno que siempre tenía a mano precisamente por esa razón.

Se dejó caer sobre la colcha unos minutos para que las pastillas comenzaran a hacer efecto, dejó la mente en blanco y cerró los ojos.

Se quedó dormido otros veinte minutos.

Reconoció que no debería haber realizado ese esfuerzo. Aún tenía que llegar a su destino, y parar en algún sitio a comprar provisiones para la casa.

No obstante, su dolor de cabeza se disipó con esos veinte minutos de reposo.

Bostezó y se estiró, se rascó la entrepierna distraídamente y se dirigió a la ducha.

El jabón era tan cutre como el motel, pero había agua caliente.

Compraría jabón del bueno cuando se surtiera de provisiones para sus vacaciones.

Uno de esos jabones para pijos.

Y buscaría a alguien mayor de edad a quien poder sobornar para que le comprara una caja de cerveza. Se imaginó sentado en la terraza de la casa que había reservado online, bebiendo una cerveza, tomando el sol y observando a la gente.

No planeaba matar a nadie allí —no era tonto—, pero sí observar, concentrarse un poco y elegir a alguien. Fijarse en la matrícula del vehículo, en la marca y el modelo, aparcado en el camino de entrada a la vivienda. O, si lo dejaban abierto, conseguir la dirección en la que estaba registrado el vehículo.

Sabía por experiencia que la gente se descuidaba cuando estaba de vacaciones, y resultaría fácil encontrar un coche abierto.

No obstante, pasaría un par de días, vaya que sí, tumbado a la bartola, tomando cerveza y relajándose. El sobreesfuerzo le provocaba esos dolores de cabeza y, a veces, que sangrara por la nariz o por los oídos.

De modo que necesitaba un poco de relax. ¡Joder, se lo había ganado!

Se frotó la entrepierna con el jabón cutre y, tras sopesar la posibilidad de entretenerse unos minutos más en hacerse una paja, decidió que eso también podía esperar hasta llegar a la playa.

La pastilla de jabón se le escurrió de la mano al oír un golpe.

Sin darle tiempo a reaccionar, la cortina de la ducha se abrió de repente y alguien lo encañonó.

—Hola, Ray, quedas detenido.

—¿Qué coño es esto?

—Soy policía, Ray. Te lo repito y me extiendo: quedas detenido por un doble asesinato en primer grado. Además se te imputan cargos relacionados, como asalto y allanamiento de morada, robo y hurto mayor de automóvil, con el agravante de nocturnidad y alevosía. Ahora sal de la bañera muy muy despacio.

—Quiero un abogado.

—Sí, claro, no hay inconveniente, pero en cualquier caso voy a leerte tus derechos.

—El reloj está aquí, encima de la cama —dijo alguien desde la habitación—. Y la foto de la niña, la llave del BMV y todo lo demás.

—Te tenemos, Ray. Fuera de la bañera. Que alguien le dé una toalla para no tener que verle los huevos mientras le leo sus derechos.

Tate y Alice se presentaron en la granja de nuevo. Al verlos, Lucy se llevó la mano a la boca.

—Lo han cogido. Queríamos comunicártelo en persona. —Como Lucy comenzó a temblar, Tate la agarró del brazo—. ¿Por qué no nos sentamos en el porche y te ponemos al corriente?

—Sí, sí. Tengo limonada fresca.

—No te tomes la molestia.

—Vamos nosotros a por ella —dijo Thea. Los niños estaban detrás de su abuela, al pie de la escalera.

«Cuando quieren, pueden moverse como fantasmas», pensó Lucy.

—Vamos nosotros a por ella —repitió Thea— si espera a que volvamos para contarlo.

Lucy asintió con la cabeza.

—Vosotros también tenéis derecho a oírlo. Os esperaremos.

Se sentó en una de las butacas donde solía acomodarse cuando el cuerpo le pedía tomarse el café de la mañana contemplando el amanecer.

Los perros se aproximaron moviendo la cola para olisquear.

—Tate, ¿me harías el favor de traer aquella silla para acá? Así tendremos tres, aunque hay más junto a la mesa de la cocina.

—No me importa quedarme de pie, señora —le dijo Alice.

Rem salió con la jarra en las manos y la lengua entre los dientes, concentrado en no derramar nada. Thea iba a la zaga, con vasos llenos de hielo sobre una bandeja.

—Puedo servirla yo, nana.

—De acuerdo. Rem, ven a sentarte conmigo. A mí y a esta butaca nos vendría bien un poco de compañía.

El hielo crujió mientras Thea vertía la limonada. Siempre le había gustado ese sonido, y ese día lo consideró como una especie de celebración. En realidad no se trataba de un motivo festivo, pero sí algo parecido.

Les tendió los vasos.

—Ayudante Driscoll, puede sentarse aquí.

—No, cielo, siéntate tú. Yo estoy bien aquí.

Cuando Thea se sentó, Tate comenzó el relato, parte del cual ella sabía sin necesidad de oírlo. Sin embargo, se limitó a escuchar.

—Se registró en un motel junto a la 95, al otro lado de Fayetteville, como tú dijiste, Thea. Alrededor de las cuatro de la madrugada. Al parecer ha dormido hasta tarde. La policía ya estaba registrando moteles situados a lo largo de la carretera. Después de lo que me contaste, rastrearon la zona a fondo.

—Me creyeron.

—Yo sí. Y disponían del retrato robot, lo mostraron por ahí. Resulta que el recepcionista de esa noche dobló el turno, lo cual fue una suerte, ya que, como había realizado el registro él mismo, lo reconoció. Incluso en el caso de no haber tenido esa suerte, habrían localizado el coche de tu papá. Estaba aparcado en la parte trasera, justo delante de la habitación donde él se hospedó.

«La habitación 205», pensó Thea. Lo visualizó en ese momento.

—Irrumpieron en el cuarto y lo pillaron en la ducha como Dios lo trajo al mundo. Y hallaron las cosas que dijiste que se había llevado de la casa. Encontraron la pistola.

—¿Lo mataron? —preguntó Rem.

—No. Ten en cuenta que estaba desnudo y desarmado, pero lo detuvieron en el acto, y va de camino a Fredericksburg. Lo cogieron desprevenido, ya sabes. Le va a asistir un abogado, pues tiene derecho a uno, pero no se esperaba para nada que lo detuvieran. Pasará el resto de su vida entre rejas.

—Sé cómo te sientes ahora —le dijo Alice a Rem—, pero solo tiene dieciocho años. Cuanto más tiempo pase entre rejas, más lo pagará. Por mi parte, le deseo una larga vida.

—¿Cómo se vive en la cárcel?

—Yo nunca he estado al otro lado de las rejas, pero te encierran y comes cuando deciden que comas y lo que deciden que comas. Te vistes con lo que deciden que te vistas, y todos los días igual. Hay un retrete en la celda, y tienes que hacer tus necesidades sin privacidad.

—Uf.

—¿Entiendes? No puedes salir de la celda, ni al recinto, cuando te apetezca. Cuando te permiten salir, es a un patio amurallado, con guardias y alambre de púas encima de los muros.

—Efectivamente, y hay gente como él allí dentro, gente que disfruta haciendo daño —continuó Tate—. Gente que ha asesinado. Es un lugar peligroso.

—¿Seguro que pasará allí el resto de su vida?

Tate miró a Thea.

—Cielo, tienen el cortador de cristal que usó, una caja de guantes blancos desechables, el coche y todo lo demás. También la pistola que usó; averiguarán dónde la consiguió. Además han localizado el otro vehículo, aparcado en la calle de atrás, y ya lo han relacionado con otros dos asesinatos en Maryland.

—¿Mató a alguien por el coche?

—Sí, así es, de manera que allí también se le imputarán cargos. No saldrá de prisión. Acabará sus días allí y coincido con Alice: espero que sea dentro de muchísimo tiempo. —Tras unos instantes, añadió—: Bueno, el detective de policía al frente de este caso en Fredericksburg también querrá hablar con vosotros.

—Tate, ¿los niños deberán prestar declaración en el juzgado?

—No te lo sabría decir con seguridad, Lucy, pero lo han detenido y no veo motivos para ello. Me da la impresión de que intentará llegar a un trato.

—¿Qué significa eso?

Tate se volvió hacia Thea.

—En el estado de Virginia el asesinato en primer grado se castiga con la pena de muerte. A él se le imputan dos allí, y disponemos de un montón de pruebas. Creo que se declarará culpable con tal de salvar el cuello. Negociará para cambiar la pena capital por dos cadenas perpetuas sin posibilidad de libertad condicional.

—Hasta los asesinos se aferran a la vida —apostilló Alice.

—¿Tenéis alguna pregunta más?

—¿Lo condenarán también por las dos personas a las que mató en Maryland?

—Supongo que le caerán más años por eso, ya que conservaba algunas de las cosas que les había robado. Creo que, en ese sentido, podemos contar con una condena aún más larga. ¿Algo más?

—Ahora mismo no, sheriff. —Thea miró a Rem, que negó con la cabeza—. Gracias por creerme y por habernos ayudado a atraparlo.

—Has sido tú, Thea. La policía ha hecho su trabajo, y bien, pero has sido tú quien lo ha atrapado. No lo olvides.

Tate dejó el vaso sobre la mesa y se levantó.

—Vamos a seguir trabajando. Si necesitáis algo de mí, no tenéis más que llamarme.

—Os estamos muy agradecidos, y a la artista forense. —Lucy se levantó—. Confío en que le transmitas nuestro agradecimiento.

—Lo haré. Lucy, Leeanne os manda un abrazo y sus condolencias. Si necesitas ayuda con cualquier cosa, llámala. Will tiene previsto pasarse por la mañana y siempre que quieras.

—Me vendría bien que viniera un día más, y después creo que nos convendrá reanudar la rutina. Pero que venga mañana con la condición de que se quede a desayunar después.

—Se lo haré saber.

Cuando se marcharon, Lucy sirvió más limonada.

—¿Podéis decirme cómo os sentís?

—Yo me alegro de que lo hayan detenido, y de que vaya a la cárcel para siempre, pero… —A Rem se le apagó la voz.

—Eso no nos devuelve a tu mamá y a tu papá.

—Jamás volveremos a verlos.

—Eso no es del todo cierto. Siempre los tendremos aquí. —Lucy posó la mano sobre el corazón y, acto seguido, apuntó con el dedo hacia la sien—. Y aquí. Los llevaremos en el corazón y en el pensamiento, junto con todos los recuerdos.

—Nunca tendremos nuevos recuerdos.

—No, Thea, así es, lo cual hace más valiosos los que conservamos. Yo tengo uno de cuando vuestra madre vino con vuestro padre para presentárnoslo a mí y a vuestros tíos. Fue en primavera, y él me trajo flores, tulipanes amarillos que relucían como el sol; de modo que enseguida supe que era un joven listo. Estábamos aquí de pie en el porche cuando me los dio.

Tras unos instantes, añadió:

—¿Queréis saber qué fue lo primero que dijo? —Ambos asintieron y ella sonrió—. No dijo: «Encantado de conocerte», como cabría esperar. Dijo que Cora era clavada a mí, y que ella era la mujer más guapa del mundo.

Bebió un sorbo de limonada.

—Vuestra madre no era la única que se quedó prendada de John Fox en el acto.

Con un suspiro se levantó.

—Vayamos a dar de comer a los animales, y después prepararemos la cena y comeremos nosotros. Mañana la gente traerá comida.

—¿Por qué? —preguntó Rem.

—Porque eso es lo que hacen los vecinos cuando pierdes a alguien.

Leeanne McKinnon, junto con Abby, de la tienda de Artesanía de los Apalaches, se presentaron allí al día siguiente antes del mediodía con un guiso de pollo con arroz y una tarta de arándanos.

Ambas dieron un fuerte abrazo a Lucy. Solo tenían previsto quedarse unos minutos.

—Si necesitas cualquier cosa, que vaya al mercado, que te haga la colada, un hombro sobre el que llorar...

—Sé que puedo acudir a ti. —Lucy abrazó a Leeanne otra vez—. Siempre he podido contar contigo. Con las dos. —Abrazó a Abby.

Leeanne, alta y delgada como Will, miró a los niños.

—Como tenéis mi número en la agenda telefónica de vuestra abuela, llamadme si lo necesitáis. Las tres fuimos juntas a la escuela, y somos amigas desde hace muchísimos años. Viejas amigas; eso es casi como familia, así que avisadnos si hay algo en lo que podamos ayudar.

El brillo de las lágrimas asomó a sus ojos, de un tono marrón claro, como los de Will. Y Thea se fijó en que las dos mujeres se agarraron de la mano de camino al coche.

—¿Fuisteis juntas a la escuela?

—Así es, cielo.

—Pero... —A Thea se le apagó la voz.

—Pero ¿qué?

—Bueno, es que Will solo tiene diecisiete años.

—Leeanne y Tate tuvieron hijos un poco más tarde que yo. Will tiene dos hermanos mayores, y poco después nació la niña, que es más o menos de tu edad. Fue lo que se dice una grata sorpresa.

—¿Es que ella no sabía que iba a tener un bebé? Porque, ya

sabes —Rem hizo un ademán con las manos—, la tripa se te pone enorme.

—Por supuesto que sí, pero Tate y ella no esperaban que se quedara embarazada de nuevo. Entonces llegó Madrigal. Menuda es esa chiquilla. A lo mejor más adelante, este verano, la señora Leeanne puede traerla para que la conozcáis.

—¿Qué edad tenías cuando nació mamá?

—Dieciséis. —Lucy se echó a reír al ver que Thea se quedó boquiabierta—. Zachariah y yo estábamos deseando formar una familia. Y fuimos afortunados. Jamás dejamos de querernos, como les pasa a algunos cuando no pueden esperar.

Tal y como Lucy predijo, acudieron más vecinos. Les llevaron guisos, empanadas y ensaladas de verano. Les brindaron consuelo.

Un hombre con el pelo y la barba de un llamativo color rojo les llevó tres pescados en un gran cubo de hielo.

Rem empezó a emitir sonidos de excitación cuando Lucy sacó los cuchillos para filetear y descamar el pescado.

—¡Vas a trocearlos!

—Observa y aprende. Qué buena pinta tienen estas percas. Primero tengo que descamarlas. Y, como las escamas salen despedidas, lo vamos a hacer fuera. Después las voy a filetear.

—¿Qué significa eso?

—Observa y aprende.

—¡Qué asco! —Rem, con los ojos como platos, parecía fascinado mientras su abuela limpiaba el pescado.

Thea observó con intención de aprender, pero no le resultó fascinante.

Cuando Lucy cortó la cabeza y la cola, Rem casi empezó a tener espasmos.

—¿Puedo limpiar uno? ¿Puedo?

—Este cuchillo es muy pero que muy afilado, así que vamos a ir con cuidado.

Lucy sujetó el cuchillo con él. A continuación miró a Thea.

—No, deja que Rem limpie el último también —dijo esta.

Lo guio a través de los siguientes pasos hasta separar las vísceras, las espinas y los pedazos de carne.

—Ahora vamos a dejar estos trozos en agua con sal durante media hora más o menos.

—¿Para qué?

—Para que suelten toda la sangre.

—¡Puaj, puaj, puaj! ¡Sangre de pescado! —exclamó Rem, prácticamente en tono cantarín.

—Y, mientras están en remojo, a limpiar la mesa y los utensilios.

Se volvió hacia Thea y sonrió.

—A mucha gente no le interesa saber de dónde procede su comida, lo cual no tiene nada de malo. Pero, en esta zona, todo forma parte del proceso.

Ella prefería las últimas partes del proceso: ayudar a preparar el rebozado, observar cómo se freía.

Lo acompañaron con buñuelos de harina de maíz, revuelto de verduras en vinagre y un poco del arroz con brócoli que una vecina llevó.

Thea fue incapaz de escribir en el diario y de contener las lágrimas cuando su abuela entró a arroparla.

Sin pronunciar una palabra, Lucy se sentó y la acurrucó.

—Hemos pasado todo el día haciendo cosas cotidianas, lo normal. Y ha habido momentos en los que no he pensado en ellos. Nos sentamos fuera, tomamos tarta de fruta y oímos un coyote en las colinas. Cuando Rem se puso a imitar a uno, me reí. Es como si me diera igual.

—No, cariño, no, no, mi niña preciosa. Lo que tenemos que hacer es vivir, eso es lo que ellos querrían. Desearían que viviéramos, porque nos amaban.

Tras dejar que se recostara, Lucy le secó las lágrimas con la mano.

—El duelo requiere su proceso, su tiempo. Cada vez que tengas ganas de llorar, desahógate. Pero también debes reír. Tienes que comer, lavarte la cara, cepillarte el pelo y todas esas cosas cotidianas.

—No quiero que piensen que nos da igual.

Lucy se tumbó con ella y le acarició el pelo como siempre hacía para consolar a su nieta.

—Rem y tú fuisteis fruto del amor. Honra ese amor, honra a quienes te engendraron viviendo una vida buena, intensa y lo más feliz posible. Y, cuando encuentres el amor, aférrate a él lo mismo que hicieron ellos.

—No quiero encontrar el amor a los dieciséis años.

La risa de Lucy reconfortó aún más a Thea, que sonrió.

—Yo también preferiría que no lo encontraras. De todas formas, te recordaré esto cuando tengas dieciséis y pienses que estás enamorada.

—¿Cómo sabré reconocerlo?

—A esa edad cuesta saberlo, de modo que, como he dicho, tu abuelo y yo fuimos afortunados porque ese amor era verdadero, auténtico y profundo.

—Sigues queriéndolo.

—Sí, y siempre lo haré. Cuando se trata del tipo de amor que se mantiene vivo con el paso de los años, en las alegrías y las penas, va más allá de la pasión y reside en tu interior. Yo diría que es como si algo se enraizara, profundamente, dentro de ti, creciera y floreciera. Es imposible que florezca sin esas raíces.

—Quiero que sea guapo.

—Cómo no.

—Y amable, como papá.

Los ojos de Thea empezaron a entornarse.

—Que sea amable es mejor incluso a que sea guapo. ¿Qué más?

—Espero que sea listo. —Los párpados, que le pesaban, se cerraron—. Que le gusten los libros, la música y los animales. Y tiene que vivir aquí porque yo no quiero mudarme.

Cuando se durmió, Lucy se quedó allí un rato, acariciándole el pelo.

«Yo también quiero todo eso para ti —pensó—. Cuando llegue el momento, quiero todo eso y más para ti».

El amor aún no había enraizado en ella, pero sí las palabras de su abuela: podía llorar cuando lo necesitara, y lo haría. No obstante, seguiría su consejo y viviría una buena vida para honrar a quienes la engendraron.

Para empezar, madrugó incluso más que su abuela. Se vistió y, con los perros pisándole los talones, se dirigió a la planta baja y les abrió la puerta.

Como había visto a su abuela poner la cafetera bastantes veces para saber cómo funcionaba, preparó café. Así estaría listo para cuando bajara.

Había más penumbra que claridad cuando salió, pero alcanzó a ver lo suficiente para conducir a Aster hasta el granero. Tras coger un poco de pienso, lo mezcló con paja y se puso manos a la obra con el proceso de ordeño.

Qué bien sentaba el mero hecho de levantarse y ponerse con ello.

Se paró a pensar en que su madre sabía ordeñar, pero que en realidad no le gustaba. En que su padre aprendió a hacerlo, y sí ordeñaba.

Mientras regresaba con la lechera, justo cuando el sol despuntaba sobre las colinas del este, Lucy salió al porche trasero.

—Vaya, has madrugado mucho.

—Me apetecía.

—Has preparado el café.

—Creo que lo he hecho bien. ¿Puedo tomar leche de café?

—Claro que sí. Anda, dame la lechera y vayamos a tomarnos nuestro café.

—Primero voy a dar de comer a las gallinas y a por los huevos. Como a Rem le encanta ordeñar a Molly, que lo haga él. Quiero vivir una buena vida, nana, y honrarlos. Estoy procurando comenzar hoy.

—Ay, mi niña guapa. —Lucy posó los labios sobre el dorso de la mano de Thea—. Vas a hacer que se me salten las lágrimas, lágrimas de orgullo. Dame la lechera. Tú ve a dar de comer a las gallinas y, cuando termines, tomamos café.

Cuando acabó, se sentaron a la mesa de la cocina.

—Waylon y Caleb están a punto de salir de viaje para acá con las cosas que Rem y tú queríais. Si pueden, llegarán esta noche o mañana. El abogado… ¿Quieres que te ponga al corriente de todo?

—Sí.

—Si eres lo bastante mayor para levantarte tú sola para prepararme el café y ocuparte de los animales, también lo eres para conocer las circunstancias que te atañen. Según el abogado, no hay ningún problema en que cojan todo lo que van a traer. Se tardará más en resolver todas las cuestiones legales. Tus padres me nombraron albacea de su testamento; eso significa que he de estar en contacto con los abogados para gestionar todo.

—¿Gestionar qué? Podemos quedarnos aquí. Tú dijiste...

—Eso es diferente y ya está arreglado. Thea... —Lucy aguardó un instante—. En ese sentido nada va a cambiar. No te mentiría sobre algo tan importante.

—Lo sé. Es que... me he asustado.

—No temas nada. Tan solo tuve que firmar unos papeles. Me los envió por correo electrónico, los firmé y usé el escáner ese. Esto concierne a lo demás: la casa, lo que hay en ella, los coches, las cuentas bancarias y todo eso.

—Vale.

—Es posible que se tarde un año o dos en realizar todos los trámites.

—¿Por qué?

—Solo Dios lo sabe. Cariño, son cuestiones legales, y hay que cerciorarse de que todo se haga como es debido. Te lo estoy contando con tiempo para que Rem y tú tengáis claro qué queréis hacer al respecto. Cuando llegue el momento de ir a la universidad, contaréis con los medios necesarios. Ellos se aseguraron de eso. Aparte de la casa hay una considerable suma de dinero que Rem y tú heredaréis algún día. Haré todo lo posible para enseñaros a administrarlo.

Lucy soltó un tenue suspiro y se reclinó en la silla.

—Tu abuelo era un buen sostén, un hombre muy trabajador. Y yo tampoco me quedé cruzada de brazos. Mi negocio marcha sobre ruedas. No obstante, voy a decirte la pura verdad: este dinero es mucho más del que yo he tenido en mi vida. Todos vamos a respetar eso.

—¿Somos ricos?

Lucy bebió otro sorbo de café. Desde donde estaba sentada,

Thea percibía cómo pensaba detenidamente lo que deseaba decir y cómo expresarlo.

Tras unos instantes, continuó:

—A tomar por saco. Estás aquí tomando café conmigo, de modo que voy a ser muy honesta contigo. Procuro no criticar a nadie, pues esa mala energía puede regresar a ti multiplicada por tres. Sin embargo, es preciso decir que Marshall y Christine Fox (porque jamás volveré a referirme a ellos como «tus abuelos») son de esas personas acomodadas a las que llaman pudientes. Y son más pobres de espíritu que cualquiera de los aldeanos que viven en lo alto de esas colinas y que a duras penas consiguen ganarse un sustento o combustible para calentarse. ¿Entiendes a lo que me refiero?

Thea se dio cuenta de que su abuela continuaba albergando mucha ira en ese sentido, cosa que hizo que se sintiera reconfortada y segura.

—Sí.

—Tú vas a ser rica por quien eres, tanto tú como Rem. En mi opinión, ya lo sois. Jamás pasaréis apuros para procuraros un techo o combustible para calentaros, a menos que seáis tontos de remate, lo cual no es el caso. —Suspiró de nuevo—. Resolveré esas cuestiones con el abogado y el asesor financiero a los que tus padres encomendaron estos asuntos, además de con un contable y sabe Dios con quién más.

Thea advirtió que Lucy tenía los ojos anegados en lágrimas y que estaba realizando un gran esfuerzo por contenerlas.

—Dijiste que llorara cuando fuera necesario.

—Sí. Efectivamente. —Así pues, dio rienda suelta a las lágrimas—. Es mi niña a quien voy a enterrar dentro de unos días, y al hombre al que quise como a un hijo. Debo velar por sus hijos. Voy a cometer equivocaciones, porque las personas siempre lo hacen, y yo no soy mejor que nadie. Debo velar por ti y por Rem. Y, fíjate, estoy desahogándome contigo cuando en unos días enterrarás a tus padres.

—No, nana, yo quiero saber, eso me ayuda. Yo…, nana, veo tu herida, de un rojo muy oscuro, como sangrando por dentro, Y el hecho de verla me ayuda, como el hecho de que sea preciso hacer las cosas cotidianas, cosas así.

Lucy estiró el brazo hacia el otro lado de la mesa para agarrar su mano y, por segunda vez, Thea sintió una fugaz chispa.

—Necesito enseñarte, velar por ti también en ese aspecto. Lo haré, lo prometo.

Ambas miraron a Rem cuando entró arrastrando los pies, con los ojos vidriosos por el sueño y las lágrimas.

—Estaba soñando que habían regresado, y me he despertado.

—Ay… —Lucy alargó un brazo para abrazarlo, y a Thea con el otro—. Vamos a desahogarnos juntos, a compartir estas lágrimas. Después Rem irá a ordeñar a Molly mientras tú y yo preparamos el desayuno, Thea.

Más tarde, cuando salieron por la puerta principal para arrancar las malas hierbas y regar, encontraron un tarro para conservas con flores silvestres y una hogaza redonda envuelta en un paño.

—Qué gesto tan amable —comentó Lucy—. Esto es riqueza.

—¿Sabes quién ha dejado esto, nana?

—Sí, Rem. ¿Te acuerdas de la señora a la que visitamos, y que su niña tenía tiña? El pan es a cambio de lo que le llevé y, las flores, por tus padres. Esto es pan de torta; es pan, pero algunos lo llaman torta. Llévalo a la cocina. Prepararemos unos sándwiches con él a mediodía, junto con el té frío que hemos dejado al sol.

—¡Sándwiches de torta! —Lo empuñó y enfiló hacia la cocina.

—A este paso no hará falta cocinar durante una semana.

—¿Podemos hacer velas luego?

«Cosas cotidianas», pensó Thea.

—Qué magnífica idea. Haremos justo eso.

7

Como el detective Phil Musk ganó al cara o cruz en el mostrador de alquiler de vehículos en el aeropuerto de Kentucky, el detective Chuck Howard tuvo que resignarse a que su compañero se pusiera al volante.

Para colmo, el aeropuerto estaba situado a una hora de Redbud Hollow, y el puñetero de Musk jamás rebasaba ni en un kilómetro el límite de velocidad.

Le caía bien Musk, confiaba ciegamente en él, incluso admiraba su terquedad hasta límites insospechados, su atención a los detalles y su mente suspicaz. Pero conducía como un vejestorio.

—A este paso igual llegamos al anochecer.

—Disfruta del paisaje, Chuck. Es una bonita zona rural.

—No estamos aquí por el paisaje. De todas formas, no había necesidad de venir a Kentucky, al quinto pino. Por el amor de Dios, tenemos a ese tío, Phil. Él lo sabe, y su abogado también. De lo contrario, no habrían aceptado el trato.

—Dos condenas a cadena perpetua siguen siendo mejor que la aguja o la silla.

—Pues vivirá y morirá encerrado. ¿Y ahora vamos a interrogar a la madre, que está de luto, y a una cría de doce años? Ha confesado de plano. Disponíamos de pruebas para meterle un palo por el culo.

—¿Y cómo tenemos esas pruebas?, ¿por qué fue tan fácil localizarlo? ¿Porque la niña lo soñó? Gilipolleces, Chuck.

Musk apartó la vista de la carretera fugazmente para lanzarle una mirada reprobatoria a su compañero.

—Esa madre de luto tiene la guardia y custodia de los niños, que ahora están forrados. ¿Que lo soñó todo? No me jodas. Riggs cometió los asesinatos y, sí, lo tenemos. Pero ¿el resto? —Sin apartar la vista de la calzada, Musk negó con la cabeza—. Me huele a chamusquina, lo mire por donde lo mire.

—Si la tal Lucinda Lannigan, que no tiene ni una mancha en su historial, urdió todo esto y convenció a la cría para que contara lo que contó, ¿por qué Riggs no la delató?

—No lo sé, y a lo mejor no fue Lannigan. A lo mejor fue la niña.

—Por Dios.

Dado que había reflexionado largo y tendido acerca de ello, Musk adujo con énfasis:

—A esa edad los niños pueden ser retorcidos, tener instinto asesino. Lo sabes tan bien como yo. ¿La niña está aquí con la abuela y el hermano pequeño, y Riggs aprovecha el momento para asesinar a los padres?

—También presentarán cargos contra él en Maryland, lo cual será la guinda del pastel —le recordó Howard—. Por el robo del Mercedes, las joyas, el *modus operandi*, además de otros dos asesinatos.

—Va a ser más difícil relacionarlo con esos delitos. Él sostiene que compró la pistola en la calle, en Baltimore, y que encontró el Mercedes con las llaves puestas y sin gasolina mientras hacía autoestop en una carretera rural de Maryland.

Howard olisqueó en el aire con toda la intención.

—Ahora es a mí a quien me huele mal.

—Sí, presentarán cargos contra él, pero no pueden atar cabos tan bien como nosotros en este caso. Interrogaremos a la niña y a la abuela y les sonsacaremos la verdad. El sheriff local, además de estar demasiado involucrado con la familia, ¿cuándo fue la última vez que investigó un doble asesinato? Seguro que nunca —dijo Musk directamente.

Howard se armó de paciencia.

—Eso es rizar el rizo, Phil, y sabes hasta qué punto.

—Soñarlo todo sí que es rizar el rizo. Es completamente surrealista. Hay que atar bien todos los cabos, Chuck, no vaya a ser que a ese desgraciado le dé por alegar después que una niña de doce años le tendió una encerrona.

Howard resopló porque, ante eso, carecía de argumentos.

—Cuando acabemos con esto conduzco yo a la vuelta.

En la cocina, Thea y Rem ayudaron a Lucy a elaborar una tanda de velas, a las que llamó «Puro melocotón» por su aroma y color una vez que terminaron el producto. Primero colocaron los envases: unas latas con tapas, unos cuantos frascos de boca ancha y dos grandes tarros de cristal decorados con motivos rosas y naranjas en espiral. Las más grandes, las favoritas de Thea, llevarían tres pabilos, pues, según su abuela, le aportaban una fragancia muy agradable.

Tras introducir los pabilos, ataron los extremos superiores a unos palillos que caían sobre el borde de los tarros y las latas. Como era necesario dejar que se enfriaran y endurecieran un día entero, las pusieron encima de una hoja de papel de estraza sobre la encimera en la parte de la cocina destinada a zona de trabajo.

En caso de que les diese tiempo, elaborarían otra tanda de jabón de lavanda.

Derritieron cera de soja en una gran olla de doble caldera. Cuando Lucy hacía velas con cera de abeja, no las mezclaba con nada, para que mantuvieran su color y aroma naturales.

Thea añadió el aceite perfumado, y Rem, el colorante.

Todo olía tan bien que daban ganas de hincarle el diente.

Mientras vertían el jabón en la última lata llamaron a la puerta y los perros salieron a la desbandada ladrando.

—¡Voy yo, nana!

Rem corrió hacia la puerta principal detrás de los perros. Al igual que en el caso de la puerta trasera y la lateral, solo estaba cerrada la mosquitera, de modo que vio a través de ella a dos hombres trajeados en el porche. Ambos eran de pelo castaño, pero uno de ellos, el más alto, lo tenía entrecano.

—¡Quietos todos! ¡Sentaos!

Los tres perros obedecieron y, aunque Duck gruñó, dejaron de ladrar.

—Hola —dijo Rem.

—Hola. —El más alto le sonrió—. Soy el detective Howard y este es el detective Musk.

Fascinado, como es obvio, Rem empujó la puerta mosquitera para examinar las placas. Acto seguido levantó la vista.

—¿Sois los policías que pillasteis al... —miró hacia atrás, calibrando si a esa distancia podría oírlo su abuela— cabrón que mató a mis padres?

—Colaboramos en ello, sí. Lamentamos profundamente lo de tus padres. ¿Está tu abuela en casa?

—Claro. Aunque tengo diez años, no tengo permiso para quedarme solo. Estamos haciendo velas.

—¿Podemos pasar y hablar con ella, contigo y con tu hermana?

—Vale. Al principio yo quería que lo matarais al pillarlo, pero luego la ayudante del sheriff, Driscoll, nos explicó cómo era la cárcel, y que él estaría encerrado allí para siempre. Así que eso es peor aún, supongo. ¿No?

Musk bajó la vista.

—Si viviera ciento cincuenta años, seguiría estando en prisión. Me figuro que eso es peor. Qué perros más simpáticos.

—Esta es Cocoa, vino conmigo y con Thea. Ese es Duck y ese Goose. No os morderán, porque les he ordenado que se sienten.

Pero cuando abrió la puerta mosquitera de par en par, salieron en estampida como si la casa ardiera en llamas.

—Necesitan correr un rato.

Los condujo al fondo de la casa justo cuando Lucy asomó a la zona principal de la cocina con Thea.

—Bueno, buen trabajo. Ahora podemos...

Se quedó callada al ver a dos desconocidos con su nieto.

En un acto reflejo, le dio un empujoncito a Thea para que se pusiera detrás de ella y alargó la mano en dirección a Rem.

—¿Puedo ayudarlos en algo?

«Es protectora —pensó Howard—. Primero protege a los niños».

—Somos policías, señora Lannigan. Los detectives Howard y Musk, de Fredericksburg.

Él notó que Lucy se relajaba visiblemente, a pesar de que sujetó a los niños con ambos brazos.

—Ah. No esperábamos... Estamos poco presentables. Estábamos haciendo velas.

—Aquí huele de maravilla. —Musk esbozó su sonrisa fácil—. Como a... ¿melocotón?

—Sí, exacto. Ah, tenemos té frío, o puedo hacerles café.

—Raro es el día que yo decline un café, pero hoy hace calor. Me apetece ese té, si no es molestia.

—En absoluto. Rem, haz el favor de acompañar a los detectives al salón mientras vamos a por el té.

—Estamos bien aquí. —Howard señaló hacia la mesa de la cocina—. Solo tenemos que hacerle unas preguntas de seguimiento, pero primero quiero decirles que lamentamos mucho su pérdida.

—Gracias. Rem, tú siéntate en un taburete, ¿de acuerdo?

—Los más jóvenes siempre tienen las de perder. —Howard no pudo evitar sonreírle—. Dímelo a mí. —Se apuntó al pecho con el pulgar—. Soy el menor de tres hermanos.

Lucy sacó sus mejores vasos del armario.

—El sheriff McKinnon vino a informarnos del arresto. ¿Pueden decirnos si va a celebrarse un juicio?

—Ha confesado todo —respondió Howard—. Ante una confesión completa, la pena de muerte queda descartada. Cumplirá dos condenas perpetuas consecutivas, sin posibilidad de libertad condicional.

Lucy se llevó la mano al cuello y asintió con la cabeza, mientras su nieta seguía pegada a ella como una sombra. Sacó la jarra de cristal de la nevera y sirvió el té en los vasos con hielo.

Crac.

—Es un alivio oír eso. Les agradezco..., les agradecemos que se hayan desplazado desde tan lejos para comunicárnoslo. ¿Han venido conduciendo desde Virginia?

—No, señora. —Musk cogió el vaso que le tendió—. Tomamos un avión hasta el aeropuerto regional.

—Desde allí hay por lo menos una hora de camino, ¿verdad? Hay un poco de... —Hizo una pausa y soltó un suspiro antes de terminar la frase—. Tarta de chocolate con nueces que nos trajo una vecina.

—Con el té nos basta —le aseguró Howard—. Intentaremos no robarle mucho tiempo. Por lo que tenemos entendido, es la tutora legal de los niños.

—Así es.

—Y la albacea de su herencia.

—Sí.

—¿Le importaría decirnos cuándo se decidió eso?

—Bueno, Cora y John hicieron testamento justo después de que Thea viniera al mundo, y me preguntaron si les daba mi consentimiento.

—Usted es viuda, señora Lannigan, ¿verdad?

—Sí, el 18 de noviembre se cumplirán dieciocho años desde que perdí a mi marido.

—Los padres de su yerno viven. —Musk dejó caer la frase.

Sin darle tiempo a responder, Rem terció:

—No les gustamos.

—Rem...

—Bueno, nana, tú siempre dices que hay que decir la verdad, aunque duela, y no les gustamos.

Cruzó los pies con sus zapatillas de deporte por detrás del taburete y se encogió de hombros.

—Nunca vinieron a vernos ni me enviaron nada en mis cumpleaños y, la última vez que fuimos a visitarlos (no se lo dije a nadie), les oí decir que de mayor Thea sería igualita que su madre, que nunca sería una señora, y que yo no sería más que un rufián. Tuve que buscar esa palabra en el diccionario ¡y eso es mentira!

»Y cuando la nana la llamó por teléfono para hablar sobre lo ocurrido, ella dijo que iba a enterrar a mi padre allí, lejos de mi madre, y que nos metería en un internado. La nana se puso furiosa, más de lo que la había visto en mi vida, y le contestó que nada de eso, que, como lo intentaran, la caca salpicaría su reputación. Pero no dijo «caca».

—¡Rem! Ya basta. —Sin embargo, el brillo en los ojos de Lucy delató su risa y admiración—. Los detectives no han hecho semejante trayecto para oír eso.

—De hecho —señaló Howard—, eso responde a una pregunta.

—Primero la nana dijo que teníamos que hablar con ella, y con él también, porque habían perdido a su hijo y eran nuestros abuelos. Pero, después de eso, dijo que no teníamos que hacerlo. De todas formas, no queríamos, ¿a que no, Thea?

Thea, cabizbaja, se limitó a negar con la cabeza.

—¿La relación entre su yerno, su hija y sus consuegros era conflictiva?

Con el cansancio patente en sus ojos, Lucy miró a Musk.

—Yo no diría conflictiva, puesto que no existía ningún enfrentamiento. Cora y John se amaban profundamente. Querían a sus hijos, y construyeron una maravillosa vida juntos. A los padres de John eso les traía sin cuidado, porque él había elegido una vida junto a alguien a quien ellos despreciaban, y eso sí que les importaba.

—Thea, según tengo entendido, tú y tu hermano venís a pasar un par de semanas aquí todos los veranos.

—Sí, señor. —No miró a Musk.

—¿Y te hace ilusión?

—Sí, señor.

—¿A pesar de que en casa tienes una piscina, tus amigos, videojuegos y un televisor con una gran pantalla? ¿Qué te gusta hacer aquí durante esas dos semanas?

Cuando Thea alzó la vista, clavó sus ojos azules y penetrantes en Musk.

—Ordeñamos a Molly y Aster, y damos de comer a las gallinas. Paseamos por las colinas, hacemos jabones, velas y helado casero, y nos sentamos fuera a contemplar las estrellas. Voy a aprender a hacer tarta de manzana. Nana siempre se la hacía a mi padre porque era su favorita. Como ella sabe tocar instrumentos y Rem tiene ganas de aprender a tocar el banyo, va a enseñarle.

—Da la impresión de que lo pasáis muy bien —comentó Howard.

—Son nuestras dos semanas favoritas del año —terció Rem—. Bueno, a lo mejor después de la Navidad, pero la nana viene a pasarla con nosotros.

Musk se dirigió a Thea de nuevo.

—¿Había algún problema en casa antes de vuestra partida?

—No.

—Describiste a Ray Riggs con lujo de detalles a la artista forense. —El detective le dedicó su sonrisa fácil—. Eso fue crucial para localizarlo. ¿Dónde lo habías visto?

—Lo vi cuando agujereó el cristal de las puertas correderas y entró en la casa.

—Pero estabas allí cuando eso ocurrió, ¿verdad?

—Sí. Estaba soñando. No vi su cara en ese momento, sino después de que les disparara. En el espejo, cuando fue a por el reloj que mi padre le había regalado a mi madre en su aniversario. Cuando lo examinó —continuó, con la mirada clavada en Musk—. Cuando se asustó al notar que alguien lo observaba. Antes de que bajara y se llevara mi foto de la pared porque una parte de él sabía que era yo, y deseaba hacerme daño como a mis padres.

—Oye, no tiene mucho sentido, ¿verdad? —dijo el detective, sin perder el tono desenfadado ni la sonrisa—. Que lo vieras en el espejo si no estabas allí. Que supieras exactamente qué se llevó de la escena del crimen, que supieras exactamente lo que hizo.

Lucy posó la mano sobre el hombro de Thea.

—¿Está llamando mentirosa a la niña?

—Señora Lannigan, no cabe duda de que Ray Riggs asesinó a John y Cora Fox. Queremos asegurarnos de que pague por ello. Queremos asegurarnos de que pase el resto de su vida en prisión.

—Y han dicho que así será —replicó Lucy.

—Sabemos que asesinó a su hija y a su yerno. Es importante esclarecer todos los hechos, tener la certeza de que actuó solo.

Alarmada, Lucy se puso lívida.

—¿Piensan que podría tener un cómplice?

—Me pregunto si es posible que Thea viera a Riggs con anterioridad, si es posible que hablara con él. Si no es el caso, en fin, he de considerar el hecho de que ahora es usted tutora legal de dos menores con bienes en un fideicomiso y albacea de una cuantiosa herencia, que ejerce una considerable influencia sobre estos niños. No tengo más remedio que contemplar la posibilidad de que usted se reuniera con Ray Riggs y llegara a un acuerdo con él. Que le dijera a Thea qué decir, y que ella lo esté diciendo ahora.

De pronto, la alarma se transformó en cólera.

—¿Cómo tiene la desfachatez de sentarse aquí, en mi cocina, delante de los niños, y acusarme de conspirar para asesinar a mi propia hija en su cama? ¿Para asesinar a John? ¿De usar a esta chiquilla de esta manera?

—Me remito a los hechos, señora Lannigan.

Dado que en su oficio Musk sabía que la irascibilidad a menudo servía de detonante, insistió:

—Si no tomó parte en esto, esta niña (y es posible que a los doce años una niña esté resentida con sus padres) reveló detalles que solo pudo conocer de haberlo presenciado. Dado que no fue el caso, a partir de ahí la conclusión lógica es que descargó ese resentimiento utilizando a Riggs.

Lucy se levantó despacio.

—¡Cómo se atreve! ¿Cómo se atreve a dirigirse a esta hermosa criatura afligida y decir semejante barbaridad? ¿A estar ahí, sonriéndole, con esa maldad en su mente y su corazón?

—Estoy haciendo mi trabajo, y mi cometido es conseguir que se haga justicia con John y Cora.

—Que se vayan, nana. —Con los puños apretados junto a ambos costados, Rem, saltó del taburete—. ¡Que se vayan de aquí ahora mismo, maldita sea!

—Sí, se van. Fuera de mi casa, y no vuelvan a acercarse a los niños jamás. No me hable de justicia cuando le han dado una puñalada trapera a estos niños.

—Nos vamos, pero si insisten en que fue un sueño, interrogaremos a Riggs otra vez y le sonsacaremos la verdad. Regresaremos con los de Servicios de Protección de Menores.

—Se divorció el año pasado, y todavía está triste por eso —dijo Thea en voz baja, con los ojos clavados en Musk—. Sobre todo por no poder ver a los gemelos, a Rogan y Logan, que tienen ocho años, tanto como antes. La gente lo llama Phil, o Musk, pero cuando su madre se enfadaba con usted lo llamaba Philip

Henry Musk. Se rompió el brazo a los once años. Iba demasiado rápido en la bicicleta y, al chocar con una raíz que asomaba en la acera, salió despedido y se rompió el brazo. Este.

Se pasó la mano por el brazo izquierdo y a continuación miró a Howard.

—Usted se llama Chuck y su mujer Lissa. Kevin tiene seis años, y Cody, tres; lleva sus fotos en la cartera. Lissa y usted se están planteando tener uno más, ir a por la niña. Ahora mismo está furioso con él, con el detective Musk. No quería venir aquí. No le ha gustado cómo ha permitido que su terquedad y su ira lo lleven a actuar de esta forma. Riggs se pudrirá en la cárcel. No le encuentra explicación a lo que le conté al sheriff, pero todo lo demás le hace pensar que no hay nada que... que nos relacione con esto. —Miró a Musk de nuevo—. No estoy enfadada con usted por esto. Nana, Rem, no os pongáis así. Él los vio después, en la cama. Estaban agarrados de la mano. —La voz le empezó a temblar, acompañada de lágrimas—. Él vio que tenían las manos entrelazadas y los cojines ensangrentados sobre sus caras, y eso le afectó mucho, le caló hondo. Y le dijo al detective Howard... —Cerró los ojos y continuó—: Vamos a encontrar al cabrón que hizo esto, Chuck. Aunque nos lleve el resto de nuestras vidas, vamos a encontrar a ese cabrón y a darle un escarmiento.

—¡Por Dios!

—Cállate, Phil. Lo digo en serio, cierra el pico. —Howard se inclinó hacia Thea—. Thea, quiero expresarte mis más sinceras disculpas a ti, a tu abuela y a tu hermano. Lamento lo que tuviste que presenciar aquella noche. Lamento tu pérdida. Lamento que te hayamos hecho pasar por esto.

—Él realmente quiere justicia para mis padres, así que no estoy enfadada. Pero... —Dirigió la mirada hacia Musk de nuevo, que seguía sentado, pálido y estupefacto—. La nana quería a nuestros padres tanto como nosotros. Fue una madre para mi padre, cosa que la suya jamás llegó a ser. Está cambiando su vida para cuidarnos porque ellos se lo pidieron, porque nos quiere. No vuelva a decir nada malo de mi abuela jamás. Jamás.

Musk hizo amago de hablar y súbitamente levantó la mano para impedir que su compañero lo interrumpiese.

—Un momento, Chuck. Lo siento. Hasta ahora no había vivido una experiencia semejante. Yo no creo..., no creía... Lo siento.

—Thea ha aceptado sus disculpas, de modo que nosotros también. Ahora, si no les importa, los acompañaré a la puerta.

Cuando se disponían a marcharse, Thea respiró hondo de nuevo.

—Detective Howard, tenga cuidado con la escalera azul. No sé qué significa, pero cuidado con la escalera azul.

Con un ligero escalofrío, él asintió con la cabeza.

Fuera, Musk se frotó la cara.

—Necesito una copa. Una copa como Dios manda.

—Tomaremos algo en el aeropuerto.

Cuando llegaron al coche, Musk miró a su compañero desde el otro lado del capó.

—Me quedé pillado al verlos con las manos entrelazadas, Chuck. No pude quitármelo de la cabeza.

—Pues hazlo ya, Phil. Caso cerrado.

En la cocina, Lucy besó a su nieta en la coronilla.

—Estoy muy orgullosa de ti, Thea, y de ti, Rem, por cómo les habéis plantado cara.

—Yo estaba un poco asustada. Y no quería que estuvieran aquí. No quería hablar con ellos, contar lo mismo otra vez. Como he procurado no pensar, he conseguido ver..., averiguar cosas acerca de ellos. Porque, cuanto más hablaban, peor me sentía, e intentaba no pensar. —Cerró los ojos—. Me duele la cabeza, nana.

—Lo sé. Voy a darte algo para que se te pase. ¿Te apetece tumbarte un rato?

—¿Puedo irme fuera a sentarme en el porche?

—Voy contigo, Thea. Estaré callado, te lo prometo. —Rem aún tenía lágrimas de rabia y aflicción en los ojos—. Voy contigo.

—He tenido que decir las cosas que sabía de ellos para que se dieran cuenta de que no mentíamos. Lo que pasa es que, en cuanto empecé a adivinar cosas, no podía parar. Ni siquiera cuando comenzó a dolerme la cabeza.

—Te ayudaré con eso también. Me parece que superas mis dones, cariño, pero puedo ayudarte. Ve a sentarte un rato, y tú, Rem, mantén la promesa hasta que Thea tenga ganas de hablar.

—Lo haré.

El refrescante té de albahaca le alivió el dolor de cabeza. Cuando Rem dijo que podía dar de comer a los animales él solo, Thea se quedó sentada con Lucy.

—Tienes un don potente, cariño.

—¿Por qué tiene que doler?

—Supongo que siempre se debe pagar un precio, aunque hay maneras de hacer que sea más llevadero. Igual que hay maneras de no adivinar o no averiguar hasta que lo necesites o desees. Hoy era necesario, por eso ha sucedido, y no estabas preparada para semejante intensidad.

—¿Mamá lo tenía?

—Creo que sí, pero renunció a él. Lo rechazó, y estaba en su derecho.

—Yo no quiero renunciar a él.

—Yo tampoco quise. Pero dejé de valerme de todo su poder con tal de evitar problemas.

—Por mamá.

Lucy sonrió ligeramente al tiempo que asentía con la cabeza.

—Era mi niñita, mi primogénita.

—Ella no quería ser diferente, no así.

—Creo que tienes razón. Y la asustaba pensar en su habilidad para adivinar cosas que prefería ignorar. O en la mía.

—A mí no me asusta, nana.

—Eso es bueno. Es algo que respetas, a pesar de que algunas personas te rehuirán o te dirán cosas duras por esa razón. Algo que bajo ningún concepto se usa para engañar o lastimar a alguien.

—Yo quería que el detective parara de decir esas cosas, de pensar esas cosas.

—He perdido los estribos —reconoció Lucy—. Quería que se marcharan de una vez por todas, así que no he hecho lo que debía para demostrarles que estaban equivocados.

Acarició el hombro de su nieta.

—Pero tú sí. Estabas despejando la mente, esforzándote en abstraerte de lo que estaban hablando, de lo que querían que habláramos. Tener la mente despejada ayuda a que fluya con facilidad. Disgustarse, asustarse, es otra manera. Pero ¿sabes cuál es la mejor, la más efectiva, la menos dolorosa? Es simplemente abrirse a ello, como decir: «¡De acuerdo, adelante!».

—¿Tan simple como abrir una puerta… o algo así?

—Exacto. Mientras dormimos, estamos receptivos, así que soñamos. Si no deseas que eso suceda, puedes impedirlo. La mayoría de las veces.

—¿Cómo?

—Aunque parezca una tontería, poniendo ciertas hierbas bajo la almohada, o una bolsita de la suerte sobre la cama. También pronunciando una frase tres veces seguidas, aspirando ciertos aromas antes de dormir. La intención de tu don no es lastimarte, Thea. Es una parte de ti. De modo que ejercita esa parte de ti.

Se llevó la mano de Thea a los labios y la besó.

—Practicaremos. Mira a Rem, realizando las tareas de la granja para que podamos quedarnos aquí sentadas como señoronas. ¿Un rufián? El culo de mi tía abuela Maggie.

Cuando Thea se rio por lo bajo, Lucy se echó a reír con ella.

—Lo tiene gordo. Están llamando por teléfono. —Cerró los ojos y mantuvo el dedo índice en alto—. Es Waylon. —Acto seguido hizo un guiño a Thea—. ¡Todavía lo tengo!

A pesar del tiempo empleado en empaquetar, cargar las cajas en la furgoneta de alquiler y el viaje, los tíos de Thea llegaron al día siguiente antes del mediodía.

Waylon la levantó en volandas y la abrazó con fuerza. Iba sin afeitar y despedía un leve tufillo a los cigarrillos que siempre intentaba dejar.

Parecía muy cansado, lo mismo que Caleb cuando le cogió la cara entre las manos y la besó.

También achucharon a Rem, y el abrazo de ambos a su madre se alargó más si cabe. Thea se fijó en que a Waylon le temblaban los hombros cuando apretó la cara contra el hombro de su madre.

Y en cómo su abuela le acarició el pelo, desaliñado como su aspecto, igual que hacía con ella cuando necesitaba consuelo.

—Chicos, venid a sentaros un rato dentro. Estos días han sido muy largos para vosotros. Hemos hecho limonada y hay un montón de comida.

—Hemos estado sentados, mamá. —Como los perros no dejaban de gimotear, Caleb les hizo un rápido arrumaco a los tres—. ¿Qué te parece si dejamos la limonada y la comida hasta después de descargar la furgoneta?

—¿Habéis traído la mesa de dibujo de mi padre?

—Claro que sí. —Waylon se puso deprisa las gafas de sol para ocultar sus ojos llorosos antes de alborotarle el pelo a Rem.

—¿Puedo ponerla en mi cuarto, nana?

—Me parece perfecto.

Thea no tenía claro cómo se sentía exactamente por el hecho de cargar con las cajas de ropa y sus cosas hasta el interior de la casa. Le hacía ilusión tener sus cosas, pero, de nuevo, eso le daba tintes de realidad a todo.

Jamás regresaría a la casa de Virginia.

—No hace falta colocar todo ahora mismo. Podéis poner las cosas del ordenador en la habitación de la costura. La he despejado.

—Ese es tu cuarto, nana.

—Ya no coso tanto como antaño. —Lucy le dio una palmadita en el hombro—. Así que dejad todo ahí dentro por ahora. Estoy dándole vueltas a la idea de acondicionar el desván para colocar todo eso allí arriba, como si fuera una sala de juegos. Pero por ahora subamos las cajas.

En su habitación, mientras miraba las cajas de ropa, de cosas, Thea no supo por dónde empezar.

—Esta también lleva escrito tu nombre. Hay que reconocer que los chicos han empaquetado todo como Dios manda —comentó Lucy al entrar a dejar una caja en el suelo—. Sé que no estás acostumbrada a una habitación tan pequeña, pero…

—No, nana, no es eso. No es necesario que hagas ningún cambio por mí, por Rem. Por ejemplo, en la habitación de la costura y el desván.

—No es solo por ti y por Rem. Voy a cambiar algunas cosas

por nosotros. Por los tres. Por Waylon y Caleb, para cuando vengan de visita. Por las familias que espero que tengan algún día.

Se sentó en la cama y dio unas palmaditas a su lado.

—Ya llevo tiempo viviendo aquí sola, así que no me he visto en la necesidad de cambiar gran cosa. Ahora la situación es diferente, y es el momento de realizar algunos cambios. Me consuela porque sé que en el fondo a tus padres les agradarían esos cambios. Rem está trajinando con Caleb para instalar la videoconsola. Tú podrías hacerlo más rápido.

—Puede. —Acto seguido, Thea se encogió de hombros—. Sí, seguramente.

—Pero entretenerse con eso les viene bien a ambos.

—Porque tenemos que vivir.

—Así es.

Thea pensó que había llegado la hora de preguntar aquello que era su máxima preocupación.

—¿Cuándo van a enviar a mamá y a papá?

—¿Por qué no bajamos y preparamos algo de comer juntas? Ya hablaremos de eso después de comer. Hablaremos largo y tendido juntos.

8

Mientras comían y bebían limonada, conversaron sobre el traslado de Caleb a Nueva York y los últimos viajes de Waylon.

Después de recoger la mesa, Lucy dijo a sus hijos que se habían ganado con creces una cerveza.

—Tenemos que hablar sobre las gestiones que he realizado. —Con todos alrededor de la mesa de nuevo, Lucy comenzó—: Si alguien prefiere otra cosa o algo diferente, se puede cambiar. Quiero asegurarme de haber tomado las decisiones correctas. Para empezar, Cora y John llegarán mañana.

—¿Podemos verlos? —preguntó Rem.

Lucy negó con la cabeza.

—No, cariño, lo siento.

—Por cómo los mataron.

Waylon se quedó de piedra, pero la rabia encendió su mirada. Caleb, a su lado, posó la mano sobre su brazo.

—Efectivamente. Vamos a poner fotos de ellos. Vuestros tíos las han traído, y tenéis permiso para quedaros con tantas como queráis. Elegiremos las que queremos para el funeral.

—¿Podemos montar una galería familiar aquí, nana? O sea, ¿no solo con sus fotos, sino con las de todos?

—Qué magnífica idea, Rem. —Lucy le sonrió de oreja a oreja—. Vamos a buscar en mis álbumes de fotos y hacemos eso dentro de un rato. La funeraria va a recoger… —Tras unos instantes de vacilación, continuó—: Los ataúdes en el aeropuerto.

Como Cora llevó un ramo de novia de hortensias blancas y rosas porque eran sus preferidas, las pondremos en la ceremonia y el cementerio. He creído oportuno colocar una sola lápida porque siempre han estado juntos y siempre lo estarán.

Se aclaró la garganta.

—De primeras, llena de rabia y dolor, sopesé la idea de que el epitafio dijera algo como «Que nos fueron arrebatados cruelmente», pero no es así como deberíamos recordarlos. De modo que opté por algo que los honrara. Se me ocurrió usar lo que John encargó grabar en el reloj que le regaló a Cora en su aniversario: «Para siempre».

—Me parece perfecto, mamá —convino Caleb.

—Como ninguno de nosotros somos muy religiosos, pensé que lo mejor sería organizar la ceremonia directamente en la funeraria. Caleb, Waylon: os voy a pedir algo que será duro. Caleb, quisiera que te encargaras del panegírico, que subas allí y hables en nombre de todos, si te ves con fuerzas.

Él se limitó a asentir con la cabeza, sin decir una palabra.

—Waylon, te costará lo que voy a pedirte. Me gustaría que cantaras aquella canción que interpretaste en su baile nupcial, *Endless Love* para ellos y para nosotros, como hiciste en la boda.

—Mamá... —Cerró los ojos y, acto seguido, igual que su hermano, asintió con la cabeza—. Por supuesto que sí.

—¿Te parece bien todo, Thea?, ¿y a ti, Rem?

—¿Una de las fotos puede ser la de su boda, la que hay en la galería familiar en Virginia? —preguntó Thea—. Como vamos a poner las flores y la canción...

—Me parece perfecto.

—¿Puede venir Cocoa? Ellos la adoraban.

—Bueno, lo averiguaré, Rem. Si no le permiten entrar en la funeraria, seguro que puede acompañarnos al cementerio. El funeral se celebrará pasado mañana y, después, la gente vendrá a casa. Los restaurantes del pueblo van a mandar comida; no cobrarán nada. De todas formas, yo voy a hacer jamón asado, el plato preferido de Cora, y una tarta de manzana, que a John sin duda alguna le chiflaba. Tengo una lista de lo que necesito del supermercado, por si alguno de vosotros me hace el favor de ir a comprar.

Waylon se ofreció.

—Yo me encargo, mamá.

—Te lo agradezco. Te daré un talón para que lo rellenes cuando…

—Ni pensarlo. De ninguna manera, mamá. Cora era mi hermana, y John, como un hermano para mí.

Como los ojos se le pusieron llorosos, Lucy se levantó y se acercó a él.

—Tienes razón. —Desde detrás de la silla, lo abrazó y besó su pelo desgreñado—. Debemos despedirnos de ellos de la mejor manera posible. Si he pasado algo por alto o si se os ocurre alguna otra cosa, decidlo.

—¿Vendrá mucha gente?

—Me figuro que sí, Rem. Y la bisabuela llegará mañana con Stretch y mi hermano, mis hermanas y los primos. Tu mamá y tu papá tenían amigos en Virginia, y algunos de ellos también vendrán.

—Un montón de gente —confirmó Caleb—. Cuando estén todos aquí, si por casualidad os apetece pasar un rato a solas, un poco de tranquilidad, subid a vuestras habitaciones y ya está. Si necesitáis algo, no tenéis más que decírnoslo a Waylon o a mí.

—Dame la lista, mamá, que voy a hacer la compra. ¿Qué te parece si damos una vuelta en la camioneta de la nana, Rem? Tú también puedes venir, Thea, si te apetece.

—No, gracias. Quiero colocar mis cosas. Y ayudar a la nana a preparar la tarta de manzana. Tengo ganas de aprender a hacerla. Nana, me voy arriba, a colocar mis cosas.

«Y a pensar un poco», dijo para sus adentros. A pensar en la cantidad de personas que irían a la casa. Necesitaba que su abuela le enseñara a contener tanta pena y rabia. Percibía los sentimientos de sus tíos. Por mucho que Caleb se esforzara en fingir una actitud calmada, ella sentía la pena y la rabia que albergaba en su interior en la misma medida en que se reflejaban en el semblante de Waylon.

El peso de lo que todos sentían por dentro, su abuela, Rem, ella misma, la abrumó.

Hasta esa noche jamás lo había experimentado. Necesitaba saber cómo sobrellevarlo porque le daba la sensación de que casi podría aplastarla.

Necesitaba aprender.

Aguardó a que Lucy fuera a arroparla aquella noche para preguntarle.

—Dijiste que vendría mucha gente.

—Sí.

—Y que mi don no me haría ningún daño, que debería abrirme a él. Pero, cuando estábamos hablando después de comer, y un par de veces más este día, sí que… me sentí mal, nana. El tío Caleb siente lo mismo que el tío Waylon, a pesar de que no se le nota tanto. Y cuando haya mucha más gente…

—Entiendo. De cuando en cuando hay que cerrar una ventana.

Ella asintió con la cabeza al tiempo que miraba hacia la que estaba abierta y dejaba entrar la brisa nocturna.

—Si cerraras esa ventana, seguirías viendo lo que hay fuera; la lluvia si estuviera lloviendo, o el sol o el viento agitando las ramas de los árboles. Sin embargo, lo notarías muchísimo menos que con la ventana abierta. Este es uno de esos momentos en los cuales es preciso cerrar la ventana.

—¿Cómo?

—Ya lo has hecho muchas veces, aunque a lo mejor no tan intencionada o deliberadamente. El hecho de aceptar tu don no significa que tengas que usarlo todos los días. Si necesitas abrir más de una ventana, visualiza una puerta y ciérrala con llave. Es todo tuyo, Thea. A lo mejor decides, por ejemplo, abrir un poco la ventana o dejar la puerta entornada. O tal vez no, porque necesitas la tranquilidad que ha mencionado el tío Caleb.

—¿Tú la dejas abierta o cerrada?

—Bueno, supongo que por lo general entornada y, en ocasiones, abierta de par en par o cerrada a cal y canto.

—Si es posible, quiero mantenerla cerrada cuando se celebre el funeral.

—Pues hazlo y punto. Y, si necesitas ayuda, aquí estoy, ¿de acuerdo?

Cuando Thea asintió con la cabeza, Lucy se inclinó para besarla.

—Ahora, a soñar con algo bonito o lleno de aventuras. Libérate de cualquier peso antes de dormir.

Thea cerró los ojos y visualizó una ventana. Había una tormenta fuera: lluvia, lágrimas. Viento, pena. Truenos, rabia.

Y se imaginó a sí misma cerrando la ventana.

El día del funeral, Thea se puso el vestido negro que había elegido con su madre para el concierto de primavera del coro del colegio. Se había sentido muy mayor con él, y con los zapatos de tacón ancho y bajo.

Sabía que nunca volvería a ponerse ni lo uno ni lo otro.

Se recogió el pelo en unas trenzas y se puso los pendientes que la policía había entregado a sus tíos.

Su bisabuela llegó con su adinerado segundo esposo, al que todo el mundo llamaba Stretch. Había oído a su abuela, y también a su madre, comentar que Carrie Lynn O'Malley Riley Brown era arrolladora.

Con una altura que superaba el metro ochenta, una larga melena pelirroja y unos ojos verdes de mirada penetrante, esa misma impresión le causó.

Su bisabuela había llorado y, cuando Thea abrió un resquicio de la ventana, vio un corazón que albergaba profundas heridas.

También los tíos, las tías y los primos trajeron lágrimas consigo.

Como Waylon y Caleb se habían desplazado allí en la furgoneta de la empresa de mudanzas y solo disponían de la camioneta de Lucy, Stretch alquiló vehículos para realizar el trayecto de ida y vuelta a la funeraria y al cementerio.

Thea se acomodó en el asiento trasero de uno, junto a su abuela, y Rem al otro lado, con su mejor y único traje.

Waylon se puso al volante; Caleb, en el asiento del pasajero, y Cocoa, en medio de los dos.

La funeraria, un gran edificio de ladrillo rojo con molduras blancas y ventanas que brillaban al sol, se hallaba en un extremo de la localidad, sobre una loma de césped primorosamente cortado. A ojos de Thea parecía una auténtica casa.

Un hombre de pelo canoso abrió la puerta. Vestido con un traje negro combinado con unos lustrosos zapatos negros, se dirigió a ellos en el tono circunspecto propio de una iglesia.

Thea decidió no prestarle atención, pues el corazón empezó a latirle muy deprisa.

Olía a flores por todas partes; hacía un calor sofocante.

Sintió el impulso de echar a correr y no parar, pero se agarró con fuerza a la mano de su abuela, lo mismo que Rem al otro lado. Con Cocoa de la correa, todos siguieron al hombre hasta una amplia sala donde los rayos del sol se filtraban a través de las ventanas, con sillas plegables colocadas en una fila detrás de otra.

Las fotografías que habían escogido estaban colocadas sobre una mesa, junto con más flores. Dos grandes jarrones blancos contenían las hortensias rosas y blancas al lado de un caballete con la instantánea que Stretch había ampliado.

Su madre vestida de novia, y su padre con el traje de novio. Ella sabía que la imagen era del baile nupcial porque había estado colgada en la galería familiar.

Aparecían mirándose. En una ocasión oyó decir a su abuela que era posible ver las estrellas en sus ojos.

Se obligó a fijar la vista en los féretros conforme se aproximaban a ellos por el pasillo central entre las hileras de sillas.

Cajas de madera pulida, más hortensias derramándose sobre ellas.

Y sus padres dentro.

Recordó su imagen el día que pusieron rumbo de vuelta a Virginia.

Se le antojaba que había sucedido un minuto antes. Se le antojaba que había transcurrido un año desde entonces.

Incluso manteniendo la ventana lo más cerrada posible, sabía que Rem se había echado a llorar. Sabía que las lágrimas resbalaban por las mejillas de su abuela. La aflicción de sus tíos se sumó a la suya.

Cuando su abuela la miró y la besó en la mejilla, alivió parte de su terrible peso.

A continuación dejaron entrar al resto de familiares. Caleb acompañaba a Rem, mientras Lucy mantenía la mano de Thea agarrada con fuerza.

Ni siquiera le soltó la mano cuando tomaron asiento en la fila delantera.

Fue entrando cada vez más gente. Incluso cuando se llenó la sala, hubo quienes se quedaron de pie al fondo. El hombre del traje negro avanzó al frente. Contó que conocía a Cora desde su más tierna infancia, y que conoció a John. Comentó hasta qué punto todos los presentes lamentaban su pérdida, la trágica pérdida para sus respectivas familias, para sus hijos pequeños, para la comunidad.

Waylon se puso en pie y se enganchó la guitarra. Se había afeitado con esmero y atusado su rebelde pelo.

—Esta es la canción de Cora y John, la primera que bailaron recién casados.

Se puso a tocar lentos acordes y, cuando empezó a cantar la letra, a Lucy le tembló la mano, entrelazada con la de su nieta.

Esta vez fue Thea quien se la apretó con fuerza.

Waylon no derramó una lágrima hasta que volvió a su asiento.

Caleb subió a la tribuna a continuación. Estaba muy pálido y, de alguna manera, eso realzaba su atractivo.

—Hay personas que hacen que el mundo sea mejor con su mera presencia. Personas que aportan alegría y amor simplemente con la alegría y el amor que albergan en su interior.

»Cora y John hicieron de este un mundo mejor. Trajeron consigo alegría y amor. Nos los arrebataron de este mundo, a sus hijos, a todos nosotros, en un acto brutal y sin sentido.

»Y, a pesar de ello, nos transmiten alegría, nos transmiten amor. Más allá del dolor sentimos esa alegría y ese amor porque nos lo envían. A todos nosotros, amigos, vecinos de aquí y de lejos. Nos lo transmiten a sus familiares.

»A ti, mamá; a ti, Waylon; y en especial a vosotros, Thea y Rem. Su pérdida duele en lo más hondo, cuesta asimilarlo y sobrellevarlo. Pero lo hacemos y lo haremos. La luz que irradiaron en el mundo jamás se apagará. Brilla en sus hijos.

Cuando Caleb regresó a su asiento, el hombre del traje negro invitó a los presentes a que pronunciaran unas palabras si lo deseaban.

Muchos lo hicieron, para elogiarlos o relatar alguna anécdota graciosa o entrañable.

Mientras permanecía sentada, el corazón de Thea dejó de aporrearle el pecho. La canción de Waylon y las palabras de

Caleb parecieron calarle hondo y, en cierto modo, mitigaron el dolor punzante y lacerante con el que lidiaba desde que se había puesto el vestido negro.

El cementerio, con lápidas y esculturas de piedra, se extendía en las afueras del casco urbano, sobre onduladas colinas.

El hombre de la funeraria tomó la palabra de nuevo, y, a continuación, Caleb y Waylon se pusieron en pie.

—¿Qué van a hacer, nana?

—No lo sé, Rem.

Se colocaron juntos en la soleada colina, delante de los ataúdes cubiertos de flores.

—Estamos aquí para despedirnos de Cora y John. Nuestros padres nos inculcaron el gusto por la música, así que Caleb y yo decidimos decirles adiós cantando. Pero no con una canción triste, sino sobre la vida y el amor que hay en ella.

Cantaron, a capela, *In my Life.*

En el primer verso, Lucy ahogó un sollozo. Se tragó las lágrimas y dejó escapar un larguísimo suspiro.

Besó la mano de Rem y, acto seguido, la de Thea. Los tres sentados, codo con codo, mientras las voces flotaban hacia las suaves colinas.

Después, la gente se acercó a ellos para transmitirles sus condolencias, para abrazarlos, hasta que finalmente se quedaron de pie juntos, hermanos, madre e hijos.

—Hijos míos, quiero deciros lo orgullosa que estoy de vosotros. Por la canción del funeral, Waylon; por tus palabras, Caleb. Lo llevaré en mi corazón durante el resto de mi vida. Y por lo que habéis hecho aquí. Nada de eso ha sido fácil para ninguno, pero lo habéis hecho por ellos, por mí y por los niños. Venga, vámonos a casa. La gente ya estará allí, y es de agradecer que los amigos nos hayan dejado despedirnos de ellos en la intimidad. Vámonos a casa, y traeremos flores cuando coloquen la lápida.

La casa se llenó de gente, desperdigada en los porches, pululando en el césped de la parte delantera y trasera de la finca. Comieron jamón al horno, berza, pan de maíz, guisos y tarta, y bebieron té dulce, limonada, cerveza y vino.

Los niños retozaron al aire libre con los perros. Con el permiso de Lucy, Rem se cambió de ropa, pero Thea no. Dado que no volvería a ponerse ese vestido, decidió no quitárselo hasta que la gente se marchara.

Sin embargo, sí que pasó un rato a solas en su cuarto. Cuando se sintió mejor, bajó. Incluso dejando apenas un resquicio de la ventana abierto, se dio cuenta de que el peso de la aflicción resultaba más llevadero. La gente deseaba relatar anécdotas de sus padres, sobre todo de su madre, lo cual alivió ligeramente ese peso.

Conoció a un hombre que estudió con sus padres en la universidad, el padrino de su boda.

—No te acordarás de mí —dijo—. La última vez que te vi, al menos en persona, tenías unos cinco o seis años. Como me trasladé a Chicago, desde entonces no he podido ver mucho a tus padres. Esta es mi mujer, Melissa.

—Mis padres asistieron a su boda. Nosotros nos quedamos aquí con mi abuela para que ellos fueran a Chicago. Me parece que no fue el verano pasado, sino el anterior.

—Exacto. Él fue mi padrino, igual que yo fui el suyo.

—¿Han venido desde tan lejos?

—Yo lo quería —respondió sin más—. Y a tu madre también.

En un primer momento, ella pensó que el estar con tantas personas, el afrontar tanto sentimiento, le resultaría doloroso, pero la alivió, al menos un poco.

Convencieron a Waylon para que fuera a por su guitarra, alguien fue a por otra y otro apareció con un banyo. Así pues, la música comenzó a sonar en el porche principal mientras los críos y los perros corrían hacia la parte trasera.

Y eso, en cierta medida, también la alivió.

Salió a sentarse en el columpio del porche trasero. Lo cierto es que no se respiraba demasiada tranquilidad con el griterío de los críos, el sonido de la música y las conversaciones que se oían por las ventanas.

Pero lo suficiente como para sentarse un rato al aire libre.

Salió de la casa una niña. Llevaba la cabeza llena de trencillas con cuentas blancas en los extremos. Iba vestida con una falda negra a la altura de la rodilla y un top blanco con flores en el cuello y llevaba en la mano una gran taza de plástico rojo. Se sentó junto a Thea.

—Soy Maddy —anunció—. En realidad, es Madrigal, pero es larguísimo. Mi madre es amiga de tu abuela, y mi padre es el sheriff.

—Ah. Yo soy Thea.

—Ya. Siento mucho lo que les pasó a tus padres. Espero que al hombre que los mató le salgan verrugas y forúnculos en el pito.

Thea soltó una carcajada; Maddy sonrió.

—Pues sí. Mi madre siempre dice que no se debe desear ningún mal a nadie, pero seguro que no le importaría que le salieran verrugas y forúnculos. ¿Quieres un poco de limonada?

Al ver que Thea titubeaba, Maddy sonrió otra vez.

—Tranquila, me he deshecho de todos los piojos. Somos de la misma edad, así que vamos a estar juntas en clase. A lo mejor nos hacemos amigas.

Thea cogió el vaso y bebió un sorbo de limonada, fría, ácida y en su punto.

Así como así, el día del entierro de sus padres conoció a una amiga para toda la vida.

Lucy las observó desde la ventana de la cocina. Seguidamente se giró hacia su propia amiga de toda la vida.

—Ven a echar un vistazo, Leeanne; fíjate en nuestras niñas. Thea está sonriendo de nuevo, y no de compromiso.

—Maddy le alegra la vida a cualquiera. Jamás se da por vencida. Si ha decidido ser su amiga, Thea no tiene nada que hacer.

—Necesita amigos, lo mismo que Rem. Por lo que más quieras, Leeanne, no permitas que me sienta demasiado mayor para criar a estos niños como Dios manda.

—Te lo recordaré, Lucinda Lannigan. Yo también tengo una niña de doce años.

Con una ligera risa, Lucy cortó más asado. La aliviaba mantener las manos ocupadas.

—Me he dedicado a eso durante mucho más tiempo.

—Es cuestión de experiencia, no de edad. Criaste a una hija y dos hijos magníficos. Y cuando Zachariah falleció, saliste adelante sola. No conozco a nadie en este mundo, Lucy, capaz de velar por ellos mejor que tú.

—Thea necesita a una amiga en la que apoyarse como yo lo hago contigo.

—Confía en mí. —Leeanne se asomó por la ventana de nuevo y se quedó mirando a Maddy y Thea en el columpio—. Ya la tiene.

La casa tardó un buen rato en vaciarse de invitados menos los familiares, y aún más hasta que Lucy se quedó a solas con Waylon y Caleb.

Las amigas de Lucy habían guardado todas las sobras de la comida y limpiado la cocina hasta dejarla reluciente.

—Waylon, haz un favor a tu vieja madre y sírveme una copa de vino.

—Mi madre no es vieja. Voy a servirle un poco a mi hermosa madre. ¿De cuál? Al parecer, Stretch agotó las existencias de una tienda de vinos de Atlanta.

—Si los compró Stretch, seguro que son buenos. Elígelo tú. —Dejó escapar un gemido al descalzarse—. No sé cuándo fue la última vez que llevé unos zapatos de vestir durante tanto tiempo.

—Waylon le puso delante una copa de vino—. Gracias.

Tras beber un sorbo, echó un vistazo a su alrededor.

—No me han dejado absolutamente nada que hacer. Y Will se ha encargado de que los animales estuvieran atendidos. No estoy segura de si sabré estar tan ociosa.

—Pues quédate sentada tomándote el vino —sugirió Caleb.

—Lo haré.

—¿Puedo tomar un poco?

A la pregunta de Rem, los tres adultos respondieron con un no rotundo.

—¿Y eso por qué? En Francia los niños beben vino.

—Cuando vayas tú solo a Francia, tesoro, podrás tomar.

—Seguramente lo haga. También comen caracoles. Probaría uno. —Miró a Thea con aire altivo—. Apuesto a que tú no.

—¿Te pones a hacer ascos si te sirven espinacas en el plato y resulta que vas a comer caracoles?

—En Francia sí lo haría. Los caracoles franceses son diferentes; si no, la gente no los comería allí.

—Entonces tendrás que ponerte una boina —comentó Caleb.

—¿Qué es eso?

—Una gorra que se coloca ladeada. —Lo mostró con las manos.

—Y probablemente una corbata Ascot. Es como un pañuelo de cuello muy elegante —explicó Waylon.

—Las corbatas son un rollo, pero me la pondría, y el gorro ese. Comería caracoles y bebería vino, y diría *merci beaucoup*, que significa «gracias» en francés.

—¿Y si no te gustan los caracoles?

Rem miró a Waylon con el entrecejo fruncido durante unos instantes.

—Los escupiría y diría «puaj» en francés. ¿Cómo se dice «puaj» en francés?

—*Merde* se le aproxima bastante.

Esta vez fue Waylon quien frunció el entrecejo a Caleb.

—¿Cómo diablos sabes eso?

—Por el teatro, hermano. En el teatro se aprende todo tipo de cosas.

Por debajo de la mesa, mientras los tres charlaban, Thea agarró la mano de su abuela. Y sonrió.

Se dio cuenta de que eso era lo que significaba que era preciso vivir.

Esa noche, después de que su abuela la arropara en la cama, intentó soñar que se dormía. Poco después se incorporó y encendió la lamparita. Por primera vez desde la muerte de sus padres cogió su diario.

Se puso a escribir todo cuanto alcanzaba a recordar de los últimos días, incluso de aquella fatídica noche. Escribió sobre Ray Riggs, sobre la ayudante del sheriff, los detectives... También sobre Will, y la elaboración de velas. Sobre el hecho de abrir o cerrar la ventana, sobre el funeral. Sobre sus tíos y Maddy.

Sobre palabras pronunciadas, canciones interpretadas.

Lo escribió para ella misma, en el diario, hasta casi agotar las páginas en blanco.

Preguntaría a su abuela si podía comprarse otro.

Cuando por fin lo dejó en su sitio, apagó la luz y se quedó dormida.

Y yació tranquila, serena y plácidamente mientras todos en la casa dormían a su alrededor.

Waylon y Caleb se quedaron tres días más. Hicieron recados, echaron una mano con los animales e hicieron lo posible por ayudar a Lucy con el papeleo y las decisiones relativas a la herencia.

—A Cora y John les iba bien, pero, caramba, ignoraba que John aportara semejante fortuna, mamá.

—Nunca alardeaba de ello —le dijo a Waylon mientras los tres estaban sentados en el pequeño despacho—. Su familia no pudo arrebatarle el dinero, pero sin duda se quedaron con lo demás. Ninguno de ellos asistió a su funeral. Era su hijo, su hermano... Ninguno de ellos ha llamado o escrito a los niños para brindarles consuelo.

—La solución es sencilla. —Caleb se encogió de hombros—. Ellos no existen, no en nuestro mundo. Simplemente no existen. John era de nuestra familia, tu hijo, nuestro hermano, y siempre lo será.

—Es una solución condenadamente buena. —Lucy se frotó los ojos, cansados, y se apartó de la cara el pelo que no se había molestado en recogerse en una trenza—. La voy a poner en práctica. Chicos, habéis sido de gran ayuda con esto. Yo me consideraba una empresaria bastante avispada, pero con vosotros estoy aprendiendo cosas de contabilidad, entresijos legales y finanzas de alto nivel.

—Podemos alargar la estancia unos cuantos días más, mamá.

—Waylon: Caleb y tú tenéis que seguir con vuestras vidas. Lo que sí quiero de verdad es que volváis en Navidad este año, pues será dura, y los niños necesitan un entorno familiar. Pero, ahora, debéis reanudar la normalidad. Yo cuento con contables, abogados y asesores financieros expertos para las gestiones.

—Llama si necesitas quejarte un poco por todo eso.

Lucy se rio y le dio una palmadita a Caleb en la mano.

—Igual te arrepientes del ofrecimiento, porque te tomaré la palabra. Y voy a hacer caso del consejo que ambos me disteis. Los niños jamás querrán vivir en la casa donde asesinaron a sus padres. He sido una tonta por dudar a la hora de ponerla a la venta.

—Eso no hace que resulte más fácil en absoluto deshacerse de lo que Cora y John tanto trabajaron para construir.

—No, Waylon, en efecto.

«Una casa tan bonita», pensó Lucy. Un hogar que habían llenado de luz y de amor.

El hecho de saber lo que era preciso hacer no facilitaba las cosas, pero era lo correcto.

—Es lo que ellos querrían. Los dos coincidís en eso, y es lo que Thea y Rem me dijeron que les gustaría. Lo que sí me preocupa un poco es qué hacer con todas sus cosas.

—Mamá —Caleb aguardó a que lo mirara—, los niños ya dijeron lo que querían, y tú, que sabías lo que tanto Cora como John consideraban muy valioso. Cosas que han heredado, cosas que se regalaron mutuamente y que significaban mucho para ellos. El resto son solo cosas, mamá.

—Tienes razón, me consta. Entonces haré lo que sugirió el abogado: contratar los servicios de la empresa que me recomendó para que tasen todo. Se encargarán de poner a la venta el patrimonio, y listo. Es lo mejor.

—Ellos te pidieron que te hicieras cargo de esto con la certeza de que podías y que lo harías. No obstante, me sumo al comentario de Caleb: si necesitas desahogarte, llámame.

—De acuerdo. —Cerró el último archivador—. Sé que es tarde, pero ¿qué os parece si nos sentamos un rato en el porche y nos tomamos un whisky tranquilos?

Por la mañana, después de realizar las tareas de la granja y desayunar, los hermanos metieron sus bolsas de viaje en la furgoneta de alquiler.

—Quiero que me llaméis cuando lleguéis a vuestros respectivos destinos, ¿entendido? —Los abrazó—. Ay, ya os echo de menos.

—Vendremos a casa para Navidad, mamá. —Waylon levantó a Thea en volandas—. Hazme el favor de cuidar de la abuela.

—Lo haré.

—¿Y tú? —Le dio un abrazo de oso a Rem—. Tú eres el hombre de la casa.

—Y ellas son mayoría, así que mantente firme, hermano. —Caleb besó a Rem en ambas mejillas y seguidamente a Thea.

Los tres se quedaron allí, tal y como habían hecho en otra despedida, mientras la furgoneta se alejaba.

—No pasa nada por decirlo, nana —señaló Thea—. Ahora solo estamos los tres.

—Solo estamos los tres. Bueno, debo hacer el jabón líquido que tanto le gusta a la gente. Y como se tarda un par de días en el proceso de elaboración del principio al fin, voy a recurrir al trabajo infantil.

—¿Días? ¿No hay que derretirlo y ya está?

—No, Rem, no. Te lo mostraré. Tal y como yo lo veo, ahora sois empleados de Mountain Magic. Hemos de acordar el salario.

—Oh, nana —repuso Thea. Rem, en cambio, agitó los brazos en el aire.

—¿Vas a pagarnos?

—Todo el mundo necesita algo de dinero. Lo negociaremos.

—Yo soy mayor. Debería cobrar más.

—¡De eso nada! Yo soy el hombre de la casa, y los hombres cobran más que las mujeres.

—Lo que hay que oír… —Lucy negó con la cabeza mientras se encaminaban a la casa—. Una cosa os digo de entrada: yo dirijo mi negocio sin ningún tipo de sesgo por sexo o edad. Os pagaré lo mismo a los dos. Se me ocurre…, sí, diez centavos la hora.

—¡Diez centavos!

—Eso es lo que se llama mi tarifa mínima por hora, Rem. —Al abrir la puerta mosquitera, los tres perros se les adelantaron en tropel—. Ahora empecemos a negociar.

9

Ray Riggs odiaba la prisión. Parte de ese odio se enraizaba en un miedo profundo y oscuro: miedo a no volver a salir jamás.

Acusado de doble asesinato, y con cargos pendientes por más delitos, se había ganado un viaje de ida a la prisión de máxima seguridad de Virginia.

Durante el traslado captó algo de lo que el guardia que lo custodiaba opinaba de él: que era un mindundi que merecía la aguja.

Se ganó unas cuantas magulladuras por su frustrado intento de agredir al guardia penitenciario.

Las magulladuras eran lo de menos, nada comparado con el miedo atroz al ver la segregación penitenciaria.

No existían las celdas con barrotes, sino con puertas, puertas azules con un mísero ventanuco. Al otro lado de esas puertas, los reclusos vocearon, dieron golpes y, algunos, soltaron risotadas. Y el estruendo resonó y retumbó mientras lo conducían esposado con grilletes en los tobillos, arrastrando los pies.

No podía estar allí, no podía quedarse allí. No podían retenerlo allí.

Se resistió, no pudo contenerse, pero lo obligaron a ponerse de rodillas al abrir una de aquellas puertas.

Examinó la espantosa celda, con una litera, un retrete, un ventanuco alto con el paño de cristal esmerilado.

No, no podía quedarse allí dentro.

Su abogado la había cagado; eso es lo que había pasado. Saldría de allí y mataría a ese cabrón.

No oyó lo que los guardias le dijeron al quitarle las esposas y los grilletes. Le traía sin cuidado.

No se quedaría allí.

Cuando lo dejaron encerrado bajo llave, se puso a golpear la puerta, a dar voces que se sumaron al eco del resto hasta que fue incapaz de continuar gritando.

Más tarde le sirvieron comida a través de una trampilla, pero no probó bocado.

Había oído hablar de las huelgas de hambre. Se pondría en huelga de hambre, y conseguiría que las televisiones y todos esos capullos sensibleros se pusieran de su parte.

Esa noche oyó voces en su cabeza que se burlaban de él.

Y, por la mañana, estaba demasiado hambriento como para rechazar lo que introdujeron por la trampilla.

Poco después lo obligaron a arrodillarse y lo esposaron otra vez. Lo condujeron a una gran jaula metálica, como si fuera un animal.

—Tienes una hora para hacer ejercicio —anunció el guardia.

—Que te jodan. Quiero hacer una llamada. —Telefonearía al capullo del abogado para ponerle al corriente de sus intenciones.

—No tienes permiso para realizar llamadas telefónicas. Una hora, Ray. —Al entrar, la puerta de la jaula se cerró.

En vez de hacer ejercicio se sentó en el banco anclado al suelo. En la jaula contigua, un tío negro con rastas y un gorro de esquí amarillo hacía flexiones.

Parecía estar fuerte. Ray se figuraba que necesitaría compincharse con alguien fuerte. Empezaría con ese tío, formarían una banda para reducir a los guardias y se fugarían.

—Oye —dijo Ray entre dientes—, estoy maquinando la manera de salir de aquí. Me vendría bien un poco de ayuda.

—Que te den.

—¡Voy a largarme de aquí! —clamó, lanzándose contra la malla metálica.

—Eh, tío. —El tipo negro continuó con sus flexiones—. El pirado este está interfiriendo con mis endorfinas.

134

—Compórtate, Ray.

Pero no estaba dispuesto a hacerlo, era incapaz, y acabó encerrado en su celda con las voces en su cabeza.

Esa noche lloró hasta quedarse dormido; los sueños lo acosaron como perros de caza.

Cuando se despertó, temblando, la dentellada del silencio fue más violenta que la de los perros.

Emprendió un viaje mental en el que se sentaba a tomar una cerveza fría en la terraza de un casoplón y contemplaba el mar. Cuando se tranquilizó, cuando por fin se tranquilizó, se recordó a sí mismo que con su mente podía viajar adonde quisiera.

Todo cuanto debía hacer era encontrar la manera de valerse de ello para escapar.

Tenía una mente calculadora y sagaz, un don especial, de nacimiento. Ya era hora de comenzar a aprovecharlo.

Dejó vagar su mente, de celda en celda, de recluso a recluso. Algo de lo que captó le provocó un estremecimiento en todo el cuerpo, y la intensidad del esfuerzo hizo que sangrara por la nariz y los oídos.

No desistió. Aunque el dolor de cabeza le hizo casi gritar, no paró.

Ray Riggs no se amilanaba.

Ni siquiera debía estar allí. No deberían haberlo atrapado bajo ningún concepto. Alguien debía pagar por ello, y se encargaría de que así fuera. Pero primero tenía que sobrevivir.

Así pues, se comió lo que introducían por la trampilla. Aunque no oponía resistencia cuando entraban a por él, iba arrastrando los pies hasta la jaula, donde pasaba una hora al día sentado, rumiando, cavilando.

Buscando un resquicio, cualquier resquicio, les leía la mente a los guardias, pero no encontró ninguno. Tan solo pensamientos dispersos acerca del siguiente descanso para fumar, de preocupaciones económicas, de sus esposas y de las mujeres.

Les leía el pensamiento a otros reclusos, pero no encontró un ápice de esperanza de obtener ayuda por parte de ninguno. Tan solo rabia que les corroía por dentro, resignación y desesperanza, remordimiento y rencor.

Y le amedrentaba demasiado leer la mente a muchos de ellos.

Se pasaba las noches sudando, escuchando un sinfín de voces, y, a veces, soñaba con el rostro de la niña, la cría del retrato que había robado de la pared.

Ella era la causante de esto. Él había logrado captar algo sobre ella, mientras lo acusaba señalándolo con el dedo, a través de los detectives cuando lo sacaron a rastras del motel. Pero en aquel momento estaba demasiado conmocionado, demasiado asustado para captar más señales.

Ahora, en cambio, disponía de tiempo, de todo el tiempo del mundo, para ahondar en el recuerdo. Para pensar en aquella mocosa que sonreía con suficiencia.

Ella no lo había presenciado —eso lo sabía de buena tinta—, de modo que daba igual, joder.

Sin embargo, en aquella fotografía en la pared… daba la impresión de que lo miraba fijamente.

Y, por un segundo, en el espejo mientras él tenía el puñetero reloj en las manos…

Riggs dio un respingo. La había visto. Había visto a aquella zorrita. En su cabeza, detrás de él frente al espejo.

En ambas ocasiones.

Ella lo había presenciado, de igual manera que él era capaz de transportarse adonde quisiera con la mente.

La niña era como él, sin más remedio. Ella era como él. La niña le había visto la cara, había sido testigo de la escena. Y se había valido de su don para meterlo entre rejas.

Uy, vaya si iba a soñar con ella. Soñaría con aquella zorrita y encontraría la forma de darle un escarmiento.

Cerró los ojos, visualizó la imagen mentalmente y, por primera vez, durmió casi en paz.

Pero, en vez de aparecer en una fotografía, ella yacía en una cama con sábanas blancas. Le pareció oír que llovía, que caía una lluvia lejana; le pareció ver cortinas que se agitaban junto a una ventana abierta.

Cuando se rebulló en el catre, con ganas de más porque sentía la brisa fresca y agradable, ella se rebulló en la cama.

Mientras él soñaba con ella, ella soñó con él.

Y Thea bajó la vista hacia él, el hombre que había asesinado a sus padres. Dormía con un brazo colgando de un lado del catre. Tenía mechones de pelo desgreñado pegados a la mejilla debido al sudor. Ella alcanzó a oler el pelo, el sudor. Alcanzó a oír su respiración.

Ella podía respirar, pero sus padres no.

Y a pesar de ello, a pesar de ello, lo que la ayudante del sheriff comentó sobre la prisión se asemejaba a la realidad. Era como una jaula: el ventanuco, el suelo desnudo y frío, las paredes desnudas y frías. Él no podía cerrar una puerta cuando usaba el retrete, salir al aire libre a oír los sonidos de la noche si se desvelaba o encender una luz para leer un libro.

Ella alcanzó a oír los ronquidos de los hombres en sus catres, en sus celdas. Encerrados entre cuatro paredes, como Riggs.

Thea se dirigió a la puerta y posó las manos en ella. La traspasó con la mente como imaginaba que él haría, más y más puertas de celdas, durante el resto de su vida.

Él podía vivir, pensó de nuevo. Podía estornudar, roncar y sudar, pero eso no era auténtica vida.

Sus padres bailaban juntos, murieron juntos, con las manos entrelazadas.

Riggs jamás tendría a nadie que lo amara, que entrelazara las manos con las suyas o que tuviera hijos con él, a nadie que caminara por el bosque con él o le diera un beso de buenas noches.

Tal vez eso fuera peor que la muerte.

Estaba contenta de haber percibido las imágenes, las sensaciones y los sonidos del lugar donde él pasaría una vida que era cualquier cosa menos vida.

Cuando la niña se dio la vuelta, él tenía los ojos abiertos y clavados en ella.

Se le cortó la respiración; se le encogió el estómago. Sin embargo, se obligó a mirarlo fijamente.

Se comportaría como una adulta. Adoptaría una actitud... digna.

—Te veo, zorrita, te veo.

—Solo quería ver tu nuevo hogar. Encaja realmente contigo.

—Te encontraré y, cuando lo haga, desearás haber estado

acostada en tu casa cuando me cargué a tus padres. Habrías tenido una muerte rápida, mientras que ahora no.

Rezumaba odio, que la envolvió como un manto de diminutas agujas.

—Yo puedo marcharme, tú no. No me das miedo.

Cuando Thea se obligó a despertarse, lo oyó decir:

—Lo haré.

Apretándose con fuerza los codos, permaneció sentada a oscuras. No permitiría que la obligara a encender la luz como una cría. A pesar de la oscuridad, se encontraba en su cama, en la casa de su abuela…, mejor dicho, en la que ahora también era la suya. Se hallaba en su hogar mientras la suave lluvia traía consigo una agradable brisa que soplaba por la ventana.

Y él, a kilómetros y kilómetros de distancia, dormía —de algún modo sabía que él aún dormía— sudando en un catre en el interior de una celda.

Por la mañana ella se vestiría como quisiera y saldría al aire libre. Daría volteretas laterales sobre la hierba aún mojada por la lluvia, jugaría con los perros y daría de comer a las gallinas.

Él jamás tendría la oportunidad de hacer esas cosas.

Así que no abrigaba ningún temor.

Como el sueño le había dejado la garganta seca, se levantó, abrió el grifo del agua fría del baño, ahuecó las manos y bebió.

Una parte de ella deseaba entrar a la habitación de su abuela y meterse en su cama. Pero se contuvo.

Se puso derecha y se miró atentamente en el espejo.

—No mientas. Dijiste que no le tenías miedo. No mientas.

Regresó a su cuarto y se metió en la cama.

Se puso a escuchar el relajante sonido de la lluvia, que la acompañó hasta que la venció el sueño.

Por la mañana dio las volteretas porque sí. Y esperó a relatar el episodio en el desayuno. Decidió que Rem, aunque fuera pequeño, también tenía derecho a oírlo.

—¿Estuviste allí? —Con los ojos como platos, Rem se quedó mirándola—. ¿En la cárcel?

—Es una prisión. —Se había informado sobre la diferencia—. Y no es lo mismo que estar aquí sentada. Es parecido a un sueño, pero tampoco eso exactamente.

—Fue allí con la mente. Su don la transportó allí.

—¿Y cómo es que yo no tengo ese don? —Enfurruñado, Rem empujó los huevos que tenía en el plato—. Yo también quiero.

—Mira, tesoro, por lo visto este don lo transmiten y heredan las mujeres de la familia, y tú eres el hombre de la casa. Venga, deja que tu hermana nos cuente el resto.

Antes de continuar, Thea recurrió a algo que su padre solía decir a Rem cuando se quejaba de que las niñas tenían mucha potra:

—Tú puedes hacer pis al aire libre, de pie.

Y eso le arrancó una sonrisa.

—No es como en las películas, con barrotes. La celda tiene puerta y una ventana de pocos centímetros de ancho.

Continuó y, cuando terminó, se encogió de hombros.

—Dije que no tenía miedo, pero sí que tuve, al principio.

—Yo también me habría asustado —convino Rem—. Sin duda me habría hecho pis de pie con los pantalones puestos.

—¿Él te veía?, ¿te hablaba?, ¿te oía cuando le contestabas?

—Sí, nana. Después me obligué a despertarme.

—Será mejor que no regreses allí, que no se repita este episodio, así que hoy trabajaremos en eso. Pero también hay que tener presente algo, Thea: estuviste al mando, desde el principio hasta el final. Me da la impresión de que te teme.

«Tal vez», pensó Thea, pero deseaba aprender para que nunca jamás se repitiera.

A menos que fuera por decisión propia.

Lucy la enseñó a confeccionar una bolsita con dos retales de tela, aguja e hilo.

—Mientras coses el saquito, piensa en cosas bonitas, en cosas agradables.

Como era la primera vez que cosía, a Thea le pareció muy chulo el proceso, de ahí que le resultara fácil pensar en cosas agradables. No tenías nada, y al minuto siguiente tenías una bolsita. Y después de enhebrar una aguja de lana con un cordel fino, se ataba.

A continuación, Lucy puso clavo, cardamomo y sal en un cuenco de madera y encendió una vela blanca.

—Esto es un mortero, y eso, un mazo. Machaca la mezcla hasta convertirla en polvo. Con pensamientos bonitos.

Qué chulo también el sonido de las vainas y los granos crujiendo bajo el mazo.

—¡Muy bien! Tienes buena mano. Ahora se añade un poco de romero y menta del huerto, y esta cáscara de limón seca.

—Huele bien. —Rem lo olisqueó varias veces—. ¿Puedo probar yo también?

—Claro que sí. Cuando Thea termine esta, puedes hacer una para ti.

—Haz una para ti, nana. Así todos tendremos una.

—¿Sabes qué, Rem? Creo que lo haré. Llena la bolsita, Thea, mientras le pones tu intención y fe. Eso cuenta tanto como lo demás. Muy bien, estupendo. Bueno, cuando la cuelgues junto a tu cama esta noche, di esto tres veces: «Sueños, dulces sueños, acompañadme esta noche salva y quedaos conmigo hasta el alba».

Thea lo repitió y asintió con la cabeza.

—¿Cómo es que sabes hacer tantas cosas, nana?

—Mi madre me enseñó, lo mismo que su madre a ella, y así sucesivamente a lo largo de los tiempos. Es magia de cocina, es parte de estas colinas. Es parte de lo que somos.

Tras ayudar a Rem a hacer la suya, hizo una para ella.

—Esta noche, cuando os arrope, las colgaremos y pronunciaremos la frase. Pero ahora creo que deberíamos salir a pasear con los perros. El verano no es eterno.

Los días transcurrieron, como es natural, y cada noche Thea pronunció esas palabras tres veces y durmió plácidamente.

Fueron al parque de la localidad a ver los fuegos artificiales del Cuatro de Julio, donde Thea tuvo ocasión de pasar el rato con Maddy y otras niñas. Rem conoció a algunos niños de su edad y la ignoró, lo cual a su hermana no le importó en absoluto.

Bien entrado el verano, Maddy iba a la granja a visitarla, o viceversa. Dwayne y Billy Joe, los nuevos amigos de Rem, hicieron lo mismo.

Salían a pasear y se visitaban. Hicieron helado de melocotón y recolectaron nueces negras.

Lucy contrató a un hombre llamado Knobby, que tenía más pelo en la cara que en la cabeza, para acondicionar el desván.

—No tiene que ser sofisticado, Knobby. Solo quiero que los niños dispongan de su espacio. Habrá que subir el cableado eléctrico hasta aquí e instalar internet para que jueguen con la videoconsola.

Él se rascó su impresionante barba castaña.

—Habrá que poner aislamiento, señora Lannigan, pues de lo contrario los críos se asarán de calor en verano y se pasarán el invierno tiritando.

—Pues hazlo. Pero me gustaría dejar las vigas vistas; le imprimen carácter. Los suelos están estupendos, y son sólidos. Voy a comprar uno de esos televisores de pared, así que te pediré que te encargues de colgarlo.

Con una sonrisa pícara, él la apuntó con el dedo.

—Se está volviendo sofisticada.

A ella le hizo gracia.

—Lo justo. Los niños elegirán el color de la pintura una vez que pongas el cartón yeso. Lo más probable es que se genere un acalorado debate al respecto.

—Modeen y yo pensamos en usted, Lucy. Ya sabe el cariño que le teníamos a Cora, y a John desde que lo conocimos.

—Me consta que sí. Yo percibo esos pensamientos, Knobby, y me confortan.

—¿Cómo están los niños?

—Lo están superando, Knobby. Han hecho amigos, algo por lo que me siento muy agradecida; de un tiempo a esta parte no se respira mucha tranquilidad por aquí, pero no me importa lo más mínimo. Son más buenos que el pan. En eso no soy imparcial, y, la verdad sea dicha, hay momentos en los que pienso: «¿Cómo es posible que discutan por prácticamente cualquier cosa?». Pero sí, son más buenos que el pan.

—¿Y qué tal está usted, Lucy?

—Sobrellevándolo. Todos lo sobrellevamos como podemos. Oye, ¿Por cuánto calculas que me saldrá esto?

Él se rascó la barba. Y comenzaron las negociaciones.

Julio pasó volando; Knobby y su ayudante se pusieron manos a la obra. Lucy realizó el largo trayecto a Pikeville con los niños con el fin de hacer las compras para la vuelta al cole.

Había hecho que sacaran los pantalones largos y los vaqueros de sus cómodas y armarios para que se los probaran. No tardó mucho en comprobar que parecía como si hubieran encogido. Y, cuando echó un vistazo, Rem tenía los pies comprimidos en los zapatos.

Pasaron una tarde embalando cajas para donarlas, y buena parte de la tarde siguiente en el centro comercial de Pikeville, donde hicieron acopio de material escolar.

A Thea le encantaba renovar el material escolar, con todo nuevo, limpio y en perfecto estado. A Rem le traía sin cuidado, y la ropa nueva le importaba aún menos.

Pero sí que le gustaron las nuevas zapatillas de deporte.

—Hay que comprarle dos pares, nana. Se le empaparán o se le ensuciarán de barro, así que necesita otras mientras se secan o se lavan.

—¿Cómo no he caído en eso?

Con gesto risueño, Lucy se apartó el pelo hacia atrás, pues ese día se lo había dejado suelto, y el mechón blanco resplandecía como una ola en un mar negro.

—A tu tío Waylon le pasaba lo mismo. Los zapatos de Caleb, aunque era igual de bruto jugando, parecían recién sacados de la caja. Elige otro par, Rem, y después tu vieja abuela necesita comer algo y sentarse un rato.

Durante el trayecto de vuelta, Thea pensó en el comienzo del curso. Había hecho un par de amigas —Maddy por descontado—, pero, a pesar de ello, sería la chica nueva en la clase.

Era la primera vez que se daba esa circunstancia. Además, el colegio de Redbud Hollow era pequeño, y todo el mundo se conocía.

No se consideraba tímida, pero temía no atinar con la indumentaria o el peinado. Lo único que anhelaba era encajar, y ya era más alta que la mayoría de los chicos de su edad, de modo que llamaba mucho la atención. Y apenas tenía pecho. Solo algo incipiente, pero no como Maddy.

—¿En qué piensas, cariño?

—Oh, solo en el comienzo del curso. No sé cómo son las cosas aquí, o si encajaré.

—Mi niña encaja en cualquier sitio que se proponga. Y da la casualidad de que es amiga de Madrigal McKinnon. Confía en mí: Maddy hará que la incomodidad del primer día sea pan comido.

—¿Estás segura?

—Ya sabes que siempre digo que tu bisabuela es arrolladora. Pues Maddy es igual, pero en versión pequeña.

—Yo soy arrollador.

Lucy miró fugazmente por el espejo retrovisor.

—Oh, ya lo creo, Rem. Y tanto que sí.

Una vez en casa, Lucy ayudó a Rem a colocar sus cosas porque a él le daba igual dónde ponerlo todo, a diferencia de Thea. A ella, guardar cada cosa en su sitio la hizo sentirse mejor ante la perspectiva del inicio del curso. Colgó los tops y las camisas como a su madre le gustaba, por colores. Después, los pantalones, menos los vaqueros. Los habría colgado también, porque le gustaba, pero con las faldas y los vestidos no quedaba hueco.

En Virginia disponía de un vestidor con un sistema organizado. Al pensar en ello, sintió una súbita punzada de dolor por sus padres.

Se sentó en el suelo del estrecho armario y lloró hasta que pasó el peor trago.

Conforme se tranquilizaba, se encontró de pie sobre un suelo frío donde resonaban espantosos sonidos.

Algunos hombres pasaban por su lado, hombres uniformados, pero no la veían. Vio jaulas grandes. Un hombre vestido con un uniforme azul de preso caminaba de un lado a otro, hablando entre dientes.

Y sus pensamientos, pensamientos que la golpearon como un aluvión de piedras, eran sombríos y amargos.

Riggs, menudo, flaco y tan blanco que parecía un fantasma, estaba sentado en el banco de otra gran jaula.

Él no la vio, no notó su presencia mientras estaba concentrado en el otro hombre, en aquellos guardias.

Como Riggs centró su atención en un guardia llamado Douberman, ella aprovechó para averiguar qué leía.

«Su mujer se ha quedado preñada por tercera vez, y él pone rumbo al oeste de Virginia en martes alternos, en su día libre. Allí tiene una puta habitual a la que paga para que se reúna con él en un motel. Le pone el rollo dominatrix. Tal vez, tal vez sea posible usar eso para chantajearlo».

Aburrido, Riggs echó un vistazo al otro recluso. «Ese cabrón pirado no para de caminar de un lado a otro, de dar voces durante las restantes veintitrés horas del puto día. Siempre hay que ajustarle la medicación. Igual consigo que se suicide. Igual doy un paseo mental esta noche y consigo que se estrangule con las sábanas. Tendría su gracia».

Para animarse y volver a sentir ese indescriptible subidón de poder, se puso a pensar en las personas a las que había asesinado.

Ella regresó a su habitación un poco temblorosa y jadeante.

¿Otros? ¿Había otros además de sus padres? Se encogió hasta hacerse un ovillo, pugnando por detener el temblor, por evitar sucumbir al pánico.

Se hallaba en su cuarto, sentada dentro del armario de su propio cuarto. Veía los rayos del sol sobre el suelo y oía la risa de Rem por el pasillo.

Riggs no podía tocarla; estaba sentado en una jaula, y no podía ver los rayos del sol.

Asesinó a más personas, y las consideraba, a cada una de ellas, como..., como trofeos en un estuche.

¿Estaría la policía al corriente de aquello?

Él deseaba hacerlo de nuevo, matar otra vez. Por pura diversión, concluyó Thea.

¿Sería capaz de hacerlo? ¿Podía ingeniárselas para empujar a alguien al suicidio?

¿Podría ella impedírselo?

Mientras su abuela trajinaba con Rem, Thea se dirigió a la planta baja, hasta el teléfono de la cocina, y buscó el número del detective Howard en la agenda telefónica de Lily.

—Detective Howard.

—Eh..., detective Howard, soy Thea Fox.

—Hola, Thea. ¿Cómo estás?

—Bien... Es que..., detective Howard, hubo más.

—¿Más?

—Más personas, como mis padres. Riggs mató a más personas, antes. Antes. Y hay otro preso en la prisión, Jerome Foster, al que Riggs quiere matar y...

—Thea, necesito que hables más despacio. Respira hondo y habla más despacio.

—Voy..., voy a por un poco de agua.

Se sirvió un poco de agua del grifo, se la bebió de golpe y estuvo en un tris de vomitarla.

—Vale —consiguió decir—. Vale.

—¿Has estado en contacto con Riggs, Thea?

—No exactamente. Tan solo lo sé. Y él sabe que un guardia está engañando a su mujer y quiere usar eso para algo. Eh... Douberman. Tan solo lo sé. Riggs también sabe cosas. Tiene el mismo don que yo.

—¿Estás diciendo que Riggs es vidente?

—Por eso se llevó mi foto, porque se olió algo. Él sabe que yo ayudé a que lo encarcelaran. Asesinó a otras personas antes que a mis padres.

—Lo relacionamos con un doble asesinato en Maryland.

—Antes de eso, antes. Tres..., tres..., tres...

Cerró los párpados con fuerza y se concentró.

—En tres ocasiones anteriores.

—¿Otros tres asesinatos?

—Ha matado a cinco personas. A dos de la edad de mis padres, y a una chica. Él estaba pensando en ellas. Estaba en una jaula grande, pensando en ellas. Uno de los asesinatos fue... en un sitio llamado Brinmaw o algo así. Ella, la mujer, la esposa, estaba pensando en la contraseña de la alarma. Él entró en aquella casa grande porque, como le leyó el pensamiento, consiguió la contraseña. Usó un cuchillo, los apuñaló. Oh, Dios... Dios mío, hay mucha sangre. No puedo respirar.

—Thea, quiero que te sientes. Siéntate y pon la cabeza entre las piernas.

—Vale. —Tenía la sensación de que le faltaba el aire. Sin embargo, las extrañas nebulosas grisáceas que le nublaban la vista se disiparon.

—¿Dónde está tu abuela?

Tras tomar una bocanada de aire, notó que el peso que le oprimía el pecho se aliviaba ligeramente.

—Arriba. Él se hizo con la pistola allí, en Brinmaw, con la que mató a esas personas en Maryland y luego a mis padres. Pero antes de eso..., creo que antes... en Albany.

—¿En el estado de Nueva York?

—Sí... No, en New Albany. El hombre era mayor. Terrance. No, no, una terraza. En verano, soplaba la brisa nocturna. No sé, ahora mismo no puedo pensar con claridad. Me duele la cabeza.

—Está bien, Thea, con esto es suficiente. Quiero que te quedes sentada hasta que te recuperes y que después vayas en busca de tu abuela.

—Él quiere matar a ese preso porque... se aburre. Yo no sabía qué otra cosa hacer.

—Vale, Thea. Vamos a investigar esto, todo eso.

—¿Sí?

—Sí, y quiero que me hagas un favor. Quiero que te mantengas lo más alejada posible de Riggs, en todos los sentidos.

—Lo intento. —Se le derramó una lágrima—. No fue mi intención ir allí. Vi las grandes jaulas de malla metálicas y las puertas azules, pero no fue aposta.

«Esta vez», pensó. La primera vez, sí. Al menos un poco.

—Tranquila. Deja que ahora me ocupe yo de esto. Quiero que le cuentes a tu abuela lo ocurrido.

—Lo haré. Gracias.

Tras colgar se incorporó y vio a su abuela.

—Lo siento, no fue mi intención...

—Chisss. —Lucy la acurrucó entre sus brazos y la abrazó con fuerza—. Tranquila.

—Estaba triste, pensando en mamá y en papá, y de buenas a primeras sucedió. Nana, hubo más víctimas. Mató a más personas, y vi... Él también tiene el don. Lo usó, lo usó para matar. Todavía lo usa para intentar hacerlo.

—Y pagará por ello. ¿Te vio?

—No. Estaba demasiado ocupado buscando personas a las que hacer daño, y pensando en las víctimas.

—Y tú has hecho cuanto has podido por intentar ayudar. —Lucy le retiró el pelo de la cara y aguardó a que Thea la mirara a los ojos—: Porque para eso es el don: para ayudar. Así que, ahora, olvídalo, cariño.

—Nana, pude ver lo espantoso que es, lo fatal que se siente. Ver eso me alegró.

—¿Acaso piensas que yo te lo reprocharía? —Lucy se reclinó en el asiento y le enjugó las lágrimas—. ¿Cómo iba a reprochártelo, si me alegro de saberlo? ¿Por qué no fuiste a buscarme?

—Pensaba contártelo después, pero..., es que quería hacer esto yo sola.

—¿Ya te has independizado de mí? —Lucy le plantó un beso en la frente—. Procura no precipitarte. Me siento orgullosa de ti. Esto ha requerido valor, y pone de manifiesto la madera de la que estás hecha. Honra el don que se te concedió.

—No quiero regresar allí. Intentaré evitarlo.

—Bien. Y yo intentaré ayudarte. Pero, Thea, si lo hicieras, recuerda que tú tienes el control. Que tú eres libre. Él no, y jamás lo será. Tú eres más fuerte, y siempre lo serás.

Días después, una neblinosa tarde de sábado, los detectives llamaron a la puerta. Al verlos, a Lucy se le cayó el alma a los pies. Se obligó a recordarse a sí misma que Thea, con su valor, había abierto esa puerta, y que ella no tenía derecho a cerrarla.

—Señora Lannigan —dijo Musk—, nos gustaría hablar con

usted y con Thea. Acerca de una información adicional que nos ha facilitado.

—Sí. —Lucy abrió la puerta mosquitera—. Tiene doce años. Solo tiene doce años.

—Señora...

Howard posó la mano sobre el brazo de su compañero para intervenir.

—Phil y yo nos hemos desplazado hasta aquí fuera de servicio. Hemos venido a título personal en nuestro tiempo libre, señora Lannigan, porque es un asunto personal. Y parte del motivo de nuestra visita es darle las gracias a Thea por haberse puesto en contacto conmigo.

—Llámenme Lucy —dijo ella, y suspiró—. Vamos a la parte trasera. Está fuera, en el porche, trabajando en su dibujo. Rem está en casa de un amigo, lo cual probablemente sea lo mejor. Hay limonada fresca.

—Con mucho gusto.

Cuando se abrió la puerta mosquitera del porche trasero, Thea se hallaba examinando el boceto en su cuaderno.

—Creo que este está mejor. —Acto seguido alzó la vista y se levantó.

—Han venido. ¿Mató a ese hombre?

—Jerome Foster está bajo vigilancia por riesgo de suicidio —explicó Howard—. Ahora mismo es lo mejor que podemos hacer. Thea, me gustaría darte las gracias por informarme. No tenías por qué asumir esa responsabilidad.

—Era mi obligación. —Miró a Lucy cuando esta salió con una bandeja—. Nana.

—Permítame. —Musk cogió la bandeja con la jarra de limonada, los vasos y el plato de galletas de mantequilla.

—Hiciste lo correcto, Thea. Los detectives han hecho este largo trayecto en su tiempo libre para darte las gracias.

—Y porque, en nuestra opinión, mereces saber lo que hemos averiguado gracias a eso, y lo que estamos haciendo. ¿Podemos sentarnos? —le preguntó Howard.

—Sí, sí. Se llamaba Bryn Mawr. Lo he buscado.

—Exacto. Bryn Mawr, de Pensilvania, junto con James y

Deborah Cohen. Hace un año más o menos. El caso sigue abierto, lo cual significa…

Thea terminó la frase:

—Que no saben quién lo hizo. Fue él, Ray Riggs.

—En efecto. No pudimos rastrear la pistola con la que asesinó a tus padres porque no estaba registrada. Con la información que nos proporcionaste, indagamos un poco y confirmamos que Deborah Cohen poseía una del mismo modelo y fabricante, sin registrar. Su hermano se la compró en una feria de armas. Jamás se recuperó el arma, y en su momento no se denunció su desaparición.

Musk carraspeó y cogió el vaso que Lucy le ofreció.

—En New Albany, Ohio —continuó—, hay otro caso abierto, el de Stuart y Marsha Wheeling. Los…, eh…, investigadores concluyeron que el asesino trepó por un emparrado hasta el balcón de la primera planta y entró por la puerta corredera, que estaba sin cerrar, al dormitorio principal. Hace dieciocho meses. Primero mató a la mujer porque el hombre era mayor. La golpeó con un martillo. Su intención era dejarla inconsciente, pero le asestó un golpe demasiado fuerte y se ensañó con ella.

Sin decir una palabra, Lucy se sentó en el columpio junto a Thea y le agarró la mano.

—Como empleó diferentes métodos, diferentes métodos para entrar, y se entretuvo en causar considerables daños en la propiedad de los Cohen, no se relacionaron ambos casos.

Musk miró a su compañero, que asintió con la cabeza.

—Ahora, gracias a una pista altamente confidencial proporcionada por una fuente anónima, esos casos se están revisando de manera exhaustiva, con Riggs como el principal sospechoso. Quiero que sepas que bajo ningún concepto revelaremos tu nombre.

Tremendamente aliviada, Lucy cerró los ojos.

—Él lo sabe. Riggs sabe que lo vi, con mis padres. Sabe que les he contado todo.

—Dijiste que él tiene el mismo don que tú.

—Lo usa para matar a la gente porque disfruta con eso. Siempre le ha gustado matar cosas, incluso cuando era niño.

—Sí, disponemos de declaraciones de testigos sobre su comportamiento en la infancia. Es una de las razones por las que está donde está. Thea, según dijiste, viste dónde se encuentra, viste la prisión; un lugar del que jamás podrá salir, ni siquiera con ese don que posee.

—Él pretendía chantajear a ese guardia.

—Haría falta mucho más, aunque también nos hemos ocupado de eso. Esa prisión es de máxima seguridad, diseñada para albergar a lo peor de lo peor. De todas formas, en cualquier momento que te encuentres preocupada, que sientas miedo o simplemente que necesites hablar acerca de ello, puedes llamarme.

Howard sacó una tarjeta.

—Mi número particular está ahí también. Las veinticuatro horas, los siete días de la semana, Thea. Tú llámame. —Dejó la tarjeta sobre la bandeja—. Ahora voy a pedirte una cosa más que te resultará difícil. Mencionaste a una chica.

—No sé su nombre. Dudo que él lo recuerde, o quizá no lo sepa. Lo que sé es que fue su primer asesinato. Había agredido a otras personas, por ejemplo, a un chico, a un chico gay, pero no le dio una paliza porque fuese gay, bueno, no exactamente, sino porque era menos corpulento que él y más débil. Pero la chica…

Thea bebió un poco de limonada y se recompuso.

—Iba por la calle. Era joven, como él.

Musk hizo amago de intervenir, pero Lucy negó con la cabeza.

—Hacía frío, y estaba lloviendo —continuó Thea—. Él se hospedaba en una habitación con el dinero que había robado a sus padres, a sus abuelos, incluso al chico al que apaleó, antes de marcharse de su casa. Tenía previsto regresar, hacer daño a sus padres. Los odiaba. Ellos nunca le hicieron ningún daño, pero los odiaba. Y la chica se había fugado de casa, como él, y Ray le dijo que podía quedarse a pasar la noche en su habitación a cambio de…, bueno…, de sexo.

—Vale.

—Pero le resultó imposible, y le leyó el pensamiento: ella pensó que él no podía, que era un perdedor o algo así. Entonces la golpeó. Le dio un puñetazo en toda la cara. Después cogió la lamparita, la lamparita verde con el pie de metal que había junto a la cama, y la golpeó con ella. Nana.

—Estoy aquí.

—Así que ella no pudo defenderse; tenía la cara ensangrentada por el corte que le había hecho con la lámpara. Como estaba indefensa, la estranguló. Y disfrutó observando sus ojos mientras moría. Disfrutó más que matando gatos, perros o pájaros. La metió en el armario y limpió la habitación. Se llevó las sábanas por si tenían su ADN. Recogió sus cosas junto con las sábanas, se las llevó y la dejó allí.

—¿Sabes dónde sucedió esto?

—Me parece que en Cleveland, o a lo mejor su intención era ir allí después. No estoy segura. Todo sucedió muy rápido, me asusté y…

—Tranquila, está bien. Nos has sido de gran ayuda.

—No creo que él recuerde su nombre, porque no tengo forma de averiguarlo, pero vi la cara de la chica porque él la vio. He intentado dibujarla. No se me dan muy bien los retratos.

Lo buscó en las últimas páginas de su cuaderno de dibujo y se lo mostró a Howard.

—Me temo que en eso discrepo contigo. Es bueno.

El orgullo artístico se antepuso a la angustia.

—¿Usted cree?

—Sí.

—Tenía el pelo rubio y las raíces oscuras… He tratado de reflejarlo, y las mechas. Llevaba mechas azules. Sus ojos eran marrones.

—¿Podemos quedarnos con esta hoja?

—Claro. Era un motel, creo, y la puerta era marrón, como de madera de imitación. El número que había en la puerta era el 137.

Howard arrancó la hoja con cuidado.

—Supongo que no te interesará ser policía, ¿verdad?

—No, señor —respondió Thea en tono rotundo—. No.

—Voy a decirte esto con admiración, Thea: es una lástima. Espero que puedas olvidarte de esto ahora y dejárnoslo a nosotros. Gracias por tu ayuda, y por tu tiempo. Ya no te molestamos más. Me llevo una de estas galletas.

—¿Han dicho que vienen de Fredericksburg?

—Sí, señora. Lucy —rectificó Howard.

—Seguramente no realizarán semejante viaje de vuelta esta noche.

—No, vamos a pasar la noche en… —Miró de forma fugaz a su compañero.

—Welcome Inn —apuntó Musk—. La dueña de la posada es mi prima tercera. Sirve un magnífico desayuno.

—Lo aprovecharemos antes de ponernos en marcha por la mañana.

—Bueno, pues esta noche se quedan a cenar.

—No queremos causarle molestias.

—Se han desplazado hasta aquí en su tiempo libre. Se quedan a cenar. Bueno, en vista de que no están de servicio, ¿puedo ofrecerles una cerveza o un poco de limonada de Kentucky?

—¿No es la que estamos bebiendo?

Lucy negó con la cabeza mirando a Musk.

—No es limonada de Kentucky hasta que se le añade el burbon.

Howard miró a Thea antes de responder y, al ver que sonreía, soltó un largo suspiro.

—Lucy, me vendría fenomenal tomarme un vaso.

10

Lucy mantuvo a los niños alejados del desván mientras ultima-
ban las obras de lo que se le ocurrió llamar la Guarida de los
Zorros. Por chinchar a Rem, Thea decidió aceptar la prohibi-
ción de buen grado.

La hacía sentirse superior y más adulta.

En el transcurso de los últimos días, Rem formuló un millón
de preguntas a Lucy.

—Solo dime de qué color están pintando las paredes. ¿De ese
color naranja tan original que elegí o del azul tan soso que sugirió Thea?

—En vista de que os enzarzasteis en semejante pelea por
aquellas muestras de pintura, a lo mejor les encargué pintarlas en
un feo marrón anticuado. Oye, si no eres capaz de coger tomates
y hablar al mismo tiempo, céntrate en los tomates.

—Pero ¿cuándo van a terminar? Están tardando un siglo.

—Eso depende de Knobby. ¿Quieres que acabe pronto o prefieres que lo haga bien?

—¿Por qué no puede ser pronto y bien?

Lucy se enderezó, estiró la espalda y se ajustó el sombrero de
ala ancha.

—Por la misma razón por la que estos tomates no crecieron
y maduraron enseguida con el fin de que pudiéramos cogerlos y
envasarlos para preparar buenas sopas y estofados durante el
otoño y el invierno.

—¿Cuál es la razón?

—Porque así son las cosas.

Rem puso los ojos en blanco mientras arrancaba otro tomate.

—¿Por qué dices «envasarlos» si vas a meterlos en botes de cristal?

—Supongo que porque así son las cosas también.

Sin embargo, caray, en ese momento ella misma se lo planteó. Aspirando los aromas de la cosecha de finales de verano, echó un vistazo al huerto.

—Recolectaremos esos pantalones de pitillo esta noche... Supongo que se llaman así, señor Preguntón, porque cuando las judías verdes se secan de esa forma parecen pantalones de pitillo.

—¿Plantaste todo esto tú sola, nana?

Lucy miró fugazmente a Thea.

—En primavera cuento con la ayuda de alguien con un par de manos voluntariosas y una espalda fuerte. Y, ahora, con dos ayudantes más. Os haréis una idea cuando sembremos la cosecha del invierno, pero la próxima primavera ya veréis cómo todo empieza a brotar.

Tras un breve descanso, levantó la cara hacia el sol.

—Da gusto sembrar, y más cuando recoges la cosecha, y más aún cuando en noches frías sacas un bote de algo que cultivaste y pusiste en conserva con tus propias manos.

Ellos no habían plantado verduras en Virginia, pensó Thea, y, tal como le había enseñado su abuela, retorció un pedúnculo de la tomatera para arrancar un tomate. No obstante, había ayudado a sembrar plantas de flores cada primavera y le gustaba verlas crecer.

Se preguntó si quienquiera que comprara la casa cultivaría flores.

Abrigaba la esperanza de que así fuera.

Y confiaba en que tanto la policía como los tribunales hicieran que Riggs pagara por los otros asesinatos que había cometido. Ya sabía el nombre de la chica, puesto que el detective Howard la había telefoneado para informarla.

Se llamaba Jessica Lynn Vernon, y tenía quince años.

Ella jamás cultivaría flores, recolectaría tomates ni usaría en una fría noche de invierno lo que había embotellado.

«Hice todo lo posible por ella», pensó Thea. Confiaba en que los detectives hicieran lo mismo.

Una vez más apartó esos pensamientos de su cabeza, o al menos lo intentó. Al llevarse el tomate a la nariz para aspirar su aroma, se fijó en el verdor de las colinas.

Vería cómo todo cambiaba en otoño, a lo largo del invierno y en primavera. Al año siguiente contemplaría los ciclamores en flor. Se permitiría añorar a sus padres —siempre los añoraría— y se sentiría agradecida por el olor de un tomate recién cosechado, por el intenso y maravilloso verdor estival de las colinas, y por las montañas neblinosas más allá.

La semana previa al inicio del curso, Thea apenas pensó en otra cosa. La perspectiva de que la señalaran, que la dieran de lado o que no encajara la embargó de ansiedad, hasta el punto de que sopesó la posibilidad de convencer a su abuela para estudiar en casa.

Cuando la idea cuajó, elaboró sus argumentos y se lo planteó a Lucy una mañana, antes de que Rem se levantara.

Al bajar, Lucy se encontró el café preparado.

—¿Has tenido uno de tus días madrugadores?

—Podría madrugar todos los días, preparar el café y, después, ir a por Aster para ordeñarla. Podría ayudar en muchas más cosas si no me escolarizaras. Muchos niños reciben su educación en casa.

—Mmm... Ya veo que voy a necesitar un café enseguida.

—Yo te lo sirvo. También puedo preparar el desayuno, no me importa en absoluto. Podemos planificar un horario para las clases y los deberes. Hay programas online y todo.

—Has reflexionado detenidamente sobre esto.

—Soy una buena estudiante, saco sobresaliente en casi todo. Y, si estudiara en casa, podría aprender más sobre las labores de cultivo, la elaboración de jabón y todo lo demás para tu negocio.

Con la soltura que proporciona la experiencia, Lucy se recogió el pelo en la coronilla con la goma que llevaba alrededor de la muñeca.

—En eso tienes razón. Y, mientras tanto, te perderías la oportunidad de relacionarte con gente de tu misma edad, de aprender cosas diferentes de maestros diferentes, de participar en actividades escolares, de conocer formas distintas de pensar, vivir y actuar de la gente de tu edad.

—Todo eso me da igual.

¡Porque nadie le dirigiría la palabra de todas maneras! Y todos la mirarían raro porque no tenía nada de acento de Kentucky, porque no había acertado con los zapatos ni con el peinado.

—Simplemente quiero quedarme aquí. Estudiaré, trabajaré, aprenderé, te echaré una mano y…

—Para el carro, cariño. Te pone nerviosa la idea de empezar algo nuevo, y es natural. Te preocupa que alguien se burle de ti o te trate mal. Ese tipo de cosas nos pueden pasar en cualquier momento o en cualquier lugar en esta vida, de eso no cabe duda. Pero te voy a decir una cosa.

Thea sintió el escozor de las lágrimas en los ojos cuando Lucy posó las manos sobre sus mejillas.

—Voy a decírtelo, no porque sea tu abuela, sino porque sé cómo eres. Te va a ir de maravilla, y me quedo corta.

—Pero ¿y si no? ¿Y si no le caigo bien a nadie porque soy de fuera y mi acento es diferente al suyo? ¿O si no me pongo la ropa adecuada?

—El linaje de tu sangre es tan de aquí como el de cualquiera. Pero esa no es la cuestión, cariño. Haremos un trato, ¿de acuerdo? Concédete un margen de dos semanas. Vas al colegio, te comportas tal y como eres y, si después de esas dos semanas no cambias de parecer, lo consideraré y hablaremos acerca de ello. Prométeme ese plazo, y yo te prometo que lo pensaré.

A Thea se le encogió el estómago, al tiempo que le faltaba el aire.

—No quiero que se queden mirando y digan: «Esa es la chica a la que le asesinaron a sus padres».

Lucy tiró de ella para acurrucarla.

—Puede que algunos lo hagan. Y otros se acercarán a ti porque tienen buen corazón. En ese caso, ábrete a ellos.

—¿Y si…?

—¿Y si las jirafas tuvieran el cuello corto y las cebras manchas?

A Thea no le quedó más remedio que suspirar.

—¿Solo dos semanas?

—No se lo digas a Rem.

—Queda entre nosotras.

Satisfecha, y con la plena certeza de que pasadas dos semanas se quedaría allí, en la pequeña granja, sin escolarizar, el día transcurrió sin preocupaciones para Thea.

Justo al día siguiente, tras finalizar las tareas, Lucy anunció:

—Hoy es el día de la gran revelación.

—¡Vamos ahora mismo a verlo! —Rem saltó de la silla.

—Cuando termines de desayunar.

—¡Ya he terminado!

Lucy se limitó a señalar hacia su plato.

—No nos dijiste que lo habían acabado.

—Es que tenía que hacer unas cosillas allí arriba —le explicó a su nieta—, una tontería, después de que os fuerais a la cama.

—¿Conectaste la PlayStation?

—No tendrás que esperar mucho más para averiguarlo, a menos que sigas ignorando los huevos y las patatas fritas que tienes en el plato.

Rem se llevó un buen bocado a la boca.

—¿Podemos subir a jugar al desván siempre que nos apetezca?

—Podréis subir cuando hayáis terminado las tareas de la granja, cuando salgáis del colegio y antes de la hora de dormir, siempre y cuando no me deis tormento. Podréis jugar con el chisme ese después de hacer los deberes. Y espero que no paséis horas enclaustrados allí y dejéis a vuestra pobre abuela sola.

—¡Tú también puedes jugar!

—Ya veremos.

—Ya sí que he terminado.

—Vale. ¡Un momento! Nada de salir pitando, Rem. Recoge tu plato, como siempre. Y yo voy delante. Es mi gran revelación.

Cuando Lucy comenzó a subir, Rem casi le pisaba los talones.

—¡Han tardado un siglo! No me explico por qué han tardado tanto.

—Se supone que debes dar las gracias —le recordó Thea.

—Si todavía no lo he visto...

—Puedes esperar a verlo para dar las gracias.

Lucy se detuvo en el último escalón de la escalera del desván.

—Vais a descubrir la Guarida de los Zorros. —Acto seguido empujó para abrir la puerta.

Thea puso los ojos en blanco cuando Rem entró atropelladamente, aunque ella no se quedó rezagada.

Y, fuera lo que fuera lo que esperara, no era eso.

La mitad del amplio desván era nuevo y relucía, con una pared del techo abuhardillado pintada del azul de su elección y, la otra, del naranja que había elegido Rem. En cada lado había un escritorio empotrado entre estanterías.

Sobre el suelo, bien abrillantado, había una gran alfombra de nudo a juego con los colores y, encima de esta, un sofá con sillones a cada lado frente a una pared que antes no estaba allí. La funda del sofá era azul; la de los sillones, naranja. Los cojines para el suelo yacían apilados en un rincón.

Lucy pulsó el interruptor y las luces del techo se encendieron.

El televisor de pantalla plana estaba colgado en la nueva pared, frente al sofá, y, bajo el monitor, el mueble que Knobby había fabricado para la videoconsola.

En vez de lanzarse a la desbandada, Rem se giró y se arrojó a los brazos de Lucy.

—¡Gracias, nana, muchas gracias! Esto es una pasada.

—¿A que la espera ha merecido la pena?

—Es precioso —musitó Thea—. Es muy bonito. Todo es muy bonito. No mencionaste la pared. ¿Dónde están tus cosas, nana? ¿Lo que guardabas aquí arriba?

—Detrás de esa pared, y hay espacio de sobra. Cuando quiera guardar o sacar algo, solo he de abrir esa compuerta que Knobby ha instalado. Thea, si quieres, puedes subir el ordenador y ponerlo en el escritorio. Si queréis, podéis hacer los deberes aquí arriba; lo dejo a vuestra elección. Ahora, una cosa os digo: si subís comida y bebida aquí, cosa que me figuro que haréis, más os vale que bajéis los platos después. Esa es una norma estricta de la Guarida de los Zorros. Y os corresponde a los dos mantenerla limpia.

—¿Podemos probar la videoconsola ahora? Tú también puedes jugar, nana.

—Te lo agradezco, Rem, pero hay una sorpresa más antes de estrenar el desván. Maddy y Billy Joe van a venir esta tarde. Se quedarán a cenar y a dormir.

—¡Me pido la Guarida de los Zorros! No vamos a dormir aquí arriba con niñas.

—Pues nosotras no vamos a dormir aquí con niños. Dormiremos en una cama, mientras que vosotros lo haréis en el sofá o en el suelo. Gracias, nana. Me encanta, de verdad. De verdad.

—Cuando se presente la ocasión, dadle las gracias a Knobby. Ha invertido mucho trabajo, tiempo e ideas para hacer de este un lugar especial para vosotros.

—Porque lo bueno lleva su tiempo —comentó Rem.

—Una magnífica lección aprendida. Ahora ve a por la PlayStation y enséñame a manejarla.

Tomaron pizza y helado de melocotón caseros de su abuela. Organizaron un campeonato y, para asombro y humillación de Rem, las chicas ganaron a los chicos por los pelos.

Le dio rabia, como siempre, que, cuando se trataba de videojuegos de Mario Kart y prácticamente de cualquier otro, Thea lo aventajara.

—La revancha —dijo Rem en tono exigente.

—Tal vez mañana, y perderás de nuevo.

—Vayamos a tu cuarto, Thea. Vamos a hacer lo que se dice una retirada como vencedoras. —Maddy le dio un empujoncito con el hombro—. Somos las número uno.

—¡Cobardes!

—Pringados. —Y sin más, Maddy se enganchó al brazo de Thea y se retiraron del campo de batalla—. Oye —comentó mientras bajaban—, haces auténtica magia con los mandos.

—Esperó hasta que llegaron al cuarto de Thea y cerró la puerta—. ¿Usas algo de ese talento especial tuyo para jugar?

—No. —Al menos eso creía—. Simplemente me gusta jugar. Es como una historia en la que tú eres la heroína.

—Pues haces auténtica magia. —Maddy, que ese día llevaba el pelo recogido en una espesa cola ahuecada, se dejó caer en la cama—. Ya solo faltan dos días para volver al colegio.

Thea se dejó caer a su lado.

—Si no me gusta pasadas dos semanas, la nana me sacará de allí y estudiaré en casa.

—¿Por qué ibas a querer hacer eso? Te perderías todo. —Maddy se puso boca abajo y miró a Thea—. Aun así no te librarías de los deberes, los exámenes y las redacciones. Yo odio las redacciones. Pero no podrás juntarte con las amigas ni enterarte de lo que pasa.

—No tengo ninguna amiga aparte de ti.

—Con eso le basta a cualquiera, pero a Sheryl Anne y Ruby les caes bien.

—Todo el mundo se conoce. Yo no conozco a nadie.

—¿Cómo vas a conocer a todo el mundo si no vienes al colegio con nosotros? —Maddy le dio un toquecito con el dedo—. Lo que pasa es que estás un poco asustada, nada más.

—Soy la chica a la que le asesinaron a sus padres.

El toquecito dio paso a una caricia.

—Nadie va a burlarse de ti por eso. Y si alguien se atreve —los ojos de Maddy echaron chispas—, le partiré la cara. Juro por Dios que lo haré. Básicamente, lo que te pasa es que tienes un poco de ansiedad social.

—¡Venga ya! —Thea puso los ojos en blanco al tiempo que negaba con la cabeza—. ¿De dónde sacas esas cosas?

—Le pasa a mi primo Jasper. Se lo oí decir a mi madre, y después mi padre comentó: «¿Cómo es posible que tengan que usar palabras rebuscadas para decir que es tímido?». Lo único que te pasa es que te da vergüenza.

—Yo nunca he sido tímida.

—Mejor, entonces seguro que lo superarás. ¿Cómo vas a tener novio si no te relacionas con los chicos en el colegio?

—La verdad es que ahora mismo no pienso en los chicos. No conozco a ninguno, salvo a los amigos de Rem.

—Son demasiado pequeños para ti. ¿No querrás ser una asaltacunas?

—¡Oh, Maddy! ¡Por favor!

—Además, son unos bobos.

—Sí, es verdad.

—¿Quién quiere un novio bobo? Conocerás más chicos en el colegio, y mantendré alejados de ti a los que no valen la pena. Por mi parte, pienso tener montones y montones de novios hasta que decida casarme.

Maddy se dio la vuelta de nuevo.

—Y no pienso casarme hasta que encuentre a uno guapo. Si no es guapísimo, que esté bueno, y si no está buenísimo, al menos que sea mono. Así que pienso tener un montón de novios para ir descartando hasta que encuentre a uno con el que merezca la pena casarme.

—Eso te va a llevar tiempo.

—Oh, supongo que hasta los treinta, puede que hasta los treinta y cinco. —Maddy apuntó hacia el techo—. Una mujer tiene que vivir su vida.

—La nana tuvo a mi madre a los dieciséis años.

Maddy miró con sus ojos oscuros a Thea.

—Quiero a Lucy con locura, pero qué disparate. ¿Crees que tuvieron que casarse y todo eso?

Thea miró fugazmente hacia la puerta del dormitorio, aunque estaba cerrada.

—Como me cabía la duda, averigüé cuándo se casó con mi abuelo. Mi madre nació casi un año después, más o menos a los diez meses y medio, así que supongo que no fue necesario. Según la nana, se querían tanto que no pudieron esperar.

—Yo sí que puedo esperar hasta decidirme por un hombre —afirmó Maddy en tono categórico—. No me importaría que fuera rico, pero como sea estúpido o mezquino, lo dejo plantado. El hecho de ser guapo no compensa la estupidez o la maldad. —Maddy se incorporó para sentarse con las piernas cruzadas—. Pues eso, un montón de novios, y quiero enrollarme con tres como mínimo antes de elegir. Hay que ser compatible en la cama, porque, si no, acabas divorciándote o poniendo los cuernos.

—¡Maddy! —Escandalizada y a la vez emocionada, Thea se incorporó para imitar la postura de su amiga—. ¡Serás una guarra!

—¡De eso nada! Si un chico va por ahí enrollándose con tías, dicen que está disfrutando de la vida. Pues las chicas también disfrutamos de la vida. Así que yo lo haré cuando me apetezca, aunque no sin antes salir (solo salir) con media docena como mínimo. Ahora, el colegio.

Maddy cambiaba de tema tan deprisa que a Thea la cabeza le daba vueltas.

—Vamos a comer juntas todos los días. Además coincidiremos en algunas clases. Y la primera semana conocerás a todo el mundo. Harás amigas, pero más te vale que ninguna sea una superamiga, porque esa ya soy yo.

A Thea le constaba que pasar el rato del almuerzo sin amigas era sinónimo de haber entrado en la «zona de gran humillación».

—¿Comerás conmigo todos los días?

—Te lo prometo. Ahora, a tomar por saco esa idea de estudiar en casa. Elijamos lo que vas a ponerte el primer día.

Dado que Thea no podía detener el tiempo, llegó el primer día. Con el estómago revuelto, se vistió con lo que Maddy ordenó: una falda vaquera, una camiseta blanca y sus Converse rosas. Se puso los pendientes de botón de su madre y se recogió el pelo a un lado —con el visto bueno de Maddy— en una trenza que le caía sobre el hombro izquierdo.

Rem se puso unos pantalones cortos y una camiseta, se ató los cordones de sus zapatillas de deporte nuevas y se dio por satisfecho.

—¡Vaya par! Vais a darle a vuestra abuela el gusto de dejar que os fotografíe. Quiero inmortalizar vuestro primer día de colegio. Os juro que no sé qué voy a hacer con semejante silencio hasta que regreséis.

Cuando apareció el autobús escolar, Lucy se despidió de ellos.

—Que tengáis un buen día. Luego me tenéis que contar todas las novedades.

Thea se aferró a ella durante unos instantes; no pudo evitarlo. Lucy le susurró al oído:

—Si te da cosa subir al autobús, puedo llevarte yo.

En ese momento Thea entendió el significado de la expresión «Arrojar el guante». Maddy no iba en el transporte escolar, puesto que vivía en el pueblo. Sin pensárselo dos veces, Rem, entusiasmado de vivir la experiencia, echó a correr hacia el autobús.

Thea no podía permitir que su hermano pequeño fuera más valiente que ella.

—No, nana; tranquila.

Arrojó el guante mientras el conductor saludaba con la mano a su abuela. Se encaminó al autobús, subió y enfiló el pasillo entre asientos casi vacíos. Circularon por la sinuosa carretera, cuesta arriba, cuesta abajo, realizaron más paradas. Fue creciendo el número de niños; el ruido aumentó.

Dos niñas se sentaron detrás de ella y se pusieron a reír tontamente.

Nadie ocupó el asiento contiguo al suyo hasta que prácticamente llegaron al pueblo. La chica dijo «Hola» y, acto seguido, se giró para hablar con otras.

Thea aguantó el trayecto de treinta y cinco minutos sin pronunciar una palabra.

Cuando llegaron al colegio, salieron en fila. Rem la abandonó por un grupo de niños. Arrojó el segundo guante mientras a su alrededor los niños se saludaban, reían, charlaban y se lamentaban por el comienzo del curso con aspavientos.

Maddy se aproximó a Thea por detrás y la rodeó por la cintura.

—¡Dios, ha sido horrible! Nadie me ha dirigido la palabra en todo el camino.

—¿Has intentado tú hablar con alguien?

—No, pero…

—Ansiedad social —dijo Maddy en tono sabiondo—. No vamos a estar juntas por los apellidos, pero le pedí a mi madre que lo consultara y coincidimos en algunas clases. ¡Eh, Julianne! —exclamó, al tiempo que conducía a Thea a través del portón principal—. ¡Qué chulo tu nuevo peinado! Esta es mi amiga Thea.

De camino a las aulas, fue llamando a otras chicas y guiando a Thea por el edificio: los departamentos, la puerta del gimnasio, el salón de actos donde celebraban las asambleas y los conciertos, etcétera.

Comparado con su colegio en Virginia, todo era más pequeño y anticuado. Al menos no se perdería.

—Vale, esta es tu aula. La mía está justo al otro lado del pasillo, así que, cuando suene el timbre del comienzo de la primera clase, nos vemos aquí. Venga, entra y habla con alguien.

Sin alternativa, Thea entró y enfiló derecha hacia el fondo, donde tendría más posibilidades de pasar inadvertida. Pero a medio camino se detuvo y se sentó discretamente en un pupitre.

Los oídos le zumbaban; el corazón le aporreaba el pecho. No tuvo más remedio que apretar las manos sobre el regazo, por debajo del pupitre, y tratar por todos los medios de fingir naturalidad.

Poco después alguien se sentó en el asiento contiguo. La chica, con el pelo rojo corto, vestía unos vaqueros tobilleros ceñidos y una llamativa camiseta verde a juego con el esmalte de uñas. Apoyó la barbilla sobre el puño con aire mortalmente aburrido. No obstante, se puso a mirar a todo el mundo, incluida Thea. Tras su larga inspección visual, Thea quiso que la tierra se la tragara.

—Me gustan tus zapatos.

La impresión que le causó el comentario la dejó casi muda.

—Gracias.

—Según mi abuela, a las pelirrojas no les favorece el color rosa, pero me da igual. A mí me gusta el rosa. Eres nueva, ¿no?

—Sí.

—Te acostumbrarás. Nuestra tutora es la señorita Haverson. Da clase de Historia y hace que sea un muermo. Soy Gracie.

—Thea, yo soy Thea.

—Bueno, Thea, bienvenida al último año. Dios, menos mal que se acaba el infierno de primaria.

Para cuando Thea subió al autobús a la salida del colegio, ya había mandado a tomar por saco la idea de estudiar en casa.

Sobrevivió al último curso del infierno de primaria con un círculo de amigas. Por fin cumplió trece años. Tuvo su primer novio, su primera ruptura. Su juramento de no volver a querer a otro jamás no pasó de Navidad en su año de novata en el instituto.

En su mundo paralelo —como ella consideraba algunas veces el mundo de Riggs, la prisión y los detectives—, la policía siguió la pista a Riggs desde su casa, a las afueras de Bowling Green, hasta la habitación del motel de Cleveland donde asesinó a Jessica Lynn Vernon.

—Una vez que conseguimos pruebas que lo imputaran —le informó Howard por teléfono—, confesó dónde la había engatusado y que después subió a un autobús con destino a Akron.

—Se enorgulleció de ello. Eso le permitió revivirlo, sentir la experiencia de nuevo.

—Creo que tienes razón.

A ella no le cabía ninguna duda.

—Acusarlo de otro asesinato, eso le da…

—Relumbrón —apostilló Howard.

—Relumbrón, sí.

—¿Qué tal estás, Thea?

—Muy bien, gracias. A veces me acosa, sobre todo cuando se aburre. —No mencionó que Riggs se aburría soberanamente—. Pero yo no le permito entrar en mi cabeza.

—Bien. Así me gusta. Todavía tienes mi número. Llámame a cualquier hora.

—Gracias. Eh…, felicidades por el bebé. Fiona es un nombre muy bonito. La tiene muy presente —explicó Thea.

—¿Y captas eso a través del teléfono?

—Muy muy presente. Me ha venido a la cabeza de repente. Y las escaleras azules: mucho cuidado con las escaleras azules.

—De acuerdo, Thea. Dale recuerdos a tu abuela de mi parte. Y no dejes de llamarme a cualquier hora.

Con la certeza de haber hecho lo posible por Jessica Lynn Vernon, Thea hizo cuanto pudo para cerrar la puerta de ese mundo.

A los catorce años se cortó el pelo a la altura de la barbilla, un arrebato que lamentó durante meses. Ganó un premio en matemáticas, un logro que la entusiasmó y a la vez avergonzó.

Cuando tenía quince años, sufrieron la pérdida de Aster. Maddy, su superamiga, les llevó flores.

Pusieron el nombre de Betty Lou a la nueva vaca.

Waylon se casó con una rubia esquelética llamada Kyra Lightfoot que tenía una maravillosa risa estentórea y tocaba el violín.

Llegó a obsesionarse con una banda de rock integrada por cuatro chicos que se hacían llamar Code Red y, en particular, con el vocalista y letrista, Tyler Brennan, que (según Maddy) estaba buenísimo.

Él ostentaba el papel estelar en infinidad de sueños de Thea y hacía sombra a cada chico que ella conocía.

Para su decimosexto cumpleaños, Lucy llevó a Thea, Maddy y Gracie al concierto que daban en Louisville.

Y ahí estaba, en el escenario, alto y esbelto con unos vaqueros rotos y una camiseta negra, su mata de pelo alborotado del color del burbon que su abuela a veces servía.

La música, su música, sencillamente la llenaba. Consideraba que le había robado el corazón para siempre.

Escribió en su diario que, con independencia del tiempo que viviera, jamás tendría un cumpleaños mejor.

A medida que se acercaba el último curso, supo qué quería hacer con su vida. Con la universidad a la vuelta de la esquina, se decantó por un doble grado en Ciencias de la Computación y Arte en la Universidad de Kentucky.

Lo complementaría con un curso online de diseño de videojuegos, puesto que ese era su sueño: diseñar, tal vez incluso videojuegos.

Otro sueño era conocer como fuera a Tyler Brennan y conseguir que se enamorara de ella. Se casarían, tendrían tres hijos y vivirían en una pequeña granja cerca de su abuela.

Él compondría y tocaría su música; ella diseñaría videojuegos.

Y vivirían felices para siempre.

Waylon y Kyra, que le habían dado a Lucy una nieta, esperaban su segundo bebé. Caleb consiguió un papel de coprotagonista interpretando a un encantador y entregado detective de policía en una serie de televisión llamada *Archivos de casos*, rodada en Nueva York.

El día del quinto aniversario de la muerte de sus padres, visitó con Lucy y Rem, como siempre, sus tumbas. Y, como siempre, depositaron hortensias sobre la lápida.

Rem le sacaba casi seis centímetros de altura a Thea, que medía un metro setenta y cinco, y a diferencia de ella, todo apuntaba a que continuaría creciendo. Tenía los ojos de su padre, pero en lo demás se parecía a Caleb.

Thea sabía que las chicas bebían los vientos por él.

Al final del verano los dejaría allí para irse a la universidad. También se separaría de Maddy, que pondría rumbo a la de Duke para iniciar su andadura con el fin de ejercer la medicina.

Gracie, como trabajaba de camarera y se había ido a vivir con su novio, se quedaría en Redbud Hollow, al menos de momento.

Sabía que la mayoría de sus amigas se desperdigarían; algunas ya se habían marchado.

No obstante, ella regresaría. Siempre regresaría a las colinas y los bosques, a la granja, a la tumba de sus padres.

—Estarían muy orgullosos de ti. —Lucy asió con fuerza la mano de Thea y la de Rem—. Muy orgullosos de los dos.

—Yo ya ni siquiera consigo visualizar la casa de Fredericksburg.

Thea miró a Rem fugazmente y pensó: «Yo sí».

Regresaba allí a veces, en sueños, para verlos tal y como eran antaño. Del mismo modo que volvía a la prisión para observar la vida a medias que llevaba Riggs.

—La verdad es que no me acuerdo.

—Pero a ellos sí los recuerdas —señaló Lucy—. Eso es lo que importa. Fíjate, ya eres una estrella del béisbol y, por si fuera poco, has aparecido en el cuadro de honor en ambos semestres de primer curso de bachillerato. Y tú, que te vas a la universidad a estudiar algo que me resultaría imposible entender aunque viviera mil años. Os juro que no sé cómo voy a manejar sin vosotros el tema de la venta online que me convencisteis de que lanzara en mi negocio.

—Yo te cubro, nana.

—Más te vale, Rem.

—Tienes más conocimientos de informática de lo que estás dispuesta a reconocer —comentó Thea—. Y, si necesitas ayuda, puedes llamarme por teléfono, mandarme un mensaje o hablar conmigo por FaceTime. Vendré a casa para Acción de Gracias, Navidad y... —Se apretó la barriga.

—No empieces a ponerte nerviosa. Te va a ir de fábula. A los dos, y a los dos nietos que me han dado Waylon y Kyra. Y si Caleb algún día se anima a hacerme abuela, a sus hijos también les irá de fábula.

Esa noche, Thea soñó con su casa en Virginia, y, a pesar de estar vacía, oyó a lo lejos la voz de su madre, la risa de su padre. A lo lejos, como amortiguadas entre las tinieblas.

Entonces, de repente, revivió la escena del momento en el que estaba fuera de la casa, detrás de Riggs; no, no estaba vacía.

Podía entrar detrás de él, presenciarlo todo otra vez. Oírlo, sentirlo.

En vez de eso, se dio la vuelta, se dejó transportar, dejó que su mente viajara. Dejó que su don la condujera a la celda.

Él dormía, pero agitado, dando respingos en el catre, farfullando en sueños.

Ahora llevaba el pelo muy corto, y tenía la cara blanca como el papel. Se fijó en que seguía flaco, pero con michelines en la barriga. «La barriga blanda —pensó—, pero la expresión dura». Aparentaba más de veintitrés años.

«Tiene dolor de muelas —advirtió—, pero teme decirlo; le da miedo el dentista. Consiguió unas pastillas de estraperlo, opioides, pero se le han acabado, y esa muela le duele a rabiar».

—Despierta, Ray.

Él abrió súbitamente los ojos con un gemido. Entonces se miraron a los ojos.

—¿Te acuerdas de mí?

—La zorrita. —Riggs hizo una mueca de dolor y se presionó el lado derecho de su mandíbula—. Largo de aquí o te mataré.

—Vaya, me recuerdas. Te van a sacar esa muela. Hasta entonces, vas a pasarlas canutas. Y en los días posteriores te dolerá a rabiar.

Él se incorporó con dificultad.

—Que te jodan. Sal de mi cabeza.

—No tienes muy buen aspecto. Tampoco hueles muy bien. Alcanzo a oler cómo se está pudriendo esa muela en tu boca. Bueno, solo he pasado a despedirme. No regresaré. Tengo una vida que vivir.

—Voy a matarte lentamente. —Sin despegar la mano de la mandíbula, penetró en su mente, le mostró lo que pretendía hacerle.

Ella no pestañeó.

—Sigue soñando, Ray. Uy, te sangra la nariz.

Thea se obligó a despertarse y fijó la mirada en el techo de su dormitorio. El corazón no le latía desbocado; no le dolía la cabeza.

Se incorporó y volvió a colgar la bolsita de la suerte que había cogido antes de acostarse porque quiso tenerla consigo por última vez. Pronunció la frase, la repitió tres veces y se acostó de nuevo.

«Ya era hora de dejarlo correr. Hora de mirar adelante en vez de atrás», pensó.

Cerró los ojos, se quedó dormida y evocó los sueños que ella misma creó.

SEGUNDA PARTE

Vivir

Vive todo cuanto puedas, pues es un error no hacerlo.

HENRY JAMES

En lo profundo de esa oscuridad, mirando detenidamente, siempre estuve allí, preguntándome, temiendo, dudando, soñando con lo que ningún mortal jamás se haya atrevido a soñar antes.

EDGAR ALLAN POE

11

Al término del tercer curso, Thea evaluó su etapa universitaria.

Durante el año de novata sufrió frecuentes episodios de morriña, así como a Mandy, la «infernal compañera de habitación». Mandy, a quien le gustaba tener sexo telefónico —sexo telefónico a grito pelado— con su novio a las dos de la madrugada. Mandy, que se pasaba la mayoría de los domingos por la mañana vomitando tras salir de fiesta el sábado por la noche. Mandy, que parecía tener fobia a los percheros y las papeleras.

Tras su primera experiencia sexual, Thea prácticamente llegó a la conclusión de que no era para tanto. La segunda vez cambió de opinión. El chico, o tal vez la experiencia en sí, la hizo sentir cosas que jamás había sentido. Le hizo ver las estrellas y oír campanillas.

Pero cometió el error de convencerse a sí misma de que amaba al chico, a Asher Billings, otro friki de la informática.

En el frenesí del sexo y del enamoramiento, le había confesado su don.

De primeras, cuando él reaccionó riéndose, no le dolió, no demasiado. Pero, a continuación, sus palabras le llegaron al alma.

«Friki, pirada y bicho raro», y cosas peores. Para colmo, cortó con ella y se fue de la lengua. Entre el escarnio y las miradas, a punto estuvo de salir corriendo a Kentucky. En su hogar se sentía a salvo. En su hogar la aceptaban tal y como era.

Maddy la llamó por FaceTime dos minutos después de recibir el lastimero mensaje de texto de Thea a medianoche.

—¡Bajo ningún concepto permitas que ese cretino te espante!

—Paso de él, ¿vale? Paso de él, pero la gente está murmurando sobre mí, y una chica a la que ni siquiera conozco me abordó hoy en la cafetería y me acusó de ser un engendro diabólico y...

—¿Acaso lo eres?

—Por supuesto que no, pero...

—Entonces, que le den, que les den a todos los que son como ella. Tú sabes de sobra quién eres, Thea Fox, así que, que les den. Aguanta, ¿entendido? Aguanta y muéstrales de lo que estás hecha.

—No debí sincerarme con él. Pensé que, si íbamos a estar juntos, juntos de verdad, debía saber..., bueno, de lo que estoy hecha.

—Te ha demostrado de lo que está hecho él. De caca de la vaca, y procura no volver a pisarla. Échale agallas, Thea, y no permitas que gente como él dé al traste con tus sueños.

—Ojalá estuvieras aquí.

—En cierto modo lo estoy. Bueno, ¿qué piensas hacer?

—Mañana, cuando me levante, iré a clase. Necesito lo que estoy aprendiendo aquí para conseguir lo que deseo. Así que, a tomar por saco todos.

Se dijo para sus adentros que había aprendido una dura lección, y que nunca jamás volvería a repetirse.

No volvería a pisar caca de la vaca.

El amor no siempre era sinónimo de confianza, aceptación o comprensión. Además, su don le pertenecía y no era asunto de nadie más.

Pero eso sucedió en su momento, y lo había superado.

Gracias a un pequeño círculo de compañeras —no amigas como tal—, el segundo año la experiencia fue muy diferente y más agradable.

Aprendió, y mucho, a mejorar su talento artístico, sus habilidades para la codificación, sus dotes para la escritura.

Y ni una sola vez regresó a aquella celda, ni una sola vez se internó en la mente del hombre que había asesinado a sus padres.

Había sentido que él intentaba colarse en la suya, y los escalofríos o los sofocos que esos intentos le provocaban.

Había mantenido la ventana cerrada, y una bolsita de la suerte sobre su cama.

Y había aprendido que su hogar era Redbud Hollow.

Ahora, tras presentarse al último examen final de su tercer año en la universidad y con las maletas listas, nada deseaba más que estar allí, en su hogar.

«Una última cosa que hacer», pensó, procurando mitigar la inquietud, tras recibir un mensaje de texto de su profesor de Desarrollo de Videojuegos en el que la citaba en su despacho.

Si la había pifiado en el examen final, abrigaba la esperanza de que le diera una segunda oportunidad. Se había dejado la piel trabajando, convirtiendo ese recurrente sueño de aventuras y magia en una historia completa con sólidos elementos gráficos, probando la codificación, los niveles y el desempeño del juego innumerables veces.

Si había cateado, lo arreglaría.

Disponía de un día más para abandonar la residencia; lo emplearía a su antojo y modificaría cuanto fuera necesario.

Aunque suspendiera el examen final —por una idea mal planteada y ejecutada—, no suspendería la asignatura; aprobaría gracias a la nota media del semestre.

El eco del edificio, prácticamente vacío ya que la mayoría de los estudiantes se habían marchado y todavía no habían comenzado los cursos de verano, resonó en su cabeza.

Tuvo que reconocer que sentía ansiedad. Era incapaz de tranquilizarse.

La puerta del despacho del profesor Cheng estaba abierta. Él, sentado detrás de las pantallas, examinaba una con el ceño fruncido.

Cuando Thea tocó al marco de la puerta, él levantó la vista. Sus ojos, tras unas gafas de montura cuadrada, no mostraban nada salvo enojo.

A ella se le cayó el mundo encima cuando él levantó el dedo índice con un ademán para que esperara.

Tras deslizar el dedo por la pantalla táctil, se reclinó en el asiento.

—Adelante, señorita Fox. Cierre la puerta.

Aunque él jamás se dirigía a los alumnos por su nombre, la orden de cerrar la puerta hizo que el mundo la aplastara aún más.

—¿Quería verme, profesor?

—De lo contrario no le habría mandado un mensaje de texto, ¿no? Siéntese. Tenemos que hablar de su proyecto de fin de curso.

—Sí, señor. Profesor Cheng, a mi modo de ver, se nota que me he esforzado en su asignatura. Hasta el proyecto final, he sacado una media de noventa y seis sobre cien. Espero que me dé la oportunidad de enmendar cualquier error que haya cometido, sea en lo tocante a la ingeniería del software o al concepto, diseño y desarrollo. —Nerviosa, se aclaró la garganta—. Elegí su asignatura este semestre para perfeccionar mis habilidades. Espero, en principio, labrarme un futuro en el campo del diseño y desarrollo de videojuegos.

Él permaneció callado e instantes después enarcó una ceja.

—¿Ha terminado?

—Eh... Sí, señor.

—Bien. Lo normal es que a los alumnos que entregan proyectos como el suyo les pregunte si han recurrido a ayuda externa. Sin embargo, tiene razón: su trabajo a lo largo de este semestre ha sido excelente. Seguramente, cuando ajuste la puntuación del proyecto final, su nota media subirá a noventa y ocho. Supongo que puede hacer el cálculo.

—Oh. —Se quedó sin aire, y después inhaló—. Oh.

—Un inciso: raro es que yo puntúe una prueba final con un cien. En este caso sopesé la idea, lo cual me provocó un conflicto interno porque disfruté con el juego.

Su silla chirrió cuando se reclinó. Juntó las yemas de los dedos y empezó a chocarlas entre sí.

—Pero, claro, ese es uno de los objetivos de los videojuegos, el disfrute. Los elementos gráficos son depurados, limpios y creativos. La narración es fluida, los diálogos son inteligentes y encajan con los personajes. Ha desarrollado bien los personajes.

—Gracias.

—La codificación es sólida, sin un solo fallo técnico. Es cuidadosa y concienzuda.

—Cuando me matriculé, mi idea era buscar trabajo en el campo de las TIC.

176

—Sin lugar a dudas, lo habría conseguido, pero su esperanza es, en principio, labrarse el porvenir en el campo del diseño y desarrollo de videojuegos.

—Sé que es un sector competitivo, que exige…

Él levantó el dedo de nuevo para interrumpirla.

—¿Teme la competencia o trabajar mucho en largas jornadas, señorita Fox?

—No.

—En ese caso, es posible que pueda ayudarla. Cuento con un contacto en Milken. Le sonará, supongo.

—Claro, sí, es una de las principales empresas de videojuegos a nivel internacional.

—Me gustaría enviarle su videojuego a mi contacto, que da la casualidad de que es primo mío.

Ella se quedó en blanco.

—¿Perdón?

—¿Por qué?

—Yo… ¿Quiere enviar *Endon* a Milken?

—Con su permiso. Y esto solo de momento. He proporcionado referencias y recomendaciones a alumnos que se ganaron el puesto. Ni que decir tiene que haría lo mismo en su caso. Pero esta es la primera vez en mis diez años de docencia que me ofrezco a mandar el proyecto de un alumno a mi primo. Sería impensable a menos que apostara por su proyecto. Mi primo es plenamente consciente de que bajo ningún concepto me aprovecharía de nuestro parentesco familiar, de modo que examinará el videojuego en persona y dará su opinión sincera y profesional.

—Yo…

—En mi despacho no se llora, señorita Fox.

Así pues, Thea cerró los ojos con fuerza para contener las lágrimas y no dejó de asentir con la cabeza hasta que logró controlarse.

—Sí, gracias. Tiene mi permiso.

—Bien. Le facilitaré sus datos de contacto. Imagino que pasará un tiempo antes de que reciba noticias, para bien o para mal. Eso es todo, señorita Fox.

Aunque le fallaban las rodillas, se levantó.

—No sabe cuánto se lo agradezco, profesor Cheng. Yo...

—No le prometo nada.

—Ya, pero es una oportunidad. Le estoy muy agradecida.

Salió en una nube de estupefacción, alegría e incredulidad. Como los ojos se le anegaron en lágrimas de nuevo, se puso las gafas de sol.

Hizo amago de sacar el teléfono; tenía que contárselo a su abuela, a Rem, a Maddy, ¡a todo el mundo!

No, mejor no. Guardó el teléfono enseguida. Debía darles la noticia estando presente. En unas horas estaría en Redbud Hollow, lo mismo que Rem, recién llegado de su primer año en la Universidad de Columbia, y Maddy, de Durham, donde había finalizado el primer ciclo de tres años de su carrera de Medicina.

Una alumna aventajada.

Posteriormente, Maddy se matricularía en la Facultad de Medicina de Nueva York.

Ahora sus vidas eran muy diferentes. Todos estaban en proceso de cambio: Rem, como estudiante de Administración de Empresas; Maddy, como médica residente. Y era probable que Thea encontrara su salida profesional dedicándose a algo que la apasionaba.

Dios, se moría de ganas de marcharse a casa.

Apretó el paso al trote. Subiría a la habitación, cogería las últimas cosas, las metería en el coche con el resto y pondría rumbo a Redbud Hollow.

Paró en seco y se quedó helada al ver a los dos hombres apostados en la puerta de la residencia: el detective Howard, con el pelo más canoso, y Musk, con alguna que otra cana entreverada en las sienes.

Pero conservaban el mismo aspecto, prácticamente el mismo que ocho años antes, la primera vez que se desplazaron a la granja.

El ímpetu y ardor del miedo derritió el hielo, y corrió a su encuentro.

—¡Ha salido! ¡Ha salido!

—No, no. —Howard la agarró del brazo—. Está justo donde le corresponde. No hemos venido por Riggs, no guarda relación con tu familia. Lamento que te hayamos asustado.

Obviamente incómodo, Musk se rebulló.

—Nos gustaría pedirte un favor. ¿Te importa si entramos unos minutos?

—Me marcho a casa. Solo necesito recoger las últimas cosas y devolver las llaves.

Howard aguardó a que lo mirara de nuevo.

—Intentaremos no entretenerte demasiado, Thea. De no ser importante no habríamos venido.

Sin decir nada, los condujo al interior de la residencia.

«Está casi vacía —pensó al dirigirse hacia las escaleras—. Todo el mundo se ha ido a casa a pasar el verano». Todo cuanto deseaba era marcharse ella también, ver a su gente, ver las montañas.

—Mis compañeros ya se han ido. Todo está empaquetado y no tengo nada que ofrecerles.

Abrió con llave la puerta de la sala de estar común que compartían las cuatro habitaciones.

—Qué bonito. —Howard intentó sonreír—. Ni te imaginas el cuchitril de residencia en la que me hospedé en mis tiempos. ¿Te importa que nos sentemos?

—Está bien. —Ella tomó asiento en una silla para dejarles el sofá.

«Ya he guardado todos mis cosas», pensó. No quedaba rastro de ella: ni fotos ni flores ni platos, ninguna de las obras que ella y su compañera de Bellas Artes habían colgado en las paredes.

Mejor así. No había nada suyo y, cualquiera que fuera el motivo de la visita de los detectives, no permitiría que adquiriera un cariz personal.

Se recordó a sí misma que Howard, en especial el detective Howard, la había tratado con amabilidad a lo largo de los años. Lo menos que podía hacer era escuchar.

—Antes de explicarte el motivo de nuestra visita, me gustaría darte las gracias por salvarme la vida. —Howard se echó hacia delante—. No llegué a contártelo. Supongo que no deseaba agobiarte más, pero considero que este es un buen momento para ello.

»Casi tres años después de conocerte, el detective Musk y yo estábamos persiguiendo a un sospechoso armado y peligroso.

Yo iba delante; Phil me cubría…, o sea, iba detrás de mí —matizó—. Cuando nos disponíamos a bajar por un tramo de escaleras pintadas de azul, oí tu voz en mi cabeza advirtiéndome que tuviera cuidado con unas escaleras azules y me paré en seco. Un segundo después, apenas un segundo, esquivé la bala por unos centímetros. Me habría dado si no me hubiera detenido. No lo habría hecho de no ser por ti.

—Me alegro de que esté bien.

—Yo también. Y conseguimos atraparlo. He pensado mucho en ese momento durante estos años. He pensado mucho en ti, Thea, y en tu familia. Ayudaste a meter a Riggs entre rejas. Nos ayudaste a que se hiciera justicia con sus otras víctimas. Me salvaste la vida.

—Ustedes me ayudaron.

—Y tú a nosotros. Ahora necesitamos tu ayuda de nuevo.

—Yo albergaba muchas dudas ante la idea de venir aquí, de recurrir a ti —comentó Musk—. Te apreté mucho las clavijas tras la muerte de tus padres, y solo eras una niña. Tienes motivos de sobra para guardarme rencor. Confío en que seas capaz de dejarlo al margen. Hay una chica de quince años cuya vida depende de ello.

—Me consta por qué me presionó, así que no le guardo ningún rencor. Pero no entiendo, ¿qué chica?

—Se llama Shiloh Durning. La secuestraron hace dos días camino de su casa a la salida del instituto. Compite en el equipo de atletismo, y se quedó a correr después de clase. En algún punto entre el instituto y su casa, en poco más de un kilómetro, la secuestraron.

—Es la cuarta chica que secuestran en los últimos seis meses —continuó Howard—. Todas de edades comprendidas entre los quince y los dieciséis años, rubias y de complexión esbelta. Las mantiene retenidas cuatro días y les hace daño, Thea. Al cuarto día las mata y se deshace de sus cuerpos.

—Hay una unidad especial trabajando en el caso —intervino Musk— y contamos con la colaboración del FBI. Sabemos que es muy probable que conozca la zona, que disponga de algún sitio discreto donde retenerlas. Creemos que se trata de un varón blanco, de entre veinticinco y treinta y cinco años, meticuloso, organizado y que vive solo. Tenemos una idea del perfil del sospechoso, pero desconocemos su aspecto físico. A Shiloh se le está acabando el tiempo, Thea.

—Sigo sin entender qué quieren de mí.

Howard se sacó una pequeña bolsa de pruebas forenses del bolsillo.

—Estos son sus pendientes de la suerte. Son como rayitos, ¿verdad? Solo se los pone cuando compite. Tal vez captes algo a través de ellos.

En un acto reflejo, Thea se cruzó de brazos y se agarró los codos.

—Aquí no hago eso. Aquí nadie conoce mi don. —«Nadie que importe», matizó para sus adentros—. Y dudo que sea capaz de… averiguar algo de esta manera.

—Si al menos lo intentaras… —empezó a decir Musk, pero Howard le puso la mano sobre el brazo.

—Me hago cargo de que es una putada que nos presentemos aquí por las buenas para pedírtelo, pero a eso hemos venido. Tres chicas han muerto porque no conseguimos dar con él. Queremos evitar que Shiloh sea la cuarta. Tiene quince años. Habrías ido al mismo instituto que ella si tu vida no hubiera cambiado. Tiene un hermano menor, al igual que tú, y unos padres que la adoran, al igual que los tuyos te adoraban.

Thea pensó que allí había mantenido la ventana cerrada. Cerrada a cal y canto. Se lo había prometido a sí misma a raíz de que Asher cortara con ella.

Había mantenido su promesa durante tres años.

Era una estudiante universitaria más, que asistía a clase, que sudaba tinta con los trabajos, que iba a fiestas, que coqueteaba con los chicos.

Pero cayó en la cuenta de que el pestillo de la ventana ya se había deslizado, porque sintió la impotencia, la desesperación, la tremenda rabia de los dos hombres sentados frente a ella.

—¿Tienen una foto de Shiloh?

Musk sacó su teléfono y buscó una para mostrársela.

—Es una chica guapa. También lo eran las demás: Chrissy Bates, de quince años; Harley Adamson, de dieciséis; y Michaela Lowe, a la que le faltaban dos días para cumplir dieciséis.

—No estoy segura de ser capaz de hacer esto. No sé si podré ayudarlos. —En cualquier caso, alargó la mano hacia los pendientes—. No, deje que los saque yo. Yo los saco. Mantenga la foto en la pantalla del teléfono y quédense callados. No digan nada.

Antes de abrir la bolsa pensó en su abuela, que le había enseñado cómo abrir, cómo cerrar. Cómo mirar, cómo no mirar.

Sacó los pendientes y los sostuvo en la palma de la mano. Mientras observaba la foto, deslizó los dedos sobre los rayitos de oro.

Y abrió la ventana.

Oh, entró una ráfaga.

Sus compañeras de la residencia, sus voces, sus sentimientos, sus esperanzas, sus temores.

«Ahora no, ahora no. Vuestros pensamientos no, vuestros temores no. Los de ella. Shiloh».

—Quiere mejorar su marca en los mil quinientos metros en pista. Tiene aguante, estrategia; solo quiere reducir un poco su tiempo. En la última carrera le faltaron menos de dos segundos para ganar, necesita reducir su marca en tres. Desea el palmarés, a toda costa. Con tres segundos lo conseguirá. ¡Se siente muy fuerte cuando corre! Tan fuerte, tan libre, tan plena…

»Piensa que ojalá Jack le pidiera salir. Coquetea con él, procura que no sea demasiado obvio. Él le sigue el rollo, pero ¿cuándo va a pedirle salir?

»Madre mía, si catea el examen de francés, sus padres la matarán. Pero ¡por el amor de Dios, si ha empollado como una loca! Quiere… ¡Oh! ¡Oh!

Cuando se puso lívida, Howard se inclinó hacia ella.

—Thea…

—¡Silencio! Tiene mucho miedo, y frío. Hace mucho frío. Le cuesta respirar con la cinta sobre la boca. Le hace daño, todo le hace daño: las bridas en las muñecas, en los pies. Quiere irse con su madre. Quiere estar con su madre. Se encuentra desnuda y helada. Él la violará otra vez cuando regrese. Bajará por unas escaleras, sujetará el cuchillo contra su garganta, dejará que la hoja se le clave un pelín. «Al menor sonido, nena, te rebano el cuello». La obliga a beber algo, como un sucedáneo de chocolate.

Como era capaz de saborearlo, Thea se frotó la garganta.

—Para nutrirla. Después la vuelve a amordazar, y la viola.

—Al anegársele los ojos en lágrimas, se sujetó los codos y empezó a mecerse—. La lleva a la ducha; qué asco, tiene moho, apesta. Ella misma huele mal. Él abre el grifo del agua fría; ella rompe en sollozos. La golpea cuando llora, pero se regodea. Le gusta que llore, ella lo sabe. Él tiene los ojos marrones y el pelo castaño. Ella lo observa cuando la obliga a hacerlo. Si escapa, podrá describirlo, pero teme no conseguirlo.

»Él la obliga a usar el retrete mientras él se queda mirando. Después la ata de nuevo a la cama. Es un sótano, con tuberías por el techo y una de esas ventanas a ras de suelo. Está asqueroso, dentro y fuera. Ella no logra ver nada, y nadie la vería aunque miraran. Hay escalones de madera que bajan al sótano.

Thea se agitó, hizo lo posible para aplacar el miedo de la chica que ahora también experimentaba ella.

—Él le mostró una placa, en la misma puerta del instituto. Pero ahora ella sabe que no es policía. En ningún momento hubo un niño pequeño desaparecido, en ningún momento tuvo intención de mostrarle una foto. En el coche, la golpeó, la golpeó con fuerza, pero a ella le dio tiempo a ver el vehículo, verde, de cuatro puertas; no era nuevo. Ella no entiende de coches, yo tampoco, pero era verde oscuro, de cuatro puertas.

»Un segundo —dijo Thea, y penetró en la mente de la chica de nuevo—. La casa de la madre del hombre... Él le menciona algo a la chica..., que su madre está muerta, que mejor así. Él se crio en esa casa, que se quedó su madre a raíz del divorcio. A ver —murmuró—, a ver... Un garaje, un garaje anexo. Es ahí por donde las mete para evitar que los vecinos las vean. Él corta el césped, apenas se relaciona. La vivienda es de dos plantas, de ladrillo, antigua. Por dentro se cae a pedazos, pero él mantiene en buen estado la fachada; la casa es como él. Hay un arce rojo en el jardín delantero, y azaleas rosas a lo largo de la fachada. El número de la casa es el 1331. No está lejos del instituto. Ella se encuentra en el sótano.

Le entregó los pendientes a Howard.

—Por favor, cójalos. No puedo hacer más.

—Te traeré un poco de agua.

—Dejé una Coca-Cola en la nevera, para el trayecto a Redbud Hollow.

Cuando Howard se levantó, Musk se alejó y se puso a hablar por teléfono en voz baja. Ella le oyó describir la casa y el coche, y seguidamente ordenar a alguien en tono apremiante que los localizaran.

—Aquí tienes. —Howard le tendió la Coca-Cola. Thea sintió una agradable sensación al pasarse la botella fría sobre la frente—. No quiero marcharme hasta que te encuentres mejor.

—Estaré bien. Me voy a casa.

—¿Qué te parece si te bebes eso primero, y después Phil y yo bajamos el resto de tus cosas?

—Ella no sabe qué hora es. Tampoco está segura de qué día es hoy.

—Vamos a rescatarla. Gracias a ti, se la devolveremos a su familia. Lo atraparemos y no volverá a hacerle daño a ninguna otra chica.

—Podría haberme pasado a mí en otras circunstancias, de no existir Riggs. Usted lo sabía y se ha valido de ello.

—Así es.

Thea abrió su bolso y sacó una libreta y un lápiz.

—No soy tan buena como la artista forense —comentó al ponerse a dibujar—. Pelo castaño, bajo, pulcro, estiloso, supongo, tirando a clásico. Ojos marrones, bastante separados. Es atractivo, como la fachada de la casa. Tiene una bonita sonrisa, las orejas pegadas a las sienes, barba incipiente…, con un aire estiloso también.

Entregó la libreta a Howard.

—Está bien. Caramba, está muy bien. —Le hizo una foto con el móvil—. ¿Puedo quedármelo?

—Yo no lo quiero. En fin, me gustaría mucho ponerme en marcha.

—Bajaremos tus cosas. Musk.

Sin soltar el teléfono, su compañero se giró.

—Lawrence James Heberman, vive en el número 1331 de Laurel Lane. Tiene un Chevrolet verde de cuatro puertas de 2010.

Y, joder, clava el perfil del sospechoso, Chuck. —Se aproximó a Thea—. Yo tengo una niña pequeña, de cinco años.

—Sí, se volvió a casar y tiene una hija. Felicidades.

—Howard también tiene una niña. Algún día las dos cumplirán quince años. Si alguna vez necesitas algo… Caray, si quieres que alguien vaya a recoger tu ropa de la tintorería, que te pinte la casa, que te corte el césped, no tienes más que avisarme. Te juro por Dios que allí estaré.

—Hay que irse al aeropuerto. Tu amigo el federal nos va a despachar en un avión.

—Llevemos las cosas de Thea al coche para que pueda irse.

A medio camino hizo una parada para comprar un analgésico, porque la jaqueca no acababa de remitir, y un *ginger ale* para frenar las náuseas.

Y vio el mensaje de texto de Howard.

Shiloh está a salvo, con su familia. Heberman está bajo custodia policial. Quería que supieras que has salvado otra vida. Te deseo sinceramente lo mejor en la tuya.

Thea permaneció sentada en el coche durante unos instantes, releyó el mensaje y notó que, al final, su jaqueca se había disipado.

Por mucho que los tres años de universidad le hubieran cambiado la vida, la granja seguía igual, con la salvedad de alguna que otra mejora, una mano de pintura y la nueva camioneta de su abuela aparcada en el camino de acceso.

Y, para su sorpresa, dos cachorros de orejas caídas que corrieron en dirección a ella desde la parte trasera sacándoles una gran ventaja a Goose y Cocoa, más lentos.

—¡Oh, Dios mío! —La niña pequeña que llevaba en su interior se apoderó de ella al salir de un salto del coche y agacharse para recibir los saludos de los cachorros, y, a continuación, la entusiasta bienvenida de los perros mayores.

Enterrada en perros, miró cuando Lucy salió de la casa. En su opinión, nadie había tenido un aspecto tan maravilloso jamás.

Alta y delgada, con unos vaqueros y una camiseta roja de manga larga remangada hasta el codo, su mata de pelo recogida en la coronilla, sencillamente parecía no acusar el paso del tiempo, igual que la granja.

—¡Aquí está mi niña!

Cuando su abuela bajó los escalones del porche, se desembarazó de los perros y fue a su encuentro a toda prisa.

—¡Nana!

El primero de sus fuertes abrazos la envolvió con el aroma a romero y pan recién horneado. Con los aromas del hogar.

—Te he echado de menos. Qué alegría estar en casa.

—Deja que te vea. —Lucy se echó hacia atrás—. Cada día estás más guapa.

—Porque me parezco a ti.

—Bueno, no puedo negarlo. —Entre risas, la abrazó de nuevo—. Has realizado un largo viaje. Vamos dentro a sentarnos.

—Tienes dos cachorros.

—Venían en el mismo lote, son hermanos. —Cuando los perritos se pusieron a arañarle las piernas, Lucy negó con la cabeza—. Fue un momento de debilidad, pero el caso es que desde que Duck falleció el invierno pasado, como Goose y Cocoa se están haciendo mayores, necesitábamos un poco de animación. Siento debilidad por los perros de caza.

—Son adorables.

—Ese es Tweedle y esa su hermana Dee, la cual espero que no tarde en desarrollar su instinto. Venga, llevemos el equipaje dentro. Te conozco y querrás deshacer las maletas cuanto antes.

—Es que no me siento totalmente en casa hasta que lo hago. Y quiero sentirme totalmente en casa.

—Nos pondremos con ello y después nos sentaremos a tomar una copa de vino (aunque en realidad no llegas a la edad mínima legal) para que me cuentes todo con lujo de detalles. Ya me seguirás poniendo al día mientras comemos pasta casera con estofado de pollo.

—Qué rico. También he echado de menos tu comida.

—Rem llegará mañana antes de cenar, así que cocinaré otro plato. Él siente predilección por mis chuletas de cerdo.

—¿Y quién no?

En la casa se respiraba el aroma a pollo y hierbas aromáticas guisándose a fuego lento, a madera recién abrillantada con aceite de azahar.

Y, en su habitación, el perfume de las lilas colocadas en la jarrita azul sobre la cómoda.

Hasta la brisa que entraba por la ventana le dio la bienvenida con un susurro.

—Maddy tiene previsto regresar pasado mañana —comentó Thea mientras colgaba y guardaba la ropa.

—Sus padres no caben en sí de orgullo. Está entre los cinco mejores alumnos de su clase, y sacando la carrera en tres años. Estaría bien que ella y Rem vivieran cerca el año que viene. Caray, voy a explotar, así que te doy la noticia antes de sentarnos: Caleb y Selma por fin van a casarse.

—¡Qué gran noticia! ¿Cuándo?

—Quieren que sea rápido y en la intimidad, en Nueva York, dentro de una semana o así, y después se irán de luna de miel. Más adelante lo celebrarán aquí. Será una doble celebración: voy a ser abuela otra vez antes de Navidad.

—¡Vaya! ¡Eso no es una gran noticia, sino un notición! Solo he coincidido con ella en un par de ocasiones, pero grabo la serie todas las semanas. Hacen muy buena pareja. A Rem le cae fenomenal.

—Caleb la adora, y ella a él. Me di cuenta la primera vez que los vi juntos. Se lo han tomado con calma, pero han marcado sus tiempos, no los míos.

—El encantador detective de policía y la fiscal formal. Los fans se volverán locos.

—Esa es la razón por la que pretenden que sea rápido y en la intimidad.

Con las manos en jarras, Lucy echó un vistazo a su alrededor.

—Parece que ya estás totalmente en casa. Bajemos y me pones al día de todo.

—No hay gran cosa que contar hasta el día de hoy. Etta ha vuelto a romper con Adam, Lily va a comenzar sus prácticas en el hospital y Chelsea se va a Italia con su familia.

—Me interesan tus amigas también, pero empieza por ti. Hay vino de manzana comprado además del mío casero.

—Prefiero el de mi nana. Qué bien huele ya el pollo.

—Cuando has llegado acababa de quitarle las pechugas para evitar que se endureciesen. Quedan unos cuarenta minutos o así para que el resto se guise a fuego lento.

Tras servir el vino, Lucy removió el guiso. Sacó galletas del bote y las puso en un plato.

Thea conocía las reglas de la casa. El día de su llegada se acomodaba en la cocina mientras su abuela trajinaba.

—Bueno, ¿cuál es esa novedad de hoy?

—Son dos cosas. Supongo que mejor te lo cuento por orden cronológico. El profesor Cheng, el de Diseño de Videojuegos, me mandó un mensaje de texto para que fuera a su despacho. Como es natural me puse de los nervios, me figuro que es algo inevitable, por si había suspendido el proyecto final.

—Ni pensarlo. Trabajaste muchísimo en él, y, según Rem, y cito literalmente, era una pasada.

—Rem es mi hermano, y el profesor Cheng es duro de pelar. A lo mejor por eso he aprendido tanto de él.

—¿Qué quería decirte?

Thea levantó su copa para brindar.

—Me ha puesto un sobresaliente. Créeme, no es algo que haga a diestro y siniestro como lanzar confeti en carnaval.

Con un chillido, Lucy dio una palmada.

—¡Oh, Thea! ¡Qué orgullosa estoy de ti!

—Eso no es todo. Su primo trabaja en Milken.

—¿Los de los juegos?

—Sí, y le va a enviar mi videojuego. Por lo visto es la primera vez.

Lucy se reclinó en el asiento.

—¿Quieres decir que podrían fabricarlo?

—No lo sé, pero con recibir cualquier tipo de comentarios por su parte, eso vale su peso en oro, nana. Y tal vez sea un contacto para cuando me gradúe.

—Debería haber comprado champán.

—Mejor no gafarlo. Es una oportunidad, y por dentro estoy eufórica, pero mejor no gafarlo.

—Nada de gafarlo: encenderé una vela y enviaré energía positiva con la intención de que mi niña consiga lo que se ha ganado y merece.

—La aprovecharé. Hay algo más. Cuando iba ensimismada a la residencia a por mis cosas, los detectives Howard y Musk estaban esperándome en la puerta.

De repente, Lucy alargó la mano y estrujó la de Thea.

—Riggs. Pero... no, es imposible.

—No, no guarda ninguna relación con él. Me informaron enseguida porque yo pensé lo mismo. Era sobre una chica secuestrada.

Se lo relató todo, de principio a fin.

Cuando terminó, Lucy se levantó para rellenar las copas.

—Esa chica está sana y salva porque seguiste los dictados de tu corazón y tu conciencia.

—Yo me resistí, nana. De hecho, quería que se marcharan, que me dejaran en paz, pero...

—Seguiste los dictados de tu corazón y tu conciencia —repitió su abuela—. Has ayudado cuando ha sido necesario.

—Y tú me ayudaste a abrirme para usar el don así, tocando o sujetando algo entre las manos. Ha sido un trago, nana. Me refiero a que he experimentado su dolor, su terror. Desvinculada de ello, pero al mismo tiempo notando sus emociones y siendo consciente de ellas.

Lucy asintió con la cabeza.

—Es parte del precio que hay que pagar.

—Sin embargo, una vez que empecé, no podía parar, costara lo que costara. Las cosas que él le había hecho... Sabemos que hay crueldad en el mundo, hemos pasado por ese trance, pero, nana, las cosas que le hizo, lo que pretendía hacerle...

Hizo una pausa, suspiró y bebió un poco de vino.

—Entiendo por qué fui capaz de visualizar el coche, porque ella lo vio. Y el sótano, porque ella se encontraba allí. Y a él, porque ella vio su rostro. La chica no llegó a ver la casa por fuera ni por dentro, excepto el sótano, pero yo sí. Lo extraño es que yo no veía a través de los ojos de él, como en el caso de Riggs. Fue diferente.

—Guardaste las distancias con ese fin. Te transportaste allí, con ella, y después te mantuviste al margen para percibir más cosas.

—No sé cómo me las ingenié.

—Claro que sí, cielo, pues de lo contrario te habría resultado imposible. Yo no poseo un don tan potente como el tuyo. ¿Cómo te sentiste?

—Me provocó náuseas, temblores y jaqueca.

—Eso es a nivel físico. ¿Qué te hizo sentir?

—Inquietud, miedo. Miedo por ella. ¿Y si me equivocaba? ¿Y si no la localizaban a tiempo? Yo solo anhelaba estar aquí, en casa, no preocupada y asustada por una chica desconocida, aunque la conocí. La conocí en ese momento. Tuve que hacer una parada en el camino para comprar algo para el dolor de cabeza y, antes de continuar, recibí un mensaje en el que Howard me informó de que la chica ya estaba a salvo. Y el dolor de cabeza se me pasó. En un abrir y cerrar de ojos.

—Conectaste con ella, compartiste su miedo y su sufrimiento. El don conlleva una carga, eras consciente de ello, pero la soportaste. Cuando supiste que se encontraba a salvo, fuiste capaz de soltar esa carga.

—¿Y qué pasará cuando… no quiera soportarla?

—Guíate por tu corazón y tu conciencia. Es una elección, Thea. La decisión siempre será tuya, lo mismo que el don.

—Realmente necesitaba hablar contigo. Realmente necesitaba volver a casa.

12

El regreso de Rem, que se retrasó hasta el día siguiente porque Caleb celebró una boda rápida en la intimidad a la que asistió como padrino, trajo consigo, como de costumbre, alboroto y alegría.

No deshizo las maletas, una tarea en la que Thea sabía que invertiría casi una semana.

Superaba el metro noventa de altura y se parecía tanto a Caleb que impactaba. Pero tenía los ojos de su padre.

Se enredó con los perros, armando bullicio como un crío. Levantó a su abuela en volandas para hacerla girar, y casi le parte las costillas a Thea al abrazarla.

—¿Puedo tomarme una cerveza, nana? Sin duda sospechas que he bebido alguna que otra ya en mi escabroso pasado.

—Como abrigaba esa sospecha, me he surtido. Anda, ve a por una. Ahora me cuentas qué tal la boda.

—Fue un visto y no visto. —Se abrió una cerveza—. Dijeron: «Eh, hagámoslo ahora mismo». Y fue cosa de cinco minutos. Pero tengo fotos.

Sacó el teléfono, abrió la aplicación y se lo pasó.

—¡Oh, mira, Thea! Qué felices parecen. Y mi niño, tan guapo con su traje, y la novia absolutamente divina con ese vestido tan bonito. Oh, y esta de aquí, fíjate en cómo se miran. Eso lo dice todo, sobran las palabras. Rem, necesito que me imprimas esta para enmarcarla.

—No hay problema. Tío, qué gozada estar en casa. Me gusta Nueva York, y mucho, pero la verdad es que mejor que en casa no se está en ningún otro sitio, caray.

—Ya que lo mencionas, tengo algo de lo que hablar con vosotros. Sentémonos fuera en el porche.

Cuando salieron, los perros se abalanzaron sobre ellos. Después del bullicio en el que Rem había tomado parte, Lucy se puso firme.

—¡Sentaos! Estaos quietos y tranquilos.

Los cachorros obedecieron durante un par de minutos, tras los cuales salieron a la carrera para batallar juguetonamente en el jardín. Cocoa se tumbó a los pies de Rem, y Goose se puso a roncar debajo de la butaca de Lucy.

—Primero voy a decir que estoy tan loca de contenta de que ambos estéis en casa como los perritos. Me siento henchida de orgullo por cómo os estáis abriendo camino, lo cual no significa que no os añore cuando os vais. —Contenta, contempló el jardín, los campos—. Este ha sido mi hogar durante la mayor parte de mi vida, y siempre será el vuestro. Veréis, me preguntaba si contempláis la idea de afincaros en otro sitio. En Nueva York, como Caleb; en Atlanta, como mi madre; o si planeáis recorrer mundo, como Waylon antes de ser padre. No es que Kyra y él no viajen por ahí, pero ya han creado un hogar. En cierto modo tengo la sensación, decidme si me equivoco, de que vosotros no es eso lo que tenéis en mente.

—Es aquí donde quiero estar, nana —le dijo Thea—. Lo mismo que Rem, disfruto de Nueva York siempre que vamos a visitar a Caleb, y me gustan otros lugares que he conocido, pero aquí es donde más feliz soy.

—Es nuestro hogar —convino Rem, al tiempo que asentía con la cabeza—. Me apetece conocer otros lugares, claro, pero es aquí donde deseo establecerme.

—En ese caso, me gustaría deciros que podéis vivir aquí durante el tiempo que os plazca. Qué diablos, si decidís formar una familia, ampliaremos la casa y listo. Hay espacio de sobra. No obstante, estoy pensando en que más adelante quizá (y será lo más probable) querréis independizaros. Resulta que casualmente las circunstancias me han hecho contemplar esa idea.

—Espero que sea dentro de mucho tiempo. Todavía ni siquiera tengo la edad legal para beberme esta cerveza en un bar.

—El tiempo pasa rápido, cariño. Ayer mismo comentabas que querías ser astronauta. ¿Os acordáis de la señora Leona, que vive ahí al lado, al final del camino?

—En la casita amarilla, la que siente debilidad por tu jabón de avena. Cuando estudiaba en el instituto, Rem le cortaba el césped del jardín en verano.

—Siempre me daba galletas y té frío. ¿Está bien?

—Sí, tirando, enviudó hace ocho años. Solía cultivar una huerta y criar ganado vacuno y gallinas. Hoy por hoy ha reducido la cosecha y cuenta con ayuda. Vendió el ganado. Era demasiado para una mujer sola que va camino de los ochenta. Sospecho que tiene algunos más, pero no está dispuesta a confesarlo.

—Si quieres que le echemos una mano este verano… —empezó a decir Rem, y Lucy le dio unas palmaditas en la mano.

—Me figuro que lo agradecería. Me pidió que fuera a verla, para hablar de negocios. Es dueña de seis hectáreas de terreno, donde tiene la casa, el viejo granero y demás, los campos de cultivo y una zona boscosa por donde discurre el río. Su intención es vender la finca menos dos hectáreas, con la intención de conservarlas para la familia cuando ella fallezca, y me preguntó si yo estaría interesada en esas cuatro hectáreas.

—¿Y qué harías tú con cuatro hectáreas —inquirió Thea— a casi un kilómetro y medio de aquí?

—A poco más de un kilómetro, y no lo estoy considerando para mí. —Lucy sonrió contemplando sus tierras—. Sí, con esto me basta. Serían dos hectáreas para cada uno de vosotros; eso sí me interesaría. Dispondríais de un espacio para crear un hogar, para construir una casa a vuestro gusto, si seguís con esa idea, o bien vender si cambiáis de parecer. En cualquier caso, me parece una buena inversión. Es buena tierra, y, egoístamente, me gusta su proximidad.

—Comprar dos hectáreas… —murmuró Rem.

—El cerebro de los negocios está trabajando. Sería necesario hacer los trámites legales, las mediciones y demás, y crear una servidumbre de paso, ya que se necesitarían caminos de acceso a vuestras propiedades. Ella echaría a suertes la ubicación de la servidumbre de paso. Es que le duele en el alma ver las tierras yermas. Será preciso construir pozos y fosas sépticas, aparte de realizar la conexión con el tendido eléctrico. Llevará tiempo, pero, si os interesa, disponéis de él y del dinero para gastarlo como os plazca.

—¿Qué opinas, Thea?

Miró a su hermano.

—Estoy tratando de pensar en algo que hasta ahora no me había planteado.

—Bien hecho. ¿Por qué no os dais una vuelta por allí, echáis un vistazo y pasáis un rato reflexionando e intercambiando impresiones? Oye, Thea, tienes otras cosas que contar a Rem.

—¿De qué se trata?

—Todavía no. Estoy pensando. —Thea se levantó—. Vamos a dar una vuelta.

Lucy silbó a los cachorros.

—Me los llevaré dentro para que no os sigan el rastro.

No habían llegado a la pista de tierra cuando Rem dijo:

—Quiero comprar.

—Rem, no lo hemos meditado ni cinco minutos. Te quedan tres años más de universidad.

—Es una buena inversión en algo que podemos ver y sentir. En algo a lo que podemos darle uso. Y a ti solo te queda un año más. Lo demás, cerrar el trato, construir un camino de acceso y todo eso, diseñar y levantar una casa, llevará más tiempo. Tú no tienes intención de ir a ninguna parte, Thea. Te conozco.

Ella miró en dirección a las colinas, a los bosques que las tapizaban.

—No, no voy a ir a ninguna parte. Supongo que me resistía a mirar más allá de la pequeña granja de la nana.

—Pues mira ahora.

Al hacerlo se imaginó a sí misma en una pequeña cabaña, jardines y la tranquilidad del entorno. Podría tener gallinas, quizá una cabra o una vaca lechera.

—¿Por qué quieres las tierras? —alegó—. Y no me digas que es solo por la inversión.

—Porque este es nuestro hogar. No construiría nada, al menos a corto plazo. La nana cuenta conmigo para que la ayude en la granja, a gestionar su negocio y lo demás. Yo no estoy preparado en absoluto para tener casa propia, pero tú sí.

—Puede.

—¿Qué se supone que tienes que contarme?

—Después de echar un vistazo a la finca.

«Es una preciosidad», pensó cuando se detuvieron en el camino sobre el que se divisaba.

La casa amarilla se hallaba muy apartada del camino; la pérgola del porche estaba ligeramente combada por el centro. Thea alcanzó a ver los parches de la techumbre.

—Necesita arreglos —comentó Rem—. Voy a ver si consigo que Billy Joe me eche un cable, a ver si podemos hacer algunas mejoras.

Pasó el brazo alrededor de los hombros de Thea.

—La señora Leona siempre me ofrece galletas y té frío.

—Al granero también le vendría bien un lavado de cara, y el cobertizo no aguantará la próxima tormenta a menos que se apuntale.

—Veremos qué se puede hacer. Pero mira las tierras, Thea.

—Estoy en ello —respondió en voz baja. Observó cómo el terreno ascendía en una suave pendiente, su verdor estival.

Y enseguida lo tuvo claro.

—Habría que decidir cuáles serían mis dos hectáreas y cuáles las tuyas.

—¡Lo sabía! En eso tienes prioridad porque será más importante para ti. Yo tengo años por delante para decidir qué uso darle. Vamos a ser terratenientes. ¿A que es una pasada?

Y tanto que sí, lo cual hizo recordar a Thea hasta qué punto podían cambiar las cosas de la noche a la mañana.

—Vamos a decírselo.

—¿Ahora?

—¿Qué mejor momento que ahora? —Sin darle tiempo para replicar, Rem se encaminó hacia el desvencijado porche de la casa. Thea se apresuró y lo alcanzó justo cuando tocó a la puerta.

La mujer que salió a abrir se quedó mirándolos con sus ojos verdes apagados y, acto seguido, sonrió.

—¡Santo cielo, eres la viva imagen de tu abuela, muchacha! La conozco desde que apenas me llegaba por encima de la rodilla. Y fíjate el estirón que has dado, muchacho. ¿Has venido a cortar el césped?

—Puedo hacerlo con mucho gusto, señora Leona.

—Me vendría bien, porque siempre fuiste muy apañado. Pasad, pasad. Apartad a ese gato del camino y vamos a sentarnos en el salón. Tengo galletas de mantequilla y té frío.

—Le echo una mano, señora Leona.

—No, no.

Leona les hizo un ademán con la mano hacia un salón con una vetusta chimenea de ladrillo y un sofá con tapicería de margaritas y amapolas. Junto a uno de los sillones orejeros había un costurero.

—Sentaos, estoy encantada de tener un poco de compañía.

Así pues, tomaron asiento y, al final, comieron galletas de mantequilla y entablaron la típica conversación de las visitas.

Rem entró en materia.

—Señora Leona, la abuela nos ha dicho que está sopesando la idea de vender unos terrenos.

—Tomé la decisión porque me resulta imposible mantener los cultivos, y odio verlos baldíos. Según mi nieto, debería vender la finca entera y mudarme a una residencia de mayores al norte de Filadelfia, donde él vive. Eso no va a suceder jamás.

Negó con el nudoso dedo índice y se llevó el té a la boca con un temblor apenas perceptible en la mano.

«Tiene ochenta y seis años», pensó Thea. No rozaba los ochenta, sino que iba camino de los noventa.

—Yo me instalé en esta casa recién casada, di a luz y crie a mis hijos aquí. George y yo cultivamos estas tierras juntos, pasamos aquí nuestra vida. Pretendo terminar mis días aquí, hasta que el Señor quiera llevarme.

—A Thea y a mí nos gustaría comprar las tierras.

—Ah, ¿sí? —Sonrió de nuevo, y la sonrisa se reflejó en sus ojos apagados. Dejó el vaso sobre un posavasos de encaje de aguja—. Es una grata noticia. Sin duda sería agradable tener vecinos jóvenes. Es por las tierras, no por el dinero —puntualizó—, aunque espero recibir una cantidad justa. Mi hijo me envía un cheque mensual. Es más, mi bisnieto, ay, se hace cargo de todos mis recibos.

Bebió un sorbo de té y negó con la cabeza.

—No oiréis la menor queja por mi parte. Es un buen chico. Viene a visitarme cuando puede, y, por si fuera poco, todos los años me paga un vuelo para que pase la Navidad en su amplia y bonita casa, donde me trata como a una reina. El dinero es lo de menos; he tomado esa determinación para evitar que las tierras continúen languideciendo.

—Si le parece bien, puedo redactar un contrato y que su abogado lo revise.

La señora Leona se ahuecó su cazo de pelo blanco.

—¿Para qué iba yo a querer un abogado? ¿Acaso suponéis que yo podría contemplar la posibilidad de que los nietos de Lucinda Lannigan me jugaran una mala pasada? Madre mía, Lucy os despellejaría vivos y luego curtiría la piel para hacerse un abrigo nuevo.

Fijó un precio y asintió con la cabeza.

—Eso es lo que pido por las tierras. Me parece muy bien que lo pongas en el contrato, pero si estáis de acuerdo, cerramos el trato aquí y ahora.

Rem alargó la mano y se la estrechó suavemente.

—Tú también, hija. Los hombres no llevan la voz cantante.

Thea le tendió la mano.

—Gracias, señora Leona, por confiarnos sus tierras. Le prometo que cuidaremos bien de ellas.

—Claro que sí, sois de la misma sangre que Lucinda. Confío en ello, y te tomo la palabra.

Una vez en el camino, Rem volvió a pasar el brazo alrededor de los hombros de Thea.

—Acabamos de comprar cuatro hectáreas.

—Y me siento bien por ello. Tenía mis dudas al respecto, pero estoy muy contenta. ¿Sabes cómo gestionar todo esto?

—Lo averiguaré. Ese es mi cometido. Ahora, por el amor de Dios, desembucha ya.

Cuando le relató lo del videojuego, Rem se paró en seco y se puso a bailar como loco en medio del camino.

—¡Qué fuerte! ¡Qué fuerte! ¡Qué fuerte! Ya te dije que era una pasada. Lo sabía.

—Pues eras el único.

—Porque te negabas a verlo. Con tu don —añadió—. Tía, si yo tuviera tu don, habría indagado. De todas formas, no necesito ser adivino para saber que presentarán una oferta y que tú no lo venderás.

—Primero, ¡no lo gafes! ¿Y por qué diablos no iba a venderlo?

—Porque eso solo sería dinero de una tacada y sin posibilidad de control. Lo que harás será llegar a un acuerdo de cesión de derechos de explotación… Hay que averiguar qué duración convendría fijar y cuánto recibirías de cada venta o descarga.

—Pero…

Rem hizo un ademán como para espantar a una mosca.

—Dejarás que yo me encargue de la negociación. Tú tienes el talento, pero yo soy un crac en esto. Y, si quieren sacar más partido de tu talento, van a tener que contratarte. —Satisfecho consigo mismo, asintió con la cabeza mientras caminaban—. Puedo gestionar esto. Puedo hacer que esto funcione.

Dado que ella dudaba que nada de eso sucediera —se conformaba con recibir comentarios y con el contacto—, lo dejó explayarse hasta agotarse.

—Hay algo más.

La euforia absoluta de Rem se evaporó cuando su hermana lo puso al corriente del asunto de los detectives y la chica.

—¿Estás bien?

—Sí, ella está a salvo.

—Sí, y me alegro mucho por ella, pero ¿tú estás bien? La rescataron porque acudieron a ti, porque te pusiste en su piel para socorrerla. Seguro que no te resultó fácil. Debe de costarte.

Con un suspiro, Thea lo rodeó por la cintura y apoyó la cabeza sobre su hombro.

—¿Cómo voy a fingir que mi hermano es un cretino cuando dices estas cosas, cuando entiendes lo que conlleva? Estoy bien, de verdad. Por mucho que me costara en su momento, el hecho de saber que podía ser útil pesó más.

—Sé que bromeo sobre que vais a hacer trampas en el Departamento de Ciencias Paranormales, pero no sé cómo gestionaría yo el don que tenéis la nana y tú.

—No siempre bromeaste con eso.

—Cierto. —Sonrió al recordarlo—. Me mosqueaba muchísimo cuando era pequeño. Además te negabas en redondo a hacerme ningún favorcillo.

—Es verdad, como adivinar qué preguntas te iban a poner en el examen de ciencias.

—Solo era para centrarme en la materia de estudio.

—Era hacer trampas.

—Ah, ¿sí? Y después, cuando solo pretendía averiguar si Nadine Peterson sentía algo por mí antes de invitarla a la granja.

—Era intrusivo.

—Puede que un poco, pero a ningún tío le hace gracia que lo rechacen.

—El rechazo forja el carácter.

—Qué chorrada. —Entre risas, le dio unos golpecitos con los nudillos en la coronilla—. Sin duda me habría desmadrado con un don. ¿Puedo conseguir que se desnude esa chica que tanto me pone? Respuesta del Gurú: «Sí».

—¿Gurú?

—Tengo clarísimo que ese sería mi apodo. ¿Puedo echar una pequeña ojeada al examen final de mi asignatura de Probabilidad y Estadística, asignatura que lamento profundamente haberme cogido? Respuesta del Gurú: «¡Claro, tío!».

—Qué va. De eso nada. No lo harías, porque te gustan los retos.

—Esa asignatura me ha machacado por completo el cerebro. El profesor todavía no ha colgado las notas del examen final ni de la media del semestre. —Le dedicó una sonrisa triunfal a su hermana—. A lo mejor podrías echar un vistazo…

—No.

—Eres muy estricta. Bueno, voy a mandar un mensaje a otro profesor, al de Derecho Mercantil, a ver si me orienta un poco para redactar el contrato de compraventa y demás.

—Tenemos abogados, Rem.

—Ya, pero prefiero comprobar si soy capaz de hacerlo yo mismo.

—Me consta que el contrato es necesario, aunque me ha gustado cerrar el trato con un apretón de manos.

—Y a mí. —La agarró de la mano y la balanceó mientras caminaban—. Y esa es una de las razones por las que los dos deseamos estar aquí. Vayamos a anunciar a la nana que seremos sus vecinos siempre.

—Y que tú pegarás mangas a la hora de la cena siempre.

—Te olvidas del desayuno.

Cuando torcieron en dirección a la granja, los cachorros fueron raudos a su encuentro.

—No, un momento, dame ocho o diez años hasta que construya mi casa y pegaré mangas en la tuya a la hora del desayuno.

Acto seguido se puso a forcejear con los perros y levantó la vista hacia ella con una pícara sonrisa.

—Pero haré de canguro para tus hijos. Tres, si no recuerdo mal, cuando te cases con Tyler Brennan.

—¡Leíste mi diario! —Le dio un puntapié en el trasero.

—Primero: ¡ay! —Rascó la tripa de ambos cachorros a la vez—. Y segundo: no. Y no es que no se me pasara por la cabeza, pero lo sopesé y no valía la pena ser objeto de la furia de la nana sumada a la tuya. Pero sí que pegaba la oreja. Le confesaste todo a Maddy.

—¿Ves? Eres un cretino. Tenía quince años.

—O quizá dieciséis. Y, si no me falla la memoria, Maddy estaba colada por Jaden Smith.

—A ti te ponía a cien Buffy. Viste la reposición de la serie, fantaseabas con Buffy Summers.

—¿Cómo que me *ponía* a cien? Es la cazavampiros más sexy de todos los tiempos. De vez en cuando pillo alguna reposición.

Se incorporó y alargó la mano, húmeda por los lametones de los cachorros, para asir la de Thea.

—Sabes que Buffy no es real.

—Lo es en mi corazón. Me muero de hambre. He oído que hay chuletas de cerdo para cenar.

Thea reanudó la rutina, de lo cual disfrutó: contemplar el amanecer por las mañanas, atender a los animales, pasear por las colinas, realizar las tareas del jardín y, finalmente, volver a pasar ratos con Maddy.

Una tarde lluviosa se repantigaron en la Guarida de los Zorros, tal como hacían desde la infancia. Maddy se había cortado las trencillas y llevaba el pelo espectacular al estilo afro. El último día de sus estudios preliminares de Medicina, se había tatuado un ábaco en el bíceps izquierdo.

«Por lo demás, sigue igual», pensó Thea.

—No sé la de veces que me machacaste, y a todos los demás, en todas las partidas de videojuegos habidas y por haber. Y fíjate, ahora vas a ser tú la creadora de los videojuegos.

—Eso espero.

—Lo harás, genio de la videoconsola.

—Los de Milken no se han puesto en contacto conmigo.

—No ha pasado ni una semana.

—Hoy hace una semana, aunque no es que esté contando los días. ¿Y tú, doctora McKinnon?

—Aún no lo soy, pero tiempo al tiempo. En el pueblo circula el rumor de que un médico, que al parecer es de Hazard, quizá abra una clínica en Redbud Hollow.

—Ah, ¿sí?

—Hay muchos «quizá», como, por ejemplo, que quizá compre las antiguas instalaciones de Darson y la habilite allí. Por un lado, me alegraría, aunque por otro me mosquearía un pelín porque yo aspiraba a montar una si me fuera posible al terminar la carrera.

—Entonces, tu plan es establecerte aquí. —Su alegría creció como la espuma del champán—. Me comentaste que estabas barajando la idea de intentar encontrar plaza en un hospital de Louisville.

Maddy se encogió de hombros.

—Eso ya está descartado. Mi familia está aquí, y mira mi hermano Will, el ayudante del sheriff. Tú, mi eterna superamiga, vives aquí. Cuando me saque el título, estaré lista para regresar a casa. Ahora seguramente tendré que intentar encontrar trabajo en algún hospital o probar con las prácticas en clínicas privadas.

—En cualquier caso, seré tu primera paciente.

—Seguro que tú no te moverás de aquí, en vista de que has comprado dos hectáreas de terreno.

—Estoy en ello. Rem está realizando todas las gestiones. Quiere ocuparse él; eso que me ahorro. El topógrafo ya ha estado allí. Tuvimos que decidir qué parte quería yo y qué parte Rem.

—¡Quiero ver las tierras! Vayamos ahora.

—Está lloviendo.

—No pasa nada por mojarnos un poco. Me hace ilusión ver dónde se ubicará la habitación de invitados para Maddy. —Se levantó y tiró de Thea para que se pusiera de pie—. Y, definitivamente, he de dar mi aprobación a los planos de tu casa. No quiero que pienses en pequeño.

—No necesito una gran casa.

—Necesitas una cocina amplia, puesto que te gusta cocinar, un despacho y una sala de juegos, un estudio para los juegos. Son necesarios para tu trabajo. También un dormitorio principal con baño —continuó mientras conducía a Thea a la planta baja—, porque serías tonta si prescindieras de eso, y como mínimo dos dormitorios más, otro baño completo y un aseo. Sigues practicando yoga, ¿verdad?

—Sí.

—Pues un espacio para eso. Además deberías contar con uno de esos porches que rodean el perímetro de la casa.

—Pues… —Thea se lo imaginó, junto con las vistas envolventes— la verdad es que sí. Voy a decirle a la nana que vamos a salir, con lluvia, a realizar una batida por las dos hectáreas.

Percibió el aroma antes de entrar en la cocina, donde encontró a Lucy y Rem a punto de verter una tanda de jabón.

—Deberías haberme avisado de que ibas a trabajar. Te habría echado una mano.

—He reclutado a este, y casi hemos terminado. ¿Tenéis hambre, chicas?

—Podría abrir el apetito —respondió Maddy—. Pero primero Thea va a mostrarme las dos hectáreas. Una de las cosas que más me gustan de su casa, señora Lannigan, es lo bien que huele siempre. Los jabones y las velas fueron la envidia de mis compañeras en la residencia.

—Me alegro. Si esperáis a que acabemos, os acompañaremos. Así aprovecho para llevarle a la señora Leona el bálsamo para la artritis.

—Cuando trabaje de médica en el pueblo, va a ser mi principal competidora.

El teléfono de Thea sonó en su bolsillo. Tras sacarlo, se quedó mirando la pantalla.

—Oh, Dios, me llaman de Milken.

Maddy le dio con el puño en el hombro.

—¡Por lo que más quieras, Thea, responde!

—Ya voy. Eeeh..., ¿diga?

—¿Thea Fox?

—Sí, soy yo.

—Soy Bradley Case, director de Desarrollo en Milken. ¿Es un buen momento para hablar?

—Sí, gracias por llamar.

—El señor Cheng me pasó *Endon*. Su profesor nos lo envió... con su permiso, ¿verdad?

—Sí. —Como todos estaban de pie y la observaban con atención, se dio la vuelta—. Le agradezco que se haya tomado la molestia de examinar el videojuego.

—¿Ha diseñado y desarrollado *Endon* sola?

—Sí.

—¿Para un proyecto en la universidad?

—Sí.

Maddy cuchicheó:

—¡Di algo más aparte de «sí»!

—¿Puedo tutearte?

Hizo amago de responder con un «sí», pero rápidamente dijo:

—Por supuesto.

—Es impresionante, Thea. Las reglas del juego, los elementos gráficos, la narración... Encargué a un equipo que probara los distintos niveles y he puesto en común sus comentarios y los míos con la señorita Kendall, la CEO. Estamos interesados en comprar tu juego.

—¿Están… interesados en comprarlo? —Remarcó cada palabra al pronunciarla.

Rem reaccionó de inmediato y negó con la cabeza y con el dedo índice.

—Así es. Nos gustaría concertar una reunión contigo para discutirlo. Me hago cargo de que no dispones de agente o representante, de modo que…

—De hecho, sí… Lo tengo aquí delante.

Le pasó el teléfono rápidamente a Rem. «¿Nombre?», le preguntó Rem articulando con los labios, al tiempo que señalaba al teléfono.

—Bradley Case.

—Señor Case, soy Remington Fox, el representante comercial de Thea, además de su hermano —añadió en tono jovial, mientras caminaba de un lado a otro—. Sí, exacto. Así es.

—Oh, Dios, ¿qué he hecho? Acabo de pasarle el teléfono a mi hermano. La llamada más importante de mi vida, y se la paso a uno de dieciocho años.

—Casi diecinueve, y su olfato para los negocios supera con creces su edad. —Lucy le frotó el hombro a su nieta—. Sus consejos me han proporcionado tantas ventas online que casi no doy abasto. Estoy contemplando la idea de contratar a alguien del gremio.

—Deja que se lance, Thea. —Maddy la empujó con la cadera—. Lo peor que podría pasar es que rechacen su propuesta, lo cual no impedirá que les vendas el juego si es lo que deseas.

Thea se puso a caminar de un lado a otro.

—No lo haré. De ninguna manera. Lo llamaré, le diré que mi hermano está loco y que me encantaría que Milken produjera el juego.

Rem volvió y le tendió el teléfono a su hermana.

—¿Señor Case…? Ha colgado.

—Sí, hemos concluido nuestra conversación preliminar. Hemos concertado una reunión por videoconferencia, pasado mañana a las diez. Debe presentar mi contraoferta a la cadena de mandos, aunque, dado que ocupa un puesto bastante importante, hay pocos cargos por encima del suyo.

—¿Tu contraoferta?

—Sí. Le dije que no vas a vender, sino a ceder los derechos de explotación durante diez años, con posibilidad de renovar el contrato. Negociaremos tu adelanto, junto con el porcentaje de los beneficios. Como tienes previsto diseñar la secuela…, ¿no?

—Bueno, lo tengo en mente. —Aunque, de momento, tenía la mente en blanco.

—Con eso vale, puesto que, si están interesados en futuras secuelas de *Endon* o en cualquier otro videojuego diseñado por Thea Fox, deberán contratarte con un salario acorde con tu talento, creatividad y habilidad.

—Cómo habla mi niño. —Entre risas, Lucy le plantó un sonoro beso en la mejilla—. Acorde.

—¿Qué te ha dicho?

—Que presentaría la propuesta a la cadena de mandos. También me ha comentado que ya habían decidido contratarte. Así que propongo que, en vez de ir a echar un vistazo a las tierras, lo dejemos para mañana, que hará sol, y nos sentemos aquí a estudiar tus condiciones y qué deberías pedir. Ya he indagado un poco en ese sentido.

Thea se dejó caer en una silla y su hermano soltó una de sus exclamaciones favoritas:

—¡Qué fuerte!

13

Tras escribir todo en su diario, Thea lo leyó con tal de experimentar la emoción de nuevo.

Había vendido, mejor dicho, cedido los derechos de su primer videojuego, y le pagarían por ello. Si bien era preciso firmar el contrato, cobraría por lo que hasta entonces tan solo era un sueño.

La satisfacción de que se valorara su trabajo era más importante, con diferencia, que el dinero: Milken Entertainment consideraba que su labor, el videojuego, su sueño, eran meritorios.

Deseaban realizar algunas modificaciones, por ejemplo, mejoras en la música y los efectos de sonido. Para ello contaban con un departamento entero. Contratarían a actores de doblaje para los diálogos, lo cual era lógico y redundaría en el incremento de la calidad de la experiencia del juego.

La empresa tendría un derecho preferente sobre cualquier juego derivado o secuela, y, por si fuera poco, la contratarían como becaria para realizar las prácticas en su último curso en la universidad.

Cuando se graduara, si su rendimiento continuaba a la altura de sus estándares, le ofrecerían un puesto de diseñadora de juegos.

Se forjaría una carrera profesional, una carrera profesional en toda regla, dedicándose a algo que la apasionaba.

Como le parecía imposible, releyó sus palabras.

Quizá se debiera al hecho de estar en casa, quizá a la emoción y los nervios que le provocaron, a la perspectiva de un futuro que se perfilaba tan cercano a lo que anhelaba, pero el caso es que se olvidó de colgar la bolsita de la suerte y pronunciar la frase.

Apagó la luz, cerró los ojos y empezó a crear un sueño.

La segunda parte del mundo de *Endon*, con Zed, Twink y Gwen, la joven e intrépida granjera Mila y la reaparición de la malvada Mog.

Se preguntó si lograría encontrar a alguien que la enseñara a manejar una espada, a ejecutar los movimientos, a experimentar realmente lo que sentían sus personajes. ¿Acaso ponerse en su piel no aportaría más realismo y emoción a las escenas de batallas?

Tal vez se apuntara a una clase de artes marciales mixtas también. Cuanto más se preparase, más creíbles resultarían los personajes.

Perfiló otro personaje: un joven guerrero, mitad humano, mitad elfo, ni de un mundo ni del otro; su propósito sería defender ambos. Sin un vínculo tribal arraigado, sin un sentimiento de pertenencia profundo, vagaría por esos mundos con la espada en ristre y un escalofrío por la espalda.

«Ty», pensó Thea.

«No, Tye», y, con esa divertida ocurrencia, comenzó a visualizarlo en su cabeza con la apariencia del amor de su adolescencia.

Se dejó transportar hasta internarse en el bosque mágico, y soñó.

Riggs la encontró allí, en pie bajo la luz del sol moteada de sombras, entre las flores silvestres que se alargaban hacia ella, junto a coloridos frutos que se derramaban como joyas de las ramas, entre el musgo que cubría los árboles y las rocas en la penumbra.

—Estás aquí. Has estado dándome esquinazo. ¿Qué cojones es esto?

—Aquí no eres bien recibido.

—Pues estoy aquí, ¿o no? —Con el uniforme azul de preso y la maraña de pelo que casi le rozaba los hombros otra vez, apostado bajo la luz moteada, pálido como un fantasma, sonrió mostrando esos incisivos montados—. Has dado un estirón desde la última vez que nos vimos. Aunque sigues sin tetas o culo dignos de mención.

Thea oyó por detrás el gorgoteo del río con el que había soñado y el susurro de la brisa soplando entre los árboles. Un pájaro, tan azul como un zafiro, pasó revoloteando con un gorjeo.

Era su mundo. Se recordó a sí misma que él no podía hacerle daño allí, y que no conseguiría amedrentarla otra vez.

Era su mundo, pensó de nuevo. Y ella lo controlaba.

Se fijó en que alguien se había ensañado con su cara recientemente; tenía un ojo morado y un cardenal en la mandíbula.

—Parece que te han dado una paliza, Ray.

—Cierra la puta boca. Sé apañármelas solo.

—Por el aspecto actual de tu cara, yo diría que no. Ah, te sacaron del módulo de aislamiento para pasar un rato en el patio. Y, como te encaraste con el tío equivocado, te volvieron a encerrar en el módulo de aislamiento.

Manteniendo el aplomo —puede que el corazón le latiera demasiado deprisa, pero mantuvo el aplomo—, dio un paso al frente.

—Tú te metes en mi cabeza, Ray, y yo en la tuya. La verdad es que no eres popular en la prisión estatal de Red Onion. Ni siquiera a los asesinos y violadores les caes en gracia. Les desagrada tu forma de mirarlos, como si les leyeras el pensamiento.

—Se llevarán su merecido. Me las pagarán, y tú también. Creías que podías librarte de mí, pero es imposible: te he encontrado y te encontraré. Algún día te atraparé y, cuando acabe contigo, te dejaré la cara hecha una mierda.

—Claro, Ray. Ahora, si no te importa, este sitio es mío. —Con un ademán extendió los brazos de par en par lo máximo posible y cerró los puños—. ¡Lárgate!

Se despertó, no con miedo, sino con satisfacción. El leve dolor de cabeza pasaría; el resultado compensaba con creces.

A pesar de que él había logrado colarse en su cabeza, en su sueño, ella pudo zafarse de él. Le costó, pero lo consiguió.

Y lo había visto magullado y vapuleado. Con eso bastaba para tener la certeza de que continuaba pagando por todas las vidas que había segado.

Eso también le produjo satisfacción.

Con el equipo instalado en la Guarida de los Zorros, Thea se puso a trabajar en el nuevo juego que ya había tomado forma en su cabeza. Abrigaba la esperanza de elaborar al menos un documento de diseño preliminar antes de la reunión. Pero, antes de empezar a concretar los detalles de este, quería crear el nuevo personaje.

No musculoso como Zed, sino alto y enjuto. Su complexión, su sangre de elfo, le proporcionaría agilidad y rapidez. Su pelo sería del color del burbon de Kentucky, alborotado y más o menos a la altura de la oreja.

«El rostro fino, los pómulos prominentes», pensó mientras dibujaba. Los ojos, de largas pestañas, tan verdes como la espesura. Decidió hacer otro guiño al elfo rasgando un poco las comisuras de sus ojos.

Tras dibujar el rostro de frente y de perfil, bosquejó la cabeza por detrás y decidió colocar una trenza sobre la mata de pelo, en el centro.

Conforme terminaba un boceto, lo colgaba en el panel junto a su escritorio, lo examinaba y continuaba con las ilustraciones.

Tras dibujarlo de cuerpo entero, lo vistió con unos pantalones de pitillo de color marrón parduzco, junto con unos botines más oscuros rematados con una vuelta un poco por debajo de la mitad de la espinilla. La camisola —no era una túnica propiamente dicha— le caía a la altura de las caderas. Le puso un cincho con una espada. Tras cierto debate interno decidió colorearla de verde, como sus ojos, como la espesura entre cuyas sombras podía camuflarse y pasar prácticamente inadvertido.

Se reclinó en el asiento, estiró los dedos, acalambrados, y examinó la docena de ilustraciones colgadas en el panel.

¿Y un tatuaje en el bíceps, en las escápulas, en el dorso de la mano? No lo tenía claro. ¿Debía añadirle un grueso brazalete de cuero, un regalo de su madre elfo, ya que su padre humano había forjado la espada?

Thea no solo necesitaba determinar su aspecto físico, sino sus orígenes, su linaje, su pasado, sus fortalezas y debilidades, con el fin de crear un personaje bien construido y describirlo al detalle en el documento de diseño del videojuego.

Tye, hijo de Gregor el herrero y Lia. Un guerrero de nacimiento, un errante persiguiendo una causa, una batalla, su sitio.

—No sé, no sé… Pero lo que sí sé es que estás enamorado de Mila, la granjera. ¿Te supone un problema? Me parece que sí, al principio. Seguro que me divierto.

Pensó que había llegado el momento de ponerse con los elementos básicos; giró la silla hacia su ordenador para comenzar a elaborar el documento.

Mientras trabajaba en un maravilloso silencio, oyó que alguien subía por las escaleras. No era su abuela; las pisadas eran demasiado pesadas.

—Estoy trabajando, Rem —dijo sin girar la cabeza.

—Ya, y llevas más o menos cuatro horas acaparando la Guarida.

Con las manos en los bolsillos, Rem se aproximó al panel.

—Eh, ¿quién es este? ¿Un tío nuevo? Me suena de algo, ¿sabes?

Ella no había dicho ni pío sobre el prototipo. Le daba un poco de vergüenza.

—Mitad humano, mitad elfo. Un guerrero nómada defensor de *Endon*. Intrépido, que bebe los vientos por Mila. Qué chulo. Oye, hay que preparar la estrategia para la reunión de mañana.

—¿Necesitamos una estrategia?

—El hecho de preguntarlo es señal de que me necesitas. —Se dejó caer en el sofá—. Haz un descanso. Primero, explícame a qué aspiras exactamente para partir de ese objetivo.

—Ya he conseguido más de lo que esperaba.

Despatarrado sobre el asiento con sus baqueteadas Chuck Taylor tobilleras, Rem cruzó las piernas.

—Otra prueba de que me necesitas.

Cuando se dio por vencida, guardó el documento y se giró hacia él. Rem señaló hacia ella con el dedo.

—¿Qué es lo que quieres, Thea? Está claro que un trabajo en Milken, pero ¿qué quieres hacer?

—Quiero diseñar juegos, lo mismo que estoy intentando hacer ahora, y desarrollarlos.

—¿Cuál es la diferencia?

Ella le lanzó la mirada compasiva que solo podía ser propia entre hermanos.

—El hecho de preguntarlo demuestra que conoces poco el sector.

—Pues instrúyeme. Hazme un resumen.

—Muy bien. El diseñador es… como un arquitecto. Perfila el proyecto preliminar. Eso incluye la idea, el concepto, el proceso creativo de diseñar cada elemento del videojuego. El desarrollador es como un contratista, ¿entiendes? Construye el documento del diseño del videojuego a partir del proyecto preliminar.

—Lo he pillado. ¿Y tú quieres encargarte de ambas partes?

—En realidad, desarrollarlo conlleva más de una parte. Normalmente precisa equipos y departamentos.

—Tú no contaste con un equipo para *Endon*.

—No, pero llevaba tres años trabajando en ello de manera intermitente. Y, años antes, concebí el concepto y la trama básica. Milken va a colaborar con su departamento de música y con las voces de los personajes, lo cual me parece bien; de hecho, estoy encantada. Pero no pretendo limitarme a diseñarlo, entregarlo y que acudan a mí cuando se produzca algún fallo o problema técnico.

¿Qué quería? Ser buena en su oficio, y conseguir ser mejor si cabe. E imaginarse a la gente en un espacio como la Guarida de los Zorros disfrutando con sus creaciones.

—Quiero… básicamente lo que me ofrecen con *Endon*. Yo diseño y desarrollo un videojuego; ellos lo mejoran, realizan ajustes o cambios donde sea necesario, lo comercializan, lo promocionan. No sé si eso es realista, pero…

—Lo averiguaremos. ¿Qué más?

—Necesito trabajar aquí. Esa es mi única condición innegociable. No pienso mudarme a Nueva York o Seattle.

—¿Estás dispuesta a viajar a Nueva York o Seattle cuando sea necesario convocar una reunión presencial?

—Claro. Puedo realizar la mayor parte del trabajo aquí mismo, pero no tengo inconveniente en desplazarme cuando sea preciso. A lo que no estoy dispuesta es a mudarme por un trabajo. Por ninguno, Rem, ni siquiera por este. Y mira que este es… —Cerró los ojos—. Madre mía, menudo trabajo.

Luego miró a su hermano de nuevo.

—Es que necesito este lugar, el lugar donde soñé por primera vez con *Endon,* donde siento arraigo. Necesito a la nana. Ella siempre me ayuda a anclarme.

—Entonces conseguiremos eso.

Le entraron ganas de reírse, pero no lo hizo porque estaba convencida de que él lo conseguiría.

—¿Tú qué quieres, Rem?

—Estoy haciendo lo que quiero, y voy a ser mejor en ello.

El hecho de que su hermano prácticamente se hiciera eco de sus pensamientos la conmovió en lo más hondo.

Fue consciente de que, en el fondo, eran muy muy parecidos.

—Después —continuó Rem—, cuando termine mis estudios, me tomaré tres o cuatro semanas para recorrer Europa.

—¿Y comer caracoles en Francia?

—Apuesta tu culo a que sí, aunque voy a pasar de la boina y de la corbata Ascot. Seguramente —matizó.

—En cualquier caso, que no falte una foto.

—Me aseguraré de que sea digna de la galería familiar. Más adelante regresaré a casa. A lo mejor me matriculo en un máster en Dirección de Empresas y me dedico a ser gerente a tiempo completo, y peón agrícola a media jornada.

Le dedicó su pícara sonrisa.

—Me viene como anillo al dedo. Uno de estos días construiré una casa y encontraré a la chica con la que compartirla.

Thea le correspondió a la sonrisa.

—¿Cómo es?

—Eso está por ver, pero que sea amante de los perros.

—Eso seguro. Hablando de perros, los he ignorado, y a la nana, durante más tiempo del que pretendía. Retomaré esto esta noche.

Cuando volviera a disfrutar del silencio.

Y, cuando por fin volvió a disfrutar del silencio, lo aprovechó hasta que casi dieron las dos de la madrugada. Dedicó una gran parte del tiempo a trabajar con el software y a los dibujos, a plasmar la ilustración en papel de Tye Smith, el guerrero errante, en la pantalla.

El personaje, por supuesto, necesitaba un caballo, pero no uno cualquiera, sino un caballo de batalla. Dilis. Dilis el fiel y leal.

Para cuando determinó el tamaño, la forma, el color y la personalidad del corcel, la mente se le nubló hasta el punto de reconocer que necesitaba parar.

Le constaba que aparecerían más detalles en sus sueños.

Se acicaló con esmero para la reunión. Optó por una camisa blanca de vestir y se recogió el pelo en lo que ella consideraba sinónimo de profesionalidad y que evitaba distracciones: una cola de caballo. Se puso los pendientes de diamantes de su madre para que le dieran suerte.

Después de cierto debate, acordaron instalarse en la mesa de la cocina. En opinión de Thea, era representativa de ella, lo cual de entrada podrían tenerlo presente los poderosos.

—Me quitaré de en medio.

—Oh, no te vayas, nana. Tú eres mi apoyo moral.

—Me quedaré, cielo, pero no a la vista. Y sacaré a los perros para que no importunen.

—¿Lista? —preguntó Rem.

—Adelante.

—Entonces vamos a iniciar sesión.

Thea vio por primera vez —a excepción de en fotos online— a Bradley Case. Mechones de pelo castaño le caían sobre la frente; llevaba unas gafas estilo Buddy Holly, y un diminuto arete de plata en la oreja derecha.

—Me alegro de verte, Thea, y a ti, Rem. Permitidme que os presente.

Conforme iba diciendo los nombres y cargos de las otras tres personas que aparecían en pantalla, Thea los anotó en el cuaderno que tenía junto al ordenador portátil.

Hablaron sobre el videojuego y, en ese aspecto, se sintió segura.

Respondió con desenvoltura a las preguntas acerca de los personajes, las reglas del juego, los obstáculos, los puntos fuertes, las opciones, la codificación y la jugabilidad sin la menor vacilación.

Escuchó las sugerencias de modificaciones o mejoras y siguió apuntando.

—De hecho, Mog reaparecerá en la siguiente entrega —comentó distraída mientras tomaba notas rápidamente.

—¿Tienes planes para la siguiente? —le preguntó Bradley.

—Oh, perdón, sí. Empecé el documento de diseño ayer, y tengo la primera capa, además de otro personaje principal que voy a introducir. Si quieren, puedo mostrárselo, aunque es un diseño preliminar, y quizá un poco tosco.

—Adelante, defiéndelo.

«Que lo defienda», pensó ella, y se le hizo un nudo en el estómago. Era más ducha redactando que explicando, pero tenía que aprender.

—En *Endon* reina la paz desde hace casi un año, cuando los adivinos vaticinan una nueva amenaza, que venía de largo. Y un extraño aparece en el bosque.

Lo narró lo mejor posible, procurando resumirlo.

—La trama está por definir. Trabajo mejor cuando dejo que fluya. El personaje de Tye Smith será clave, además del nuevo malvado, Barstav el gigante, fruto de un conjuro de Mog.

—Antes de continuar —interrumpió Rem—, Thea pretende diseñarlo y desarrollarlo, lo mismo que el primero, y después presentárselo para su revisión y valoración. Por supuesto, estará abierta a cualquier cambio que consideren necesario realizar.

Bradley enarcó una ceja bajo su flequillo.

—Lo tendremos en cuenta.

Thea dejó que Rem la relevara y negociara los términos, la remuneración, los porcentajes, el salario y los incentivos. Aunque puso los ojos como platos cuando su hermano sacó a relucir el tema de la comercialización, dejó que se explayara.

Al cabo de una hora cerró el ordenador portátil.

—¿De verdad acabo de vender (mejor dicho, ceder los derechos de explotación) de mi primer videojuego a Milken Entertainment?

—Sí, enhorabuena. —Levantó el puño para chocarlo con el de ella—. Hay que concretar algunas cuestiones importantes y, cuando se ultimen los detalles, será preciso que un abogado revise el contrato. —Con el ceño fruncido, Rem tamborileó con los dedos sobre la mesa—. Si estuviera más puesto, probablemente habríamos salido más beneficiados. No obstante, considero que es un trato justo. Solo estás empezando.

—Estoy asombrada. No salgo de mi asombro con los dos. —Lucy bajó del taburete que había junto a la isla para abrazarlos—. Cada uno de vosotros hablaba en un idioma diferente. No he entendido ni la mitad.

—Me han ofrecido un periodo de prácticas.

—El salario es una mierda.

Thea le dio con el puño a Rem y se rio.

—El salario es lo de menos. Trabajaré en otros juegos; es un puesto para principiantes, pero al fin y al cabo es un trabajo. Adquiriré experiencia y me permitirá continuar trabajando por mi cuenta.

—La nueva idea les ha suscitado interés —comentó Rem—. Me he fijado, y les ha gustado.

—Es buena, y conseguiré que funcione. Sé lo que me hago, lo mismo que sé ordeñar una vaca. Pero... ¡Oh, Dios mío! ¡Van a producir mi juego! ¡Mi juego! La gente jugará con mi creación.

—Me da igual la hora que sea: voy a abrir la botella de champán que compré.

—¿Compraste champán?

—Sí. —Lucy asintió con la cabeza en dirección a Rem y, acto seguido, a Thea—. Lo metí en el frigorífico de la zona de trabajo para evitar gafar todo esto. Voy a beber champán, a brindar por mis brillantes nietos y, luego, a llamar a vuestros tíos y a todos mis conocidos para alardear de vosotros.

Thea, conmovida, se llevó la mano al corazón.

—Oh, nana.

—Intentad impedírmelo y veréis.

—Yo desde luego que no. Y, puesto que soy el hombre de la casa —le recordó Rem—, descorcharé la botella.

El verano pasó rápidamente. Tras las celebraciones por Thea, a la llegada del resto de la familia hubo otra celebración por Caleb, su mujer y el bebé que estaba en camino.

Las reuniones de índole más virtual hicieron que Thea tomara conciencia de que la vida que su abuela le aconsejó que viviera entraba en una nueva etapa. Continuó trabajando en el nuevo videojuego, en este caso titulado *Endon: la venganza de Mog*, cumplió con las tareas que le correspondían en la pequeña granja y preparó su primera tarta de manzana totalmente sola.

Le puso alas al caballo de batalla, porque cuando hizo que se desplegaran para ella, supo que Dilis estaba destinado a ser alado.

Organizó sus cursos: encontró clases de esgrima para principiantes fuera del campus, y de artes marciales mixtas en el mismo recinto.

Se apuntó a ambas disciplinas. Sacaría tiempo, pues, a su modo de ver, si ponía en práctica algunos de los movimientos y las reacciones que programaba para sus personajes, perfeccionaría su técnica.

Justo antes de marcharse a la universidad, presentó el documento de diseño del videojuego con el fin de que lo valoraran. Y cruzó los dedos.

Si el verano pasó volando, su último año de carrera fue una vorágine. Aprendió de sus profesores y durante las prácticas, sufrió varios percances en las clases de artes marciales y se compró su primera espada.

Pasó las vacaciones de Semana Santa en Nueva York, donde conoció a supervisores, responsables de departamentos y colegas. Le sobró tiempo para pasar unos cuantos días con Caleb y Selma, y para disfrutar de ratos haciendo arrumacos a su primito.

Al contemplar la ciudad, como siempre que viajaba allí, encontró el atractivo de su emoción, color y movimiento.

«Algún día ambientaré un juego en una gran ciudad como esta», pensó.

Sin embargo, Nueva York era la ciudad de Caleb, no la suya.

Cuando oyó llorar al bebé, salió con sigilo de la habitación para ir a su cuarto.

—¿Es hora de tu toma de medianoche, bonito? Me parece que le toca a papi, así que démosle un minuto. Tu mamá se extrajo un poco de leche hace unas horas. —Lo cogió en brazos para acurrucarlo y caminar—. Ay, cuánto echaré de menos esto.

—Dime que yo también algún día. —Caleb bostezó en el umbral.

Thea se giró para sonreírle; tenía su mata de pelo enmarañada y sus ojos acusaban la falta de sueño.

—Apuesto a que sí. Si me traes el biberón, yo me encargo del resto. Es mi última noche, así que sería un gustazo.

—Si insistes…

Caleb fue a por el biberón y, cuando el bebé se puso a succionar la tetina con avidez, suspiró.

—Míralo. ¿Quién me iba a decir que se podía querer tanto a alguien? Sobre todo teniendo en cuenta que no hacen gran cosa aparte de comer, hacer caca, llorar y dormir.

Besó al bebé en la mejilla, y después a Thea.

—Te vamos a echar de menos, y no solo por tu ayuda. Hasta ahora todas las conversaciones que hemos mantenido sobre cuidadoras, canguros y niñeras no son más que eso, conversaciones.

—No estás preparado.

—Aún no. Es tan… nuevo. Pero como se va a grabar otra temporada de la serie…

—Claro.

—No tendremos más remedio que planteárnoslo seriamente. El bebé se ha encariñado contigo. Lástima que no trabajes en el sector de las canguros.

—A los de Milken les gustaría que, antes del lanzamiento del videojuego este verano, vuelva a pasar unos días aquí. De modo que me ofrezco de canguro a cambio del alojamiento.

Caleb deslizó la mano sobre el pelo de Thea y le dio un tironcito.

—¿No hay ninguna posibilidad de que te traslades aquí?

—Más o menos la misma de que tú regreses allí. Te encanta esto, disfruta mientras puedas. Bueno…

—Bueno —repitió él.

—Ahora me tienes aquí, así que ve a dormir un poco.

—Si no se calmara…

—Oh, se calmará. Tengo maña.

Todos asistieron a la graduación de Thea, lo cual fue una sorpresa: Waylon y Kyra con sus tres hijos; Caleb, Selma y Dylan, con sus rollizos mofletes; su abuela, a la que se le saltaron las lágrimas; y Rem, que le fue pasando clínex.

Lucy la acompañó en su último trayecto en coche desde el campus.

—Ahora se abre un mundo totalmente nuevo para ti, cariño.

—En gran parte estoy preparada. Dentro de un par de semanas tendré que ir a las oficinas centrales y quedarme tres o cuatro días allí. Pero estoy más que lista para regresar a casa.

—Espero que aceptes a una pasajera en tu viaje al norte.

—¿En serio? —La idea hizo que diera botes en el asiento.

—Rem se ofreció a ocuparse de las labores de la granja; sé que es capaz y cumplidor. Me ilusiona mucho conocer la sede central y pasar unos días más con mi nietecito.

—¡Me encantaría! Me muero de ganas de enseñarte la sede de Milken. Es muy chula. El departamento técnico es una completa locura, y la gente es muy avispada y creativa.

—Igualito que mi nieta mayor.

—En eso estoy. Tengo que pedirte un favor, nana.

—Hoy, cuando estoy henchida de orgullo, es el momento oportuno para pedírmelo.

—Me gustaría disponer de unos meses, a lo mejor de un año o así, antes de ponerme con los planos de la casa. Es un paso enorme y no quiero precipitarme. Tengo muchas cosas entre manos, temo equivocarme. A partir de ahora trabajaré a tiempo completo, quiero darlo todo para el lanzamiento, y luego trabajar en el nuevo videojuego y en cualquier proyecto que me encarguen. Voy a renovar el equipo y…

—No te preocupes en absoluto por nada de eso. Te quedarás conmigo hasta que estés preparada para independizarte.

Pasó allí unos cuantos meses, que se alargaron a un año. Y a casi dos más mientras determinaba el diseño de la casa y, posteriormente, el tiempo que duraron las obras.

En el transcurso de ese periodo, Howard y Musk se desplazaron allí en dos ocasiones, en su tiempo libre, para pedirle ayuda. Y ella se la prestó. Si Riggs la acosaba, ella arremetía contra él.

Jamás regresó a la prisión. Ahora, en su vida, tenía las miras puestas en el futuro y se decía en su fuero interno que Riggs formaba parte del pasado, que se encontraba a buen recaudo.

Contempló su casa de madera de dos plantas, pintada en la tonalidad verde de las montañas, con la puerta azul y un porche alrededor, apartada en las suaves colinas. Había añadido la pequeña terraza con puertas de estilo francés que Maddy insistió en poner junto al dormitorio principal.

Y ya se imaginaba allí sentada en la quietud de las noches, en la quietud de las mañanas.

Su estudio era un motivo de orgullo para ella; lo había dispuesto de tal manera que las ventanas miraran a las colinas y al gallinero que Knobby había construido.

Compraría una docena de gallinas; lo de la vaca lechera y la cabra se lo dejaría a su abuela.

«Y uno de estos días me haré con un perro. Primero he de aclimatarme», pensó, de pie, contemplándola, con las flamantes llaves en la mano.

Aclimatarse a ese otoño y su explosión de color, a los meses de invierno, en los que soplaba un viento frío y el fuego crepitaba en las chimeneas.

Pondría carrillones y frascos de hechizos por doquier, además de guirnaldas de luces en los tres ciclamores recién plantados junto al porche delantero.

Y plantaría un jardín, su propio jardín, en primavera.

Su hogar rebosaría de flores, velas y cosas bonitas. Embellecería el terreno que lo rodeaba.

Se lo había ganado, sí, pero gracias a lo que sus padres y su abuela le habían proporcionado.

«Este hogar es mío, pero no solo mío», pensó.

Se prometió a sí misma que sacaría buen provecho de él, que trabajaría en él, que cocinaría buenos platos para ser merecedora de la cocina que había diseñado en el transcurso de innumerables sueños, despierta y dormida. Cocinaría para su familia y sería una buena vecina para la señora Leona.

Contaba con un trabajo que la apasionaba y se le daba bien. Puede que aún se asombrara de haber firmado con Milken la cesión de derechos de explotación de la serie de videojuegos de *Endon,* pero hasta el asombro le producía satisfacción.

Se acordó de aquel día en la cocina de su abuela, de Rem proponiendo la comercialización.

«Bueno —pensó—, fue un lince al blindar eso».

Trabajaba mucho; eso parecía ser un rasgo común de los Fox, Lannigan y Riley. En su opinión, la suerte de disfrutar del trabajo tenía el mismo origen.

Fue consciente de que, a partir de ese instante, dejaba atrás una etapa de su vida y que otra se vislumbraba justo delante.

Con la vivificante brisa de octubre, en los terrenos que ahora le pertenecían, se encaminó despacio hacia la casa que había construido en sus sueños.

Abrió la puerta que no tenía intención de cerrar con llave nunca más y entró a encender las chimeneas y las velas.

14

Hasta el día en que falleció, tres años después de que Thea se instalara en la casa, Leona vivió una buena vida con fortaleza.

Alrededor de las diez, aquella noche de viento de febrero, Thea sintió que se iba, que transitaba suavemente de un mundo al otro.

Le dejó a Thea una bonita tetera decorada con libélulas que ella sabía que Leona apreciaba.

La añoraba, añoraba ver las volutas de humo emanando por su chimenea, la luz en la ventana.

Bunk, el bernés de montaña de Thea, también la añoraba, y las galletas que siempre le daba cuando la visitaba.

En primavera, cuando plantó el jardín, se preguntó cuánto tiempo permanecería cerrada la casa. La había heredado, junto con la totalidad de su contenido, el bisnieto de Leona. Él no había asistido al funeral —al parecer porque su pequeño estaba enfermo—, pero se preguntó por qué se demoraría tanto en viajar allí para tomar posesión de su herencia, o bien para poner la casa a la venta.

Después de trabajar y ocuparse del jardín y las gallinas, Thea bajaba a menudo con Bunk a ver a Lucy.

Cada año, en el aniversario de la muerte de sus padres, iba con su abuela y Rem a depositar hortensias sobre su tumba.

Y por la noche, sin falta, Ray Riggs corría el pestillo de su ventana y se presentaba allí.

Ella lo había bloqueado infinidad de veces a lo largo de los años, pero en esa fecha él siempre conseguía colarse. Ella era consciente de que él conocía sus puntos débiles, que los percibía lo mismo que ella los suyos. Fuera cual fuera el extraño vínculo que por caprichos del destino los hubiera unido, se resistía a romperse.

—A lo mejor en realidad no quieres romperlo, cariño.

En la zona de trabajo de la cocina, Thea estaba ayudando a Lucy con una nueva tanda de jabón.

—¿Por qué no iba a querer?

—Porque el hecho de que todavía esté pagándolo es en cierto modo un consuelo, ¿no? Continúa encerrado.

—Si no, me habrían informado. Pero…, no sé, puede que tengas razón. Me da por pensar en él alrededor de estas fechas en junio. Quizá sea yo quien esté abriendo esa puerta y no él irrumpiendo a su antojo.

—Dijiste que eso no te asustaba. Que no le temes.

—Es cierto, pero me perturba. Sin embargo, cuando lo veo, cuando se mete en mi cabeza así, al verlo y oírlo… Supongo que es mejor afrontar la verdad: sí me produce cierta satisfacción y de alguna manera me consuela. Es como un placer malsano del que no me enorgullezco.

—¿Y por qué no?

—Este mes se han cumplido quince años, nana. No hay precio que pueda pagar para redimirse de sus actos. Quince años después me da la impresión de que no avanzo.

—Qué tontería.

Lucy terminó de verter el jabón, se apartó y se pasó el cepillo por el pelo. Todavía acostumbraba a hacerse una gruesa trenza, y al llamativo mechón blanco se habían sumado canas entreveradas en su pelo negro azabache.

—Te has forjado una vida, cariño, una buena vida. Has usado bien tu don, bien y con moderación. ¿Por qué no ibas a valerte de él en este caso, cuando los recuerdos de tus padres afloran así? —Mientras Lucy hablaba, se pusieron a limpiar juntas—. Es un hombre perverso, Thea, que emponzoña el don que posee para hacer el mal. Lo creo desde el fondo de mi corazón. El hecho de que lo dejaras entrar aquella noche garantiza que esté donde le corresponde. Si pudiera hacer lo mismo que tú, lo haría.

—¿De veras? —Ella jamás habría imaginado que su abuela deseara, o necesitara, infligir ese tipo de castigo.

—Me arrebató a mis hijos. Da igual que hayan pasado quince minutos o quince años. Si hubiera pedido perdón, si hubiera mostrado verdadero arrepentimiento, no sé si habría sido capaz de perdonarlo. Pero no ha sido el caso, de modo que no perdono. No, no ha sido el caso. Él es incapaz de redimirse. —Respiró hondo—. Su mundo es el pasado porque para él no hay un verdadero presente ni futuro. Y en el pasado tenía poder.

—Me consuela saber que sientes lo mismo que yo, nana.

—Puede que de forma especial en esta época del año. Se recrudece en estas fechas. —Se volvió hacia ella y le apretó las manos con fuerza—. Pero, aunque no podamos dejar atrás el pasado, pues a él pertenecen nuestros seres queridos, tenemos un verdadero presente y futuro, que es donde miramos. Venga, salgamos a tomar limonada al porche. Nos lo hemos ganado. Te juro que Rem me tiene derrengada con su gestión del negocio.

Thea se rio y notó que se le levantaba el ánimo.

—Tú no preferirías que fuera de otra manera.

—No puedo negarlo. Aquí estoy, con empleados.

—A los cuales podrías dejar que te relevaran, pero nunca lo harás.

Se llevaron los vasos fuera, donde Thea se había sentado en tantas noches de verano a examinar las constelaciones, a escuchar el sonido de las colinas.

En ese momento, su gigantesco perro batallaba alegremente con Tweedle y Dee. Las gallinas cacareaban y Betty Lou, demasiado vieja para producir leche, pacía en el prado.

La joven Rosie, su sustituta, dormitaba de pie al sol.

—Me pregunto si Rem llegará a construirse una casa algún día.

—Lo menciona de pasada —señaló Lucy—, y a veces hace algún comentario más en serio. Solo tiene veinticinco años.

—Yo era un año menor que él cuando me mudé a la mía.

—En tu caso es diferente, cariño. Él quería realizar ese viaje, y lo hizo.

—Y, de hecho, comió caracoles.

—Más que por gusto, fue más bien una cuestión de orgullo, todo sea dicho. No niego que esté un poco mimado al disfrutar de buenas comidas de manera habitual, pero me ayuda muchísimo. Se gana con creces las tortitas. Y es de carácter sociable; tú necesitas tranquilidad y tu espacio. La construirá cuando llegue el momento.

—Echo de menos a la señora Leona al final del camino. Echo de menos el mero hecho de saber que se encontraba allí, trajinando en su casa, sentada en su butaca haciendo calceta.

—¿Sabes algo sobre lo que va a pasar con su casa?

—Absolutamente nada, todavía no. Me figuro que requiere tiempo, todos los asuntos de abogados necesitan tiempo. De lo único que me he enterado es de que su biznieto tiene un niño pequeño, de cuatro o cinco años, y ninguna mujer con la que compartirla.

—Ella no solía hablar de su familia. Quizá sí algo más del biznieto, pero tampoco mucho… Lo poco que contaba era que él se aseguraba de que ella fuera a pasar allí la Navidad, que venía a visitarla cuando le era posible, que la telefoneaba todas las semanas y que estaba pendiente de que no le faltara nada.

—Si alguna vez viniera por aquí, espero que valore lo bien que te portaste con ella.

—Éramos vecinas.

—Me consta que te ocupaste de su puesto en el mercadillo el año pasado y que le hacías compañía cuando lo deseaba. Rem también, le cortaba el césped y le hacía chapuzas para ella.

—Lo hacía por las galletas. Cómo las añoro; nos las ofrecía siempre sin excepción. Ahora está con George. En sus últimos meses me comentó que él se le aparecía a menudo —añadió Lucy cuando Thea la miró—. Pero no hacía falta que me lo contara, porque yo sentí su presencia con ella durante ese periodo. Ella estaba lista para irse, para dejar este mundo. El hecho de tener a George a su lado hizo que le resultara más fácil.

—¿Alguna vez sientes la presencia de mamá?

—Oh, cariño, a todas horas. A mi dulce niña, a mi preciosa hija. A tu padre también, que era como un hijo. Y eso me consuela.

—Yo jamás he vuelto a soñar con la casa de Virginia. Sabía que lo ocurrido aquella noche borraría todo cuanto vivimos allí. Cuando los veo o siento su presencia, es siempre aquí, en la granja. Y siempre están juntos. Eso me consuela... Bueno, se está haciendo tarde.

—Rem vendrá a cenar. Podías quedarte.

—Hoy no. Me he tomado la mañana libre, pero tengo trabajo, y me consta que tú también. Mañana iré al pueblo, así que, si necesitas algo, dímelo. —Se levantó—. Vamos, Bunk, es hora de irnos. —Se inclinó y le dio un fuerte abrazo a Lucy—. Ven con Rem, si no tiene planes, a cenar a mi casa el sábado. Resulta que tengo la receta secreta del pollo frito de mi nana, y estoy de ánimo para cocinar.

—Cuenta con ello. Llevaré el postre.

Thea enfiló el camino con el perro a su lado. Con apenas dos años, Bunk —el diminutivo de Rambunctious, revoltoso en inglés—, un robusto perro de montaña tricolor de carácter alegre, superaba los sesenta centímetros de altura y pesaba cerca de cincuenta y cinco kilos. Se puso a trotar, al tiempo que movía la cola, espesa y de color blanco en el extremo, al lado de Thea.

Si bien adiestrarlo supuso un reto para ella, le parecía el mejor compañero que podría desear.

Cuando le acarició la cabeza, él levantó la vista hacia ella con sus grandes ojos marrones rebosantes de amor, como si a su vez la considerara la compañera perfecta.

—Hace una bonita tarde, ¿verdad? Pero he de pasar un rato en el estudio.

Como de costumbre, se encontraba más despejada, después de la visita a su abuela, y el paseo de ida y vuelta la revitalizaba siempre.

Era una tarde de verano rebosante de azul y verde. La silueta de las colinas, las flores silvestres en todo su esplendor, y la ropa de los vecinos de su abuela tendida en la cuerda. De no tener que trabajar, se habría acomodado en el porche simplemente a disfrutar del día con su perro. Se prometió a sí misma que más tarde, por la noche, saldría a sentarse con una copa de vino para contemplar cómo crecía el jardín.

Mientras caminaba, se quitó el coletero que se había puesto cuando hacían el jabón. Cuando el pelo le cayó alrededor de los hombros, le hizo gracia que Bunk olfateara el aire.

—¿Qué hay? ¿Un zorro, un conejo? Nada de salir en persecución de animales a menos que se acerquen a las gallinas o al huerto. Ya hemos hablado de eso.

Bunk se puso en guardia cuando doblaron la curva. Ella vio un gran SUV delante de la casa de la señora Leona, junto a un hombre y un niño pequeño. El crío chilló y corrió a su encuentro; Bunk emitió un sonido de deleite e hizo lo mismo.

Oyó al hombre gritar «¡Braydon, para!», pero no surtió mucho efecto.

Salió disparado en busca del niño y lo levantó en volandas justo cuando ella ordenó a Bunk:

—¡Siéntate! ¡Quieto! —Y este obedeció.

—¡Papi, un perrito! ¡Papi, un perrito!

—Es inofensivo. —No obstante, sujetó con fuerza a Bunk del collar, que temblaba de alegría, porque notó el miedo que emanaba del padre por su hijo—. Le encantan los niños.

—¿Para desayunar?

Ella se rio y, cuando el crío intentó zafarse de los brazos de su padre, consiguió ver en persona por primera vez al biznieto de la señora Leona.

La quinceañera que llevaba dentro habría soltado un chillido que rivalizaría con el del crío de no ser porque logró contenerse.

Puede que la banda Code Red llevara cinco años disuelta, pero reconoció a Tyler Brennan.

Ahí estaba, con un niño pequeño en brazos, en la margen del camino, a menos de quinientos metros de su casa. El pelo, que a ella siempre le había recordado al burbon de primera, le caía en ondas alborotadas. En su rostro, de facciones cinceladas, bellísimas, asomaba una barba incipiente de dos o tres días. En ese momento aquellos ojos verdes rasgados miraban fijamente a Bunk con manifiesto recelo.

Thea hizo lo imposible por controlar a la adolescente que daba saltos de alegría y farfullaba en su interior.

—Bunk es tan manso como grande. —Centrarse en el niño, una versión en miniatura del padre, la ayudó a mantener la compostura—. ¿Por qué no le dices «Hola, Bunk» y lo saludas con la mano?

—¡Hola, Bunk! —El crío agitó la mano con entusiasmo—. Hola, Bunk. ¡Quiero jugar, papi!

—Di hola, Bunk.

Al oír la indicación de Thea, el perro levantó la pata derecha y la movió en el aire. El amor que reflejaba su mirada brillaba bajo las motas anaranjadas de sus ojos y, si algún perro podía sonreír, ese era Bunk.

—Sé que su tamaño intimida —comentó Thea.

—Ah, ¿sí?

—Tiene el corazón igual de grande. Soy Thea Fox. Vivo un poco más arriba del camino. A Bunk le encantaba visitar a la señora Leona.

Ty dirigió su atención del perro a la mujer.

—Eres Thea. Mi bisabuela me habló de ti y de tu familia. Os agradezco mucho todo lo que hicisteis por ella.

—La queríamos —dijo Thea sin más—. Aunque ella no hablaba casi de su familia, sé lo mucho que significaba para ella que la llamases por teléfono todas las semanas, y que organizaras que pasara la Navidad con vosotros en el norte.

—Me fue imposible asistir al funeral. Bray estaba enfermo y no podía viajar. Y… —Se le apagó la voz y volvió la vista hacia la casa—. En fin. Soy Tyler Brennan, su bisnieto.

—Lo sé. Mira, te lo voy a confesar: soy una gran fan de Code Red. Mi abuela nos llevó a mí y a dos buenas amigas a tu concierto en Louisville cuando cumplí dieciséis años.

—Ya decía yo que me sonaba tu cara. —Al sonreír se le marcó el pequeño hoyuelo de la comisura derecha de su boca.

La Thea adolescente a punto estuvo de desmayarse.

—Bueno, cuando tocasteis *Ever Yours*, sé que la cantaste para mí. Bunk —dijo en voz baja cuando el perro hizo amago de acercarse.

—Quiero tocar al perrito. ¡Papi, porfaaa!

—Primero yo. Aúpa.

Braydon se encaramó con agilidad a los hombros de su padre.

—La verdad es que necesito esta mano —comentó Ty, pero la alargó hacia Bunk para que la olisqueara.

Saltándose la parte del olisqueo en la presentación, el perro ladeó un poco la cabeza para pegarla a la palma de Ty y presionó contra ella para que lo acariciara.

—Vale, campeón; acarícialo con suavidad.

Bray se deslizó por la espalda de Ty, se coló entre sus piernas y prácticamente se quedó prendado de Bunk.

—¡Me encanta el perrito!

—Yo diría que es mutuo. La verdad es que adora a los niños. —Thea se fijó en las cajas que había en el voluminoso vehículo—. ¿Has conducido desde Filadelfia?

—Sí. A saber por qué pensé que era una buena idea con un niño de cuatro años.

—Bueno, porque necesitarás el coche aquí, y punto. Aun así es un largo viaje. Seguro que estarás cansado, de modo que no te entretengo más. Si hay algo que pueda hacer por ti durante tu estancia, estoy a menos de quinientos metros, justo por ese camino.

—Te lo agradezco. Di adiós, Bray.

—Quiero irme con Bunk.

—Bunk tiene que echarse la siesta. —Thea notó la mirada de agradecimiento de Ty por su salida—. Pero vendrá a visitarte en otra ocasión. Di adiós, Bunk.

El perro se sentó, levantó la pata y la movió.

—Estamos al final del camino —le recordó a Ty—. Bienvenidos a Redbud Hollow.

Tuvo que hacer un enorme esfuerzo para no mirar atrás. Pensó que, a lo largo de todos esos años, la señora Leona jamás había dicho nada de que Tyler Brennan, estrella del rock, compositor y ganador de un Grammy, fuera su bisnieto.

Ella, por supuesto, no recordaba haber hecho ningún comentario entusiasta acerca de él y su música a Leona, pero bueno…

Ahora el amor de su juventud se quedaría allí —¿unos cuantos días, un par de semanas?—, a un tiro de piedra de su casa. Con su hijo. Ella ignoraba que tuviera un niño, pero, lógicamente, no se había mantenido al tanto de la vida y trayectoria de Tyler Brennan.

Solo de pasada.

Pensó en el trabajo pendiente; se pondría con ello, pero eso no significaba que no pudiera improvisar una cena. Al fin y al cabo, el chico había realizado un largo trayecto desde Filadelfia con un niño de corta edad.

Lo menos que podía hacer como vecina era ahorrarle cocinar.

Ty ignoraba si el perro se echaría una siesta, pero, para cuando él terminó de prepararle la cama a Bray, el niño ya se había quedado frito.

—¡Aleluya! —exclamó en voz baja.

Mientras su hijo dormía, desempaquetó lo justo y guardó las provisiones básicas, que había comprado de camino, en la nevera y los armarios, los cuales para su sorpresa estaban impolutos.

Se había hecho a la idea de que tendría que limpiar un poco él mismo; se preguntó si debía dar las gracias de nuevo a la chica de piernas largas y a su familia por ello.

El abogado de inmuebles había revisado todos los archivadores y papeles de Leona. En ese sentido, su bisabuela fue muy meticulosa; las instrucciones para cuando falleciera estaban establecidas con claridad.

Su voluntad era que él heredara la casa y las tierras. Se preguntó si, en el supuesto de que ella hubiera fallecido antes de que Braydon viniera al mundo, él habría decidido poner a la venta la casa o conservarla para disponer de un sitio para escapadas o algo así.

Francamente, le cabía la duda.

Pero el caso es que Braydon estaba en su vida, y que una mujer a la que quiso deseaba que le perteneciera.

Ya lo decidiría.

Tenían el verano por delante para ver cómo se aclimataban.

En opinión de sus padres, había perdido la cabeza, pero, claro, también opinaron lo mismo cuando decidió dedicarse a la música a nivel profesional.

Su abuela se había mantenido alejada de Redbud Hollow, con el que no la unía ningún vínculo emocional. Willa Rowe Brennan, a pesar de tenerle cariño a su madre, no sentía un gran apego hacia su tierra natal.

Y, como el padre de Ty nació y se crio en Filadelfia, carecía de la menor conexión con ese lugar, él asumió su obligación: William Tyler Brennan cumplió con lo que consideraba que era su deber hacia su bisabuela de Kentucky.

Por la razón que fuera, lo cierto era que Ty siempre sintió esa conexión con Leona; quizá con el lugar, no tanto, aunque lo había disfrutado en sus breves visitas.

«Ni siquiera breves en los últimos años», reconoció, y sintió una punzada de arrepentimiento. Con Braydon y las complicaciones del día a día...

Mientras rememoraba esas visitas, recorrió la vivienda. No era ni la mitad de grande que la suya en Filadelfia —de hecho, bastante menos—, pero eso tenía solución si decidían afincarse allí.

Sería necesario reorganizarla un poco, sobre todo cuando recibiera el piano. Era más barato y práctico comprar otro en la zona, pero apreciaba el suyo. Curiosamente había compuesto *Ever Yours*, la canción que Thea había mencionado y que fue el primer gran éxito de Code Red, en ese piano.

«Bray tendrá espacio de sobra para retozar», pensó. Y, sí, tal vez hubiera llegado el momento de comprar el cachorro que tanto ansiaba su hijo. Un cachorro que creciera hasta convertirse en un perro de un tamaño razonable, no en un enorme perro de montaña negro con el pecho blanco.

Subió de nuevo a echar un vistazo a Bray. Estaba durmiendo a pierna suelta, lo cual no era de extrañar. Hizo la cama del dormitorio que había elegido para él. Sopesó la idea de darse una ducha, pero cometió el error de tumbarse primero. Solo un minuto.

Lo que tenía previsto que fuera un momento se alargó a una hora, hasta que Bray se abalanzó sobre él.

—¡Hora de despertarse!

—¿Qué? ¿Por qué?

Estrechó a su hijo entre sus brazos, se ladeó y lo acurrucó hasta que este empezó a reír nerviosamente.

Tras el consabido forcejeo y las cosquillas en la barriga, Ty lo cogió en volandas.

—¡Tengo hambre!

—Sí, yo también. —No le apetecía conducir hasta el pueblo para cenar, que más o menos era lo que tenía previsto.

No obstante, había mantequilla de cacahuete, gelatina, pan, fiambres, leche, pizza congelada y latas de espaguetis y raviolis. Desde luego no se morirían de hambre.

—Bajemos a ver qué comemos.

Bray, que derrochaba energía, se rebulló en sus brazos.

—¿Podemos ir a ver a Bunk?

—Dejémoslo para mañana o pasado mañana, campeón. Tenemos que organizarnos.

—Yo ya me he organizado.

—Ya, bueno, yo no. Esta noche nos lo tomaremos con calma y mañana nos pondremos manos a la obra.

Era necesario hacer hueco para el piano; esa era la prioridad absoluta, además de decidir dónde poner cada cosa. Sabía que su bisabuela disponía de un huerto, pero él no se veía sembrando nada. Si se afincaran allí, quizá. No obstante, era preciso cortar el césped y adecentar el exterior.

El tercer dormitorio no superaba el tamaño de un vestidor en condiciones. Quedaba descartado como opción para un estudio, además de por sus dimensiones, por la proximidad al cuarto de Bray.

En vista de que no se veía usando el comedor para las comidas, le pareció la opción más sensata.

Ya lo decidiría.

En ese preciso instante le apetecía una cerveza. Quizá no fuera el mejor acompañamiento para los espaguetis, pero quería tomarse una puñetera cerveza.

Justo al abrir la puerta de la nevera llamaron a la puerta.

—¡Voy yo! ¡Voy yo!

—Braydon, ¿cuál es la regla?

Bray resopló ligeramente.

—No abrir la puerta solo.

—Muy bien. —Cerró la nevera, agarró de la mano a Bray y fue a abrir.

El bellezón de pelo oscuro y piernas de vértigo estaba en el porche con su enorme perro.

Bray se abalanzó de inmediato al cuello del Bunk otra vez.

—Solo quería traer algo para la cena. Después del viaje y de deshacer el equipaje, pensé que quizá no tuvieras tiempo o ganas de cocinar.

—¿Qué es ese olor? Huele de maravilla.

—Oh, solo son chuletas de cerdo fritas y patatas.

—¿Chuletas de cerdo? ¿Nos has preparado chuletas de cerdo? ¿En serio? Perdona, pasa.

—No, no, gracias. Solo he pasado a traer esto y huevos para mañana, por si te hacen falta. Es que tengo gallinas.

—Gallinas. —Parecía una diosa bucólica de ojos azules, y criaba gallinas.

—Las gallinas ponen huevos por el culete —terció Bray.

—Más o menos. Pero estos están limpios y muy ricos. Espero que os gusten. Devuélveme la cesta y el plato cuando quieras. Si no estoy en casa, los dejas en el porche y listo. Vamos, Bunk.

Por un momento, mientras ella se encaminaba hacia el elegante descapotable rojo, Ty, apabullado, no logró recordar su nombre. Al cabo de unos instantes se acordó.

—Gracias, Thea. Has salvado a dos hombres hambrientos de una triste cena de pasta enlatada.

Ella sonrió, al tiempo que el perro saltaba de un brinco al asiento trasero.

—Me alegro de haber acudido al rescate.

Cuando el coche se alejó por el camino de grava, Ty cerró la puerta.

—Hijo, vamos a comer como reyes.

Llevó la cesta a la cocina y la abrió.

Además de una comida caliente con un increíble aroma, en el interior había una vela que olía a vainas de vainilla, junto con un ramillete de flores en un pequeño bote.

—Como reyes —repitió.

Thea no pudo evitarlo. La única persona del mundo que entendería su estado de estupefacción mezclada con euforia era su mejor amiga desde hacía quince años.

Envió un mensaje de texto a Maddy.

¿Qué haces?

Aunque ella respondió en menos de un minuto, a Thea, en su actual situación, se le antojó una hora.

Dar gracias de que mi turno en la clínica haya terminado, e intentando decidir si prepararme un sándwich de mantequilla de cacahuete y plátano o abrir una lata de raviolis.

Olvídate de esas opciones algo repugnantes y vente para acá. He cocinado chuletas de cerdo. Y no te lo pierdas!!! Tengo un notición.

¿Qué notición?

Las grandes noticias deben darse en persona. Pásate. También tengo vino.

Me apunto a las dos cosas. Dame una pista.

De eso nada. Ni una palabra hasta que llegues.

Perdona que te diga que, salvo porque me vas a poner de comer y de beber, eres mala. Voy para allá.

Teniendo en cuenta que Maddy vivía en un apartamento en el pueblo, Thea calculó que disponía de tiempo de sobra para preparar la mesa, poner música —de Code Red, obviamente— y dar de comer a Bunk y a las gallinas.

Acababa de servir el vino cuando Maddy entró por la puerta principal.

—Hay un coche junto a la casa de la señora Leona. ¿Es del bisnieto? ¿Esa es la gran noticia?

—En parte sí. —Thea le tendió una copa de vino.

Maddy llevaba rastas últimamente. Se había quitado el uniforme médico para ponerse unos pantalones de deporte a media pierna y una sudadera de manga corta con capucha, ambos en un llamativo rosa fuerte.

Lucía media docena de diminutos pendientes a lo largo de ambas orejas.

—Me voy a sentar. Llevo de pie desde las ocho de la mañana. Voy a acomodarme en el porche a saborear mi vino mientras me revelas esa noticia que (no hace falta ser adivina) te mueres de ganas de contar.

De camino al porche acarició el lomo a Bunk. Al repantigarse en una de las butacas, de un azul como el cielo estival, soltó un gran suspiro.

—Como supongo que lo habrás conocido, ¿cómo es? Tiene un niño, ¿verdad? ¿Hasta cuándo se quedan aquí? ¿Va a poner la casa a la venta? Me la compraría para poder ser la doctora Quinn, así seríamos vecinas. Lo que pasa es que me pilla demasiado lejos de la clínica.

—Y yo Laura Ingalls. ¿Cuándo vas a darle el gusto a Arlo de casarte con él?

Maddy esbozó su sonrisa petulante.

—Voy a acceder a que vivamos juntos, a lo mejor, no sé, a partir del otoño. Cuando me decida, le daré un plazo de un año a ver cómo nos va. —Miró de reojo a Thea—. A lo mejor podrías adelantármelo tú.

—Yo no soy madame Leota con su bola de cristal. Y, aunque pudiera, me niego a vaticinar tu futuro. Lo que sí sé —Thea brindó y bebió un sorbo de vino— es reconocer a un *match* casi perfecto cuando lo veo.

—¿Por qué «casi perfecto»?

—Porque dudo que abunden los absolutamente perfectos.

«Sus padres», pensó, pero les arrebataron todas las décadas que podrían haber vivido juntos.

—Vale, me he enrollado demasiado. ¿Qué pasa con el fichaje del final del camino? ¿Es alto, moreno y guapo?

—Alto y guapo, y su hijo pequeño, además de ser el vivo retrato de su padre, es adorable. Han venido en coche con un montón de cajas desde Filadelfia, así que todo apunta a que su intención es quedarse una temporada.

Bebió otro sorbo de vino.

—No lo adiviné, al menos no aposta, pero sí que noté que adora a su hijo. Se asustó con Bunk; no el niño, sino el padre.

—Pero si es el perro más dulce del mundo. —Maddy se puso a lanzarle besos al aire y Bunk a dar coletazos—. Aunque es grande como una casa, así que entiendo esa reacción de primeras.

—También quería a la señora Leona. Percibí muchas emociones que no conseguí apartar de mi cabeza: cariño, sentimiento de culpa, arrepentimiento...

Con los ojos entrecerrados, Maddy apuntó hacia ella con el dedo.

—¡Tú, Thea Fox, estás colada por él! Tú, que jamás te has colado por nadie y, fíjate, en cinco minutos.

—Bueno, en bastante más de cinco minutos. Hace años que está presente en mi vida y en mi corazón.

—Conozco a todos los que han estado presentes en tu vida y en tu corazón, y ninguno de ellos es el bisnieto de la señora Leona.

—Pues has pasado por alto uno. —Thea ladeó ligeramente la cabeza, se puso a escuchar la música de rock que se oía por las ventanas y cantó al compás—: «One look, one word, one touch, and lighting strikes».

—Ahórrate el concierto. ¿Quién diablos es?

Thea se echó a reír.

—Seguro que estás harta porque no lo pillas. El bisnieto de la señora Leona es... Redoble de tambor: ¡Tyler Brennan! El cantante de Code Red, Maddy. Mi amor platónico en la adolescencia.

—¡No fastidies! —Maddy se estiró y le dio un manotazo en el brazo—. No es posible.

—Yo tampoco daba crédito, pero ahí estaba. Dios, ¡Dios! Es tan guapo, incluso con ese aire desaliñado después del viaje, que estuve a nada de chillar a pleno pulmón. Lo hice para mis adentros, sin parar, pero conseguí mantener la compostura. Estuve en un tris de que se me escapara una risita nerviosa. De aquí —se dio unos toquecitos sobre la base del cuello—, pero la contuve. Por un pelo. —Se paró a pensar—. Casi me desmayo. Menos mal que no ocurrió, pero a punto estuve.

—Qué fuerte. ¿La señora Leona tenía a una estrella del rock en la familia y se lo calló?

—Dudo que ella lo viera de esa manera. Además hablaba poco de su familia. De vez en cuando comentaba algo por encima, como que pasaba la Navidad con él, o que la llamaba todas las semanas, pero poco más. —Thea se encogió de hombros con un ademán exagerado—. Les he llevado la mitad de las chuletas de cerdo con patatas y vainas de vainilla.

—Venga ya. ¿En serio?

—Habría hecho lo mismo si no se tratase de Tyler Brennan. Después de semejante viaje con un niño pequeño, parecía muy cansado y tenía que desempaquetar todo. Pero no me avergüenza reconocer que, mientras cocinaba, no paré de pensar en que estaba preparándole la cena a Ty Brennan y Braydon. Su hijo se llama Braydon.

—Voy a tardar un rato en asimilar esto. ¿Vas a ligártelo?

—Ay, para. —Riendo, Thea se echó el pelo hacia atrás—. Somos vecinos y eso ya es emocionante, a pesar de que lo más probable es que sea temporal. Además, el crío, que es un amor, sin duda tendrá una madre en alguna parte.

—Mis conocimientos sobre él y su banda no son tan amplios como los tuyos, pero tengo entendido que ha mantenido en privado su vida personal; en eso habrá salido a la señora Leona. Y, desde que la banda se disolvió, no he oído gran cosa acerca de él.

—En los últimos años se ha dedicado principalmente a componer música y letras, pero es lo único que sé. He estado un pelín ocupada como para entretenerme en enamorarme de famosos.

—Podríamos averiguarlo. No, así no —dijo, ante la mirada de Thea—. Google es una mina, lo sabe todo. O casi todo.

—No voy a bichear. Es de lo más burdo.

—Yo no tengo problema en ser burda.

Maddy sacó su teléfono y lo buscó en Google.

—Hay poca cosa aparte de información básica, como dónde se crio, la formación de la banda y que saltó a la fama a los diecinueve. No encuentro ninguna mención del niño, lo cual es señal de hermetismo... Madre mía, Thea, ignoraba que hubiera compuesto tantos temas. No ha grabado ni actuado en los últimos dos o tres años, pero ha compuesto algunos éxitos, como *Crazytown*. Me encanta esa canción. Oh, y *No Regrets*.

—Guarda eso. Vamos a comer.

—Como tengo un hambre canina, seguiré investigando después. Desde luego, esta gran noticia se merecía darla en persona. Ah, otra cosa —dijo Maddy al levantarse—. Si no te insinúas, lo lamentarás siempre.

—Es un padre soltero (lo más probable) que está tratando de resolver los asuntos legales de su bisabuela, y es obvio que es una persona celosa de su intimidad.

—¿Y qué? Si te da calabazas, apechugas. Pero ¿y si no es el caso? —Maddy movió los hombros con énfasis—. Tu sueño de la adolescencia se hará realidad.

—Cierra el pico y ven a comerte tus chuletas de cerdo.

15

Aquella noche soñó con él, soñó con Ty sentado en el porche tocando la guitarra mientras el atardecer teñía el cielo de un crisol de tonalidades rosas y doradas al oeste.

La suave brisa estival arrastraba el perfume de la lavanda, del romero y de los heliotropos. Los frascos de hechizos tintineaban en las ramas, y los carrillones emitían un agradable sonido.

Él, cómo no, cantaba *Ever Yours*, el tema que siempre la emocionaba, y, mientras lo interpretaba, le sonreía. Solo a ella, con esos ojos verdes llenos de ternura.

Era un sueño inofensivo, de modo que se sumió en él y se sintió liviana, feliz, puede que un pelín boba.

En las imágenes de sus sueños, lo distinguía con una gran nitidez: la manera en la que le caía el pelo, con ese aire siempre sexy y desenfadado, el contorno de su mandíbula, el movimiento de sus largos dedos sobre los trastes y las cuerdas…

La forma de su boca y, seguidamente, su roce al inclinarse hacia ella para posar los labios sobre los suyos con delicadeza.

Solo era un sueño, e inofensivo, a pesar de que ese delicado beso la removió por dentro hasta tal punto que, dormida, suspiró.

Las sombras del bosque se alargaron a medida que el sol se ocultaba detrás de las montañas.

Y en esa espesura se oyó un grito cuando el depredador atrapó a su presa.

Las tonalidades rosas y doradas del cielo se tiñeron de un gris violáceo cuando se cubrió de nubarrones.

Ray Riggs salió del bosque.

Iba vestido con el uniforme carcelario y seguía teniendo la cara delgada, pero con la piel flácida. Profundas arrugas surcaban esos ojos azul claro y le marcaban las comisuras de la boca.

Sin embargo, esos ojos sonreían, sonreían por algo que nada tenía que ver con el humor.

—¿Te has ligado a uno de esos mariposones que tocan la guitarra? ¿Qué, esperando a que llegue la noche para que te folle? ¿Quieres arrumacos románticos antes de entregarte a él?

—Tenemos que entrar en casa, Ty, tenemos que entrar y cerrar las puertas con llave.

Pero Ty siguió tocando la guitarra.

—Él no me ve, zorra estúpida. Estoy dentro de tu cabeza, como siempre. Mira esto.

Iba armado con una pistola, la misma con la que asesinó a sus padres. Thea se levantó de un salto y rompió a gritar cuando disparó.

Pero no fue a ella. La guitarra cayó al suelo al tiempo que la camisa de Ty se ensangrentaba. Él la miró con esos ojos verdes, ahora carentes de ternura.

—Es culpa tuya —le recriminó—. Tú lo has permitido. Es culpa tuya.

Ella se dejó caer de rodillas a su lado mientras él agonizaba, mientras su sangre tibia se escurría entre sus manos.

—Encontraré la manera. —Riggs soltó una carcajada al internarse en la espesura—. No tardaré mucho. Encontraré la manera de dar contigo.

Sollozando, temblando, se despertó sobresaltada. La luz de la luna entraba a raudales a través de las ventanas mientras mantenía la vista clavada en sus manos.

No había sangre. No había sangre, pero, Dios, alcanzaba a sentirla sobre su piel, alcanzaba casi a olerla.

Bunk, con las patas delanteras plantadas sobre la cama, aullaba.

—Ha sido un sueño, solo ha sido un sueño. No pasa nada.

—Lo abrazó con el fin de confortarlo en la misma medida que a sí misma.

Porque su sensación había sido más real que en un sueño. Y sí que pasaba.

Antes de que la luz de la luna se desvaneciera con el tenue albor del amanecer, había puesto dos lavadoras y limpiado la cocina de arriba abajo. Más que dormir, necesitaba movimiento y determinación.

La tanda de magdalenas de harina de maíz aportó un agradable aroma hogareño.

Cuando el día clareó, dio de comer a las gallinas.

—Buenos días, chicas.

Cloquearon y se arremolinaron alrededor de ella tanto por reclamar su atención como por la comida. Ella, llamando a cada una por su nombre, acarició sus suaves plumas marrones, y a continuación dejó que picotearan el pienso mientras hurgaba en los comederos para sacar el suministro de huevos de esa mañana.

—¡Muy bien!

Con cinco huevos en la cesta, levantó la vista al cielo, una bóveda azul suavizada por nubes blancas.

—Hace una mañana preciosa —comentó a las gallinas—. Aunque por lo visto se avecina un fuerte chaparrón para el mediodía. Mejor será que os cobijéis ahora.

Salió del gallinero y se encaminó a la casa. Bunk no se despegó de ella, como si intuyera que no se encontraba tan serena como aparentaba.

Al llegar al porche trasero, de repente revivió el sueño: la música, la luz de la luna, aquella sensación de plácida dicha... hasta que Riggs asomó entre la espesura y trajo consigo sangre y aflicción.

—Encontró la forma de colarse en mi mente, Bunk. Encontró la forma de colarse, asustarme y hacerme daño. Pero no estoy indefensa, nunca lo estaré. Todo cuanto he de tener presente es que no lo estoy y que nunca lo estaré.

Quizá su primer impulso fuera acudir a su abuela en busca de abrazos y consuelo, pero a esas alturas ya era mayorcita.

«Me he convertido en una profesional de éxito», pensó mientras lavaba, secaba y guardaba los huevos. Desde la visita de los detectives Howard y Musk en la universidad, había usado su don en cuatro ocasiones para salvar vidas.

Había marcado la diferencia para otros, y era capaz de apañárselas por sí misma a nivel físico, mental y emocional.

Decidió que el trabajo podía esperar. Más le valía despejar la mente de aquellas imágenes residuales antes de centrarse en desarrollar la nueva idea para un videojuego.

Tras dirigirse a la planta de arriba, se puso un sujetador de deporte, un sencillo top blanco y un pantalón de pitillo a media pierna.

Descalza, entró en el estudio y examinó las espadas colgadas en un soporte de pared. Tras cierto debate interno, eligió una catana.

Aunque disponía de un gran espejo de pared frente al que practicaba movimientos propios de combate —ya fuera armada o desarmada—, deseaba contar con espacio de sobra. Y sentir el sol, el aire y el contacto de la hierba bajo los pies.

Bunk salió de nuevo detrás de ella, pero, como iba pertrechada con la vaina, se sentó en el porche.

Tras colocarse mirando al bosque, para ponerse a tono imaginó que Riggs aparecía.

Sin sollozos, sin temblor, solo acción. Defensa.

—Venga, adelante —murmuró.

Cerró la mano alrededor de la larga empuñadura, desenvainó la catana y comenzó.

En los últimos tres años —y así sería en los venideros—, Ty se había acostumbrado a madrugar. Se había dado cuenta de que su hijo no era propenso a dormir hasta tarde.

Bray le servía de despertador, a menudo demasiado infalible, retozando alegremente sobre su padre dormido con un jovial e insistente reclamo: «¡Hora de levantarse!».

Ty había conseguido, a base de prueba y error, convencer a Bray de que los números del reloj debían comenzar con un seis o un siete antes de los saltos y del anuncio.

A veces, si Ty se rebullía en la cama y se espabilaba lo suficiente como para abrir los ojos antes de que el reloj marcara las seis, se encontraba a su hijo sentado en la cama a su lado, esperando.

El hecho de que lo conmoviera le hizo tener claro que, en lo concerniente a Braydon Seth Brennan, estaba perdido.

La primera mañana de su estancia en Kentucky, Bray lo despertó a las seis y dieciséis minutos.

Grogui, medio anhelando el aire familiar de su dormitorio en el norte, Ty intentó que el crío se acurrucara con él en la cama.

—¿Y si aguantamos diez minutos más?

—¡Seis, uno, seis, papi! ¡Nosotros tenemos hambre!

El «nosotros» incluía a Woof, el perro de trapo morado que Bray sujetaba con fuerza en el momento en que Ty conoció a su hijo de dieciocho meses.

Si Bray tenía ganas de desayunar, Woof también.

—Vale, vale, ya voy.

Salió de la cama en calzoncillos. En su casa no se habría cambiado para la rutina del desayuno, pero ¿allí quién diablos iba a saber quién llamaría a la maldita puerta a cualquier hora del día o de la noche?

Y, por Dios, necesitaba un café.

Cuando se puso unos vaqueros con desgana, Bray enseguida trepó a su espalda para que lo llevara a cuestas escaleras abajo.

—Primero tengo que cargar las pilas.

Ty agradeció haber empaquetado su adorada cafetera y que el pequeño aceptara que el café era lo primero.

—¡Llénala! —Bray se escurrió para bajarse.

—Ya voy.

Mientras el café obraba su magia negra, potente y ardiente, se dispuso a sacar una caja de cereales. Entonces se acordó de los huevos que le había llevado su vecina de ojos azules, junto con una riquísima cena, las flores y la vela que dejó sobre la pequeña isla de la cocina.

Le peló un plátano a Bray a modo de apaño provisional.

Prepararía huevos revueltos.

Supuso que fue el amor por la repostería lo que convenció a su bisabuela para reformar la cocina. Probablemente hubieran transcurrido unos diez años, calculó mientras buscaba una sartén, pero no le faltaba de nada, incluida la pequeña isla donde le constaba que ella solía pasar de buen ánimo el rodillo a la masa para las galletas.

Tal vez no alcanzara las dimensiones de su resplandeciente cocina en Filadelfia, pero era innegable que su pequeño tamaño y disposición se adecuaban más a sus dotes culinarias, un poco por encima de lo mediocre, adquiridas prácticamente en su totalidad «d. B.» —después de Braydon—.

Hizo tostadas, cortó la de Bray como él la prefería, en dos triángulos, sirvió los huevos y sacó un cartón de zumo.

Alrededor de las siete, Bray estaba sentado en el suelo jugando con sus camiones mientras él, con la mente más despejada, se tomaba su segunda taza de café.

Empezó a elaborar una lista con el encabezamiento:

Qué diablos hay que hacer

Lo primero, buscar un pediatra en la zona para Bray. Aun cuando solo pasaran el verano allí, necesitaba un buen médico, por si las moscas.

También sería necesario al menos informarse acerca de la escuela local, por si alargaran la estancia.

Ir al pueblo a comprar productos frescos y demás, lo cual implicaba elaborar una lista aparte.

Era impepinable que había que mejorar la señal de wifi y sustituir el viejo televisor de su bisabuela. La cobertura para móviles funcionaba de maravilla, lo cual era una grata sorpresa.

Era preciso reorganizar la vivienda para adaptarla a sus necesidades y las de Bray.

Un estudio de música. Un cuarto de juegos.

Mientras su hijo jugaba, se levantó y recorrió la planta principal de nuevo.

Podía colocar el piano en la sala principal, pero el comedor ofrecía más privacidad. Teniendo en cuenta que el crío jugaba con sus camiones en el suelo de la cocina, disponer de un espacio privado era la prioridad número uno.

Examinó la mesa de comedor de su bisabuela, demasiado formal, las sillas, una especie de aparador, el millón de adornos encima de cada una de las superficies.

Le constaba que ese juego de comedor era un motivo de orgullo para ella, pero él necesitaba espacio. Aun cuando fuese posible ampliar la casa para habilitar un estudio con un chasquido de dedos, en su estilo de vida nunca les encontraría funcionalidad a esos muebles, ennegrecidos por el paso del tiempo e innumerables capas de laca.

Decidió donarlos. A ella le gustaría. Le gustaría saber que alguien les daría uso, que se enorgullecería de ellos.

Bray le tiró de la mano.

—Vamos a ver al perrito. ¡Por favor!

—Hoy tengo muchas cosas que hacer, campeón.

—¡Porfaaa!

Bray se enganchó a las piernas de su padre y le lanzó una mirada que podría haber derretido el iceberg que hundió el Titanic.

A fin de cuentas debía devolver la cesta. Y a lo mejor ella tenía alguna idea acerca de dónde donar los muebles, de algún médico y de la mitad de las cosas que él desconocía.

¿Por qué no sacar partido de una vecina simpática?

—Hay que cepillarse los dientes y vestirse.

—¡Vale! ¡Vamos, vamos, por aquí!

Aunque se demoró en el proceso lo máximo posible, enfilaron el camino de grava a las ocho. Caminando, calculó Ty, estiraría un poco más el tiempo, además de brindar a Bray la oportunidad de correr, explorar y desfogar.

Si la vecina de piernas largas todavía no estaba en movimiento, simplemente dejaría la cesta en el porche, tal como ella le sugirió.

—Maldita sea, debería haber escrito una nota por si acaso.

—¡Maldita sea!

—Esas palabras solo las usa papi, ¿recuerdas?

Bray le dedicó un gesto de lo más alegre.

—Me gustan las palabras de papi.

En mitad de la cuesta, el niño levantó los brazos con un ademán y Ty se agachó para llevarlo a hombros.

Al doblar la curva, vio la casa, tan bonita como una postal, contra el telón de fondo de las colinas de denso bosque. Era más grande de lo que se imaginaba, pues sabía por su bisabuela que Thea vivía sola.

Reparó en que, definitivamente, le gustaban los colores. Y las flores.

«Una cabaña de cuento de hadas de buenas dimensiones, con un jardín de esos con embrujo en la parte delantera, sauces llorones y un amplio porche con un columpio, mesas y sillas», pensó.

Más flores en macetas.

A medida que se aproximaban, Bunk apareció dando saltos desde la parte trasera.

Ty se ancló al suelo, pues el perro parecía muy capaz de tirarlo, mientras Bray se retorcía para bajar.

—¡Siéntate! —le ordenó, en el tono más autoritario que pudo transmitir en una sola palabra.

A pesar de que Bunk no se detuvo hasta llegar a su lado, se sentó y levantó la vista con los ojos chispeantes de amor.

—¡Quiero bajar, papi! ¡Bájame, bájame, bájame!

—Espera un momento.

Una vez más, Ty alargó la mano. El perro se la acarició con la nariz mientras movía la cola con entusiasmo.

—Vale. Vayamos despacio. Primero dile hola, Bray.

—Hola, perrito.

—Bunk.

—¡Hola, Bunk!

Bunk respondió al saludo moviendo la pata.

—Con cuidado, Bray.

Una vez en el suelo, el crío se abrazó al perro.

—Vamos a llamar a la puerta para devolverle la cesta a la señora. Y a darle las gracias por la cena.

Cuando se disponía a coger de la mano a Bray, el perro echó a correr hacia la parte trasera de la casa y Bray salió como una flecha detrás de él.

—¡Espera!

Ty se apresuró a levantar en volandas a Bray. El perro se detuvo, miró hacia atrás, movió la cola y, acto seguido, aminoró el paso.

—¡Bunk! —insistió Bray.

—Venga, vale.

En vista de que el perro avanzaba cada vez más despacio, mirando hacia atrás, Ty supuso que lo lógico sería seguirlo.

Había un huerto de hortalizas, un bebedero con forma de dragón de tres cabezas para los pájaros, más flores, frascos de colores vivos colgados en los árboles, y…

Ella llevaba unas mallas que le cubrían esas piernas de vértigo, y el pelo recogido en una trenza. Descalza sobre la hierba, estaba realizando una especie de danza fluida.

Con una espada.

Empuñándola con las dos manos, atravesó el aire, realizó medio giro y dio una estocada, se volvió, la desplazó sinuosamente sobre su cabeza y la deslizó en diagonal hacia abajo.

La hoja emitía destellos cuando se reflejaban los rayos del sol.

Cuando flexionaba los músculos de los brazos, se apreciaba el rodal de sudor en su camiseta blanca en la zona situada entre las escápulas. Su vecina, comprobó, estaba tonificada.

Por mucho esfuerzo que conllevara realizar movimientos con la espada, su rostro no lo reflejaba en absoluto.

Despedía una extraña serenidad, pensó Ty.

Bastante más atrás, las gallinas picoteaban en el patio de lo que parecía una mansión.

Al girarse de nuevo, ella los vio. Y exclamó:

—¡Oh!

—Tienes una espada.

—Sí. —La envainó—. Estaba practicando.

—Con una catana.

—Sí. —Se enjugó el sudor de la frente con la muñequera y, sonriendo, se encaminó hacia ellos—. Buenos días. ¿Qué tal vuestra primera noche?

—Hemos dormido como troncos, seguramente porque primero cenamos como reyes. Gracias.

—De nada. —Cogió la cesta.

«Con una cesta de mimbre en la mano y una espada en el cincho —pensó Ty—. ¿Quién es esta mujer?».

—Me apetece una limonada. ¿Qué os parece si voy a por limonada para todos?

—¡Gallinas! —Bray se retorció para que su padre lo soltara.

—Puedes ir a verlas. Son muy majas.

—¿Como el perro? —preguntó Ty.

—Y mucho más pequeñas. Vuelvo enseguida.

«Qué demonios», pensó Ty, y dejó a Bray en el suelo. El niño echó a correr en dirección a las gallinas, con el perro a su lado, como si fueran amigos de toda la vida.

Mientras miraba a su alrededor, Ty pensó que Thea había convertido sus tierras en un pequeño paraíso o, mejor dicho, un santuario.

Él apreciaba los santuarios como Dios manda.

De las ramas de un árbol colgaban llamativos frascos y carillones. En otro atisbó un comedero para colibríes, que ya tenía algunos usuarios con las tonalidades de las piedras preciosas.

Los sinuosos senderos de piedras conducían a un banco de piedra por aquí, a otro de hierro por allí.

Thea salió con una jarra y unos vasos en una bandeja.

Y sin la espada.

Dado que Bray, con un brazo enganchado al cuello del perro, reía feliz junto a las gallinas, Ty subió al porche.

—¿Te importa que retome el tema un momento? ¿Practicas la esgrima?

—A veces. Para mi trabajo.

—¿Como ninja asesino?

Ella movió ligeramente la cabeza de lado a lado mientras vertía la limonada en los vasos con hielo.

—Bueno, la verdad es que… —Le ofreció un vaso—. Alguna que otra vez. Más o menos. Soy diseñadora de juegos, de videojuegos, en los que hay batallas, asesinos, combates con espadas…, al menos en muchos de los míos.

—Ah, ¿sí? —Él no disponía de demasiado tiempo para jugar, con la salvedad de lo que entretenía a Bray, aunque sí jugó en su época—. ¿Como cuáles?

—Los de la saga de *Endon*, de *El fuego del dragón*…

—¡No me digas! ¿En serio? ¿Has trabajado en esos?

—Sí, a eso me dedico. ¿Los conoces?

—Bueno, sí. Bray se está enganchando a la versión infantil de *Endon*. Hasta tiene figurillas de algunos de los personajes. Aunque ahora mismo le pirran los camiones y los coches de juguete, monta en ellos a Baby Twink y Baby Tye, y el kit de *El bosque mágico* le chifla.

—Me alegro. ¿Quieres sentarte?

—No quiero entretenerte.

—Me vendría bien un descanso.

—Solo un momento. —Cuando se sentó, al notar que su vecina titubeaba, a punto estuvo de levantarse, pero ella enseguida tomó asiento.

—No sabes cuánto te agradecemos que nos llevaras la cena, los huevos y todo eso. —Echó un vistazo a Bray—. Caray, espero que esto no me ponga en la tesitura de verme obligado a comprar gallinas ahora.

—Puede venir a verlas cuando le apetezca. Les gusta mucho tener compañía.

—Eso parece. Tengo que ir a comprar provisiones. ¿Dónde me recomiendas que vaya?

—A Kushner's, en Redbud Hollow, todo recto hasta el final del pueblo. Hay un supermercado más grande, pero está a más de treinta kilómetros de camino. Primero deberías comprobar si te conviene lo que hay en Kushner's.

—Estupendo. Vale. ¿Por casualidad no sabrás si hay un buen pediatra en la zona? A Bray le realizaron un reconocimiento médico rutinario hace un par de meses, pero me quedaría más tranquilo si tuviera uno a mano.

—En la clínica del pueblo contrataron a un pediatra hace un año más o menos. Tengo una amiga médica que trabaja allí y habla maravillas de él. El doctor Franklin. Otra amiga ahora lleva a sus hijos a este pediatra, y sé que está contenta con él.

—El doctor Franklin. Vale. Una cosa más, si no te importa.

—En absoluto.

—Es sobre los muebles de mi bisabuela. Es que no puedo conservarlos todos, porque algunas de las cosas que me hacen falta vienen de camino y necesito hacer hueco.

—¿Quieres organizar un rastrillo?

—No. —Le echó un ojo al niño, que en ese instante estaba sentado con el perro delante de la mansión de las gallinas—. No, me sabría mal vender sus cosas. Mi intención es donarlas.

—Ah. —Thea bebió un sorbo de limonada y asintió con la cabeza—. A la señora Leona le agradaría eso. Deja que hable con Maddy, mi amiga la doctora. Como la clínica dispone de servicio de visitas a domicilio, es probable que sepa a quién le podría servir y que no tenga reparos en aceptar la donación.

—Te agradezco mucho tu ayuda. Voy a dejarte trabajar y a ponerme con lo mío. —Dejó el vaso vacío sobre la mesa—. Caray, esta limonada está buenísima. ¿De qué marca es? La buscaré.

Ella le sonrió de oreja a oreja.

—Supongo que es de la marca de Lucy, mi abuela. Es una receta suya.

—Limonada de auténticos limones. Qué maravilla. Eh, Bray, tenemos que irnos.

—¡Bunk quiere venirse con nosotros!

—Bunk tiene que hacer las tareas —repuso Thea con naturalidad—. Ven, bebe un poco de limonada y espera un segundo. —Le hizo una seña a Ty en dirección a la puerta— Si quieres, puedo dejar que Bunk vaya a verlo esta tarde.

—Seguro que a Bray le encantaría.

—Vale, un minuto. —Entró y volvió con dos galletas para perros—. Bray, ¿por qué no le das una ahora y te guardas la otra en el bolsillo? Así, cuando vaya a verte, se la puedes dar.

Sin quitarle ojo a las galletas, Bunk se sentó y, mientras la cogía con delicadeza de la mano de Bray, Ty respiró hondo de nuevo.

—Regresará cuando le silbe —comentó Thea.

—Cuando le silbes.

—Me oirá. Si quieres despacharlo antes, simplemente dile que se vaya a casa. Di: «A casa». Y obedecerá.

Tras darle al perro la versión infantil de un abrazo de oso, el niño se encaramó a los hombros de su padre.

—¿No te olvidas de algo, Bray?

—No, no.

—Sobre la cena de anoche, lo que debes decir a la señorita Fox.

—¡Ah! Gracias. Comimos sin parar.

—De nada. Ven a ver las gallinas siempre que tu padre te dé permiso.

—Me gustan las gallinas. ¿Puedo tener gallinas, papi?

—Ya estamos. —Pero sonrió de forma fugaz a Thea antes de echar a andar con el niño a cuestas.

Thea permaneció sentada, con la mano sobre la cabeza de Bunk.

—Qué agradable tener vecinos otra vez, ¿verdad? Lo bastante cerca como para trabar amistad y a suficiente distancia como para no alterar la tranquilidad.

Sin embargo, al mirar fijamente hacia el interior del bosque, pensó en Riggs, que no tenía nada de amigable, y en que la distancia podía evaporarse sin previo aviso.

Había experimentado esa sensación, esa momentánea sensación de ahogo cuando Ty tomó asiento en el porche trasero: en la misma butaca que en el sueño. Se recordó a sí misma que había sido cosa de Riggs el convertir una fantasía inofensiva en una pesadilla sangrienta.

—No importa. Él no importa. A menos que yo lo permita —matizó.

Pensó que habían transcurrido quince años y continuaba confinado en una celda mientras ella estaba sentada con su perro en su porche trasero.

Esa era la realidad.

—Hora de trabajar.

Tras la sesión de esgrima, llevó la bandeja dentro y lavó los vasos. Para su jornada de trabajo, se puso unos vaqueros raídos combinados con una camiseta roja con el fin de impregnarse de la energía del color.

¡Oh, los placeres de trabajar en casa!

Aún descalza, se dirigió al estudio, donde Bunk dio sus consabidas tres vueltas en círculo antes de despatarrarse en su cama para echar su siesta mañanera.

Se había pasado meses trabajando en equipo en *El día después*, un videojuego posapocalíptico multinivel con actores reales. Eso supuso realizar multitud de viajes a Nueva York, colaboraciones estrechas y a menudo improvisadas, así como largas jornadas de trabajo.

La idea no se le ocurrió a ella, ni participó en el proyecto desde el principio. Bradley había recurrido a Thea para que colaborara con el fin de pulir la narrativa, enriquecer los diálogos y mejorar la construcción del mundo.

El día después, cuyo lanzamiento estaba previsto para septiembre, ofrecería a los usuarios entre veinte y treinta horas de juego en un mundo oscuro, desolado y a menudo brutal donde los seres humanos luchaban, se enfrentaban a adversidades y se confabulaban en aras de la supervivencia.

Ella había disfrutado y aprendido mucho con ello. Sin embargo, tenía muchas ganas de embarcarse en algo un poco más ligero y donde llevara el timón desde el principio.

Antes de acomodarse, examinó el panel, los bocetos de posibles personajes, paisajes, edificios que imaginaba para sus mundos paralelos.

Uno dominado por fuerzas oscuras, el otro por la luz. Pero, por supuesto, las sombras se cernían en ambos.

Luego, a consecuencia de las acciones de uno de ellos —de cualquiera de ambos—, el portal que los separaba se abría, los mundos colisionaban y se libraba la batalla.

Ella lo había visualizado todo con claridad, al joven ladrón Cairn, con sus luces y sus sombras, que había robado la brillante gema verde, oculta en un alto receptáculo secreto en la Torre de los Ancestros; había visto los destellos y el fragor de la tormenta eléctrica y el aullido del viento mientras corría como una exhalación con ese peligroso botín en el macuto.

También había visto el portal, en las profundidades del Bosque Alto, que el Consejo de Hechiceros había mantenido cerrado a cal y canto durante siglos, soltando una larga bocanada de aire contenida desde tiempos inmemoriales al abrirse de nuevo, filtrando la luz en las tinieblas, las tinieblas en la luz.

Tras acomodarse, encendió el monitor principal de la robusta mesa de despacho en forma de L que había encargado a Knobby para ese espacio en concreto, con ese propósito en concreto.

Usando como título provisional para el proyecto *El portal*, abrió el primer archivo para exponer la idea.

Trabajó hasta bien entrado el mediodía, hizo una pausa para dejar que Bunk saliera y se tomó un cartón de yogur mientras caminaba de un lado a otro analizando los detalles.

En silencio, consultó elementos gráficos en el ordenador portátil del lado de la mesa y, a continuación, se puso con la configuración de los mapas y la planificación de los niveles en el monitor.

«Elige en qué bando estás: en el luminoso Lewin o en el tenebroso Niwel... Qué divertido —pensó, moviendo los hombros en círculo para distenderlos—. Para jugar en solitario o con varios jugadores, a nivel competitivo».

Se recostó en la silla y cerró los ojos.

Hacerse con fuentes de energía, hierbas terapéuticas, bonificaciones de poder, armas, o quedar atrapado en un cenagal, caer en una trampa, perder las provisiones e incluso la vida en el Lago del Terror.

Cansada mental y físicamente debido al trabajo y al sueño intermitente, se dejó llevar durante unos instantes.

Y él penetró en su mente, de forma artera, como si unos dedos fríos le pellizcaran la piel.

Oyó a Riggs reír incluso al abrir los ojos de pronto. Se le revolvió el estómago al levantarse. Opuso resistencia, con todas sus fuerzas, hasta el punto de sufrir una punzada de dolor en la sien izquierda.

Sintió miedo, no tenía más remedio que asumirlo, aceptar que él se había fortalecido de algún modo. Él había abierto un resquicio en sus parapetos por segunda vez en menos de un día.

Y lo que percibió de Riggs fue un cierto regodeo por el hecho de ser capaz de hacerlo.

Reconoció que había encontrado la manera. Ahora también lo haría ella.

16

Tras cierto debate interno, Thea decidió esperar al sábado para poner al corriente a su familia. Los tres podrían conversar acerca de ello, intercambiar impresiones durante la cena. Hasta entonces se lo guardaría para sus adentros y continuaría ejercitando su fortaleza física y mental.

Aparcó la idea para el nuevo videojuego y retomó otra que había archivado en fase inicial. Ahora, con Riggs en mente, comenzó a darle forma.

Había notado su presencia. Había oído el sonido de sus dedos arañando su ventana, cerrada a cal y canto, pero lo mantuvo a raya. Él no consiguió irrumpir en sus sueños de nuevo.

Tomó por costumbre mandar a Bunk a visitar a Bray por las tardes, y luego silbar para que regresara. Y alguna que otra vez alcanzaba a oír vagamente el sonido de la música o la risa del niño que arrastraba el viento. Aunque no había visto a Ty ni a su hijo desde que le devolvió el plato y la cesta, esos sonidos, propios de la vida cotidiana, la imbuían de alegría.

Sin embargo, como los recientes episodios angustiosos con Riggs coincidieron con la llegada de sus vecinos, mantuvo las distancias con ellos y se ciñó a su rutina sin romper el silencio.

El sábado, después de untar pedazos de pollo en una mezcla de huevo y leche, los rebozó en harina, los condimentó con hierbas aromáticas y los metió en una bolsa de papel, tal y como su abuela le había enseñado.

Mientras el pollo se freía y chisporroteaba en el aceite caliente y los sabores de la ensalada de patatas que había hecho un rato antes se fundían en la nevera, se puso a preparar masa para galletas. Freiría un poco de ocra e invitaría a su familia a una cena veraniega temprano.

Calculó que, si sobraba bastante, Rem podría llevarse un poco para picar algo a medianoche.

Mientras el pollo se conservaba caliente en una fuente, con las galletas listas para meterlas en el horno, preparó la salsa en la sartén. Comerían fuera, decidió, pues el día invitaba a ello. Cuando sacara los platos para ponerlos en la mesa de pícnic, avisaría a Bunk con un silbido.

En ese preciso instante, el perro entró de pronto por la puerta principal.

Un segundo después, Bray irrumpió atropelladamente detrás de él, con Ty a la zaga.

—Perdona, perdona. —Se paró en seco—. Se me han escapado.

—Nada de perdones. ¿Lo habéis pasado bien?

—Hemos jugado al pillapilla. Papi se ha caído. He dibujado esto para ti.

Cuando Bray le tendió el dibujo, Thea rebajó el fuego y lo cogió.

Llegó a la conclusión de que el crío había utilizado todos los lápices de colores de la caja para garabatear círculos, rayajos en zigzag y líneas en bucle.

—¿Para mí? Qué bonito. —No pudo evitar leerle el pensamiento. Derrochaba vitalidad y era pura energía positiva—. ¡Y este es Bunk!

Ty le hizo un guiño justo cuando ella se agachó.

—Y aquí estás tú y tu papi. ¿Está lanzando una pelota roja?

—La compramos en la tienda para Bunk.

—Sé que le ha gustado mucho. Voy a poner el dibujo en la puerta de la nevera. Es la mejor galería de arte que existe.

—Papi también lo hace. ¿Puedo ver las gallinas?

—Bray, la señorita Fox está ocupada.

—No demasiado. —Thea se incorporó y colocó imanes sobre

el dibujo en la puerta de la nevera—. Estoy a punto de terminar con esto, a menos que tengas prisa.

—¡Por favor! —El consabido tirón de la pernera, esa mirada—. Vamos a ver las gallinas. Anda, papi.

—Solo un minuto.

Cuando Bray salió corriendo, con el perro detrás, Ty oyó la voz de su madre: «Lo malcrías, Tyler».

Sí, bueno, ¿y qué?

Se disculpó de nuevo:

—Perdona por irrumpir de esta manera. Yo odio cuando la gente se presenta de improviso.

—Creo que ha sido Bunk quien ha irrumpido; además, la puerta estaba abierta. —Parecía tan hecho polvo que Thea no tuvo más remedio que sonreír—. ¿Puedo servirte algo? Tengo vino, cerveza y té dulce.

—No, gracias. Solo nos quedaremos un momento. —Cruzó hasta la puerta trasera, que estaba abierta, para echar un vistazo a Bray.

A Thea le dio la impresión de que Ty tenía un aspecto algo desaliñado con tanto trasiego. Como el de un hombre que se hubiera caído mientras jugaba al pillapilla con un niño y un perro.

Le había comprado una pelota a Bunk.

—La salsa estará en un periquete. ¿Te has instalado ya?

—He estado... muy liado. Conseguí donar los muebles de comedor de mi bisabuela; menudo alivio, gracias por tu ayuda. Tengo pendiente deshacerme de unas cuantas cosas más. De hecho, de un montón, pero estoy evitando demasiadas dosis de realidad.

—Yo a menudo encuentro que eso me ayuda.

Él volvió la vista hacia ella.

—Que el perro haya pasado un par de horas con nosotros por las tardes ha sido un regalo del cielo. La verdad es que es un perro buenísimo, y un fenómeno como canguro. Además, Bray ha dejado de dar la lata con su capricho de un cachorro. Eso me da un respiro en ese aspecto.

Se puso a caminar de un lado a otro.

—Tienes una bonita casa, por fuera y por dentro. Encaja contigo; no sé muy bien lo que significa eso, pero así es.

—En vista de la cantidad de tiempo que pasé diseñando los planos, me lo tomo como un cumplido.

Se oyeron varios ladridos de alegría. Al mirar fuera, Ty vio al enorme perro correr en dirección a la parte delantera de la casa, y a Bray, como una flecha, tras él. Salió disparado detrás de ellos. Thea rebajó el fuego otra vez y se apresuró a seguirlos.

—Seguramente será mi familia —dijo, y, al alcanzarlos, Lucy ya venía con el niño enganchado en el costado.

—Mirad lo que me he encontrado. —Le dedicó una sonrisa tranquilizadora a Ty—. Supongo que no dejarás que me lo quede —añadió, sin soltar al niño—. Eres el bisnieto de Leona, ¿no? Soy la abuela de Thea, y este es Rem, su hermano. Encantada de conocerte.

—Igualmente. Ya lo cojo yo. Bray, se supone que no puedes correr hacia la carretera.

—He parado. No he llegado a la carretera, he parado.

—Es verdad —confirmó Rem, y le tendió la mano a Ty—. Caray, Tyler Brennan. He oído rumores sobre ti. Ahora yo estoy esperando a que Buffy Summers se mude a Redbud y haga todos mis sueños realidad. Un amor de la adolescencia —explicó con una pícara sonrisa—. Los Slayer me echaron a perder para cualquier otra. Tú eras el de Thea.

—Gracias, Rem, por dejarme en ridículo.

—Eh, ¿para qué están los hermanos si no? Y que vosotros dos os quedéis a cenar quiere decir que no seré minoría, para variar.

—Bueno, estábamos a punto de marcharnos.

—¿Te gusta el pollo frito? —le preguntó Thea—. ¿La ensalada de patatas, las galletas de mantequilla y el ocra frito?

—Pues… me parece que nunca he probado el ocra frito.

—¿Por tus venas corre sangre de los Apalaches y nunca has probado el ocra frito? —Negando con la cabeza, Lucy se enganchó a su brazo libre—. Estás de enhorabuena. Mi nieta es una excelente cocinera, puesto que ha aprendido de mí.

—No quisiera en absoluto… ¿Ha dicho «nieta»?

Lucy pestañeó con coquetería.

—Y es un zalamero. Tú y yo vamos a tomarnos una copa de vino.

En lo que a zalamería se refería, Ty supuso que Lucy Lannigan encabezaba la lista. Tras el sobresalto y el sudor frío inicial de ver a su hijo en brazos de una desconocida, se relajó, de modo que, cuando se acomodaron en el porche y Lucy le hizo el caballito a Bray, se sintió a sus anchas.

—Tiene un perrito —le dijo el niño—. Tiene gallinas.

—Así es. Oye, dile a tu papi que te lleve dando un corto paseo a mi casa, al final del camino. Yo también tengo gallinas, además de dos perritos, dos vacas y una cabra.

—Las vacas hacen «mu».

—Exacto. Espero que vengáis —dijo Lucy a Ty. Bray se bajó de su rodilla para jugar con Bunk—. Disfruto en compañía de los críos. Mis nietecitos vienen de visita cuando pueden, pero a mí me gustaría que fuera mucho más a menudo.

Rem salió con vino.

—Thea dice que en diez minutos comemos. Hace un día muy agradable para cenar fuera. Me ha reclutado para que ponga la mesa.

—Tú siéntate. —Lucy le dio una palmadita en el brazo a Ty cuando este se disponía a levantarse—. Hazme compañía. Ese crío es un torbellino de energía, ¿verdad? Y es clavado a su padre.

—Lo mismo podría decirse de usted y su nieta. Y Rem también me recuerda a alguien. No consigo... Vaya, caray.

De pronto cayó en la cuenta, miró a Rem y de nuevo a Lucy.

—A Caleb Lannigan.

—Mi hijo menor. ¿Lo conoces?

—Solo por su trabajo. Anoche, después de que Bray se durmiera, me tragué dos episodios de *Fuera de servicio*. ¿Guarda parentesco con Waylon Lannigan?

—Es mi hijo mayor.

—Menuda sorpresa. También lo conozco por su profesión, realiza colaboraciones con bandas de Nashville. Y su mujer se encargó de los arreglos de violín en *Busting Out*. Esa es una de mis canciones.

Lucy tomó un sorbo de vino.

—Qué pequeño es el mundo, o qué grande. Todo depende de dónde estés.

Al cabo de diez minutos más o menos, Ty estaba sentado a una mesa de pícnic de color rojo vivo, delante de un ágape que le hizo avergonzarse de sus planes de invitarlos a hamburguesas de carne desmenuzada y croquetas de patata.

Y observó con asombro cómo Bray, al que muy rara vez convencía para que comiese alguna verdura aparte de guisantes y zanahorias, engulló el ocra frito como si se tratase de ositos de gominola.

—Me gustan las galletas.

—¿Quieres otra? —le preguntó Thea.

—Vale.

—¿Qué te parece si la compartimos? La mitad para ti —dijo Ty— y la otra para mí.

—Sabe un montón a mantequilla. Está muy rica.

—La verdad es que sí. ¿De qué marca es? La cambiaremos por la nuestra.

—Marca Lannigan-Fox. Yo ordeñé la vaca —explicó Lucy— y Thea elaboró la mantequilla.

Ty frunció el entrecejo.

—¿Con una especie de mantequera?

Entre risas, Thea imitó el movimiento de una manivela.

—No del tipo que imaginas, pero la misma idea.

—¿Cuándo sacas tiempo para diseñar videojuegos?

—Bueno, el día da para mucho.

—Pues son días largos —asumió Ty—. Cortaste el césped del jardín de mi bisabuela —le comentó a Rem.

—Claro. Sigo disponible si lo necesitas.

—Gracias. Lo tengo controlado. Pero significa mucho saber que había gente cerca pendiente de ella.

—Tú también estabas pendiente de ella. —Lucy le dio una palmadita en el brazo—. Te cercioraste de que no pasara estrecheces. Eso la ayudó a ser independiente, lo cual significaba muchísimo para ella. Disfrutó de una larga vida porque pudo vivir en su hogar, manteniendo vivos sus recuerdos.

—Yo odiaba ver su casa vacía siempre que pasaba por allí. ¿Cuánto tiempo tienes previsto quedarte?

Ty se volvió hacia Rem.

—Como mínimo el verano. No sabía cómo se adaptaría Bray al cambio, pero por ahora...

—¡He terminado! —anunció Bray, y empezó a retorcerse para bajarse del banco.

—No tan deprisa, Flash. ¿Qué se dice?

El niño se encogió de hombros y su padre le refrescó la memoria:

—Gracias por la comida.

—Gracias. Me gusta la mantequilla.

—Cuando hornee la próxima tanda de galletas, te llevaré algunas —prometió Thea—. ¿Sabes? Ya va siendo hora de echar de comer a las gallinas. ¿Quieres ayudarme?

El crío puso sus ojos verde botella como platos.

—¡Vale!

—Recogeremos esto, cielo, y abriremos el apetito para la tarta de melocotón que he traído.

—Si te quedas más de un par de meses, o estás pensando en poner la casa a la venta, le vendrían bien unos cuantos arreglos.

Ty asintió con la cabeza en dirección a Rem.

—Ya me he dado cuenta.

—Yo iba a pintarla esta primavera, solo por echarle una mano, pero a quien de verdad necesitas es a Knobby.

—¿Knobby?

—Sí, es un contratista que trabaja muy bien. Pásate cuando quieras por la casa de mi abuela y te enseño la Guarida de los Zorros. Casi seguro que fue allí donde realmente nació la pasión de Thea por el diseño y desarrollo de videojuegos. Machacaba a todos los novatos.

—Aún lo hace —le recordó Lucy.

—Ya, bueno, es una profesional.

Ty ayudó a recoger la mesa, con lo cual se ganó unos puntos en opinión de Lucy, ya que daba la impresión de que se manejaba en esas lides.

—Las gallinas son graciosas. Tienen nombres —añadió Bray

antes de zamparse un bol de tarta, como si no hubiera probado bocado en todo el día. Un minuto después ya estaba correteando por ahí.

—Tú siéntate con Ty, nana. Rem está de servicio conmigo en la cocina.

—Es mi sino —comentó su hermano, pero la siguió.

—Si no te importa que te lo diga, tu hijo y tú tenéis muy buena sintonía entre vosotros. No es fácil criar a un hijo solo, pero tú lo estás haciendo de maravilla.

—¿Eso cree? —Lo agobiaba la constante preocupación de fastidiarlo todo.

—Sé lo que veo, y veo a un niño feliz, vivaz, y a un hombre que ha aprendido a tener ojos hasta detrás de la cabeza.

—Con Bray necesito tener también a los lados. No para.

Lucy se rio.

—Conozco el percal. Así era Waylon. Ese niño jamás se estaba quieto. Oye, sé que en esto no soy objetiva, pero este es un buen sitio para criar a un niño. Yo crie a tres aquí, y a los dos que hay dentro cuando perdieron a sus padres.

—Ignoraba que sus padres hubieran fallecido.

Mientras observaba al pequeño jugar con el perro, Lucy bebió un sorbo de té.

—Thea tenía doce años y Rem diez cuando sucedió. La semana que viene hará quince años. Se fueron para siempre de un día para otro.

—Lo siento.

—Lo superamos juntos. Y se han forjado buenas vidas. Podrían haberse afincado en cualquier lugar, pero eligieron este. Doy gracias por ello cada día. Tú eres igual. Puedes procurarte una buena vida, y ayudar a tu hijo a forjar la suya en cualquier lugar. Si no es aquí, encontrarás tu sitio.

Ty se sintió relajado, como si la conociera desde hacía años.

—Supongo que por eso estamos aquí, para ver si este es nuestro sitio. Casi seguro que, dondequiera que esté, habrá gallinas y un perro sin más remedio.

La risa de Thea, que flotaba en el aire con la puerta abierta, hizo que Ty girara la cabeza.

Lucy bebió otro sorbo de té como si nada.

—Suerte que tienes el verano por delante para averiguarlo.

—Esa es la idea. Entonces… ¿Knobby? Lo apuntaré en la lista.

Esperó a que Thea saliera para levantarse.

—Tengo que llevar a Bray a casa. Gracias por dejarnos pegar la gorra en tu cena familiar.

—No es pegar la gorra cuando se te invita. Me alegro de que pudieras quedarte.

—Tu pollo deja por los suelos el de KFC. Y mira que el del coronel me gusta. Encantado de conocerte, Rem, y a usted, Lucy.

—Lleva al niño a verme.

—Lo haré. Bray, es hora de irse a casa.

—¡Nooo, papi!

—Campeón, hay que bañarse.

El lamento dio paso a la esperanza.

—¿Con burbujas y camiones?

—Un montón.

—¿Me leerás tres cuentos?

Ty levantó dos dedos. Bray los contó.

—Jo.

—Un montón de burbujas, camiones y dos cuentos. —Lo levantó en volandas—. Venga, aúpa.

Cuando el niño trepó por su espalda, su padre le dio un empujoncito para sujetarlo bien.

—Gracias de nuevo. ¿Bray?

—¡Adiós! ¡Adiós! —Se puso a dar botes y a reír cuando Bunk levantó la pata y saludó—. ¡Adiós, adiós, adiós! —exclamó en tono cantarín cuando su padre echó a andar.

Rem tuvo la prudencia de aguardar a que se alejaran.

—Vale, ¿te pusiste a dar saltos y a chillar como una niñata cuando lo conociste?

Thea lo fulminó con una sola mirada.

—Por supuesto que no.

Por dentro, seguro, pero eso no contaba. Nadie lo sabía excepto ella. Bueno, y Maddy.

—No se comportaría como una estrella del rock, ¿verdad? Bueno, como lo que tú entiendes por una estrella del rock, claro.

—Él ya no actúa, al menos desde que Code Red se disolvió.

Rem sonrió con malicia.

—Lloraste a moco tendido por eso.

—Puede. Lo superé.

—Es un joven muy responsable —comentó Lucy—. Y un buen padre. Ese crío derrocha luz.

—Y es majísimo —convino Rem—. Me pregunto qué será de la madre.

—Yo no he indagado, ni pienso hacerlo. Nana tampoco, porque es muy educada. Si él desea contarlo en un momento dado, lo hará. Y tú procura no sonsacárselo a tu estilo —le advirtió Thea.

Rem, al que obviamente le hizo gracia, levantó su cerveza con un ademán.

—¿Cuál es mi estilo?

—«Oye, Ty, ¿qué pasó con la madre de Braydon?».

—Lo mejor es ser directo.

—Ser directo a menudo es ser impertinente.

—No cuando eres encantador como yo.

Thea resopló y Lucy negó con la cabeza.

—Deja en paz a tu hermana y lleva a tu abuela a casa. Thea, esto es justo lo que necesitaba esta noche: buena comida, buena compañía, aire fresco y, de extra, un niño pequeño.

Le dio un beso en la mejilla y un abrazo.

—Es lo que yo necesitaba también. A pesar de tener que aguantarte. —Le hincó el dedo en la barriga a su hermano.

—Y yo, a pesar de que con tanto invitado solo ha sobrado una alita y un muslo para llevarme a casa y mordisquearlos luego. Los cogeré de camino a la puerta.

Thea cruzó con ellos la casa hasta el porche principal y les dijo adiós con la mano mientras bajaban por el camino.

En un principio, su intención era hablar con ellos sobre el sueño, sobre Riggs, sobre toda aquella situación, durante la cena, pero, como Ty se había sumado a ellos, decidió dejarlo para la sobremesa.

Y después prefirió no caldear los ánimos. Ni el suyo ni el de ellos.

«Puede esperar», dijo para sus adentros. Y si Riggs encontraba la manera de colarse esa noche, ella lo empujaría por la puñetera ventana y punto.

Ray Riggs sacó una de sus pastillas de oxicodona, cuyas existencias menguaban. Aunque ignoraba cuándo sería posible conseguir más, tenía la impresión de que le habían atornillado un perno a la cabeza.

Era capaz de soportarlo, podía soportarlo, pero no esa noche. Esa noche necesitaba sumirse en un placentero y profundo olvido.

Era capaz de soportarlo porque, cuando el dolor era pasajero en vez de lacerante como ahora, tomaba más, y punto.

«Quince años», pensó. La zorrita había conseguido que lo encerraran durante quince años.

¿Y por qué?

¿Por liquidar a sus padres, que la habrían coartado y constreñido para que saliera cortada por el mismo patrón que ellos? Estaba mejor sin ellos. Le había hecho un favor, joder.

Se las pagaría por eso, por esos quince años eternos. Y se las pagaría por burlarse de él y, para colmo, ignorarlo.

No consentiría que se olvidara de él y, dado que esa nueva intensidad de dolor contribuía a que la recordara, estaba dispuesto a aguantarlo.

Pero no esa noche.

Esa noche necesitaba ese colocón dulce, tan dulce.

Había pasado casi seis meses —¿acaso tenía otra cosa aparte de tiempo?— elucubrando la forma de salir del maldito módulo de aislamiento por segunda vez. Se figuró que, leyendo la mente de los que se creían mejores que él, los tenía en sus manos.

Para ello, maldita sea, necesitaba un poco de luz, un poco de aire, por lo que se había tomado su tiempo para alcanzar su objetivo.

Había pasado ese tiempo, casi un mes, en el patio, con luz, al aire libre. Sin el uniforme azul, con el caqui de preso ordinario, deambulando por el recinto, maquinando, planeando.

Encontraría el modo de fugarse y, una vez fuera, daría con esa zorra y se desquitaría.

La verdad es que no recordaba cuál fue el detonante: un comentario, un pensamiento de algún imbécil que debía mostrar más respeto hacia un asesino como él, que llevaba quince putos años en chirona.

Así que había enseñado a ese cabrón a ser respetuoso.

Y se sintió bien al darle una buena tunda; propinar puñetazos contra la carne y los huesos le sentó como Dios.

Hasta que fue él quien los recibió.

¿Traumatismo craneal, un par de costillas rotas y la mandíbula dislocada? Fue una putada, pero la vuelta al módulo de aislamiento fue, con diferencia, peor.

A pesar de todo, la paliza había reavivado ese dolor, el dolor del que se alimentaba para ir a más.

Ahora podía ir a más no solo una vez al año. No solo en el aniversario del suceso, la primera vez que ella se coló en su cabeza.

Al principio se lo tomó con calma, captando de pasada imágenes fugaces, atisbos de ella. La mayoría de las veces dormida, salvo en una ocasión, cuando se encontraba junto a un ventanal contemplando una ciudad de noche.

Quizá Nueva York, quizá Chicago. Y en otra ocasión, mientras ordeñaba una puñetera vaca.

Vagar por su mente le proporcionaba una especie de sensación de libertad, una libertad que le quemaba la garganta como el ácido cuando volvía a la realidad, a su jaula.

Pero hubo una noche, la noche en que él irrumpió, cuando ella lo vio, sintió su presencia y se atemorizó. Él recreó la puesta en escena, y tanto que sí. La hizo presenciar lo que pretendía, hizo que fuera testigo de cómo mataba al gilipollas ese que tocaba la guitarra.

Le pasó factura, tuvo que pagar con un dolor insoportable y la sangre que le salió por el oído.

«Valió la pena», pensó, sonriendo mientras se dejaba llevar. Valió totalmente la pena oírla gritar, *sentir* cómo su miedo desplegaba sus alas y lo envolvía como la seda.

Todo cuanto necesitaba para volver a ponerlo en escena era un poco de tiempo hasta recuperarse del traumatismo craneal. Una y otra vez, hasta que cobrara realidad.

Era preciso trazar un plan, hallar un medio para salir de la jaula, no solo con la mente, sino con el propio cuerpo.

Pero no bastaba con fugarse. Una vez que averiguara dónde localizarla, una vez que la encontrara, la obligaría a mirarlo a los ojos mientras la mataba.

Con eso se quedaría satisfecho.

Thea redobló el trabajo. Sintió el forcejeo de Riggs en la ventana un par de veces, pero mentalmente cerró el postigo y lo mantuvo a raya.

Tras varias jornadas de diez horas, un documento de diseño bien pulido y docenas de ilustraciones de personajes, se encontraba prácticamente lista para presentarlo a su jefe.

Ella ya se sabía el juego de pe a pa. Se había cerciorado de ello.

Sin embargo, ese día de junio no era para trabajar; jamás trabajaba en esa fecha. Ese día se puso un sencillo vestido veraniego y los pendientes de su madre. Fuera, cortó tres hortensias, con la certeza de que su abuela y su hermano harían lo mismo.

—Quieto, Bunk. Quédate en casa. Vigila.

Él gimoteó un poco, pero se acomodó en el porche delantero cuando ella se metió en el coche.

No en el lujoso descapotable, ese día no, sino en el elegante sedán que usaba más que nada en invierno.

Mientras bajaba por el camino, al pasar junto a la casa de Ty oyó música, unos acordes de piano, algo rápido y enérgico. Pensó que ojalá pudiera parar tan solo a escuchar, dejar que el día transcurriese sin más con música y rayos de sol.

Posó la mano sobre las corolas rosa pálido de las flores, colocadas en el asiento de al lado, y siguió conduciendo.

Lucy y Rem no se hicieron esperar: salieron juntos de la casa con sendos ramilletes de hortensias en la mano. Rem se sentó atrás; Lucy sostuvo las flores de Thea y las suyas al acomodarse en el asiento del copiloto.

—Hace un bonito día para ir a verlos.

—Sí. —Thea echó un vistazo a su hermano por el espejo retrovisor, que estaba en silencio, mirando por la ventanilla.

A los diez años era mucho más infantil e inocente que ella con doce.

—¿Qué tal estos días?

—He estado trabajando, nana. Siempre estoy bien cuando estoy trabajando. Pero la otra noche…

Se armó de valor y los puso al corriente.

—Joder, Thea, ¿por qué no nos lo dijiste?

Como conocía a su hermano, había anticipado su reacción.

—Esa era mi intención cuando vinisteis a cenar el sábado, pero, luego, con Ty y Bray… No es algo que pudiera sacar a colación en su presencia. Y después —dejó escapar un suspiro—, después de que se marcharan, sencillamente no me apetecía. No tenía ganas de hablar acerca de ello, de pensar en ello. Fue una noche tan agradable que lo dejé pasar.

—Si él consiguió colarse en tu sueño, controlarlo, es más fuerte que antes.

—Lo sé, nana, pero eso no significa que sea más fuerte que yo. He reflexionado sobre este tema. Yo tengo un hogar, trabajo, gente que me quiere. Yo tengo una vida y libertad para vivirla, mientras que él está privado de todo eso. Lo que sí tiene es tiempo, tiempo de sobra para pararse a reflexionar, ejercitar su don y averiguar cómo sacarle partido. Así que se ha fortalecido. Aparecerá esta noche, como siempre, pero no le permitiré que tome el control.

—Me quedaré a dormir en tu casa hoy.

Su hermana negó con la cabeza.

—Tengo a Bunk.

«Y quiero que te quedes con la nana, por si acaso», pensó.

Rem resopló con frustración.

—¿Y qué va a hacer Bunk? ¿Darle un mordisco en el sueño?

Ella posó la mirada fugazmente sobre el espejo retrovisor de nuevo.

—Es lo que puedo y voy a hacer. Necesito demostrarle, a él y a mí misma, que no conseguirá acobardarme con sus gilipolleces.

Son gilipolleces, Rem, y no consentiré que se salga con la suya. Te prometo que estoy totalmente preparada para plantarle cara.

—Cariño, ¿sigues teniendo la bolsita de la suerte sobre la cama? ¿Y pronuncias la frase?

—Sí, nana.

—Cuelga dos más. El tres es un número poderoso.

—Vale, lo haré, pero no esta noche. Dejemos que venga cuando piense que estoy débil y se lleve una sorpresa.

—No me hace gracia. Voy a llamar al detective Howard.

—Rem...

—Él te conoce, de modo que lo entenderá. Por Dios, Thea, los has ayudado un montón. Deja que ellos te ayuden. No estará de más que ponga sobre aviso al guardabosques.

—Es una idea, y un buen trato. Deja que tu hermano cuide de ti un poco, Thea. Yo también me quedaré más tranquila.

—De acuerdo.

Al entrar en el cementerio, Thea se juró a sí misma que Riggs no volvería a hacer daño a su familia. Ya les había arrebatado bastante y no conseguiría nada más.

Cuando aparcó, salieron del coche y se encaminaron juntos hasta la lápida.

«Para siempre».

—Caleb y Waylon han telefoneado esta mañana. —Lucy depositó sus flores sobre la tumba—. Jamás se olvidan. Ahora nos acompañan.

Rem depositó su ramo.

—La familia de papá no ha llamado o escrito ni una vez, ni una sola vez, en quince años. Ni una sola vez.

—Nosotros somos su familia. —Thea depositó sus flores junto a las de Rem y Lucy. A continuación agarró de la mano a su abuela al tiempo que Rem hacía lo mismo al otro lado—. Nosotros somos su familia —repitió—. Junto con Caleb, Waylon y sus respectivas familias. Siempre lo seremos.

17

Ty se ocupaba de la suya.

Ocuparse de la suya significaba intentar velar por la seguridad y la felicidad de Bray y, por Dios, mantenerlo entretenido mientras él continuaba revisando las cosas de Leona. Revisarlas con el fin de organizar, hacer hueco y convertir aquella casa en un hogar.

Fuera o no temporal, su hijo merecía un hogar.

Y, cada día que pasaba, ese cariz temporal perdía más fuerza.

Al pequeño le encantaba aquello. Le encantaba el jardín, los suelos chirriantes de la casa, el viejo granero que a Ty le resultaba imposible dilucidar a qué destinar.

Le encantaban los porches, los árboles y el perro que iba a jugar con él cada tarde.

A pesar de ello, mientras que el exterior ofrecía una gran cantidad de espacio para que retozara, y de sobra para colocar el columpio/tobogán/artilugio para trepar sobre el que Ty aún estaba investigando, la casa propiamente dicha no.

Afincarse allí conllevaría llevar a cabo una ampliación en un momento dado.

No es que necesitaran un espacio inmenso, pero, si bien el comedor podía servir de estudio provisional, descartaba la idea de trabajar junto a la cocina a largo plazo.

Para trabajar como Dios manda hacía falta un espacio como Dios manda.

Y fuera o no un privilegio, ansiaba disponer de su propio cuarto de baño.

Podía postergar todas esas cosas hasta estar seguro al cien por cien antes de accionar la palanca de cambio.

Además, probablemente sería conveniente que aprendiera a cocinar algo más aparte de su actual repertorio culinario, ya que la comida a domicilio estaba descartada.

Sin embargo, la felicidad de su hijo era la prioridad número uno, y, caray, estaba la mar de feliz.

Tras pasar otra tarde acarreando y ordenando cosas, Ty echó un vistazo a las cajas apiladas, algunas embaladas para sacarlas y otras pendientes de abrir desde que las entregó el furgón de transporte. Ahora mismo, todo era abrumador.

Leona, que adoraba sus cachivaches, había disfrutado de una larga vida para acumular una gran cantidad. Él había separado la mayor parte de lo que consideraba importante, importante para ella. Incluso atesoraba la tarjeta de cumpleaños que él le había regalado con ocho años más o menos: de cartulina, con una curiosa flor amarilla torcida pegada en la cara delantera y una dedicatoria con su descuidada caligrafía:

¡FELIZ CUMPLEAÑOS!

A LA MEJOR BISABUELA,

TE QUIERO.

TY

¿Cómo iba a tirarla? ¿Y dónde diablos iba a guardarla, junto con todas y cada una de las tarjetas, cartas y postales que le había enviado a lo largo de su vida?

De momento decidió meterlas en la caja forrada de tela descolorida donde ella las conservaba.

Él la quería, la quería muchísimo, pero hasta su llegada, hasta que se puso a revisar sus cosas, no fue consciente de hasta qué punto ella lo había querido.

Y eso le resultó más abrumador, si cabe.

Le había dejado en herencia todas sus posesiones con la certeza de que él las honraría y respetaría.

—Lo estoy intentando, bisa.

Pero, en ese preciso instante, lo que necesitaba era un respiro, no solo de la tarea, sino de la carga emocional que conllevaba.

Cuando miró fuera y vio a su hijo lanzando la pelota —un lanzamiento bastante logrado para un niño de cuatro años— al descomunal perro, supo cómo tomárselo.

Cogió el pequeño florero rosa que le había regalado a Leona cuando tenía más o menos diez años, se dirigió al porche trasero y lo puso encima de la mesa.

Bray corrió raudo hacia él, lo mismo que el descomunal perro.

—¡Lanza la pelota para que Bunk la atrape, papi!

Así pues, se pasó los veinte minutos siguientes lanzando la pelota y observando a su hijo y al perro persiguiéndola. Y tomó la decisión respecto al equipamiento de juegos *in situ*. Esa noche elegiría uno, realizaría el pedido, y una cosa menos.

—Es hora de que Bunk se vaya a casa.

—¡No, papi!

—¿Qué te parece si lo acompañamos? De camino puedes coger unas flores para Thea.

—¿Para qué?

—Porque es un detalle bonito, y tengo este jarrón para ponerlas.

Bray esbozó una pícara sonrisa.

—¿Estaré con las gallinas un rato?

—Ya veremos. ¿Qué me dices de una de esas flores?

Tan solo eran tréboles que habían brotado desde la última vez que cortó el césped, pero así encomendaba una misión a Bray.

Para cuando remontaron la cuesta y torcieron, el florero rebosaba de tréboles, pequeñas margaritas silvestres, botones de oro y tallos de hierba. Y Bray iba a hombros de su padre.

Mientras caminaba, observó el porche que rodeaba la casa y consideró la idea —en el supuesto de que se afincaran allí— de construir algo similar. O simplemente un porche/patio más grande en la parte trasera para la barbacoa que aún tenía pendiente de comprar.

Era bastante mañoso con la barbacoa.

Tomó nota mentalmente para encargar una junto con la estructura para juegos.

Se agachó para dejar a Bray en el suelo y le entregó el jarrón.

—Toma. Las flores son de tu parte.

—Las he cogido yo.

—Claro —dijo Ty, y llamó a la puerta.

A través de la mosquitera, la vio aproximarse y sintió el pellizco que imaginaba que se sentía cuando una mujer guapísima, ataviada con un vestido veraniego, iba al encuentro de un hombre.

Ella se había recogido el pelo en una cola. Su largo cuello no desmerecía sus largas piernas. Su sonrisa era de bienvenida, y tuvo que reconocer que eso era algo que lo cautivaba en cada una de sus visitas.

—Mira qué tenemos aquí. Dos hombres guapos en mi puerta.

Cuando abrió la mosquitera, el perro entró como una flecha y Bray le tendió el jarrón.

—Esto es para ti.

—¿Para mí? Son preciosas.

—Las he cogido yo.

—Tiene predilección por los hierbajos —explicó Ty. Ella sonrió de nuevo.

—Los hierbajos no son más que plantas silvestres en el lugar equivocado. Y estos están justo donde les corresponde. Pasad. Esta tarde hace calor y después de la caminata seguro que tenéis sed.

—¡Yo sí!

—Ya sabía yo que había una razón para hacer limonada y pastas de azúcar.

—¡Pastas de azúcar!

Todo inocencia, Thea miró a Ty.

—Uy...

—No hay problema.

—Venid a la parte trasera.

«Una casa la mar de bonita», pensó Ty de nuevo al echar un vistazo a la sala de estar, con las paredes en un cálido tono arena, cuadros de evocadores paisajes, el intenso azul del revestimiento de mármol de la chimenea, la gruesa repisa. Se hallaba rodeada de estantes y aparadores bajos, todos de madera natural.

Un mobiliario acogedor, cómodo y práctico.

Ty debía plantearse seriamente cambiar el viejo sofá de muelles de su bisabuela.

Espacio diáfano, luz a raudales, una especie de zona de estar/biblioteca en un lado y…

—Guau, aquí es donde trabajas.

Thea se había dado el capricho de disponer de amplitud, justo lo que él buscaba y a lo que renunció en Filadelfia.

Poseía una buena zona de trabajo, la cual supuso que sería necesaria para albergar todo el equipamiento informático, lo que se imaginó que sería un sofá para pensar, y una pared forrada de espejos a la que no le encontró sentido. Además de un soporte de pared con tres —las contó— espadas.

—Tienes más espadas.

—Sí.

También reparó en unos nunchakus, en una especie de palo de bambú y en una lanza auténtica. Todo, afortunadamente, fuera del alcance de su hijo.

—¿Esperas una guerra?

—Es que los diseño.

—Ya. —Examinó los dibujos, algunos colgados en el panel y otros enmarcados—. Ignoraba que de hecho los dibujaras a mano. Me figuraba que usabas el ordenador.

—Hago las dos cosas.

—¡Es Tye, papi! Twink, Gwen, Zed y Mila. Y esta es Mog. ¡Es mala!

—Es malísima —convino Thea.

—Me gusta Tye. Es valiente y vuela en un caballo. Pero este es mayor. ¡Él es pequeño, como yo! Janey dice que se parece a mí.

—Él interpreta la versión infantil —explicó Ty—. Janey es la hija de la hermana de Scott, que a veces hace de canguro. A él le gusta hacer de Tye en el juego y en el parque infantil.

—Porque se parece a mí, y tiene un caballo volador. ¿Puedo tomarme la galleta ya?

272

—Pues claro.

Los condujo a la cocina, de diseño abierto, que daba a una zona de estar y un comedor con unas amplias cristaleras a través de las cuales se accedía al porche, al jardín y al patio.

Tras colocar el pequeño florero encima de la isla, sirvió la limonada y puso en un plato unas cuantas pastas de color melado.

—Estoy copiando mentalmente algunas de tus ideas de decoración por si hago algo en mi casa.

—Adelante.

Bray apuró la limonada de un tirón y acto seguido le hincó el diente a una galleta.

—¡Qué rica! ¿Puedo ir a ver las gallinas?

—Seguro que les haría mucha ilusión verte.

—Anda, ve. Pero solo unos minutos —añadió Ty, al tiempo que su hijo salía disparado con el resto de la galleta y Bunk a su lado—. Da la impresión de que ibas a salir.

—No. Ah. —Bajó la vista hacia su vestido—. No, es que he tenido un asunto familiar esta mañana y luego he sentido el impulso de ponerme a hornear pastas. Y ahora siento el impulso apremiante de confesarte algo: hay una razón por la que la sobrina de Scott opina que Tye Smith, la versión infantil, se parece a Bray.

Fascinado, Ty se percató de la fugaz expresión cohibida que reflejó su mirada.

—Verás, cuando se me ocurrió la idea de incorporar este personaje a la segunda entrega de *Endon*… Fue justo después de que mi amiga Maddy y yo, la médica, ¿te acuerdas?

—Sí, la he conocido.

—Claro, por las donaciones. Me lo comentó.

Él percibió esa expresión cohibida de nuevo.

—No recuerdo exactamente cómo salió a relucir Code Red y tú en aquella conversación, pero fue entonces cuando me vino a la cabeza el nuevo personaje, y acabé inspirándome en ti.

—Perdona, ¿en mí?

—Me refiero a su fisonomía. A su rostro, su… complexión, su porte, su aspecto. Así que la versión infantil se parece a Bray porque, bueno, Bray es como una versión de ti en miniatura.

—¿Te inspiraste en mí para crear el personaje? El Guerrero Errante, ¿no?

—Sí, más o menos; más bien más que menos. Y, en vista de que se me está haciendo cuesta arriba afrontar momentos de humillación contigo, voy a desembuchar. Yo buscaba a alguien con cierto temperamento, que despuntara por encima de la media, pero que destilara encanto. No me atraía la idea de alguien corpulento y musculoso como Zed, sino alto y de aspecto desgarbado, con largos dedos, el pelo de un color como el burbon de primera y los ojos verdes. Y, en fin, ese eras tú.

—Espera un momento. —Fue a echar un vistazo fuera y, tras ver al niño con el perro y las gallinas y comprobar que no corría ningún peligro, dio media vuelta, se dirigió al estudio e inspeccionó el dibujo.

—Mis orejas no son así —comentó, señalando la forma puntiaguda de las de la ilustración.

—Lo serían si tu madre fuera un elfo.

—Ah.

—Y tienes los ojos rasgados.

—¿Tengo los ojos rasgados?

—Sí. —Lo dijo como entre dientes, lo cual a Ty le hizo gracia—. Las he agrandado un poco para el personaje, por su sangre de elfo, y le he añadido una trenza por detrás de la cabeza y el tatuaje, pero, por lo demás...

Ty se acercó un poco más al dibujo.

—Vaya, qué cabrón. No me había fijado. Está chulo.

—Ah, ¿sí? —Thea se llevó las manos a la cara y seguidamente las deslizó por el pelo—. Temía que te extrañara. Que pensaras que yo era rara.

—Prueba a formar parte de una banda de rock durante quince años y sabrás lo que es raro de verdad. Que los fans acampen en tu puerta puede hacerte gracia al principio, hasta que te resulta imposible salir sin que se arremolinen a tu alrededor. Aunque eso, más que raro, es un incordio. ¿Y qué me dices cuando una adolescente soborna a una camarera de hotel para conseguir la llave de tu habitación, se cuela a hurtadillas y se te mete en la cama desnuda cuando duermes? Eso sí que es raro.

—Dios, ¿de verdad ocurrió eso?

—Sí. ¿Que un personaje de videojuego que le gusta a mi hijo se inspire en mí? Eso no tiene nada de raro, es una auténtica pasada.

—Bueno, me alegro.

Se volvió hacia ella.

—¿Hay algo más que debería saber?

—En este momento no se me ocurre nada más.

—Bueno, si caes en algo, ponme al corriente.

Ella aún parecía avergonzada; Ty estaba disfrutando, no podía negarlo.

—Mientras tanto, a mí no me has ofrecido galletas todavía.

Thea hizo un gesto en dirección a la cocina.

—Me harías un favor si te llevaras unas cuantas, y unos huevos, si te vienen bien. La señora Leona me daba de los suyos. Mis gallinas son ponedoras sin falta, de modo que acumulo como mínimo un par de docenas cada semana. No doy abasto.

Ty probó una galleta.

—Definitivamente nos llevaremos unas cuantas a casa. Bray tomará huevos revueltos un par de veces a la semana.

—Genial. Te surtiré.

Aún conservaba el dibujo de Bray en la puerta de la nevera, lo cual conmovió a Ty. Le había caído en suerte una agradable y silenciosa vecina a quien no parecía importarle que un crío rondara por allí de vez en cuando y se divirtiera un rato con las gallinas.

Cuando Thea se dispuso a meter las pastas en una fiambrera, él se apoyó en la isla y le hincó el diente a otra.

—El florero era de mi bisabuela.

—Oh, te lo devolveré.

—No, me gustaría que te lo quedaras, si quieres. Todavía no he terminado de revisar sus cosas, de decidir qué conservar y qué no. Se lo regalé por Navidad cuando era pequeño. Sé el cariño que te tenía, y creo que le gustaría que lo tuvieras tú.

Cuando ella levantó la vista hacia él, tenía los ojos anegados en lágrimas.

—Mierda, no ha sido mi intención…

—No, tranquilo, es por la fecha. —Se enjugó las lágrimas que se le derramaron—. La echo de menos, añoro verla casi todos los días, aunque solo fuera saludarla de lejos mientras daba un paseo. Y verlo a él ahí fuera... —Señaló en dirección a Bray, sentado junto al gallinero, aparentemente manteniendo una conversación seria con Bunk—. Me recuerda lo mucho que yo disfrutaba haciendo lo mismo más o menos a su edad, cuando Rem y yo empezamos a pasar dos semanas con mi abuela en verano. Ese periodo era mejor si cabe que la Navidad, y contaba los días que faltaban para poner rumbo aquí desde Virginia. Quería mucho a mis padres, pero estaba deseando que se marcharan y que nos dejaran a nuestras anchas con mi abuela, los perros, las gallinas, la vaca, la cabra, las colinas... —Dejó escapar un suspiro—. Es por la fecha —repitió—. Hoy hace quince años que perdimos a mis padres.

—Dios, Thea, lo siento. Y siento que nos hayamos presentado aquí de improviso.

—Pues no lo sientas, porque me ha alegrado veros en la puerta. Habéis disipado en cierta medida mi melancolía. En este día siempre vamos los tres a ponerles flores por la mañana, y luego pasamos un rato juntos. Cuando volví a casa (en esta fecha señalada nunca soy capaz de trabajar), me puse a hacer pastas y limonada para entretenerme. Después no sabía qué diablos hacer. Y, mira por dónde, habéis aparecido. —Incapaz de contener las lágrimas, esta vez se las enjugó con la base de las manos—. Y esta mañana, cuando iba a recoger a Rem y a mi abuela, te oí tocar el piano. El hecho de oír la música, la certeza de que un ser querido de la señora Leona estaba en la casa, tocando, hasta cierto punto me reconfortó.

Vacilante, a Ty le dio por meter las manos en los bolsillos, pero, acto seguido, se dejó llevar por su instinto y reaccionó como lo haría en el caso de que Bray llorara.

Rodeó la isla y la estrechó entre sus brazos.

—Lo siento —dijo ella.

Él se hizo eco de sus palabras:

—Pues no lo sientas. Da la impresión de que necesitas desahogarte.

—Ya no lloro junto a sus tumbas. Sé que no están allí; la lápida, las flores, son para nosotros. Ellos están en todas partes, lo cual suele consolarme. Pero es que esta fecha…

—Eras solo una niña. Seguro que fue brutal. —Le acarició el pelo—. ¿Sufrieron un accidente?

—No. No. —repitió. Con la voz ahogada debido a las lágrimas, se echó hacia atrás y añadió—: Los asesinaron.

—Dios, Thea… —La conmoción era patente en su semblante y su voz.

—Los asesinó en su cama, mientras Rem y yo pasábamos unos días con mi abuela. Les pegó un tiro por estos pendientes —explicó, posando el dedo sobre el lóbulo de su oreja derecha—, un reloj de pulsera y unas cuantas cosas más. Les disparó.

—¿Quién?

—Se llama Ray Riggs, está en prisión. Pasará entre rejas el resto de su vida. Y, en cierto modo, a pesar de eso no será suficiente. Al menos no en fechas como hoy.

—Lo siento. Las palabras no sirven de consuelo, pero lo siento.

—No era mi intención contarte todo esto, pero bueno. Me siento más tranquila por el hecho de que me hayas escuchado. —Thea cogió una pasta—. Gracias.

Cuando le sonrió, Ty reparó en que aún tenía lágrimas en las pestañas. Sintió una súbita y fuerte punzada en el corazón.

—Bueno, deberíamos darte algo de espacio.

—Deja que termine de prepararte las pastas y voy a por los huevos. Prometo no llorar sobre tu hombro la próxima vez que te pases por aquí. Una cosa te digo: has hecho realidad el sueño de una quinceañera. Tyler Brennan me ha abrazado.

Ty no tuvo más remedio que reírse.

—Realmente eres una mujer de lo más interesante, Thea.

—¿Eso piensas? —Sacó un cartón de huevos—. A mí me gusta mucho ser normal y corriente.

«Qué raro», pensó él.

—Creo que nunca vas a conseguir ese objetivo.

—Estoy en ello. —Cogió una bolsa de tela y, a continuación, un pequeño tarro hermético de la nevera—. Voy a darte un poco de mantequilla. Puedes quedarte el bote, tengo más. O devolvérmelo si no vas a aprovecharlo.

—Si te lo devolvemos, ¿lo llenarás de mantequilla?

—Seguramente. Deberías llevar a Bray a la granja de mi abuela. Disfrutará con los perros, las gallinas, las vacas y la cabra. Apuesto a que le enseñará a ordeñar la cabra.

—¿Perdona? —Levantó un dedo—. ¿Tiene una cabra a la que ordeña?

—Claro, es una hembra. Mi abuela usa la leche de cabra para diferentes cosas. Por ejemplo, en la elaboración de jabones, velas, lociones y cosas por el estilo.

—Hace jabón con leche de cabra... —Ty lo dijo como pronunciando palabras en un idioma extranjero—. ¿Ordeña una cabra y hace jabón?

—Mountain Magic, esa es su marca. La vela que te regalé es de las suyas.

—Es magnífica. ¿La hizo ella?

—Mountain Magic —repitió Thea—. Ahora mismo no tengo ningún jabón de fragancia masculina, pero ella te regalará algunos para que los pruebes. Te lo advierto: ya verás cómo te conviertes en un cliente.

—Ambas sois unas mujeres la mar de interesantes. Y me voy con otro lote de provisiones. Oye, ya nos has dado de comer dos veces, y encima esto. Sé cocinar lo justo para contentar a Bray, pero dudo que la pasta de lata y los guisantes congelados estén a la altura. ¿Te gusta la pizza?

Ella enarcó las cejas.

—¿Estoy viva y coleando?

—Eso parece. Necesito unos cuantos días más para llegar a un punto en el que no esté sumido en el caos. Hay una pizzería en el pueblo, hemos ido un par de veces. La próxima vez, a lo mejor te apetece acompañarnos.

—Me encantaría. —Le tendió la bolsa—. Sé lo que es sumirse en el caos. Cuando necesites despejarte, baja dando un paseo a la casa de mi abuela; eso a mí siempre me despeja la mente. O simplemente sal a caminar por las colinas. Y aquí siempre eres bien recibido.

—Te lo agradezco.

—Yo te agradezco que me hayas ofrecido un hombro sobre el que llorar cuando ignoraba que lo necesitaba.

Cuando salieron, Bray se levantó de un salto.

—No, papi, quédate aquí.

—Tenemos que irnos, campeón.

Thea sacó una galleta; Ty no había reparado en que la había cogido.

—Esta es para el camino de vuelta.

Con eso se le pasó el disgusto a Bray.

—Gracias. ¡Voy a ir corriendo! ¡Adiós! ¡Adiós! ¡Adiós! —exclamó, y salió como una flecha.

—Parece ser que vamos a ir corriendo —comentó Ty. Echó a caminar a grandes zancadas detrás del niño y, acto seguido, giró ligeramente la cabeza—. Ah, por cierto, te he oído silbar. Es impresionante.

«Una mujer interesante», pensó de nuevo y, haciendo lo posible por impedir que los huevos se rompieran, corrió tras su hijo.

Ella sabía que él aparecería esa noche. Agradecida por el rato de respiro con la visita, con el amable gesto y el consuelo que le reportó, se encontró centrada por completo.

Y focalizada.

Recompuesta, salió a caminar por las colinas con Bunk. Y a idear su plan.

Y esa noche se preparó tranquilamente para irse a la cama y para el enfrentamiento inminente.

En vez de colgar dos bolsitas de la suerte más sobre la cama, descolgó la que había y la dejó sobre la mesilla de noche.

No era una noche para un sueño plácido, sino para la acción.

Dado su anhelo de tranquilidad, de cosas normales y corrientes, se había abstenido de emprender acciones en demasiadas ocasiones, y durante demasiado tiempo. Eso cambió esa noche.

Con Bunk ya repantigado en su cama para perros, Thea se metió en la suya.

E hizo lo que mejor se le daba: crear un sueño.

El mar azul batía contra la arena, como azúcar en polvo. Las verdes frondas de los cocoteros se agitaban alrededor de los racimos de cocos de fibras marrones. El trecho de playa se ondulaba y ascendía hasta una densa selva donde pájaros del color de las piedras preciosas revoloteaban y emitían sus reclamos, entre plantas trepadoras tapizadas de flores blancas como la luz de luna.

Diminutos cangrejos, transparentes como fantasmas, escarbaban en la arena. Las serpientes, de vivos colores como los pájaros, reptaban con sigilo entre las plantas trepadoras.

Bestias de dientes y colmillos afilados como cuchillas acechaban entre las sombras de la verde espesura, donde arañas del tamaño de un puño tejían sus telas.

En el centro de la isla se alzaba el volcán, negro como boca de lobo contra el azul del cielo. Un anillo de nubes finas como el humo rodeaba la cima. Ahora se cernía en silencio, las laderas cubiertas de ríos de lava que fluía cuando se le antojaba rugir.

Ella se encontraba en la playa, con unas mallas marrones remetidas bajo unas recias botas de caña alta, combinadas con un chaleco de bolsillos encima de una camisa de manga larga. Llevaba un cincho con una botella de agua en una funda y vainas para un cuchillo de sierra y un sable corto. Un sombrero de alas plegadas le cubría parte del pelo, recogido el resto en una larga trenza.

Al observar el agua, le complació ver las aletas de los tiburones que nadaban en círculos. Las conchas diseminadas por la orilla de la playa parecían esquirlas de cristales de colores.

Más allá flotaba otra isla, prístina, cálida, segura.

La salvación se hallaba allí.

Aguardó hasta que sintió que Riggs arañaba la ventana y, acto seguido, la abrió bruscamente y tiró de él.

Lo había pertrechado; lo justo era lo justo. Las conchas crujieron bajo sus botas cuando trastabilló, desorientado, encandilado por el fuerte resplandor de los rayos del sol.

—¿Qué pasa, Ray? Bienvenido a la Isla de los Peligros.

—¿Qué cojones es esto?

—Debe de resultar agradable salir de esa exigua celda. Aquí

cuentas con una bonita playa, la brisa del mar, la luz del sol, sin puertas que te confinen. Eres gratamente recibido.

Con una sonrisa, escudriñó aquellos ojos azul claro.

—Ahora permíteme que te explique las reglas.

—¡A la mierda las reglas! —Cuando se abalanzó sobre ella, Thea solo tuvo que levantar una mano para anclarle las botas a la arena.

—Esa sería tu primera sanción, Ray. Debes esperar a la señal de inicio. Pero por esta vez te pasaré la falta. Tu objetivo es llegar a aquella isla.

—Mi objetivo es reventarte de una paliza y después estrangularte mientras miro cómo mueres.

—Precisamente esas intenciones son las que te han traído aquí. Sin embargo, primero deberás atraparme y sobrevivir. Hay un bote a sotavento; puedes usarlo para huir a la Isla del Santuario. Pero para llegar allí… En fin, Ray, por algo se llama la Isla de los Peligros.

—Esto es una chorrada.

—¿Sí? No te equivoques: es un periplo peligroso, de modo que más te vale estar alerta. Vas a toparte con depredadores, trampas, retos y obstáculos. También se te brindará la oportunidad de localizar armas, sobrealimentadores, piedras sanadoras y diversas herramientas útiles.

Él forcejeó para sacar el pie.

—¡Que me digas qué cojones es esto!

—Mi sueño, mi juego, mis reglas. ¿Ves el Edina allí arriba? —Señaló hacia el volcán—. Ahora parece tranquilo, pero se está agitando. Si estalla antes de que alcances la zona de sotavento, en fin, Ray, tus posibilidades de salir con vida de aquí disminuirán de forma considerable.

—No pienso jugar a uno de esos estúpidos juegos.

—Tú mismo. —Thea se encogió de hombros—. En cualquier caso, sentirás el dolor, el calor y el miedo. Sangrarás y te romperás, Ray, porque, mientras estés aquí, esto es real.

—Gilipolleces.

—Enseguida te darás cuenta de que es real. Aquí está el cronómetro. —Levantó una mano y contó tres, dos, uno…—. Ya. Te desearía buena suerte, Ray, pero sería una gilipollez.

Salió como alma que lleva el diablo en dirección a la selva.

No era la primera vez que jugaba; al fin y al cabo ella había diseñado el juego. Para compensar su ventaja, le había concedido a su contrincante vidas ilimitadas. No con el fin de jugar limpio, reconoció, sino más bien por pura satisfacción.

Espada en ristre, desgarró una telaraña y su mortífera ocupante salió despedida por los aires. De un salto se enganchó a una rama y sorteó el ataque de una serpiente escarlata que siseó.

Oyó las sacudidas de Riggs tras ella y, a continuación, su grito estridente.

Ray necesitaría vidas ilimitadas.

Torció a la izquierda a toda prisa y se hizo con la primera arma: un arco y una aljaba con flechas.

A su mejor ritmo, en ese primer nivel de juego —otra concesión a Riggs—, tardaría tres horas en llegar al bote, quizá un poco más ahora, calculó, en vista de que debía tirar de él.

Alcanzó a verlo, avanzando a trompicones con el cuchillo en la mano, hasta que una serpiente —esta vez azul— se arrojó sobre él desde un árbol y hundió los colmillos en su cuello.

Tras usar el arco para eliminar a un tigre al acecho, su homólogo destripó a Riggs.

Al sujetarse a una gruesa liana para salvar el hoyo de las serpientes, oyó el eco de sus alaridos. Como en la práctica ella había perdido una vida en ese hoyo en más de una ocasión, calibró su peso en la liana antes de tomar impulso para columpiarse.

Los colmillos rozaron sus botas, con las que pugnó por alcanzar el otro lado, la hierba resbaladiza.

Superar el obstáculo le propició una recarga de energía, la cual empleó en comenzar a trepar por las rocas de las inmediaciones del Templo de los Huesos.

Le constaba que corría el riesgo de que unas manos esqueléticas la atraparan. Sin embargo, las arenas movedizas generalmente suponían un mayor peligro. Las manos le dolían, le sangraban, y a punto estuvo de escurrirse. Unos dedos huesudos la asieron con fuerza por la muñeca y estuvieron en un tris de rompérsela de no ser porque ella los redujo a polvo a machetazos.

Dio un pisotón con las botas a otra mano mientras avanzaba

escalando palmo a palmo, con el sudor cayendo por su cara, hasta alcanzar la cima.

Como obtuvo una recarga de energía, descansó para recuperarse y trazar una estrategia.

Le ardía la garganta, pero apenas le quedaban unos sorbos de agua. Disponía de tiempo para dar un rodeo y rellenar la botella; sin embargo, el Edina emitió su primer rugido. Mientras Ray se revolvía entre arenas movedizas, ella continuó.

Sudorosa y jadeante, llegó al puente colgante de cuerda que atravesaba el río de la Ira. Si resbalaba, los quince metros de caída vertical sobre el tumultuoso curso de agua con rocas dentadas le costaría la vida. Pero la caída, el balanceo, la inestabilidad de las tablas no eran las únicas amenazas.

Ella conocía, por sus partidas anteriores, los riesgos que conllevaba apresurarse, de modo que avanzó con cautela. La arremetida de un ave de presa la hizo trastabillar al defenderse con el sable. Aunque la decapitó, el borde del ala, afilado como una cuchilla, le provocó un corte en el hombro.

Aterida de dolor, se desplomó de rodillas y a punto estuvo de caer del puente. Tras recuperar la estabilidad, se aferró con fuerza a una tabla rota y consumió su última recarga de energía.

Le resultaría imposible cruzar en ese estado de aturdimiento y con el brazo izquierdo prácticamente inservible, y Riggs escaparía. Se alejaría, se iría de rositas si perdía la concentración.

Cuando llegó al otro lado, tomó un mísero sorbo de agua y lamentó no haber dado el rodeo para rellenar la botella.

Pero el siguiente rugido del Edina hizo temblar el suelo.

Y comprobó que Riggs acababa de ser acribillado por un jabalí.

Sus alaridos apenas parecían humanos.

—Esto se te da de pena, Ray.

Ella debía iniciar el descenso, que entrañaba peligro, por supuesto, pero la playa y el bote aguardaban abajo.

Cuando comenzó a descender, el Edina escupió fuego. Thea se enganchó a la pared rocosa, con ahínco, hasta que los dedos le sangraron. De nuevo se había olvidado de sacar los guantes de escalada del bolsillo del chaleco.

Un error de principiante.

Sin embargo, consiguió realizar el descenso, asegurándose un buen agarre de pies y manos, al tiempo que bolas de rocas llameantes salían despedidas del volcán y se estampaban contra la selva, se estrellaban en la cabeza de playa y se precipitaban sobre el río de la Ira.

Hizo un esprint por la arena y desamarró el bote. Arrancó el motor, se alejó a toda velocidad y observó la isla en llamas detrás de ella. Ráfagas abrasadoras azotaban el aire. Algunos animales, que salieron a la desbandada en dirección al mar, presos del pánico, fueron pasto de las llamas en el camino.

Thea guardó las distancias con los tiburones hasta que varó la embarcación en la orilla de la Isla del Santuario.

Él ni siquiera logró salir de la selva.

—Quédate fuera de mi cabeza, Ray. Como no te quedes fuera de mi cabeza, te traeré aquí otra vez. O, peor aún, te traeré y te dejaré allí. Ya puedes despertarte. Fin del juego.

Se giró en la cama y miró la hora: las tres y treinta y seis minutos, cada segundo de los cuales había sentido. Le dolía la cabeza, tenía espasmos musculares y su garganta clamaba de sed.

Con todo, había demostrado su valía, a Riggs y a sí misma.

Era capaz de hacerle daño, y lo haría, sin vacilación, sin misericordia.

Se levantó a por un frasco de ibuprofeno, se echó tres a la boca y se bebió dos vasos de agua de un tirón. A pesar de que dudaba que él intentara algo esa noche, y con suerte nunca más, colgó sobre la cama la bolsita de la suerte junto con las otras dos que había confeccionado, pronunció la frase y volvió a quedarse dormida en un plácido sueño.

18

Junio pasó volando y, en julio, Ty decidió bajar dando un paseo hasta la pequeña granja del final del camino. Se le antojaba mucho menos estresante que abordar las instrucciones de la estructura para juegos «lista para montar» que le había comprado a Bray.

Si le daban un instrumento musical, él se las ingeniaba para tocarlo; si le daban un martillo, ocurría una desgracia.

Dado que era sábado, se figuró que no interrumpiría a Lucy en su trabajo. Además, cuando ella le había sugerido que llevara a Bray, le pareció que lo decía en serio.

Y el crío estaba rebosante de excitación ante la perspectiva.

—¡Muuu! —exclamó Bray mientras caminaba por la margen del camino—. ¡Voy a acariciar la vaca!

En lo tocante a eso, Ty no se pronunció.

—«Nooo», dice la cabra. «Acaríciame a mí».

—A lo mejor. Vamos a esperar a ver.

¿Mordían las cabras?

—Las gallinas hacen «co, co, co». Hay más gallinas. Y perritos también, papi.

—Por lo visto sí.

Puede que, considerándolo, el ensamblaje de la estructura para juegos conllevara menos riesgos. Pero, en vista de que ya divisaba la granja, era demasiado tarde para dar media vuelta.

«Qué bonita», pensó. De aspecto sólido y hogareño, daba la impresión de estar ahí desde siempre.

Bray levantó los brazos.

—¡Aúpa!

Y, a los diez pasos, se retorció para soltarse.

—¡Bájame! —exclamó, al tiempo que un perro de montaña y otros dos de orejas largas aparecieron corriendo hacia ellos desde la parte trasera de la casa.

—Espera un momento.

Los perros se pararon en seco junto al camino y movieron la cola. A continuación, cuando Ty se aproximó lo suficiente, le olisquearon los zapatos y las perneras de los pantalones, y movieron otra vez la cola.

—Vale, pero no sabemos si estos dos están acostumbrados a los niños, así que vayamos con cuidado.

Para Bray, la idea de ir con cuidado era intentar rodear con sus brazos a los tres perros a la vez, reír a carcajadas y acabar en el suelo enterrado en perros.

—Kid Danger. Estoy criando a Kid Danger.

—¡Vamos corriendo! —Como Bray salió a la carrera, los tres perros corrieron tras él.

Al oír que chillaba, a Ty se le paró el corazón. Acto seguido se le aceleró cuando Bray gritó «¡Vacas!» y, cambiando de dirección, echó a correr a toda velocidad.

—¡Braydon, para ahora mismo!

El «tono serio de papá» surtió efecto y el niño se detuvo segundos antes de que los perros lo tiraran al suelo de nuevo.

—¡Papi, vacas!

—Ya, las veo. —Vio dos, dos vacas descomunales. Dos enormes vacas detrás de un cercado de madera que en apariencia no se mantendría en pie si les diera por salir.

¿Serían dos vacas a la desbandada lo mismo que una estampida? Prefería no averiguarlo.

—Oye, esta no es nuestra casa. Primero tenemos que hablar con la señora Lannigan, ¿vale?

Oyó el chasquido de una puerta mosquitera y, al levantar la vista, vio a la dueña en el porche trasero.

—Perdón. Ha salido corriendo sin darme tiempo a llamar a la puerta. Corre que se las pela.

—Ya veo. Hacedme el favor de terminar esa tanda mientras le presento a este jovencito a Betty Lou y a Rosie.

—¿Está trabajando? Perdón otra vez.

—Nada de perdones, porque así hago un descanso y mis nietos acaban la faena. Braydon, ¿qué te parece si vamos a por un poco de grano y les das un tentempié a Betty Lou y Rosie?

—¡Vale!

—Vamos, encomiéndame a este niño, pasa y sírvete una bebida fría. A menos que te interese el ganado.

—Eh…

Bray tomó la decisión directamente alargando la mano hacia ella.

—¿Dónde está la cabra?

—Oh, también veremos a Greta. Voy a presentarte a todas mis chicas.

—¿Por qué son todas chicas? —preguntó mientras Lucy lo llevaba en brazos al granero.

—Los chicos no dan leche ni ponen huevos.

—¿Por qué?

—Bueno, esa es una buena pregunta para que tu papi te responda más adelante.

—Estupendo. Sí, estupendo —dijo Ty entre dientes, y se dirigió a la casa.

Estaba claro que la pasión de Thea por la jardinería —o la determinación para ello— le nació de manera natural. Aquello también era un vergel de flores y hortalizas. Ty se fijó en la cabra, que lo observó con una extraña mirada desde el interior de un cobertizo.

Lucy, al igual que Thea, tenía frascos, comederos y un bebedero con forma de flor para pájaros colgados en las ramas.

Era otro santuario.

De repente aspiró la fragancia procedente del interior de la casa. «Otro jardín», pensó. Sin darle tiempo a llamar a la puerta, Rem dijo:

—Pasa. Nos queda un rato, porque estamos hasta arriba de trabajo.

Al entrar en la cocina, vio un pequeño anexo a un lado. Thea, con unos pantalones cortos que le realzaban las piernas y una ajustada camiseta de tirantes que realzaba el resto de su cuerpo, estaba vertiendo algo de color rojo fuerte en botes de cristal.

Incluso con los guantes hasta el codo y una especie de delantal le parecía espectacular.

Rem tenía otro lote en el que estaba echando algo de color púrpura.

—Ya casi estamos —comentó Rem, y sopló para apartarse el pelo de los ojos—. Ayer recibimos un pedido importante, así que todos debemos arrimar el hombro.

Ty se aproximó.

—Qué cantidad de velas.

—Eso es señal del éxito de Mountain Magic. Lo primero que comercializó fueron los jabones.

Sobre la encimera de enfrente, Ty vio moldes llenos de jabón, de suaves tonos rosas y púrpuras, con flores diseminadas por encima o en el interior.

Como sintió el impulso de tocarlos y se figuraba que no debía, se metió las manos en los bolsillos.

—Se suda tinta.

—Y tanto —convino Rem—. Este es el último de mi tanda. —Metió la olla en la pila y se puso a lavarla directamente—. Hay té en la nevera. ¿Y si coges unos vasos y cubitos y sirves un poco?

—Claro.

Mientras trajinaba, oyó que Bray formulaba un millón de preguntas en tono alto y entusiasmado.

Thea salió sin los guantes y el delantal, algo sudorosa, y, sí, estaba espectacular.

Ty le tendió el vaso.

—Gracias. Hay dos artesanas que trabajan para mi abuela, pero una está de vacaciones y la otra tenía un compromiso familiar este fin de semana, así que…

—A arrimar el hombro todos.

—Exacto. Como el jabón tarda tiempo en curarse, el pedido va a agotar las existencias. Y ella no puede permitir que eso ocurra. —Se aproximó a la mosquitera a echar un vistazo—. Se lo están pasando pipa.

—Siempre y cuando a tu abuela no le importe que la bombardee a preguntas.

—Ella siempre respondía a las mías y a las de Rem, y en ningún momento nos dio la impresión de que le importara. ¿Cómo va la organización?

—Casi he terminado. Ahora tengo fuera una estructura para juegos pendiente de ensamblar que me agobia. He pensado que igual no sería mala idea ponerme en contacto con ese contratista que mencionaste.

—¿Con Knobby?

—Yo puedo hacerlo. —Rem apareció limpiándose las manos en los vaqueros—. ¿No eres mañoso?

—Con herramientas no. Manejar un destornillador prácticamente ocupa la primera posición en mi repertorio de habilidades.

—Yo soy un manitas. —Rem se frotó las manos—. Tú déjamelo a mí.

—¿En serio? No quisiera...

—Le encanta ese tipo de cosas. Si necesita ayudante, yo también soy manitas.

—Cierto —confirmó Rem. Cogió un vaso de té y se lo bebió de un trago antes de dirigirse hacia la puerta mosquitera y abrirla de un empujón—. Oye, nana, Ty tiene una cosa en su casa que necesita montar. Thea y yo vamos a acercarnos con él a echarle una mano. Aquí ya hemos acabado.

—Muy bien. Me quedo a cargo del niño. No hemos terminado el recorrido, ¿verdad, Bray?

—Sí, me quedo con la nana. ¡Adiós!

—Pero...

—Le estás haciendo un favor. —Rem le dio una palmadita en el hombro a Ty—. ¿Tienes herramientas aparte de un destornillador?

—No gran cosa.

—Llevo las mías en el maletero. Iremos en mi camioneta.

Rem y Thea asumieron el mando y, tras un breve lapso de perplejidad por parte de Ty, la gratitud se impuso. Era obvio que sabían qué hacer y cómo hacerlo, de modo que lo relegaron a comoquiera que se denominara el puesto inferior al de aprendiz.

Es más, estaba claro que disfrutaban con la tarea y, más allá de eso, trabajando codo a codo. Mientras empujaba la carretilla con las piezas de madera y bricolaje, junto con las herramientas, Ty hizo memoria de algún proyecto que hubiera realizado con su hermana o con su hermano.

Y le resultó imposible recordar alguno.

Se llevaban bien, se recordó a sí mismo, pero en su opinión a Thea y Rem les unía un tipo de vínculo diferente.

En realidad no era de extrañar, concluyó, teniendo en cuenta cómo y cuándo perdieron a sus padres.

Después de un par de horas, Ty alcanzó a ver el armazón, y llegó a la conclusión de que Bray habría comenzado su educación secundaria, y posiblemente se habría graduado, antes de que él hubiese terminado de montarlo.

—No imaginaba que fuera tan… armatoste. Es para él solo.

—Una vez que se corra la voz, verás como se presentan más niños por aquí. Tiene este pequeño muro de escalada, columpios y tobogán. Hay hasta una barbacoa de juguete, pendiente de montar. Y esa casa superchula en la cubierta superior.

Mirando hacia arriba con gesto sonriente, Rem se secó el sudor de la frente con el antebrazo.

—Me habría flipado esto de pequeño. Caray, me flipa ahora.

—Le va a encantar —afirmó Thea—. Y es robusta y de buena calidad. Mira, ahí viene el niño afortunado; puedes preguntarle qué opina.

El grito de Bray lo dijo todo cuando echó a correr y dejó atrás a Lucy.

—¡Quiero columpiarme!

—Todavía no. No está listo.

—Habéis progresado. —Lucy dejó la cesta de pícnic sobre la antigua mesa—. ¡Qué maravilla! Qué bueno es tu papi. Nos figurábamos que era hora de que la cuadrilla de obreros hiciera una pausa para almorzar, ¿a que sí, Bray?

—¡Yo he comido jamón, galletas y empanada!

—Y hay más.

—Una sincronización perfecta. —Sin más, Rem soltó el taladro y le hizo un guiño a Bray—. Si convences a la nana para que nos ayude, podrás columpiarte para la hora de la cena.

La convencieron.

Con los tres manos a la obra, junto con un mínimo de ayuda y un constante suministro de bebidas frías por parte de Ty, Bray estrenó el columpio para la hora de la cena. Seguidamente trepó como un mono por el pequeño rocódromo, se arrastró por la cubierta superior hasta la casita y se deslizó por el tobogán con un grito de júbilo.

Ty, casi tan embelesado como su hijo, lo fotografió con su teléfono.

—¿Me hacéis un favor más? ¿Podríais colocaros ahí delante? Voy a retratar a la cuadrilla.

Tras posar para él, guardó el teléfono.

—Jamás podré agradecéroslo lo suficiente.

Thea miró a Bray, que justo estaba tirándose por el tobogán otra vez, sin parar de reír.

—Creo que, con eso, misión cumplida.

—Os propondría que os quedarais a cenar, pero me da la sensación de que eso sería, más que un premio, un castigo. ¿Qué os parece si os invito a cenar fuera?

—Oh, te lo agradezco, Tyler —Lucy, a espaldas de Thea, alargó la mano hacia la de Rem y se la estrujó—, pero Rem y yo teníamos previsto tratar un pequeño asunto esta noche durante la cena.

—Sí, cierto. Pero le tomo la palabra y lo dejamos para otra ocasión.

—Vamos, lleva a tu abuela a casa. Hay que dar de comer a los animales. Y tú —Lucy se inclinó hacia Bray, flexionando el índice hacia sí, le dijo— ven a verme otra vez muy pronto.

—Me llevaré mis camiones.

Ty observó cómo su hijo echó los brazos alrededor del cuello de Lucy.

Ella le correspondió al abrazo y, al incorporarse, besó a Ty en la mejilla.

—Tienes un pequeño tesoro, Tyler.

—Lo sé. Se lo piensa dos veces para abrazar de esa manera a alguien.

Ella sonrió sin más.

—Las abuelas son fáciles de abrazar. Llévame a casa, Rem.

Cuando rodearon la casa en dirección a la camioneta de Rem, Ty se volvió hacia Thea.

—¿Te apuntas a la cena?

—Hace un rato oí algo sobre una pizza. —Asintió con la cabeza en dirección a Bray, que en ese momento se disponía a lanzarse por el tobogán una vez más—. Pero a lo mejor te va a costar separarlo de su nuevo castillo infantil.

—La pizza no falla.

—Pues dame media hora o así para dar de comer a Bunk y a las gallinas y recoger un poco. Me apunto. Vamos, Bunk.

El soborno de la pizza, con el aliciente añadido de prometerle que podría columpiarse por la noche, le funcionó bastante bien a Ty para meter a Bray en la ducha con él y asearlo rápidamente.

Cuando fue a recoger a Thea, ella salió de la casa enseguida. Se había puesto unos pantalones largos con una camiseta y despedía tanta frescura como si hubiera pasado el día entero repantigada a la sombra leyendo una novela y bebiendo su increíble limonada casera.

Al subir al coche, lo impregnó de una delicada y embriagadora fragancia femenina. Y Ty se preguntó cuándo fue la última vez que lo acompañó en el coche una mujer con la que no estuviera emparentado.

Ella se giró para mirar a Bray, en el asiento infantil.

—¿Qué variedad de pizza te gusta?

—Me gusta la pizza.

—A mí también.

—Me gusta con peperoni.

—¡Y a mí! Esto es muy buena señal.

—A veces papi la pide con verduras. —Puso cara de asco.

—¿Sabes qué? La nana también lo hace a veces. No le encuentro explicación. ¿Qué hay mejor que una pizza con peperoni?

—Menuda ayuda.

Ella se encogió de hombros.

—Es lo que hay… ¿Te lo has pasado bien en la casa de la nana?

—He acariciado a las vacas y a la cabra. He lanzado palos a los perritos. ¡Tenía camiones! Hemos jugado con los camiones.

—Son de Rem. Veo que has traído uno.

—Es un camión monstruo.

En el pueblo, después de aparcar, Ty forcejeó para sacar a Bray del asiento infantil. A pesar de que el tráfico era prácticamente inexistente, cargó con su hijo en el costado para cruzar hacia el restaurante.

Dentro, el aroma a cocina italiana flotaba en el aire como el canto de sirenas. Y el gentío del sábado por la noche ocupaba una gran cantidad de mesas y reservados.

Como de costumbre, Ty se dirigió a una mesa para cuatro y, de camino, cogió un asiento elevador para Bray. Al fijarse en el gesto risueño de Thea, se encogió de hombros.

—Hemos venido unas cuantas veces.

—Creo que lo inauguraron cuando yo tenía ocho años más o menos. Yo he venido más de unas cuantas veces. Hola, Pru.

—¿Qué tal, Thea? —La camarera, de pelo rubio cortado a la francesa y un pendiente rosa en la nariz, puso delante de Bray una hoja para colorear y una caja de ceras—. Esta noche tenemos tus camiones.

—¡Yo coloreo camiones!

—¿Bray?

Esta vez lo recordó.

—Gracias.

—Seguro que sí. ¿Os voy sirviendo las bebidas?

—¿Vino? —preguntó Ty a Thea, que asintió con la cabeza. Pidió dos copas de tinto y agua con hielo para el niño—. ¿Pizza de peperoni?

—Braydon y yo somos almas gemelas en ese sentido. Tú pide la que te apetezca.

—Una pizza de peperoni —le dijo Ty a Pru—. Grande.

—Marchando.

Cuando la camarera se apartó de la mesa, le hizo una seña a

Thea con la mirada, se llevó la mano al corazón y puso los ojos en blanco.

—¿Cómo es que una diseñadora de juegos aprendió a usar un taladro eléctrico con tanta maña?

Thea dirigió su atención a Ty de nuevo.

—Podría decirse que son gajes del oficio en la granja, donde probablemente me curtí. No obstante, mis padres eran mañosos. Él era arquitecto y ella diseñadora de interiores…, bueno, también de exteriores. Tenían una empresa juntos y se metían en faena. Siempre había herramientas por medio. Asumo que no fue tu caso.

—Dudo que algún miembro de mi familia haya manejado un taladro en su vida. Son médicos, abogados, empresarios, cosas así.

—Pero con dotes musicales, ¿no?

—No de manera especial, aparte de las típicas clases de piano. Mi hermana tocó la viola durante cinco minutos más o menos… Gracias —dijo cuando la camarera sirvió las bebidas.

—Es curioso, ¿verdad? Mi familia tiene talento musical; mi tío Waylon se dedica profesionalmente a la música. Pero, a excepción de él, para el resto de nosotros es un mero pasatiempo. Caleb demostró su talento en unos cuantos papeles, aunque nunca se ha centrado en ello. Y tú, de una familia básicamente ajena a la música, por lo visto has acaparado todo el talento.

—He pintado un camión azul.

Ella miró la hoja de dibujo.

—Te ha salido fenomenal. Bueno, no todo el talento artístico —matizó.

—¡Thea!

Maddy, con el pelo algo alborotado y los ojos muy cansados, fue como una flecha desde la puerta hasta su mesa.

—Hola, Ty. Hola, peque. Qué camión más bonito. ¿Puedo sentarme un segundo?

Se dejó caer en la silla al lado de Thea.

—Y voy a darle un trago a esto. Menudo día.

Cogió rápidamente la copa de Thea y bebió un buen trago de vino.

—Voy a pedirte una —se ofreció Ty.

—¿Me harías el favor? Gracias. He quedado aquí con Arlo. Está a punto de terminar. Yo me he escapado.

—¿Has tenido ajetreo en la clínica hoy? —preguntó Thea.

—He estado hasta aquí. —Maddy señaló un punto en la curva del nacimiento del cuello.

Thea se ladeó y se puso a masajearle los nudos con los pulgares.

—¿Ajetreo? No más del habitual para un sábado, hasta que Alley Greer se presentó allí andando como un pato, en la última fase del parto.

Maddy se puso a realizar giros con la cabeza.

—Gracias, ha surtido efecto.

—¿Están bien? —preguntó Thea.

—La bebé, de tres kilos y ochocientos gramos, perfecta. Pero ha habido mucho jaleo. A pesar de que hace dos semanas le advertí a Alley que era hora de que se diera de baja, vino directamente desde la tienda, después de realizar una jornada de trabajo completa. Es que anda justa de dinero. El caso es que, preparada o no, el bebé estaba en camino. Gracias, Pru. —Levantó la copa y miró a Ty—. Gracias.

—Yo diría que te lo has ganado.

—Y que lo digas. Nos lo hemos ganado. Quirt, su pareja, apareció apurado. Ella lo había avisado de camino a la clínica y, como él entró en pánico, a los cinco segundos de irrumpir allí y ver el percal empezó a hiperventilar, le dio un telele y cayó a plomo.

—Oh, Maddy. —Thea se echó a reír.

—Ya te digo. Así que ahí nos tienes, con Quirt KO en el suelo con un chichón del tamaño de una pelota de golf y, entretanto, Alley empujando para dar a luz y sin dejar de llorar porque pensaba que estaba muerto… Me refiero a Quirt, claro. En ese momento solo estábamos allí Arlo y yo porque los demás se habían marchado al terminar la jornada.

Bebió un buen trago de vino de nuevo.

—Así que yo seguí con Alley mientras Arlo atendía a Quirt y le decía a Alley que no era más que un desmayo. Después, el bebé se sumó al alboroto con un buen par de pulmones.

—¿Cómo se encuentra Quirt?

—Se recuperará, tiene la cabeza dura como una piedra. Arlo consiguió espabilarlo y lo ayudó a levantarse. Cuando Quirt echó un vistazo al bebé, se puso a berrear como él.

Cuando Maddy suspiró, Thea notó que gran parte del peso del día se aliviaba de los hombros de su amiga.

—Fue un momento entrañable —comentó—, pero lo eché de la sala de partos antes de que presenciara lo que ocurre tras el parto con el fin de evitar que se desmayara de nuevo.

—Los bebés hacen caca en los pañales —anunció Bray, y se puso a colorear otro camión.

—Efectivamente, muy bien. Menos mal que teníamos algunos a mano. Resumiendo, avisamos a la madre de Alley. Va a cuidar de los tres y Arlo los llevará a casa.

Bebió más vino.

—¿Y a ti cómo te ha ido hoy?

—Pues he tenido un sábado sin novedades.

Sonriendo, Maddy se reclinó en el asiento.

—Ya me gustaría a mí tener uno así alguna vez.

Cuando llegó la pizza, se dispuso a levantarse.

—Voy a quitarme de en medio.

—Siéntate —le dijo Ty—. Si traer al mundo a una criatura no merece una pizza, ¿qué si no?

Contenta, Thea posó la mano sobre la de Maddy.

—¿Qué nombre le han puesto?

—Carleen Rose, por sus dos abuelas. No quiero importunaros más. Arlo está al caer.

—Voy a por otra silla.

Cuando Ty se levantó, Maddy miró a Thea.

—Lo siento. Me he puesto a hablar por los codos.

—No te disculpes. Este encuentro es agradable. Es perfecto. —Cogió una porción de pizza y la puso en un plato—. Aquí tienes, Bray. Una variedad de pizza como Dios manda.

Cuando llegó Arlo, larguirucho y con perilla, el encuentro se convirtió en una pequeña fiesta. Tras pedir más pizza y vino, charlaron sobre bebés recién nacidos, estructuras para juegos y camiones monstruo.

Ty se relajó. Supuso que la vida en una localidad pequeña brindaba momentos como ese, si uno estaba dispuesto a vivirlos. De afincarse allí, su hijo podría disfrutar de buenos vecinos, de una pizzería donde la camarera sabía que al crío le gustaban los camiones, de un perro que iba a visitarlo, de una especie de abuela honoraria justo al final del camino, de un pequeño colegio donde un niño vivaracho y lleno de energía seguro que haría amigos.

En opinión de Lucy, un buen lugar para criar a un niño. Esa era la impresión de Ty.

Y con el aliciente de disponer de un sitio donde trabajar con tranquilidad y privacidad.

La balanza se inclinaba hacia ese lado casi a diario.

A Bray se le cerraban los ojos en el coche mientras Ty le abrochaba el cinturón de seguridad de su asiento infantil. Y, a pesar de ello, consiguió balbucir:

—Has prometido que podría columpiarme.

—Así es, campeón.

—Se ha quedado roque —susurró Thea cuando Ty subió al coche y se puso al volante.

—Sí, y sospecho que se despertará alrededor de medianoche, entrará en mi habitación y me recordará mi promesa de columpiarlo después de cenar.

—¿Y la cumplirás?

—Una promesa es una promesa.

Se imaginó al padre saliendo a rastras de la cama para columpiar a su pequeño bajo las estrellas.

—Mi abuela tenía razón: Bray tiene un buen padre.

—Él es todo para mí.

—Justo como debe ser.

La miró fugazmente.

—Me caen bien tus amigos.

—A mí también. ¿Echas de menos a los tuyos? Erais amigos, no solo integrantes de una banda.

—Seguimos siendo amigos; son los mejores que jamás he tenido. Y, sí, a veces echo de menos los encuentros improvisados, tomar una cerveza, compartir una pizza con ellos. Cada cual tiene sus ocupaciones, es lo que hay, pero mantenemos el contacto. Ayer, sin ir más lejos, charlamos por videollamada. Mac tiene su gira en solitario a la vuelta de la esquina; Scott, que espera su segundo hijo para enero, está escribiendo un libro sobre Code Red (que Dios nos pille confesados); y Blaze acaba de firmar un contrato como artista invitado en un episodio piloto de no sé qué programa en *streaming* sobre hombres lobo.

—Vaya, no me lo perderé.

—¿Eres fan de los hombres lobo?

—Me extrañaría que alguien no lo fuera. ¿Echas de menos actuar?

—De vez en cuando.

Echó un breve vistazo a su hijo por el espejo retrovisor.

—Cuando la brisa sopla en la dirección correcta, te oigo tocar. Es una música tenue, como ensoñadora. Y es una delicia. Así que prácticamente es como una actuación… para una sola persona.

—Si tú lo dices… Lo que no echo de menos son las giras. A Mac le encantaban, así que ha sido el primero en volver a las andadas. A mí me resulta agradable saber dónde estoy cuando me despierto.

—También será agradable, imagino, entrar a una pizzería y poder comer con tranquilidad como todo el mundo.

—No vas desencaminada. Y ha sido agradable cenar contigo. Voy a comprar una barbacoa —añadió al girar hacia el camino y subir la cuesta—. Cuando lo haga, os invitaré. Se me da bien preparar filetes a la barbacoa. Filetes, hamburguesas, perritos… Todavía no le he cogido el tranquillo al pollo, pero todo se andará.

—Mi familia jamás pone excusas para una barbacoa en verano. Me lo he pasado muy bien. Empezando por el ensamblaje de la estructura y terminando con la pizza.

—Y yo.

Thea abrió la puerta y bajó del coche.

—Buenas noches, Ty.

—Buenas noches.

Él esperó a que entrara y, mientras ella se aproximaba a la puerta, oyó el ladrido de bienvenida del perro. Después bajó la cuesta en su coche, se encaminó hacia la casa con el niño en brazos y lo metió en la cama.

A pesar de que el reloj marcaba casi la una, Bray se acordó de la promesa. Como eran importantes, Ty se levantó como pudo y le dio el capricho a su hijo, totalmente espabilado, de columpiarlo por la noche.

En lo alto de la loma, las luces titilaban; las lucecitas que ella tenía colgadas en los árboles del jardín delantero, pensó, y una más potente que seguramente fuera de una ventana.

Se preguntó si Thea dejaría una encendida durante la noche, o si trabajaría de madrugada.

En cualquier caso, le agradó ver el fulgor de aquellas luces al final del camino.

19

En el transcurso de los largos y radiantes días de julio, Riggs permaneció fuera de su cabeza.

Thea llegó a la conclusión de que, de poder soñar con un verano perfecto, sería justo como ese: madrugar para atender el jardín y el huerto, y luego pasar horas enfrascada en un nuevo proyecto por el que apostaba.

Y ahora sabía, a tenor de su experiencia personal, que ofrecía una jugabilidad superemocionante.

A ello se sumaba el esplendor de las flores bajo el sol, cuya sed saciaban ligeras lluvias, las cuales ofrecían una abundancia que podía trasladar a todos los rincones de su hogar.

Y, de vez en cuando, soplaba un vendaval que purificaba totalmente el aire.

Tenía las verdes colinas con un misterioso halo azulado, y las flores silvestres que brotaban en claros soleados en el lecho del bosque.

Su quietud se veía perturbada en el mejor de los sentidos con la risa embriagadora de un niño o la música, a veces por ambas cosas, cuyo eco arrastraba hasta su hogar la agradable brisa.

Con todo eso, julio podía calificarse de idílico para ella.

Cumpliendo su palabra, Ty la invitó, junto con Lucy y Rem, a una barbacoa. Rem llevó mazorcas de maíz dulce recién cogidas del huerto; Thea, patatas nuevas del suyo asadas con mantequilla casera.

No obstante, la tarta de manzana de Lucy resultó ser el mayor éxito con el nuevo vecino.

—Está riquísima —manifestó Bray, y se metió otra cucharada colmada en la boca—. La tarta de la nana está rica.

—La tarta de la nana está de muerte.

A Bray los ojos le hicieron chiribitas al hacerse eco de las palabras de su padre:

—De muerte.

—A nadie le sale la tarta de manzana mejor que a mi nana —convino Rem—. La de Thea la sigue de cerca, pero la suya se lleva la palma.

—Llevo haciéndola…, bueno, tantos años que ya he perdido la cuenta. Me enseñó mi madre y, como concluyó que la mía superaba la suya, comentó: «Lucy, como has superado a tu madre, a partir de ahora es cosa tuya. Yo me retiro». Bien sabe Dios que tenía suficientes quehaceres de los que ocuparse después de que mi padre falleciera, joven, como mi Zachariah. La mina nos los arrebató a ambos prematuramente. Así pues, yo me encargué de la mayor parte de la repostería.

—Se te da mejor que a la bisabuela. Y como te vayas de la lengua —continuó Rem—, bueno, pies para qué os quiero.

—Más vale que corras deprisa. Puede que no te alcance, pero si pilla algo a mano para lanzártelo, te dejará fuera de combate del golpe. Ella siempre tenía un arma al alcance, y una puntería infalible.

—¿Dónde está ahora? —preguntó Ty.

—En Atlanta, viviendo a cuerpo de rey con su segundo esposo. Ya llevan casados, Señor, cerca de cuarenta años. Un encanto de hombre con los bolsillos llenos que besa el suelo que ella pisa.

—Y usted se quedó.

—Este es mi hogar. La verdad es que jamás volvió a serlo para mi madre después de la pérdida de mi padre. Los conocerás en Navidad. Toda la familia viene para Navidad.

—¿Santa Claus viene aquí?

—¿Cómo? Por supuesto que sí, Bray. Te puedo decir que le chiflan las pastas de azúcar. Y en lo tocante a eso, Thea me supera, así que te dará unas cuantas para que se las pongas este año.

—Lo haré —convino Thea—, pero será mejor que me ayudes a hacerlas, Bray.

—Yo no sé.

—No se nos da muy allá la repostería.

Thea sonrió a Ty.

—Entonces será mejor que los dos me echéis una mano. Cuando se les pone amor y diversión, Santa Claus se da cuenta. Rem y yo las amasábamos con mi madre, y siempre nos divertíamos.

—¿Dónde está tu mamá? —le preguntó Bray.

—En el cielo.

—Mi mamá también se fue allí. Pero yo era un bebé y no me acuerdo.

—Ella sí te recuerda.

—Vale. —Bray bajó la vista a su plato—. ¿Dónde está mi tarta?

Entre risas, Ty le hincó el dedo en la tripa, y seguidamente le cortó otra porción fina.

—¿Va a tocar el banyo ese que ha traído, Lucy?

—Estaba esperando a que me lo preguntaras. Apuesto a que tienes una guitarra ahí dentro.

—Tengo doce. Por lo visto soy incapaz de parar.

—Bueno, pues ve a por una. Tú y yo vamos a sentarnos en el porche a tocar un poco mientras estos dos recogen la mesa.

Mientras Bunk entretenía a Bray, Lucy sacó una silla fuera y se puso a afinar el banyo. Ty apareció con una guitarra.

—¡Virgen santa, qué maravilla de instrumento!

—Por muchas que tenga, cuando voy a tocar en acústico echo mano de la Hummingbird. —Ajustó la afinación—. Adelante. Yo la sigo.

—Ya que estamos donde estamos, tocaremos en honor a eso. —Lucy le hizo un guiño con gesto risueño—. Venga, veamos cómo se te da, muchacho.

Cuando ella empezó a tocar las notas rápidas y ágiles de *Foggy Bottom Breakdown*, Ty emitió un largo y tenue silbido.

—No se anda con tonterías.

Tras pillarle el ritmo y la clave, se lanzó.

—Escucha eso —murmuró Thea a su hermano—. ¿Quién iba a pensar que la nana se sentaría en el porche de la señora Leona en una sesión musical improvisada con Tyler Brennan?

—Suenan genial. Por cierto, es la primera vez que oigo mencionar a la madre de Bray.

—Ya. ¿Es más duro recordar o no hacerlo? —Thea negó con la cabeza—. Yo no cambiaría un solo recuerdo por nada del mundo, pero es un niño muy feliz.

—Ya lo creo. Bueno, ahora que estás al tanto, el campo está despejado.

—¿Qué campo?

—No seas boba. —Rem le dio unos golpecitos con los nudillos en la frente.

—No seas estúpido —replicó ella—. Está buscando una amiga. Trabar amistades.

—Yo tengo amistad con mujeres, y eso no quita que quiera algún roce.

Thea lo ignoró y se puso a envolver las sobras de la tarta.

Justo cuando su abuela hizo una suave transición a *I'll Fly Away*, Thea salió al porche. Y se sumó a ellos con su voz.

—Esto sí que es una voz potente —comentó Ty.

Con otro guiño, Lucy miró a Thea.

—Sígueme, cariño. «I'll fly away, oh glory…».

—Por lo visto no es la única. —Ty hizo un ademán negando con la cabeza. Justo en ese momento, Rem salió y se sumó a las voces para cantar el antiguo himno de los Apalaches.

—Sois la bomba como trío.

—Hemos practicado desde que eran más o menos de la edad de tu hijo. Escuchemos una de las tuyas, Tyler. Esta vez yo te sigo.

Thea identificó la canción desde el primer compás.

—*Just One.*

—«Just one breath —cantó Ty con ese tono natural de tenor—. Just one look».

A Thea no le sorprendió que su abuela punteara unas notas de acompañamiento, pero sí que conociera la letra y lo acompañara a la voz.

—«And I was lost, that's all it took».

La transportó al pasado y, al mismo tiempo, hizo que viviera el instante presente. Se dio cuenta de que algo se entretejía entre la mujer que le había proporcionado un hogar y el hombre que en su época protagonizó los sueños de una adolescente. Fue bonito sentir cómo se forjaba esa conexión.

—¿Y si las intercambiamos? —Ty le tendió la guitarra a Lucy.

—Ay, Dios, nunca he tenido en mis manos un instrumento tan magnífico.

Ella le pasó el banyo.

—¿Sabes qué hacer con eso?

—Bueno, algo sé. —Para hacerla reír, tocó los primeros acordes de *Dueling Banjos.*

—Voy a aceptar el reto.

Tocaron, más y más rápido, hasta el punto de que incluso Bray paró de corretear y se acercó a escuchar.

—¿Dónde aprendiste a tocar el banyo?

Ty se encogió de hombros sin más.

—Digamos que le he cogido el tranquillo sobre la marcha.

—Pues le has cogido el tranquillo muy pero que muy bien. A mí me enseñó mi padre, y mi tío. Michael John Riley tenía maña para manejar una guitarra. Su hermana, mi tía Mae, quemaba el violín, te lo juro. Muchas noches nos sentábamos a tocar en el porche, lo mismo que ahora, hasta altas horas de la madrugada, bebiendo algún que otro trago de burbon o, si Michael John traía una jarra, de aguardiente casero. Qué tiempos aquellos. —Se reclinó en el asiento y suspiró—. Me has traído muy buenos recuerdos, Ty, y me has proporcionado otros nuevos para conservar en mi memoria. Me los llevaré a casa conmigo.

—¿Y si tocamos una más, de colofón? ¿De bluegrass, como antes?

—De acuerdo. A lo mejor conoces esta por la película, pero es mucho más antigua.

Al igual que antes, Thea identificó la canción desde el primer *riff* de guitarra, y aplaudió cuando Lucy empezó a cantar *I am a Man of Constant Sorrow* a pleno pulmón.

Le dio ligeramente con el codo a Rem y se unieron para darle la réplica, al unísono, mientras Ty punteaba el banyo.

—Magnífico tema, magnífica película —comentó Ty al término.

—Y un final como Dios manda para un rato muy agradable. —Se intercambiaron los instrumentos de nuevo—. Caballeros, gracias por vuestra hospitalidad.

Tras pasarle el banyo a Rem, cogió en brazos a Bray para darle un achuchón y a continuación abrazó a Ty.

—Estás creando un maravilloso hogar aquí. A mi modo de ver, un hogar es más alegre con una gran cantidad de libros y de música. —Seguidamente tomó su cara entre las manos—. Leona era una mujer inteligente. Rem, si prefieres quedarte, puedo irme a casa caminando.

—Yo me voy con la chica con la que vine. —Metió el banyo en su funda y se lo enganchó—. Gracias, Ty. Menuda barbacoa tienes aquí. Cuando construya mi casa, voy a comprarme una igual. ¿Te llevo, Thea?

—Bunk y yo nos vamos dando un paseo. Yo para bajar la comida, y él, todas las sobras que le habéis dado a escondidas cuando pensabais que yo no miraba. Buenas noches, nana.

Se volvió hacia Ty.

—Ella tiene razón, como siempre. Hemos pasado un rato muy agradable en el maravilloso hogar que estás creando. Gracias por todo.

Sin darle tiempo a llamar al perro, Ty se volvió a sentar.

—¿Conoces esta?

Al sonar los primeros acordes, ella se echó a reír.

—Me las sé todas, de mi época de grupi.

—Cántala conmigo. «From the morning light till the dark of night, it's always you. Always you, ever you. Through the rain, all through the pain, it's always you. Always you —cantó Ty, sin apartar la vista de ella—, ever you». Cambio de clave, toma la batuta.

—«When I can't see through the tears and I'm lost in all my fears, I turn to you. And you, you open your arms to me, you bring out the best in me. Always you, ever you».

Él interpretó la siguiente estrofa, y fundieron sus voces en el estribillo.

Cuando cantaron la última nota, él dejó a un lado la guitarra.

—¿Nunca te has planteado sacarle partido? —Se dio unos toquecitos a la altura de la garganta.

—Acabo de hacerlo.

—Me refiero a nivel profesional.

—No, eso no es lo mío. A mí me gusta cantar en el porche o en el salón. En realidad, no es por timidez, pero supongo que subirse a un escenario en serio requiere un tipo diferente de habilidad, empuje y exigencia de los que yo carezco. A mí me gusta la tranquilidad.

—Eso tengo entendido. ¿Puedo ofrecerte otra copa de vino?

—No, gracias. Además, nuestros niños están hechos polvo.

Al mirar hacia donde ella señalaba, Ty vio a Bray acurrucado con el enorme perro en el suelo del porche.

—Es como un interruptor. Se enciende y apaga en un abrir y cerrar de ojos.

«Qué hermosa estampa», pensó ella, el crío y el perro. La grabaría en su memoria.

—¿Necesitas ayuda para acostarlo?

—No, es algo rutinario. —Se agachó para coger a Bray y cargó con su cuerpecillo inerte sobre el hombro.

—Se te da bien.

Ella se acercó para besar a Bray en la frente. Sin darle tiempo a apartarse, Ty la agarró del brazo y posó los labios sobre los suyos con delicadeza, con suma delicadeza. Pero no los despegó, mientras a Thea el corazón le daba un largo y lento vuelco.

—Espero que no te haya molestado.

—No. —Sin embargo, ligeramente embriagada, dio un paso atrás—. No me ha molestado. Vamos, Bunk, es hora de irse a casa. Buenas noches, Ty, y gracias por todo.

Se rio de sí misma al trastabillar y casi caer de bruces desde el porche. Enseguida se giró y siguió caminando hacia atrás con la mirada aún risueña.

—Sobre todo por lo último.

Sabía que él se quedó observando cómo subía por la cuesta

porque no pudo evitar abrir la mente. Así supo que tenía la vista fija en ella mientras caminaba cuando comenzaba a oscurecer y la última luz del cielo se apagaba.

Se quedó mirándola en el porche trasero con un crío dormido sobre su hombro.

—¿Qué tipo de beso? —Maddy interrogó a Thea mientras observaba cómo probaba diferentes movimientos para una escena de lucha—. O sea, ¿fue algo así como el típico beso de buenas noches entre vecinos o uno esos de «mmm…, nena»?

—Algo intermedio. —Thea se giró y dio una patada hacia atrás—. Más bien tirando a uno de buenas noches entre vecinos. —Retrocedió, bloqueó un golpe imaginario y probó con un golpe directo—. Esto no funciona.

Hizo una pausa, con sus pantalones cortos de entrenamiento y las manos en jarras, y cerró los ojos.

—Mejor una patada giratoria.

—¿Vas a seguir?

—Creo que con una patada voladora.

—Hija, me refiero al beso.

—Él tiene un hijo en quien pensar, Maddy, un niño que perdió a su madre. Y no sé si Ty y ella estaban juntos cuando murió ni cuánto tiempo hace que sucedió. Su vida después de Code Red no es un libro cerrado, sino un cofre cerrado con un candado.

—No para ti. —Maddy agitó la mano en el aire con un ademán—. Ya, ya, tu fuerza de voluntad supera la mía. Dime una cosa: ¿quieres ir más allá?

Thea se dio por vencida, abandonó la coreografía y se sentó en los escalones del porche con ella.

—Voy a decir esto, no como la adolescente enamorada perdidamente, sino como la adulta que soy ahora: sí, ya lo creo. Me gusta muchísimo su forma de ser. Es amable, cariñoso, gracioso, reservado… Me gusta que anteponga a Bray por encima de todo lo demás, sin tomárselo como una obligación, porque es amor. Si bien es cierto que…

Negó con la cabeza y se rio.

—Cantar con él así, el romanticismo desbordante de aquella canción, la puesta de sol, todo… En fin, la adolescente sigue ahí, y estaba embelesada.

—¿Y eso qué tiene de malo?

—No sé si tendrá algo de malo. Pero es lo que hay.

Maddy alargó la mano y le tiró con suavidad de la trenza.

—¿Duermes bien últimamente?

—Sí, no te preocupes por eso, doctora McKinnon. Casi seguro que le di un buen susto a ese malnacido.

—Fue una genialidad recurrir a un juego. Un juego mental, ¿lo pillas?

—Ja. Cometí una estupidez al correr ese riesgo, pero estaba muy cabreada. Y, como surtió efecto, reconozco que valió la pena. Debo practicar esta lucha. Es fundamental.

—Te dejo que continúes con tu brutalidad. Solo he pasado por aquí porque acababa de dejar a Lucas y Rolan en la casa de Bray para jugar.

—¿Qué?

—Lucas, el hijo de Will, solo tiene cinco años. Y Rolan, el de Gracie, los cumplirá en un par de meses. Bray necesita amigos.

—¿Los has soltado allí por las buenas?

—¿Por quién me tomas?

—Por Madrigal McKinnon, la Arrolladora.

Con los labios apretados, Maddy asintió con la cabeza.

—No me avergüenzo de ese sobrenombre. En cualquier caso, le pregunté de antemano.

Thea le dio un empujoncito con el hombro.

—¿Y quién es capaz de negarte algo?

—Prácticamente nadie. Y al final siempre ceden. A ver cómo se las apaña con tres críos de corta edad durante un par de horas. Marta irá a recogerlos luego. No puedo creer que Will y ella vayan a ser padres otra vez. Bueno, me he tomado una hora libre para realizar mi buena acción y tengo que irme ya.

Al levantarse, se estiró.

—Y, solo para tu información, el domingo me voy a vivir con Arlo.

—¿Qué? —Thea se sobresaltó—. ¿Cómo no has empezado por ahí? O sea, que lo tienes claro. Dijiste que tal vez en otoño.

—He adelantado la fecha. En algún momento tenía que claudicar. Ese hombre es insistente hasta la saciedad.

—Yo a eso lo llamo paciencia.

—Es lo mismo.

—¡Qué alegría! —Thea se arrojó a sus brazos y le dio un achuchón—. Qué contenta estoy con la noticia. ¡No! La palabra es «pletórica». Me siento pletórica.

—Juré que no me casaría y que, en el supuesto de que me casara, sería después de cumplir los treinta y cinco.

Thea levantó las manos en el aire con un ademán.

—¿Ahora hablas de matrimonio? ¡Voy a pasar de contenta a pletórica a extática!

—No, bueno, él sí. —Maddy resopló—. Y se saldrá con la suya porque me encanta la insistencia del muy cabrón.

—Es guapo —señaló Thea—. Listo, amable, divertido... Y, si no me equivoco, has comentado que sois sexualmente compatibles. Todas esas cosas figuraban en tu lista.

—Sí, el chico cumple los requisitos. Dije que me lo pensaría después de vivir juntos un año, pero supongo (y sé que él también porque me conoce) que cederé en ese sentido antes de seis meses como mucho.

—Me parece que has completado tu amplia cuota de novios.

Maddy esbozó una sonrisa petulante.

—Pues sí.

—Y has encontrado los requisitos de alguien guapo, listo, amable y todo lo demás concentrados en Arlo Higgins.

—También es cierto, no te voy a mentir. He de volver, a pesar de que me consta que lo pillaré fanfarroneando entre cita y cita. En cuanto a ti, deberías ir más allá. El próximo miércoles libro —añadió al echar a andar—. Hagamos algo.

—¡Iremos a ver vestidos de novia! —gritó Thea a voz en cuello.

Thea no fue más allá. Sabía cómo hacerlo, por supuesto, pero consideraba que cualquier iniciativa que tomara sería, en el mejor de los casos, inapropiada y, en el peor de los casos, un desatino. Además debía tener en cuenta el choque entre los sentimientos de la embelesada chica adolescente y los de la mujer prudente.

Los de la chica no eran más que una fantasía fácil de desterrar; los de la mujer, una atracción muy real en el aquí y ahora. Con todo, él era un hombre que estaba construyendo una nueva vida en un lugar diferente con un niño como prioridad. Y ella, una mujer con equipaje, y secretos.

Oía su música casi a diario y lo veía alguna que otra vez, cuando salía a pasear para despejarse. Siguió llevando una vida tranquila y ocupada, tal como le gustaba.

Después de dos días sin parar de llover, de esos que la empujaban a meterse en su madriguera y trabajar como si el mundo no existiera más allá del juego, apagó los equipos.

—Brilla el sol, Bunk. Sal a retozar mientras subo a asearme un poco.

Al girarse en la silla de despacho para acariciar al perro, vio una imagen fugaz de sí misma en el espejo.

—¡Madre mía! Estoy hecha unos zorros.

Subió al trote las escaleras para quitarse la ropa con la que había dormido. La larga ducha arrastró los dos días de lluvia, el trabajo, los tentempiés que había consumido sin despegarse del ordenador.

Cuando empezó a cuestionar los niveles del juego, apartó ese pensamiento de su cabeza. «Dejémoslo reposar, dejemos que se cueza», dijo para sus adentros mientras se vestía. Se tomaría libre esa maravillosa tarde y lo revisaría todo al día siguiente.

Se dejó el pelo suelto para que se secara al sol y, cuando se disponía a ponerse las botas para su caminata por las colinas, cambió de opinión y optó por unas zapatillas de deporte.

Dado que no había visto a un alma desde que almorzó y fue de compras con Maddy —no en busca de vestidos de novia—, necesitaba socializar de nuevo.

Al salir se acercó a Bunk.

—Vayamos a ver a la nana.

Él, como identificaba el nombre, realizó un jovial círculo antes de comenzar a bajar la cuesta.

A medio camino, Thea divisó a Ty en el porche trasero. Estaba tocando una guitarra diferente, una eléctrica de color negro brillante. Como no oía nada, dio por sentado que el sonido estaba conectado a los auriculares que llevaba puestos.

Aunque ella se tomó su tiempo, Bunk salió escopetado. Era más o menos la hora a la que el perro acostumbraba a visitarlos, visita que se había perdido con los días de lluvia. La intención de Thea era invitar a Bray a dar un paseo hasta la casa de su abuela, pero no lo vio.

Y Ty, obviamente enfrascado en la música, no se dio cuenta de que Bunk se aproximaba a la carrera hasta que apareció dando brincos en el porche.

—¡Uy! Hola, grandullón.

—Perdona —dijo Thea levantando la voz, al tiempo que Ty se quitaba los auriculares—. Busca a su amigo.

—Sí, ya veo. Se ha quedado frito. No acostumbra a echarse la siesta, pero como lleva despierto desde las... Prefiero no pensarlo.

—Íbamos de camino a la casa de mi abuela. La lluvia nos ha mantenido enclaustrados durante un par de días.

—Dímelo a mí. —Sus dedos rasgaron las silenciosas cuerdas mientras ella se aproximaba—. Jugamos a *Aventuras en Endon* tropecientas veces. Te odiaría por eso, pero entonces tendría que odiar el Universo Marvel, Disney, Barrio Sésamo, Candy Land y unos cuantos coches, camiones y vehículos de construcción.

—Demasiada energía.

—Es lo que tienen los días lluviosos con niños de corta edad. Hace que me den ganas de pedir perdón a mis padres.

—Estás trabajando. —Thea hizo un ademán con la cabeza en dirección a un taco de partituras con anotaciones y letras escritas a mano—. Nos vamos para no interrumpirte.

—No, si puedes quedarte un rato... Eres un ser humano adulto real, y empezaba a preguntarme si sería el único que quedaba en el planeta.

—No tenemos prisa. ¿Te apetece hablar de política, de actualidad internacional o de temas medioambientales?

—La verdad es que no. Pero sí de... lo que ocurrió la otra noche.

—Fue estupendo. —Ella subió al porche y tomó asiento.

Bunk la abandonó y empezó a vagar por la estructura para juegos, olfateando el rastro de Bray.

—Quería decir que, con Bray, la mudanza... Parece un paso importante, o sea, he comprado un sofá y estoy buscando un centro de educación infantil, así que...

Thea terminó la frase.

—Estás hasta arriba.

«¿Por qué lo encuentro aún más interesante por el hecho de que marque límites?», pensó.

—Ya ves... Y... Bray mencionó que su madre había muerto. En ningún momento me has preguntado por ella. Ninguno de vosotros.

—Sacarlo o no a relucir es cosa tuya. En mi familia sabemos lo que significa la pérdida de un ser querido, y lo íntimo que es.

—Sí, claro. —Continuó sujetando la guitarra, aunque sin mover los dedos—. Fue la encargada de producción en nuestra última gira. Se cambió legalmente el nombre al de Starla. Desconozco su nombre de nacimiento; lo mantuvo en secreto. El caso es que estuvimos juntos un tiempo, cuando se acercaba el final de la gira, y luego en Filadelfia. Nada serio, solo...

—Soy un ser humano adulto —le recordó Thea—. Lo entiendo.

—Nos compenetrábamos muy bien, hasta que dejamos de hacerlo. Se mosqueó muchísimo cuando decidimos separarnos. Me refiero a Code Red. O retirarnos durante una larga temporada, que era lo que en un principio teníamos en mente. Nos habíamos empleado a fondo durante casi diez años. Blaze estaba hecho unos zorros (habrás leído acerca de ello), colocado casi todo el tiempo; Scott iba a ser padre; Mac tenía ganas de lanzarse en solitario; y yo quería componer y estar tranquilo durante una temporada. No se trató de una ruptura fruto de un arrebato, como muchos medios publicaron. Creíamos que necesitábamos un descanso, de modo que nos lo concedimos. Estás sometido a mucha presión, entre los viajes, los conciertos... y la mayor parte de tu vida tan expuesta públicamente.

»Suena a lamento, pero bueno. Así que, más que un arrebato, fue un acuerdo consensuado para darnos una tregua. Blaze se sometió a un tratamiento de desintoxicación; dudo que lo hubiera hecho en otras circunstancias. A Starla, sin embargo, le gustaba la adrenalina, y no estaba dispuesta a renunciar a ella. Se marchó de mutuo acuerdo.

—Tú no estabas al corriente. —Thea cayó en la cuenta—. Ignorabas que estuviera embarazada.

—Ella tampoco, no cuando nos separamos. Eso es lo que me dijo a su regreso, cuando Bray tenía dieciocho meses. Yo la creí. Cuando supo que estaba embarazada, como había salido con un par de tíos más, no estaba segura de quién era el padre, ¿sabes? Pero decidió que ser madre sería una aventura. Le gustaba la adrenalina —dijo entre dientes.

—Bray es clavado a ti.

—Sí, la verdad es que sí. Dijo que se parecía a mí, de modo que puso mi nombre en su partida de nacimiento. Agradezco que lo hiciera, hasta acudió a un abogado para que redactara los documentos, pero eso fue más tarde, a raíz de que descubriera que estaba enferma, en fase terminal.

—Lo siento mucho.

—Un puto cáncer. —Resopló—. No se molestó en someterse a chequeos, a revisiones médicas, a nada de eso, hasta que fue demasiado tarde. Me dijo que le habían dado seis meses de vida, que le resultaba imposible seguir haciéndose cargo del crío, y me entregó a Bray, que me miró con mis propios ojos. Ella se quedó en mi casa unos cuantos días, y después se fue y dejó una nota en la que decía que Braydon era la única cosa pura que había hecho en su vida.

—Tuvo que ser muy duro para ella.

—Sí, ella lo quería, eso es innegable. —Distraídamente, rasgueó las cuerdas de la guitarra—. No llegó a los seis meses. Encargó a una enfermera que me escribiera para informarme de su muerte, a los cuatro meses de dejar a Bray a mi cargo.

—Te conocía bien. Sabía que cuidarías de él, que le darías amor y un hogar. Hizo lo que hacen las madres, lo mejor que pudo por su hijo.

—Yo la habría ayudado. Todavía no lo he superado. Ella no tenía por qué morir sola.

—Te conocía bien —repitió Thea—. Lo tuvo presente y tomó una decisión.

—No estábamos enamorados, ni mucho menos. Pero engendramos a Bray.

—Y tuviste que hacerte cargo, de la noche a la mañana, de un crío de corta edad.

—Y tanto. —Rasgueó las cuerdas de la guitarra de nuevo—. Aquellos días fueron una locura y las noches más si cabe. Yo no tenía ni pajolera idea de cómo cuidar a un niño. Lo único que sabía, a ciencia cierta, era que no lo expondría a la prensa, a las patrañas que publicarían sobre él. Pero cambiar pañales, averiguar cómo conseguir que comiera y…, por Dios, limpiarlo después, devanarme los sesos para saber por qué lloraba en cada ocasión, qué intentaba decirme y, joder, por qué no se dormía de una vez…

—Lo quisiste desde el primer instante. —Lo reflejaba su tono de voz, ella lo percibió.

—Jamás pensé que se podría querer hasta ese punto, como si todo cuanto me hubiera importado hasta ese momento y a partir de entonces lo tuviera delante de mí, en esa criatura con un pañal lleno de caca y puré de patatas en el pelo.

—¿Cómo reaccionaron tus padres?

—Para ellos fue un shock, mezclado con «Te está bien empleado por llevar esa vida».

—¿Te refieres a la vida de un músico sumamente respetado, premiado y famoso a nivel internacional?

—Gracias, grupi de Code Red.

—Para ahí. —Le apuntó con el dedo—. Code Red se ganó ese respeto, esos premios y esa fama a fuerza de trabajo, de crear una música y dar unos conciertos que eran la bomba. Y, desde que emprendiste tu carrera en solitario, la música que compones es una auténtica pasada, ya sean temas cañeros o baladas melódicas. No infravalores eso ni mi admiración por ello.

Ty rasgueó un par de acordes.

—Vaya, ese subidón para mi ego no ha estado nada mal. Tampoco es mi intención infravalorar a mis padres. Ellos adoran a

Bray. Pero, claro, siendo objetivo, resulta bastante difícil no quererlo.

—Yo diría que es imposible.

El comentario le hizo ganarse una sonrisa.

—Mi familia no es como la tuya, no estamos tan unidos, pero me apoyó cuando realmente lo necesitaba. Estuvieron a nuestro lado siempre. Se suponía que yo sería médico, abogado o uno de esos tíos con traje y corbata, pero en ese sentido los defraudé. Es lo que hay —señaló antes de que Thea pudiera rebatirlo—. Abandoné mis estudios por una guitarra, me lancé a dedicarme a lo que quería. No obstante, me prestaron su ayuda cuando la necesité. Y aquí estamos.

—¿Te importa que te pregunte qué opinan de que hayas venido aquí?

—Tienen sentimientos encontrados. Mis padres piensan que me cansaré de vivir en este sitio, igual que me cansé de grabar y actuar, porque jamás entendieron mi profesión o el esfuerzo que conllevaba. Según ellos, regresaré, matricularé a Bray en un buen colegio privado, me casaré como Dios manda y me labraré un porvenir respetable.

Thea esbozó una sonrisa compasiva y a la vez alentadora.

—Vas a defraudarlos otra vez.

—Así es. ¿Te importa que te pregunte qué opinó Lucy cuando te decantaste por el diseño de videojuegos?

—Cuando Milken adquirió los derechos de explotación de *Endon*, sacó la botella de champán que había comprado con esa esperanza y la descorchamos.

—Ahí está: os une un estrecho vínculo. Eso es lo que yo deseo forjar con Bray.

—Oh, Tyler, ya lo tienes. Entre Bray y tú existe ese vínculo.

—Qué buena eres conmigo.

—Los amigos deberían ser buenos los unos con los otros.

Él la miró fijamente y le sostuvo la mirada hasta que Thea sintió mariposas en el estómago que revolotearon hasta su garganta.

Intuyó lo que estaba a punto de suceder y se inclinó hacia delante.

La puerta mosquitera se abrió de golpe. Frotándose los ojos, con el pelo revuelto, Bray dijo medio adormilado:

—Papi.

Acto seguido abrió los ojos de par en par y soltó el camión que llevaba en una mano.

—¡Bunk!

Corrieron el uno hacia el otro como si una guerra los hubiera separado.

—Suplantado por un perro gigantesco.

—Voy a contribuir a eso. —Con el pulso aún disparado, Thea se levantó—. Voy a robarte a tu hijo y a llevármelo con mi gigantesco perro a casa de mi abuela.

—No hace falta que...

—Intenta impedírmelo. Deberías volver al tajo.

—¿Cómo es que no estás trabajando?

—Porque no me he pasado los dos últimos días jugando a los videojuegos y a Candy Land y viendo Barrio Sésamo.

—Y dibujos animados de Spiderman.

—Exacto. —Thea recogió el camión del suelo—. Dame otro argumento que no sea «No hace falta que».

—No tengo ninguno.

—Entonces, listo. ¡Bray! ¿Te apetece venir con Bunk y conmigo a ver a la nana?

—¡Vale! Adiós, papi.

—¡Eh, eh! ¿No olvidas algo?

Con gesto risueño, Bray se le acercó corriendo, le dio un abrazo y un sonoro beso.

—Adiós, papi.

Ty se quedó mirando a Bray, que agarró a Thea de la mano al echar a andar, con el gigantesco perro haciendo guardia detrás de él.

Sintió una punzada de celos, aunque momentánea. Luego desconectó los auriculares y subió el volumen del amplificador.

Mientras caminaban, Thea le oyó tocar un rock rápido, arriesgado y desenfrenado a las colinas.

—Papi toca la guitarra.

—Y tanto que sí. —Cuando Bray levantó los brazos, Thea lo cogió y se lo colocó en el costado—. Y tanto que sí.

20

Después de devorar unas cuantas galletas y contar a Lucy con todo lujo de detalles en qué había empleado el tiempo mientras llovía sin cesar, fue a toda prisa —con la rapidez de costumbre— a ver a los animales.

Thea se sentó en el porche con su abuela para ayudarla a mondar guisantes. Estaba segura de que Ty se figuraría que pondría a Lucy al corriente de los hechos, lo cual hizo de inmediato en voz baja.

—Pobrecita, tan joven... Tomó una decisión valiente por amor a su pequeño.

—Lo mismo he pensado yo.

—Espero que pueda ver cómo Ty se desvive por él. Antes de que me contaras esto ya le tenía aprecio a Ty. Ahora le tengo aún más.

Mientras pelaba guisantes, observó cómo Bray hablaba a la vieja Betty Lou.

—Otro hombre habría dicho: «Uy, no, nada de echarme esa carga, no voy a renunciar a mi vida, a asumir esa responsabilidad para el resto de mi existencia». O quizá la habría insultado y echado con cajas destempladas, a lo mejor la habría despachado con un puñado de dinero. Podría haber sucedido cualquier otra cosa. Me conmueve tanto que me dan ganas de abrazarlos a los dos.

—Sus padres lo desaprueban.

—¡Ay, a esa criatura tan dulce!

—No, quieren a Bray. En realidad, lo que desaprueban es lo que Ty ha hecho con su vida.

Eso no aplacó la indignación de Lucy.

—El hecho de que me parezca reprobable la actitud de sus padres me hace tenerle en mayor estima si cabe. Ese chico derrocha talento, sacó buen provecho de él y lo sigue haciendo mientras cría solo a un niño feliz.

—Él le resta importancia, pero se siente un poco dolido. Lo percibí sin esforzarme. Ignoro hasta qué punto es similar al caso de mi padre, pero me ha hecho plantearme que hay personas que simplemente son incapaces o no están dispuestas a quererte y aceptarte tal y como eres.

Entretenida y prendada de él, Lucy observó a Bray ir corriendo a hablar a las gallinas.

—Aunque no exista parentesco entre nosotros, seremos su familia.

—Ty me besó.

Lucy continuó mondando guisantes.

—No me sorprende, cielo. Te mira con ojos de fascinación. ¿Le correspondiste al beso?

—Fue… fugaz. No quiero confundirme, nana. Me acuerdo de los sentimientos tan profundos que abrigué por él a los dieciséis años. Pero aquello fue una fantasía inocente y cándida, mientras que ahora se me remueve algo diferente.

—Ay, cariño. En mis tiempos yo estuve colada por Harrison Ford.

—¿De veras?

—Y hoy por hoy no le haría ascos si llamara a mi puerta…, sobre todo si se presentara con aquel sombrero de Indiana Jones.

—¿Por eso tienes la colección completa en DVD?

Lucy esbozó una pícara sonrisa de soslayo.

—Una mujer tiene derecho a fantasear, lo mismo que las quinceañeras. En aquel entonces tú desconocías su faceta de hombre…; bueno, era poco más que un muchacho. Solo conocías su música, lo que publicaban acerca de él, lo que declaraba en entrevistas y demás, pero esa era su imagen pública. Ahora sí lo conoces.

—Empiezo a conocerlo, por eso se me remueve algo más. Lo que no sé es cuánto tiempo aguantará Riggs sin acosarme, o cómo explicar mis circunstancias. Debería hacerlo, ¿verdad? ¿Acaso no debería hacerlo si surge algo?

—¿Querrías a alguien que no te aceptara tal y como eres?

—No, pero... he sido muy cautelosa después de lo que sucedió al sincerarme con Asher...

—Tú no te merecías lo que ese chico te dijo, lo que hizo. Y él desde luego que no te merecía, caray.

—Ambas cosas son ciertas, pero eso me marcó. —Las manos de Thea desgranaban las vainas mientras reflexionaba—. Me he dicho a mí misma que lo ocurrido con Asher fue positivo a largo plazo. Me enseñó a ser más prudente, y lo he sido. Sin embargo, desde entonces no he mantenido una relación seria con nadie. Creo que esta podría ir en serio para mí.

—Harás lo que haga falta cuando sea necesario.

Mientras Bray hablaba a la cabra, Bunk dejó escapar un tenue «guau». Contento, movió la cola, pero no se despegó del niño.

Lucy levantó la barbilla con un ademán sin interrumpir la tarea.

—Es Nadine, bajando de las colinas con los dos niños en ristre. —Hizo amago de sonreír a modo de bienvenida y, de pronto, se quedó petrificada—. Maldita sea, tiene el ojo morado. Y camina renqueando.

—Ya me he dado cuenta.

Thea posó la mano sobre la de su abuela y, juntas, percibieron más cosas.

Al hombre fuera de sí arremetiendo contra ella, a los niños chillando, a la mujer llorando al tiempo que caía al suelo.

—No es la primera vez —dijo Lucy con frialdad—. Y no será la última. —Con un suspiro, dejó a un lado los guisantes y se levantó—. Haremos cuanto podamos por ella.

Thea recordó que Nadine había sido compañera de Rem en el colegio. Tan solo un año menor que él, con una niña más o menos de la edad de Bray y un niño que no había cumplido los dos años, el halo de resignación que la envolvía le rompió el corazón.

Fue a por galletas para los críos y té dulce para la madre.

—Señora Lannigan. —Nadine recolocó al crío, rubio lampiño y con el pulgar en la boca, que llevaba en el costado—. Espero no molestarla.

—En absoluto. Vaya, Adalaide, jamás había visto un vestido tan bonito.

—Me lo hizo mi mamá.

—Es una preciosidad. Déjame ver a este hombrecito. Dios mío, cómo está creciendo, ¿verdad? Curtis Lee, ¿qué es eso de chuparte el dedo?

—No consigo quitarle el hábito, señora Lannigan.

—Porque sabe muy rico. Mira, Thea tiene algo para ti que sabe aún mejor. Tú siéntate, Nadine, toma un poco de té frío.

—No deberíamos entretenernos, señora Lannigan. —Nadine se enganchó un mechón de pelo rubio cobrizo detrás de la oreja—. Esperaba que me diera un poco de ese bálsamo que me llevó la última vez, y un poco de jabón de avena. Traigo el dinero.

—Guárdalo.

—No podemos aceptar la caridad.

—Adalaide, este es Braydon. Vive al final del camino, en la casa de la señora Leona. Bray, enséñale a Adalaide el gallinero y dile los nombres de todas las gallinas que recuerdes.

—Vale. ¿Puedo comerme una galleta yo también?

Thea le dio una.

—Este es Bunk —dijo Bray a la niña—. Es el perro más grande del mundo. Jugamos al pillapilla.

Cuando la cría se alejó con Bray, Lucy asintió con la cabeza.

—Con que dejes que ese par se conozca, estamos en paz. Ese niño es como un nieto para mí, y necesita compañeros de juegos. Thea, coge a Curtis Lee. Nadine, acompáñame dentro. Voy a preparar un ungüento frío para ese ojo y a echarte un vistazo en la cadera.

A Nadine se le saltaron las lágrimas.

—Jed no lo ha hecho aposta, señora Lannigan, no ha sido su intención. Es que se ha pasado el día entero trabajando, yo no había terminado mis quehaceres y los niños estaban portándose mal. Me encontraba un poco indispuesta y no tenía lista la cena.

—¿Acaso piensas que eso justifica que tu marido te ponga la mano encima?

—Me ha pedido perdón después. Lo hizo sin querer.

Lucy le dio el bebé a Thea.

—Vamos dentro. Estás embarazada otra vez, ¿verdad?

—No lo sé con seguridad. Puede. ¿Usted cree?

Thea oyó a su abuela suspirar de nuevo mientras conducía a Nadine a la cocina. Balanceó al bebé en el aire y a continuación lo llevó al gallinero con los niños para dar privacidad a Nadine y a su abuela.

Al cabo de una hora, Nadine puso rumbo a su casa con una cesta que contenía el bálsamo, el jabón, hortalizas frescas, un poco de té de jengibre para las náuseas matutinas, galletas y rodajas de pollo asado para dar de cenar a su familia.

—Me he visto en el compromiso de aceptar el dinero.

Thea le acarició el hombro mientras Bray les decía adiós y agitaba la mano desde el jardín.

—Le has dado más de lo que ha pagado, sin herir su orgullo.

—Tendrá otra boca que alimentar cuando llegue la primavera.

—No va a abandonar a su marido.

—Lo quiere. Según ella, él jamás le pone la mano encima a sus hijos, y yo misma he comprobado que es cierto. Lo que él necesita es un buen rapapolvo.

—No lo hagas, nana.

—No, cometería un desatino que solo empeoraría las cosas. Necesito animarme un poco. ¡Braydon Brennan! ¿Sabes de dónde vienen las zanahorias?

—De la tienda.

—Antes de llegar allí.

Cuando lo vio encogerse de hombros imitando el gesto de su padre, Lucy sonrió.

—Pues voy a mostrártelo.

Se le levantó el ánimo cuando, al arrancar una zanahoria, el pequeño se desternilló hasta el punto de caerse de espaldas en el huerto.

Thea llevó a Bray a su casa pertrechada con otra cesta.

—Las zanahorias crecen bajo tierra; los tomates no.

—Exacto.

—Los guisantes van en una...

—Vaina.

—Me gustan los guisantes y las zanahorias. Papi los saca del congelador y los cocina en el microondas. Tengo un montón de amigos. Está Lucas, y Rolan, y Adalaide... Es una niña.

—¿Sí?

—Sí. Quiero ir corriendo.

Como habían llegado al camino de acceso, Thea lo dejó en el suelo y sacudió el brazo. El crío pesaba bastante.

—¡Papi! ¡Tengo zanahorias que salen de la tierra!

—¿Qué hacían allí?

—No sé, pero traigo algunas. Y guisantes que van dentro de una vaina. Quiero guisantes y zanahorias para cenar.

—Claro que sí. —Ty, en el porche delantero, lo levantó en volandas y lo besó.

—Adalaide tiene el pelo rojo y es una niña.

—Ah, ¿sí? ¿Quién es Adalaide? —preguntó a Thea.

—Una niña más o menos de su edad. Bajó de las colinas con su madre a por bálsamo y jabón. —Le tendió la cesta—. De parte de mi abuela.

—Gracias. —Echó un vistazo dentro—. Vaya, también hay jabón. Zanahorias y un par de tomates. Eso que parece un nabo, y una cebolla.

—He jugado a los granjeros con la nana.

—Ya lo veo.

—Y guisantes recién mondados —añadió Thea—. En esa fiambrera.

—Guau.

—No sabes cómo cocinar zanahorias y guisantes frescos, ¿verdad?

—No tengo ni idea.

La miró y, cuando sonrió, se le marcó el pequeño hoyuelo. Cuando sonrieron, rectificó Thea, el chico y el hombre con idénticos hoyuelos.

—Iba a hacer unas hamburguesas en la barbacoa. Si pongo otra para ti, podrías enseñarme.

—Aceptaré una hamburguesa en pago, pero tienes que prestar atención. Es fácil.

—Si tú lo dices… —Dejó a Bray en el suelo—. Anda, ve a por tus camiones.

Cuando la puerta mosquitera se cerró de un portazo, Ty tomó la cara de Thea entre las manos. Tras sostenerle la mirada como la vez anterior, posó los labios sobre los suyos.

Esta vez no fue un beso de buenas noches entre vecinos, pero, a pesar de ello, fue suave, suave y lento, dulce como un sueño, como de ensueño. Ella levantó las manos y le agarró las muñecas como para no perder el equilibrio.

—Quería hacer esto de antemano. Si te besara después de cenar, podrías interpretarlo como que lo he hecho en agradecimiento por cocinar los guisantes y las zanahorias.

—Un gesto de agradecimiento por eso tampoco estaría de más.

—Pasa. —La condujo de la mano—. Ven a ver mi nuevo sofá.

Nada más entrar, se quedó gratamente impresionada.

Se había decantado por un sofá de asientos bajos en una especie de color paja que encajaba con las dimensiones de la sala, junto con dos sillones tapizados en azul marino y beis. Combinados con mesas auxiliares y lámparas, creaban un ambiente relajado y acogedor.

Durante las semanas que dedicó a poner en orden la casa, también le dio una buena mano de barniz al suelo de madera, sobre el que había colocado una alfombra en un tono beis más oscuro y azul más claro. Encima yacían esparcidos varios coches, camiones y figurillas de juguete.

—Hace un rato se ha producido un terrible y trágico accidente.

—Ya veo, y decir que esto es un nuevo sofá se queda muy corto. Me consta que has estado despejando cosas y limpiando, pero esto es una transformación. Y, a pesar de ello, has conservado algunos de los preciados detalles de tu bisabuela.

Se fijó en cosas que le resultaban familiares en las estanterías, sobre la repisa de la chimenea, las mesitas auxiliares entre fotografías enmarcadas, libros y recuerdos que seguramente trajo consigo de Filadelfia.

—Lo has hecho bien con ella, y con Braydon, y has creado un hogar. Es un logro.

—Es un comienzo. Las paredes necesitan una mano de pintura, y debí empezar por ahí antes de todo lo demás, pero…

—No estás preparado para tener a una cuadrilla en medio.

—Para nada. Y, cuando me pongo a mirar muestras de pintura, me bloqueo, así que lo dejaré para más adelante. Mientras tanto, Bray quiere que su cuarto se pinte de rojo. Me refiero al rojo de los coches de bomberos, así que voy a aplazarlo hasta quitarle esa idea de la cabeza.

—Yo me pasé años diseñando mi casa, hasta el punto de llegar a tener un debate interno por los goznes de las puertas. ¿Quién se fija en los goznes de las puertas? A ti te ha cundido mucho en un mes. Hacen falta unos cuantos cojines.

Él se metió las manos en los bolsillos.

—¿En serio?

—Y una manta bonita para el sofá. Y, ahora mismo, pelar las zanahorias.

De camino a la cocina, se detuvo junto a lo que antaño era una pequeña sala de estar. De momento albergaba un escritorio, una silla y cajas apiladas.

—Mi despacho barra biblioteca, posiblemente. No lo tengo claro.

—Es un buen sitio para eso.

Ella retrocedió hasta la cocina, donde Bunk estaba repantigado en el suelo y Bray usando su largo y ancho lomo a modo de carretera para su camión.

En su opinión, la cocina estaba razonablemente limpia y bastante bien organizada. Sin embargo, el antiguo comedor, con el piano, soportes y fundas para guitarras, la mesa de mezclas, el equipo de sonido y un mueble para partituras, dejaba que desear.

—Necesitas más espacio.

—Ya, bueno, por ahora me apaño. Si nos quedamos, será necesario llevar a cabo una ampliación para disponer de un estudio como Dios manda. Tal vez derribar esa pared. No sé, ya veremos.

—Yo diría que es más fácil dilucidarlo y decidirlo después de vivir una temporada aquí.

—Esa es mi idea, además de procrastinar.

Cuando Ty dejó la cesta sobre la encimera, Thea empezó a sacar las cosas.

—Puedes poner el horno a doscientos veinte y traer el pelador.

—¿A qué te refieres?

Ella lo miró mientras encendía el horno.

—Al utensilio para pelar zanahorias, patatas y cosas por el estilo. Puedo apañarme con un cuchillo de pelar, pero sé que la señora Leona tenía uno.

—Un cuchillo de pelar... Uy, estoy mareando la perdiz. —Abrió un cajón y sacó un pelador de patatas—. También nos gustan los crudités de zanahorias con salsa de acompañamiento. Vale, el pelador.

—Muy bien, a ver si encuentras otro. Después lo único que necesitamos para esto es mantequilla y las hierbas, pimienta y tomillo.

—Tengo mantequilla. No la tuya, porque esa la devoramos, y pimienta. La única hierba que hay es manzanilla.

Ella negó con la cabeza.

—Coge unas tijeras y ven conmigo un segundo.

Cuando salieron, Thea señaló hacia lo que quedaba del jardín de hierbas de Leona.

—Eso de ahí es tomillo. Hay que desbrozar esta zona.

Ty se quedó mirando con el ceño fruncido.

—Para eso habría que distinguir las malas hierbas de las otras, y después, qué es cada cosa.

—Efectivamente. Podemos dar una clase después de cenar.

Thea cortó tomillo.

Justo cuando entraban, se cruzaron con el niño y el perro.

—¡Vamos a correr!

—Quédate donde pueda verte.

Ella lo fue guiando a través de los diferentes pasos hasta meter el plato de zanahorias, aderezadas con hierbas y mantequilla, en el horno.

—¿Tienes patatas? —le preguntó.

—Claro. —Abrió un armario y sacó una caja de puré de patatas instantáneo.

—Rotundamente no. Ni pensarlo. Aparta eso de mi vista antes de que te pierda todo el respeto.

—Tampoco está tan mal.

—Fuera. Preferiría que confesaras que te dedicas a realizar trabajos sucios para la CIA antes que enseñarme copos de patata deshidratados y envasados.

—Fue solo un encargo, bueno, dos, pero ambos se lo tenían merecido. —Tras rebuscar en el congelador, sostuvo dos bolsas en el aire, una de bocaditos de patata y otra de patatas cortadas en juliana—. ¿Qué tal estas?

—Tyler, eso es penoso. Me apañaré con las que vienen cortadas para patatas fritas. De momento guárdalas. Los guisantes estarán listos enseguida, pero las zanahorias necesitan un rato. Entretanto podemos preparar las empanadillas. ¿Hay huevos?

—Queda un par. ¿Para qué?

—Ya puestos, necesito un bol para mezclar la carne y un huevo, un poco de romero (hay una bonita mata ahí fuera), sal y pimienta.

—Es que normalmente… —levantó las manos, las abrió y cerró con esos largos dedos— la mezclo con las manos.

—Puedes hacerlo, o… ¿Por qué no bates un huevo? Voy a por romero.

A su regreso arrancó las hojas del romero del tallo y las picó menudas. De pie junto a la encimera, hombro con hombro, le mostró cómo preparar la mezcla en un bol.

—Siempre hueles muy bien.

—Es el romero.

—Eso también, pero no, eres tú. Siento debilidad por las mujeres que huelen bien.

Ella levantó ligeramente la cabeza hacia él.

—He de agradecérselo a mi abuela por darme esa baza con sus jabones y lociones.

Justo cuando inclinó la cabeza, Bray dijo a voz en grito desde el otro lado de la puerta mosquitera:

—¿Cómo es que la vas a besar? ¿Se ha hecho pupa?

—No, voy a besarla porque es guapa, huele bien y está ayudándome a preparar la cena.

—Vale. Tenemos sed.

—Un segundo. —Procedió con el beso.

Cuando terminó de lavarse las manos y llenar un vaso de agua con cubitos, ella había amasado cuatro empanadillas perfectas.

—¿Cómo lo haces? A mí me salen más masculinas, o sea, deformes.

—Supongo que les doy un toque más femenino y delicado.

—Tienes algo. —Echó un vistazo a su alrededor—. Qué agradable es esto. Por lo general, para mí el tiempo que empleo en la cocina es una obligación: pensar qué pongo en el horno, en el microondas o en la parrilla, limpiarlo todo y luego vuelta a lo mismo. Qué agradable es esto.

—Yo disfruto cocinando. Pero, a no ser que coma en la casa de mi abuela o invite a mi familia o a amigos, estoy yo sola, así que, sí, esto es agradable. Hay que remover las zanahorias.

—Eso sí que sé hacerlo. Remover es una de mis habilidades.

«Y que lo digas», pensó ella. Él la removía por dentro sin el menor esfuerzo.

Thea hizo un apaño con las patatas y las metió en el horno mientras él encendía la barbacoa. A continuación cortó un tomate en rodajas y las dispuso en forma de abanico en un plato.

Una vez sentados a la mesa de pícnic, Ty le sirvió a Bray los guisantes y las zanahorias.

—¿Por qué tienen este aspecto?

—Porque son frescos.

—No me gustan frescos.

—Todavía no lo sabes. Y esa es tu zanahoria, la que has arrancado de la tierra.

Con aire dubitativo —y Thea vio lágrimas en sus ojos—, Bray cogió un poco con su cuchara.

—Vale. —Dio un bocado lo más pequeño posible, y seguidamente otro—. Está rico, papi. Me gusta lo fresco.

Ty suspiró aliviado.

—Nos hemos librado de un disgusto.

—Y papi ya sabe cómo cocinar zanahorias frescas.

—Gracias. —Tras lanzarle una elocuente mirada a Thea, Ty cortó una hamburguesa por la mitad, y después en otras dos mitades que puso en el plato de su hijo junto con unas cuantas patatas fritas.

—Me gustan las patatas fritas. Estas están más ricas que las tuyas, papi. Bunk también tiene hambre.

Thea se quedó boquiabierta cuando Ty le lanzó al perro uno de los trozos de hamburguesa que sobraban. El niño se desternilló y siguió comiendo guisantes y zanahorias.

—Su tope es media. —Ty se encogió de hombros—. Y Bunk está hambriento.

—No...

Pero él ya le había lanzado al perro el segundo trozo.

—A Bunk le gustan las hamburguesas. A mí también. Está más rica, papi.

Ty probó la suya.

—Sí, cierto. ¿Le has echado huevo batido?

—Y romero, aunque puedes aderezarla con otras hierbas. Bray, apuesto a que puedes jugar a los granjeros con tu papá y ayudarlo a desbrozar el jardín de hierbas aromáticas.

—Vale. Quiero más. —Abrió la boca mirando a su padre.

Y, cuando Ty metió una cucharada de guisantes y zanahorias en esa boca expectante, el corazón de Thea comenzó a bailar al son de la música.

—¿Más?

—Vale.

Ty le sirvió más.

—Mira lo que has hecho —comentó a Thea—. Vas a arruinarles el negocio a los de Birds Eye. Solíamos apostar por ellos.

—Compra patatas de verdad y te enseñaré a cortarlas a mano y freírlas.

—¿Qué?, ¿también vas a hundirles el negocio a los de Ore-Ida? ¿Quiénes son los siguientes? ¿Los de pasta en lata Chef Boyardee?, ¿los de pizza congelada Tombstone?

—Paso a paso.

Cuando Bray limpió su plato y se fue a jugar al pillapilla con Bunk, Thea ayudó a Ty a recoger.

—Ha repetido dos veces. Ha batido el récord en lo que a verduras se refiere.

—Mi abuela cultiva otras en el huerto, y yo también. Con mucho gusto le daremos todas las que coma. Oye, no debería haberme puesto tan machacona con lo de las verduras congeladas y la caja de puré instantáneo. He sido muy crítica cuando…

—No me lo he tomado a mal. —Sujetándola por las caderas, la giró hacia él—. Y ha repetido dos veces. Además me has quitado un gran peso de encima. Desbrozaré el dichoso jardín de hierbas.

—Bien, eso es…

Esta vez, cuando la besó, todo se detuvo. Y todo comenzó. En esta ocasión procedió con menos delicadeza, a tenor del ardor que aumentaba. Deslizó las manos en sentido ascendente por sus costados y las mantuvo ahí durante cinco pálpitos acelerados del corazón de Thea antes de deslizarlas hacia su espalda para pegarla contra él mientras el beso se intensificaba.

Ella se entregó al frenesí de que la tocara, la saboreara, la deseara. Oh, sí, se sintió deseada porque, bajo ese beso largo, lento, apasionado y diestro, notó ese anhelo y el apremio latente en él.

Lo que yacía dormido en su interior se despertó y reaccionó.

Él pensaba en ella a menudo, demasiado a menudo desde aquel primer día en que apareció apurada por el camino en dirección a él detrás de su descomunal perro.

Sin embargo, no había sido su intención ir más allá de esos pensamientos, por las complicaciones, demasiadas complicaciones, y los riesgos que conllevaba. Pero ella lo había arrastrado con su mera existencia.

Y, caray, olía de maravilla.

Llevaba mucho tiempo sin sentir el contacto de un cuerpo femenino contra el suyo. El de una mujer que no solo reavivaba sus ganas de vivir, sino que lo fascinaba, con la que podía conversar sin más. El de una mujer que al menos parecía entenderlo.

Cuando Thea le apretó el hombro, él se despegó de ella a regañadientes. Entonces ella lo miró con esos preciosos ojos azules obnubilados y embelesados.

—Ty…

—Dame solo un minuto más.

«Tan solo uno», pensó, al posar la boca sobre la suya de nuevo. Un minuto más para experimentar lo que le hacía sentir. La sangre caliente que corría por sus venas, el dulce anhelo del deseo apremiante, la ráfaga de imágenes que pasaban por su cabeza imaginándola debajo de él.

Se despegó de ella de nuevo, pero sin soltarla.

—Hace tiempo que deseaba hacerlo.

—Está claro. Sí, se ha notado. —Ella lo apartó con un empujoncito y retrocedió—. He de irme. Tengo que irme ya o me meteré en un lío. Debo dar de comer a las gallinas.

A él se le escapó una carcajada.

—Eso no es lo que un tío normalmente escucha cuando una mujer le para los pies.

—Es verdad, y no te he parado los pies. Bueno, ahora mismo sí. Ahora mismo estoy… Dios. —Agitó una mano en el aire con un ademán y dio otro paso atrás—. Es que… Esto suele dárseme mejor. Se me daba mejor.

—Si se te diera mejor, de hecho, lo mismo te suplicaría. Y con un niño fuera.

—Sí, con un niño fuera. Exacto. Me tengo que ir. Eh… —Se pasó la mano por el pelo y miró a su alrededor—. Por aquí. —De camino a la puerta, se detuvo—. Gracias por la cena.

—Prácticamente la has preparado tú.

—Vale. Bien por mí. —Respiró hondo y lo miró a los ojos—. Me retiro temporalmente y dadas las circunstancias, que quede claro.

—Lo he pillado. Lo mismo te digo.

—Bueno, buenas noches. Vamos, Bunk.

—Bunk se queda.

Tomó en brazos a Bray y se acurrucó contra él mientras la abrazaba.

—Bunk tiene que cenar, pero mañana lo mandaré para acá a jugar contigo.

—Vale. —Se zafó de ella y se abalanzó sobre el perro—. ¡Adiós! ¡Adiós! ¡Adiós!

Conforme subía la cuesta, con una sensación electrizante latente en el cuerpo, Thea dejó vagar la mente hasta donde se hallaba Ty, con su hijo enganchado al costado, observándola.

Y, a través de ese pequeño resquicio, Riggs se coló.

—Mírala, se ha puesto cachonda porque el hombretón le ha metido la lengua hasta la garganta.

Al ver a Riggs, sentado en el catre de su celda, su expresión desdeñosa, el brillo de odio en sus ojos, apretó los puños.

—¡Lárgate! ¡Fuera!

—Siempre supe que eras una zorra.

Ella se dio cuenta de que, más que entrar en su mente, pretendía arrastrarla. Arrastrarla hasta la celda con él.

—Te volveré a mandar allí, Riggs, a aquella isla, con tal de oír tus gritos.

—Que te jodan. Estoy aquí. Todo eso fue una gilipollez.

—¿Sí? —Para mantener el aplomo, posó la mano sobre la cabeza de Bunk—. A lo mejor la próxima vez mueres allí, y encontrarán tu cadáver en la celda. Tu cuerpo descuartizado, con la piel todavía humeante por las quemaduras. Ponme a prueba, cabrón, ponme a prueba y verás.

—Que te jodan —repitió, aunque ella percibió y notó su miedo antes de zafarse de él de nuevo.

—Ponme a prueba —susurró para sus adentros—. Porque, si no logro impedir que esta situación se repita, uno de nosotros no lo contará.

TERCERA PARTE

El don

Creer únicamente en las posibilidades no es fe,
sino una mera filosofía.

SIR THOMAS BROWNE

Quien al destino teme lo que depare, o siente poco merecer,
jamás pondrá la fe que tiene en osar arriesgarse a ganar o
perder.

JAMES GRAHAM

21

Lo había demorado lo máximo posible, pero si se afincaban allí —lo cual era cada vez más probable—, sería necesario matricular a Braydon en la escuela infantil. Su hijo necesitaba esa rutina, más amigos y, le gustara o no, separarse de él.

Decirse a sí mismo que dispondría de unas cuantas horas sin interrupciones, para estar a sus anchas, trabajar, ducharse tranquilamente, hasta para tocarse los huevos, no lo consoló.

Pero, puesto que su cometido consistía en hacer lo mejor para Bray, cumpliría con su obligación.

Todavía tenía un mes por delante hasta que el autobús escolar —ignoraba si habría uno— recogiera a su pequeño, lo engullera y apartara de él.

—Por Dios, Tyler, compórtate como un hombre.

Tuvo un anticipo de lo que se avecinaba, ya que se había organizado una cita de juegos en la casa de Rolan con Bray y Lucas. Disponía de dos horas a solas, y no se le ocurría qué hacer.

Podía, y debía, ponerse a trabajar. O terminar de montar el despacho-biblioteca, a medias. O hacer la colada, tarea que había postergado.

El problema era que existían demasiadas opciones. En coyunturas como esa, reconocía que se planteaba cómo consideró viable el pasar el verano, y mucho menos afincarse allí de manera definitiva, o retrasar su actual plan hasta Navidad.

«Con lo decidido que era antes», pensó mientras vagaba por

la casa, demasiado silenciosa, demasiado vacía. Pero, con la llegada de Braydon, todo cuanto hacía o dejaba de hacer requería tener en cuenta a un niño de corta edad.

No es que quisiera cambiar eso, ni por un segundo, por nada del mundo, por nada del maldito metaverso. Pero, por el amor de Dios, ojalá fuera capaz de recuperar esa capacidad resolutiva.

Reconoció que la cuestión no era solo Bray, sino las circunstancias en las que apareció en su vida. Encima, siempre le daba la impresión de que, a ojos de sus padres, estaba a punto de cometer otra tremenda equivocación.

¿Acaso su decisión de ir a Redbud Hollow, al menos a pasar el verano, no se debió en parte a la insistencia de sus padres en que estaba cometiendo una tremenda equivocación?

—Tal vez —masculló—. Tal vez, pero no ha sido el caso.

Cogió una foto que había enmarcado, una en la que su hijo aparecía tirándose por el tobogán, con Bunk el gigante esperando abajo.

—No, no ha sido una equivocación.

Caray, ¿entonces por qué sentía semejante inquietud?

A lo mejor por calentarse demasiado la cabeza con la mujer que vivía en lo alto de camino, con la que podía cometer una tremenda equivocación.

La deseaba, eso era innegable. Él era un hombre soltero y heterosexual y ella era preciosa, lista, interesante y amable. Ella sentía verdadero afecto, nada impostado, por su hijo; él había aprendido a distinguirlo rápidamente.

Y, maldita sea, echaba de menos el sexo.

Ella también lo deseaba a él, lo cual le venía muy bien.

Pero ¿y si daban el paso y no funcionaba? ¿Volverían al «hola, vecino» por las buenas? ¿Se evitarían?

¿Ignoraría ella a Bray y heriría sus sentimientos, puesto que él se había encariñado de ella y de su familia?

Era preciso considerar todo eso.

Cuando sonó el teléfono, se lo sacó del bolsillo y, al ver el nombre de su mánager en la pantalla, respondió como si le hubieran lanzado una cuerda salvavidas en un mar encrespado.

—Menos mal. Voy a volverme loco hablando conmigo mismo.

Se puso a caminar de un lado a otro, escuchó y respondió. Y sintió cómo Tyler Brennan, el músico, el compositor, tomaba las riendas de nuevo.

—Sí, sí, me parece bien. Como te he comentado, estoy haciendo ajustes en dos más, y en otra que acabo de empezar a componer. Creo que sí. El pasar aquí este verano me ha dado espacio.

Se detuvo y echó un vistazo a su improvisado y abarrotado estudio.

—Bueno, me ha inspirado. Sí, tengo claro que no quiero grabar ningún tema solo. Hazlo, claro. Gracias. Hasta luego.

Cuando colgó, pensó: «Al diablo con la colada, al diablo con colocar los libros o cualquier otra cosa».

Se sentó al piano y se puso manos a la obra.

Thea jamás estaba presente cuando Rem probaba la versión en fase beta de sus videojuegos. Primero, porque no cerraba el pico ni un segundo mientras jugaba y sus continuos comentarios la ponían de los nervios, y, segundo, al esfumarse brindaba espacio a los dos.

Así pues, se calzó las botas de montaña, se enganchó una botella de agua a la cintura y metió en la mochila un espray antiosos por si las moscas.

—¡Vuelvo en una hora! —dijo a voz en grito.

—Vale, vale. ¿Qué co...? ¿Serpientes? ¡Sabes que odio las malditas serpientes!

A sabiendas de ello, Thea sonrió al salir por la puerta trasera con Bunk.

—Tienes que enfrentarte a tus miedos, ¿entendido, Bunk? Y si consigue salir del hoyo de las serpientes, ganará una inyección de energía. —Tras meter la trenza por el hueco trasero de la gorra con visera, se la puso—. La necesitará.

El alarido, junto con la sarta de maldiciones que la acompañaron a la salida, hicieron que su sonrisa se tornara en una mueca maliciosa.

«Mordeduras de serpientes —pensó—. Más te vale encontrar el antídoto».

Al pasar junto al gallinero, las gallinas empezaron a cacarear y a mover y girar las cabezas. Un aterciopelado pájaro carpintero picoteaba con avidez el sebo del comedero. Una mariposa amarilla con manchas negras desplegó sus alas mientras libaba entre la profusión de equináceas malvas.

—Mira lo que tenemos —le dijo a Bunk al darse la vuelta.

Su cabaña, no tan pequeña, con las ventanas abiertas para recibir el día, el columpio del porche siempre a mano para cuando le apeteciera repantigarse. Flores por doquier, todo cuanto siempre anheló.

Dado que el huerto estaba cuajado de hortalizas, sería preciso recolectar algunas para envasarlas a lo largo del fin de semana, además de preparar salsa de tomate en conserva para el otoño y el invierno.

Le llevaría unas cuantas cestas a Maddy a la clínica para compartir con ella la abundante cosecha. Y a Ty.

A lo mejor le preguntaba a Braydon si le apetecía echarle una mano. De pequeña siempre disfrutaba de lo lindo llenando una cesta en el huerto de su abuela.

Aunque él era muy pequeño, ella se las ingeniaría para que resultara divertido.

La cantidad de veces que había oído su risa, arrastrada por el viento, y, en algunas ocasiones, una algarabía de risas que le decían que tenía a sus amigos en casa.

Oía la música de Ty, el piano, notas contundentes o suaves. O el rasgueo y punteo innegablemente sensual de una guitarra eléctrica.

En los tórridos días de principios de agosto fue caminando con ellos en dos ocasiones, cuando cuadraron horarios, a la granja de Lucy. Y en una de ellas, bajo el sol abrasador, cerca de donde se conocieron, compartieron otro largo y maravilloso beso.

Sin embargo, entre el trabajo de Ty y el suyo, entre los niños pequeños y las obligaciones, continuaron siendo, básicamente, vecinos.

Mientras remontaba el trillado camino, Thea concluyó que quizá fuera lo mejor. Él tenía sus cargas; ella las suyas. Y, mientras que las de Ty le aportaban alegría, las suyas proyectaban sombras sobre su vida.

A pesar de saber que podía contar cualquier cosa a su abuela, se calló el tema de Ray Riggs.

¿Para qué ensombrecer las vidas de sus seres queridos?

En realidad, él no podía tocarla. Con independencia de las veces que planeara fugarse y de sus maquinaciones para ello, que soñara con encontrarla y hacerle lo mismo que a sus padres y más, Thea dudaba que fuera capaz de transportarse más allá de aquellos muros carcelarios con algo excepto su mente.

Él jamás saldría del bosque como sucedió en su sueño. Lo único que podía hacer era provocarla, asustarla. Únicamente podía proyectar sombras como la sombra de sí mismo.

—Juegos mentales —masculló para sus adentros—. Eso es todo cuanto tiene. Y a mí se me dan mejor los juegos.

Sin embargo, era innegable que algunas noches se obligaba a despertarse porque él irrumpía en sus sueños.

Torció en dirección al claro de bosque donde se ubicaba la casa a la que en una ocasión su abuela llevó jabón y bálsamo para una cría que tenía tiña. Recordó al pequeño, más o menos de la edad de Rem en aquel entonces, que jugaba en el barro.

Calculó que ahora tendría unos veinte años; era cabo en el Cuerpo de Marines. La mediana, que ahora estudiaba en el instituto, trabajaba en el obrador del pueblo en verano. Y el benjamín —antes de que nacieran los gemelos—, un estudiante de sobresalientes, un as del atletismo, abrigaba la esperanza de conseguir una beca para convertirse en el primero de sus hermanos en matricularse en la universidad.

La madre, Katie, se encontraba en la puerta, tarareando en voz baja mientras tendía la colada en una cuerda. Llevaba un baqueteado sombrero de paja sobre la cabeza y un delantal atado a la cintura con bolsillos donde guardaba las pinzas de la ropa.

A la casita le habían dado una mano de pintura recientemente; Thea sabía que había dinero en el bote, puesto que el marido se había unido a la cuadrilla de Knobby hacía unos años.

El jardín albergaba un pequeño huerto de hortalizas rodeado de caléndulas.

Al sacar una funda de almohada del cesto de la colada, Katie vio a Thea y Bunk.

—Hola, Thea; hola, Bunk. Vaya día de calor que has elegido para una caminata.

—Pues sí, pero ha sido un paseo agradable. Todavía hay laurel de montaña en flor.

—Bunk, ve a beber del bol de Rufus. Los chicos se han llevado al perro con ellos a pescar; espero que traigan algo para la cena. Voy a traerte algo frío.

—No, estoy bien. —Thea levantó su botella de agua—. La casa está muy bonita, Katie.

—Billy y los chicos la pintaron el mes pasado. Te juro que cada día doy gracias por el hecho de que dejara la mina para trabajar con la cuadrilla de Knobby. En el fondo sé que eso le salvó la vida.

«Y puede que la tuya», pensó Thea. Seguro que Katie no había cumplido los cuarenta aún, y, a pesar de que acusaba el paso de los años, le pesaban menos que una década antes.

—Si quieres sentarte un rato, ya casi he acabado aquí.

—Lo haría con gusto, pero Rem está esperándome. Debería haber dado la vuelta ya, pero me he quedado hipnotizada.

Katie se rio.

—Es lo que tienen las colinas. No hay otro lugar así sobre la faz de la tierra.

—Para mí no. Me alegro de verte, Katie.

—Y yo de que hayas tomado este camino. Dale recuerdos a tu hermano de mi parte, y muchísimos más a tu abuela.

—Lo haré. —Como se conocían desde hacía quince años, Thea le dedicó una sonrisa cómplice y anunció—: Habrá pesca. —Y levantó en el aire seis dedos.

Con una exclamación de euforia, Katie dio una sonora palmada.

—Mejor será que termine de tender la ropa y que me vaya a mondar judías y a amasar pan de maíz.

Contenta con el paseo y la breve visita —y pensando que el pan de maíz parecía una magnífica idea—, puso rumbo de vuelta.

Puede que hubiera elegido un día caluroso para la caminata, pero el hecho de contemplar un rododendro silvestre aguantando en flor, de atisbar el movimiento de la cola de un zorro rojo al internarse entre la maleza y de escuchar los reclamos y respuestas de los pájaros del bosque le compensó con creces.

Poco después oyó algo más aparte del gorjeo de los pájaros y las ardillas cantarinas.

—¡Aúpa!

Caminó con un poco de más brío a medida que se aproximaba a una bifurcación en el camino. Al este, con aspecto sudoroso, Ty llevaba a Bray a cuestas.

—Vaya, un par de exploradores.

—¡Hola! ¡Hola! ¡Hola! —exclamó Bray, saludándola con una mano mientras mantenía la otra agarrada al pelo de Ty como si de una rienda se tratara—. ¡Hemos salido a andar!

—Solo uno de nosotros.

—Hemos visto un ciervo que tenía…

—Astas —apostilló Ty.

—¡En la cabeza! Y un conejo marrón, un pájaro rojo y, según papi, ¡una caca de oso!

—Suele haber en el bosque.

«Y yo veo a dos chicos sudorosos —pensó ella—, y el más grande parece estar un poco malhumorado».

Hizo un ademán con la cabeza en dirección a la botella de agua que Ty llevaba enganchada al cinturón.

—Se os ha acabado el agua.

—Alguien se ha zampado la botella.

—Entiendo. —Desenganchó la suya y se la ofreció.

—Gracias. —Bastó con un trago para mitigar gran parte del malhumor que destilaba.

—La próxima vez, una para cada uno.

—Sí. La última vez que vinimos por aquí, con una bastó.

—Seguro que hacía menos calor.

—Cierto, y hemos caminado más que la vez anterior. —Sostuvo en alto la botella—. Bray.

—Vale. —El agua se le derramó por la barbilla y por la nuca de su padre—. El agua fría está más rica.

—La limonada también está más rica, y tengo en casa. —Les dio la espalda—. Pásamelo.

—Pesa, no te preocupes.

Ella volvió la vista hacia él.

—¿Parezco débil?

—No, pero…

—Quiero que me lleve Thea.

—Solo un minuto —le advirtió Ty. Cuando se lo pasó, estiró la espalda—. ¿Qué hay por ahí arriba?

—Unas cuantas casas y cabañas, más colinas y un precioso rododendro que continúa en flor. Una amiga nuestra vive un poco más arriba.

Cuando comenzaron a bajar la cuesta, ella echó un vistazo a las zapatillas de deporte abotinadas de Ty.

—¿Cómo es que no llevas botas de montaña?

—Estas sujetan bien.

—Qué urbanita.

—Lo confieso. ¿Y cómo es que las mujeres de piernas largas se ponen botas con pantalones cortos?

—¿Por su buen agarre y comodidad para una caminata veraniega?

—Qué va, no es por eso. Es agradable salir así cuando no te mueres de sed y no vas cargado con trece kilos a la espalda. Avísame cuando te canses.

—Estoy bien. Has estado ocupado. Te he oído tocar.

—Ya le he pillado el ritmo. Le he enviado un par de temas a mi mánager para ver si he acertado. ¿Y qué tal tu ritmo? ¿A contrarreloj?

—Rem está en mi casa, probando la versión en fase beta del videojuego en el que estoy trabajando. Me dirá dónde he acertado y dónde no. Es mi peor crítico, lo cual lo convierte en el mejor.

—¿Puedo jugar con Bunk? ¿Puedo ver las gallinas? ¡Porfa!

—Si no tienes prisa, dispongo de tiempo.

—Me vendría bien una limonada y pasar unos minutos en una silla.

—Da la casualidad de que tengo ambas cosas. —Se detuvo e hizo una seña cuando torcieron en el recodo desde donde se divisaban las dos viviendas.

—Es bonito, ¿verdad? —La ondulación del terreno, la disposición de las casas sobre él.

—Sí. He matriculado a Bray en la escuela infantil.

—Voy a ir al cole con Rolan y Lucas. Mi maestra se llama... Se me ha olvidado, papi.

—La señorita Mansfield.

—Eso. Y tengo una mochila con una fiambrera para el cole y zapatos nuevos.

—¡Qué emocionante! ¿Te gustaría tener una mochila de *Aventuras en Endon*?

Notó un movimiento de entusiasmo sobre su espalda.

—¡Sí!

—Puedo encargarme de eso. Para —le advirtió a Ty antes de escuchar que no hacía falta que se tomara la molestia.

—Voy a correr con Bunk.

—Todavía está un poco empinado, campeón. Espera un momento.

—¿Cuántos días faltan para el cole?

—Dieciséis. No, quince. Madre de Dios.

—Madre de Dios —repitió Bray.

—No digas eso en el colegio. Venga, ya puedes correr.

Bray se escurrió y salió pitando, con el perro dando grandes zancadas a su lado.

—Me da la impresión de que no te hace tanta ilusión que vaya al colegio como a él.

—Por un lado sí y por otro no. Él lo necesita y yo también, pero...

—Es el siguiente gran paso. —Uno gigantesco que ella recordaba muy bien—. A mí me daba pavor la idea de ser la niña nueva en el colegio. Bray no tiene ese problema.

—Se muere de ganas.

—Entonces —lo miró fugazmente—, la estancia se va a alargar más allá del verano.

—Como mínimo hasta Navidad. Quiero ver cómo le va, cómo encaja en el colegio.

—El este de Kentucky es precioso en otoño.

—Parece ser que lo comprobaremos en persona.

La agarró de la mano. Cuando llegaron al final del camino, se detuvo.

—Me alegro de verte, Thea.

—Me alegro de verte, Tyler.

Sin soltarle la mano, él acercó la boca a la suya.

«Hasta Navidad», pensó ella cuando reanudaron la marcha. Le parecía otro regalo.

Rem salió por la puerta trasera.

—¡Hola, tren bala! —dijo en voz alta a Bray—. Hola Ty, ¿quieres una cerveza?

—Sí, por Dios.

—Eso está hecho. También hay ensalada de pasta en la nevera, y un poco de pan integral de ese que hornea porque piensa que es más sano. Está bastante bueno.

Para demostrarlo, dio un mordisco a la rebanada que sostenía en la mano.

—Le pago bien por probar las versiones beta.

—Yo también podría probar.

—No, aunque te daré de comer igualmente.

Cuando llegaron al porche, Rem ya había sacado la ensaladera. Abrió una de las latas de cerveza que sujetaba entre los dedos y se la pasó a Ty.

—No sabía que ibais a caminar juntos.

—Nosotros tampoco. —Ty bebió un buen trago—. Madre mía, esta cerveza es la mejor de la larga historia de la cerveza.

Cuando Thea entró a por el resto, Rem le preguntó a Ty:

—¿Cuáles son tus intenciones con mi hermana?

Ty bebió otro trago, más cauteloso, de cerveza.

—No sé si yo lo llamaría así.

—Amigo, reconozco las intenciones cuando las veo. Thea sabe cuidarse de sí misma y todo eso, pero tiene algunos puntos débiles que no muestra.

—Tomo nota.

—Vale, genial. Listo. ¿Quieres consejo acerca de algún otro tema? ¿Botas de montaña, sujeción de tobillos, agarre, serpientes?

—¿Serpientes? No hemos visto ninguna.

Con aire misterioso, Rem miró hacia la puerta mosquitera.

—A veces no las ves, pero ellas te ven a ti.

Cuando se sentaron a la mesa de pícnic, Rem le dijo a Thea:

—Te he dejado notas a punta de pala.

—No esperaba menos.

—El tercer nivel de juego de lucha es un pelín flojo.

Ella resopló.

—Sí.

—El hoyo de las serpientes es demasiado oscuro.

—Se supone que tiene que ser oscuro. Hay que ganarse la antorcha.

—Es imposible ganársela si no se ve nada. Oye, ¿y si las serpientes brillaran antes de morder? Así conseguirías ese destello fugaz, aun cuando costara la vida. Por cierto, me acribillaron a mordeduras, y eso que soy ducho en esto. Si no paran de matarte, te aburres.

—Serpientes brillantes. —Caramba, las visualizó—. De diferentes colores dependiendo del tipo y de lo venenosas que sean.

—Ahí está. Es la leche el juego, Thea.

—La leche el juego —repitió Bray, mientras masticaba pan integral generosamente untado con mantequilla.

—Perdón.

Ty negó con la cabeza.

—Suele ocurrir. Me pasa mucho en casa... ¿Por qué brillan? Por lo general, las serpientes no brillan.

—Buena pregunta. —Rem brindó con él.

—Porque han ingerido ratones contaminados por radiación a lo largo de los tiempos.

—Ella siempre tiene una respuesta.

—¿Cómo se contaminaron los ratones?

—En experimentos secretos realizados en un laboratorio subterráneo dirigido por el malvado Arkol Group, cuyo objetivo es dominar el mundo.

—Vale, eso lo explica. Entonces no es un juego de fantasía tipo *Endon*.

—Voy a llevar una mochila de *Endon* al cole.

—¡No me digas! —Rem reaccionó con un asombro desmedido al anuncio de Bray—. Yo quiero una.

—¿Vas a venir al cole conmigo?

—Ojalá... Hay algunos elementos de fantasía, por ejemplo, el laboratorio subterráneo de los malvados —le explicó a Ty—. Pero predominan las aventuras y la resolución de problemas. El capítulo de los acertijos es un pu... —Se mordió la lengua—. Un pelín desafiante.

—Buena jugada —comentó Thea—. Leeré tus notas a punta de pala y haré que las serpientes brillen.

—Estupendo, y convendría que Rowena fuera un poco más... —Cuando ahuecó las manos, las levantó con las palmas boca arriba y las movió en vaivén, a Ty le entró la risa y a punto estuvo de atragantarse con la cerveza.

—¿En serio?

—Sí. No así... —Separó los dedos—. Ya sabes, solo un poco más de... personalidad, teniendo en cuenta la compañía.

—Hablas como un adolescente.

Rem enarcó las cejas.

—¿Y cuál es el sector demográfico más activo en la industria de los videojuegos?

Thea siseó entre dientes.

—Los chicos menores de dieciocho años. Pero el promedio general es varón, de treinta y cuatro años, y lo normal es que a esas alturas un tío... Pero ¿qué estoy diciendo? Esa obsesión nunca desaparece.

—Lo que pasa es que estás celosa porque tú no tienes una gran personalidad.

—Fuera de mis tierras.

—De hecho, debo irme. Tengo una reunión en el pueblo en breve. Me llevo unas cuantas galletitas de chocolate para el camino. —Se inclinó y le plantó un sonoro beso en la nariz—. Te quiero.

—A menudo se escapa a mi razón, pero yo también te quiero.

—Es porque soy la mar de encantador. El encanto es lo que me ha proporcionado una cita esta noche con un pibón rubio con una gran personalidad.

—¿Qué? ¿Con quién?

Él sonrió con picardía y se levantó del banco sin más.

—Os veo luego.

Fue al trote hacia la casa y soltó la puerta mosquitera de golpe al entrar.

—¡Adiós! ¡Adiós! Es hora de jugar al pillapilla con Bunk.

—¡¿Qué rubia?!

—¿Puedo intervenir?

Con el ceño fruncido, Thea se volvió hacia Ty.

—Algo sé sobre personalidades, y la tuya es encantadora.

Ella puso los ojos en blanco, pero se rio.

—Gracias. Maldita sea, seguramente tiene razón en lo tocante a Rowena. Le gano, en el juego que sea, nueve de cada diez veces. Y esa décima vez es solo cuando le doy un respiro. Sin embargo, tiene ojo para los detalles en versiones en fase beta, para pequeños fallos y deficiencias técnicas que yo podría pasar por alto, al menos al principio, porque estoy demasiado enfrascada en ello.

—Es un alivio contar con alguien en quien poder confiar a nivel profesional.

—Sí, mucho.

—Eso me ocurre a mí con Mac. También con Blaze y Scott, pero sobre todo con Mac.

—Habéis escrito algunas canciones preciosas juntos.

—Es verdad, y seguiremos haciéndolo. Le pasé las nuevas antes que a mi mánager. Por cierto, tengo que volver al tajo. Supongo que tú también.

—Debería.

—Gracias por el combustible poscaminata. El miércoles tendré algo de tiempo libre. Voy a hacer otro intento de pollo a la barbacoa. El último fue un fiasco, pero intuyo en qué me equivoqué. ¿Estás dispuesta a arriesgarte?

—Sí. —Posó la mano sobre la suya—. En adobo, una hora, con mezcla para margarita y un chorrito de salsa de soja.

—Dudo que acierte con ese mejunje.

Thea le dio una amigable palmadita en la mano.

—Me lo agradecerás.

—A lo mejor, pero, si no, será culpa tuya. Bray, hay que irse.

—¿Puede venir Bunk? ¡Por favor!

—Silbaré para que regrese dentro de una hora.

Ty asintió con la cabeza.

—Vale, nos llevará a casa. Voy a darle un beso de despedida a Thea.

—¡Vale!

Ty tomó su cara entre las manos para besarla de nuevo, lo mismo que hizo en su cocina, de esa manera que hacía que a ella se le aflojara el cuerpo.

—Te llevaría por ahí, como en una cita como Dios manda, pero…

—No estás preparado para buscar y confiar en alguien que cuide de Bray. Me gusta estar en casa. Te confieso que le encuentro un rollo sexy.

—¿Estar en casa te parece sexy?

—Bueno, lo puede ser. Me refiero a lo del padre entregado. Lo encuentro sexy.

—Es bueno saberlo, ya que cuento con esa baza.

Bray trepó al banco, abrazó y besó a Thea con tal naturalidad y espontaneidad que la embargó de amor.

—¿Una galletita?

Metió media docena en una bolsa y, a continuación, tal como Ty solía hacer con ella, se quedó mirándolos mientras bajaban la cuesta de la mano y con el perro a su lado.

—Es hora de apechugar con ello, Thea. Estás enamorada de los dos.

Cuando desaparecieron de su vista, entró en la casa. Le habían inculcado, y creía a pies juntillas en ello, que dar o recibir amor era un regalo.

Ella había aceptado el regalo de dar amor.

22

Preparó una empanada al horno. En su opinión, si Ty fracasaba con el pollo, quizá ella encontrara la manera de arreglarlo. Si no, se tomarían la empanada de cerezas.

A medio camino, Bunk divisó a Bray correteando tras una estela de pompas que emanaban de la boca de una gran rana de plástico. Soltó un ladrido jubiloso y recorrió el último trecho a la carrera.

Thea vio el humo que despedía la elegante barbacoa y al hombre que, con unas pinzas en una mano y una cerveza en la otra, miró en su dirección y sonrió.

La música procedente del interior se dejaba sentir fuera a través de las ventanas y, por encima, el cielo lucía su pálido azul estival.

Para ella, el conjunto hacía perfecta esa tarde de agosto.

—Bunk muerde las pompas —le dijo Bray, y se rio a mandíbula batiente.

—Quizá debería comprarle una rana para hacer pompas.

—Mi papi sabe dónde. Pregúntale a mi papi.

—Lo haré.

Bray llevaba unas zapatillas de deporte de Spiderman, una gorra de visera plana de Grave Digger y una camiseta con un perro de montaña bernés. Si el ropero definía los gustos y pasiones de un niño, el de Bray cumplía su función.

«O es cosa de su padre», pensó. Era un hombre que conocía los gustos de su hijo.

Al subir al porche examinó el pollo que había sobre la barbacoa.

—Da la impresión de que le has cogido el tranquillo.

—Puede. ¿Qué hay en la cesta?

—Empanada de cerezas.

—A los hombres de esta casa les gusta. Las compramos en bolsitas individuales.

—A ver si a los hombres de esta casa les gusta la empanada que hay que cortar. Un momento; voy a dejarla sobre la encimera.

Al entrar aspiró un aroma familiar.

—Huele como a patatas asadas de mi abuela.

—Esperemos que sepan igual. Compré patatas de verdad y luego, cuando me pregunté cómo cocinarlas, le pregunté a Lucy, que me dio instrucciones.

A Thea le picó la curiosidad y se asomó al horno.

—Estoy impresionada.

—No cantes victoria todavía. Hay vino en la nevera si quieres servirte una copa.

—Ya lo creo. ¿Quieres otra cerveza?

—No, gracias.

Salió con el vino y miró al niño, al perro, los campos, las colinas.

—Esta es de esas noches en las que da la sensación de que el verano no termina. O piensas que ojalá no termine.

—Cuando yo era pequeño, el verano estaba lleno de emoción y pena.

—¿Por qué?

—Emoción porque no había colegio y, al mes siguiente, tampoco. Y luego pena porque se aproximaba el final.

—A mí me agradaba la expectativa del inicio del curso: las libretas flamantes, los lápices afilados…

—El aburrimiento de las clases, los deberes… Bray está entusiasmado ante la perspectiva; yo le sigo el juego. Sin embargo, en mi caso me moría de ganas de finalizar esa etapa de mi vida. La idea de ir a la universidad a estudiar Medicina, Derecho, o hacer un posgrado luego, pasar más y más años en aulas, me sumía en la tristeza. La música me salvó.

—Encontraste tu camino y tomaste tu rumbo. Después de que mis padres murieran, en mi primer día de clase aquí (creo que te lo conté) estaba aterrorizada porque era la nueva en el colegio, por si no había atinado con el peinado o los zapatos.

—Me he dado cuenta de que las chicas dan mucha importancia al calzado.

—Por supuesto que sí. Es lo principal. Pero tenía la ayuda de Maddy, y más tarde la de Gracie. Es curioso, y tierno, que esa parte de ellas acompañe a Bray en su primer día de colegio a través de Rolan y Lucas.

—Él no tiene miedo.

—¿Tú tuviste?

—Qué va, para mí era una lata. —Ty miró fugazmente a Bray, que intentaba morder las pompas junto con el perro—. Jamás se aburre.

El temporizador del horno sonó.

—Ese podría ser el aviso de la fatalidad.

—Vamos a averiguarlo.

Fue a la cocina a sacar las patatas del horno.

Cuando Bray anunció que la cena estaba riquísima, su padre asintió con la cabeza.

—Ha salido bastante rica. No voy a tirar la toalla del todo.

—Antes de que te des cuenta estarás intercambiando recetas mientras haces cola en la tienda y buscando en Google platos sustanciosos para el final de un día ajetreado.

—Qué horror. De todas formas tenemos nuestro plato para el final de un día ajetreado: se llama pizza congelada. Antes de que la inventaran, no me explico cómo las mujeres (porque en su mayoría eran mujeres) no salían despavoridas. Comprar los ingredientes, pensar qué preparar con ellos, cocinarlos, limpiar después y luego vuelta a lo mismo.

—Has pasado por alto hacer la colada, limpiar la casa, bañar a los niños, cambiar pañales…

—Hoy en día no. Eso es agua pasada, a Dios gracias.

—Podrías contratar ayuda doméstica, al menos para la limpieza.

—Entonces habría alguien pululando por la casa. ¿Cómo se supone que voy a trabajar con gente en medio? —Se encogió de hombros—. Ya viví esa experiencia. En su momento —añadió, haciendo un ademán con la cabeza en dirección a Bray—. Acabaron sacando tajada.

Thea, absolutamente horrorizada, se quedó boquiabierta.

—¿¿Te robaron??

—Sí, mi privacidad. Hicieron fotos y un par de entrevistas en la prensa amarilla.

—Vaya, qué horror. ¿Qué hiciste?

—¿Aparte de ponerlas de patitas en la calle? Nada. Si te metes en demandas, entras al trapo. Mi familia me echó un cable. También conté con la sobrina de Scott, a la que conocía, una canguro de confianza para cuando me encontrara en apuros.

Apuntó con la cerveza en dirección a ella.

—Tú no dispones de ayuda doméstica.

—Entonces habría alguien pululando por mi casa. ¿Cómo iba a sacar el trabajo adelante así?

Él se echó a reír y chocó el botellín de cerveza con su copa de vino.

—¿Cómo va el videojuego?

—Las notas a punta de pala de Rem eran perspicaces, lo cual me revienta y al mismo tiempo agradezco.

—Entonces ¿va a haber serpientes que brillan?

—Efectivamente —afirmó—. Me ha costado mucho tiempo y sudor atinar, pero funcionan de fábula.

—En el zoo vimos serpientes. ¡Serpientes gigantescas! Pero no tuve miedo. Bunk quiere jugar con las pompas.

—Vale. Voy a rellenarlo.

—La rana se bebe las pompas ¡y luego las eructa! —explicó Bray mientras su padre iba a por jabón líquido.

—Es increíble.

—Nosotros no debemos bebérnoslas, porque nos ponemos malitos, pero la rana sí. Mira.

Thea observó y se sirvió otra copa de vino.

—¿Sabes? No estoy segura de quién está más contento con esa rana para pompas, si Bray o Bunk. Lo mismo no tengo más remedio que comprarle una.

Tras comer empanada al atardecer, disfrutaron de la sobremesa mientras el niño perseguía mariposas.

Cuando se repantigó sobre la hierba con la cabeza apoyada
encima del perro, Ty se levantó.

—Está hecho polvo.

—Me parece que ha agotado a Bunk. Gracias por la cena, y
por el entretenimiento. —Sin darle tiempo a incorporarse, él
posó la mano sobre su hombro.

—Quédate. No tardaré mucho en acostarlo.

—Es que…

—Quédate —insistió.

Fue a por el niño.

—Más pompas.

—Ajá.

Mientras llevaba al crío en brazos, le cantó en voz baja.

¿Cómo iba Thea a resistirse a él, a eso, a todo aquello? ¿Y por
qué tendría que hacerlo?

¿Por qué no disfrutar de esa tarde de verano perfecta que se
había convertido en una noche de verano perfecta? La luz de la
luna resplandecía, las estrellas brillaban y una ligerísima brisa
arrastraba las primeras señales del otoño inminente.

Oyó la voz de Ty, suave como un deseo, a través de la ventana
mientras acostaba a su hijo.

Cuando el destino concedía un regalo, era una estupidez
rechazarlo.

Se levantó, llevó los platos de postre a la cocina y se puso a
trajinar con el único objetivo de tranquilizarse. Mientras tanto,
Bunk dio vueltas en círculo y se repantigó en el suelo de la cocina
a dormitar a sus anchas.

Cuando oyó que Ty regresaba, se giró.

—Ha caído rendido. Cuando llega la hora de irse a dormir,
no es tan simple como meterlo en la cama y ya está. Esta noche
ha sido una excepción. No se le presentarán muchas oportunidades como esta una vez que vaya al colegio.

—En una noche como esta lo suyo es trasnochar hasta que el
cuerpo aguante.

—Eso mismo he pensado yo.

La rodeó con sus brazos.

—Y tú no tienes cuatro años, de modo que todavía es temprano.

Ella se estiró para besarle y pensó: «No». Para ella, era demasiado tarde.

En su interior se despertaron viejos y nuevos anhelos, todos ellos avivados por un beso en la cocina, con la caricia vespertina del verano a través de las ventanas y el cuerpo tibio de Ty apretado contra el suyo.

—Acompáñame arriba, Thea. Ven a la cama conmigo.

—Lo deseo. —¿Por qué negarlo?—. Es que…

—Está grogui. Y no haremos ruido.

Desatada, apretó la cara contra su hombro.

—Me contendré.

—Acompáñame arriba y lo comprobaremos.

La agarró de la mano. A ella le resultó muy natural y, de nuevo, muy espontáneo, caminar por la casa con él, escaleras arriba. Como si todo, desde el instante en que lo vio en la margen del camino con su hijo de la mano, hubiera conducido a eso.

Al pasar junto al cuarto de Bray, vio que dormía, sujetando un perro de peluche y un volquete bajo el brazo.

—Duerme con un juguete.

—Como todo el mundo, ¿no?

La condujo por el pasillo al dormitorio y, con sigilo, cerró la puerta.

Aunque ella solo había estado en esa habitación una vez, la noche en que falleció Leona, se fijó en que había algunos cambios.

La cama era diferente, las líneas más elegantes, maderas oscuras, un televisor de pantalla plana en vez de un espejo sobre la cómoda, estores en vez de cortinas en la ventana.

—Es de tu estilo.

—Supongo que le he imprimido sencillez. Necesita una mano de pintura, pero…

La giró para estrecharla entre sus brazos.

—Algunas cosas pueden esperar; otras es imposible demorarlas más.

Sin despegar la boca de la suya, la condujo hasta la cama. Ella sintió los latidos de su corazón contra el suyo, su mano acariciándole suavemente el pelo de arriba abajo.

Sí, la espera había finalizado.

—En cierto modo creía que vería a algún tío subiendo la cuesta a pie o en coche hacia tu casa, pero eso no ha ocurrido ni una sola vez en el transcurso del verano.

—Desde hace más tiempo.

—Voy a preguntarte el porqué. Siéntete con la libertad de decirme que no es de mi incumbencia.

—Teniendo en cuenta dónde estamos, sí lo es, al menos en parte. Porque nadie excepto tú me ha hecho desear vivir un momento como este desde hace mucho tiempo.

Ty tomó su cara entre las manos.

—Y a mí nadie excepto tú me ha hecho desear exponerme a vivir un momento como este desde hace mucho tiempo.

El comentario le arrancó una sonrisa a Thea.

—Supongo que habrá que realizar otra prueba para comprobar si recordamos cómo se hace.

—Esa parte me la sé. Se empieza así.

Bocas fundiéndose, lenguas rozándose, manos en movimiento.

—Voy a añorar el verano —musitó él— cuando dejes de ponerte vestidos como este.

Le bajó la cremallera y, cuando el vestido cayó a los pies de Thea, la levantó en volandas para sacarla de ese montoncito de ropa del suelo y se quedó mirándola, con las manos en jarras.

—Te he visto a pleno día, te he imaginado bajo la luz de la luna. Te he imaginado así. Puedo decir que eres preciosa, pero me quedo corto.

—Para mí es más que suficiente.

Ella le tiró hacia arriba de la camiseta y se la quitó. Seguidamente posó la mano contra su torso.

—Aquí estás. Tengo tu corazón bajo mi mano. —Agarró su mano y la apretó contra su pecho—. Y el mío está bajo la tuya.

Cuando comenzaron a moverse al unísono, pensó de nuevo que parecía algo muy espontáneo, muy natural. Piel con piel, corazón con corazón. Sus manos no vacilaron al desabrocharle los vaqueros, porque jamás había estado tan segura de nada como del deseo de estar con él.

Al tumbarse en la cama se colocaron frente a frente. Cuando se miraron a los ojos y se sostuvieron la mirada, ella percibió todo cuanto ansiaba en los suyos.

Despacio, como si cada instante rogase ser saboreado, empezaron a moverse de forma acompasada.

Él no la había buscado, no; había dejado de buscar a alguien como ella. Sin embargo, Thea había entrado en su vida de buenas a primeras, aportándole lo que necesitaba. Ella llenaba un espacio que él había mantenido vacío, deliberadamente vacío.

Y representaba lo único que faltaba en su vida: una mujer a quien desear y amar, y en quien confiar.

Deslizó las manos de arriba abajo por sus brazos, por aquellos largos y estilizados brazos a los que había visto blandir una espada como una guerrera. Vio cómo sus ojos, con aquella mirada azul penetrante a la luz de la luna, escudriñaban los suyos como si lo conocieran mejor que nadie.

Cuando la besó, ella le correspondió con tanta ternura que colmó ese gran vacío.

Su aroma lo excitó; le nubló la mente hasta tal punto de no pensar en nada salvo en ella. Cuando notó bajo su mano que a ella se le aceleraba el pulso, que se le cortaba la respiración con un suspiro, se permitió ir a más.

Su boca, sus manos, la llevaron lentamente, *in crescendo*, al éxtasis, donde se estremeció antes de quedarse sin aliento.

Ella se arqueó debajo de él, al tiempo que sus dedos le tiraban del pelo para acercar su boca a la suya de nuevo.

Él tocó de muchas maneras su cuerpo, su corazón, su mente; ella se entregó por completo a él, sin miramientos, y con sus manos exploró la suave piel que cubría su torso definido, sus largas extremidades y sus prietos músculos.

Conforme Thea acariciaba la pequeña cicatriz sobre su cadera izquierda por la herida que se hizo al colarse por el agujero de una valla metálica a los ocho años, pensó en el chiquillo de aquel entonces, en el hombre en que se había convertido.

Él, con las yemas de los dedos encallecidas por las cuerdas de la guitarra, la excitó al deslizarlas suavemente por su cuerpo.

Cuando su anhelo se fundió con el de ella, Thea se arqueó de nuevo, a modo de bienvenida. Y en el encuentro se miraron de forma constante.

Sus cuerpos se elevaron y descendieron a ritmo acompasado con una lenta cadencia.

Ella mantuvo la mirada aferrada a la suya, el cuerpo aferrado al suyo, mientras se entregaban el uno al otro a la luz de la luna, mientras la suave brisa estival refrescaba el ardor de su piel.

Él observó cómo ella alcanzaba el clímax de nuevo, y, rindiéndose, la acompañó. Maravillosamente relajada, yació debajo de él.

El mundo había cambiado; nunca más volvería a ser el mismo. Ella conocía el amor, su pureza y su poder. Sabía qué se sentía al albergarlo en su interior.

Con independencia de lo que sucediera, nadie se lo arrebataría.

Cuando él ladeó la cabeza y apretó los labios contra un lado de su cuello, ella pensó que el amor era como florecer por fin después de un largo invierno de espera.

Ty se apoyó sobre los codos y bajó la vista hacia ella. Una vez más rozó sus labios con los de Thea.

—Quédate.

—Es que…

—Tiene cuatro años, Thea. Bueno, casi cinco, pero para el caso es lo mismo. Solo diremos que, como estabas cansada, te quedaste a dormir.

—¿Que estaba cansada?

—Lo estarás. —La besó en la frente, en las mejillas, en los labios—. Llegados a un punto.

—¿Y no le extrañará?

Rodeándola entre sus brazos, se giró para invertir las posturas.

—Vamos a averiguarlo.

El grito sacó a Thea con brusquedad de un sueño aterciopelado. Con el corazón desbocado, prácticamente saltó de la cama antes de oír la risa.

A su lado, sin abrir los ojos, Ty masculló:

—Prepárate. Ahí viene.

A continuación oyeron pasos apresurados, Bray abrió la puerta de golpe e irrumpió en el dormitorio con el perro.

—¡Papi! ¡Es hora de despertarse! ¡Bunk está aquí! Estaba en mi cuarto. Mira.

Bray, con el pelo tan desmelenado como la alegría en su mirada, trepó a la cama con su bóxer de Spiderman.

—Hola —dijo a Thea, y se apretujó entre ella y su padre—. Esa camiseta es de mi papi.

—Es que… me la ha prestado.

—Vale. ¡Bunk ha dormido en mi cuarto! —Se encaramó a la espalda de Ty, lo zarandeó un poco más y le dio unas palmaditas en la cabeza—. ¡Es hora de despertarse!

—Ya me he enterado.

—Has dormido en la cama de papi.

—Sí, es que…

—Bunk ha dormido en el suelo de mi cuarto. Vamos a jugar con los camiones.

—Buena idea —comentó Ty—. Anda, ve.

—Vale. —Tras saltar de la cama, salió como una flecha de nuevo con Bunk a la zaga.

—Supongo que no le ha extrañado.

—Thea, se ha despertado con un perro en su habitación. De haber habido cinco mujeres conmigo en la cama, le habría dado igual.

—¿De veras?

Ty abrió uno de sus ojos verdes.

—Es un ejemplo que no he extraído de mi experiencia. Aunque, en una ocasión, en una gira, me parece que fue en Chicago…

—Corramos un tupido velo para que mantengas los huesos intactos; mejor te pregunto si tienes un cepillo de dientes de sobra.

—Tengo cabezales de repuesto para el cepillo eléctrico. —Se

incorporó y, con el pelo tan alborotado como el de su hijo, se frotó la cara—. Dios. Un café.

Señaló vagamente en dirección a la puerta y salió de la cama. Cuando se disponía a marcharse, ella se levantó con más cautela y se aseguró de que la camiseta prestada le cubriera lo que era necesario cubrir.

Él retrocedió antes de llegar al umbral.

—Cuarto de baño, cepillo de dientes, un cabezal nuevo, pasta de dientes y café.

—Vale, gracias.

Él sonrió.

—Tienes buen aspecto. —Y se fue.

Mientras el niño estrellaba los camiones en el cuarto situado al otro lado del pasillo, entró al baño. Dos cepillos de dientes y un tubo de dentífrico estaban colocados sobre un taburete delante del pequeño tocador.

El más pequeño estaba decorado con Spiderman lanzando una telaraña. Nada más coger el de Ty, le vino una imagen fugaz de él, con Bray en el taburete a su lado, cepillándose los dientes. A pesar de reconocer que deseaba recrearse en esa imagen, la apartó de su pensamiento. «Es intrusivo», se recordó a sí misma.

Se miró en el espejo. Le pareció que el comentario sobre su buen aspecto era subjetivo, y pensó que ojalá tuviera un cepillo para el pelo.

Bray abrió la puerta de golpe.

—Me hago pis —anunció. Ella tenía la boca llena de pasta de dientes.

Y el niño procedió.

Tras tirar de la cadena, se dio la vuelta y la miró fijamente.

—Mi papi dice que hay que lavarse las manos después.

Thea asintió con la cabeza y se las ingenió para enjuagarse la boca y apartarse con el fin de que Bray pudiera subir al taburete. Se puso a agitar las manos bajo el agua.

—¿Y si te las enjabonas un poco? —Pulsó el dispensador de jabón líquido sobre sus manos.

—Ese cepillo de dientes es de mi papi.

—Como no me he traído el mío, me lo ha prestado.

—Yo tengo uno de Spiderman.

—¿Quieres cepillarte los dientes?

—Vale.

Ya que estaba allí, supervisó el cepillado; un cepillado desastroso. A Bray le hizo gracia cuando le limpió la espuma de la cara con una toalla de mano.

—¿Y si desayunamos?

—¿Es sábado?

—No, es jueves.

—Jo. Los sábados puedo tomar Froot Loops.

—Yo podría hacer tortitas.

Se le marcó el hoyuelo al sonreír.

—Me gustan las tortitas. Se les echa sirope por encima.

—Pues voy a vestirme y a ponerme manos a la obra.

—¡Voy a decírselo a mi papi!

Thea se puso el vestido y, por la fuerza de la costumbre, hizo la cama. Al estirar las sábanas le vinieron imágenes de escenas con Ty encima de ellas.

«Esto no es intrusivo», pensó, y mulló las almohadas. Ese recuerdo le pertenecía.

Encontró al padre y al hijo abajo, ambos todavía sin vestir, en la cocina.

—He dejado salir al perro; da la impresión de que lo ha agradecido. No sé cómo te gusta el café. He oído un rumor sobre tortitas. Tengo esto.

Le mostró una caja de maicena. Thea le lanzó una mirada compasiva y a continuación abrió la nevera.

Encontró un mísero huevo, un cartón de leche prácticamente vacío y media barra de mantequilla. Acto seguido cerró la nevera.

—Se me ocurre una idea. ¿Por qué no desayunamos en mi casa? Así me ayudas a dar de comer a las gallinas, Bray. Además, Bunk también querrá desayunar.

—¡Vale! —Bray enfiló hacia la puerta.

—¿Y si primero te pones unos pantalones? —dijo, y luego preguntó a Ty—: ¿Te parece bien?

—Si eso incluye tortitas, me apunto. Vamos a vestirnos, campeón. Tengo la lista de la compra preparada —añadió cuando salía de la cocina.

Al cabo de unos minutos aparecieron vestidos y con el pelo algo domado. Le hizo preguntarse cómo se las ingeniaban los hombres para hacer todo tan deprisa.

—Iremos en mi coche y así voy después a la tienda directamente.

Se apretujaron en el coche, Bunk incluido, para realizar el corto trayecto cuesta arriba.

—¡Las gallinas!

—Se pondrán contentas de verte. Ve a saludarlas, yo iré enseguida.

—Ni siquiera has tomado café —comentó Ty mientras entraban por la puerta principal—. ¿Cómo eres capaz de formar frases coherentes antes de tomar café?

—Es uno de mis muchos superpoderes. Primero atenderé a los animales. —Cogió la cesta para los huevos y sacó un recipiente de la nevera—. Sírvete tú mismo si te apetece otro.

—Te acompaño.

Se quedó mirándola mientras sacaba con una paleta comida para perros de un saco que había dentro de un arcón en el porche y se encaminaba hacia donde se encontraba Bray, que estaba hablando a las gallinas.

Y habría jurado que ellas le contestaban.

«Qué estampa», pensó Ty cuando ella entró en el gallinero. Thea con ese vaporoso vestido veraniego, las gallinas pululando a su alrededor, y su hijo, entusiasmado cuando le dejó verter una especie de bolitas en un comedero, que las gallinas atacaron al instante.

Ella sacó del recipiente sobras: lechuga, tal vez, y un cuscurro de pan que entregó a Bray para que lo desmigara y esparciera.

—Son solo pequeños manjares —le explicó a Ty—. A ellas les gusta picotearlos.

—¿Son cáscaras de huevo lo que hay en el bol?

—Sí, por el calcio. Pierden un poco al poner los huevos.

—¿No te parece un pelín… canibalístico?

—Solo son cáscaras, Ty, y no tengo un gallo para conseguir huevos fértiles. Veamos lo que nos deparan hoy.

Tomó de la mano a Bray, lo condujo a los ponederos y lo cogió en brazos.

—Tienes que sacar el huevo con mucho cuidado, con mucha delicadeza, para que no se rompa.

—¡Qué grande!

—Esa es Zippy. Pone huevos gigantescos. Busquemos en este. A veces les gusta jugar conmigo al escondite.

Fueron registrando los ponederos.

—Guau, hoy hay cinco. Nos has traído suerte.

—Uno, dos, tres, cuatro, cinco. ¡Cinco huevos, papi!

—Voy a ponerlos en una huevera para que te los lleves a casa.

—Vale. —Bray se abrazó a sus piernas y corrió a anunciar la noticia a su padre, a pesar de que este se hallaba a dos pasos de él.

Thea cerró el gallinero.

—Vamos a preparar las tortitas.

Dejó que el crío la ayudara, algo que Ty sabía por experiencia que, con independencia de lo que se tratase, conllevaba el doble de tiempo y quintuplicaba el desastre.

Pero la paciencia de Thea parecía infinita, incluso cuando Bray echó un vistazo a la leche y exclamó:

—¡Puaj! Esta leche no es como la que compra mi papi.

—Es suero de mantequilla.

—¿Por qué?

—Porque con el suero de mantequilla las tortitas salen deliciosas.

Tras poner beicon en una especie de papel sobre una bandeja, lo metió en el horno, lo cual suscitó el interés de Ty, ya que a simple vista ensuciaría menos.

Para cuando Thea vertió la mezcla sobre una plancha caliente, Ty ya se había tomado la segunda taza de café y se sentía persona.

Y, de alguna manera, ella se las ingenió para dar la inconfundible forma de un camión monstruo a una tortita.

—¡Mira! ¡Es un camión monstruo!

—Ya lo veo. —Impresionado, enarcó las cejas mirando a Thea—. ¿Es otro de tus superpoderes?

—Solo se lo revelo a los buenos amigos.

Cuando se sentaron a la mesa, delante de beicon crujiente,

frutas del bosque de temporada y sirope en una vasija de barro calentada en el horno, Ty cortó en trocitos la tortita de Bray.

—¡Me estoy comiendo una rueda! Qué rica. Con el suero de mantequilla las tortitas salen deliciosas.

—Y que lo digas. Gracias por esto.

—Es agradable desayunar en compañía.

—Si el sábado preparo algo diferente a la barbacoa, ¿te apetecería?

—Sí.

—¿Puede Bunk dormir en mi cuarto otra vez?

Thea sonrió al niño y miró al padre.

—Seguro que le gustaría. Seguro que será otra noche agradable. Se avecina tormenta bien entrada la noche.

—¿Cómo lo sabes?

Se encogió de hombros.

—Soy una chica granjera.

Después de desayunar se quedó en el porche, con su vaporoso vestido veraniego, diciéndoles adiós con la mano.

Bray, sentado en el asiento trasero con un camión monstruo en la mano, dijo:

—Ojalá Thea preparara el desayuno todos los días.

Ty miró fugazmente a su hijo por el espejo retrovisor y a continuación más atrás, hacia Thea, que se disponía a entrar en la casa.

—Le salen buenos.

23

Thea soñó con una tormenta, con Riggs acechando bajo un viento huracanado. Atisbó sus ojos con el destello de un relámpago, oyó su voz bajo el repiqueteo de los truenos.

Y tomó una decisión.

Descorrió la cortina, abrió la ventana a la tormenta y se internó en la celda.

Él, sentado en el catre, sonreía maliciosamente.

—He estado esperándote, Foxy Loxy.

¿Habría hurgado en su mente hasta averiguar ese apelativo con el que su padre solía dirigirse a ella o a Rem?

Había hurgado más hondo de lo que ella se imaginaba.

Pero a costa de un precio. Se fijó en las ojeras que le oscurecían los ojos y en las profundas arrugas que le surcaban las comisuras. En el rictus de su boca, como el de una marioneta.

Las canas entreveradas en su pelo, un pelo que raleaba.

Con treinta y tres años, su rostro era el de un hombre camino de los cincuenta que había llevado una vida de excesos.

—No tienes muy buena pinta, Ray. ¿No duermes bien?

—Duermo como un puto bebé.

Ella se rio con retintín.

—Los bebés suelen despertarse llorando cada pocas horas.

—Estoy estupendamente, duermo estupendamente. ¿Acaso no te he traído aquí?

—Sí, aquí estoy. —«Manteniendo el control», se recordó a sí

misma. Sin perder el control—. Pensé: «¿Y si voy a visitar a Ray?». Ha pasado tiempo, pero no ha cambiado gran cosa. ¿Cuánto llevas ya aquí? —Se dirigió con tranquilidad a la puerta y apoyó las manos contra ella—. Quince años. Fíjate, Ray, has pasado casi media vida detrás de esto. —Dio un golpe con el puño sobre el acero—. ¿Qué se siente?

—Salgo. Salgo mucho.

—No es lo mismo, ¿a que no? Valerte del don que corrompiste para salir de estos muros, para observar a la gente yendo y viniendo a su antojo, comiendo helados y tomándose algo en el bar del barrio. ¿Eres capaz de aspirar el aire que anuncia la primavera o el césped recién cortado una mañana de verano? —Se giró hacia él—. ¿Mitiga eso en cierta medida el hedor que se respira aquí, ese tufo a aislamiento y desesperación? Lo dudo. Más bien te corroe, te corroe porque sabes que en realidad jamás volverás a vivir fuera de estas rejas, de estos muros.

—Tú me metiste aquí.

—Así es. Solo tenía doce años, y te metí aquí. Y, Ray, ese fue el logro personal más extraordinario de toda mi vida.

—Saldré e iré a por ti.

—Siempre dices lo mismo, pero aquí estás.

Él sonrió con malicia de nuevo.

—Tú también.

Cuando se abalanzó sobre ella, Thea se giró para esquivar el cuchillo que empuñaba en la mano. Notó cómo la hoja se hendía en su hombro, sintió el repentino dolor lacerante y el impacto de la puerta al estamparse de espaldas contra ella.

—Aquí estás —repitió él.

Cuando hizo amago de asestarle una puñalada, ella lo esquivó y se zafó de él.

Desde su cama, lo oyó gritar:

—¡Morirás aquí antes que yo!

Alguien voceó: «¡Cierra la puta boca, Riggs!».

Pero él se rio, y, cuando su risa se apagó, cuando Thea regresó a su habitación, al murmullo de los truenos de la tormenta que se alejaba, se llevó una mano al hombro y presionó.

Y se quedó mirando la palma de su mano, embadurnada de sangre.

Justo después del amanecer se sentó a la mesa de la cocina de su abuela. No le quedó más remedio que reconocer que se había guardado demasiadas cosas. Mientras relataba el incidente, Rem se apartó, se puso a caminar de un lado para otro, se quedó mirando a través de la puerta mosquitera y continuó inquieto.

Lucy, sin embargo, permaneció inmóvil, en silencio hasta el final.

—Déjame ver tu hombro.

Thea se levantó la manga de la camiseta. Se había dado puntos de aproximación en el corte superficial.

—Es poco más que un arañazo —señaló Thea—, pero… ¿Alguna vez has conocido un caso como este?

—No. ¿La has limpiado bien?

—Sí, y la he untado con tu pomada. No es profunda, y…

—¡Por el amor de Dios, Thea! —Fuera de sí, Rem levantó las manos con un ademán—. Ese hijo de puta te ha cortado, te ha hecho sangrar. Podría haberte matado.

—No sé hasta qué punto eso es cierto. Simple y llanamente, no lo sé. ¿Nana?

—Esto se me escapa. Desconozco cómo le fue posible herirte así, y cómo era consciente de esa posibilidad.

—Creo que sé la respuesta a lo último. —Se quedó mirando su café y lo apartó a un lado—. Se metió en uno de mis sueños. Sucedió justo después de que Ty y Bray se mudaran aquí. Y, Rem, te agradecería que te ahorraras cualquiera de tus comentarios de sabelotodo.

—En este momento no me siento muy sabelotodo que digamos.

—Soñé que hacía una bonita noche y que estaba sentada en el porche trasero, con Ty tocando la guitarra. Era un sueño plácido, inocente, tan solo una fantasía agradable e inofensiva. De pronto, Riggs apareció de entre el bosque, armado, y disparó a Ty. —Cerró los ojos durante unos instantes—. La sensación fue muy real, todo tenía un cariz muy real. Y Ty... Alcancé a notar su sangre en mis manos. Ty me echó la culpa. —Se llevó las manos a la cara y las deslizó por el pelo—. Eso me alteró, me asustó, me enfureció, así que... decidí vengarme. Pensé que, si lo amedrentaba, si conseguía que sufriera, que realmente sintiera todo eso, se acobardaría, me dejaría en paz de una maldita vez. Pero no ha sido así, nana. Se han producido más episodios que me he callado.

—Ya hablaremos de eso. ¿Qué hiciste?

—Crear un sueño, un juego que saqué de mi archivo de ideas para futuros proyectos. Diseñé el juego y, tras testarlo, lo recreé en un sueño y arrastré a Riggs.

Mientras lo narraba, Rem se sentó de nuevo y negó con la cabeza.

—Ese es el videojuego que diseñaste, la versión que yo probé en fase beta. *La Isla de los Peligros*, con hoyo de serpientes incluido.

—Bueno, más o menos. De hecho, el que lo obligué a jugar era mucho más violento, solo para dos jugadores, y más sencillo. —Levantó las manos con un ademán—. Fui a por todas. Disfruté coaccionándolo para jugar, recreándome en cómo fallaba, oyéndolo gritar. Usé mi don para eso, a sabiendas de que se me concedió para ayudar, no para lastimar a nadie.

—Ojalá hubiera oído sus gritos. —Rem alargó la mano y estrujó la de Thea—. Tal y como yo lo veo, contraatacaste.

—Lo amedrenté y dejó de incordiarme durante un tiempo. Me dejó en paz una temporada, pero...

Como Rem era incapaz de entenderlo de la misma manera que su abuela, Thea miró a Lucy.

—Yo tampoco voy a reprochártelo. Él fue a por ti, y le plantaste cara. Sin embargo, corriste un tremendo riesgo, Thea. Para colmo, lo mantuviste en secreto.

—Es que no quería lidiar más con eso, nana. Simplemente no deseaba que esa puñetera nube siempre se cerniera sobre nosotros. Quería..., lo único que quería era ponerle fin.

—¿Tú sola? —replicó Lucy—. ¿Con tus propios medios?

El tono dolido que destilaba la voz de su abuela le caló más hondo que el cuchillo de la mente de Riggs.

—Yo pensaba, sinceramente, pensaba que podría manejarlo. Me veía capaz.

—No nos ocultes más cosas. Dejemos eso claro.

—No lo haré, y siento haberlo hecho.

Miró a Rem.

—Lo lamento porque los dos teníais derecho a saber lo que hizo, lo que nos hizo a todos. Puede que yo sea el objetivo de lo que maquina ahora, pero, a pesar de ello, nos afecta a los tres.

—No lo olvides. Y la próxima vez que se te ocurra una manera de devolverle el golpe, primero lo hablamos.

—De acuerdo. Creo que mi idea del juego lo acobardó, salió malparado, pero me temo que por otro lado le proporcionó otro medio para acosarme, un medio que le permite adivinar más cosas de mí. Me llamó Foxy Loxy.

—Como papá solía hacer a veces.

—Sabe más cosas acerca de mí de lo que yo me figuraba. Es probable que sepa… —tras una pausa, suspiró y confesó—: que pasé la noche con Ty.

—Eso merece una frase de película —comentó Rem—. Me decanto por: «¡Menuda sorpresa para Armstrong y Aldrin!».

Lucy miró al techo con un ademán.

—Anda, mira, he recuperado al sabiondo que llevo dentro. Caray, Thea, habría que estar ciego para no verlo venir.

—¿Sabe Ty algo de esto? —preguntó Lucy.

—No. No voy a… Nosotros… No. ¿Acaso no tengo derecho a iniciar una relación, a ver cómo nos va, sin contaminarla con todo esto?

—Claro, y la decisión está en tus manos. No obstante, Thea —Lucy le apretó la mano—, es difícil forjar una relación auténtica cuando ocultas una parte de tu identidad.

—La única vez en la que revelé esa parte a alguien que me importaba fue un fracaso.

—No deberías juzgar a Tyler o a cualquier otra persona con el mismo rasero de los defectos de alguien. Tómate el tiempo que necesites; cuando llegue la hora, lo sabrás. Pero me voy a poner firme en una cosa; no suelo hacerlo, pero ya sabes que, cuando ocurre, no transijo.

—Sí, abuela.

—No regreses a esa celda bajo ningún concepto.

—Te lo prometo. Le está costando arrastrarme allí, y ha pagado un alto precio por sus actos. —Se llevó la mano al hombro—. Parece enfermo. Le dije que el don lo corroía, a nivel físico y mental, y eso es justo lo que está pasando. Sangra por la nariz y por los oídos. Realizar semejante esfuerzo durante tanto tiempo le está pasando factura.

—No más, déjalo estar.

—Eso es lo que quiero, dejarlo estar donde está. Ha urdido infinidad de maneras de fugarse, probablemente más de las que conozco. Se mete en la mente de otros presos, de guardias, de médicos, de cualquiera que le sea posible, y escarba en busca de algo que le sirva para huir. Eso también está pasándole factura.

Aunque se le había enfriado, bebió un sorbo de café.

—Debería haberos contado esto con pelos y señales en vez de daros unas pinceladas. Lo siento.

—No nos protejas —le reprochó Rem—. Nos protegemos los unos a los otros.

—Por eso no dejo que este muchacho se separe de mí. —Lucy se ladeó, tiró de Rem y le dio un beso en la mejilla—. Puede que sea un sabelotodo, pero el sabio que lleva dentro suele superar al engreído. Bueno, hay que atender a los animales.

—Te echaré una mano. Bunk y mis gallinas ya están servidos.

—Bien. Acompáñame a traer a Rosie del prado.

Cuando se marcharon, Lucy miró hacia atrás y vio que Rem se encaminaba al gallinero.

—He esperado para decírtelo, puesto que sé cómo pueden reaccionar los hermanos: estás enamorada de Ty. Lo veo con claridad, me resulta inevitable.

—Sí, completamente. Sé que es ridículo, pero…

—¿Por qué? El amor no es ridículo, a pesar de que puede hacernos sentir ridículos. Es un hombre estupendo, eso está más claro que el agua, y está criando a un niño alegre y feliz.

—De quien también estoy completamente enamorada. Y te preguntarás por qué, siendo cierto, no soy sincera del todo con él. Necesito tiempo —explicó mientras abría la cancela del cercado—. Además puede que se marche. No ha tomado una decisión en firme. Supongo que necesito que lo tenga claro antes de plantearme seriamente revelarle mi don.

—Me parece razonable.

Thea se tomó su tiempo y disfrutó de cómo transcurría: las noches en el porche de Ty o en el suyo, un domingo en la granja comiendo en la mesa de pícnic mientras Bray retozaba con los perros.

Mientras agosto tocaba a su fin, mantuvo a Riggs a raya.

Construyó sus propios sueños, tal como hacía desde la infancia. Él no tenía cabida en ellos.

Si pagaba un precio por ello —un repentino dolor de cabeza, una noche agitada, un nudo de pánico en la garganta—, le restaba importancia frente a la posibilidad de mantenerlo a raya.

La noche anterior al primer día de colegio, bajó un trecho de cuesta justo hasta divisar luces encendidas en la casa de Ty.

Se imaginó a un niño pequeño nervioso de anticipación y a un padre un pelín acelerado. Se detuvo, con la brisa aún cálida del verano, y acarició a Bunk en la cabeza.

—Les irá muy bien. El padre no dormirá mucho esta noche, pero les irá bien.

Antes del amanecer, Bray se encaramó a la espalda de su padre.

—¡Es hora de despertarse! ¡Es hora de ir al cole!

—Por Dios, Bray. Todavía falta una hora para levantarse. Vuelve a dormirte.

Ty se dio la vuelta y lo acurrucó con él en la cama.

—Puedes quedarte aquí, pero duérmete.

—¡Tengo hambre! Dijiste que podía desayunar Eggos y beicon como el que hace Thea.

—Todavía está oscuro.

—Es que me muero de hambre. —Le dio unas palmaditas a su padre en la mejilla—. Me muero de hambre, tengo que cepillarme los dientes y vestirme, y tú tienes que atarme los cordones de los zapatos nuevos porque yo todavía no sé. Y dijiste que me tenías que hacer fotos.

—Me estás matando, Bray, me estás matando.

Indiferente ante el comentario, Bray se rebulló y siguió hablando a borbotones al tiempo que Ty se aferraba a la ilusión de dormir.

Tal y como había ocurrido a las dos de la madrugada, mientras miraba absorto al techo, se imaginó el autobús escolar como un tiburón amarillo dentudo y a Bray como el pez payaso —gracias, Nemo— al que engullía.

O a las tres, cuando estaba conciliando el sueño, hasta que imaginó a su hijo en una escuela vacía y a oscuras, llorando por su papi.

¿En serio pensaba que sería más llevadero cuando Bray creciera? En aquellos momentos en los que había acunado, paseado e intentado calmar a un bebé berreando al que le estaban saliendo los dientes, se había convencido a sí mismo de que las cosas mejorarían.

En aquellos momentos en los que había lidiado con la frustración, las dificultades y el empeño frenético en enseñarle a usar el orinal, pensó que las cosas mejorarían sin más remedio.

En aquellos momentos en los que había realizado un sumo esfuerzo por controlar el pánico cuando a Bray le subía la fiebre a 39 °C, prometió a su hijo y para sus adentros que las cosas mejorarían.

En general, así era, aunque no siempre. Por desgracia, no siempre.

—Baja y prepárame un café.

—¡Papi! —Con una risita tonta, Bray le dio unas palmaditas en la mejilla de nuevo.

—En cuanto crezcas lo suficiente, tu principal cometido va a ser prepararme el café.

—Vale.

Ty abrió los ojos y contempló el rostro pegado al suyo, pura dulzura, rodeado de pelo enmarañado.

—Te quiero, Bray. Eres un monstruo.

—¡Arg, ñam, ñam! Te quiero, papi. ¡Tengo mucha, mucha, mucha hambre!

—Ya, ya, ya. ¡Cómete esto! —Y se puso a hacerle cosquillas hasta provocarle el delirio.

Al final se levantó y se dirigió a la planta baja arrastrando los pies. Se bebió el café a tragantadas mientras Bray corría a toda velocidad por la casa como un energúmeno.

Cubrió una bandeja para galletas con papel para horno, un artículo cuya existencia desconocía hasta que buscó «beicon al horno» en Google.

Metió rápidamente el beicon en el horno y, a continuación, como el café no había terminado de hacerle efecto, tuvo que buscar «beicon al horno» otra vez en internet para informarse de los siguientes pasos.

—Veinte minutos, campeón. Vamos a cepillar esa mugre de tus dientes.

—¡No es mugre!

—Lo sería si no te obligase a cepillártelos.

Al cabo de veinte minutos se tomó la segunda taza de café con beicon y cereales. Constató que el hambre canina de Bray no era broma, ya que se tomó cuatro lonchas de beicon y dos tazones de Eggos.

Lo cual le hizo temer que vomitara el desayuno en el autobús y que comenzara su etapa escolar con un episodio humillante.

Ayudó a su hijo a vestirse y le impartió otra clase con el procedimiento para atarse los cordones. En ese sentido, Bray le estaba cogiendo el tranquillo. Guardó la preciada fiambrera de *Endon* con la comida en la preciada mochila de *Endon*.

«Gracias, Thea».

Revisó el contenido dos veces: una botella de agua con cierre hermético, un cartón de zumo, una muda de ropa, bóxer incluido —por si acaso—, una colchoneta para la siesta, el camión monstruo de turno, un estuche de ceras, pegamento en barra y crema solar.

Todo ello etiquetado, siguiendo las indicaciones.

A medida que el reloj hacía tictac, sus nervios aumentaban.

—Oye, Bray, podría llevarte al colegio y entrar contigo solo para…

—¡No, papi! Prefiero el autobús. ¡Me voy con Lucas y Rolan!

Si un niño que aún no había cumplido los cinco años pudiera dar muestras de estar absolutamente horrorizado, Bray lo logró de manera magistral.

—De acuerdo, solo era una sugerencia. Oye, recuerda lo que hemos acordado. Atiende a tu maestra y comparte con los demás niños. Y no digas ninguna palabrota de papi.

—Vale.

—Vale. Muy bien, el autobús estará al caer, así que vamos a colgarte la mochila.

Mientras ayudaba a su hijo a engancharse la mochila, mientras acariciaba el pelo a su pequeño, se sintió casi abrumado de amor.

¿Por qué no podía quedarse allí, con él, protegido y a salvo sin más?

«Es lo que hay», se recordó a sí mismo. Las cosas no funcionaban así; era una putada.

—Qué bien lo vas a pasar.

—Fenomenal.

—Bueno, ya está. Ponte junto a la puerta para sacarte una foto.

Lo fotografió allí y después en el porche. Instantes después oyó el ruido sordo del autobús que se aproximaba.

—Recuerda que tienes que esperar a que frene.

—¡Que sí, papi!

Agarró a Bray de la mano para encaminarse hacia la carretera. Las fauces del autobús se abrieron.

—¡Hola! —La conductora, una mujer con el pelo gris acero cortado a tazón, sonrió de oreja a oreja—. Soy la señorita Sally. Y tú debes de ser Braydon.

—Voy al cole.

—Claro que sí. Sube a bordo.

Ty, haciendo un sumo esfuerzo para no aferrarse a él, se obligó a darle un suave beso con naturalidad.

—Anda, arriba, campeón. Date la vuelta, sí, justo ahí.

Fotografió a Bray, con el semblante radiante, en los escalones del autobús amarillo.

—¡Adiós, papi! ¡Adiós!

—Es innegable que está listo —comentó la señorita Sally cuando el niño enfiló el pasillo.

—Sí, la verdad es que sí.

«Supongo que yo no», pensó cuando la conductora le dijo adiós con la mano y la puerta se cerró.

Permaneció allí, escuchando el rugido del autobús al alejarse con la mayor parte de su corazón dentro. Después aguardó un poco más en la quietud absoluta de la mañana.

Se dijo a sí mismo que podía volver a acostarse, recuperar algo de sueño, pero sabía que era una tontería.

Entró en su casa, donde el silencio retumbaba como el de las sirenas. Se dirigió a la planta de arriba a hacer las camas, por qué no, y a limpiar el inevitable desastre que Bray provocaba al cepillarse los dientes.

Puso una lavadora, deambuló por las habitaciones y sopesó seriamente la idea de pasar la aspiradora.

Y, al mirar la hora, cayó en la cuenta de que el autobús ni siquiera había llegado al colegio aún.

—Por el amor de Dios, Ty, que no se ha ido a la guerra. Tranquilízate, joder.

Había compuesto la letra de una canción, pero no había afinado la melodía, y mucho menos los arreglos.

«Ponte con eso», dijo para sus adentros, y se acomodó en el estudio.

Su mente divagó unas cuantas veces, hasta que se centró en el trabajo.

Compuso el esqueleto de la melodía al piano, luego pasó a la guitarra, incorporó el bajo y su voz y, por último, agregó el sonido para darle armonía. Tras escuchar la grabación, realizó algunos ajustes y la escuchó de nuevo.

Llegó a la conclusión de que necesitaba otros oídos, de modo que llamó a Blaze por FaceTime.

Blaze, con el pelo recogido en un moño alto, una cicatriz en la ceja izquierda a consecuencia de una pelea en un bar en sus tiempos y los ojos marrones de párpados caídos, le sonrió fugazmente.

—Eh, tío, me has pillado. Estoy sentado junto a la piscina tomando mi bebida favorita: un puñetero té frío. Vida sana.

—Tienes buen aspecto.

—Ahí le has dado. Y mira lo que tengo aquí. —Agitó un paquete postal azul delante de la pantalla—. Estoy leyendo un guion. Soy una condenada estrella televisiva.

—Las vueltas que da la vida.

—A mí me gustan las vueltas. ¿Dónde está mi campeón?

A Ty se le revolvieron las entrañas al pronunciar en voz alta:

—En su primer día de colegio.

Blaze soltó el guion y puso derecha la butaca reclinable.

—¡No fastidies!

—Hace un rato lo he dejado en el autobús… Dios, hace tres horas. Voy a mandarte una foto. Básicamente se subió sin pensárselo dos veces y se despidió con un «Hasta luego, papi». Es muy feliz aquí.

—¿Te vas a convertir en un muchachote de Kentucky, tío?

—Eso parece. Tiene amigos, el perro de la vecina, campo para correr, lo cual hace todo el rato. Estoy pensando en construirme un estudio. Tienes que venir, con Mac y Scott. Me vendría bien que me orientarais un poco.

—Iremos.

—Además he estado trabajando en una canción. Me da la impresión de que está bastante lograda.

—¿La ha escuchado Mac?

—Está de gira, creo que en California, así que todavía no.

—Yo soy el segundón. —Blaze se encogió de hombros y se puso cómodo—. Pónmela.

Ty pulsó la tecla de reproducción y asintió con la cabeza al escuchar las notas de apertura y las primeras estrofas.

«I see her in sunlight, and she shines. All day I wonder when she'll be mine. I see her in moonlight, and she glows. In my heart, the longing grows. I see her».

«Sencilla», pensó Ty. Lenta y sencilla. Sin cambios de clave arriesgados, sin excesivos arreglos de acompañamiento en absoluto.

Blaze permaneció en pantalla con los ojos cerrados. Después de la última nota los abrió.

—Es romántica.

—Ese era el objetivo.

—Pues objetivo cumplido. ¿Sabes? Sonará en millones de bodas.

—Un subproducto que no viene mal. ¿Funciona?

—Joder, ya lo creo. Me han dado ganas de buscar a mi chica y hacerla girar suavemente. Tío, ¿estás enamorado?

—No. —Entre risas, Ty negó con la cabeza y, acto seguido, se encogió de hombros—. Puede que haya algo.

—Deja que lo adivine: la vecina sexy de ojos azules y piernas de vértigo con un perro descomunal.

—Me hace tilín.

—Entonces tengo que ir a dar el visto bueno a la que te ha pillado con la guardia baja. ¿Qué me dices del campeón? ¿Qué opina?

—Mi hijo está loco por ella. El perro descomunal es inofensivo. El otro día ella dejó a Bray que la ayudara a dar de comer a las gallinas, a recolectar los huevos y a hacer tortitas. Es... diferente, no se parece a nadie que yo conozca. Pero es normal, ya me entiendes, no de esas que preguntan: «¿Qué te parece si me pones una dedicatoria en este CD de Code Red para poder sacar pasta en eBay?». Ni de las que publican en internet que Tyler Brennan la invitó a pollo a la barbacoa.

De pronto, Blaze levantó la mano en la pantalla.

—Espera, espera: ¿cocinaste pollo?

—Estoy cultivando habilidades desaprovechadas. El local de comida para llevar más próximo se encuentra a veinte kilómetros de distancia.

—Tío, estás en medio de la nada.

—En comparación con Filadelfia, sí. Y es una faena, porque me gusta esto. Me siento bien aquí. Bray se siente bien aquí.

—Iremos por allí y te pondremos el sello de aprobación de Code Red. Ya veremos cómo nos las ingeniamos. Tío, te echo de menos.

—Yo también.

—Voy a colgar antes de ponerme blando. Ah, una cosa: deberías grabar ese tema tú mismo. No empieces —dijo antes de que

Ty replicara—. No hay necesidad de hacer un álbum, basta con el sencillo. Sin conciertos, sin gira. Piénsatelo. Ya hablaremos.

Sin más, cerró sesión y dejó a Ty con el ceño fruncido delante de la pantalla.

Puede. Puede que se lo pensara.

Y puede que construyera un estudio como Dios manda. De ese modo, cada vez que quisiera grabar, tendría la posibilidad de hacerlo allí mismo.

Recibir a gente conocida en la que confiaba.

Tal vez se lo planteara. Tal vez.

Pero en ese preciso instante debía ocuparse de sacar la ropa que había metido en la lavadora.

Esa tarde, cuando el autobús se detuvo, Ty estaba fuera esperando. Bray salió atropelladamente.

—¡Papi! ¡Ya estoy en casa!

Fue corriendo a su encuentro para que Ty lo levantara en volandas.

—¿Qué tal ha ido?

—¡He conseguido *dos* pegatinas!

—¡No me digas!

—Sí, porque me sé el alfabeto entero, sé contar hasta cien y conozco todos los colores. Sé que mezclando el amarillo y el azul sale el verde como el Grave Digger, y…

Ty lo escuchó mientras lo conducía a la casa.

—Tengo un montón de amigos.

—Seguro que sí.

Como cualquier otro niño de la historia de la infancia, según supuso Ty, Bray dejó caer la mochila al suelo.

—Y como Joey no se sabía el alfabeto, Kevin se burló de él y lo señaló, y yo dije que eso estaba mal, y me dio un empujón.

—Un segundo. ¿Qué?

—Y la señorita Hanna dijo que eso no estaba permitido, y Kevin tuvo que pedirme perdón, a mí y a Joey, y yo ayudé a Joey con el alfabeto y me gané otra pegatina.

Ty se puso en cuclillas.

—Eres un buen chico, Braydon.

—Vale. Y nos pusimos a jugar con los camiones o a armar bloques, la señorita Hanna nos leyó un cuento sobre dinosaurios e hicimos dibujos de nuestro primer día de cole. Tengo hambre.

Dado que había indagado, Ty tenía un tentempié preparado. Al sacarlo, pensó: «Hemos sobrevivido al primer día».

Al final de la primera semana se sentía como un veterano. Había adoptado una rutina, algo flexible pero efectiva: vestir al niño —el momento de levantar a Bray jamás conllevaba dificultades y se preguntó si eso cambiaría—, prepararle un desayuno como es debido, guardar su comida en una fiambrera y esperar el autobús.

Cuando cayó en la cuenta de que podía ir al supermercado solo, lo hizo, pero advirtió que echaba de menos su compañía. Limpió la casa a su manera, a saltos. Procedió a su estilo, es decir, metiéndose de lleno hasta salir a la superficie.

Y empezó a hacer planes —poco definidos pero, al fin y al cabo, planes— para ampliar la casa, pintarla y quizá reformarla un poco con tal de disponer de un dormitorio principal con una ducha en la que no se diera coscorrones o codazos cada dos por tres.

El último día laborable de esa primera semana fue consciente de que su vida allí no era un proyecto, sino una realidad.

Decidió dar un paseo por la cuesta que conducía a la casa de Thea porque le daba la impresión de que Thea Fox formaba parte de la vida que había creado.

El perro corrió en dirección a él, aunque Ty ya estaba acostumbrado.

—Vengo solo —le dijo a Bunk—. Él no ha llegado todavía.

Tras mirar con aire esperanzado hacia el camino durante unos instantes, el perro se resignó y recorrieron juntos el último trecho.

Ella se hallaba en el porche delantero, con el pelo recogido en una trenza, regando macetas de flores.

«Sí, a la luz del sol, resplandece», pensó.

—Me ha extrañado no oírte tocar hoy. Esta semana has estado ocupado con tu música.

—Sí. —Ty se detuvo junto a los escalones del porche—. Esta semana he tenido muchos ratos de silencio.

—Me gustó oír lo que había estado haciendo en el colegio cuando pasasteis por el camino hace un par de días. Y a ti te gustará oír que, según su maestra, amiga mía, es un sol.

—Ayer consiguió tres pegatinas y estaba bastante orgulloso de ello.

—Tres pegatinas es algo de lo que presumir. —Inclinó ligeramente la cabeza—. Da la impresión de que te apetece entrar.

—Es que me apetece entrar. Espero no pillarte trabajando.

—Rem terminó la primera ronda de la versión en fase beta hace una hora.

—¿Qué tal?

—Lo bastante bien como para haber enviado los archivos a mi jefe. Ahora estoy en vilo. —Dejó la regadera en el suelo y se apretó el estómago—. Me he dejado la piel en este proyecto. Procuro dejarme la piel en todos, pero este...

—Serpientes que brillan —comentó él, y subió al porche.

—Serpientes que brillan, jabalíes, ciénagas de arenas movedizas y volcanes.

—Parece peligroso. —Deslizó la mano por su trenza.

—Por algo se llama *La Isla de los Peligros*. No espero recibir noticias de Nueva York hasta la próxima semana como muy pronto, así que estoy ansiosa.

—A lo mejor puedo hacer algo para calmar tu ansiedad.

Ella levantó la cabeza hacia él.

—A lo mejor.

De pronto la levantó en volandas y a ella se le cortó la respiración.

—Vaya, es un comienzo muy prometedor.

—Hay más —le aseguró, y la llevó en brazos al interior de la casa.

24

Después de que *La Isla de los Peligros* recibiera el visto bueno, Thea decidió tomarse dos semanas libres antes de regresar al universo paralelo que había aparcado.

Días cuyo tiempo dedicaría a caminar por las colinas, a realizar una limpieza a fondo para el otoño, a recoger la cosecha, a pasar ratos con los amigos y la familia.

Tiempo para leer libros, ver películas, hornear repostería y quizá dibujar un poco por gusto en vez de por obligación. Y tiempo para compartirlo con Ty, si su trabajo se lo permitía, durante la jornada escolar.

Para ella, eso equivalía a unas vacaciones más ideales que un viaje a París, y solo se vieron alteradas puntualmente por un dolor de cabeza o ligeras náuseas cuando Riggs forcejeaba con el cierre de sus ventanas.

Sin embargo, en ese sentido su confianza se había afianzado. Ganaría esa batalla.

Mientras el otoño se respiraba en el aire, hizo lo que se le antojó.

Y se le antojó reanudar el trabajo después de un descanso, cuando se sintiera fresca y renovada.

Si se preguntaba cuánto tiempo podría continuar así su vida —la lucha de voluntades con Riggs; la casa que, por primera vez, le parecía demasiado vacía; el hombre y el niño de las inmediaciones que en realidad no le pertenecían—, se recordaba a sí misma lo afortunada que era de tener un don, un hogar y al hombre y al niño en las inmediaciones.

Entonces Maddy dijo que sí.

—¿Qué fue de los seis meses?

—Arlo es un pillo. —Maddy se sacudió la melena, dobló las piernas y se acomodó en el sofá de Thea—. El muy cabroncete —comentó, y bebió un trago de vino.

—Enséñame el anillo otra vez. —Tiró de la mano izquierda de Maddy—. Un pillo —convino, al tiempo que admiraba el diamante de corte princesa— con excelente gusto.

—¿A que es bonito?

—Es precioso. Estoy muy contenta. —Se arrojó a los brazos de su amiga y se mecieron en un abrazo—. Contenta por ti, por el pillo de Arlo y por mí.

—¿Por qué por ti?

—Porque mi mejor amiga va a casarse con un pillo que en realidad es un tío estupendo que la quiere con locura. Y va a pedirme que sea su testigo en la boda. Ya estás tardando, caray.

—No sabía que fuera necesario. ¿Lo harás?

—Sabes que sí. ¡Oh, Dios mío! —Saltó del sofá y dio una vuelta en círculo—. ¿Cuándo? ¿Cuándo es la boda?

—La próxima primavera, probablemente en mayo. Intentó embaucarme para fijar la fecha justo después de Navidad con el argumento de empezar el año recién casados. ¡Como si yo me lo fuera a tragar!

Maddy bufó con desdén.

—No es que vaya a organizar una boda por todo lo alto. Sí que quiero un vestido magnífico, pero…

—¡Nos vamos de compras! —exclamó Thea en tono cantarín—. ¡A buscar un vestido de novia para Madrigal!

Maddy gimoteó y se llevó las manos a la cara.

—Cierra el pico. Y tienes libertad para elegir tu vestido: el estilo, el color, lo que sea. No voy a imponer mi criterio en lo tocante a eso. Bueno, te sentaría fenomenal el azul, un azul claro primaveral, pero —levantó una mano con un ademán— tú decides. No voy a comportarme como una de esas… Oh, Dios, Thea.

Con los ojos como platos y un gesto de desesperación, Maddy entrelazó los dedos a modo de ruego.

—Por favor, no permitas que me convierta en una de esas.

—¿De esas qué?

—Novias.

—Pero vas a ser una novia. —Eufórica, Thea realizó una bonita y grácil pirueta—. Una novia de primavera. —Con una segunda pirueta, añadió—: Una novia preciosa. —Y, con la tercera, hizo una reverencia.

—Pero no una novia desquiciada, una de esas no, Thea. Si empiezo a ponerme en ese plan, debes impedirlo. Ese es tu cometido como mi testigo, no mi dama de honor, porque me niego. Tú no eres una puñetera dama, y yo tampoco lo soy. Tú eres mi alma gemela.

—Siempre lo seré. Me pondré un vestido azul porque me favorece. Estás en tu derecho de desquiciarte un pelín, pero no permitiré que pierdas los papeles y se te vaya totalmente la olla.

—Promételo.

—Te lo prometo solemnemente. Hay que elegir un segundo color. Rosa no; el rosa no va contigo. Debería ser el verde.

—Hecho. Qué fácil.

—Y hay que elegir las flores, el tipo de ramo que llevarás, la música…

—Thea, ¿te vas a desquiciar?

Ella ni siquiera se lo pensó.

—Desde luego, pero tampoco perderé los papeles. Conozco los gustos de mi amiga, y no va a querer la marcha nupcial del inicio ni la de clausura tradicionales en la ceremonia.

—No, ni de coña.

—¿Ves? Voy a ayudar, en calidad de alma gemela. Encontraremos la música perfecta, que encaje contigo y con el pillo del cabroncete con el que vas a casarte.

—Sí. —Con cierto alivio, Maddy bebió más vino—. Está bueno.

—Seguro que tu familia está entusiasmada.

—Si mi madre fuera capaz de dar un salto mortal, lo habría hecho. Mi padre me abrazó con tanta fuerza que a punto estuvo de romperme una costilla.

—Quieren a Arlo.

—Sí. Yo también. Quiero a ese pillo cabroncete.

—Vamos a por más vino y a por mi tableta para buscar vestidos de novia. ¡Hazlo por mí!

—Bueno, si es por ti… Quiero que sea blanco. —Maddy se las ingenió para parecer apesadumbrada y a la vez resignada—. Me da rabia tener tantas ganas de un vestido blanco. Bueno, blanco, lo que se dice blanco, no. Me favorece más el marfil, un blanco más cálido. ¿Qué pasa? —preguntó cuando Thea se llevó la mano a la sien.

—Nada.

Maddy la agarró del brazo y la miró a los ojos.

—Un dolor de cabeza. Te lo noto. Y ha sido repentino. Cuéntale a la doctora McKinnon.

—No es nada, de verdad. Es… Riggs. A veces me agobia y eso me provoca un ligero dolor de cabeza, pero pasajero.

—¿Con qué frecuencia?

—Maddy…

La doctora desbancó a la novia.

—¿Con qué frecuencia, Thea?

—Un par de veces a la semana, a veces tres.

—¿Un dolor de cabeza repentino dos o tres veces a la semana? ¿Qué más?

—Un poco de náuseas. No siempre, y también son pasajeras. Solo duran unos minutos.

—¿Vómitos? ¿Visión borrosa?

—No, no. De verdad, es…

La doctora la interrumpió.

—Voy a sacar el maletín del coche para hacerte un reconocimiento. Y a darte cita para un chequeo, incluida una resonancia magnética.

—Maddy…

—Así descartamos cualquier otra cosa. Hazlo por mí; yo voy a mirar vestidos de novia por ti.

—Es a causa de Riggs…

—Así descartamos cualquier otra cosa.

Dado que saldría más airosa enfrentándose a un ninja fantasma que a Maddy, Thea claudicó.

Dos días después se dejó examinar, tocar y pinchar con una aguja y durante la resonancia magnética descubrió que tenía un pelín de claustrofobia.

Cuando se sentó en la sala de reconocimiento, totalmente vestida de nuevo, entró Arlo.

—Maddy ha tenido que atender un imprevisto. No queríamos tenerte esperando. Nada importante. —Tomó asiento, con su bata blanca sobre unos tejanos y un estetoscopio asomando del bolsillo—. Se trata de una paciente que se pone un poco nerviosa si la atiende alguien que no sea Maddy. Puedes esperarla si lo prefieres.

—No, casi nunca te veo en plan doctor. ¿Y bien? ¿Cómo estoy, doctor?

—El laboratorio tardará un par de días en enviar los resultados de las pruebas y el informe de la resonancia. De todas formas, he examinado el escáner y, aparte de un cerebro sano, no hay nada más.

—Es una buena noticia.

—Tu peso es saludable con relación a tu estatura y constitución, más bien justo, pero supera el mínimo. —Le sonrió—. Podemos repasar punto por punto, pero, en resumidas cuentas, a nivel físico estás muy bien.

Thea entrecerró los ojos.

—¿Pero?

—Las jaquecas, las náuseas… Conozco tu historia, Thea, y, si la causa es la que dices, se halla fuera de mis competencias.

—Es por Riggs, Arlo.

—Te creo. Te conozco y te creo, pero eso no evita el estrés. —Con expresión tierna, le cogió la mano—. Eso genera estrés. Puedo recetarte algo para combatir los síntomas.

—No quiero medicamentos. No quiero tomar nada que pueda hacerme bajar la guardia.

—¿Qué guardia?

—He de mantenerlo a raya, fuera de mi cabeza, bloquear la conexión que hay entre nosotros. No sé de qué otra manera explicarlo.

—Lo entiendo. No me opongo a la medicina alternativa.

Maddy es más ducha que yo en ese campo. Tu abuela está más puesta que nosotros dos juntos, y me figuro que tus conocimientos superan las nociones generales.

—Y recurriría a ella en caso necesario. Los dolores de cabeza son pasajeros, de unos cuatro o cinco minutos. Son repentinos y se me pasan enseguida.

—¿Y las náuseas?

—Duran un poco más, pero son menos frecuentes.

Tras formularle más preguntas, Arlo le agarró la mano de nuevo.

—Este punto de aquí —le presionó con el pulgar el dorso de la mano, entre el pulgar y el dedo índice— se llama «hegu». Cuando sufras jaquecas, presiona con el pulgar aquí y mantenlo ahí moviéndolo en círculos.

—¿Acupresión, doctor?

—Así es, señora clarividente. —Esbozó una sonrisa reconfortante—. No te hará ningún mal. En cuanto a las náuseas, prueba aquí, en la cara interna de la muñeca, entre estos dos tendones. Al aire libre, regula tu respiración mientras presionas ese punto.

—Vale, probaré ambas cosas. Pensaba que Maddy estaba más puesta en este tema.

—Yo tengo un cuarto de sangre china, supongo que algo me viene de ahí. Si los síntomas persisten, quiero que me lo digas, a mí o a Maddy, y probaremos otra cosa.

—De acuerdo. ¿Ha terminado oficialmente el reconocimiento?

—Sí.

Thea se levantó y le dio un fuerte abrazo.

—Qué contenta estoy de que Maddy y tú os vayáis a casar.

La sonrisa de Arlo se volvió radiante como el sol.

—Yo sabía que acabaría cediendo en un momento dado. Esa mujer está loca por mí.

—Eso es cierto.

—La haré feliz.

—Ya la haces feliz.

—Te avisaremos cuando recibamos los resultados de las pruebas, aunque en principio no hay nada de lo que preocuparse. Ojalá te dejara en paz, Thea.

—No pierdo la esperanza de que se dé por vencido. —Se acordó del corte en el hombro y desterró ese pensamiento de su cabeza.

No permitiría que volviera a ocurrir.

—Me voy con mi cuerpo sano a casa. Dile a Maddy que, para compensarme por obligarme a someterme a todo esto, va a tener que aguantar la desenfrenada despedida de soltera que voy a organizar. Con videojuegos.

—Le parecerá un horror.

Con una sonrisa maliciosa, Thea cogió su bolso.

—Lo sé.

Soñó de nuevo con una tormenta, con viento huracanado y fragor de truenos. En el sueño, Bunk aullaba mientras las gotas de lluvia aporreaban el tejado. Se levantó y susurró palabras tranquilizadoras al perro de camino a la ventana que había dejado abierta para que entrara la brisa nocturna.

Y vio los destrozos del jardín con sus primorosas hileras convertido en un lodazal; con las enredaderas, que emparró con tanto cuidado, aplastadas sobre el barrizal por la lluvia incontenible.

En el gallinero yacían los restos de sus gallinas. Los ojos del zorro que las había despedazado brillaban en la oscuridad.

A pesar de que ya era demasiado tarde, muy a destiempo, corrió hacia el vestidor y sacó la escopeta de la balda superior. Abrió bruscamente un cajón donde guardaba los cartuchos de sal.

Con Bunk a su lado, bajó a toda prisa las escaleras, enfiló hacia la puerta trasera y la abrió de golpe.

Riggs caminaba por el ruinoso y embarrado jardín. Esta vez no empuñaba un cuchillo, sino una pistola, la misma con la que había asesinado a sus padres.

La misma arma con la que había disparado a Ty en el sueño.

—Te dije que encontraría la manera.

Justo cuando un rayo quebró el cielo, Bunk se lanzó al ataque y Riggs apuntó con la pistola.

Thea disparó primero.

Y se despertó, no en su cama, sino de pie junto a la puerta de la cocina en una noche serena y despejada. Fue un alivio comprobar que tenía las manos vacías y que el jardín estaba intacto. No había rastro del zorro ni sangre en el suelo del gallinero.

Permaneció inmóvil, frotándose la base del pulgar sobre el punto de acupresión para mitigar el dolor de cabeza. Como su respiración emitía un silbido, no se movió hasta poder controlarla de nuevo.

—No pasa nada. —Posó la mano sobre la cabeza de Bunk—. Estamos bien. Él quería ponerme a prueba, de eso se trataba. Pero no me conoce realmente, ¿a que no? Puede colarse en mi cabeza, pero no me conoce realmente y es incapaz de comprender que no hay nada, nada en absoluto, que no esté dispuesta a hacer.

Retrocedió y, a pesar de que rara vez lo hacía, cerró la puerta con llave. A continuación recorrió la casa para cerrar todo a cal y canto.

El trabajo la ayudó. Si bien no estaba preparada para meterse de lleno en su nueva idea, trabajó en equipo en otros proyectos. El huerto le proporcionó tal abundancia que, después de surtir la despensa de coloridos tarros, le sobró para compartir el resto.

Organizó encuentros con un niño que ahuyentaba los malos espíritus, y sesiones con un hombre capaz de hacerla olvidar que esas sombras existieron alguna vez.

Con el verano atrás, se preparó para el otoño y el invierno. Se aprovisionó de leños y los apiló para las chimeneas que encendería en noches frías. Plantó ajos, más zanahorias, cebolletas y un montón de hortalizas que cosecharía entre finales del otoño y principios del invierno.

Sembró pensamientos y violetas para que aportaran alegría y color cuando las flores del verano se marchitaran.

Con la certeza de que a Bray le haría ilusión, le llevó semillas de pensamientos para que las sembrara. Ty se quedó de pie en el porche observando a Bray escarbar en la tierra.

—¿No es un poco tarde para plantar flores?

—Para los pensamientos no —respondió Thea—. Les gusta el frío. Si están contentas, pueden florecer a lo largo de todo el invierno.

—Están sonriendo.

—Cierto. —Le acarició el pelo a Bray—. A partir de ahora, siempre que vayas o vuelvas del colegio, te sonreirán.

—Hoy hemos dibujado formas: cuadrados, rectángulos, triángulos, círculos... A mí me gustan los círculos porque se hacen con vueltas y vueltas. También hexágonos, octógonos, pentágonos y pirámides. He conseguido una pegatina. ¿Puedo plantar ya la flor?

—Casi, excava un poco más hondo. Es necesario que las raíces agarren y se extiendan bien.

—¿Se pueden trasplantar en primavera? —preguntó Ty—. ¿Por si amplío el porche?

Dijo en primavera, no en Navidad. Thea mantuvo la mirada en la mano de Bray.

—Los pensamientos languidecen en verano, no les conviene el calor. Puedes plantar más a principios de primavera. Qué casa más bonita le has hecho a esta, Bray. Pongámosla dentro.

—La semana que viene vamos a subir a un avión —le dijo mientras empujaba y aplastaba la tierra.

—Ah, ¿sí? —Ahora sí que levantó la vista hacia Ty.

—El próximo viernes es el día de desarrollo profesional y no hay clase. Como tengo asuntos de trabajo en Filadelfia, tomaremos un vuelo el jueves a la salida de clase y regresaremos el domingo por la tarde.

—Qué emocionante.

—Voy a ver a la abu y al abu, que me van a dar mi regalo de cumpleaños.

—Eso es más emocionante todavía.

—Y a la vuelta, dentro de... ¿cuánto?

—Un par de semanas.

—Un par de semanas, voy a celebrar una fiesta de cumpleaños. Puedes venir, y la nana y Rem. Rem es muy gracioso.

—La verdad es que sí —convino Thea.

—Vendrán todos mis amigos.

—No me lo perdería por nada del mundo.

—Cuando dice «todos», es literal. Ha decidido invitar a toda la clase de preescolar. Quince niños de entre cuatro y cinco años. Quince.

—Va a haber juegos, tarta, helado y, para mí, regalos.

—Quince —repitió Ty. A Thea le hizo gracia.

—Será divertido. Te echaré una mano.

Una vez que terminaron de plantar y regar, Bray salió disparado con el perro. Thea guardó sus guantes de jardinería en su bolsa.

—Compra una piñata.

—¿Una piñata?

—A todo el mundo le chiflan las piñatas. Como tienen cinco años, puedes optar por juegos de la vieja escuela, como ponerle la cola al burro, el juego de la silla o montar un tablero para el juego del hoyo. Habrá que comprar globos y algún detalle para los invitados, que se volverán locos con esa estructura para juegos de ahí atrás.

Ty miró al cielo.

—Reza para que no llueva.

—Lo haré, pero si Dios no atiende a mis plegarias, metes todo dentro…, menos la estructura para juegos, sacas la guitarra y te pones a tocar. Es una fiesta para bailar.

—Debería tomar notas —masculló Ty—. ¿Cómo sabes todo esto?

—Tengo sobrinos, Ty, y amigos con hijos. Con esa edad, durará un par de horas, entre los juegos, abrir los regalos, la tarta, el helado y repartir los recuerdos de cumpleaños a los críos. Y luego habrá que limpiar todo lo que haya desperdigado.

—¿Qué recuerdos de cumpleaños?

Le señaló con el dedo.

—Google es tu amigo.

—Sí, cierto. Vale, de todas formas, rezaremos para que no llueva. Bueno, estoy pensando en preparar sándwiches de queso a la plancha, y a lo mejor calentar en el microondas una sopa instantánea. ¿Te apetece?

Thea se puso la trenza sobre el hombro.

—Lo estás diciendo para que cocine yo.

El pequeño hoyuelo hizo su entrada en escena.

—Quizá, aunque ese era el plan antes de que aparecieras con las flores y me complicaras la jornada de trabajo, porque a partir de ahora tendré que acordarme de regarlas. De modo que es lo menos que puedes hacer.

—Si te pones así… Voy a ver qué hay por ahí.

—Ya que accedes —dijo cuando ella subió al porche—, me parece que lo menos que puedo hacer yo es ofrecerte un sitio donde pasar la noche.

—Me parece un buen trato.

Cuando dormía con Ty, nunca soñaba con Riggs.

Sin embargo, cuando dormía sola, se despertaba con el eco de una tormenta en su cabeza con demasiada frecuencia.

Cuando las colinas comenzaron a lucir el esplendor del otoño, se tomó el día libre para acompañar a Lucy en su reparto de jabones y remedios medicinales.

—Pareces cansada, cielo.

—Sí, un poco. Sienta bien salir a caminar.

Le encantaba la tonalidad de la luz con la llegada del otoño, esa pátina dorada, más cálida que la blanquecina luz del verano. Y los colores con los que se teñía el otoño, un intenso bermejo y naranja, amarillo y rojo vivo mezclados con el verde azulado de los pinos.

—Nunca me canso de esto —comentó Thea—. Cada año, cuando llega el otoño, es mi estación favorita.

—Cada cual tiene la suya, y es una maravilla. Cariño, sé que todas las pruebas salieron bien, lo mismo que sé que sigues sufriendo dolores de cabeza.

—La acupresión me alivia. Es realmente efectiva. Imaginaba que se daría por vencido, nana, porque me consta que a él le duele más que a mí. Lo percibo. Pero… pienso que ahora se alimenta del dolor.

Lucy alargó la mano y le tocó el hombro.

—Te lastimó.

—Creo que yo fui la causante.

—¿Qué quieres decir?

—Creo que él me arrastró en aquella ocasión. Estaba indignada, y él me arrastró hasta tal punto que, por un momento, fue real. Para mí fue real, igual que hice que el juego fuera real cuando yo lo arrastré a él. Por eso sentí la cuchillada y la sangre. Tengo claro que soy más fuerte que él y, por más que lo piense… Dudo que él tuviera capacidad para hacerlo. No es el primer error que cometo con él.

Lucy le leyó el pensamiento sin necesidad de que Thea pronunciara las palabras.

—Eras una niña, Thea. Una niña afligida.

—Cierto, y no voy a culpar a esa niña, pero bajo ningún concepto debí abrir esa puerta, colarme en su celda de esa manera para demostrarle de lo que era capaz. Si lo hubiera mantenido a raya hace muchos años, ¿quién sabe? El caso es que no fue así, pues reviví el vínculo con él en vez de cortarlo de raíz.

Entrelazó los dedos con los de su abuela.

—Pero aquí estoy, caminando por las colinas, cosa que él jamás hará. Puede que yo no duerma bien, pero él tampoco. En primavera se lanzará un nuevo juego mío del que me siento orgullosísima. Voy a ir de compras con mi mejor amiga para buscar un vestido de novia. Voy a asistir a la fiesta de cumpleaños de un niño pequeño que me vuelve loca.

—¿Llegan mañana?

—Sí.

—Knobby me ha comentado que Ty está sopesando la idea de derribar algunos muros para ampliar la casa. A lo grande.

—¿En serio?

—Parece ser que su intención es quedarse. Vamos a hacer una parada aquí, por la artritis de Bob Parker. Y uno de sus nietos, que vive un poco más adelante, tiene conjuntivitis.

Thea pasó el brazo alrededor de los hombros de su abuela.

—De pequeña me encantaba acompañarte a pie a estas visitas. Aún disfruto con ellas.

—Llevamos en la sangre estas colinas. Tú, yo, Rem y el resto de la familia.

El progenitor de Tweedle y Dee se levantó de su siesta en el porche y aulló.

Lucy sonrió.

—Cómo me gustan los perros de caza. —Acarició con fuerza a Bunk en la cabeza—. Y tú también, grandullón.

La mañana del día que Ty consideraba «el cumpleaños de locura», el pronóstico meteorológico previó cielos despejados. Dio gracias a todos los dioses.

En vista de que los cumpleaños de locura requerían —según afirmó rotundamente Thea— una temática, había encargado una tarta de Spiderman y comprado platos, vasos y servilletas con el personaje.

Luego, como su vecina de piernas largas le advirtió —de nuevo con rotundidad— que las dos mesas de pícnic —la suya y la de Thea, la cual Rem ayudó a bajar desde su casa— requerían manteles, sudó tinta mientras aguardaba la entrega de manteles de Spiderman, prevista para el día siguiente.

En vez de un burro, Thea confeccionó un panel del personaje con su telaraña porque, según Ty, ella había caído en la locura absoluta.

Pero, caramba, no podía negar que todo había quedado genial.

Mientras colgaba la piñata del duende verde que había encontrado tras una incesante búsqueda en internet, consideró el hecho de que tan solo dos semanas antes se encontraba en Filadelfia, en un estudio de grabación.

Dos de los integrantes de la banda se reunieron con él allí y, gracias a la magia de la tecnología, la guitarra de Mac y las voces armónicas se mezclarían después.

Le sentó bien, no podía negarlo, estar allí, dedicarse a lo que le apasionaba, recuperar algo de lo que había perdido cuando el exceso, el sumo exceso, atenuó su esplendor.

Y ahora estaba colgando una piñata en el jardín trasero, lo cual, no podía negarlo, también le estaba sentando bien.

Al otro lado del jardín, Rem le enseñaba a Bray trucos para el juego del hoyo mientras Lucy colocaba las sillas —la mayoría prestadas— en dos filas simétricas y Thea colgaba los globos.

«Como una familia», pensó Ty. A lo largo de los últimos meses, se habían convertido en su familia.

Sus padres organizaron una bonita fiesta de cumpleaños para Bray en Filadelfia, a la que asistieron Scott y Blaze con sus parejas, además de su hermana y su hermano con sus respectivas familias.

A pesar de la ausencia de juegos, a Bray no le importó en absoluto, puesto que hubo regalos y tarta.

No obstante, Ty tampoco podía negar que fue una mera visita, porque sencillamente ese ya no era su hogar, el de ninguno de los dos.

Se engañaba a sí mismo cuando comentaba que se quedarían allí hasta Navidad o la primavera.

No se marcharían a ninguna parte. No cuando, al echar un vistazo, vio a Rem sujetando a Bray bajo el brazo y fingiendo que iba a lanzarlo como una pelota de trapo mientras su hijo chillaba de excitación.

No cuando observó cómo Thea ataba los famosos globos temáticos en racimos.

Volvió la vista hacia la casa.

—Va a necesitar un montón de arreglos.

Ya era hora de seguir el consejo de Knobby y contratar a un arquitecto.

Iba a construir un estudio de grabación.

El haber vuelto a pasar un día en uno de ellos le hizo entender que esa etapa de su vida no había finalizado. Las giras sí, eso se acabó, era agua pasada. En lo tocante a los conciertos… dependía, por encima de todo, de Bray, de sus necesidades, de su rutina. Pero deseaba crear música de nuevo, escribirla y componerla.

Nada en el mundo le impedía hacerlo allí mismo, donde su hijo había plantado pensamientos sonrientes.

Cuando terminó la tarea, se acercó a Thea.

—¿Está bien así?

Ella se giró, con una mano en la cadera.

—Qué macabro. Está perfecto, justo a la altura adecuada y a su debido tiempo. Quedan unos veinte minutos para que empiecen a llegar los niños.

—Él está listo. Y ya está disfrutando de lo lindo de su cumpleaños. Qué pasada de telón de fondo para su fiesta.

Ella lo siguió con la mirada hacia las colinas, con su esplendor de color.

—No hay nada como el otoño. Es como un cuadro.

Él ahuecó las manos bajo la barbilla de Thea y frunció ligeramente el entrecejo.

—Pareces cansada.

—Menudo piropo para una mujer.

—Lo digo en serio. Pareces cansada.

—Supongo que la emoción por el cumpleaños me desveló. —Ante su mirada inquisitiva y su silencio, se encogió de hombros—. Es que he tenido una de esas noches en las que mi cabeza no paraba, así que trabajé hasta tarde.

—Y ahora sigues trabajando.

—Esto no es trabajo; es una fiesta. Me estoy planteando organizar otra.

—El año que viene, cuando cumpla seis.

—Una cena. Con Maddy, Arlo y Rem. ¿Te has enterado de que ha empezado a medio salir con Hanna Mansfield?

—¿La maestra de Bray? Primera noticia.

—Nada serio, pero están viéndose. Así que, una fiesta para seis, si te apuntas.

—Eso es una fiesta para adultos propiamente dicha.

—En efecto. La nana se quedaría a cargo de Bray con mucho gusto, si te parece bien.

—¿Seguro que no hay problema?

—A estas alturas deberías saber la respuesta.

Ty echó un vistazo a Lucy.

—Claro que no. ¿Una fiesta para adultos en la que no tenga que cortar la comida a nadie o lavarle la cara y las manos después?

—Rem se ensucia bastante.

—Él se apaña solo. Me apunto. ¿Cuándo es?

—He de consultar a Maddy y al resto.

—Cuando dices que Lucy se haría cargo de él, ¿te refieres hasta la mañana siguiente?

—Sí, si no tienes inconveniente.

—Me apunto definitivamente.

Bray corrió a su encuentro.

—¿Cuándo llegan mis amigos? ¿Cuándo?

—En cualquier momento. —Thea lo levantó en volandas—. Feliz cumpleaños.

Él se abrazó a su cuello.

—¡Tengo cinco años! Soy muy mayor.

Cuando Thea se echó a reír y lo achuchó, Ty los estrechó entre sus brazos.

No, no iba a marcharse a ninguna parte.

25

Ty sobrevivió a la primera fiesta de cumpleaños con un tropel de niños.

Mientras limpiaba el —como era previsible— considerable desastre, fruto de dos horas y media de algarabía de cuerpecillos en incesante movimiento y de emoción desaforada, anotó el conjunto de la experiencia en la columna del éxito.

Una que no tendría que vivir hasta el año siguiente.

Llenó una bolsa de basura mientras Thea y Rem recogían la zona de juegos y Lucy guardaba en su caja las sobras de la tarta de Spiderman.

El cumpleañero, en un coma de empacho de tarta, helado y diversión, estaba despatarrado en el césped, como un borracho en el suelo de una taberna, junto al perro.

Mientras Ty metía platos de cartón embadurnados de glaseado rojo y helado derretido en la bolsa de basura, Lucy salió de la casa y le preguntó:

—¿Cómo lo llevas?

—Mejor que él. —Ty hizo un ademán con la cabeza en dirección a su hijo—. Todavía me pitan los oídos, lo cual a lo mejor es mi estado permanente, pero, como dice Elton, sigo en pie.

—Lo has hecho bien.

—No se ha derramado sangre ni roto huesos. No habría sacado esto adelante de no ser por ti, Rem y Thea colaborando como lo habéis hecho.

—En mi opinión, te habrías apañado de maravilla, pero nosotros nos habríamos perdido la diversión.

Incapaz de resistirse, se volvió hacia ella y le acarició la trenza.

—Os habéis divertido realmente.

—¿Por qué te sorprende tanto? Soy una abuela.

—Mi madre adora a Bray, a todos sus nietos, y se nota, pero ¿esto? Esto no habría encajado con su idea de la diversión.

—Bueno, como dice otra canción de Sly & the Family Stone, hay gustos para todo.

—Etcétera, etcétera —añadió él.

Entre risas, ella cantó:

—Y *scooby dooby dolby.* Bueno, papi del cumpleañero, parece que estás a punto de terminar de recoger.

—Casi. Voy a servir las bebidas a los mayores.

—No me importaría tomar algo antes de que Rem me lleve a casa.

Cuando todos se sentaron en el porche, Lucy alzó su copa.

—Por el cumpleañero y su fantástico papi.

—Yo añadiría a los amigos —comentó Ty— que saben organizar un fiestón infantil como Dios manda.

—Por todos nosotros. —Rem bebió un trago de cerveza—. Por los buenos ratos. Halloween está a la vuelta de la esquina. Podrías organizar una fiesta siniestra.

—No me provoques.

Impasible, Rem se volvió hacia Thea.

—¿Te acuerdas cuando mamá y papá echaban la casa por la ventana? Con luces raras, calabazas de lo más estrafalarias y música terrorífica… Hasta compraron una máquina que expulsaba niebla…; la bomba. Además se disfrazaban.

—De Gómez y Morticia; eran mis personajes favoritos. Había golosinas, cómo no, pero también montaban un bufé en una mesa, con ojos, dedos cercenados y ponche de sangre casero.

—Qué buenos ratos —repitió Rem—. En el pueblo, en Front Street, organizan la noche del «truco o trato».

—No estaría mal. —Ty miró hacia Bray cuando este se incorporó y se quedó mirando ensimismado—. Podríamos organizar algo, sí.

Bray se levantó tambaleándose, de manera muy similar a como lo haría ese borracho en la taberna, y se encaramó con dificultad al regazo de su padre.

—Tengo hambre.

—¿Cómo es posible?

—¡Es que tengo cinco años! —Extendió la palma de la mano y se la examinó mientras se acurrucaba—. ¿Podemos comer pizza? La nana se queda, y Thea y Rem también. Y más tarta.

—Parece un buen plan. Si os apuntáis, voy a hacer el pedido.

—Como es el cumpleaños de alguien que yo me sé, podemos hacer algo aún mejor. ¿Qué os parece si preparo yo la pizza?

Bray sonrió a Lucy.

—La sacas de la caja y la metes en el horno.

—Aún mejor que eso. Rem, ¿por qué no bajas en un momento a casa? Ya sabes lo que necesito.

—Yo tengo de todo, nana. Iré yo. —Thea se levantó—. Mi casa está más cerca.

—Coge mi camioneta, las llaves están puestas. —Rem le hizo un guiño a Bray—. Esto sí que es un regalo. La pizza de mi nana es la mejor. Y me da tiempo a tomar un par de porciones antes de irme pitando.

—¿Como un camión?

—Como un hombre que tiene una cita calentita.

—¿Qué es una cita calentita?

—No sigas removiendo —dijo Ty entre dientes.

—Es cuando invito a una chica guapa al cine.

—¿Por qué es calentita?

—Porque no hay cine sin palomitas, ni palomitas con mantequilla derretida a menos que estén calentitas.

—Una salida inmejorable.

Rem se encogió de hombros.

—Es una de mis habilidades.

«Qué buenos ratos», pensó Ty.

Esa noche, mientras su hijo dormía, mientras Thea dormía junto a él, Ty yacía despierto.

Cayó en la cuenta de que su vida había experimentado un giro radical. Su bisabuela, además de dejarle en herencia una casa y dos hectáreas en el este de Kentucky, le había brindado la oportunidad de tomar un nuevo rumbo, de forjarse una vida diferente.

No se esperaba que fuera así, que le diera por echar raíces allí, hacer planes para que esas raíces crecieran a largo plazo, ver a su pequeño florecer en ese nuevo lugar.

No se esperaba que personas que apenas unos meses antes eran unos desconocidos se convirtieran en una parte fundamental de esa vida. Que se convirtieran, no en meros amigos, sino en una familia que en realidad él jamás supo que anhelaba.

Y no se esperaba en absoluto a la mujer que dormía cálida y plácidamente a su lado. Una mujer de la que empezó a enamorarse casi desde el mismo instante en que se conocieron.

Es más, había descartado por completo la idea de mantener una relación sentimental; demasiadas traiciones, importantes o no tanto, para arriesgarse a sufrir otra ahora que tenía a Bray.

Ella había abierto las puertas de su vida, a él y a su hijo, de la forma más natural y cariñosa. Sin exigencias, sin artimañas, sin segundas intenciones.

Ella suplía una carencia, algo que quizá su prematuro éxito rutilante había echado a perder.

Le había proporcionado a alguien a quien le importaba por quien era, no por lo que era, que lo entendía y aceptaba tal y como era ahora. Alguien en quien confiar hasta un punto que, durante muchísimo tiempo, le resultó imposible o se cerró en banda.

Debía encontrar el momento oportuno, el lugar adecuado para interpretar la canción que había compuesto para y sobre ella. El momento oportuno para confesarle lo que ella había llegado a significar para él.

Por primera vez quería a alguien, no solo para que formara parte de su vida, sino para forjar una vida juntos.

«Es ella», pensó mientras le vencía el sueño. La única.

Se creó una especie de rutina en la que Ty preparaba una barbacoa la noche del viernes o del sábado, a menudo ambos días, e invitaba a Thea.

Ella nunca soñaba con tormentas cuando compartía cama con él.

Si Ty se presentaba en su puerta entre semana, durante la jornada escolar, ella se encontraba capaz de bloquear a Riggs.

Tal vez la felicidad le sirviera de parapeto.

A pesar de que las jaquecas no cesaban, era consciente de que centrarse en el trabajo la ayudaba a mantenerlo a raya.

Rompieron la rutina en Halloween, cuando Thea salió de su casa con un ajustado atuendo negro, botas de caña alta y una espada en el cincho, y Bunk, con un par de alas rojas en su enorme lomo, al trote a su lado.

Cuando abrió la puerta del coche, Ty se quedó mirándola durante unos instantes.

—Primero, guau. Segundo, vas pertrechada con una espada.

—Es de goma, hasta que el ninja necesite su hoja afilada. Este es Bunk, el perro volador, el protector de los inocentes.

Cuando el perro se encaramó al asiento trasero de un salto, ella se asomó al interior y, simulando asombro, exclamó:

—¡Spiderman! ¡Ty, Spiderman ha venido a Redbud Hollow!

—¡Soy yo! —Dando botes, Bray se tronchó de risa—. ¡Soy yo, Bray, de verdad!

—¡No! Guau, cómo me has engañado. —Al subir al coche miró de arriba abajo a Ty, con una camiseta, unos vaqueros, unas zapatillas de deporte tobilleras y una sudadera con capucha—. ¿Y quién se supone que eres tú?

—Peter Parker.

—Menuda forma de escaquearse. Pero ¿cómo es posible que Spiderman y Peter estén en el mismo coche?

—Es que yo procedo del metaverso.

—Eso lo explica. —Se giró para charlar con Bray—. ¿Qué tal la fiesta de Halloween en el cole?

—¡Genial! Comimos cupcakes, ¡y la señorita Hanna se disfrazó de bruja! Y Lucas de Blaze.

—De *La patrulla canina* —explicó su padre.

—Rolan iba disfrazado de Ironman y Jenny de la princesa Peach.

—Tú lo has querido —dijo Ty por lo bajo mientras Bray describía los disfraces con pelos y señales.

«Cierto», pensó Thea, a quien la entusiasmó el relato.

Tanto como los demonios necrófagos, las princesas de cuentos de hadas y los superhéroes que caminaban por Front Street. Los niños se apiñaban en las tiendas, donde los empleados, disfrazados, les repartían golosinas, y en las casas, donde los lugareños los agasajaban con más.

La sorprendió un poco, y la entusiasmó más si cabe, darse cuenta de la gran cantidad de conocidos de Ty que paseaban con sus hijos o que repartían chucherías.

«No es de extrañar», pensó. Él hacía sus recados y gestiones, de bancos, compras y marketing, allí. Su hijo iba al colegio del pueblo. Se había afincado allí.

«Casi seis meses ya», pensó, al tiempo que se pasaba la correa de Bunk a la otra mano para agarrar la de Ty.

Si bien él no se había pronunciado en firme, se había puesto en contacto con un arquitecto y mencionado la idea de ampliar la casa para instalar un estudio.

Aunque ella no persiguiera promesas, abrigaba esperanza.

Sintió esa esperanza cuando llevaron a casa al niño adormilado que, con la cabeza apoyada en el hombro de su padre, pidió que le leyera cuatro cuentos.

—Dos.

—Que Thea me lea uno. Que Bunk duerma en mi cuarto. Que papi me lea, que Thea me lea, que Bunk duerma en mi cuarto, por favor.

—¿Te parece bien, Thea?

Ella los acompañó a la planta de arriba y observó mientras Ty le quitaba el disfraz.

—Vaya, era Peter Parker quien se ocultaba bajo ese disfraz todo el tiempo.

—Papi.

—Ponte el pijama, Pete.

—¡Soy Bray!

—¿Seguro? —Ty lo levantó en volandas, lo sujetó boca abajo y, al enderezarlo, lo dejó caer sobre la cama.

—Soy Braydon Seth Brennan, y tengo cinco años.

—Ah. Pues me suena mucho tu cara.

—Que Thea me lea primero ¡*Chica, chica, bum, bum!*

Ty le lanzó una mirada elocuente a Thea.

—Nos gusta pronunciar *Chica, chica, bum, bum.*

—¿A quién no? —convino ella, al tiempo que Ty cogía un libro de la estantería.

Thea se sentó en la cama para que el crío pudiera ver las ilustraciones y seguirle el hilo.

Apenas había llegado a la décima página cuando el padre anunció:

—Está frito. —Lo arropó y le atusó el pelo—. Ha tenido un gran día.

Tras colocar el libro en su sitio, agarró a Thea de la mano.

—Bajemos. Voy a encender la chimenea. Le estoy cogiendo el tranquillo. Podemos tomar un vino, saquear el alijo de golosinas de Bray y, un poco más tarde, a lo mejor puedes mostrarme algunos movimientos de ninja.

—Tengo algunos.

—Sí, ya lo constaté en una oportunidad, con una espada auténtica. Es hora de que hagas un bis.

Aquella noche, en vez de soñar con una tormenta, se hallaba junto a su ventana —cerrada a cal y canto— contemplando cómo los nubarrones se acumulaban sobre sus adoradas colinas.

Un relámpago emitió un resplandor a lo lejos, seguido por el rumor de los truenos.

En el sueño se estremeció.

Se despertó con un leve dolor de cabeza y se levantó para dejar salir a Bunk, para salir ella también a que la fresca brisa otoñal disipara su malestar. Como le había prometido a Bray otra tanda de tortitas, había surtido a Ty con lo necesario.

En la cocina, puso la cafetera y cubrió la bandeja del horno con papel de hornear para el beicon. Ya sin dolor de cabeza, se sumió en sus cavilaciones.

Se preguntó si convencería a Ty para realizar una caminata matutina. Esa mañana otoñal de sábado lo pedía a gritos.

Podían recorrer una ruta circular y regresar por el camino que conducía a la granja para visitar a su abuela.

A su modo de ver, hacía un día demasiado bonito como para

quedarse en casa. Podía subir a la suya, dar de comer a las gallinas, ponerse las botas y…

Al notar que unos brazos la rodeaban por la espalda, se sobresaltó y, acto seguido, se echó a reír.

—Qué gustazo entrar en la cocina un sábado por la mañana y encontrarse a una hermosa mujer preparando el desayuno y con el café listo.

—Prometí hacer tortitas.

—Sí, es verdad. —Tras besarla en el cuello, fue derecho a por el café—. Desde la primera vez que las probó Bray, las de preparado en caja le parecen repugnantes.

—Yo no diría tanto, pero en comparación con estas…

Ty bebió un buen trago de café.

—Todavía no le hace ascos a la pizza congelada, pero tiempo al tiempo, me temo. Por suerte, las croquetas de patata continúan en la lista de platos aprobados.

—Apuesto a que puedo hacerlas desde cero.

Ty pareció realmente ofendido.

—No, por favor. En serio. He de contar con un plan B.

Se apoyó contra la encimera.

—Ya sé que pronto organizarás la cena esa, pero ¿qué me dices de una para adultos en la que ninguno de los dos tengamos que cocinar? Siempre y cuando Lucy acepte hacerse cargo de Bray también en esta ocasión, claro. Llevamos seis meses juntos sin una mísera cita tradicional.

—En realidad, nosotros no somos gente tradicional.

—¿No lo eres, Thea?

Ella lo miró.

—Supongo que en cierto modo sí.

—Yo supongo que en cierto modo también lo soy. Y me gustaría invitarte a cenar al estilo tradicional.

—Papi.

—Hola, campeón —dijo Ty, sin apartar la vista de Thea.

—No encuentro el Grave Digger.

—¿Cuál?

—El que hace trucos. Me lo han quitado.

Ty colmó su taza de café.

—Vaya, lo olvidé. Se suponía que íbamos a buscarlo ayer. Nadie lo ha robado, Bray. Estará por ahí en alguna parte.

—¡Sí! Me lo han quitado para que no pueda encontrarlo. ¡Que me lo devuelvan, papi!

—Lo buscaremos después de desayunar. Hay tortitas, de las de Thea, ¿recuerdas?

—Lo necesito. Si me lo han quitado, no podré llevármelo al cole para la actividad de «mostrar y contar».

—Lo encontraremos. A lo mejor está en tu baúl de juguetes.

—No está, porque lo he buscado sin parar.

Mientras Thea colocaba el beicon sobre la bandeja del horno, oyó que Bray empezaba a hacer pucheros.

—Esta vez seré yo quien lo busque sin parar.

—Alguien entró en mi cuarto y me lo robó. —Desconsolado, Bray se llevó los nudillos a los ojos—. Nunca más volveré a verlo.

—Bray, tranquilo. ¿Quién iba a hacer eso?

—Los monstruos. Los malos.

—Vamos, campeón. —Ty dejó el café sobre la encimera y tomó a su hijo en brazos—. Aquí no hay monstruos ni gente mala.

—Yo creo que Grave Digger está jugando al escondite.

Al escuchar el comentario de Thea, Bray reprimió otro sollozo y la miró con el ceño fruncido.

—¿Sí?

—Seguro, y está esperando que lo encuentres. ¿Has mirado en la biblioteca que tu papá está montando? ¿En la caja de libros que todavía no ha desempaquetado, la que recibió hace unos días?

—No.

—A lo mejor deberías hacerlo.

—¡Voy a mirar ahora mismo! —Bray se rebulló para bajarse y salió como una flecha.

Al cabo de unos instantes gritó:

—¡Lo he encontrado! ¡Lo he encontrado! Estaba jugando al escondite en la caja. ¡El mando estaba en el suelo!

—Qué pillín. —Thea terminó de extender el beicon y cogió un paño de cocina.

—Bray, sube a tu cuarto a jugar con el camión un rato.

—Vale. —Aferrado a él como un enamorado, se fue corriendo.

—¿Cómo sabías dónde estaba el juguete?

—¿Qué? —Thea cogió la bandeja del horno y, al darse la vuelta, vio la expresión de Ty y se echó a temblar de pies a cabeza—. Es que…

—Comentó algo acerca de eso hace un par de días y se me olvidó. Ayer también, mientras yo estaba ocupado. No he entrado en esa habitación desde que dejé la caja allí y la abrí. El lunes, desde el lunes. Pero es obvio que tú sí.

—No, yo…

—¿Por qué ibas a registrar una caja de libros? ¿Qué más has registrado?

—Te equivocas. —Le ardían los pulmones. Le ardían y le oprimían—. Es complicado. Puedo…

—No lo es. De hecho, es jodidamente fácil. ¿Sigues teniendo una copia de la llave? ¿Cuántas veces has entrado y husmeado en nuestras cosas en mi ausencia?

Las palabras, tan duras como un puñetazo en la cara, la hicieron retroceder.

—En ningún momento he hecho eso. Bajo ningún concepto lo haría. Le entregué a tu padre mi juego de llaves en el funeral. Ty…

—Entonces sacaste otra copia. Yo confié en ti. Te confié a mi hijo.

—Oh, por Dios, Ty, jamás haría nada para lastimar a Bray ni a ti. Por favor, escúchame.

—Me la has jugado a base de bien. —Visiblemente indignado, se pasó la mano por el pelo—. Maldita sea, qué ingenuo he sido. Tienes que irte. Lárgate ahora mismo. Mantente alejada de mi hijo. Como me entere de que has vendido sus fotos, juro por Dios que te ajustaré las cuentas.

—Te juro que no…

—Quiero que te vayas. —Abrió de golpe la puerta trasera—. Fuera de mi casa. No vuelvas por aquí ni mandes a tu perro. Mantén a tu familia alejada de nosotros. Hemos terminado.

Se negó a escucharla. Se negó a creerla, no quería saber nada de ella. Todo cuanto emanaba de él en ese instante era ira, rabia apenas contenida.

Al pasar junto a él, Thea sintió un dolor de cabeza tan punzante y repentino que le cortó la respiración, pero no se detuvo. Llamó a su perro y continuó caminando.

Por un descuido momentáneo, por un desliz provocado por el llanto de un niño, había perdido lo que más quería.

En mitad de la cuesta, se detuvo porque las rodillas le fallaban y sentía fuertes retortijones de tripas debido a las náuseas.

Fue incapaz de frenarlo, le resultó imposible con la cabeza martilleándole y el estómago revuelto. En su mente, Riggs se rio.

«¡Qué pena, te ha echado a patadas! Lo único que buscaba era un polvo fácil, y vaya si lo consiguió. Ve arrastrándote a casa, zorra. No soy el único que se encuentra en una celda. Ha terminado contigo. Nadie te quiere, friki. Nadie te querrá jamás».

Agachada, con las manos apoyadas en las rodillas, pugnó por respirar mientras Bunk le lamía la mejilla y aullaba.

—Se me pasará. Estaremos bien.

«De eso nada. Ni ahora, ni nunca. La has jodido. Siempre lo harás».

Como la angustia era peor que el dolor, apretó en el punto de presión de su muñeca, se enderezó y continuó caminando.

«Acaba con tu vida de una vez —susurró Riggs en su cabeza—. ¿Qué sentido tiene vivir? Nunca tendrás a nadie, siempre estarás sola. Ese tío de la universidad dio en el clavo: eres una friki, una jodida friki. Jamás vas a conseguir lo que los fiambres de tus padres tuvieron. Jamás en la vida disfrutarás de todas esas gilipolleces.

»Morirás sola, así que acaba con esto de una vez por todas. Córtate las venas y listo. Así, de paso, te vengas de él, ¿no? Se sentirá como una mierda, lo que es. Venga, hazlo.

«En una batalla, usa cualquier arma», se recordó a sí misma. Recurrió al torrente de emociones que bullía en su interior para ahogar a Riggs.

No estaba sola; tenía familia, tenía amigos y tenía una vida.

Debía ponerle la comida a Bunk, atender a las gallinas. Dar un paso, y a continuación otro.

«Mi casa», pensó a su llegada. Su hogar no era una celda. Al entrar fue derecha a la cocina a por la cesta para los huevos. Tras dejarle la comida y el agua fresca al perro, se dirigió al gallinero; dio un paso y, a continuación, otro.

Nada de lágrimas: se negaba a derramar ninguna por un hombre que la despreciaba, que no la amaba, que no confiaba de ella. No era el primero, pero se prometió a sí misma que sería el último. Jamás volvería a sufrir ese trance.

Al girarse vio que su abuela se apresuraba hacia ella, y a punto estuvo de romper la promesa que segundos antes se había hecho a sí misma.

—¡Ay, mi niña! —Lucy la estrechó entre sus brazos y la abrazó con fuerza—. Sentí cómo se te rompía el corazón. ¿Qué ha pasado?

—Lo he echado a perder. Lo he echado a perder.

—No. Anda, dame eso. —Sin soltar a su nieta, Lucy enganchó la cesta de huevos—. Siéntate, ven conmigo, vamos a sentarnos y me lo cuentas. Lo arreglaremos.

—Es imposible. Se me pasará. Lo único que necesito es... No lo sé.

—Has reñido con Ty.

—No exactamente.

—Si no quieres contármelo, no lo averiguaré. Nos sentaremos aquí tranquilas un rato y ya está.

—Tenía demasiadas expectativas. Empecé a tener demasiadas expectativas. Debería haber sido más lista.

Cuando llegaron al porche, Thea se sentó en los escalones. Había dado todos los pasos posibles. Daría más después.

—Todo iba muy bien, nana. Era reacia a pensar o ver más allá de eso. Me negaba a hacerlo. Estaba preparando el desayuno, me disponía a preparar una tortita de Spiderman para Bray. Precisamente estaba pensando en eso y en lo bien que me sentía. En lo feliz que me sentía.

Tuvo que respirar hondo, inhalar y exhalar. No le quedó más remedio que respirar.

—Ty estaba tomando café, todo de lo más agradable, normal y natural. Cuando Bray entró, estaba disgustado porque no encontraba un camión, Grave Digger, el de los trucos. Ty y él se pusieron a hablar. Bray insistía en que se lo habían quitado, y Ty comentó que lo buscarían después de desayunar, que lo habían echado en falta desde hace varios días. —Continuó—: Es un niño tan feliz, nana, y estaba tan triste, a punto de llorar, que no lo pensé. En un descuido, le dije dónde encontrarlo.

Como le picaban los ojos, presionó las yemas de los dedos contra los párpados.

—Visualicé a Bray jugando con él en la biblioteca que Ty está montando y cómo, al oír a Bunk, lo dejó caer en la caja de libros pendiente de desempaquetar.

Con un suspiro, apoyó la cabeza —el dolor palpitante se había disipado— sobre el hombro de su abuela.

—Bray se puso muy contento al encontrarlo y, de buenas a primeras, Ty le dijo que subiera a su cuarto a jugar con él. Entonces, al darme la vuelta y ver su expresión, supe que había cometido un error. Esa sensación tan agradable, normal y natural se esfumó. Reaccionó con mucha ira, con mucha frialdad. ¿Cómo iba yo a saber dónde encontrar el juguete a menos que hubiera entrado a su casa a escondidas? Yo no he puesto los pies en esa habitación desde que abrió la caja de libros.

—¿Se lo has explicado?

—Ha sido imposible. Se ha negado a escucharme. Según él, he traicionado su confianza. —Cerró los ojos con fuerza—. Puede que tenga razón, pero, según él, he utilizado a su hijo, he jugado con sus sentimientos, así que se ha cerrado en banda.

—Tú jamás harías eso, bajo ningún concepto —afirmó Lucy, con la voz ronca debido a las lágrimas, mientras la sujetaba con fuerza—. En algún momento será consciente de ello.

—Me ha echado con cajas destempladas, me ha advertido que me mantenga alejada de Bray, de él, que os mantenga alejados de ellos.

—Le daremos un poco de tiempo para que se calme y hablaré con él.

—No, nana. —Thea negó con la cabeza, respiró hondo y levantó la vista hacia las colinas—. No es un malentendido, no es una… discusión. Es por quiénes somos los dos. Los dos —repitió—. Pensó mal de mí, pensó que había entrado en su casa a hurtadillas, que había hurgado entre sus cosas, que había utilizado a esa criatura tan dulce. Que había utilizado el sexo. Que haya podido pensar eso de mí es muchísimo peor que enterarse del don que poseo y tomarme por una friki. Sé lo que se siente con eso, y esto es peor. —Alargó la mano hacia la de su abuela—. En su caso, como ya lo han traicionado antes, recela de la gente. Confió en mí, y yo lo he traicionado. Es más, he traicionado a lo más preciado de su vida, Braydon.

—No lo has hecho, cariño.

—¿No?

Consideró los hechos, los cuales era imposible negar.

—Ya llevamos juntos un tiempo, desde el verano. Pero en ningún momento le he revelado mi secreto. La razón es porque me resistía a mirar al futuro. Me resistía a contárselo para evitar que me mirara como si fuera un bicho raro. Él confió en mí, pero yo no en él, no lo suficiente. ¿Qué es peor?

—Thea, estabas protegiéndote.

—Sí, sí, cierto. Y él está protegiendo a su hijo.

Lucy negó con la cabeza y dejó escapar un largo suspiro de frustración.

—¿No te das cuenta de que eso se reduce a lo que, según tú, no se trata de un malentendido?

Thea se ladeó y miró a Lucy a los ojos.

—¿Cuándo le confesaste al abuelo que poseías un don?

—Bueno, eso es diferente.

—¿Por qué?

—Ambos crecimos aquí, la gente conocía el don de mi abuela, de mi madre, el mío. Y que venía de largo.

—¿Nunca llegaste a contárselo personalmente?

—Supongo que sí, pero no fue ninguna sorpresa. Tú se lo habrías confesado a Ty cuando estuvieras preparada. Lo que pasa es que has cometido un desliz.

—¿Y cómo el hecho de estar al corriente de ello va a permitirle volver a confiar en mí? Nana, para él la confianza es muy importante.

—Si es incapaz de confiar y respetar el don que posees y quién eres, en fin, cariño, me equivoqué al pensar que él valía la pena.

—Tenía tantas expectativas —insistió Thea— que no fui honesta con él. Ni me merecía ni me merezco su reacción, su opinión de mí, pero he faltado a la verdad. No me he respetado lo suficiente, no he respetado mi don, lo he ocultado porque quería a Ty, quería a Bray, anhelaba demasiado ese bonito escenario como para arriesgarme a perderlo, y ahora lo he perdido del todo.

—Ahora escúchame tú. —Lucy posó las manos sobre sus hombros—. Tómate tu tiempo, y dáselo a él. Después arriésgate, Thea. No eres ninguna cobarde. Dios sabe que has asumido más riesgos en tu vida de lo que me habría gustado. El amor exige correr riesgos. Conseguirás que te escuche, que te permita darle una explicación. El resto depende de él.

—Me he comportado como una cobarde. No era consciente de ello, pero es la verdad. No se repetirá. Dejaré pasar un tiempo, para él y para mí. De todas formas, ahora en realidad no hay nada que arriesgar.

—¿Por qué no te vienes a la granja conmigo?

—Voy a trabajar, así me enfrasco en el trabajo. Estaré bien, nana. Me alegro de que hayas venido. Eres lo que necesitaba, has hecho que recupere el equilibrio.

Lucy posó las manos sobre las mejillas de su nieta.

—Si empiezas a tambalearte, acude a mí.

—Lo haré. ¿Puedes contárselo a Rem? ¿Decirle simplemente que le dé a Ty un poco de espacio?

—No te preocupes por eso. —Con un murmullo, Lucy le plantó un beso en la frente—. Le van a entrar ganas de ir para allá a cantarle las cuarenta a Ty. Lo sujetaré.

Cuando su abuela se marchó, Thea permaneció sentada allí durante unos instantes, con un brazo alrededor del cuello de Bunk. Las últimas ráfagas de viento de octubre habían dejado los árboles pelados. Ahora todos, excepto los pinos, se erguían desnudos, listos para el inminente invierno.

El cielo se había encapotado, no con un gris de tormenta,

sino apagado. Apagado como el cartón yeso, con el sol oculto tras él.

—Así es como me siento, Bunk, apagada como el cartón yeso. Vayamos dentro a encender las chimeneas.

Se levantó y cruzó el porche. No era una celda, no: su hogar no era su prisión.

Era su santuario.

26

Durante tres días, Ty se enfrentó a las preguntas de Bray acerca del perro, acerca de Thea, y se inventó excusas. Sobrellevó los lloriqueos con la esperanza de que, tarde o temprano, el crío perdería interés.

Dado que conocía a su hijo, estaba convencido de que era una esperanza abocada al fracaso, pero se aferró a ella con tal de mantener la cordura.

Sabía qué debía hacer: empaquetar y mudarse a Filadelfia. Le resultaría más fácil, con diferencia, de no haber vendido su maldita casa. No obstante, la idea de comprar una casa nueva, de comenzar desde cero, se le antojó estupenda.

Algo con un jardín amplio, en un barrio residencial tranquilo y adecuado para niños. Se puso en contacto con su agente inmobiliaria con el fin de que buscara, a ver qué encontraba.

No entraba en sus planes sacar del colegio a Bray hasta disponer de una casa; ni siquiera entonces, hasta el final del curso escolar.

Empaquetar sus cosas no conllevaría demasiado esfuerzo. Vendería la casa amueblada. ¿Qué narices le importaba?

El caso es que era imposible quedarse. Ese lugar le pertenecía a ella, toda su gente vivía allí.

La puñetera mujer que le había roto el corazón.

Necesitaba cambiar las cerraduras, otro fastidio, puesto que no podía arriesgarse a salir a por un maldito cartón de leche sin preguntarse si ella entraría a hurtadillas.

¿Cómo es posible que se hubiera equivocado con ella hasta tal punto? Esa pregunta lo agobiaba.

Ella tenía en su poder fotos de su hijo. Dios, lo había fotografiado en la fiesta de cumpleaños, la primera vez que Bray trepó hasta lo alto de la estructura para juegos, con el perro…

¿Cómo cometió la estupidez de permitir que le hiciera fotos, fotos que podía vender?

Tal vez porque lo consideraba impropio de ella. Tal vez, en lo más profundo de su ser, la considerara incapaz de ello. Sin embargo, eso era lo de menos, porque los hechos no tenían vuelta de hoja.

Se enamoró de ella, igual que Bray. Y pensaba…

Daba igual. Lo que pensara daba igual.

Y en ese preciso instante tenía al niño en casa —había faltado al colegio porque tenía 37,8 °C de fiebre al despertarse—, aunque a media mañana —cuando le bajó a 37 °C— no se encontraba tan mal como para guardar cama o tomarse una sopa de lata y ver la tele.

—Quiero que venga Bunk.

Ty miró a su hijo, su tesoro, el pilar de su mundo, y pensó que ojalá cerrara la boca de una santa vez.

—No puede.

—¿¿Por qué??

—Estás enfermo, ¿recuerdas? Tienes gérmenes.

—Me encuentro mejor, y a los perros no les importan los gérmenes.

—A mí sí. Ve a jugar con el circuito que te he montado.

—No quiero. Quiero ver a Bunk. Tengo hambre, quiero que Thea me haga tortitas. ¡Lo prometió!

«Y vuelta a lo mismo», pensó Ty, la misma letanía irritante en bucle.

—No puede. Está trabajando.

—Quiero ir a su casa. Quiero ver a la nana. Quiero ver las gallinas.

Ty sacó tantos libros de las estanterías que daba la impresión de que se enterró en ellos.

—Citando a un clásico, campeón, no siempre se consigue lo que se quiere.

—¿Por qué? Tengo ganas de tortitas, de tortitas de Thea.

—Pues aguántate las ganas. Te prepararé un sándwich de gelatina.

—¡No, papi!

—Braydon, ya te he dicho que está ocupada.

—Podemos llamarla.

«Basta —pensó cuando se agotó su paciencia—. Ya está bien».

—No, no podemos. —Bajó la vista hacia él, lloroso y enfadado, y decidió que era hora de explicárselo—. No vamos a verla más. Pasaremos la Navidad en casa, en Filadelfia, y nos quedaremos allí, ¿entendido?

—Esta es nuestra casa.

—No, no lo es. Vamos a regresar a Filadelfia.

—¡No! —Más lágrimas, de rabia, brotaron a borbotones—. ¡No! ¡No! Esta es nuestra casa y nos quedaremos aquí. ¡Lo prometiste!

—No, no lo prometí. —Lo sabía de buena tinta, ya que era muy cuidadoso con las dichosas promesas—. Dije que ya se vería, y está decidido.

—¡No, no! Voy al cole. Tengo amigos.

—Irás al cole y harás amigos en Filadelfia.

A Ty le dio la impresión de que los ojos de su hijo, además de lágrimas, echaban chispas.

—No quiero ese colegio, no quiero amigos. No pienso ir.

—Campeón, tú irás donde yo vaya, es lo que hay.

En vista de que había contado hasta diez mentalmente una media docena de veces, consideró que se encontraba lo bastante calmado para esgrimir argumentos.

Y sobornar.

—Compraremos una casa nueva. Puedes ayudarme a elegirla. Y te regalaré un cachorro. Así tendrás tu propio perro.

—¡No quiero ningún perro estúpido y feo!, ¡quiero a Bunk! No quiero esa estúpida casa, quiero esta. No pienso ir. No puedes obligarme.

«A la mierda los argumentos —pensó Ty—. Es hora de imponer disciplina».

—Sí que puedo y lo haré.

—¡No pienso hacer la maleta! —Bray empuñó unos libros de la caja y los tiró al suelo.

—Para. —Cuando Ty lo cogió en brazos, el niño se resistió y pataleó con tal furia que a punto estuvo de zafarse—. ¡He dicho que ya vale!

—Eres malo. Eres malo, papi.

—Y más malo voy a ser. A tu cuarto. Te has ganado un buen castigo.

—No te quiero. Quiero a Thea.

—Pues lo siento por ti. Vete a tu cuarto. —Lo dejó en el suelo—. Como tenga que llevarte a cuestas, el castigo será el doble de tiempo.

—No quiero que me lleves. No te quiero —replicó Bray, con sus pequeños puños apretados junto a los costados, el cuerpo tembloroso y la expresión iracunda—. Ya no te quiero.

—¿Con que esas tenemos? Pues yo tampoco te tengo mucho aprecio en este momento —repuso Ty en voz alta cuando su pequeño salió airado de la habitación.

Tras escuchar las fuertes pisadas de Bray por las escaleras, se sentó en el suelo junto a los libros esparcidos.

Dios, a veces ejercer de padre era un trago.

«Una rabieta en toda regla», pensó, mientras esperaba a que su propio ánimo se templara. Era la primera desde hacía tiempo, y desde luego había superado con creces todas las anteriores hasta la fecha.

—No debería habérselo explicado de esa manera. Joder, joder, joder. —Se apretó los párpados con las yemas de los dedos y empezó a recoger libros—. He sido el causante de esta riña en la misma medida o más que él.

Si no se hubiera liado con esa mujer, si no la hubiera dejado entrar en su vida y en la de su hijo de esa forma…

—A lo hecho, pecho.

«A la mierda», pensó, y metió los libros en la caja de cualquier manera.

Se levantó y se dirigió al estudio. Eligió una guitarra, la enchufó y se puso a tocar rock a todo volumen, con mala leche, para desahogarse.

La música enervó a Bray más si cabe; a su papi no le importaba lo que deseara. No le importaban sus amigos, ni Bunk, ni nadie.

Quería estar con Bunk. Quería estar con Thea, con sus amigos, con la nana, con Rem y la señorita Hanna.

Sin quitarse el pijama de Mario Bros., se calzó. A esas alturas había aprendido a atarse los cordones; ya era mayor. Podía ir caminando a casa de Thea él solo; ella le dejaría jugar con Bunk y le prepararía tortitas. Como su papi era malo, se quedaría a vivir con ella.

Eligió el camión monstruo azul, bajó las escaleras mientras sonaba la música y salió por la puerta principal.

Enfrascada en el trabajo, Thea apenas alcanzó a oír que llamaban a la puerta principal. Bunk sí, y bajó corriendo.

—Vale, maldita sea.

Contrariada por la interrupción en un punto crítico de la codificación, se levantó con desgana y bajó.

Cuando abrió la puerta, Bunk se frotó con ahínco contra el niño, que tenía los ojos llorosos y moqueaba.

—Tengo frío —dijo Bray y, sollozando, abrazó al perro.

—Oh, Dios mío, Braydon. —Thea se quitó la chaqueta de punto y lo envolvió con ella—. ¿Se encuentra bien tu papi?

—Papi ya no me quiere. Yo quiero quedarme con Bunk, no quiero volver a Filadelfia. ¿Puedo vivir contigo?

—Ay, tesoro. —Lo tomó en brazos y sacó un clínex del bolsillo de la chaqueta—. Cómo no va a quererte tu papi. Te quiere más que a nada en el mundo. ¿Has subido hasta aquí tú solo?

—Soy grande —dijo entre sollozos—. Me he atado los cordones yo solo.

—Es verdad, ya eres mayor. —Lo meció, lo acarició y lo consoló—. Tu papi estará preocupado.

—No. Dice que tenemos que irnos, que no puedo ir a mi cole ni ver a mis amigos o a Bunk, y que estás muy ocupada. —Se aferró a su cuello—. No quiero marcharme. Quiero a mi papi. No quiero que mi papi esté enfadado. Quiero quedarme aquí con él.

—Vale, tranquilo, todo irá bien. Voy a llevarte a casa. Tu papi se asustará si no te encuentra.

—Le he dicho que ya no lo quiero.

—Él sabe que ha sido sin querer, tranquilo. —Cantándole a media voz, Thea lo condujo al coche.

—Dile que nos quedemos.

—No te preocupes por eso. —Tras meterlo en el coche, le abrochó la chaqueta de punto—. Tranquilo.

Con Bunk en el asiento trasero, enfiló el camino.

Cuando frenó y se apresuró a sacar a Bray del asiento delantero, Ty salió como una flecha por la puerta trasera.

—¡Braydon!

Thea dejó al niño en el suelo y dio un paso atrás cuando Ty fue a toda prisa a por él.

—¡No te encontraba, no te encontraba! No vuelvas a hacerlo jamás. No te encontraba. Me has asustado. —Apretó la cara contra el pelo de su hijo y aspiró su olor—. Te quiero mucho. Siento haberte gritado. Lo siento.

—Lo siento, papi. No te enfades conmigo otra vez.

—No, no, no me enfado. No me enfadaré más.

Cuando apartó la vista para darle las gracias a Thea, el coche ya iba subiendo la cuesta.

—No pasa nada. Todo irá bien. Para mí nadie es más importante que tú —dijo, mientras se encaminaba hacia la casa con el niño en brazos—. Vamos a cuidar el uno del otro, ¿de acuerdo? Tú y yo.

Dejó que Bray durmiera con él en su cama esa noche con el fin de consolar a su hijo en la misma medida que a sí mismo. Jamás había experimentado un miedo tan espantoso como en los escasos minutos que transcurrieron tras llevarle a Bray un sándwich de gelatina y encontrar el cuarto vacío.

Al registrar la casa llamándolo, al principio enojado al pensar que se había saltado el castigo, y darse cuenta de que no estaba allí. De que no estaba en ninguna parte.

Su corazón, su alma. Su hijo.

«Y por mi culpa», pensó cuando le puso el termómetro a Bray por la mañana. Como su temperatura era normal, lo preparó para irse al colegio y después se quedó mirando mientras subía al autobús.

Había sido culpa suya.

Él había llevado a Bray a ese lugar, el cual había convertido en un hogar. A decir verdad, no había sido consciente de hasta qué punto era un hogar hasta que se puso a buscar a su pequeño por todos los rincones de la casa y no consiguió encontrarlo.

De modo que había sido culpa suya, por no haber escuchado, por negarse a admitir que le había roto el corazón a su hijo porque alguien a su vez le había roto el suyo.

Tendría que hallar la manera de quedarse. Tendría que marcar límites con Thea, cambiar las cerraduras, regalarle un cachorro a Bray. Caray, compraría gallinas si fuera necesario.

Construiría su estudio y levantaría una valla con el fin de tener privacidad.

Haría cualquier cosa que hiciera falta.

Porque por nada del mundo quería volver a ver esa expresión de tremenda tristeza en su hijo.

Cogió la chaqueta de punto que había dejado caer sobre el respaldo del sofá el día anterior.

Debía llevársela a Thea, y darle las gracias por devolverle a su hijo. Y, controlando su genio, se aseguraría de dejarle claro que mantuviera las distancias.

Con el fin de templar los ánimos, se puso una chaqueta y enfiló la cuesta.

A pesar de que él tampoco deseaba mudarse, estaba convencido de que era la decisión más acertada. Pero, fuera o no un desacierto quedarse, conseguiría que funcionara.

Con cerraduras nuevas, una valla que proporcionara privacidad, un sistema de seguridad… No obstante, por supuesto que Thea le devolvería el maldito juego de llaves.

Y adoptaría una actitud lo más serena y razonable posible al decirle que borrara todas las fotografías de Bray.

El perro cruzó al trote el jardín al ver a Ty.

—Tú también vas a guardar las distancias.

Puede que se hubiera encariñado con el dichoso perro también, pero sus prioridades se anteponían.

Llamó a la puerta principal.

Cuando Thea abrió la puerta, a Ty le dio la impresión de que parecía cansada, además de pálida. Y recelosa, constató.

—Quería devolverte esto.

—Ah, sí. —Cogió la chaqueta de punto—. ¿Te importa que te pregunte cómo está Bray?

—Está bien. Te agradezco que lo llevaras a casa ayer.

—Cómo no. Tú… seguramente estarías desquiciado.

—Esa es la palabra. Si tienes un momento, me gustaría hablar contigo.

—Sí, claro. Pasa. Quédate fuera un rato, Bunk. —Cerró la puerta—. ¿Quieres sentarte?

—No. —Su intención era ser breve y claro—. Sé que Bray te explicó por qué estaba disgustado.

—Sí. Entiendo tus motivos para marcharte, pero… ojalá no lo hicieras por lo que piensas de mí. Me dijiste que me mantuviera alejada, y eso he hecho. Eso haré.

—Necesito que me devuelvas el juego de llaves y que borres de tu teléfono todas las fotos de Braydon.

Ella se quedó mirándolo sin más y, acto seguido, algo brilló fugazmente en sus ojos al darse la vuelta y hacerle un gesto. Él la siguió hasta su estudio, donde ella tomó una foto enmarcada de Bray y Bunk de su escritorio.

—Toma, aquí tienes. Imprimí una de mi abuela con él para regalársela. Se la pediré. —Con movimientos raudos y fluidos, abrió un armario—. He hecho las compras de Navidad. —Se giró y le entregó otra fotografía enmarcada de Bray, lanzándose por el tobogán, y Ty abajo, sonriendo—. Toma. Mi intención era dártela entonces. Esas son las únicas que he imprimido. —Cogió el teléfono del cargador inalámbrico que había dejado sobre el escritorio y, tras abrir la carpeta de imágenes, se lo dio con brusquedad—. Bórralas. Ah, de paso, no te cortes y busca a conciencia, a ver si encuentras dónde me he comunicado con quien coño sea para venderlas. Porque eso es lo que piensas de mí.

Ty se dio cuenta de que el recelo de Thea era agua pasada y que ahora estaba en pleno modo cólera.

—No voy a fisgar en tu teléfono. Estoy pidiéndote que borres las fotos.

—No. Hazlo tú mismo. Después puedes rebuscar en mi ordenador. En ese no; ese es exclusivamente para el trabajo y no lo vas a tocar. Pero los demás, mis tabletas... Tengo dos. Y puedes registrar todos los rincones de la maldita casa en busca del juego de llaves que no tengo porque se lo entregué a tu padre después del funeral. Si piensas que debes proteger a ese niño de mí, eres un completo capullo.

Cuando salió enfurecida de la habitación, Ty soltó el teléfono y la siguió hasta la sala de estar.

—Cerré la casa con llave, Thea. Jamás dejo la casa abierta. Voy a cambiar las cerraduras, pero quiero que me devuelvas el juego de llaves. Esos libros, esa caja, no estaban allí cuando entraste. Ese dichoso camión no estaba allí la última vez que estuviste en la casa con nosotros. Es así de simple.

—No, no lo es. Estás convencido de que he estado husmeando en tu casa a hurtadillas, me crees capaz de vender fotografías de tu hijo. —Enfurecida, levantó una mano—. Ah, oye, a lo mejor coloqué una cámara en tu dormitorio; será mejor que lo compruebes. Podría vender grabaciones de sexo, puesto que está claro que soy una persona que ansía el foco mediático. Y el dinero, no olvidemos el dinero.

Levantó los brazos con un ademán y se puso a caminar en círculos como un gato enjaulado.

—Aspiro a embolsarme un pastizal a pesar de ser beneficiaria de un sustancioso fideicomiso desde que asesinaron a mis padres, y a pesar de ganarme la vida de maravilla. Lo consigo a base de tiempo, esfuerzo y talento, pero necesito sacar tajada de ti y de tu hijo pequeño porque, vaya, por mucho que tenga, quiero más. —Se le saltaron las lágrimas, pero de indignación, al tiempo que se frotaba el pulgar derecho con el izquierdo—. Ya puedes largarte. Aléjate de mí. No quiero a alguien en mi vida que tenga un concepto tan bajo de mí. Quiero a Bray, ¿acaso no lo ves? Te quiero, ¿acaso no te importa?

Se giró y se puso a caminar de un lado a otro, presionando la base de las palmas de las manos contra los ojos.

—¡Maldita sea! ¡Maldita sea! ¡Maldita sea! No pienso derramar una lágrima por ti. Te olvidaré, me lo estás poniendo fácil. Cambia las cerraduras, levanta un maldito campo de fuerza, sal pitando a Filadelfia o vete al infierno. Yo no he hecho nada para merecer que me trates como una ladrona, como una aprovechada, y esa clase de cinismo no tiene cabida en mi vida.

Él, ahora tan furioso como ella, espetó:

—No voy a permitir que tergiverses esto para echarme la culpa. ¿No entraste a la casa con tu juego de llaves? ¿Cómo narices sabías dónde estaba el puto camión? ¿Qué?, ¿eres clarividente?

Ella lo miró fija y fríamente.

—Es un don que se transmite entre las mujeres de mi familia.

De no haberle parecido un argumento tan puñeteramente insultante, Ty se habría echado a reír.

—¿Hablas en serio? ¡Por el amor de Dios! ¿Con que tú, así por las buenas —se dio un toque en la cabeza con la mano libre—, paf, por medio de tu bola de cristal interna, encontraste el dichoso Grave Digger en una caja de libros? Joder, lo único que quiero es el maldito juego de llaves, Thea.

—No tengo las llaves de tu casa ni una forma secreta de entrar en ella. Desde que te mudaste, jamás he puesto los pies allí sin que me invitaras. Será mejor que te vayas, porque estoy harta de que me ofendas.

—¿Cómo? Qué gracia. ¿Eres clarividente?, ¿la clarividente rescatadora de juguetes infantiles? Genial, demuéstralo. ¿En qué número estoy pensando?

—Ay, qué típico. —Sin dejar de frotarse la mano con fuerza, se apartó de él de nuevo—. Qué reacción tan típica e infantil.

—Lo que me temía.

Ella permaneció de espaldas cuando él se disponía a marcharse; entrelazó los dedos sin más.

—El acorde de sol menor séptima no es un número, sino una nota musical. Pero qué listo.

Cuando Ty se paró en seco, Thea se volvió hacia él. Ya no parecía estar furiosa; parecía cansada, solo cansada.

—¿Quieres más? ¿La pequeña cicatriz en tu cadera? —Se dio unos toquecitos en la suya y continuó frotándose la mano—. Te la hiciste al meterte por el agujero de una valla metálica, te clavaste un... ¿Cómo se dice? ¿Una púa? Da igual, el caso es que te enganchaste con ella. Convendría haberte dado un par de puntos, pero no podías decírselo a tu madre porque se suponía que Scott, tú y... Henry no debíais husmear en aquella vieja casa abandonada. Tenías nueve años, y todavía no le has contado ese incidente.

Ty tardó varios segundos en salir de su estupefacción para pronunciar una palabra.

—¿Cómo diablos sabes eso?

—La primera vez que estuvimos juntos, al tocarte ahí, estaba tan entregada, tan receptiva, que lo visualicé. Te visualicé de pequeño. Nunca lo hago; es una falta de respeto y a mí me educaron como es debido, pero... tenía la guardia baja, y lo vi. —Se le saltaron las lágrimas de nuevo, esta vez en el acto—. Es un don que respeto y valoro. No me convierte en una friki o... en algún engendro diabólico. No me valgo de él para lastimar a la gente ni para fisgar en beneficio propio. No fue mi intención usarlo aquel día, pero Bray estaba desesperado por ese camión. Estaba muy disgustado, y es un niño tan bueno que tuve un lapsus. Sencillamente no lo pensé, y después empezaste a despotricar de mí, contra mí, y te negaste a escucharme. En aquel momento no supe cómo explicártelo, aunque tampoco me habrías escuchado o creído; en aquel momento no.

Tras frotarse la cara, no apartó las manos del semblante.

—Vete. Vete ahora mismo. No me interesa lo que pienses. Me es indiferente.

—Creo que deberías sentarte.

—No me digas lo que debo hacer.

—Vale, pero yo sí que necesito sentarme.

—Me da igual que te sientes, que te quedes de pie como un pasmarote o que te vayas. No soy una de esas atracciones de feria para asombrarte y divertirte. Poseo un don, que se transmite a través de las mujeres de mi familia. En mi familia somos de complexión alta y larguirucha, lo cual no me convierte en diabólica.

Ty dejó las fotos y se sentó porque necesitaba recuperar el aliento.

—¿Quién ha dicho nada sobre diabólica?

—Pues un chico en la universidad… Fue la primera vez que me enamoré, puesto que tuve un comienzo tardío en ese aspecto. Se lo confesé porque sentía algo por él, me había acostado con él, y pensé… No reaccionó bien. La gente que se enteró empezó a hacer los típicos comentarios, desde «Eres una friki» hasta «¿Qué te parece si me dices las preguntas del próximo examen?».

—Oye, yo…

Pasó olímpicamente de él.

—Me dolió y me desmoralizó. A punto estuve de irme corriendo a casa, pero hice de tripas corazón. Me volví más reservada, mucho más cautelosa. Es mi don, es asunto mío. No tengo por qué revelarlo.

—¿Desde cuándo eres capaz de… saber cosas?

—Desde siempre. ¿Qué más da?

—¿Qué te pasa en la mano?

—Nada. —Dejó de frotarse bajo el pulgar y se cruzó de brazos.

—Si me lo hubieras dicho o…

—¿Qué? —espetó ella—. ¿Todo habría ido de maravilla? Tú, una persona tan confiada, ¿habrías confiado en que no leería tus pensamientos más íntimos, igual que diste por sentado que había irrumpido en tu casa, cerrada con llave, simplemente con decirte que jamás lo haría?

Ty hizo amago de hablar y desistió. Después levantó las manos y las dejó caer.

—No lo sé. Estoy intentando encontrarle una explicación, pero no lo sé.

—Me hiciste daño —dijo Thea con el aliento entrecortado, procurando recomponerse—. Me hiciste más daño del que nadie me ha hecho jamás.

—Lo sé. Es obvio. Lo siento. Maldita sea, tú también me has hecho daño. Oye, esto es un poco…, esto me sobrepasa. Estoy tratando de… asimilarlo.

—Pues adelante, Ty, tómate tu tiempo para asimilarlo con tranquilidad. Eso no cambia nada en absoluto. Soy la misma persona que hace cinco minutos, cinco horas o cinco días. No me avergüenzo de poder ver. Ser cautelosa no significa que me avergüence de ello.

Se percató del dolor de Thea antes incluso de que esta tomara una bocanada de aire y se masajeara la mano.

—¿Qué diablos te pasa en la mano? —Se levantó bruscamente y alargó la mano hacia ella, pero ella la apartó de un manotazo.

—Nada. Nada, no es la mano, es la cabeza. Él me acosa sin cesar, y me duele la cabeza. Me cuesta más mantenerlo a raya cuando me altero, y eso me pasa factura.

—¿Quién?

—¡Riggs! Ray Riggs, el malnacido que asesinó a mis padres. Puede meterse en mi cabeza; yo también en la suya. Ignoro el porqué. Dios, está disfrutando de lo lindo. Se regodea viéndome sufrir. Lo mandé a prisión, y se muere de ganas de vengarse. Yo lo vi. Presencié cómo los mató.

A Ty le dio la impresión de que ya no estaba pálida, sino casi translúcida. Y con la respiración acelerada.

—Siéntate. Sentémonos. Comentaste que estabas aquí, con Lucy, cuando sucedió.

—Estaba aquí y allí. —Aunque opuso cierta resistencia, tiró de ella hasta el sofá—. Fue un sueño, pero al mismo tiempo no lo fue. Yo fui testigo de ello, pero me resultó imposible impedirlo; tan solo pude observar. Observar cómo irrumpía en la casa por las puertas correderas de atrás. Él los odiaba por el hecho de que tuvieran una gran casa. Él la ansiaba, ansiaba todo y se lo arrebataría. Quería el reloj de pulsera de mi madre.

—Ve más despacio.

Era incapaz.

—Él se había fijado en mi madre, que iba vestida para una reunión con un aire de «mujer profesional», lo llamaba ella. Tan acicalada, con el reloj que mi padre le regaló en su aniversario de bodas. Lo supe porque él lo sabía, porque le leí el pensamiento. En la galería familiar, al ver mi foto, percibió algo. Sintió el impulso de matarme. A Rem también, pero sobre todo a mí.

—Más despacio, Thea. Venga, ahora, respira más despacio. Mírame.

No podía, no con Riggs de vuelta en la casa, presenciándolo todo de nuevo. Prácticamente lo podía visualizar él mismo, con sus ojos azules chispeantes.

—Iba armado, y no pude impedírselo. En la planta de arriba, mientras miraba todo, los odió por ser quienes eran, por tener lo que tenían. Ni siquiera los conocía, pero los detestaba. Mientras dormían, cogió uno de los bonitos cojines que a mi madre le gustaba poner sobre la cama. Lo plantó sobre la cara de mi padre y..., y... lo atravesó de un disparo.

»Yo empecé a chillar, a dar gritos, pero solo se oían en mi cabeza. —Se sujetó la cabeza y empezó a mecerse—. Mi madre se despertó y llamó a mi padre: «¡John, John!». Pero Riggs apuntó a su cabeza y dijo: «¡Cierra la puta boca, zorra!». Como ella era incapaz de dejar de llorar, de llamarlo, él la golpeó y la obligó a decirle dónde estaba la caja fuerte y a revelarle la combinación. Mientras ella se aferraba a la mano de mi padre, llorando, le puso un cojín sobre la cara y apretó el gatillo.

En algún punto a lo largo del relato, Ty notó que de hecho él mismo había palidecido.

—¿Lo viste?

—Lo vi, lo vi. Se llevó el reloj caro de mi padre, los pendientes y lo demás de la caja fuerte. Y lo vi aproximarse al tocador en busca del reloj de mi madre. Cuando vi su cara en el espejo, él se percató y giró la cabeza, pero no logró verme, en aquel instante no. Sin embargo, una parte de él notaba mi presencia y, cuando fue a la planta baja, descolgó mi fotografía de la pared y se la llevó. Amenazó con matarme a mí también algún día. Me está matando ahora. No puedo respirar.

—Sí que puedes. Mírame. Maldita sea, mírame. Respira despacio, con tranquilidad, con respiraciones largas, lentas y profundas. Eso es.

—Me duele.

—Lo sé. Enseguida te sentirás mejor. Respiraciones largas, lentas y profundas. Voy a traerte un poco de agua. Dime por qué te frotas la mano así.

—Es acupresión, para el dolor de cabeza. Me alivia.

—Entonces continúa. —Poco a poco, su semblante recuperó

el color; su respiración se ralentizó—. Scott, al principio, sufría ataques de pánico antes de las actuaciones.

—Yo no sufro ataques de pánico.

—Acabas de pasar uno. Voy a por agua.

Cuando se alejó, ella, muerta de vergüenza y extenuada, dejó caer la cabeza hacia atrás. Se había desmoronado. ¿Qué bien le hacía desmoronarse? Había permitido que Riggs la machacara porque ella se había permitido desmoronarse.

Cuando Ty regresó, le tendió el vaso.

—Gracias. Ya me encuentro bien. Me gustaría que te fueras.

—De eso nada. —Se sentó y, aunque ella se puso tensa, él tomó su mano y le masajeó la zona donde se frotaba—. ¿Esta situación se repite desde entonces?

—De manera intermitente, pero no así, no con tanta intensidad. Soy capaz de controlarlo.

—¿Sí?

—Lo tenía controlado hasta que llegaste, y lo controlaré cuando te marches.

—Estás sobrepasada, en parte por mi culpa, de modo que déjame aclararte esto: no vamos a marcharnos. Mi intención era cambiar las cerraduras, construir una valla e instalar cámaras de seguridad porque pensaba que nos la habías jugado. No sé qué otra cosa iba a pensar…, pero, bueno, ya hablaremos de eso. Mi intención era irme. Bray es mi prioridad, y me hiciste daño, ¿vale? Lo que creía que habías hecho me dolió. En ese sentido he vivido experiencias de las que puedo hablar largo y tendido en otras circunstancias. Mi plan era irme —continuó— y tenía eso entre ceja y ceja cuando pensé que Bray se había mosqueado conmigo por eso. Si tu hijo no se mosquea contigo de vez en cuando, es probable que no estés ejerciendo de padre como es debido.

Cogió el vaso y lo inclinó ligeramente hacia ella.

—Bebe un poco más. Sigues pálida.

—No necesito que nadie cuide de mí.

—De acuerdo. Sigues cabreada. Lo entiendo. Pero ayer, después de que ambos explotáramos, cuando no conseguía encontrar a Bray…

El recuerdo hizo que se levantara y se pusiera a dar vueltas por la habitación.

—¿Y si se hubiera ido andando a la granja por ese camino rural sin apenas arcén? ¿Y si alguien…? No quiero ni imaginarlo. Jamás me había llevado un susto tan tremendo, y, por Dios, espero no tener motivos para que se repita. Fue culpa mía, porque me negué a escucharlo. Un padre sabe lo que es conveniente, joder, así que hice oídos sordos. —Se detuvo y la miró—. Luego, cuando lo llevaste a casa envuelto en tu chaqueta de punto, sano y salvo, me di cuenta de que no se trataba de un simple enfado. Le rompí el corazón, la pagué con él porque estaba dolido contigo, cabreado contigo. Porque he tenido experiencias. Caray, no voy a separarlo de sus amigos, de su hogar, de un lugar donde se siente tan feliz. Tenía previsto cambiar las cerraduras y todo lo demás, pero no lo haré, porque te creo. Puede que me haya comportado como un capullo, pero no soy un completo capullo, y te creo.

—Está bien. —Thea dejó el vaso sobre la mesa—. Está bien.

«No lo está», pensó él, pero abrigaba la esperanza de que entrara en razón.

Se sentó a su lado de nuevo.

—Lo siento. No voy a soltarte el rollo de mi vida, a echarte esa carga ahora mismo; bastante peso soportas ya. Yo podría asumir parte de la tuya. ¿Tiene Lucy esa capacidad? —preguntó, antes de que pudiera replicar.

Ella, sin embargo, suspiró.

—Aquella noche, cuando me desperté, corrí a su habitación. Mi abuela estaba sentada en el borde de la cama, llorando. Lo supo, lo vio…, pero no como yo. Aunque no lo presenció como en mi caso, lo supo. Se transmite a través de las mujeres de la familia.

—Vale. ¿Puedes contarme lo que ocurrió después?

27

¿Qué podía contar? ¿Qué podía pensar? Él había respondido «vale» como si ella le hubiera comentado que el cabello negro era cosa de familia.

Su dolor de cabeza se había quedado simplemente en eso: en un dolor de cabeza en vez de un dolor punzante. Al bajar la vista, se quedó mirando cómo le masajeaba en círculos el pulgar con el suyo.

Como no estaba preparada para sentir de nuevo, apartó la mano.

—Rem solo tenía diez años, no lo despertamos. Mi abuela llamó al sheriff McKinnon, el padre de Maddy. Él la conocía, no la cuestionó. Todo el mundo conoce el don de mi abuela.

—¿Todo el mundo?

—Ella se crio aquí, lo mismo que su madre y su abuela. El sheriff avisó a la policía de Virginia. Cuando fueron a la casa, descubrieron el agujero en el paño de la cristalera que él había perforado con un cortador de cristal. Entraron y los descubrieron, en la cama, con las manos entrelazadas. Se querían muchísimo. —Inhaló y exhaló con un estremecimiento—. Era necesario explicar cómo lo averiguamos y por qué llamamos a la policía. Resulta que a los detectives les dio mala espina, pero enviaron a una artista forense para que yo describiera al asesino. Lo vi en aquel espejo con tanta claridad como a ti. Conseguí averiguar dónde se encontraba, dormido en esa cama de una habitación de motel, con mi fotografía y el reloj de mi madre sobre la mesilla de noche. Logré decirles dónde aparcó el coche con el que había seguido a mi madre, un coche que había robado a alguien más a quien asesinó.

—¿Lo localizaron donde dijiste?

—Sí. Tenía las cosas de mis padres, mi fotografía, la pistola; todo. Los detectives vinieron a verme. Él había confesado, pero… En aquel entonces la pena de muerte seguía vigente en Virginia, sin embargo, como confesó, lo condenaron a dos cadenas perpetuas. No obstante, los detectives se desplazaron hasta aquí.

»Uno de ellos, el detective Musk, opinaba que lo del don era una sandez, y que a lo mejor lo había planeado mi abuela, o mi abuela y yo, por el dinero. Había dinero de por medio. O que yo, motivada por una especie de rebeldía destructiva, había encargado a Riggs que los asesinara. En resumidas cuentas, el detective no le encontraba explicación a que yo conociera tantos detalles. Mi abuela montó en cólera; jamás la he visto tan fuera de sí, ni siquiera cuando se puso en contacto con mi abuela paterna para transmitirle sus condolencias y esta le dijo que tenían previsto enterrar a mi padre, a él solo, en California, y que su intención era meternos a Rem y a mí en un internado allí.

—Madre mía —murmuró Ty.

—Mi abuela la puso en su sitio. En su testamento, nuestros padres la nombraron tutora legal nuestra por una buena razón: que mis abuelos paternos siempre nos miraron por encima del hombro a mi madre, a Rem y a mí. Consideraban que éramos un desacierto, unos simples paletos de Kentucky. Ni siquiera se dignaron a asistir al funeral, ninguno de ellos. —Thea negó con la cabeza—. No importa, nunca importó. Mi abuela quería a mi padre como a un hijo, y él siempre lo supo. Pero los detectives ignoraban eso, Musk no se lo creyó, y se lo demostré; fue algo como lo del acorde de sol menor séptima. Les di detalles sobre ellos mismos, sobre sus familias, cosas que percibí fácilmente con solo mirar. Es una falta de respeto, una intromisión, pero no tuve alternativa. Tenía que proteger a mi familia. Y me creyeron, no les quedó otra.

—Protegiste a tu familia.

—Tuve que hacerlo, aunque más tarde cometí un error. Rem comentó a la ayudante del sheriff que ojalá la policía hubiera matado a Riggs, como él hizo con nuestros padres. Y ella respondió que la prisión, el saber que jamás saldría de allí, que jamás volvería a ser libre, era peor. Yo quise comprobarlo, asegurarme de eso, así que fui.

—¿A la prisión?

—Sí, pero… con la mente. Quería ser testigo de ello, y permití que él me viera. Era desagradable, como una jaula. Sin barrotes, porque tenía puerta, pero a fin de cuentas una jaula. Él estaba asustado y furioso, de lo cual me alegré. Pero creo que el hecho de abrir ese resquicio por pura satisfacción también lo benefició a él, pues reforzó nuestra conexión. Cometí un error.

—¿Qué edad tenías?, ¿doce años? Y en pleno duelo.

—Pero regresé de nuevo, en más de una ocasión. No debí usar lo que se me había concedido para eso, aunque lo hice.

—Asesinó a tus padres.

—Sí, a mis padres y a otros antes. Hacía mucho tiempo que había corrompido su don. Lo aprovechaba para asesinar, para robar, para hacer daño. Ahora se vale de él para lastimarme cuando puede. Siempre lo hará.

—Tiene que haber un modo de impedirlo.

Agotada, Thea negó con la cabeza sin más.

—Ocurre desde hace dieciséis años. Cada vez le pasa más factura, a nivel físico. Sangra por la nariz, por los oídos. Sufre jaquecas espantosas, pero no está dispuesto a parar. Dudo que pueda. Yo lo sobrellevo.

Al mirarla fijamente en silencio, Thea se puso rígida.

—Hoy…, has mencionado que estaba sobrepasada, y es cierto. Si he sufrido un ataque de pánico, ha sido el último. Sé cómo manejar la situación, cómo bloquearlo. Mi madre rechazaba su don, la hacía sentir angustiada e infeliz. Mi abuela se cerraba cuando mi madre venía a visitarla y, de pequeña, aprendí a imitarla. Mi abuela me enseñó más cosas, muchas más cosas. Y tras cometer aquella equivocación con el chico de la universidad, yo misma aprendí más cosas aún. Riggs prácticamente mantuvo las distancias durante años, hasta que…

Se levantó.

—Necesito un poco de cafeína, algo.

—Voy yo.

—Necesito moverme. —Se dirigió a la cocina, sacó una Coca-Cola de la nevera y bebió un buen trago—. Coge una si te apetece.

—Sí. ¿Hasta qué, Thea?

—Hasta que aparecieron Musk y Howard, los detectives. Fue el mismo día en que mi profesor me citó en el despacho para hablar sobre el videojuego que yo había diseñado para el examen final. El día en que estaba la mar de contenta porque me comunicó que se lo enviaría a su primo, que trabajaba en Milken. Me hizo muchísima ilusión. Cuando iba de camino a la residencia, a por el resto de mis cosas para irme a casa por vacaciones, ellos me estaban esperando.

—¿Por algo relacionado con Riggs?

—No. Querían mi ayuda, y fui incapaz de negarme. Yo era reacia a ello, había mantenido el secreto desde que se lo revelé a ese chico que al final no valía la pena, pero cómo iba a negarme. Se trataba de una chica de tan solo quince años, el último caso de una serie de secuestros. Después de retenerlas durante cuatro días, el secuestrador las mataba y se deshacía de sus cuerpos, y a ella se le estaba agotando el tiempo. —Bebió más Coca-Cola—. Como los detectives trajeron los pendientes de la chica, me los dieron y, al abrirme, la vi, muy asustada y helada de frío. Y, como ella había visto al secuestrador, yo conseguí verlo también, y luego lo que él mismo había visto: el exterior y el número de la casa, el coche y la matrícula.

—Le salvaste la vida.

—Eso es lo que ellos me dijeron. Me contaron que la habían rescatado y que al hombre lo habían arrestado. El hecho de abrirme de ese modo le proporcionó un mayor resquicio a Riggs. Pero no me arrepiento de ello.

—¿Has vuelto a hacer algo parecido?

—Unas cuantas veces, pero… Yo quería estar aquí, no solo por mi abuela y por Rem, aunque son el principal motivo. La gente que vive en la zona conoce el don de mi familia, para ellos es algo natural. Yo necesitaba eso. Quería vivir aquí, llevar una vida tranquila en un lugar donde poder realizar mi trabajo.

Tras unos instantes, continuó:

—Cometí un descuido con lo de ese maldito camión, Tyler, un simple descuido. Quería que Bray lo recuperara. Fue algo sin importancia, lo mismo que cuando Rem se pone a soltar tacos porque no encuentra su cartera… y le pasa cada dos por tres. Entonces mi abuela o yo le decimos dónde la ha dejado, es algo sin importancia. Y, con tu cicatriz, yo estaba con la guardia baja. La tercera y última vez, y en esa ocasión lo hice aposta, sucedió hace tiempo, en verano, cuando empecé a subir la cuesta desde tu casa y quise saber si me observabas. Así que lo averigüé sin darme la vuelta. Fue una tontería, un capricho, pero te juro que eso es todo.

—¿Te estaba observando?

Ella asintió ligeramente con la cabeza.

—Fue un subidón para mi ego, eso es todo. Soy cautelosa y me controlo, no husmeo.

—Entendido. ¿Qué tal el dolor de cabeza?

—Se me ha pasado. Me encontraba con las emociones a flor de piel y he perdido los papeles.

—Voy a ser honesto y a confesarte que no habría creído nada de esto sin pruebas.

Ella apartó la vista y se encogió de hombros.

—No eres el único.

—Te creo a pies juntillas, en todo. No creo que seas una friki, Thea, sino un milagro. Oh, Dios, por favor, no llores más. Dudo que pueda soportarlo.

—Casi nunca lloro, no de esta manera. Las lágrimas de felicidad sí se me derraman con facilidad.

—Quiero saber en qué punto estamos ahora. Si estás dispuesta a dar otra oportunidad a lo que empezamos.

—Te temo. No me asusto fácilmente, pero tú me intimidas porque te quiero tal como eres, aquí y ahora, y eso me da miedo.

—No tenía previsto marcharme por el mero hecho de sentirme traicionado. Iba a irme porque la mujer de la que me había enamorado, de la que me había enamorado de verdad, había traicionado mi confianza. Vas a tener que perdonarme por eso.

—Ya lo he hecho y todavía tengo miedo.

No la tocó, no se acercó a ella. Se quedó mirándola sin más.

—Seguramente lo suyo es decir que no volveré a hacerte daño, pero eso es una idiotez. Las personas metemos la pata y nos lastimamos mutuamente.

—Sí. Aún estoy un poco sensible de más, Ty.

—Puedo esperar, no voy a ir a ninguna parte. Jamás volveré a fallar a Bray, a ti o a mí mismo. Este es mi hogar y puedo esperar.

—No estoy siendo… ¿Cómo decirlo? Huidiza.

—«Huidiza» no es una palabra que me venga a la cabeza al pensar en ti. Considero que ambos hemos metido la pata. Estoy dispuesto a asumir la mayor parte de la culpa y a esperar. No borres las fotografías, Thea.

—No, no lo haré.

—¿Y si mandas al perro a que nos haga una visita esta tarde? Bray lo echa muchísimo de menos.

—Eso es recíproco. Lo mandaré.

—En cualquier momento que decidas venir con él… cuando quieras.

Thea se limitó a asentir con la cabeza; él dejó la Coca-Cola sobre la encimera y dio un paso atrás.

—Él acudió a ti. Cuando le di la espalda, acudió a ti. Te quiere. No te alejes de él por mí. Te daré espacio.

Cuando salió por la puerta trasera y echó a andar, Thea fue a por las dos fotos enmarcadas que Ty había dejado sobre la mesa y las puso encima del escritorio.

Necesitaba tiempo; se conocía lo bastante bien como para tener la certeza. Sin embargo, eso no significaba que se privara de pequeños placeres durante ese periodo.

Esa tarde, para gran deleite de Bray, Thea mandó a Bunk a su casa. Sola, se dirigió al gimnasio y sudó tinta entrenando. Se fortalecería física, mental y emocionalmente. Tras elegir una espada, ejecutó una complicada secuencia de movimientos marciales, la cual repitió a continuación, ya que no se quedó satisfecha.

Cultivaría su audacia y sagacidad.

Con el fin de ejercitar la movilidad, la flexibilidad y la disciplina, finalizó la sesión con yoga.

Si se había desmoronado, se recompondría de nuevo, caray.

Mientras permanecía tumbada sobre la esterilla en la postura de savasana, notó que el cuerpo le palpitaba debido al cansancio, al cansancio muscular; una suerte de recompensa para su mente.

Ya se había autocompadecido bastante.

Encendió la chimenea del cuarto de baño —un capricho del que en ningún momento se había arrepentido—, prendió velas y se dio una ducha de vapor para limpiar los poros, y aliviar y relajar los doloridos músculos que había ejercitado.

Después disfrutó de una ducha fría que la espabiló.

Tras vestirse, se tomó su tiempo para recogerse el pelo en una trenza y se puso a deambular por la casa. Su casa, su hogar, su sitio. A Riggs solo le era posible entrar allí a través de su mente. Cuando ella había permitido que sus emociones la dominaran, él la había acosado y provocado.

Se negaba a sentirse culpable por ello; tenía derecho a sentir. Sin embargo, no sería débil, nunca más cometería la debilidad de permitir que arremetiera contra ella de esa forma.

«Él ya sabe que eres una friki. Lo único que quiere es follarse a la friki y contárselo a todos sus amigos».

No estaba dispuesta a morder el anzuelo. Necesitaba tiempo, pero no mordería el anzuelo.

«Jamás tendrás a nadie. Nadie permanece al lado de una friki. Siempre estarás sola».

Ella contaba con su familia, con sus amigos. La soledad era una elección que estaba en su mano.

«Estás atrapada, zorra. Y, cuando vaya a por ti, a nadie le va a importar. Quítate de en medio, acaba con esto de una vez por todas. Tómate unas pastillas, duérmete. Si lo dejas en mis manos, haré que grites».

—Ni lo sueñes —masculló Thea al salir a llamar a Bunk con un silbido.

Sin embargo, era preciso hallar el medio de poner fin a esa situación, de cortar ese estrecho y terrible vínculo. Hasta entonces debía hacer lo imposible por mantenerlo a raya y encontrar algo de paz.

Mientras esperaba al perro, fue al gallinero a atender a las gallinas y acariciar sus suaves plumas.

Después de ponerle la comida a Bunk, se tomaría una copa de vino y comería ella. Tal vez retomara el trabajo durante un par de horas, para compensar el tiempo perdido por la mañana.

Debía profundizar en el nuevo videojuego, centrarse en ese nuevo proyecto.

Lo consultaría con la almohada.

Cuando Bunk apareció correteando alegremente, Thea se agachó para darle la bienvenida. Traía un sobre con un agujero perforado en una esquina, atravesado por un lazo, atado al collar.

—Vaya, ¿qué tienes aquí?

Desató el lazo y, distraída, se lo guardó en el bolsillo antes de abrir el sobre.

Contenía una tarjeta de cartulina con un corazón rojo dibujado sobre un campo azul. Se preguntó si Ty había guiado la pequeña mano de su hijo para ayudarlo a escribir con letra dulce y temblorosa:

PARA THEA

Primero examinó la foto que había en el interior: Bray con una sudadera con capucha y cremallera, sonriendo de oreja a oreja, abrazado al cuello de Bunk. El perro miraba directamente a la cámara, con una sonrisa igual de radiante y los ojos chispeantes de amor.

En la cara interior de la tarjeta, Bray había pintado su versión de la fotografía con ceras de numerosos colores, y firmaba:

TE QUIERO,
BRAY

—Y yo a ti —susurró, y acarició con fuerza a Bunk—. Una imagen vale más que mil palabras, ¿verdad? Esta es la imagen adecuada con las mil palabras adecuadas.

A la tarde siguiente, Bunk regresó a casa con un llamativo plato de cartón amarillo decorado como un sol sonriente y enganchado a un hilo azul fuerte. Thea lo colgó en el panel de su despacho.

«Necesito tiempo», pensó, aunque notó que el corazón se le aceleraba. Tiempo del que sacó buen partido con entrenamientos diarios —para fortalecerse—, caminatas que alimentaron su espíritu, y el comienzo de un nuevo proyecto que mantuvo su mente ágil.

Al doblar la curva del camino, Lucy divisó a Bray y Bunk en el jardín. Sopesó la idea de continuar conduciendo hasta la casa de su nieta, pero se detuvo. De eso nada.

Ni loca.

Cuando salió del coche, Bray gritó:

—¡Nana! ¡Nana!

«He aquí el porqué», pensó, con los brazos abiertos, al tiempo que Bray corría hacia ella para recibir con un abrazo al niño y al perro.

—Vaya par de rosas que tienes en las mejillas —comentó, y se las besó.

—Hoy he conseguido dos pegatinas en el cole, y sé deletrear perro. ¡P-E-R-R-O! Y Bunk se deletrea B-U-N-K. Y...

Mientras la entretenía y ella se asombraba como era de rigor, Ty salió.

—¡Mira, mira lo que sé hacer! ¡Mira, nana! —exclamó Bray al tiempo que corría hacia la estructura para juegos.

—Estoy mirando.

Ella se acercó tranquilamente mientras Ty bajaba del porche.

—Me alegro de verte, Lucy.

—Y yo me alegro de veros a los dos. —Levantó las manos con asombro cuando Bray se deslizó de espaldas por el tobogán.

—También te debo una disculpa.

—No, pero la acepto. Es entre Thea y tú.

—Os metí a Rem y a ti en el mismo saco.

—Bueno, por lo visto somos una gran piña. —Vitoreó a Bray cuando se lanzó de cabeza por el tobogán—. Señor, este chiquillo rebosa de vitalidad.

—Lucy —Ty posó la mano sobre su brazo—, tú has hablado con ella. ¿Se encuentra bien? Parecía... Sé que en parte es culpa mía, pero ahora estoy al corriente del resto. Estaba demacrada, como si no durmiera bien, aparte de los dolores de cabeza.

—Voy a comprobarlo en persona, pero sí que he hablado con ella. —Enarcó las cejas—. Y cuento con otros medios para averiguarlo.

—Entiendo.

—Está mejor, con diferencia, que antes, y haciendo lo necesario con ese fin.

—El tal Riggs... —Echó un vistazo a su hijo para cerciorarse de que no lo oyera—. Lo busqué en internet, investigué a fondo los detalles del caso. Indagué sobre él. Es un monstruo.

—Así es. Me pregunto por qué se le concedió un don a semejante ser, pero me resulta incomprensible.

—Cometió más asesinatos, varios más, y tan solo tenía dieciocho años cuando lo encarcelaron.

—Thea, que apenas era una niña en aquel entonces, lo averiguó, supo lo que había hecho a otras personas. Se puso en contacto con los detectives, por iniciativa propia, para informarles.

—Cometí un error —dijo Ty entre dientes—. Encontré un par de noticias, de índole más sensacionalista, en las que se afirmaba que era capaz de leer la mente, pero en ninguna de ellas se mencionaba a Thea. O sea, como hija de dos de las víctimas, sí, pero no como testigo.

Lucy miró a Ty de nuevo mientras Bray se encaramaba al columpio.

—Los detectives Howard y Musk en ningún momento revelaron su fuente, cosa por la estamos en deuda con ellos y que les agradezco.

—Los ayudó de nuevo, por ejemplo, con esa chica a la que secuestraron.

—Te lo ha contado. —En su opinión, era buena señal—. Sí,

así es. Con o sin el don, aunque quizá con más razón en este caso, cuando alguien necesita ayuda hay que prestársela. Una testigo: esa es la palabra adecuada. Cuando presencias algo, cuando eres testigo de ello y alguien necesita ayuda, intervienes.

—No todo el mundo lo hace.

—Quienes no tienen que vivir con la opción de mirar hacia otro lado. Puede tratarse de algo tan crucial como detener a un monstruo, o tan insignificante como decirle a un niño pequeño dónde encontrar su juguete.

Ty se metió las manos en los bolsillos.

—Ahí metí la pata.

Ella asintió con la cabeza al tiempo que le daba unas palmaditas en el brazo.

—En fin, así es, querido, pero tenías tus motivos. Mira cómo se divierte en el columpio. Sé lo que significa proteger a un niño y ser la única persona que puede hacerlo.

—Yo… Thea me puso al corriente de la situación con su familia paterna. Me resulta inconcebible cómo…

—No es su familia —espetó Lucy—. Nosotros somos su familia. Yo no llevé a John en mi vientre, pero era mi hijo en la misma medida que lo son los que traje al mundo.

—Eso me hizo pensar en la mía. En nuestro caso, no somos una piña. Cuando me hice cargo de Bray, fue un shock para mi familia. Pero estuvieron ahí, a mi lado. No me dieron la espalda; me apoyaron. Lo quieren. Me prestaron su ayuda cuando realmente lo necesitaba y…, caray, cómo lo necesitaba. Empecé a ejercer de padre desde cero, y nos arroparon.

—Para eso está la familia. ¿Vas a viajar al norte para Acción de Gracias?

—No nos juntamos en esa fecha. En nuestro caso no somos una piña —repitió—. Mi hermana se va a un complejo hotelero, mi hermano con sus suegros y mis padres a la casa de mi tía en Maine.

—Entonces, si nada de eso entra en tus planes, tu hijo y tú tenéis un sitio en mi mesa.

—Eso es… —Levantó la vista hacia la cuesta—. No estoy seguro si Thea se sentirá cómoda.

—Ella te habría dicho lo mismo que yo. Seremos muchos, entre ellos niños. Si no tienes previsto viajar, ya sabes que estáis invitados. Braydon Brennan, ven a darme un beso de despedida.

—¿Puedo ir contigo? ¿Puedo ir a ver las gallinas, la cabra, la vaca y los perros?

—Es que ahora mismo no voy a casa. —Lucy acompañó el beso con un fuerte achuchón—. Pero como el sábado pasaré allí el día entero, a lo mejor tu papi puede llevarte a verme a mí y al resto.

—Vale.

Se giró hacia Ty y lo besó en la mejilla.

—Ven a verme —dijo, y se encaminó hacia la camioneta.

Subió la cuesta, sacó la pesada caja del asiento del pasajero y, conociendo a Thea, fue derecha a la cocina.

—¡Entrega especial!

—¡Nana! —Thea salió a toda prisa—. Dame eso.

—Tengo músculos de sobra. Te he traído leche y unas cuantas muestras. Estoy probando un par de fragancias nuevas. Con miras a la primavera, pues a estas alturas estoy hasta la coronilla de la fragancia estival.

Dejó la caja sobre la isla de la cocina.

—¿He venido en buen momento?

—Una sincronización perfecta. Acabo de apagar el ordenador. Necesitaba un respiro para despejarme. Ya he puesto el hervidor.

Tras guardar la leche en la nevera, Thea se puso a sacar los jabones, las velas y las lociones.

—Has estado ocupada.

—Como a mí me gusta. Tú necesitabas un respiro para despejar la cabeza, y yo, un respiro de esa fragancia.

Thea olió una pastilla de jabón.

—No es solo de limón.

—Es de limón en conserva. Emboté unos cuantos el otro día y pensé: «¿Por qué no se me habrá ocurrido antes?». Todavía necesita curarse, pero lo he elaborado en jabón líquido, loción y vela, además de en exfoliante de sal. Si cumple las expectativas, calculo que se pondrá a la venta a mediados de marzo.

—Oh, ya lo creo. —Thea se untó un poco de loción en las manos, las frotó y aspiró el aroma—. Yo diría que es fantástico. Siéntate, nana. Voy a preparar el té.

—Me vendría fenomenal. He hecho una parada de camino a tu casa.

—Oh. —Thea se giró para elegir una tetera y, pensando en Ty, se decantó por la de la señora Leona.

—Ty me ha preguntado por ti, si te encontrabas bien. Y, francamente, Thea, me alivia comprobar que vuelves a ser persona.

—Siento que vuelvo a ser yo misma, me encuentro mucho mejor. Perdí el control, pero he recuperado la entereza. No fue solo a causa del incidente con Ty, aunque eso me rompió. Ya había fisuras.

—¿Qué me dices de los dolores de cabeza?

—Ninguno en los últimos días. He recuperado el norte y el control de nuevo. —Se recogió las mangas de su jersey rojo y calculó la cantidad de té—. Él me acosa, dudo que pueda parar a estas alturas, pero yo he tapado esas fisuras. Está enfermo, a nivel físico y mental, y, sinceramente, creo que empezaba a contagiarme, de modo que estoy cuidándome más.

—Se nota. Se lo diré a Rem para que deje de amenazar con ajustarle las cuentas a Ty.

—Asumiré la parte que me toca, puesto que debí sincerarme con él cuando profundizamos en nuestra relación. El contárselo todo me alivió mucho, más de lo que pensaba. Me estoy cuidando más, así que estaré más preparada para lo que quiera que ocurra con él, con Riggs, con mi vida.

Eso terminó de aliviar el peso que oprimía el pecho de Lucy.

—No es solo que parezcas mi Thea de nuevo, es que hablas como ella.

—Porque soy tu Thea.

—Pues, querida Thea, he invitado a Ty y Bray a la cena de Acción de Gracias.

—Oh. ¿No la pasan con su familia?

—Por lo visto no lo celebran juntos, se van a diferentes sitios. Cómo iba a dejar solos a ese hombre y a ese chiquillo.

—Por supuesto que no. Entonces ¿ha aceptado la invitación?

—A él le preocupaba incomodarte.

—Qué tontería. Yo... Espera, he de llamar a Bunk.

Salió, rodeó el porche hasta la esquina y soltó un largo y fuerte silbido de tres notas.

Lucy bebió un sorbo al té y le sonrió cuando regresó.

—¿Te acuerdas del verano en el que os enseñé a silbar así a Rem y a ti?

—Él tardó más en cogerle el tranquillo.

—Era más pequeño. Señor, qué agradable sentarse un rato. Mañana me voy a pasar el día entero corriendo de un lado para otro. Tengo una lista de recados más larga que un día sin pan.

—¿Necesitas ayuda?

—No, no —respondió con un ademán—. Todos tenemos nuestras obligaciones. Bueno, ¿cuándo vas con Maddy a por el vestido de novia?

—Le ha echado el ojo a uno online, pero el lunes la llevaré de compras a rastras. Se va a pedir el día libre, a ver si encontramos alguno parecido o que le guste más. En ese caso, se lo mostraremos a su madre y su hermana por Zoom. ¿Quieres unirte a nosotras por Zoom?

—Ya lo creo. Leeanne prefiere ver el vestido de Maddy y el tuyo antes de ponerse a buscar el suyo, aunque ya me ha enseñado una docena de atuendos de madre de la novia. Cuando se compre el conjunto completo, Abby, ella y yo lo celebraremos por todo lo alto, con almuerzo en un restaurante elegante incluido. Ni me acuerdo de la última vez que salimos a almorzar como reinas.

—Deberíamos hacer eso. —Al oír el ladrido de «déjame entrar» de Bunk, Thea se levantó—. ¿Por qué nunca lo hacemos?

—Supongo que porque no somos damas elegantes.

—Eso es verdad, pero no implica que nos privemos de darnos un capricho de vez en cuando.

En cuanto abrió la puerta, el perro entró moviendo la cola.

—¿Qué traes hoy? —Desató el lazo que llevaba atado al collar y sostuvo en alto una flor recortada de cartulina, con pétalos deformados de todos los colores del arcoíris, pegados sobre un grueso tallo verde.

—¡Qué cosa más linda!

—Sí —convino Thea—. Bunk me ha estado trayendo detalles bonitos toda la semana. La tarjeta y la foto que hay en la puerta de la nevera, un sol sonriente hecho con un plato de cartón, y ahora esto. Bunk se va a jugar y me lo agradecen así.

Lucy no tuvo más remedio que echarse a reír. Su nieta era de lo más avispada... en la mayoría de las cosas.

—Cielo, no son detalles de agradecimiento. Los chicos están cortejándote.

—Nana... —Le hizo gracia—. ¿Con flores de cartulina?

—Pensarás en ellos cada vez que las mires, igual que esa tarjeta... o el sol que quiero que me muestres antes de irme. Es una manera muy ingeniosa de cortejar.

—No... —Aturullada, Thea bajó la vista a la flor—. Hoy en día nadie corteja.

—Pues ahora mismo tienes esa flor en la mano. Él es un hombre paciente, incluso llegué a plantearme si demasiado. Ahora me doy cuenta de que es sutil. Me gusta su estilo y me alegro de no haberme equivocado con él a lo largo de todo este tiempo. Conservo mi instinto.

Sin decir nada, Thea pegó la flor en la nevera.

—Te ha arrancado una sonrisa —señaló su abuela—. Y apuesto a que también has sentido mariposas en el estómago.

—Puede. —Ella se sentó de nuevo y cogió su taza de té—. Puede que un poco. No pongas ese gesto tan presuntuoso.

—Lo pongo porque me siento así, porque pareces feliz.

—Puede. —Thea bebió un poco de té—. Puede que un poco. Nana, si le doy una segunda oportunidad, si me expongo a eso otra vez, me volverá a hacer daño.

—Es lo que hay. Te hará daño, hará que pierdas los estribos, te hará feliz. Y tú harás exactamente lo mismo que él. Eso es el amor, cariño. Así es la vida con amor. Bueno, he de irme, así que enséñame el sol ese.

Cuando entraron en el estudio, Lucy puso las manos en jarras y se rio.

—¡Mira qué cara! Una tarjeta con un corazón, junto con una fotografía de tu perro con su hijo, un sol sonriente y ahora una flor de cartulina. Cariño, eres demasiado lista como para no darte cuenta de que están cortejándote.

—Solo estoy… confundida.

—El amor también puede producir ese efecto. —La abrazó y le dio un beso—. Disfrútalo.

«Disfrútalo», pensó ella de camino a la cocina cuando su abuela se marchó. Acarició los pétalos de cartulina con la yema del dedo.

—Puede —musitó—. Puede que un poco.

28

Thea se despegó del ordenador. Necesitaba moverse un rato, relajarse. Llevaba sin parar desde las siete de la mañana, pues se había despertado con una solución en mente para un retraso de rendimiento en su nuevo proyecto.

Ahora, más de tres horas después, necesitaba dejarlo reposar, y ella, todo lo contrario.

Decidió ponerse a entrenar, ceñirse al autocuidado, puesto que, al menos de momento, surtía efecto.

En la planta de arriba se quitó el pijama: una de las ventajas adicionales de trabajar en casa. Ni al perro ni a las gallinas les importaba que les diera de comer con un viejo y desaliñado pijama, siempre y cuando los alimentara.

Bunk la observó mientras se ponía un sujetador de deporte, un top y unas mallas.

—Primero te dejaré salir. Dispones de una hora, lo mismo que yo. Después volveremos al tajo. Me cundirá cuando descanse un poco. Los universos paralelos son divertidos, lo único que necesito es… abstraerme de ello ahora mismo —se aleccionó a sí misma.

Cuando se dirigió a la planta baja, Bunk soltó tres ladridos y salió raudo hacia la puerta.

—Vaya, estabas deseando, ¿eh? ¿Por qué no me lo has dicho antes?

Cuando Thea abrió la puerta, el perro se frotó contra las piernas de Ty, que sostenía entre las manos un jarrón con un otoñal ramo de flores de color teja, calabaza y dorado.

—Iba a dejarlas en el porche. He ido al pueblo, y resulta que... El caso es que pensaba dejarlas aquí. —Parecía titubeante, ahora sujetando el jarrón bajo el brazo y con la otra mano sobre la cabeza del perro—. Supuse que estarías trabajando.

—Solo me estaba tomando un descanso, dejando que Bunk se aireara un rato. —Cogió las flores—. Gracias. —Tras tomar la decisión, se apartó—. Pasa.

Bunk bajó pesadamente los escalones del porche; Ty entró.

—Los hombres piensan que las flores son un gesto de acercamiento.

—Bueno...

—Por lo general, tienen razón. Por suerte, no he tenido ocasión de cambiar el ramo de la cocina. Vamos para allá. Voy a hacer té. ¿Te apetece un té?

—¿Por qué no? Tienes buen aspecto.

Ella lo miró fugazmente camino de la cocina.

—Estoy mucho mejor que la última vez que me viste.

—Me alegro de oír eso, y de verlo. —Sonrió al ver la tarjeta y la flor de cartulina en la puerta de la nevera—. Bray se alegrará de que las hayas puesto ahí.

—Usar a Bunk de porteador fue bastante ingenioso. —Tras colocar las flores encima de la isla, se giró para preparar el té y eligió la tetera de Leona—. ¿De quién fue la idea?

—La del primer detalle fue mía, pero a él le hacía ilusión enviarte lo demás, los trabajos del colegio. Estoy intentando convencerlo de reducir los envíos a uno por semana para no enterrarte en manualidades de preescolar. Reconozco que he sido un poco sibilino.

—Sutil, según mi abuela.

—Acepto lo de sutil. —Se metió las manos en los bolsillos—. Bray te echa de menos. Eso es un hecho, no una estratagema. Yo te echo de menos, muchísimo, y también es un hecho.

«Se avecinan otras decisiones», pensó ella al dejar la tetera sobre la encimera.

—Yo también lo echo de menos, y escuchar tu música,

porque ahora paso menos tiempo fuera y tengo las ventanas cerradas.

—Cuando estés preparada... A lo mejor es imposible retomarlo donde lo dejamos, pero me gustaría, desde ahí o desde cualquier punto que sea posible. Si no, podrías bajar con Bunk de vez en cuando para ver a Bray y yo me quitaré de en medio.

—¿Te quitarías de en medio?

—Si es necesario, por descontado. Solo tiene cinco años, no lo comprende. —Se encogió de hombros—. Tan pequeño, no tiene por qué.

—No, es verdad. Sentémonos un minuto. —Tomó la iniciativa y se acomodó junto a la isla de la cocina, un lugar informal y amigable.

Mantuvo las manos ocupadas sirviendo el té.

—No te confesé una parte fundamental de quién soy porque tenía mis motivos, pero eso es cosa mía. Voy a confesarte por qué. No me sentí en la obligación de revelárselo a nadie hasta el asesinato de mis padres, más que nada porque a mi madre la incomodaba. Nunca sabré exactamente el motivo, pero así era. Más tarde, viviendo aquí, era algo de lo más natural. Soy la nieta de Lucy Lannigan, y no hay vuelta de hoja. Pero cuando me fui a la universidad, decidí ser... normal. Allí nadie me conocía, estudiaría y haría amistades, sería una más. —Cogió su taza de té e instantes después la volvió a dejar sobre la isla—. Entonces, en mi primer año, conocí a un chico. Ya te conté que tuve un comienzo tardío. Cuando me sinceré con él, me dijo cosas terribles. Por si con romper conmigo no fuera suficiente, me ofendió. Y se lo contó a alguien que dijo cosas terribles de mí, y a alguien más que pretendía que yo actuara como en una atracción de feria.

—Lo siento. Las traiciones son duras.

—Cierto —convino—. De modo que me cerré y guardé el secreto hasta que se acallaron los rumores. No se lo confesé a nadie más que me importara. Tuve presente lo que sentí al compartirlo con alguien que me importó y que se volvió contra mí, y no quería pasar por ese trance nunca más. —Cogió la taza de té de nuevo—. Asumo la parte que me toca.

—Lo privado es privado. Lo entiendo.

Ella asintió con la cabeza.

—La otra parte te corresponde a ti. En ningún momento me diste la oportunidad de explicarme, de contártelo, o intentarlo.

Ty le sostuvo la mirada.

—Y dije cosas terribles.

—Sí. Mencionaste que habías tenido experiencias. Por eso me gustaría escucharlo.

—De acuerdo. —Ty se rebulló, como si se dispusiera a hacer precisamente eso—. Te hablé de la madre de Bray.

—Sí.

—Fue anterior a eso. Antes de encontrar a una chica menor de edad desnuda en la cama de mi habitación en un hotel y otros episodios. En tu caso fue un chico; en el mío, una chica. Estuvimos juntos durante casi toda la etapa del instituto. Fue la primera, y yo el primero para ella. —Esbozó una sonrisa—. No tuve un comienzo tardío en lo tocante a eso. Yo la quería, me figuraba que sería para siempre, lo típico a los dieciséis o diecisiete. Le gustaba la música, más bien como un pasatiempo, pero le gustaba. Disfrutaba cuando actuábamos y venía a vernos.

—En plan «estoy con la banda» —dijo Thea en voz baja.

—Sí, más o menos. Pero no le hizo tanta gracia cuando empezamos a actuar con más frecuencia y no siempre le era posible venir. No obstante, seguimos juntos. —Se encogió de hombros—. Hasta que rompimos cuando se fue a la universidad, pero sin demasiados dramas.

Por un momento bajó la vista a su té con el ceño fruncido, pero no bebió.

«La está viendo —pensó Thea—. A la chica, a su primer amor. Y se está viendo a sí mismo».

—A toro pasado, me figuro que ambos creíamos que el otro cambiaría de parecer, ¿sabes? Pero, en vez de eso, cada cual tomó su propio rumbo. Entonces Code Red saltó a la fama, firmamos un contrato con una discográfica y *Ever Yours* arrasó en las listas de éxitos. No sé hasta qué punto estábamos preparados para eso, pero, en fin, arrasamos.

»Y, en medio de esa primera vorágine, de la gira y las nominaciones a los Grammy, ella, mi novia del instituto, concedió varias entrevistas, con fotos nuestras de aquel entonces incluidas. Y declaró que le rompí el corazón al dejarla plantada cuando empecé a saborear las mieles del éxito y que yo renegaba de mi familia.

—Oh.

—Sí, oh. Yo hablaba pestes de mis padres cuando me encontraba en plena confrontación con ellos por la disyuntiva de los estudios universitarios o la música. Los típicos comentarios que se hacen a alguien a quien amas, en quien confías, cuando tienes diecisiete años y te sientes presionado e incomprendido. Ya sabes a qué me refiero. Perdona —matizó enseguida—, no lo sabes.

—Yo tuve mis tiras y aflojas con mi abuela en la adolescencia.

—Imposible. Ella es perfecta. —Se reclinó en el asiento—. Luego se puso en contacto conmigo y adujo que habían tergiversado sus palabras, sacado las cosas de contexto, pero el hecho es que reveló detalles, detalles de mi intimidad que hicieron daño a mi familia, por dinero, por un poco de relumbrón. Esa fue la primera traición, aunque no la única. La última fue por parte de la madre de Bray. Ahora no se trata únicamente de mí, Thea. He de velar por él.

—De acuerdo.

—¿De acuerdo?

—Sé lo que se siente cuando te traicionan y te parten en dos. Sé las corazas que te pones con el fin de evitar que se repita. Supongo que debemos dilucidar qué deseamos hacer al respecto. Retirar esas corazas, confiar en no volver a pasar por eso, es un gran paso.

—Esto es un comienzo. El hecho de estar aquí sentados tomando un té. Tal vez podrías pasarte a ver a Bray. Lo cierto es que di al traste con su felicidad cuando puse tierra de por medio contigo.

—Lo haré. Lo he echado de menos. —Mirándolo, retiró una coraza—. Te he echado de menos.

—Thea. —Ty alargó la mano hacia ella desde el otro lado de la isla; ella hizo lo mismo.

Fuera, Bunk ladró.

—Esa es la señal de que alguien viene. —Apartó la mano suavemente y se levantó—. Tengo que ir a ver quién es.

Dada la procedencia del ladrido, cruzó la casa hasta la fachada principal. Y aprovechó para recordarse a sí misma que convendría tomárselo con calma. Retirar las corazas, sí, pero ¿abrirse de nuevo?, ¿abrirse realmente a él, a sus propios sentimientos?

Lo mejor era tomárselo con calma.

Al abrir la puerta vio a Bunk saludando a Nadine, que se aproximaba con el benjamín en un costado, otro en el interior de la protuberante tripa y una bolsa de pañales enganchada al hombro. Envuelta en un halo de miedo. Un miedo tan intenso, tan abrumador, que ninguna coraza lo habría bloqueado.

—¡Nadine! —Alarmada, Thea bajó los escalones a toda prisa y corrió en dirección a ella—. ¿Qué pasa? ¿Qué ha ocurrido?

—No encuentro a Adalaide. No consigo encontrarla. —Las lágrimas resbalaban por sus mejillas, ya empapadas—. He ido en busca de tu abuela, pero no estaba. Ayúdame. Por favor, ayúdame, Thea.

—Pasa. Espera, dámelo. Pasa, siéntate. Has recorrido un largo camino.

—La he buscado por todas partes, sin parar de llamarla. Ya ha pasado una hora, y no sé hasta cuándo… No sé. Ayúdame, te lo suplico.

—Por supuesto que te ayudaré. —Se recolocó al crío en el costado mientras se dirigía a la puerta, donde estaba Ty.

—Llamaré al sheriff.

—¡No, no, por favor! —Un nuevo pánico asomó a los ojos de Nadine, bañados en lágrimas—. Podrían quitármela. ¿Y si se la llevan? Thea, por favor.

—De momento no avisaremos a Will, no te preocupes. Siéntate junto al fuego, tienes las manos heladas. Ty, ¿me haces el favor de servirle un té a Nadine? Toma asiento, Nadine. Piensa en el bebé que llevas en tu vientre y tranquilízate. Siéntate y cuéntame lo que ha sucedido.

—Está enfadada conmigo, muy muy enfadada conmigo. —Entre sollozos, Nadine se tapó la cara—. Le hace ilusión ir al colegio con los demás niños; su padre se niega, con el argumento de que es demasiado pequeña para eso y que puedo darle clases en casa igualmente. No cumple los cinco años hasta la semana que viene. —Continuó—. Es una chiquilla, y no la encuentro. Se enfureció conmigo, y le grité. Yo estaba cansada porque Curtis Lee se ha pasado la mitad de la noche dando tormento, y todavía me encuentro mal algunas mañanas, igual que cuando estaba embarazada de ella, y luego de Curtis Lee.

—Toma el té que te ha servido Ty y bebe un poco.

—Gracias, no puedo. Solo…

—Nadine, necesito que te calmes para poder ayudarte, así que bebe un poco y confía en mí. Ty, ¿puedes…?

—Claro. —Ty tomó en brazos a Curtis Lee—. Hola, grandullón. —Se sacó las llaves del bolsillo y se las dio antes de sentarse en el suelo con él y con Bunk.

—Estaba disgustada —dijo Thea.

—Como una furia conmigo. Le hace ilusión ir al colegio, pero su padre… Yo no di la cara por ella. Su prima Marlie le mostró una flor de cartulina que había hecho en clase, y ese fue el desencadenante. Esta mañana me dijo que iría andando al colegio, que se iría a vivir con su abuela y que yo era demasiado estúpida como para darle clases. Entonces le grité que de eso nada, que viviría con nosotros, que era una desagradecida y que debería darle vergüenza llamar estúpida a su madre. Que hoy no tenía ninguna intención de darle clase y que podía irse a su cuarto a enfurruñarse y lloriquear.

—Bebe un poco más de té, Nadine.

—La oí dar golpes allí dentro durante un rato. Ay, Thea, perdí los estribos por tratarme con esa actitud tan insolente. Me entretuve con Curtis Lee y las tareas domésticas y, cuando por fin se durmió, me tumbé con él a echar una ligera cabezada. Me encontraba muy cansada.

—No pasa nada.

—Sí que pasa, sí. Cuando me desperté, la casa estaba muy silenciosa y noté corriente porque la puerta principal estaba abierta. Ella no estaba en su cuarto, ni en ninguna parte. Salí a buscarla, pero no he conseguido dar con ella. Se llevó su abrigo y la pequeña mochila que le compré para que tuviera la sensación de estar en el colegio durante nuestras clases.

La mano le tembló al depositar la taza sobre la mesa.

—Por favor, ayúdame. Por favor, encuéntrala. Se ha perdido, y quizá se haya hecho daño. La he llamado sin cesar durante todo el trayecto hasta la casa de tu abuela, pero no he oído ninguna respuesta.

Nadine rebuscó en la bolsa de pañales y sacó un raído osito de peluche rosa.

—Su abuela lo confeccionó para ella justo después de que naciera. Todavía duerme con él por las noches.

—Muy bien, esto vale. —Al coger el oso, Thea bloqueó el sonido de los balbuceos del crío y el tintineo de las llaves.

—Nadine, puedes ayudarme manteniendo la calma, demostrando que confías en mí.

—Confío en ti, de verdad, pero…

—Mantén la calma, cierra los ojos y visualiza que Adalaide regresa a casa sana y salva, bien abrigada. Que la arropas entre tus brazos. Visualízalo, y eso me ayudará a hacerlo realidad.

—Lo intentaré.

Al acariciar el osito de peluche, Thea sintió a la pequeña acurrucándolo, consolándose, hablándole, contándole sus secretos. Sujetándolo contra sí, Thea se abrió.

Estaba muy enfadada. Su mamá dormía con Curtis Lee porque lo quería más.

Su actitud era muy desafiante. Estaba decidida a ir a pie al colegio, a irse a vivir con su abuela y Paw. Haría flores de cartulina, jugaría con sus amigos y le daría clases una maestra de verdad.

Caminó sin cesar. Al principio por la pista, pero luego torció por una vereda.

—El camino parece demasiado largo —musitó Thea—. Mamá recorre el camino cuesta abajo, por el que una vez vimos un oso, pero nos dio igual. Estoy cansada, voy a parar a descansar y después continúo. Estoy cansada. Tengo sed. Quiero a mi mamá.

Nadine rompió a llorar de nuevo.

—Chisss. Cansada, triste y sedienta. Mamá tiene que venir. Me he arañado con las zarzas, mamá tiene que venir a curarme, a darme un beso para que mejore. Voy a descansar otra vez, a acurrucarme. Qué frío.

Thea frotó el osito, se frotó la mano y soltó un suspiro.

—Te tengo. Ya sé dónde estás.

—¿Dónde está? Ay, Thea, ¿dónde está mi pequeña?

—Está solo a un par de cientos de metros de la casa de Katie Roster, durmiendo bajo un roble. ¡Siéntate! —espetó cuando Nadine hizo amago de levantarse—. ¿Tienes el número de teléfono de Katie?

—No, yo…

—Yo sí, en mi despacho. Voy a llamarla para que vaya en busca de Adalaide y la meta en casa para que entre en calor cuanto antes.

Cuando Thea salió de la cocina, Nadine la siguió a toda prisa. Curtis Lee fue a la zaga tambaleándose y llamándola.

—Mami, mami, mami.

Nadine lo cogió en volandas mientras Thea telefoneaba, justo cuando Rem entró por el porche principal.

Al mirar con acritud a Ty, este levantó una mano.

—Si quieres partirme la cara, déjalo para más tarde. Estamos en plena crisis. Una niña se ha extraviado y Thea la ha localizado. La ha encontrado… como si tal cosa.

—¿La niña de quién? ¿De Nadine? —inquirió atropelladamente—. ¿Adalaide? Siéntate, Nadine.

—He estado sentada. Por favor, Thea… ¿Ha encontrado a mi niña? ¿La ha encontrado Katie?

—Su hija, que estaba en la casa, acaba de salir en su busca.

—La casa de Katie se encuentra a casi dos kilómetros de la mía. Ha caminado muy deprisa. Solo es una niña. Cuando pienso en lo que podría haber sucedido… ¿La tienen ya?

Thea levantó el dedo índice con un ademán.

—Gracias. No lo dudo. Ya está con Katie. Rem va a llevar a Nadine para allá ahora mismo —dijo al teléfono. Nadine se giró hacia Rem y rompió a llorar entre sus brazos—. Se lo diré. Sí, lo haré. Gracias, Katie. Adiós… Se encuentra bien —le dijo a Nadine tras colgar—. Le ha dicho a Katie que tenía hambre porque no llevaba la comida para el colegio. Le va a dar una taza de chocolate y un poco de sopa. Rem, vas a llevar a Nadine a la casa de Katie, ¿verdad?

—Claro. Luego hablamos —respondió. Acto seguido miró a

Ty—. Luego hablamos. Ya te tengo, Curtis Lee. ¡Uy! ¿Es que comes ladrillos para desayunar? —le preguntó.

Nadine se giró hacia Thea y la abrazó.

—Gracias. —Al apartarse, se pasó las manos por la cara—. Voy a escolarizar a Adalaide. Su padre tendrá que acostumbrarse, sin más remedio.

—Vayamos a por la futura escolar. —Rem la rodeó con el brazo y la condujo hacia el coche.

—Con Bray fue cuestión de minutos —comentó Ty en voz baja—. Jamás me he llevado un susto semejante. Ella se ha pasado más de una hora buscándola. Embarazada, con un crío a cuestas, aterrorizada. Y tú has localizado a esa niña. La has encontrado… en un abrir y cerrar de ojos.

—Y está bien. Tan solo tiene unos cuantos arañazos y se ha golpeado la rodilla al tropezar, pero está bien.

—Thea, lo que has hecho ha sido… alucinante. Te veo un poco pálida, así que será mejor que te sientes.

—Puede pasarme factura, según el caso. —Tomó asiento en la cocina de nuevo y se bebió el té, que se había enfriado, para suavizar su garganta seca—. Entre Nadine y Adalaide han sido muchas emociones.

—Estás frotándote la mano otra vez. Te ha provocado dolor de cabeza.

—Abrirme de esa manera…

Él cayó en la cuenta.

—Es por Riggs.

—Se me pasará. Solo necesito recomponerme y estaré bien.

—Lo has hecho a sabiendas de lo que sucedería.

—Por descontado. Cuando es posible ayudar, se ayuda.

—Así como así.

Ella asintió con la cabeza y cerró los ojos cuando Bunk apoyó la cabeza sobre su rodilla.

—Es el don que poseo y lo que me identifica. No lo cambiaría por nada ni por nadie. Ni siquiera por ti.

Él preguntó con cierta acritud:

—¿Quién te está pidiendo que renuncies a ello? Te lo he dicho antes y te lo repito ahora: eres un condenado milagro.

Thea dejó la taza sobre la mesa con la mano algo temblorosa y Ty se puso a caminar de un lado a otro.

—Yo quería llamar al sheriff, me encontraba en esa tesitura mientras la tranquilizabas. Al final, la habrían localizado, pero, mientras tanto, esa mujer se habría vuelto loca. Igual que yo me habría vuelto loco. Todo cuanto tuvo que hacer fue pedirte ayuda y, en cuestión de minutos, en escasos minutos en realidad, la niña está sana y salva tomando una taza de chocolate. ¿Y tú? Tú aquí sentada, bregando con ese hijo de puta que hará lo imposible con tal de hacerte daño.

—Ya me encuentro mejor. —Antes de lo que esperaba. Como si la ira de Ty absorbiera por completo el dolor que sentía.

—Esa no es la cuestión. —Se detuvo y dio media vuelta para mirarla fijamente—. Esa no es la cuestión, caray. Has seguido adelante a sabiendas de que él hallaría la manera de lastimarte.

—¿Qué habrías hecho tú en mi lugar?

—No tiene nada que ver conmigo. Un momento. Mejor dicho, sí: a partir de ahora tiene que ver conmigo. —Continuó caminando de un lado a otro—. Sí, tiene que ver conmigo porque lo he presenciado. He sido testigo de cómo te aferrabas a un oso de peluche casero y localizabas a una niña extraviada allí arriba, en alguna parte. Te he visto teletransportarte y averiguar dónde se encontraba y cómo se sentía. Y, encima del shock, soy testigo del precio que has pagado por ello, a sabiendas de ello. Por tanto, ahora sé quién eres y el don que posees. Ignoro cómo es posible que lo tengas, pero sé por qué. —Se metió las manos en los bolsillos—. Se acabó. Ya está. —Sacó las manos de los bolsillos bruscamente—. Toda esa idea de ir contigo paso a paso, despacio y sin precipitarme, a ver qué tal va, es una gilipollez.

—Entonces necesitas...

—No interrumpas a un hombre en mitad de un momento crucial. Si la única forma de conseguirte es esa gilipollez de ir paso a paso, despacio y sin precipitarme, a ver qué tal, pondré todo mi empeño en ello. Porque no estoy dispuesto a tirar la toalla. Maldita sea, Thea, no pienso tirar la toalla. —Hizo una pausa y, durante esos instantes, su ira pareció aplacarse—. Pero en vista de que esto ahora me incumbe, es necesario que entiendas que no deseo ir despacio y sin precipitarme. Te quiero y quiero que formes parte de mi vida a partir de este preciso instante. Y voy a confesarte lo que, con toda la intención, no he dicho a ninguna otra mujer desde los diecisiete años: estoy enamorado de ti. Estoy enamorado de cada parte de ti.

Como Thea había dejado de frotarse la mano, él se sentó y la tomó entre las suyas.

—Dijiste que me querías. Si las cartas siguen sobre la mesa…

—Las cartas no se retiran de la mesa como si fueran una fuente vacía —dijo ella.

—Entonces dame una oportunidad. Dale una oportunidad a lo nuestro, Thea. Si no te hace mal, escudriña y averigua qué pienso, qué siento.

Como ella negó con la cabeza sin más, él le agarró la otra mano.

—Entonces quiero que sepas, y espero que me creas, que jamás he sentido por nadie lo que siento por ti. Porque no hay nadie como tú. No quiero retomarlo donde lo dejamos. Maldita sea, tengo muy claro que no deseo retroceder para dilucidar si es posible reencauzar la relación. Quiero comenzar a partir de este preciso instante.

Ella lo miró a los ojos y no necesitó escudriñar más para creerle.

—Ahora es buen momento para mí.

—Así como así —dijo él en voz baja, y se llevó las manos de Thea a los labios.

—Podría encontrar la manera de vivir sin ti, pero es absurdo. Quiero a alguien que me entienda, y que me quiera tal como soy. Y lo tengo delante.

Con las manos aún entrelazadas, se inclinó hacia él. Con el beso, con ese primer encuentro de labios, todo en su interior se recompuso. A continuación se levantó y tiró de él para poder estrecharlo entre sus brazos, y él entre los suyos.

—Actualmente mi palabra favorita es «ahora». —Thea suspiró acurrucada contra él—. «Ahora» es la plenitud atada con un lazo. Ahora acompáñame arriba. He echado de menos estar contigo.

Cuando su teléfono sonó, suspiró otra vez y bajó la vista hacia la pantalla.

—Es Rem. Si no respondo, regresará enseguida.

—Quiere darme una patada en el culo. —Resignado, Ty se apartó—. No se lo reprocho.

Ella respondió a la llamada.

—¿Cómo están? Ah, eso es bueno. Buena señal. Aunque sé que has enjugado suficientes lágrimas por hoy, has aparecido en el momento más oportuno. Sí.

Levantó la vista fugazmente hacia Ty.

—Ty sigue aquí... No, no, ya hablaremos de eso mañana... Estoy estupendamente, Rem. Tú has hecho tu buena obra del día; ya te avisaré cuando necesite que hagas una por mí, así que mantente al margen... ¿De verdad quieres saber el motivo? Porque estoy a punto de llevarme a Ty a la cama... Tú has preguntado. Adiós.

Tras colgar, dejó el teléfono.

—Todo el mundo está bien. Rem quería asegurarse de que no es necesario darte una patada en el culo. Ahora... —Tomó impulso y enganchó las piernas alrededor de la cintura de Ty.

—Ahora también es buen momento para mí.

Mientras cargaba con ella para salir de la cocina y torcía en dirección a las escaleras, ella lo desató con rápidos besos ardientes por el contorno de su mandíbula, los dedos enredados en su pelo, y un suave mordisco en el cuello antes de volver a posar los labios sobre los suyos para saborearlos con intensidad y sin prisa.

—Hay algo más que me viene de familia y que deberías saber —le comentó—. Cuando amamos, cuando amamos de verdad, no tenemos fin. Es... para siempre.

—Lo acepto. —Se dirigió al dormitorio—. Y te corresponderé.

Cuando se tumbaron en la cama, Ty bajó la vista hacia ella.

—Thea a la luz del sol y su fulgor. Lo veo. —Como la prefería con el pelo suelto, tiró de la banda para quitársela—. Te lo he dicho, pero ahora deja que te lo demuestre.

Saboreó su boca, lo mismo que ella había hecho. Dejó que el tiempo se alargara, para ambos. Los gemidos de placer que emanaban de la garganta de Thea lo apremiaban a ir más allá, pero sus manos procedieron sin premura, aún no, mientras la acariciaban.

Añoraba la sensación de tenerla debajo de él, todo su cuerpo, el aroma que siempre parecía impregnar su piel. Se recreó en ello con parsimonia, incluso mientras le desabotonaba la camisa, incluso cuando sintió sus manos deslizándose por su torso y a continuación por sus hombros para que se desprendiera de ella.

—Anhelo tu piel contra la mía —musitó Thea—. Me he obligado a no desear eso. Ahora que puedo, lo hago.

Él tiró de su top hacia arriba y se lo quitó.

—Ibas vestida así cuando te vi en aquella danza con la espada. Menudo momento. —Él recorrió con el dedo el borde superior de su sujetador de deporte. Seguidamente inclinó la cabeza para realizar el mismo recorrido con los labios—. En aquel entonces no pude permitirme desearte demasiado porque Bray estaba conmigo. Ahora que puedo, lo hago. —Retiró el sujetador con delicadeza—. Más de lo que pensaba que sería posible.

Thea lo atrajo de nuevo hacia ella y se entregó a las sensaciones y al placer que las acompañaban. Ahora esto era suyo: el amor, la confianza, la certidumbre con las que siempre soñó.

Con él le era posible flotar en ese placer y después irradiar el fulgor de la corriente eléctrica que estimulaba sus terminaciones nerviosas. Cuando el calor se avivó bajo su piel, sintió una maravillosa oleada de calidez conforme aquellas manos de artista se deslizaban por su cuerpo.

La risa brotó de su garganta cuando él forcejeó para bajarle las mallas.

—Por algo se llaman mallas.

—Eso es lo que me gusta de ellas. —Ty dejó al descubierto un centímetro de su piel, después otro—. Puede que esto tarde lo suyo.

A continuación deslizó la boca sobre su cuello, sobre sus pechos, sin prisa, recreándose antes de descender hacia su abdomen, y más abajo.

Ella ya no flotaba, sino que volaba, catapultada a la súbita tormenta de placer. Tras asir con fuerza las sábanas, sus manos se soltaron al entregarse.

Se sentía viva. Jamás se había sentido más viva que en el impetuoso frenesí de ese instante.

Y podía recibir más, podía dar más. Desesperada por ambas cosas, retozó con él a la luz del sol mientras el corazón de Ty palpitaba contra el suyo, marcando el ritmo a cada paso. Daba la sensación de que las superficies de su cuerpo se amoldaban a sus curvas.

Le quitó los vaqueros y se desató al sentirlo encima de ella, debajo de ella mientras sus cuerpos se enredaban.

Un arrebato de amor, lujuria y vitalidad la embargó al colocarse a horcajadas encima de él, al mirarle a los ojos y percibir lo mismo en ellos.

Tenía delante un sueño sin necesidad de crearlo.

—Ahora —dijo, y se hundió en él.

Él la asió con fuerza de las caderas mientras ella lo desataba más, cada vez más. Al incorporarse, a horcajadas sobre él, a Ty se le antojó perfecta cada línea de su cuerpo. El aire se condensó al tiempo que él pugnaba por controlarse, lo suficiente para dejar que cabalgara. Y cabalgó, arqueando el cuerpo, alzando los brazos.

Con cada movimiento ascendente y descendente lo condujo cada vez más cerca del clímax.

A continuación, el cuerpo de Thea se estremeció, sus manos resbalaron como abrazando el calor.

Él se incorporó, la estrechó entre sus brazos y tomó las riendas de la última y gloriosa arremetida.

El amor. Ella amaba y era amada. Y el mundo cambió. En realidad, el sol no brillaba con más fuerza, el aire no olía más dulce, aunque esa fuera su impresión.

Todo parecía más luminoso y dulce cuando se tumbó junto al hombre que la amaba.

Medio soñando, ella abrió los ojos y vio que la observaba fijamente. Él posó la mano sobre la suya y le apartó el pulgar para masajearlo en círculos con el suyo.

—Se me pasará.

—Tiene que haber algo más, alguna otra solución. Alguna manera de evitarlo. De impedírselo.

Ella no tenía ganas de pensar en eso en semejante momento, no cuando su mundo había cambiado, se había abierto. Sin embargo, ¿no era eso precisamente por lo que Riggs pugnaba con ahínco con el fin de derribar su parapeto?

—Pienso que cabe esa posibilidad. He de reflexionar acerca de ello un poco más. —Reflexionar acerca de ello la aterrorizaba.

—Cuéntame.

—No lo tengo del todo claro. Además, Bray llegará del colegio en breve.

—Lo estás demorando.

—Sí, sí, cierto. Pero necesito encontrar una solución a toda costa. He de idear un plan de juego y, cuando esté listo, te pondré al corriente. ¿Me quieres?

—Sí.

—Ese es el primer paso del plan. No haré ningún movimiento sin decírtelo. Se me ha pasado. Riggs se ha ido. —Por ahora. Thea posó la mano en la mejilla de Ty—. Cuando diseñe el plan de juego, te informaré. Creo que voy a necesitar tu ayuda.

—La tendrás.

29

Lo abordaría como si se tratara de cualquier otro juego.

Cuando Ty se marchó, acompañado por un jubiloso Bunk, le dedicó una hora. Si se lo planteaba como un juego, se tranquilizaba.

Porque el riesgo no residía tan solo en perder, en que destruyera su avatar, sino en que no existiría una posibilidad de revancha, de reinicio.

Esta vez era todo o nada.

No obstante, planteó la idea como cualquier otra. Tras dibujarse a sí misma y a Riggs, creó otros personajes.

A pesar de que diseñaría el juego solo para dos jugadores, otros desempeñarían roles clave.

Tras imaginar los mundos que habitarían, emprendió su investigación preliminar. Al cabo de un rato lo aparcó. Riggs no controlaría su vida. Y, si salía victoriosa, se libraría de él para siempre.

En vez de colgar las notas y las imágenes en el panel, las grabó en un archivo. De momento tan solo le pertenecerían a ella; prescindiría de pruebas de versiones en fase beta o consultas.

«Todo o nada», pensó de nuevo, y fue a por una chaqueta.

Conforme bajaba la cuesta, experimentó una sensación de absoluta libertad hasta un punto que no había experimentado desde la noche que Riggs asesinara a sus padres.

Pese a él, había alcanzado la felicidad, la alegría, la plenitud. Pero ¿qué supondría el disfrute de esa libertad?

Pretendía averiguarlo.

Bunk, que fue el primero en divisarla, emprendió el galope cuesta arriba. Con vítores de alegría, Bray corrió como una exhalación detrás de él.

Cuando se abalanzó a sus brazos, ella lo levantó en volandas y giró con él.

—Siento haber estado tan ocupada.

—No estés más ocupada.

Apretó la cara contra la dulce curva de su cuello.

—No estés más ocupada.

Mientras lo sostenía en brazos, Ty salió al porche.

Eso le pertenecía ahora. Le pertenecía mañana, pasado mañana y los días venideros. Valía la pena correr el riesgo.

Trabajó durante toda la semana, descartando escenarios, puliendo otros. Cada vez que Riggs la acosaba, ella arremetía más contra él. Se preguntó si eso le escamaría, si se olería que ella planeaba algo.

«Que se quede con la duda —pensó mientras caminaba de un lado a otro en el estudio—. Que sude».

Su intención no era que el juego fuese justo o equitativo; su única intención era ganar.

Estudió cada trampa, cada obstáculo, cada movimiento y respuesta. Le constaba que sería necesario enfrentarse a algunos sobre la marcha. A su contrincante le sobraba astucia y maldad.

Sin embargo, él lucharía con el fin de matar, mientras que ella lo haría con el fin de vivir. Estaba convencida de que eso le proporcionaba ventaja a ella.

Por fin, recostada en la silla, consideró que sería posible perfeccionarlo, pulirlo y anticipar sus movimientos durante meses, aunque, en resumidas cuentas, sería una confrontación mental.

Siempre se redujo a eso.

Pensó que había llegado la hora de dar el siguiente paso en el proceso y convocó una reunión familiar.

En la granja, Lucy sirvió empanada de manzana.

—Hacía tiempo que no organizábamos una reunión familiar —comentó.

—Empecemos con una buena noticia: las ventas de Mountain Magic han aumentado en octubre. Y la previsión es que se incrementen en otro cinco por ciento en noviembre.

—Es una gran noticia, Rem, pero no vamos a hablar de negocios. —Lucy le pasó la mano por el pelo antes de colocar la empanada de manzana encima de la mesa de la cocina.

—No se trata solo de negocios, ¿verdad?

—No. Me he enterado de que Adalaide ha empezado a ir al colegio.

—Sí —confirmó Thea—. Me lo dijo Bray, y Nadine se pasó a verme. Me comentó que Jed estaba tan consternado por el hecho de que Adalaide se hubiera escapado y extraviado que él mismo la llevó en coche el primer día de colegio.

—Ya era hora de que algo le hiciera reaccionar con un poco de sentido común. Abrigaba la esperanza de que hubieras organizado este encuentro para anunciar alguna noticia feliz sobre Ty y tú, pero, a juzgar por tu expresión, no es el caso.

—A Ty y a mí nos va muy bien, nana. Fenomenal.

—Bueno, un sueño de la adolescencia hecho realidad.

—Tal vez. —Thea miró a Rem e hizo caso omiso a su sonrisa burlona—. Y la posibilidad de que la relación avance es parte de la razón por la que os pedí que nos reuniéramos. Contemplo esa posibilidad y, si se va al traste, es que el destino no lo deparaba. Sin embargo, la contemplo, y por eso soy capaz de verme con claridad llevando una vida libre de ataduras, sin Riggs clavándome las zarpas en la cabeza.

—Pensaba que las cosas habían mejorado en ese aspecto.

—Así es, pero ha vuelto a las andadas. No dura, Rem, lo bueno no dura. Siempre ha sido así. Quizá parte de la culpa sea mía por provocarlo justo después de su ingreso en prisión, y más de unas cuantas veces desde entonces. Pero, si yo contribuí a abrir esa puerta, debí, no solo cerrarla, sino librarme de él hace mucho tiempo.

—¿Cómo?

—Voy a ir a Virginia, a la prisión, a un cara a cara con él.

—No, de eso nada. ¿Estás loca? —La silla de Rem chirrió al arrastrarla por el suelo para girarse hacia ella—. Con eso solo conseguirás darle más poder. Joder, Thea, si teletransportarte allí por medio de alguna conexión mental desencadenó esto, ¿acaso no vas a empeorar las cosas?

Lucy alargó la mano para darle una palmadita en el puño a Rem.

—No tengo más remedio que coincidir con Rem, cariño. Cuanta más distancia haya entre tú y él, mejor. A menudo me he preguntado si el hecho de que la prisión se encuentre a tan solo una hora de aquí influye en esto.

—Eso no lo frenó cuando yo estaba en la universidad o cuando he ido de viaje a Nueva York. Él se cuela con sigilo, y va a peor. No puedo seguir así, no puedo seguir viviendo así, de brazos cruzados hasta que encuentre otro resquicio. Sea lo que sea lo que nos conecta, debo romperlo, acabar con esto.

—¿Cómo vas a conseguirlo estando en la misma sala que él? —inquirió Rem—. Eso contando con que te den permiso.

—Tiene derecho a cuatro horas de visitas al mes. Con una me basta. Si no soy capaz de hacer lo que tengo previsto en una hora es que, definitivamente, soy incapaz de hacerlo. De lo contrario, jamás me libraré de él, y no me queda otra, de modo que lo haré.

—¿Hacer qué exactamente?

—Jugaremos a un juego, uno mío. Un juego mental.

—Es un disparate. Nana.

—Thea, esto no es algo con lo que jugar. No debes arriesgarte, poner en peligro tu mente, tu don, de esa manera.

—Si no es para esto, ¿entonces qué? —Thea levantó las manos, con las palmas hacia arriba, con impotencia—. ¿Me paso la vida así, esperando, luchando, acosada? Tengo una oportunidad, una oportunidad de verdad. Ty me quiere, y…

—Esto no tiene nada que ver con Ty —espetó Rem.

—No, tiene que ver conmigo, con la posibilidad de llevar la vida que deseo, de disfrutarla en libertad. ¿Cómo voy a disfrutarla así?

Tras una pausa, dijo lo que llevaba años rumiando en su mente.

—¿Y si tengo hijos? Quiero ser madre. ¿Y si tengo una hija, hereda mi don y él la acosa? ¿Cómo la protegería de él? Él es joven, en principio tiene muchísimos años por delante. ¿Cómo iba siquiera a contemplar la idea de tener una hija a la que atormentaría? ¿Acaso tú no te arriesgarías, nana? ¿No arriesgarías lo que fuera necesario con tal de proteger a una hija a la que quisieras tanto?

Lucy se llevó la mano a los labios e instantes después la retiró.

—Sí. Sí, lo haría.

—¡Nana!

—Rem, ¿acaso piensas que de haber podido salvar a tus padres no habría luchado contra ese malnacido con uñas y dientes? Si hubieras podido evitar a lo que se ha enfrentado Thea a lo largo de todos estos años, ¿acaso no lo habrías hecho? Es lo que somos.

Alargó la mano sobre la mesa para agarrar la de su nieta.

—No quiero que lo hagas, pero entiendo el porqué.

—Quiero tener una visión clara, muchísimo más clara, joder. Si no, te juro que encontraré la forma de impedírtelo.

«Es imposible», pensó Thea, pero apreció las buenas intenciones de su hermano.

—He diseñado un juego. Es rudimentario, ya que tiene que desarrollarse sobre la marcha. Es imposible prever cada uno de sus movimientos o decisiones. Jugamos en una ocasión, y salió malparado. Se amedrentó y, malherido y asustado, reculó durante un tiempo. Pero si gano…, cuando gane —rectificó—, no saldrá vivo de esta.

—Con eso no me aclaras nada. Y no justifica la necesidad de ir a verlo.

—Rem, yo estaré al mando. Tengo la libertad de salir de allí en cualquier momento, mientras que él no, y lo sabe. Como es consciente de ello, la balanza se inclina a mi favor. Está entre rejas por mí, y lo conozco. Conozco los mecanismos de su mente mucho mejor que él los de la mía. Presentarme allí demuestra que no me acobardo, lo cual es lo que pretende. Necesita amedrentarme, pero no lo consigue. Él me temerá a mí antes de que acabemos. Cuento con ventaja.

Se echó el pelo hacia atrás.

—No he diseñado un juego en igualdad de condiciones. Contaré con una considerable ventaja.

464

—Bueno, esta parte no está mal. Desembucha.

—Es sobre su vida. Su miserable y desaprovechada vida.

La apoyarían. A Thea le constaba que eso era lo que hacían los unos por los otros. Se preocuparían, y mucho, pero los llevaría en el pensamiento, en el corazón y en el alma.

Esa era otra baza, quizá la más crucial, con la que jamás contaría Ray Riggs.

Cuando Thea llegó a la bifurcación, Bunk empezó a gruñir y a mover la cola ante la perspectiva de otra visita a Bray. No entraba en sus planes hacer una parada en ese momento, ya que era probable que Ty estuviera trabajando.

«Más que una razón, una excusa», reconoció. La idea de analizar todo de nuevo con alguien a quien quería se le antojaba agotador.

A pesar de ello, tenía un plan de juego, y prometió ponerlo al corriente.

Así pues, detuvo el coche y se dijo para sus adentros que, si oía música, esperaría a más tarde.

En cuanto bajó del coche, incluso antes de que Bunk saltara tras ella, oyó el largo, potente y desafiante *riff* de guitarra, que retumbó contra las ventanas de la pequeña casa, reverberó en el aire y vibró en todo su cuerpo. Lo que siguió fue una descarga, tan eléctrica como el instrumento que él tocaba, y tan veloz como un rayo.

Incapaz de resistirse, siguió ese sonido desenfrenado hasta la parte trasera de la casa.

Al verlo por la ventana, se le cortó la respiración.

Él se hallaba de pie, fuera del estudio, con unos vaqueros gastados y caídos y una camisa de franela abierta sobre una camiseta gris. Y sus dedos volaban sobre una reluciente guitarra negra.

Se movía al compás, moviendo la cabeza de arriba abajo y en vaivén, con los ojos de un verde casi llameante, mientras sacudía el pelo.

«Esto, exactamente esto», pensó, fue lo que la enamoró a los dieciséis. No solo su físico —aunque, Dios, como si eso no fuera suficiente—, sino lo que era capaz de crear, lo que llevaba en su interior y podía transmitir al mundo.

Estuviera o no preparado.

Caray, tuvo que reconocer que no había perdido su fuerza.

Entonces, de pronto, él paró de tocar. Ella le leyó los labios con claridad: «Joder, no. Otra vez».

Arrancó de nuevo con ese desenfrenado *riff*.

Aunque la pura admiración la instaba a quedarse, como un público solitario y silencioso, se dispuso a irse.

Él notó movimiento; sus dedos permanecieron inertes y sonrió. Con la guitarra en ristre, salió a abrir la puerta.

—Lo siento. Siento mucho haberte interrumpido. Oí música y…

—Supongo que sonaba bastante fuerte.

—En teoría es como debe ser.

—Sí. —La cogió de la mano para conducirla dentro, con los dedos aún calientes de rasguear las cuerdas—. Y con mala leche. No acabo de clavarlo.

—Pues sonaba con mala leche.

—No lo suficiente.

Retrocedió cuando él hizo amago de desengancharse la guitarra.

—No, sigue con lo tuyo. Solo he pasado de camino a casa.

—Me vendría bien un descanso, dejar que se cueza a fuego lento hasta el punto de ebullición. Eso es lo que busco. —Puso la guitarra a un lado y se pasó los dedos entre el pelo de esa manera que a ella la cautivaba—. Y tampoco me vendría mal un poco de cafeína fría. ¿Te apetece?

—De hecho… Sí, me sentaría bien refrescarme después de haberme sentido por un momento como a los dieciséis años.

Él apuntó hacia ella con el dedo de camino a la nevera.

—Entonces voy encaminado. El rock con mala leche nos hace volver a la adolescencia a todos.

—Supongo que no estarás componiendo para el esperado regreso de Code Red.

—Puede.

—Oh, Ty, ¿en serio? —Entre risas, se llevó la mano al pecho—. Ya está aquí otra vez la adolescente.

—Solo hemos comentado de pasada la posibilidad de organizar un único concierto y retransmitirlo en directo. A lo mejor el año que viene, quizá en Filadelfia, porque es allí donde comenzamos. «Quizá» es la palabra clave.

—Me apunto.

—Hay que gestionar muchos temas de logística. Yo tengo un hijo, Scott está a punto de tener el segundo, Mac estaría de vuelta de una gira, Blaze está comprometido con ese programa de la tele. Es más que subir al escenario y desmelenarse. Aparte de la logística, hay que tener en cuenta los ensayos y la producción. Pero bueno.

Ty le pasó un vaso y él se decantó por un botellín.

—Quizá.

Él la acababa de poner al corriente de esa posibilidad: Thea fue consciente de que la confianza residía en eso. Alzó su vaso.

—Brindo por el rock con mala leche.

—Me convirtió en lo que soy. —La observó mientras bebía—. Algo aparte de eso te ronda por la cabeza.

—Sí. —Ella dejó el vaso y entrelazó los dedos—. He convocado una reunión familiar y acabo de salir.

—¿Una reunión familiar sobre qué?

—Sobre mi plan de juego. Dije que te avisaría cuando lo tuviera. Ya lo tengo.

—Vale. ¿Cuál es?

—Voy a ir a Virginia, a la prisión estatal de Red Onion, a un encuentro cara a cara con Riggs.

Ty hizo amago de hablar y se lo pensó mejor. Se aproximó a la ventana, junto al fregadero, y bebió un buen trago de cerveza.

—De primeras, mi instinto me dice: «Ni se te ocurra. Deberías mantenerte lo más lejos posible de él». —Se giró hacia ella—. Solo que eres incapaz de hacerlo, ¿verdad?

—Sí.

—Pero ¿qué sacarías con esto? ¿En qué te beneficiaría darle la satisfacción, que estoy seguro de que sentiría, de presentarte allí?

—Has dado en el clavo. —Como la alivió oírlo, se sentó y soltó con un suspiro la tensión que había acumulado dentro—.

Pensará que es un regalo, lo cual de entrada lo excitará, le hará sentirse con ventaja, pero sucederá lo contrario. No sabrá de mi visita hasta que me plante allí. A diferencia de mí, no tendrá tiempo de urdir y maquinar. Yo llevo mucho tiempo organizándolo, incluso he tomado notas y he dibujado. Tenía guardada la carpeta, pero evitaba abrirla, con la intención de dejarlo para más adelante, para más adelante. Ya ha llegado la hora.

—¿Qué carpeta?

—La del plan del juego. Literalmente. Ha vuelto al confinamiento: solitario, en una celda con un catre y un retrete, una puerta de acero con un ventanuco y, en la pared del fondo, otro ventanuco… de cristal esmerilado. Ni siquiera se le brinda la oportunidad de ver el exterior. Cuando lo trasladan con la población general de reclusos, lo fastidia porque no es capaz ni está dispuesto a acatar las normas. Es violento; la violencia reside en él.

»De los últimos dieciséis años, ha pasado más de doce en una de esas celdas veintitrés horas al día. Le sirven la comida a través de una abertura en la puerta. Tras esposarlo y sujetarle los pies con grilletes, lo conducen a una jaula metálica para que pueda hacer ejercicio durante una hora al día, aunque no lo hace. A veces se pone a caminar de un lado a otro, o a rumiar, o intenta trepar por la malla metálica mientras grita obscenidades.

—Lo has presenciado.

—Sí. Sin involucrarme, pero sí. Sé que lee la mente a otros presos, a los guardias y al personal médico siempre que le resulta posible. Una vez pasó seis meses con el resto de reclusos y se las ingenió para conseguir opioides. Intercambió la información que conseguía por favores, por drogas, por cualquier cosa que pudiera obtener. Hasta logró cualificarse para uno de los programas penitenciarios y aprovechó ese privilegio para agredir al instructor.

—Así que lo aislaron de nuevo.

—Sí.

Thea se dio cuenta de que, después de todo, no había resultado tan agotador. El hecho de contárselo, de sentir cómo la escuchaba, la fortaleció y la reafirmó en su capacidad para ejecutar su plan.

—En todos los años que ha pasado entre rejas, no ha recibido una sola visita ni una sola carta. Fuera no tiene amigos ni familia que se preocupen por él, y, dentro, ni tiene amistades ni está integrado en la comunidad. Está solo.

—Te tiene a ti.

Ella cerró los ojos y dio gracias a cualquiera que fuera el poder que había puesto a ese hombre en su vida. Un hombre que la entendía, que la entendía de verdad.

—Sí, y en realidad esa es su obsesión, su cuerda salvavidas. Nadie más lo conoce, nadie entiende su don excepto yo. Yo le arrebaté lo que más anhelaba. No cosas en sí, sino la posibilidad de matar y apoderarse de ellas.

—Hay un motivo por el que estás contándome todo esto.

—Quiero que te hagas una composición de lugar. Puede que naciera con esa tara o puede que las circunstancias lo malearan; eso es lo de menos. Se convirtió en un monstruo, y lo sigue siendo. Sin embargo, ha ido perdiendo gradualmente sus dotes de clarividencia. Le resulta imposible leer la mente a los demás como antes porque me tiene entre ceja y ceja, y eso le ha pasado factura.

—Como se centra en ti, surte peor efecto, te hace más daño.

—Así es, y ya estoy harta. Físicamente goza de buena salud, podría vivir mucho tiempo, centrado en mí, martirizándome, ensombreciendo mi vida. Me he defendido, Ty, pero siempre es algo temporal porque el ciclo se repite. Es como… el maltrato que sufre Nadine por parte de su marido.

—Dios.

—No ocurre todos los días, ni todas las semanas, pero ella nunca sabe en qué momento algo desatará su cólera y la emprenderá a golpes con ella. A pesar de llevar en el vientre a su tercer hijo, no lo abandona. A lo mejor se defiende; qué sé yo. Es transitorio, pero yo no pienso lidiar con eso. Voy a romper el vínculo, a romper el ciclo. Voy a destrozarlo.

—Bien. ¿Cuándo nos vamos?

La sensación de tener el corazón en un puño hizo que le escocieran los ojos.

—Es que…

—No digas que vas a ir sola. Eso está descartado.

—Ya he mantenido esta conversación con Rem. No pueden acompañarme ni él ni mi abuela. Ella trajo al mundo a mi madre, y esta a mi hermano. Ignoro si Riggs podría usarlo de alguna manera. No sé si eso guarda o no relación con lo que me ata a él.

—Tú y yo no somos de la misma sangre, así que no es el caso. Y por lo que conozco a Rem, si no te acompañara, te cubriría las espaldas.

—También comentamos eso. Yo dije que te preguntaría, pero no hace falta porque no te permitirán entrar a verlo. Ni siquiera sé si te permitirán acceder al recinto.

—Entonces esperaré fuera. Pero iré. ¿Cuándo?

—Llamé al detective…, bueno, ahora es el comisario Musk. El detective Howard se jubiló el año pasado. Le pedí que moviera hilos. Obtener un permiso para visitar a un preso en una prisión de máxima seguridad puede tardar su tiempo, entre la solicitud, la revisión de los antecedentes penales, el papeleo y demás. De modo que le pedí que acelerara los trámites. Estoy a la espera de recibir noticias suyas.

—Vale. Cuando te responda, iremos. Pero no me has dicho qué precio pagarás por esto. Quiero saberlo.

—Me temo que, si pierdo, él saldrá fortalecido. Pero lo que más temo es que, si gano, perderé mi don por usarlo con este fin. Es una parte de mí, y podría costarme renunciar a él. Sé que por eso me resistía a abrir esa carpeta, pero estoy dispuesta a correr incluso ese riesgo con tal de librarme de él de una vez por todas.

—¿Alguna vez te has planteado si una de las razones por las que posees el don es por lo que tienes intención de hacer? No vas a perder nada. —Rodeó la isla, la levantó del taburete y la abrazó—. Empieza partiendo de ahí.

Allí, donde todo era seguro, agradable y normal, casi le resultaba factible.

«Pero mejor tener presentes los riesgos y asumirlos antes de entrar al campo de juego», pensó.

—Me alivia que me acompañes, y mi abuela y Rem se quedarán mucho más tranquilos. Quiero poner fin a esto antes de que venga toda la familia para Acción de Gracias. No estoy segura de si será posible. Podría demorarse semanas.

Justo mientras hablaba, el teléfono sonó en el bolsillo de su chaqueta.

Y ya sabía quién llamaba.

—Es el comisario Musk.

—Responde, Thea —dijo Ty, al ver que ella se quedaba mirando el bolsillo de la chaqueta que había dejado sobre el respaldo de una silla.

«A por el siguiente paso», se dijo para sus adentros, y sacó el teléfono.

—Comisario Musk. —Mientras hablaba, se frotó la garganta con la otra mano—. No, no lo he hecho. No, no. Comisario..., de acuerdo, Phil..., sí, estoy totalmente segura.

Miró a Ty y asintió despacio con la cabeza.

—Sí, puedo. Lo haré. —Mientras escuchaba, alargó la mano y apretó con fuerza la de Ty—. Entiendo. —Cuando Bunk empezó a mover la cola junto a la puerta, la abrió para que saliera—. No esperaba que... —Se rio incluso mientras se frotaba el entrecejo con las yemas de los dedos—. Bueno, no escudriñé, ¿verdad?

Cerró los ojos, continuó escuchando y asintió con la cabeza.

—Lo haré. Te lo agradezco. Será agradable que nos volvamos a ver... No, mi familia no... Están muy bien, gracias. Pero voy acompañada, solo para el viaje de ida y vuelta... De acuerdo, sí. Ah, y dile a tu hija que mucha mierda en su representación de ballet el viernes por la noche. Te leo el pensamiento, y siempre me da la sensación de que he de demostrar mis credenciales de buena fe contigo, al menos un poco... Gracias de nuevo.

Tras poner fin a la llamada, se volvió hacia Ty.

—El lunes a las once de la mañana. Debo llegar a las diez y media, ya que hay protocolos y procedimientos.

—El lunes.

—Las horas de visita se programan los sábados y los domingos, pero esta no la consideran como tal. El comisario Musk y el detective Howard se reunirán conmigo allí, para acompañarme, y estarán en una sala de observación durante mi encuentro con

Riggs. Es muy amable por su parte. Riggs permanecerá esposado y con grilletes todo el rato en una especie de sala donde los presos se reúnen con sus abogados. Habrá un guardia con nosotros. Dispongo de una hora, a menos que él o yo decidamos interrumpir el encuentro. No se saldrá con la suya. No se saldrá con la suya, porque voy a acabar con él.

—Él no te conoce.

—No, aunque piensa que sí. Ignoro qué hilos movió Phil, pero me alegro de ahorrarme la espera; me habría vuelto loca pensando que lo he postergado demasiado o que me he precipitado. Existe otro *ahora*, o comienza a partir del lunes.

Ty tomó su cara entre las manos.

—Lo machacarás.

Así lo creía ella, al menos de momento.

—Eso, definitivamente, forma parte del plan de juego.

Se valió de toda la habilidad que poseía para mantener a Riggs a raya durante el resto de la semana, incluido el fin de semana. Quería que se frustrara, que se enojara, que se crispara.

El lunes por la mañana se acicaló adrede. Optó por el look de «mujer profesional», como su madre lo habría denominado: un bonito vestido de tubo de líneas depuradas en azul oscuro que se había comprado en Nueva York, combinado con unos zapatos de tacón con los que ganaba un par de centímetros de altura. Se decidió por un elegante y sofisticado recogido en el cabello separado en mechones.

La asombró el inmenso parecido que la imagen del espejo guardaba con su madre.

—Te sigo añorando —musitó al ponerse los pendientes de diamantes rosas y abrocharse el reloj de pulsera del aniversario de bodas—. Él se acordará de ti, de los dos. Me aseguraré de ello.

Cuando se dirigió a la planta baja, Rem dejó de caminar de aquí para allá, sacó las manos de los bolsillos y se quedó mirándola. Lucy dejó de jugar al tira y afloja con Bunk y se llevó la mano a la garganta.

—A veces olvido lo elegante que eres. —Rem se pasó la mano por el pelo—. Cómo te pareces a ella.

—Eso forma parte del plan. No tengo ningún vestido rosa, pero no creo que importe.

Su hermano puso las manos en sus hombros.

—No la cagues. Si la cagas, te miraré por encima del hombro siempre.

—Menudo ánimo.

Cuando la abrazó con fuerza, ella sintió todo: el cariño, la ira, la inquietud.

—Tengo a Bunk. —Lucy se sumó al abrazo—. Y si no volvieras antes, estaré esperando el autobús escolar para traerme a Bray a la granja.

—Te prometo que me pondré en contacto contigo en cuanto acabe. Tendré que dejar el teléfono junto con todo lo demás, menos el pasaporte, en el coche.

—Lo sé. —Al mirarse a los ojos, hubo un fugaz destello de fuerza y conexión—. Y también sé que llevas mi sangre y la de todas mis antepasadas. Somos formidables, cariño. No lo olvides.

—Lo tendré presente. —Se giró cuando la puerta se abrió de golpe, esperando que fuera Ty, pero Maddy irrumpió atropelladamente.

—He intentado llegar antes, pero me han entretenido.

—Maddy.

—No he venido a discutir contigo. ¿Acaso discutí contigo cuando me dijiste lo que tramabas?

—No.

—¡Mírate! Qué acicalada, con los pendientes y el reloj de tu madre. Tengo una cosa más. —Se desenganchó la cadena que llevaba al cuello—. ¿Se acuerda de cuándo me la regaló, Lucy?

—En tu decimosexto cumpleaños.

—¿Y lo que me dijo cuando me la puso?

—Tienes la llave de tu propio futuro.

—Exacto, exacto. Póntela hoy. Agáchate, Piernas. Algunas no somos flamencos.

—Gracias, Maddy.

—Tú tienes la llave. —Maddy la agarró con fuerza, la zarandeó ligeramente y le dio un beso—. Recuérdalo.

—Lo haré. Ahí está Ty. Pórtate bien con la nana. —Le dio un beso en la nariz a Bunk—. Procurad mandarme buenas vibraciones, no de inquietud.

La acompañaron y se quedaron juntos en el porche mientras Ty salía del coche.

—Una mujer con ese aspecto merece que un tío le abra la puerta.

La besó suavemente antes de que subiera al coche. Tras cerrarle la puerta, levantó la vista hacia el porche.

—Ella tiene esto y yo la tengo a ella.

Lucy agarró la mano de Rem a un lado y la de Maddy al otro.

—Eso es justo a lo que ella se refería con buenas vibraciones. Sigamos el ejemplo de Ty.

En el coche, Ty se detuvo a los pies del camino.

—Ese look es nuevo.

—Le recordará a mi madre. —Se dio unos toquecitos en la muñeca—. Este es el reloj por el que los asesinó.

Tras posar la mano sobre la suya durante unos instantes, torció en el cruce.

—¿Qué necesitas?

—Acabar con esto.

—Me refiero a mí hasta entonces. ¿Que te dé palique, una charla motivacional, silencio, música?

—Antes me gustaría decir que esto es de lo más surrealista. No he pisado Virginia desde los doce años. Ahora, tú, alguien a quien hasta hace unos seis meses solo conocía como…, que no te parezca raro, pero como un ídolo, me llevas allí.

—Coincido contigo en que es surrealista. Las primeras veces abundan en este momento. Es la primera vez que tengo la impresión de que podrías presidir una reunión de una junta directiva sin pestañear; la primera vez que estamos juntos en el coche sin un niño en el asiento trasero; y la primera vez que llevo a alguien al trullo.

El comentario le arrancó una tenue sonrisa.

—Es curioso que la llamen así. Ahí nadie tiene alas. Cuando

me miré al espejo antes de marcharme, contemplé la imagen de mi madre.

«Y ahora está conmigo —pensó—. Me acompañará, como la nana y todas sus antecesoras».

—Este era su look profesional. Su aire de «Soy fuerte, elegante y tengo aplomo». Esta es la imagen que él vio en el supermercado aquel día, la que lo sacó de quicio por su fortaleza, elegancia y aplomo, además de por lucir un reloj caro.

—Y es la que verá al mirarte.

—Esa es la idea, restregárselo en toda la cara. Así es como quiero empezar. Y se empieza por donde se pretende continuar.

—Sobran las charlas motivacionales.

—Me siento preparada. Estoy nerviosa, pero de lo contrario sería una estúpida. He dejado atrás a tres personas que se preocuparán por mí. Mi abuela encenderá velas y se mantendrá ocupada. Rem asistirá a sus reuniones y caminará de un lado a otro. Maddy se irá a trabajar y mirará la hora entre paciente y paciente. Y tú… —se giró hacia él— te quedarás esperando, preocupado. Pero el hecho de que os preocupéis no significa que no creáis en mí. Él no tiene eso, Tyler. A diferencia de mí, estará solo. —Decir eso, hacer ese comentario, calmó en cierta medida su nerviosismo—. Probemos con algo un poco más trascendente que el palique. ¿Cómo va el rock con mala leche?

30

En efecto, no tenía nada que ver con un ave y, ciertamente, con ningún lugar donde hubiera vida. La prisión constaba de una serie de austeros edificios de escasa altura rodeados por un alto e imponente muro.

Ella había examinado las imágenes online y guardado docenas de ellas en el archivo. Es más, había visto, sentido y olido lo que Riggs veía, sentía y olía. Los abucheos y las voces, las risas estridentes y los llantos aún más estridentes cuyo eco incesante resonaba al otro lado de las puertas azules del módulo de aislamiento. Las luces cegadoras a través de los ventanucos de esas puertas azules. Los deprimentes sonidos del cierre de puertas o rejas y el posterior ruido sordo de las cerraduras.

Pero ahora estaba a punto de entrar allí, y era preciso abstraerse de todo salvo de Riggs.

—Ese es Phil, el comisario Musk, ah, y el detective Howard. Me llevo el pasaporte, es lo único con lo que se me permite el acceso. Dejo aquí el bolso.

—Vale.

Antes de que saliera del coche, Musk le abrió la puerta.

—Justo a tiempo. —Le tendió la mano.

A pesar de que conservaba su mata de pelo, las canas se habían impuesto. En opinión de Thea, le imprimían el aire de un comisario.

El abrazo, algo inesperado, la confortó en gran medida. A continuación, Howard se acercó para darle otro.

—Me alegro de verte. —Se apartó de ella y la observó—. Me oponía a esto, pero, ahora que te veo, cometí un error.

—¿Qué tal la jubilación? —preguntó Thea.

Musk resopló.

—Pues estoy haciendo un poco de asesoramiento —respondió Howard, y le hizo una peineta a su antiguo compañero—. Probé con el golf, hasta con el pickleball, y mi mujer me dijo que la estaba volviendo loca.

—Eres un policía demasiado bueno como para desperdiciar tus habilidades y tu experiencia.

—¿Lo ves? —Howard señaló a Musk y, acto seguido, le tendió la mano a Ty—. Chuck Howard. ¡Uy! ¡No me lo puedo creer! —Le dio un entusiasta apretón de manos—. Caray, si es Tyler Brennan. Yo avergonzaba a mis hijos cantando *Where We Run* a grito pelado en el coche cuando era un éxito.

—Avergonzabas a todo el mundo —terció Musk—. Menuda sorpresa. —Le estrechó la mano a Ty—. Me gustaría conocer los pormenores, pero hay que ponerse en marcha. ¿Te quedas aquí esperando?

—Sí. —Ty sujetó a Thea por los hombros—. Aquí mismo. —La besó—. Nos vemos en unas cuantas horas.

Howard la agarró del brazo para conducirla dentro.

—Ahora quiero enterarme de cómo ocurrió.

—Somos vecinos.

—Ah, ¿sí? Bueno, el resto puede esperar. ¿Llevas encima el pasaporte?

—Sí, en el bolsillo. Nada más.

Al otro lado de los muros, el mundo exterior desapareció. Thea se dio cuenta de que no se trataba de una ilusión, sino precisamente del propósito.

Y fue peor, con diferencia, cuando un funcionario uniformado la escoltó junto con Musk y Howard a través del primer control de seguridad hasta el interior de un edificio.

Una súbita sensación de claustrofobia le produjo ahogo.

—Lo que sientes es normal —le explicó Howard—. No me hace falta ser adivino, Thea, para saber lo que sientes. Es normal.

—Vale. —Tuvo que reprimir el impulso de frotarse los brazos por el escalofrío—. Estoy bien.

—Si en cualquier momento quieres interrumpir esto…

—No lo haré. —Negó con la cabeza en dirección a Musk.

Tras pasar por los escáneres, responder a las preguntas y firmar el papeleo, atendió a las instrucciones: ningún contacto físico, permanecer sentada y no acercarse al recluso.

Más puertas, más cámaras, más pasillos.

—Esta es tu parada. —Howard la agarró de las manos—. Él ya está dentro, esposado y con los grilletes atornillados al suelo. No puede levantarse ni tocarte.

«Físicamente no», pensó ella, pero disponía de otros medios.

Ambos disponían de otros medios.

—Entiendo.

—Habrá un guardia vigilando en el transcurso del encuentro, además de cámaras. Phil y yo nos mantendremos observando, también durante todo el encuentro, no estaremos lejos.

—Lo sé. Estoy bien. —Mejor de lo que esperaba. Sentía que había pasado por un trago y lo había superado.

—Entonces haz lo que tengas que hacer.

Cuando el guardia abrió la puerta, entró.

Lo sintió, sintió el shock que conmocionó a Riggs cuando levantó la vista, cuando se miraron a los ojos, seguido por desconcierto y, a continuación, muy muy despacio, un regocijo casi delirante.

Él esbozó una mueca de sonrisa.

—¡Aquí estás! Joder, en carne y hueso.

—Efectivamente, Ray. Aquí me tienes.

Se dirigió a la única silla que había al otro lado de la mesa de acero, se sentó y cruzó las piernas.

—Te daría un abrazo y un besazo pegajoso, pero… —Levantó las manos esposadas hasta el tope de los cables de acero que lo sujetaban—. Te has emperifollado por mí. Me conmueve.

—Es obvio que tú no has tenido esa oportunidad.

El uniforme azul de preso le apagaba más si cabe los ojos. El pelo, que había continuado enraleciéndose, le caía hasta los hombros. Su rostro, flácido y de una palidez fantasmagórica, estaba surcado de una gran cantidad de profundas arrugas.

Parecía más menudo allí, en la sala, en carne y hueso, como si el cuchillo aserrado de su propia rabia lo hubiera ido carcomiendo.

—¿Recuerdas esto, Ray? —Levantó un brazo, con la muñeca mirando hacia él, y le dio unos toquecitos al reloj.

Thea se fijó en cómo sus ojos lo observaron atentamente. Aún destilaba esa ansia, esa envidia tóxica.

—La zorra tuvo su merecido, igual que tu viejo.

—No eran viejos. —Mientras hablaba empezó a penetrar en su mente con sigilo, con lentitud, como el humo a través de una grieta en la ventana—. Apenas habían cumplido los treinta y dos cuando los mataste. Solo eran unos cuantos años mayores que yo ahora.

—Tendrás suerte si consigues llegar a su edad. Pero te quitarás de en medio antes. Pondrás música de esa lacrimógena para mujeres, encenderás velas, llenarás la bañera, beberás un poco de vino y te cortarás las venas.

—Vaya, ¿por qué iba a hacer eso, Ray?

—Porque tu vida es una mierda. Todo el mundo sabe que eres una friki, un jodido engendro de la naturaleza. Sé lo que quieres: un hombre que te folle, que te deje preñada. Una casa grande con fotos de mocosos en la pared, una piscina en el jardín, cochazos en el camino de entrada.

Ella hurgó un poco más hondo, un pelín, y él no se percató de que introdujo una imagen —la de la vivienda familiar en Virginia— en su cabeza.

—No me digas, Ray. Qué bien me conoces. ¿Qué quieres?

La mirada de esos ojos azules apagados se heló, como un témpano en un lago agonizante.

—Verte morir. Quizá no pueda hacerlo yo mismo, pero podré presenciarlo.

—A mí me parece que lo que quieres es esa gran casa, Ray, la piscina, los cochazos y relojes de lujo como este. —Consiguió atraer su atención y su mirada hacia el reloj otra vez, y lo hizo girar con el fin de que las piedras brillasen—. Tú nunca tuviste eso, tan solo una casa corriente, una vida mediocre; nada especial. Sin embargo, tú eras especial. Sabías que eras muy pero que muy especial. Tus padres te temían, ¿verdad? No tanto por tus dotes adivinatorias, aunque, de haber podido, habrían rezado para que las perdieras, sino por las cosas que hacías, cosas espantosas, a los gatos callejeros, a los pájaros, a otros niños, sobre todo a los menores que tú.

—Tú no sabes una mierda de mi vida.

—De eso nada, Ray. He leído tu vida como un libro, el cual estoy deseando tirar a la basura, pero la he leído, Ray. De cabo a rabo.

—No hay ningún libro. —Se encogió de hombros como intentando quitarse un peso de encima y empezó a tamborilear con los dedos sobre la mesa de acero.

—Sí que lo hay. Es un libro triste y feo, pero lo he leído entero. ¿Y si escojo un capítulo? ¿Recuerdas esto?

Arremetió con fuerza. De hecho, él dio una sacudida hacia atrás en la silla como si hubiera recibido un empujón.

Un día caluroso y pegajoso, Ray, con ocho años, estaba sentado en la estúpida y cutre casa en el árbol que su padre había construido para él.

A pesar de eso, cumplía su misión, puesto que su madre nunca subía allí. Tenía miedo a las alturas, miedo de él.

Miedo de todo.

Siempre lo llamaba para que bajara cuando lo necesitaba para algo, en la mayoría de los casos para algo que él no tenía ganas de hacer: tareas domésticas, ir a la iglesia, visitar a sus decrépitos abuelos…

Allí arriba hacía lo que se le antojaba.

Le gustaba aplastar moscas y hormigas. Había aprendido que, con dejar caer un poco de azúcar o miel en el suelo, aparecía un desfile de hormigas. Entonces las aniquilaba a pisotones.

De noche atrapaba luciérnagas y les arrancaba las alas. ¡Luces fuera!

Y, con la técnica adecuada, las mariposas se deshacían como el papel.

Escondía un rifle de balines allí arriba. Lo había robado porque se le daba bien robar y lo *quería*.

Debía tener cuanto deseara.

Con el suficiente sigilo, con la suficiente proximidad, ese rifle de balines hacía polvo un pájaro.

Al gato del vecino le gustaba vagar por el barrio a sus anchas. Le resultó fácil atraerlo hasta el saco con una hamburguesa cruda y atraparlo. Puede que se pusiera frenético, pero lo acalló de inmediato propinándole un buen porrazo —sin demasiada fuerza, en su justa medida— contra un árbol.

Después, en la casa del árbol, abrió el saco. Había un poco de sangre, lo cual lo excitó, pero el viejo Tom respiraba. Los insectos morían en un pispás; él buscaba algo que requiriera más empeño, que durara más.

Tenía el martillo de su padre y una de las navajas de bolsillo que había robado, en vista de que sus padres se negaban a comprarle una. Mientras decidía qué usar primero, el gato comenzó a moverse.

Empuñó el martillo. Le rompería una de las patas delanteras. ¡A ver así cómo iba a deambular y trepar a los árboles del barrio como si fuera suyo!

Cuando levantó el brazo, Thea intervino.

—No lo hagas, Ray.

Al levantarse de un salto, el martillo se le escurrió de la mano. El asesino ya se reflejaba en la mirada del niño.

—¿Quién eres? ¿Cómo has llegado aquí?

—Ya sabes quién soy, Ray. —Ahora iba vestida con unas mallas de deporte para facilitar el movimiento, un ajustado top de tirantes y el pelo recogido en una trenza.

Se había dejado puestos el reloj y los pendientes, y llevaba la llave colgada al cuello con la intención de que él los viera.

—No te escondas en un niño. Y no pienses que con eso vas a evitar que te dé tu merecido, puesto que sé quién eres.

Fue al hombre que se agachó para empuñar el martillo al que lanzó de una patada al otro lado de la puerta de la casa del árbol. Cuando el hombre que visualizaba en su mente dio un batacazo en el suelo y le crujieron los huesos, el que se hallaba frente a ella en la mesa se sobresaltó.

—Has perdido el primer asalto. —Bajó del árbol—. Y te has roto la pierna; seguro que duele. Mira, el gato está un poco aturdido, pero se recuperará. Va de camino a su casa.

—No sucedió eso. No es esto lo que sucedió.

Ella se inclinó hacia él.

—Estoy haciendo que suceda. Es hora de otro capítulo, Ray. Será mejor que te levantes. Yo también me marcho.

En la sala de la prisión, él intentó balbucir algo, pero ella lo arrastró de nuevo.

Ahora a los dieciséis años, pálido y flaco como un palo. Ya se había ido de casa con un adiós y que os jodan. Algún día regresaría y le prendería fuego con ellos dentro. Sus padres estaban contemplando la idea de mandarlo a un loquero, a una academia militar o a un campamento religioso y ese tipo de gilipolleces.

Él les leía el pensamiento. Siempre lo hacía. Era mejor que ellos, que nadie. Y en sus manos estaba tener todo cuanto deseara, apoderarse de todo cuanto ansiara.

Por ejemplo, esa chica a la que había encontrado en la calle. Le proporcionaría una cama para pasar la noche, en un cuchitril, ya que de momento era preciso estirar el dinero, con la única condición de que se abriera de piernas.

Ella no puso objeciones.

Ahora, mientras él embestía contra ella sin parar, ella yacía desnuda debajo de él, emitiendo los típicos gemidos de los vídeos porno.

Pero no pudo consumarlo, le resultó imposible. Y Riggs se lo leyó en el pensamiento, notó que ella ponía los ojos en blanco, que sonreía con sorna, que fingía los gemidos porque necesitaba un lugar donde dormir.

Cuando se quedó exánime, deslizó la mano hacia la garganta de la chica.

La mataría. Era hora de la graduación. Ansiaba matarla; la estrangularía y la molería a palos. Después la metería en el armario y pondría pies en polvorosa. Pagaría dos noches y se esfumaría antes de que la encontraran.

Y a nadie le importaría.

—A mí sí, Ray.

Con la respiración acelerada y entrecortada, se incorporó con esfuerzo.

—Tú no estás aquí.

—Estoy aquí mismo, justo dentro de esa mente enfermiza

tuya. Vamos a vestirte, porque por nada del mundo deseo contemplar esa penosa imagen.

Le puso de nuevo el uniforme azul carcelario porque eso era todo cuanto estaba dispuesta a proporcionarle.

Acto seguido salió como una flecha.

—¡Vamos, Ray, dale un poco de acción al juego!

Al salir a la calle notó el viento frío, gélido, contra la cara y, mientras corría, oyó las fuertes pisadas de Riggs sobre la acera.

—Sabía que te quedarías rezagado —dijo, sincronizando sin cesar—. Menudo pringado.

Cruzó la calle como alma que lleva el diablo. Él, gritando, inició la persecución. Al chocar de frente con el coche, salió despedido por los aires y se desplomó contra el suelo.

Cuando los vehículos que ella había creado desaparecieron, Thea cruzó de nuevo y caminó hasta él, hecho un fardo, con los pulmones colapsados por las costillas fracturadas, pugnando por aire.

—Deberías mirar en ambos sentidos, pero eres tonto de remate.

—Esto no es real.

Como era preciso desatar su rabia —rabia de impotencia— en la misma medida que causarle dolor, Thea se agachó y se pegó a él.

—Apuesto a que la sensación del dolor es real. Estás agonizando, Ray, justo aquí, delante de mí, pero voy a salvarte porque todavía no he acabado contigo. Cuentas con una segunda oportunidad.

Notó que él trataba de resistirse, de apartarla de su mente, pero ella no lo consentiría.

—Es mi juego, son mis reglas —dijo, y cambió de nivel.

—Están ahí sentados, mirándose fijamente el uno a la otra.

Howard negó con la cabeza.

—No creo, Phil. Aquí está pasando algo, solo que no lo percibimos, con la salvedad de que él parece… alterado. No deja de sobresaltarse. No me lo explico. Pero ella está cumpliendo las normas y dispone del resto de la hora.

A pesar de que la gran casa contaba con un sistema de alarma, Riggs leyó la contraseña en la mente de la zorra a la que su marido exhibía como un trofeo cuando esta aparcó. Como la habían cambiado y siempre se le olvidaba, la repetía una y otra vez mentalmente.

Aquella noche sin luna, tras perforar el cristal de las puertas del jardín que daban a la piscina y a una cocina al aire libre —como si cocinaran— y acceder a la amplia cocina de techos abovedados, enfiló directamente hacia el panel de control de la alarma y la desactivó.

Conforme recorría la vivienda, pensó en lo que siempre pensaba: que él, no ellos, se merecía todo eso. Que, para poder disfrutar de lo que merecía, era preciso que murieran.

Subió la amplia y sinuosa escalera, al tiempo que deslizaba la mano enguantada sobre el reluciente pasamanos y contemplaba la gran lámpara de araña.

Seguro que también relucía al encenderse.

Era capaz de verla, brillante y resplandeciente, si se le antojaba.

Sin embargo, no podía evitar la sensación de que algo no encajaba, no cuadraba. ¿Cómo era posible que supiera qué aspecto tenía todo antes de verlo con sus propios ojos?

Porque él era especial, se recordó a sí mismo. Poseía algo único, de modo que podía actuar con plena libertad, apoderarse de todo cuanto se le antojara. Matar a quienquiera que se le antojara.

Fue derecho al dormitorio principal porque sabía dónde se ubicaba exactamente.

Igual que sabía que el viejo estaría roncando, que la mujer dormía con un antifaz de seda, que habría rosas sobre la mesa y largas cortinas en todas las ventanas.

Apagaría los ronquidos del viejo rebanándole la garganta, y una cosa menos. Después le daría a la zorra de su mujer un par de empellones para despertarla y le sonsacaría la ubicación y combinación de la caja fuerte.

Aunque no era necesario. Sabía que había dos cajas fuertes, una de él y otra de ella, así como dos vestidores. Estaba seguro de que ella suplicaría por su vida, que desembucharía y le rogaría que no le hiciera daño.

Se le nubló la vista; la habitación se volvió borrosa.

—¿Tienes un *déjà vu*, Ray?

Para este nivel ella iba vestida de cuero, con unos pantalones y un chaleco de color negro, y la espada en el cincho.

—No estás aquí. Tú no estabas presente. Los maté y me llevé lo que me dio la gana.

—Efectivamente. Cuánta sangre, ¿verdad? Fue emocionante, aunque provocaste una carnicería, una carnicería hasta para ti. Pero ahora estoy aquí, y no los matarás porque este es mi mundo.

Al ver el gesto apesadumbrado en su semblante, ella sonrió.

—¿Te duele la cabeza, Ray? Esos dolores son una putada, ¿a que sí?

—¡Te mataré!

Se abalanzó sobre ella con el cuchillo.

Ella se apartó, se giró y lo atravesó con la espada.

—Un cuchillo pequeño frente a una gran espada. ¡Gano yo!

La sangre resbaló entre sus dedos mientras se presionaba el abdomen.

—No. No. Esto no pasó. —Pero se tambaleó y cayó al suelo de rodillas.

En la sala de la prisión, un vaso sanguíneo se reventó en su ojo izquierdo, tiñendo el blanco de rojo.

—Está pasando ahora. Duele, ¿verdad? Morir puede ser doloroso. Se te están acabando las vidas, Ray.

—Te atraparé. Te atraparé y te arrepentirás.

—Ten clara una cosa, Ray: jamás permitiré que salgas de aquí.

—No puedes retenerme.

—¿Quién va a impedírmelo? —Para ganar el juego, era preciso que él la creyera, debía conseguir que la creyera—. Cada vez que intentes escapar, te mataré de nuevo. Todas y cada una de las veces. Se trata de tu vida, en la que estás atrapado, ahora tanto a nivel mental como físico, así que vete acostumbrando. Voy a saltarme unos cuantos niveles, porque me estoy aburriendo. Francamente, empiezas a parecer hecho polvo.

Así se sentía ella debido al esfuerzo de mantenerlo controlado, y de controlar sus propias emociones. Un hilo de sudor frío, muy frío, resbaló por su espalda.

Tomó la determinación de aprovechar incluso eso. Era preciso actuar con frialdad. Con frialdad, con control. Sin piedad.

El último nivel, el empujón final, requirió de todo su esfuerzo. Deslizó la mano hacia el cuello y la cerró alrededor de la llave. Se recordó a sí misma que ella tenía la llave de su propio futuro.

Y lo arrastró consigo al pasado compartido.

Él había parado a comprar unos tentempiés para el camino. Se dirigía a la playa en su flamante y magnífico coche con la idea de tomar un poco el sol, pero ahí estaba: la zorra rica con su lujoso reloj. Le llamó la atención con su lujoso vestido rosa.

¿Rosa o azul? ¿Cómo era posible que el color cambiara sin cesar?

Por un segundo, le falló la vista y sintió un repentino dolor punzante detrás de los ojos. Algo le decía que se alejase, pero se le antojó el puto reloj. Es más, ansiaba matar a esa zorra rica con aires de superioridad.

Se marchó, pero aguardó, aguardó en su flamante y magnífico coche, y después la siguió. Todo le resultaba tan familiar… que le entró el canguelo. Le resultaba familiar por la certeza de lo que se disponía a hacer. Sentado en el coche, observando la gran casa de lujo, dio un puñetazo al volante.

Sabía lo que iba a hacer, joder. No era la primera vez, así que lo volvería a hacer.

Tomaría un bocado, esperaría el momento oportuno. Tenía la posibilidad de continuar su camino hacia el sur, pero se había encaprichado de ese reloj, el dinero y el esplendor de las cosas que albergaba aquella magnífica casa. Ansiaba el subidón de adrenalina que experimentaba al matar.

Y esa expresión en la cara de la zorra. Conocía esa expresión, ansiaba borrarla de un plumazo. Tenía que hacerlo.

El chico que le entregó la comida, dentudo y con espinillas, dijo:

—Que tengas un día penoso, gilipollas.

—¿Qué coño has dicho?

Pero el chico desapareció, la comida desapareció. Riggs se hallaba en la oscuridad, con el cortador de cristal en la mano. La mano le temblaba.

Entonces recordó el motivo por el que se encontraba allí.

Sintió un hormigueo por la espalda como cuando alguien lo observaba, pero, al volver la vista, comprobó que estaba solo en plena noche. Nadie podía impedir que robara cuanto deseara.

Entró, guardó el cortador de cristal en el macuto de lona y sacó la pistola, la que le había birlado a una zorra rica que vivía en una gran casa, aún más grande que esa, a la que asesinó.

El odio, ya enraizado, extendió sus espinosos tallos y desplegó sus flores venenosas mientras deambulaba por la casa.

Se detuvo delante de las fotografías. Habría pasado de largo con una mueca desdeñosa, pero esa cara, la de la niña, le instó a detenerse. Lo miró de frente, lo traspasó con la mirada.

La niña. La mujer. La niña.

Sintió otra punzada de dolor. Algo tibio emanó por su oído izquierdo. Apretó el puño y apenas pudo resistir el impulso de estamparlo contra esa cara.

«Tienes que ser silencioso, Ray —susurró alguien dentro de su cabeza—. Será mejor que no se despierten».

—Que no se despierten —masculló, y continuó escaleras arriba.

Y ahí estaban, los ricachones que poseían lo que él anhelaba. Lo que le pertenecería.

—Te equivocas, Ray. Lo que ellos tuvieron jamás será tuyo. —Thea se aproximó a los pies de la cama—. Míralos, Ray. Obsérvalos detenidamente. Nunca hicieron ningún mal a nadie. En sus vidas había mucha bondad. Se amaban. Tu jamás tuviste eso, ¿verdad que no? Alguien a quien amar, ser correspondido. Y jamás estará a tu alcance.

—Esto es una gilipollez. No paras de decir gilipolleces. Ellos ya están muertos porque me los cargué.

—En efecto, Ray, les quitaste la vida. Enhorabuena. No obstante, me pregunto (por favor, dime qué opinas) una cosa: ¿los habrías asesinado, habrías actuado así de haber sabido que te costaría la vida?

Se volvió hacia él y lo envió a la celda, tan solo unos instantes, tan solo para hacerle sentir el aislamiento. Con el fin de que lo experimentara mientras un hilo de sangre le resbalaba de la nariz.

—¿De haber contemplado el futuro y haberte visto sentado en ese mínimo espacio, hora tras hora, día tras día, año tras año? ¿Te habría merecido la pena a sabiendas de que una niña se encargaría de que nunca más volvieras a caminar por las calles de una ciudad o por los caminos del campo? ¿De que nunca más pidieras otra pizza o te compraras un cucurucho de helado? ¿De que nunca más fueras a un partido de béisbol o condujeras un coche? ¿Si hubieras sabido que me aseguraría de que tu existencia quedara confinada entre cuatro paredes rodeadas de más muros?

—No pienso volver. Estoy fuera, te dije que saldría. Estoy aquí, y están muertos.

Sus padres yacían en la cama, con los cojines sobre la cara y las manos entrelazadas. Se le partió el corazón.

Y se imbuyó de fuerza.

—Me resulta imposible cambiar el pasado. No puedo devolverles la vida. No albergas el menor remordimiento dentro de ti, ¿verdad?

—A la mierda el remordimiento. Estoy fuera y aquí me quedo. Y tú estás muerta.

Al apuntar hacia ella con la pistola, Thea enarboló la espada y, cuando él titubeó, con la mirada temerosa, ella le rebanó la muñeca.

En el juego, Ray gritó, y sus gritos retumbaron en las paredes del ala de aislamiento al lanzarse contra la puerta azul con el ventanuco.

En la sala de la prisión, Thea dejó escapar un suspiro tembloroso.

—Siempre has tenido elección, a lo largo de toda tu vida, y siempre tomaste la decisión errónea.

Como Thea notó que empezaban a temblarle las manos, las apretó con fuerza sobre su regazo mientras observaba cómo Ray palidecía, cómo un hilo de sangre manaba de su nariz y sus oídos.

Observó cómo sus ojos, esos ojos mortecinos, se tornaban blancos.

—Pero fuiste tú quien tomó las decisiones. Ahora estás confinado, tu mente y tu cuerpo están atrapados.

Cuando ese cuerpo empezó a convulsionar, ella dijo con la mayor serenidad posible:

—Guardia, me parece que está sufriendo un derrame cerebral.

Permaneció sentada mientras el guardia se acercaba a toda prisa a Riggs y avisaba al servicio médico. Veía a Riggs desplomado en la silla atornillada y, al mismo tiempo, gritando en la celda.

Cuando la condujeron fuera de la sala, no miró atrás.

Howard la rodeó por la cintura.

—Vamos a sacarte de aquí.

—Sí, por favor.

Musk no pronunció una palabra hasta que abandonaron el recinto.

—¿Qué diablos ha pasado?

—Que tomó decisiones equivocadas.

—Os habéis pasado media hora entera mirándoos fijamente a los ojos.

—¿Solo eso? Me ha dado la sensación de que ha sido más tiempo. A él se le concedió un don, y abusó de él, lo corrompió y profanó. Se lo he arrebatado.

—¿Estás bien? —le preguntó Howard—. Estás blanca como la pared.

—Se me pasará. Gracias por acompañarme, vuestra presencia me ha ayudado. Ahora solo quiero irme a casa.

—Vale, cielo.

Musk hizo amago de hablar de nuevo, pero Howard le lanzó una mirada de advertencia, al tiempo que negaba con la cabeza y la conducía en dirección a Ty, que se apresuró a ir a su encuentro.

—Te dejamos en buenas manos. Mantente en contacto.

—Lo haré. Si alguna vez necesitáis mi ayuda… En cualquier momento que necesitéis mi ayuda…

—Te tomamos la palabra. Disfruta de la vida, Thea. Te lo mereces. —Hizo un gesto a su compañero para irse.

—Por el amor de Dios, Chuck.

—Déjalo ya, Phil. Está muy por encima de nuestro cometido. Déjalo y punto.

Ty le frotó las manos entre las suyas.

—Estás helada. Tienes las manos frías.

—Necesito irme de aquí.

—Vale. Vamos.

Ty permaneció en silencio hasta que se alejaron con el coche, hasta que dejaron atrás los muros de la prisión.

—Hay una botella de agua ahí. Bebe un poco.

—Sí, un momento. Voy a enviar un mensaje a casa.

—Les he mandado un mensaje a Rem y a Lucy en cuanto te he visto salir. Relájate. Cierra los ojos.

Obedeció mientras él guardaba silencio.

—No me has preguntado qué ha pasado.

—Ya me lo dirás cuando estés preparada.

—Le he… destrozado la mente. He presionado y presionado hasta que…

—Thea. —Le apretó la mano—. Él ya tenía la mente destrozada.

—He aniquilado lo que le quedaba. Estaba convencida de que tomaría las decisiones erróneas, de que reaccionaría mal. Lo transporté a situaciones de su pasado en las que le brindé la posibilidad de actuar de manera diferente, pero fue en vano. Estaba segura de que no lo haría. Y en cada una de las ocasiones le hice daño, hice que sintiera dolor, hice que afrontara las consecuencias hasta que su cabeza no pudo soportarlo. —Con la mano sobre el reloj («Para siempre»), abrió los ojos—. Ha sufrido un derrame cerebral. He confinado su mente en esa celda, al otro lado de la puerta azul. No volverá a salir de allí, a escapar de allí. Con independencia de donde lo trasladen, su mente quedará atrapada dentro de esa celda, sin don para teletransportarse, porque se lo he arrebatado.

—Bien.

—Ty.

—Para. Te concedo dos minutos para sentirte culpable, y me parece que ya los has consumido, así que se acabó, Thea. Es un hijo de puta perverso, un enfermo. Con tu ayuda lo metieron en prisión, donde le corresponde estar, pero eso no le impidió ir a por ti, así que, ya basta, le has parado los pies. Ahora su mente está en prisión, donde le corresponde, joder. —Soltó un suspiro y, maravillado, negó con la cabeza—. Cómo te admiro, caray.

—Ay, Dios.

—¿En qué número estoy pensando?

—Ty…

—Anda, demuestra lo que vales.

Temía hacerlo, temía encontrarse desprovista del don. Él agarró su mano de nuevo y sonrió.

El breve sollozo de Thea dio paso a la risa.

—Es una pregunta trampa. El do mayor con séptima disminuida no es un número.

—No hay forma de engañarte. Tu don ha contribuido a protegerte. Tu fuerza mental ha hecho el resto.

La miró fugazmente.

—¿Mejor?

—Sí, o empiezo a estarlo.

—Bien. Espero encontrar la manera de ayudarte a cruzar la meta. Vamos a dar un pequeño rodeo.

—Oh, pero…

—Hazme un favor. Tuve mucho tiempo para planificar este rodeo, para buscar un sitio. Hace un rato le envié un mensaje a Lucy para avisarla de que regresaríamos por el camino más largo.

Salió de la autopista y se internó por carreteras secundarias. Cuando aparcó, ella se quedó mirando al frente.

—¿Un merendero?

—Bueno, hay montañas y una bonita panorámica del agua por ahí. Además, a esta hora del día se respira bastante tranquilidad. Y con una mesa de pícnic, en vista de que no vas vestida para practicar el senderismo. Vamos.

—Qué agradable —comentó al salir del coche—. Y qué silencio. Pero también es agradable estar en casa y se respira silencio.

—Me moría de ganas. Hay algo que quiero que escuches. Siéntate.

Sacó el teléfono.

—He estado dándole vueltas para decidir el mejor momento para que oigas esto y, mientras esperaba en el coche, he llegado a la conclusión de que tenía que ser ahora.

Buscó la canción y pulsó para reproducirla.

Ella sonrió cuando sonaron los primeros acordes. Los había oído flotar en el aire.

«I see her in sunlight, and she shines».

Cuando escuchó la letra, su voz, lo supo. Cuando se miraron a los ojos, todo lo demás desapareció. Al emocionarse, se le saltaron las lágrimas. De gratitud.

—La he titulado *I See Her* —dijo él cuando la última nota se apagó—. Yo te veo, Thea, y me encanta todo lo que veo. Hacía mucho tiempo que no grababa una canción. La grabé cuando fui a Filadelfia, justo antes del cumpleaños de Bray. Quizá ese sea el motivo por el que reaccioné así cuando pensé que no sentías por mí lo mismo que yo por ti. Porque ya estaba enamorado de ti.

—Te quiero desde hace años. Creo que la razón por la que me enamoré locamente de ti a los dieciséis, la razón por la que nunca he sentido lo mismo por nadie más, es porque una parte de mí lo sabía. Una parte de mí siempre supo que te pertenecía. Te pertenecía, Ty.

—Yo deseo pertenecerte. —Alargó las manos hacia las suyas—. Venimos en un lote.

—Lo quiero.

—Lo sé.

—Ahora podrías abrazarte a mí. Ha sido un día infernal.

Se levantó, tiró de ella para que se levantara y la abrazó.

—Es una canción preciosa, Ty. No podrías haber elegido un momento mejor para ponérmela.

Thea echó la cabeza hacia atrás y fundió su boca con la de Ty a la luz del sol, con el susurro de la brisa otoñal entre los pinos.

—¿Cómo te sientes?

—Amada, libre, agradecida.

—Parece una buena ocasión para sacar a colación otra cosa: voy a grabar más temas, cuando esté inspirado.

—Eso es maravilloso.

—Pero Redbud Hollow se encuentra fuera del círculo de los estudios musicales y puedo hacer que eso cambie. —Rectificó—: Voy a hacer que eso cambie, a construir uno.

—¿He dicho maravilloso? —Entre risas, lo abrazó con fuerza—. ¿Qué supera a maravilloso?

—Yo me inclino por fabuloso —respondió él—. Me decanto por fabuloso. Pero, claro, si pretendo atraer a otros artistas, necesito un lugar donde hospedarlos.

—Hay una posada en el mismo pueblo y…

—Sí, hay un par de sitios, pero estoy ponderando la idea de que Knobby obre su magia en la casa. Podría ampliarla, reformarla un poco. Hay terreno suficiente para ello. Podría ser una opción para que los artistas se alojasen donde trabajan.

—Eso sería… Me decanto por fabuloso también, pero imagino que no querrías a toda esa gente prácticamente viviendo en tu casa, aunque fuera durante breves periodos.

—No estaría a gusto. Por eso necesitamos mudarnos a la tuya.

—Yo… —Tras parpadear, se quedó en blanco—. Oh.

—¿Necesitas un anillo primero?

—Un… Tengo que sentarme otra vez.

—No, no hace falta. Te tengo sujeta. Acéptanos, Thea. —Rozó sus labios con los suyos—. Acógenos. Te quiero. Formemos una familia.

Sin habla, Thea tomó su cara entre las manos.

—Léeme el pensamiento si es necesario —le dijo Ty.

—No. No, solo necesito asimilarlo. Has convertido uno de los días más duros de mi vida en uno de los más bonitos. Es lo que deseo, todo cuanto deseo, y ahora, por fin, puedo tenerlo. Si a Bray le parece bien.

—Eso es justo lo que dijo cuando se lo consulté anoche.

—¿Hablaste con él sobre esto?

—Venimos en un lote —le recordó—. Le pareció bien y me preguntó si Bunk podía dormir en su nueva habitación. Salió a relucir la idea de mover de sitio la estructura para juegos. Y las tortitas.

—¿Cómo voy a negarme ante eso?

«Mi vida», pensó ella. Tenía una vida, y la llave de su futuro.

—Os quiero a los dos. —Mirándolo a los ojos, se permitió derramar lágrimas de felicidad—. Os acepto y os acojo. Formaremos una familia, pero…

—Uy.

—Tendremos dos niños más.

—¿Dos más?

—Cuando escribía sobre ti en mi diario, decía que nos conoceríamos algún día, no sé cómo, y que tú, por supuesto, te enamorarías perdidamente de mí. Que nos casaríamos y tendríamos tres hijos.

—¿Dónde está ese diario?

Riendo, Thea levantó la cara hacia el sol.

—Nunca lo encontrarás.

Él la besó en la frente.

—Dos más. Se nos dará bien. Y Bray será un fuera de serie como hermano mayor.

La levantó en volandas y la hizo girar en el aire.

—Vámonos a casa y pongámonos con ello.

Pero permanecieron abrazados unos instantes más bajo esa luz del sol teñida de oro. Y, mientras lo estrechaba entre sus brazos, a Thea no le hizo falta esforzarse para saber que no solo tenía la llave de su futuro.

Tenían la llave de un futuro en común que los esperaba en las colinas y los bosques de su hogar.